Stephen Horn

Bis zum Beweis der Unschuld

Roman

Aus dem Englischen von
Christiane Burkhardt

Deutscher Taschenbuch Verlag

Von Stephen Horn
ist im Deutschen Taschenbuch Verlag erschienen:
Im Namen der Macht (24380)

Alle Figuren, Ereignisse und Dialoge in diesem Roman sind frei erfunden. Jede Ähnlichkeit mit tatsächlichen Ereignissen oder lebenden Personen ist rein zufällig.

Ungekürzte Ausgabe
April 2003
2. Auflage Januar 2005
Deutscher Taschenbuch Verlag GmbH & Co. KG,
München
www.dtv.de

Titel der amerikanischen Originalausgabe:
›In Her Defense‹
(HarperCollins Publishers Inc., New York 2000

Veröffentlichung mit freundlicher Genehmigung
der Peter Lampack Agency, Inc., New York
Umschlagkonzept: Balk & Brumshagen
Umschlagfoto: © Graphistock/Bruce Stromberg
Satz: Fotosatz Reinhard Amann, Aichstetten
Gesetzt aus der Aldus (QuarkXPress)
Druck und Bindung: Druckerei C. H. Beck, Nördlingen
Gedruckt auf säurefreiem, chlorfrei gebleichtem Papier
Printed in Germany · ISBN 3-423-20765-5

Für Kerry
und
für meine Eltern

Sie sind immer für einen guten Krimi zu haben

1

Ich sann gerade über schicksalhafte Fügungen im Leben nach, als Harry Gregg in der Tür erschien. Das hätte natürlich auch Zufall sein können.

»Entschuldigen Sie, ich bin auf der Suche nach einem anständigen Anwalt.«

»Haben Sie sich schon in Baltimore umgesehen?«

»Sie sind schon der Richtige.« Harry ließ sich auf den Stuhl fallen, stellte seinen Kaffee ab und faltete die Hände über seiner Weste. Wie immer musterte er meinen Schreibtisch, wobei sein Blick auf die Titelseite der *Washington Post* fiel.

»Schon das mit Ashley Bronson gelesen?« fragte er. »Das ist ja'n Ding, was?«

»Du hörst dich ja fast schon an wie der Nachrichtensprecher heute morgen: ›Bleiben Sie dran, gleich berichten wir weiter über den Fall Ashley Bronson.‹«

»Ja, und?«

»Na, als Kennedy ermordet wurde, kam auch niemand auf die Idee, das den ›Lee-Harvey-Oswald-Fall‹ zu nennen.«

Er zwinkerte. »Wenn ich einen früheren Senator zitieren darf«, sagte er grinsend, »Raymond Garvey war nicht gerade Jack Kennedy.«

»Er war Handelsminister, Delegationsführer und saß im Vorstand von einem Dutzend Firmen. Der Mann ist kaum unter der Erde, und schon ist er nicht mehr als eine Fußnote in seinem eigenen Mordfall.«

Harry prustete vor Lachen, beugte sich vor und tippte mit seinem Zeigefinger auf die *Post*. »So sah der nicht aus«, sagte er, »und sie ist wesentlich prominenter.«

Ich betrachtete das Foto. Eins zu null für ihn: Kein Mensch sah so aus, und schon gar nicht in Handschellen. Sie dagegen füllte seit Jahren die Klatschspalten bei der *Post:* Partys, Reisen, Liebesaffären, echte und angedichtete. Viele träumten davon, ein solches Leben zu führen, oder wollten zumindest daran teilhaben. Nur vom Handelsminister, von dem träumte niemand.

»Selbst ihr Name paßt«, gab ich zu. »Wie für ein Melodram aus dem wirklichen Leben. Glaubst du, es besteht eine Verbindung zwischen deinem Namen und deinem Schicksal?«

Er zuckte die Achseln. »Wer weiß.«

»Überleg doch mal, Harry. Jonas Salk hätte sich regelrecht auf den Kopf stellen können, und es wäre trotzdem kein Johnny-Unitas-Impfstoff dabei rausgekommen.« Er starrte mich an, die Stirn in tiefe Falten gelegt. »Du hast keine Ahnung, wer Johnny Unitas war, stimmt's?«

Er entdeckte den Puck, den ich als Untersetzer zu benutzen pflegte. »Ein Hockey-Spieler?«

»Laß gut sein. Was ist los?« Die Woche hatte gerade erst begonnen, also war es noch zu früh für seine väterliche Tour, die er jeden Freitag nachmittag bei mir abzog, wenn er in mein Büro geschlendert kam, seine Quadratlatschen auf meinen Schreibtisch, Marke Generaldirektor, legte und mir wieder einen seiner Vorträge über den Sinn des Lebens, die vielen Möglichkeiten, die es einem bot, und über das Streben nach Reichtum hielt. Nachdem mich meine Frau wegen American Express verlassen hatte, waren diese Lektionen eine echte Strafe für mich, doch irgendwann betrachtete ich sie einfach als Teil der Miete.

»Frank«, sagte er, »du verdienst rein gar nichts.«

»Ich hab Karten für die *Giants* nächste Woche und für drei weitere Spiele.«

Er lachte. »Die Partner hier mögen dich, Kumpel. Drei Jahre ist das jetzt her, daß wir dir dieses Büro vermietet, dir unsere Gemeinschaftsräume zur Verfügung gestellt und dir alles Gute gewünscht haben. Die Miete war niedrig. Wir wollten nicht groß dran verdienen, sondern nur einem Kerl, der es verdiente, ein wenig ... ein wenig unter die Arme greifen.«

»Ich weiß das alles sehr zu schätzen, Harry.«

»Geschenkt.« Er stellte seinen Becher ab und nahm sich die

Zeit, ihn so zu drehen, daß der Henkel parallel zur Tischkante zeigte. »Wir sehen das folgendermaßen: Die Leute hier mögen dich, sie wissen deine Fähigkeiten zu schätzen. Ab und zu konnten wir dir ein bißchen was vermitteln, und das haben wir gern getan.«

Mir mißfiel, daß er in der Vergangenheitsform sprach.

»Die Kanzlei wächst«, fuhr er fort. »Wir brauchen einen erfahrenen Kämpfer, der Marty Rückendeckung gibt, und du hast die Fähigkeiten, die wir brauchen. Außerdem« – er zwinkerte mir zu – »bist du schon da. Wir können uns den Headhunter sparen.« Wir grinsten uns an, dann wurde er ernst. »Die Sache macht Sinn, Frank. Alles in allem können wir dir jetzt noch keine Partnerschaft anbieten. Wir denken da eher an eine Position als Prozeßbevollmächtigter, und in ein paar Jahren sehen wir dann weiter.«

»Prozeßbevollmächtigter, und dann sehen wir weiter«, wiederholte ich.

»Genau. Zugegeben, Marty ist nicht immer ganz einfach, aber wir glauben, das könnte funktionieren.« Er griff wieder nach seinem Kaffee und sah mich über den Rand des Bechers hinweg an.

Marty war in der Tat nicht ganz einfach: mit anderen Worten, er war ein Arschloch. Noch vor ein paar Jahren hätte ich jetzt genau das gesagt, aber ich war reifer geworden – oder aber ich hatte Schiß, was dann wohl aus mir werden würde. »Ich fühle mich sehr geschmeichelt, Harry«, sagte ich, »und ich bin dir wirklich sehr dankbar. Aber ich muß noch mal drüber schlafen, damit ich auch wirklich davon überzeugt bin, daß das genau das richtige für mich – für uns alle – ist.« Eine sehr reife Antwort: Ich würde dieses Angebot gegen alle anderen abwägen – sobald ich herausgefunden hätte, welche das noch sein könnten.

Harry nahm seine Brille ab und begann, sie mit seiner Krawatte zu putzen. »Frank, folgendes«, sagte er forsch. »Wir können nicht lange warten. Und, um ganz ehrlich zu sein« – er begutachtete die Brillengläser – »einige der Partner hier haben Probleme mit deinen Mandanten, die in die Kanzlei kommen.«

Ich suchte noch immer angestrengt nach einer Antwort, als

meine Sekretärin den Raum betrat. »Das Gericht hat angerufen«, verkündete sie. »Sie haben einen neuen Fall.« Mein täglich Brot: ein Gerichtstermin.

Harry erhob sich und zupfte an seiner Weste. »Die Arbeit ruft«, brummte er. »Warum meldest du dich nicht einfach nächste Woche bei mir? Ich werde sagen, daß du dir unser Angebot überlegst.«

»Klingt gut. Und sprich ihnen bitte meinen Dank aus für das Vertrauen, das sie in mich setzen. Ich werde mir die Sache gut überlegen.« Als er mein Büro verließ, zeigte sein Daumen nach oben.

Ich packte meinen Aktenkoffer, polierte meine Schuhe und warf einen prüfenden Blick in den Spiegel. Kein Mensch würde auf die Idee kommen, daß ich so gut wie kein Geld verdiente.

Vor langer Zeit war der Oberste Gerichtshof des District of Columbia ein wahrer Tempel der Gerichtsbarkeit aus dem 19. Jahrhundert in neugriechischem Stil, mit ionischen Säulen und Rundbogenfenstern aus Indiana-Sandstein. Irgendwann wurde das Gebäude zu klein, und man bezog das »Pension Building« gegenüber, ein monumentales, nach dem Bürgerkrieg errichtetes Bauwerk, das mit seinen Säulengängen und noch eindrucksvolleren, dreiundzwanzig Meter hohen korinthischen Säulen an Michelangelos Palazzo Farnese erinnerte. Doch da sich die Juristerei von einem ehrbaren Beruf zu einem einträglichen Geschäft entwickelt hatte, war es nicht weiter verwunderlich, daß Bürogebäude an die Stelle von Palästen und Tempeln traten.

Das neue Gerichtsgebäude, das in einem Reiseführer als »alles vereinnahmender, abstoßender Klotz« bezeichnet worden war, war rings um einen Innenhof gebaut. Es verfügte über moderne sanitäre Anlagen, allerdings gehörten Mahagonivertäfelungen, verschnörkelte Geländer, Fresken und sieben Meter hohe Kassettendecken endgültig der Vergangenheit an.

Ich bahnte mir meinen Weg bis zur Treppe und lief ins Untergeschoß, das den Rest des Gebäudes geradezu prunkvoll erschienen ließ: nirgendwo Holz, Leder oder andere Materialien, an denen

Gefangene ihre Spuren hätten hinterlassen können; nirgendwo verkratzte Stühle, graffitibeschmierte Wände oder fleckige Matratzen. Nichts als Beton und Stahl und der kalte Geruch nach Zement. Ich posierte vor der Überwachungskamera, bis die Tür vor mir aufschnappte, betrat den Vorraum und nahm den kürzesten Weg in Richtung Frauengefängnis. Der Gefängnisaufseher kannte mich schon und machte keine Anstalten aufzublicken.

Gefängniszellen. Nicht gerade das, was man sich in den Juravorlesungen erträumt, nichts, was man plant, sondern etwas, das einem widerfährt. Vor ein paar Wochen waren es genau drei Jahre her gewesen, daß ich meinem ersten Fall bei Gericht gehabt hatte – eine Art Meilenstein –, aber ich war gerade erst ein paar Monate dabei, als ich eines Abends auf einem Barhocker auch schon einen Schwur ablegte. Ich legte damals jede Menge Schwüre ab, aber diesen löste ich ein. An jenem Tag lief ich gerade von der U-Bahn zum Gerichtshof, als ich Seymour Hirschfeld erspähte, den Vorsitzenden der am Gerichtshof bestellten Anwaltschaft. Im Gegensatz zu vielen seiner Mitbrüder hatte Seymour mehr auf dem Kasten als all die neunmalklugen Mandatsanwälte zusammengenommen. Er kannte sein Gesetzbuch, und die romantischen Vorstellungen aus der Studentenzeit waren längst zusammengeschrumpft auf gelegentlich zahlende Mandanten, sowie Fälle mit Körperverletzung, tatsächliche Verletzungen eingeschlossen.

Gleichwohl war es Seymour nie gelungen, die Gefängniszellen ganz hinter sich zu lassen, und so wurde das Gros seiner Arbeit immer noch mit dem stets gleichbleibenden Stundensatz abgegolten, den der Gesetzgeber denen zugesteht, die die Ärmsten der Armen verteidigen, und der nach zwanzig Jahren Inflation auf ein Nichts zusammengeschrumpft war. Für ihn und seine Kollegen, die hauptberuflich von der Staatsknete lebten, waren schon schiere Notwendigkeiten der reinste Luxus – und Luxus war im Budget nicht vorgesehen. Als erstes wurden die Abonnements für seine heißgeliebten juristischen Blätter gestrichen, dann die Fachliteratur. Er verzichtete auf seine Sekretärin und schließlich auf sein Büro. Seymour wurde einer der vielen »Berufsobdachlosen«, die ihre Mandanten auf den Gerichtsfluren umwerben und ihre Anwaltsdienste feilbieten wie andere Leute Obst und Gemüse. Die Cafeteria war sein Konferenzraum, sein Briefkasten der Aktenschrank und seine Hosen-, Jacken- und Manteltaschen die Fächer für ein- und ausgehende Post. Um überhaupt davon leben zu können, nahm er einer Fluggesellschaft gleich jede Menge Buchungen vor. Allerdings bestanden seine Passagiere auf so Mätzchen wie einer gewissenhaften Verteidigung. Jeder Tag war angefüllt mit einem Chaos sich überschneidender Termine, widerstreitender Interessen – mit einem Wort: Konflikten.

Nun, Seymour, der hausierende Pflichtverteidiger, war vor mir die Straße entlanggeschlurft und in eine Diskussion verwickelt, die, während wir uns dem Gerichtsgebäude näherten, stetig an Intensität und Lautstärke zunahm. Es ging hin und her, die Passanten wurden aufmerksam, und das mit gutem Grund: Seymour war allein. Es spielte keine Rolle mehr, ob man ihm mit einem kräftigen Schlag oder vielen kleinen Hieben den Garaus machen würde – der Mann war erledigt, ausgeblutet. In dieser Nacht schwor ich mir, nie so zu werden wie Seymour. Ich hatte ein Büro, eine Bibliothek und eine halbe Sekretärin – all das würde ich mir auch weiterhin leisten können, gesetzt den Fall, ich gab Harry einen positiven Bescheid.

»Rasheeda Crispin?«

»Ja.« Sie sprach sehr leise, aber die kahlen Wände der Zelle ließen ihre Stimme aus dem hintersten Winkel bis zu mir vordringen. Dort stand sie in einem ausgeleierten Sweatshirt, dessen Schultern fast bis zu den Ellbogen reichten. Sie näherte sich der Zellentür und blieb ein paar Meter davor stehen, so als wolle sie die Kluft, die sich zwischen uns auftat, noch betonen. Ich starrte sie durch die Gitterstäbe hindurch an. Schon wieder so ein Fall von Kokain. Ihre Augen wanderten zu dem Türschloß und verharrten dort. Sie war rappeldürr, die Wangenknochen zeichneten sich deutlich unter ihrer Haut ab, Handgelenke und Fesseln wiesen kleine Narben auf, und an den Schienbeinen hatte sie blaue Flecken. Der Akte in meiner Hand konnte ich entnehmen, daß sie zwanzig Jahre alt war, aber ihr Leben war schon gelaufen. Das ließ nichts Gutes hoffen.

»Miss Crispin, mein Name ist Frank O'Connell. Ich wurde Ihnen als Pflichtverteidiger zur Seite gestellt.« Sie nickte. »In wenigen Minuten wird es eine Anhörung geben, und Sie werden einen Gerichtssaal betreten. Ich werde ebenfalls dort sein und auf Sie warten.« Mit der Zeit hatte ich mir eine sehr vereinfachte Darstellung eines Strafprozesses zu eigen gemacht, zumindest bis ich herausbekommen hatte, ob mein Mandant darin nicht erfahrener war als ich selbst. »Die Anhörung dient dazu, Ihre Kaution festzusetzen«, erklärte ich ihr. »Niemand wird Sie zu Ihrer Anklage irgendwas fragen. Haben Sie das verstanden?«

Ihre Augen waren noch immer auf das Türschloß geheftet. »Werd ich hier rauskommen?« fragte sie.

»Ich glaube schon.« Ich zog ein Kautionsformular hervor. »Ich habe hier ein paar Fragen an Sie. Sie leben in Zwei-eins-zwei-eins Brownlee Terrace?«

»Hm.«

»Wie lange wohnen Sie schon in diesem Bezirk?«

»Schon immer.«

»Leben Sie mit jemandem zusammen?«

»Mit meiner Tochter und meiner Tante. Sie wird bei Gericht erscheinen. Sie hat ein Perückengeschäft, in dem ich arbeite.«

»Sind Sie schon einmal festgenommen worden?«

Ihre Augen folgten meinem Stift. »Die haben behauptet, ich hätte in einem Laden mal was mitgehen lassen.«

»Sind Sie damals vor Gericht erschienen, als man Sie herzitiert hat?«

Sie nickte, und ich hakte die restlichen Fragen ab: Konfessionszugehörigkeit, Familienstand, frühere Wohnsitze usw. – alles, was darauf hinweisen könnte, daß sie, einmal entlassen, untertauchen würde. Doch in Wahrheit machte sich kaum jemand die Mühe, selbst diejenigen nicht, die lange Haftstrafen zu verbüßen hatten. Das erstaunte mich immer wieder: Sie erscheinen vor Gericht, werden verurteilt und kehren an ihren alten Platz zurück – werden also in Gewahrsam genommen. Ich weiß, wie Gefängnisse von innen aussehen – mich würden keine zehn Pferde reinbekommen.

Ich war fast am Ende meines Fragebogens angelangt, als ich irgend etwas am Rande meines Blickfeldes wahrnahm. Ich blickte nach links und sah ein Paar Beine. Die Person, zu der sie gehörten, lag auf der Seite, ihr Oberkörper wurde durch die Wand verdeckt, daneben flogen ein Paar Frauenschuhe auf dem Boden herum. Das mußte sie sein. Kaum hatte ich ihren Namen auch nur gedacht, hallte er auch schon von den Wänden wider.

»Miss Bronson? Ashley Bronson?« Der da auf mich zukam und jede Zelle überprüfte, war Mark Stuart Preston, von Preston, Scott & Wilde, mit zwei seiner Partner im Schlepptau. Preston war einer der bekanntesten Anwälte Washingtons: er war immer mit von der Partie, wenn es um einen wirklich großen Fall ging, aber soweit ich wußte, hatte er sich noch nie mit Strafrecht beschäftigt. Hier bei den Gefängniszellen sah er mehr als deplaziert aus, so, als sei er einer dieser schrägen Werbeaufnahmen aus *GQ* entsprungen.

Das Klackern von Frauenabsätzen auf Beton lenkte meine Aufmerksamkeit wieder auf die Zellentür. Ashley Bronson sah mich durch die Gitterstäbe hindurch an. Wir waren kaum drei Zentimeter voneinander entfernt, aber schon kurz darauf hätte ich sie kaum noch beschreiben können. Mein Magen zog sich zusammen, und dementsprechend schwer fiel es mir, mich zu konzentrieren. Ich kann mit Sicherheit sagen, daß sie stahlgraue Augen hatte.

Ich hatte mich gerade wieder soweit erholt, als Preston neben mir auftauchte. »Ashley, Mark Preston«, verkündete er. Er berührte die Gitterstäbe, sie schienen ihn zu stören. »Tom Hardaway hat mich gebeten, Ihnen zur Seite zu stehen. Ich werde tun, was ich kann.« Der angeberische Tonfall strafte die bescheidenen Worte Lügen. Sie nickte nur, aber ihre Augen waren jetzt auf ihn statt auf mich gerichtet – dort gehörten sie auch hin. Preston und ich berührten uns an der Schulter. Er wich aus und beugte sich leicht nach vorn. Offensichtlich war mein Abgang erwünscht. Einer seiner Partner starrte Ashley an, der andere musterte mich auf eine Weise, die zu besagen schien: »Geh mir aus der Sonne!«.

Ich wandte mich wieder meiner Mandantin zu. »Miss Crispin,

hat die Gefangenenhilfsorganisation schon mit Ihnen gesprochen?« Das überraschte sie. Sie nickte, sah jedoch weiterhin zu ihrer Zellengenossin hinüber.

»Entschuldigen Sie«, sagte Preston, »um zehn Uhr ist die Verlesung der Anklageschrift, und deshalb hätten wir gern einen Moment allein mit unserer Mandantin gesprochen.« Das waren seine Worte. Doch die Botschaft lautete: »Was haben Sie hier eigentlich zu suchen?«

Ich hätte taktvoll sein können, aber das war ich heute morgen schon zu Harry gewesen. Gleich zweimal an einem Tag war doch ein bißchen viel verlangt. Ich drehte mich zu ihm um und senkte meine Stimme, so als wollte ich ihn vor den anderen nicht bloßstellen. »Wenn Ihre Mandantin nicht schon angeklagt wurde, was ich zu bezweifeln wage, dann handelt es sich um eine erste Feststellung dringenden Tatverdachts, nicht um eine Verlesung der Anklageschrift. Das würde nämlich bedeuten, daß der Mandant sich schuldig oder unschuldig bekennen muß. Der Zweck Ihrer Anhörung dagegen besteht nur darin, eine Kaution festzulegen. Um über die Kaution zu sprechen, ist es in den Zellen so üblich, daß die Mandanten nebeneinander vernommen werden können. Aber wenn Sie lieber warten möchten – ich habe nur noch ein paar wenige Fragen an meine Mandantin, dann bin ich fertig.«

Die Partner erbleichten. Preston sah mich eine Weile an, als wolle er sich mein Gesicht für die Zukunft gut einprägen. »Machen Sie weiter und bringen Sie das hier zu Ende«, sagte er gleichmütig. »Wir werden warten.«

»Ganz wie Sie wünschen.« Ich widmete jetzt wieder Rasheeda meine Aufmerksamkeit, deren Blick zu Boden gerichtet war. Ich stellte ihr noch ein paar Fragen, ging noch einmal meinen Fragebogen durch, und die ganze Zeit über herrschte beklemmendes Schweigen. Ashley Bronsons Gesicht blieb ausdruckslos, aber der Mundwinkel ihres Anwalts begann leicht zu zucken. Schließlich ließ ich den ausgefüllten Fragebogen in meinen Aktenkoffer gleiten und zog ein unberührtes Exemplar hervor, das ich Preston darbot. »Hier haben Sie ein Kautionsformular mit einer Reihe von Punkten, die Sie mit Ihrer Mandantin durchgehen sollten«, erklärte ich ihm. »Der Richter ist daran gewöhnt, und das ist fürs erste ganz hilfreich.« Einer der Partner machte einen Schritt nach vorn, aber ich warf ihm einen so bösen Blick zu, daß er erstarrte. Preston entriß mir das Blatt und murmelte ein Dankeschön. Als ich mich zum Gehen wandte, spürte ich deutlich die stahlgrauen Augen in meinem Rücken.

Selbst wer keine Zeitung gelesen hatte, spürte beim Betreten des Gerichtssaals sofort, daß hier etwas in der Luft lag. Neben den üblichen Zuhörern tummelten sich jede Menge Presseleute, die den überwiegenden Teil der Sitze besetzt hielten und Polizisten, Verteidiger und Anwälte auf weniger Raum zusammendrängten, als ihnen allen lieb sein konnte. Ich schaffte es, einen Platz in der ersten Reihe am Gang zu ergattern, dort wo bei Gericht die Rechtsanwälte sitzen. Ein paar Reporter nahmen Blickkontakt mit mir auf und schickten einen Abgesandten. »Sind Sie im Fall Bronson da?« fragte er ruhig. Ich schüttelte leicht den Kopf, woraufhin er diese Kopfbewegung in Richtung seiner Kohorten in verstärkter Form wiederholte.

Um Punkt zehn Uhr betrat der Ehrenwerte Wilfred J. Robbins den Saal. Mit seinen knapp dreiundsechzig Jahren stand er kurz vor der Pensionierung und hatte im Lauf seiner Karriere auf der Richterbank so einige Veränderungen miterlebt, er hätte gesagt »Verfallserscheinungen«, denn die Qualität ließ immer mehr nach – sogar die Qualität der Verbrechen. Nach etlichen Jahren, in denen er sich jede Menge Mist hatte anhören müssen, war er nur noch daran interessiert, die erdrückende Anzahl der Fälle abzuarbeiten.

Der Gerichtsdiener reichte ihm eine Akte hoch. Während der Richter sie durchlas, liefen gerade erst eingetroffene Anwälte die Gänge auf und ab. Sie waren auf der Suche nach einem bekannten Gesicht und flüsterten die Namen ihrer Mandanten, die sie vorher noch nie gesehen oder aber kurz getroffen und schon wieder vergessen hatten. Polizisten lasen Zeitung oder erledigten ihren Schreibkram. Andere Anwälte scharten sich um den Tisch des

Gerichtsdieners, um in Erfahrung zu bringen, wo sie auf der Prozeßliste standen und ob noch genügend Zeit war, vorher in einem anderen Gerichtssaal zu erscheinen. Die erfahrenen Kollegen widmeten dem Gerichtsdiener mehr Aufmerksamkeit als Robbins. Der Richter hingegen war für die Angeklagten von Bedeutung.

Der Richter nickte dem Gerichtsdiener zu, der sich zu den Zuhörern umdrehte und verkündete: »Nummer CR eins-vier-eins-eins: *Die Vereinigten Staaten gegen Luther Evans.*«

»Die Staatsanwaltschaft steht bereit«, antwortete der stellvertretende Staatsanwalt, doch von seiten der Verteidigung war nichts zu hören. Robbins sah auf den Gerichtsdiener, der schon die Anklagebank absuchte, wobei in einem Ohr ein Ohrstöpsel steckte und das andere Ohr irgendeinem Anwalt zugewandt war, der ihm etwas zuflüsterte. Es dauerte nicht lange, und das Geheimnis um den fehlenden Verteidiger, der gerade noch eine Strafmaßverkündigung in einem anderen Saal abwickelte, war gelüftet. Der Fall wurde vertagt, ebenso der nächste, bei dem der Angeklagte nicht aufgetaucht war, und der übernächste, weil der Staatsanwalt seine Akte nicht finden konnte. So sah ein typischer Tag am Obersten Gerichtshof aus.

Wir kämpften uns durch. Eine Viertelstunde später schritten Preston und seine Polizeikommissare und seine Lieutenants den Mittelgang hinunter und setzten sich neben andere Kanzleiangestellte, die für ihren Chef schon einen Platz am Gang freigehalten hatten. Die Reporter kauerten abwechselnd neben ihm und notierten jede seiner Äußerungen, während die Blicke der Gerichtszeichnerin zwischen Zeichenbrett und seinem Profil hin und hergingen.

Viele der Angeklagten waren in Untersuchungshaft, was zu Verspätungen führte, weil die Gefangenen aus ihren Zellen geholt und wieder dorthin zurückgebracht werden mußten. Ein Gefängnisaufseher wurde von Robbins nach vorn zitiert, und dann wurden während des restlichen Prozeßaufrufs immer zwei Gefangene gleichzeitig hereingebracht. Ich konnte mir gut vorstellen, was das bedeutete, und so war ich nicht weiter überrascht, als Ashley

Bronson und Rasheeda Crispin schließlich gemeinsam den Gerichtssaal betraten und warteten, bis die Gefängnisaufseher das vorige Paar hinausgeführt hatten. Die Reporter und Gerichtszeichner nahmen das Absurde an dieser Situation wahr, die den ganzen Saal in ihren Bann gezogen hatte. Ein Anwalt hinter mit flüsterte: »*Flucht in Ketten* – Tony Curtis und Sidney Poitier.« Die Gefängnisaufseher führten sie zum Tisch der Verteidigung, und Preston und ich setzen uns auf unsere Plätze, so daß ich zwischen den beiden Frauen zu sitzen kam. Ashley warf mir einen Blick zu, als ich meinen Platz einnahm, doch Preston begann zu flüstern, und da drehte sie sich um und schenkte ihm ihre volle Aufmerksamkeit.

»Fall Nummer CR eins-vier-zwei-sieben: *Die Vereinigten Staaten gegen Rasheeda Crispin.*«

»Bereit, Euer Ehren«, sagte der Staatsanwalt.

»Francis O'Connell für die Angeklagte, Euer Ehren«, verkündete ich.

»Die Staatsanwaltschaft möge mich über die Höhe der Kaution unterrichten«, sagte Robbins.

Der Staatsanwalt überflog seine Akte. »Euer Ehren«, sagte er, »die Angeklagte wird des vorsätzlichen Kokainbesitzes beschuldigt, sie ist dem Gericht bereits bekannt. Wir erachten eine Barkaution von 10 000 Dollar für angemessen.« Das bedeutete, daß 10 000 Dollar in bar hinterlegt werden mußten, gar keine so abwegige Summe, die jedoch weit außerhalb von Rasheeda Crispins Möglichkeiten lag.

Robbins sah mich an, und ich erhob mich. »Die Staatsanwaltschaft erkennt im Grunde genommen an, daß in diesem Fall nur ein sehr geringes Fluchtrisiko besteht, eine andere Schlußfolgerung wäre auch schwerlich zu ziehen. Meine Mandantin ist schon ihr ganzes Leben in diesem Bezirk wohnhaft, ihre ganze Familie lebt im Stadtgebiet, einschließlich ihres Kindes, das sie versorgen muß. Sie geriet schon einmal mit dem Gesetz in Konflikt, aber sie ist bislang zu jedem Gerichtstermin ordnungsgemäß erschienen. Darüber hinaus möchte ich noch zu bedenken geben, daß es sich hierbei wieder um einen Fall handelt, bei dem die Beschuldigte bloß in der Nähe von Rauschmitteln angetroffen wurde. Miss Crispin war nur eine von sieben Personen, die sich während der Razzia in dem Apartment befanden. Bei ihr selbst wurden keine Drogen gefunden, und sie ist weder Eigentümerin noch Vermieterin der Räumlichkeiten.«

Ich hatte Robbins' Verfahrensweise bei ähnlich gelagerten Fällen bereits beobachten können. Ein bloßer Aufenthalt in der Nähe von Drogen, so hatte er verfügt, reiche nicht aus, um jemanden wegen Drogenbesitzes zu verklagen. Formaljuristisch dient die Anhörung, ob Kaution gewährt wird, nicht dazu, die Schuld oder Unschuld des Beklagten festzustellen, allerdings wird kein Richter die Tatsache vollkommen außer acht lassen, daß ein Fall bei Kautionsgewährung erst gar nicht zur Anklage gebracht wird. Er quittierte meine Bemerkung mit einem Kopfnicken, und so beschloß ich meine Rede mit den Worten: »Meine Mandantin ist nicht in der Lage, die geforderte Kaution zu hinterlegen, Euer Ehren. Wir beantragen, sie ohne Kaution aus der Untersuchungshaft zu entlassen oder aber sie bei ihrer Tante, die in unserem Bezirk wohnhaft sowie Inhaberin eines Ladengeschäftes ist, unter Hausarrest zu stellen. Die Tante ist hier im Gerichtssaal anwesend.«

Der Staatsanwalt wollte sich schon wieder erheben, aber Robbins gab ihm ein Zeichen, er solle sitzen bleiben: Die unwichtige Frage, ob Rasheeda Crispin einen Fluchtversuch unternehmen würde, hatte schon genügend seiner kostbaren Zeit in Anspruch genommen. »Bitten Sie die Tante, vorzutreten«, sagte er. Das tat sie denn auch, und kurz darauf befand sich Rasheeda schon wieder auf dem Weg zurück zu den Gefängniszellen, um dort ihre Entlassung zu regeln. Ich zögerte noch ein wenig, hoffte auf eine Chance, ein paar Worte – egal was – an Ashley zu richten, aber sie hörte gerade Preston zu, der auf das Formular deutete, das ich ihm zuvor gegeben hatte. Als mein Zögern auffiel, erhob ich mich und ging zur Tür. Angeklagte und ihre Verteidiger gingen gemeinsam ihre Notizen durch, während Angehörige besorgt oder gelangweilt daneben saßen, aber als der Gerichtsdiener *Die Vereinigten Staaten gegen Ashley Bronson* ankündigte und Prestons sonorer Bariton den Saal füllte, war ihnen die ungeteilte Aufmerksamkeit aller Anwesenden sicher. Ich drehte mich noch einmal kurz um, bevor ich die Tür aufstieß. Der Partner, der mich am liebsten zum Teufel gewünscht hatte, stand jetzt neben Ashley und seinem Chef. Ich konnte es ihm nicht verübeln: Bisweilen ist es in der Tat das beste, einfach nur in der Nähe zu sein.

2

Die Gegensprechanlage summte. »Frank, Mr. Brennan ist dran«, sagte die Dame am Empfang. Ich schloß die Tür und nahm dann den Hörer in die Hand.

»Hallo Paps. Ich habe keine Ahnung, warum du anrufst.«

»Ich tue nur meine Pflicht, mein Junge, in ihrem Auftrag.«

»Sag ihr, es wird nicht wieder vorkommen.«

»Hab ich bereits, mein Junge.«

»Sag ihr, ich war betrunken.«

»Fällt dir nichts Besseres ein?«

»Ich bin mir sicher, ich war betrunken.«

»Ha! In letzter Zeit bist du zu einem der abstinentesten Iren geworden, die ich kenne. Du kennst doch den Spruch, oder? ›Trunksucht ist ein großes Übel. Sie bringt dich dazu, auf deinen Nachbarn loszugehen, sie bringt dich dazu, deinen Vermieter zu ermorden – und sie bringt dich dazu, sie beide zu vermissen.‹« Er lachte, und wie immer konnte ich mich dem dröhnenden Tenor, der durch die Ohrmuschel zu mir drang, nicht entziehen. Ich liebte sein Lachen, die Art, wie er redete. Vierzig Jahre Amerika hatten seinem irischen Akzent nichts anhaben können.

»Du scheinst ja dem aufgeblasenen Schnösel Mark Stuart in die Arme gelaufen zu sein«, sagte er.

»Ich hab ihm neulich bei den Gefängniszellen bloß ein bißchen unter die Arme gegriffen, wir sind uns richtig nahe gekommen. Vielleicht werden wir heute mittag im Club zusammen essen. Soll ich nun an deinem Tisch vorbeischauen oder nicht?«

»An meinem Tisch steht immer ein Gedeck für dich bereit, mein Junge, das weißt du doch.«

»Ich weiß, Paps. Ich wünschte bloß, ich müßte dich da nicht mit hineinziehen.«

»Das nächste Mal werd ich die Polizei rufen müssen, hat sie gesagt, Francis.«

»Na prima! ›Ja, Officer, ich bin ein Spanner und habe gerade das Fenster dort drüben ins Visier genommen. Nein, keine Frauengeschichte, nur mein Kleiner, der da drinnen immer größer wird. Ich komme lautlos.‹«

»Francis, mein Junge –«

»Weißt du was, Paps? Der saß da in dem Sessel im Studio, lutschte Daumen und starrte ins Leere.«

»Ich hab ihr das mit dem Daumenlutschen gesagt, Junge. Ich sagte –«

»Und ich hab mich noch gefragt, was da in diesem Moment bloß in seinem Kopf vorgeht. Irgendwas, wobei ich ihm helfen könnte? Und dann dachte ich an all die Dinge, die einen Sechsjährigen vielleicht beschäftigen oder ängstigen könnten, an all die Dinge, über die ich mit meinem Vater nie reden konnte. Warum können Flugzeuge fliegen? Was passiert, wenn man in den Himmel kommt? Dann hab ich mich gefragt, ob er wohl jemals einfach nur so dasitzt und darüber nachdenkt, was da eigentlich mit uns passiert ist, und dann will ich einfach nur rein in das Haus und ihn drücken ...«

»Du kannst ihn sehen, wann immer du willst, und das weißt du auch.«

»Ja, wir gehen spazieren. Wo soll ich denn hin mit einem Kind in seinem Alter, Paps? Wie oft soll ich denn noch mit ihm in den Park oder in den Zoo oder in ein und dasselbe Museum gehen? Wie viele Filme sollen wir uns noch ansehen? Wir gehen zum zwanzigsten Mal irgendwohin, und dann landen wir bei McDonald's, das ist unser Stammplatz. Und immer bring ich ihn irgendwo*hin*. Ich hol ihn ab und bring ihn nach Hause.«

»Nimm ihn doch mit zu dir. Spiel mit ihm, rede mit ihm.«

»Ich hab ihn ins Apartment mitgenommen. Er ist darin herumgelaufen, und nach gerade mal einer Minute wußte er alles über den Ort, an dem sein Dad lebt. Dort ist kein Platz für ihn, kein Platz für seine Spielsachen und so. Er hat mich gefragt, wo ich schlafe, also hab ich das Sofa ausgezogen und so getan, als sei das wirklich was ganz Besonderes, verstehst du? Guck mal, das ist ein Sofa *und* ein Bett! Du hättest mal sein Gesicht sehen sollen, Paps. Er war völlig durcheinander. Ich schlug vor, ins Kino zu gehen, und er konnte gar nicht schnell genug an der Tür sein. Das war das letzte Mal, daß ich ihn mit zu mir genommen habe.«

»*Herrgott noch mal!*« explodierte Paps am anderen Ende der Leitung. »Und wie ist es überhaupt so weit gekommen? Wer hat sich die ganze Chose eingebrockt? Du hattest ein Zuhause! Eine Familie! Wir waren *Partner*, verdammt noch mal. Alles war in Ordnung, Francis. Sie hatte recht mit dem, was sie wollte – was sich *jeder andere* genauso wünschen würde! Aber du wolltest ja unbedingt was anderes, hab ich recht? Du mußtest ja deinen eigenen Weg gehen! Nun, das ist dir gelungen. Jetzt ist sie mit dem Kind allein, und du starrst in irgendwelche *beschissenen Fenster*!«

Seine Stimme klang nicht mehr ganz so laut, er hatte wohl die Sprechmuschel abgedeckt.

Ich spürte, wie mein Gesicht glühte. Bislang hatte er mir noch nie Vorwürfe gemacht, nicht ein einziges Wort war seit jenem Tag gefallen, als ich vor einigen Jahren in sein Büro marschiert war, um ihn von meinen Plänen zu unterrichten. Ich weiß noch, wie er da saß und einfach nur zuhörte, bis ich geendet hatte. Dann fragte er mich nur noch, ob ich mir wirklich ganz sicher sei. Ich log. Er schloß die Augen, drehte sich zum Fenster und saß immer noch so da, als ich mich von ihm verabschiedete, eine Flasche vor sich auf dem Tisch und derart melancholisch, daß ich meine Vorsätze beinahe wieder über den Haufen geworfen hätte.

Ich wartete, bis ich ihn wieder atmen hörte. »Hör mal, Paps, sag ihr, daß es mir leid tut. Es wird nicht wieder vorkommen. Versprochen.«

Er ließ das nicht so auf sich beruhen. »Du gibst ihr die Schuld, hab ich recht? Weil sie da nicht mitgemacht hat? Du findest sie unloyal oder zu verwöhnt oder so'n Blödsinn, nur weil sie sich ein Zuhause wünscht und ein gewisses Sicherheitsbedürfnis hat.«

»Das stimmt nicht.« Es hatte einmal gestimmt, aber jetzt nicht mehr. Das Bewußtsein, daß ich mich vielleicht – höchstwahrscheinlich – geirrt hatte, verfolgte mich so gut wie jede Nacht im Schlaf. Es hatte den Anschein, als hinge ich an einem Abgrund und klammerte mich an das, was von meinen Überzeugungen, die mich zu dieser Entscheidung gebracht hatten, noch übrig war. Manchmal, kaum daß ich den Jungen nach Hause gebracht hatte, fühlte ich mich wie im freien Fall und ertrug es kaum, in mein kleines, armseliges Zimmer zurückzukehren. Ich spürte, daß ich gefährlich nah dran war, etwas zu verlieren, das unwiederbringlich war, wenn es erst einmal verloren war. Mittlerweile hatte ich schreckliche Angst vor den Abenden, weil ich nicht heimgehen konnte, auch die Bars kamen nicht mehr in Frage, und so lief ich durch die Straßen, bis ich nicht mehr konnte, und schleppte mich dann mit letzter Kraft nach Hause. Dort brach ich zusammen, zu müde, um noch irgend etwas zu träumen.

Ich steckte in Schwierigkeiten, und ich wußte es. Ich war abhängig von kleinen alltäglichen Verrichtungen, davon, morgens das Bettsofa zuzuklappen und sofort nach dem Essen den Abwasch zu erledigen – nicht, daß das ein Fortschritt gewesen wäre, es hielt mich nur davon ab, wieder in völlige Apathie zu verfallen. Ich wurde Mitglied in einem Fitneßclub und rackerte mich jeden Abend eine Stunde lang an den Geräten ab, bevor ich wieder zu einem meiner rastlosen Spaziergänge aufbrach. Rein körperlich sah ich aus wie der Typ, der mir auf meinen alten Fotos aus der Militärzeit entgegenblickte, aber seelisch war ich völlig am Ende.

Jetzt kam sein irischer Akzent wieder durch, diesmal schon etwas versöhnlicher, ein Klang, der mir vorkam wie ein Rettungsanker. Trotz des ganzen Kummers, den ich ihm gemacht hatte, hatte er mich nie fallen lassen. Er war spezialisiert auf menschliche Schwächen, glättete Sorgenfalten und trocknete Tränen, und das in einer Gesellschaft, die durch Korruption, Starrsinn oder die schiere Blödheit irgendeines Mandanten oder Politikers gekennzeichnet war. Jahrelang hatte ich ihn dabei beobachten können, wie er sich in seiner Kanzlei, auf Wohltätigkeitsveranstaltungen, im Pub oder auf den Familientreffen engagierte – den Kopf in eine Hand gestützt, immer ein offenes Ohr für einen reuigen Sünder, für eine Beichte. Er gab nicht nur einen guten Beichtvater ab, sondern tat etwas weitaus Nützlicheres: Er legte irgendwo ein gutes Wort ein, tat jemandem einen Gefallen, brachte etwas in Ordnung.

»Francis, mein Junge«, sagte er sanft, »Menschen gewöhnen sich an bestimmte Dinge, an einen gewissen Lebensstandard, und danach kommen sie einfach nicht mehr ohne aus. Was ist daran so falsch? Ich habe ihr alle Möglichkeiten geboten, vielleicht mehr, als gut war, aber du wußtest, wer sie war, bevor du sie geheiratet hast, und außerdem hast *du* die Spielregeln geändert, mein Junge, nicht sie.«

Ganz so war es auch wieder nicht gewesen. Ich kannte sie wirklich noch nicht besonders gut, ebenso wenig wie sie mich, aber genau das fanden wir ja so romantisch. Sie erzählte mit Vorliebe, wie wir uns kennengelernt hatten: *»Ich seh mir gerade das Redskins-Spiel an, da bekleckert mich der Typ mit seinem Bier. Als nächstes beugt er sich vor und will es aufwischen. Darauf sag ich: ›Normalerweise lasse ich die Typen bis zum ersten Date zappeln, bis ich mich begrapschen lasse!‹ Daraufhin er: ›In deinem Schoß ist auch noch was. Halt still, wir sind so gut wie verlobt.‹ Im Frühling haben wir dann geheiratet.«*

Egal, was ich über sie wußte oder nicht wußte, über Paps' Großzügigkeit seiner Tochter gegenüber habe ich mich noch nie beschweren können. Er unterstützte sie immer noch, lange nachdem er sie in meine Obhut gegeben hatte, und jetzt unterstützte er auch unseren Sohn. Meine armseligen Honorare reichten nicht einmal für das Nötigste, von den Hypothekenzahlungen und ihren sonstigen Ausgaben ganz zu schweigen. In Wahrheit war sie auf mein Geld gar nicht angewiesen, aber sie nahm es trotzdem, und so merkwürdig sich das auch anhören mag, ich glaube nicht, daß sie es tat, um sich an mir zu rächen. Das erstemal, als sie mich dabei erwischte, wie ich das Haus belauerte, starrten wir uns an, bis ich schließlich wegfuhr; als ich den Jungen dann ein paar Tage später abholen kam, verloren wir kein einziges Wort darüber. Die Sache war unser Geheimnis, eines dieser kleinen Dinge, die einen verbinden, und in gewisser Hinsicht waren meine regelmäßigen Schecks in dieselbe Kategorie einzuordnen.

»Paps, ich muß los. Richte ihr bitte aus, was ich dir gesagt habe. Bitte.«

»Mach ich, mein Junge, mach ich.« Er legte auf.

Ich habe einen Therapeuten. Immerhin ein Fortschritt.

»Wie geht's Ihnen, Frank?«

»Gut.«

»Womit wollen wir anfangen?«

»Ich hab da eine Frage.«

»Schießen Sie los.«

»Heißen Sie Noah Applebaum, weil Sie Arzt sind, oder sind Sie Arzt, weil Sie Noah Applebaum heißen?«

»Gute Frage.«

»Ich hab da so meine Theorie.«

»Verstehe. Nun, Letzteres trifft bestimmt zu.«

»Ehrlich? Warum?«

»Nun, zwischen Juden und diesem Berufszweig gibt es eine größere Affinität als zwischen diesem Berufszweig und Juden.«

»Und das heißt?«

»Nun, das Ganze läuft auf die Frage nach der Henne und dem Ei hinaus. Ich schätze, es gibt mehr Juden, die Ärzte sind, als Ärzte, die Juden sind. Wenn das Schicksal nun also einen jüdischen Doktor vorgesehen hat, dann ist die Religionszugehörigkeit wohl eher dafür verantwortlich als der Beruf an sich.«

»Als Applebaum war es also Ihr Schicksal, Arzt zu werden?«

»Nein, als Jude war es mein Schicksal, Arzt zu werden. Als Applebaum war es mein Schicksal, Therapeut zu werden.«

»Warum denn das?«

»Sie hätten mal meine Mutter kennenlernen sollen.«

»Oh.« Das Ticken der Uhr füllte den Raum, während ich darüber nachdachte, ob ich mit meiner Theorie recht gehabt hatte. »Wo genau wäre dann ein O'Connell anzusiedeln?« fragte ich. Er zuckte die Achseln. Das Schicksal eines O'Connell war der Grund dafür, daß ich nun hier saß. »Ich würde gern alle zwei Wochen zu Ihnen kommen«, sagte ich.

»Jede Woche wäre besser«, sagte er.

»Das kann ich mir nicht leisten. Ich werde alle zwei Wochen kommen, dafür dürfen Sie mir ein paar Hausaufgaben mit auf den Weg geben.«

»Kommen Sie jede Woche. Wir werden schon eine Lösung finden.«

»Ich wußte gar nicht, daß Sie ehrenamtlich arbeiten, Noah.«

»Jetzt hören Sie schon auf, Frank. Sie gehören zu den Leuten, die man sich nicht leisten kann. Das gehört zu unserem Beruf.« In diesem Punkt mußte ich ihm recht geben. Meine eigenen Mandanten waren pleite, so daß ich selbst ebenfalls pleite war. Nun, zumindest war jetzt die Sache mit dem Schicksal geklärt: O'Connell, der Bettler. Sollte mein Therapeut seine Rechnungen nicht mehr bezahlen können, würde er ja vielleicht einen Lebensmittelhändler auftreiben, der wiederum einen Anwalt brauchte. Wir könnten unsere eigene Tauschbörse aufmachen.

Ich sagte: »Sollte meine Theorie mal groß rauskommen, dann benenne ich sie nach Ihrer Mutter.«

»Das ist ein Wort.« Er schenkte die Wassergläser voll, während ich mich bei ihm umsah. Überall waren Spuren seines Familienlebens zu sehen: Ein Foto von seiner Frau und den beiden Töchtern auf der Kredenz, je eine Großaufnahme der Kinder im Bücherregal, ein kunsthandwerklich gestalteter Briefbeschwerer, eine Karte, bemalt mit Buntstiften, ein Kaffeebecher mit dem Aufdruck »Der beste Papi der Welt«. Noah, der begnadete Familienvater.

»Lesen Sie Ihren Kindern Gutenachtgeschichten vor, Noah?«

»Jeden Abend. Möchten Sie mit mir über Ihren Sohn sprechen?«

»Ich glaube nicht.«

»In Ordnung. Wieder spazierengegangen?«

»Jeden Abend.«

»Sieht ganz so aus, als seien Sie bald richtig in Form.«

»Wenn sich meine Lage nicht bald bessert, werde ich noch *Mr. Universum* und kann das Preisgeld in Sie investieren.«

»Irgendwelche Träume?«

»Jeder Mensch träumt, und zwar jede Nacht, zumindest hab ich das mal irgendwo gelesen.«

Er wartete, bis ich soweit war. Ich würde es nicht gerade träumen nennen. Unter Träumen stellt man sich immer etwas Phantastisches vor, verschwommene Abbilder der Realität. Die Filme in meinem Kopf hingegen waren gestochen scharf, so real wie das Original, doch die Ereignisse selbst waren unwirklich. Nach mehr als zwanzig Jahren stellte sich heraus, daß mein Unterbewußtsein eine Art Videorecorder war, der den totalen Horror gnadenlos aufzeichnete, und zwar in Breitwandformat, Technicolor und Stereo, ohne auch nur das kleinste Detail zu vergessen, das mein Bewußtsein die ganze Zeit über gnädigerweise ausgeblendet hatte, auch wenn es in Wahrheit immer noch durch meine Psyche geisterte. Die überzeugendste Theorie war die, daß der Streß der letzten Jahre die Wiedergabetaste ausgelöst hatte und sich nicht mehr ausschalten ließ. »Doch, ich habe geträumt«, antwortete ich.

Sein Bleistift fuhr über den Notizblock. »Wie war Ihre Woche?«

»Mal so, mal so. Hochs und Tiefs.«

»Erzählen Sie von den Hochs.«

»Die Firma hat mir eine Stellung als Prozeßbevollmächtigter angeboten, mit der Möglichkeit, innerhalb der nächsten Jahre zum Partner aufzusteigen.«

»Und, wie haben Sie geantwortet?«

»Ich hab gesagt, ich werd drüber nachdenken. Was hätte ich denn sonst sagen sollen?«

»Keine Ahnung. Erzählen Sie von den Tiefs.«

»Mein früherer Schwiegervater fängt an, sich einzumischen. Sieht ganz so aus, als hätte ich falsch damit gelegen, sein Schweigen während der letzten Jahre als eine Art widerwillige Zustimmung zu interpretieren.«

Noah blinzelte. Er sprach meist mit sich selbst. »Sein Rückhalt war Ihnen wichtig.« Die Worte rasten in meinen Eingeweiden hin und her wie eine Flipperkugel und zogen sämtliche Nerven und Drüsen in Mitleidenschaft; ich spürte, wie mein Magen rumorte.

Das war sie, die unangenehme Wahrheit, die ich seit unserer letzten Unterredung versucht hatte, zu verdrängen, und schon ratterten meine Gedanken wie verrückt, bildeten Assoziationsketten, die mich zwangsläufig zu dem Schluß kommen ließen, daß ich meine jetzige Situation alles andere als im Griff hatte. Ich war kein heroischer Einzelgänger, den sich irgendein existentialistischer Phantast aus den Fingern gesogen hatte. Ich war einfach nur ein armer Kerl, der eine falsche Entscheidung getroffen hatte und nun die Konsequenzen tragen mußte. Ich war über vierzig. Ich konnte nicht einfach noch mal von vorn anfangen. Und mein Spaziergang heute abend würde ganz besonders lang sein.

»Wissen Sie, was mich am meisten belastet, Noah? Daß es im Grunde genommen immer nur um mein Ego ging. Ich habe das Leben mehrerer Menschen ruiniert, nur um zum Club der Selfmademen zu gehören. Hab davon geträumt, später einmal ein paar Storys à la ›Vom Tellerwäscher zum Millionär‹ zum besten zu geben, in irgendeiner Piano-Bar rumzuhängen und ›My Way‹ zu singen.«

»Glauben Sie, darum ging es Ihnen?«

»Sie etwa nicht?« Er antwortete nicht gleich. Ich hatte nie etwas anderes in Betracht gezogen. Ich war hin und her gerissen zwischen Hoffen und Bangen, daß es da vielleicht doch noch einen nobleren oder schäbigeren Beweggrund gäbe als die bloße Befriedigung meiner Eitelkeit, etwas, das mir bislang verborgen geblieben war. Aber was konnte es schon Schlimmeres geben?

»Sie etwa nicht?« wiederholte ich.

Er legte seinen Block zur Seite und räusperte sich. »Blicken Sie auf Ihr bisheriges Leben zurück, auf das, was Sie getan haben, die Entscheidungen, die Sie getroffen haben. Fällt Ihnen da kein Muster auf?«

»Muster? Darüber hab ich noch nie nachgedacht.«

»Eben.«

»Hören Sie, Noah, mir reicht's. Sollten Sie irgendeine kosmische Theorie haben, die erklären könnte, was dem lieben Frank da so zusetzt, dann vergessen Sie die vorgeschriebenen Sitzungen, mit denen der Klient zu irgendeiner Katharsis gebracht werden soll. Seit Monaten quäle ich mich damit herum, jeden Gedanken, jede meiner Handlungen zu analysieren, also sagen Sie mir bitte, was los ist.«

»Sie lieben das Risiko.«

»Jeder von uns geht Risiken ein.«

»Ja, so nach dem Motto: Sollen wir das Haus jetzt kaufen oder nicht? Soll ich den neuen Job annehmen? Sollte ich diese Investition machen? Jeder von uns trifft Entscheidungen, sei es auf Vernunftbasis oder einfach so aus dem Bauch heraus, jeder wägt die Nachteile und möglichen Vorteile gegeneinander ab. Was Sie reizt, Frank, ist ein Risiko, das nicht kalkulierbar ist. Sie scheren sich nicht um die Nachteile, die das mit sich bringen könnte, Sie wollen alles auf eine Karte setzen.«

»Und warum sollte ich so etwas tun, Noah?«

Er runzelte die Stirn. »Ich werd Ihnen sagen warum. Noch vor ein paar Jahren waren Sie ein gemachter Mann – privat wie beruflich. Sie brauchten nur Ihre Zeit totzuschlagen. Ich meine das durchaus nicht negativ, aber es ist halt so, daß die meisten Menschen irgendwann einmal an dem Punkt stehen, an dem sie die wichtigsten Entscheidungen bereits getroffen haben. Sie haben eine Familie, einen Job und zahlen Raten für das Haus.Doch dann stellen sie eines Tages fest, daß sie den Mount Everest nicht mehr besteigen werden, daß kein Geheimagent mehr aus ihnen wird und sich auch sonst nichts mehr von dem bewahrheiten wird, was sie sich als Kind oder an der Universität einmal alles erträumt haben. Das Leben besteht nur noch darin, das Erreichte nicht wieder zu verlieren – was bestimmt nicht einfach ist. Die meisten Leute, die ich kenne, versuchen genau das zu tun. Wissen Sie noch, was Thoreau sagte? ›Die große Masse der Menschheit führt ein Leben in stiller Verzweiflung.‹ Doch Sie, Frank, Sie haben dieses andere Leben kennengelernt. Eines Tages fanden Sie sich im Dschungel wieder: das Herz rast, die Hormone spielen verrückt, Angst, himmelhoch jauchzend und dann wieder zu Tode betrübt, Sieg und Niederlage – ein intensives Leben, die ultimative Herausforderung. Und es hat Ihnen gefallen. Und ehe Sie sich versehen, ist es Samstag nachmittag, und Sie hocken in irgendeinem Vorort, stehen in einem Baumarkt und gucken sich Farbmuster für Ihre neue Diele an, wie Millionen anderer Leute auch. Nur, daß Sie diesem Baumarkt entflohen sind, Sie konnten einfach nicht anders.«

Ich dachte darüber nach. Die Uhr tickte, und der Rest unserer Sitzung verstrich. Ich überlegte, was ich in den Monaten vor meiner Entscheidung, die mein Leben so auf den Kopf stellen sollte, alles gefühlt und gedacht hatte. »Ich hab da noch eine Frage«, sagte ich. »Nur noch eine.«

»Schießen Sie los!«

»Wie komme ich wieder dorthin zurück?«

Ich brachte meinen Ford Compact auf Hochtouren und fuhr den Hügel zum Anwesen Moira Brennan-O'Connells hoch. Einen Monat vor unserer Hochzeit hatte ich das Haus zum erstenmal gesehen, und noch am selben Abend hatten meine Verlobte und ich eine Auseinandersetzung zum Thema Finanzen, eine von vielen, die noch folgen sollten. Ich war in verschiedenen Sozialwohnungen in der Bronx aufgewachsen und hatte durchaus Verständnis für den amerikanischen Traum von einem Eigenheim. Zugleich war ich der Meinung, daß ich selbst für meine Wohnung aufkommen wollte, und das niedrigste Gebot lag bei fünfundsiebzigtausend Dollar, mit anderen Worten einundsiebzigtausend Dollar zu hoch. Ich fand, wir könnten uns mit unserem Nestbautrieb ruhig noch etwas Zeit lassen, aber Moira war da anderer Ansicht; ebenso ihr Vater, der es ohne seine berühmtberüchtigte Überzeugungskraft nie so weit gebracht hätte. Er müsse jetzt auf mein volles Engagement bauen können, sagte er. Es sei wichtig, daß ich »meine Familienangelegenheiten in Ordnung bringe«, damit ich mich dann ganz auf meine neuen Aufgaben konzentrieren könne. Danach hätte ich mich um wichtige Mandanten zu kümmern. Kontakte zu pflegen, sagte er, das sei völlig unabdingbar für eine Kanzlei in Washington wie die seine – besser gesagt, unsere. Moira dagegen würde die Rolle der Gastgeberin übernehmen, die ihre verstorbene Mutter so perfekt ausgefüllt hatte.

Schließlich glaubte ich selbst daran. Zum Teil wegen der Schmeicheleien des alten Herrn, zum Teil weil ich den verständlichen Wunsch hatte, meiner Frau den Lebensstil zu bieten, den sie gewohnt war. Außerdem hielt ich es wohl selbst ein Stückweit für vernünftig. Wie dem auch sei, mein Schwiegervater in spe hatte bereits seinen eigenen Marshall-Plan für meine Zukunft und die seiner Tochter ausgetüftelt. Halb Washington hatte Edward Brennan etwas zu verdanken, die andere Hälfte buhlte um seine Gunst, und die Hochzeit seiner Tochter war eine ausgezeichnete Gelegenheit. Die Geschenke trudelten ein, als wir noch auf der Hochzeitsreise waren. Als ich Moira schließlich über die Türschwelle trug, hätte ich sie beinahe fallen lassen. Die Szene, die sich mir bot, hätte die wildesten Phantasien eines Quizshow-Teilnehmers nicht übertreffen können. Porzellanservice und Tafelsilber für vierundzwanzig Personen, Baccarat-Kristallgläser, Kupfergeschirr aus Frankreich, Kerzenständer aus Sterling Silber, Porthault-Leinen, Lithographien sowie eine Skulptur, eine Cappuccino-Maschine, die einem Restaurant alle Ehre gemacht hätte, sowie zahlreiche andere Dinge, deren Sinn und Zweck weit über mein Vorstellungsvermögen hinausgingen. Als mein Schwiegervater den reichen Gabentisch sah, gab er eines seiner vielgeliebten irischen Sprichwörter zum besten: »Geschenke sollte man immer mit einem Seufzer annehmen, mein Junge. Die meisten Menschen schenken, um etwas zurückzubekommen.« Dann setzte er noch ein Auto obendrauf.

In die Auffahrt zu meinem neuen Zuhause einzubiegen erfüllte mich mit totaler Zufriedenheit. Gerade frisch verheiratet, genossen wir bereits den Wohlstand arrivierter Mittvierziger, und als dann noch mein Sohn aus der Tür wackelte, um mich zu begrüßen, hätte ich weinen können vor Freude. Einige Jahre gingen ins Land, und plötzlich war ich nicht mehr glücklich. Die häßliche Fratze der Realität starrte mich an: Mein Leben war mir buchstäblich auf einem Präsentierteller serviert worden. Und ich hatte mich über Leute diesen Schlags immer lustig gemacht.

Ich liebte meine Frau, und mir war klar, daß sich etwas verändern mußte. Wir kamen gar nicht dazu, uns langsam an etwas Neues zu gewöhnen. Ich erzählte ihr, daß ich darüber nachdächte, auszusteigen und Paps zu verlassen. In einer dieser schlaflosen Nächte starrte ich zur Decke und sprach es einfach aus. Moira war sprachlos. Ich wies darauf hin, daß ich mich ja noch gar nicht entschieden hätte, aber das machte es auch nicht besser. Sie versuchte, mir die Sache auszureden, und während ich weiter faselte, verwandelte sich ihr Erstaunen in Angst und Wut. Als ich schließlich davon sprach, das Haus zu verkaufen, war das Undenkbare schon in sehr greifbare Nähe gerückt. »Wohin?« fragte sie. »Was können wir uns dann noch leisten? Und was bedeutet das für Brendan, auf welche Schule soll er dann gehen?« Fragen, auf die ich keine Antwort wußte.

Nach einer qualvollen Woche bot sie mir einen Kompromiß an: verlaß die Firma, aber behalte das Haus; laß dir von Paps unter die Arme greifen, bis du dich etabliert hast. Ich sagte ihr, so etwas könne ich nicht. Das sei dasselbe, wie wenn man sich dort für die Lohntüte anstellt, wo man gerade gekündigt hatte.

Nun, so wie es aussah, würde sie nicht ausziehen, und ich konnte nicht bleiben.

Es dauerte lange, bis wir uns zu einer Trennung durchrangen, und wenn es so etwas wie eine Trennung im Guten gibt, dann mißglückte sie uns gründlich. Ich mietete ein kleines Studio an, um Kosten zu sparen. Wir sahen uns immer noch an den Wochenenden und schliefen sogar noch ein paarmal zusammen. Es war fast so, als spielten wir die Anfänge unserer Beziehung nach, als versuchten wir, noch einmal ganz von vorn zu beginnen. Selbst mein Schwiegervater schien nur leicht beunruhigt zu sein. »Ein kleiner Umweg auf deinem Lebensweg, mein Junge«, sagte er. Aber aus den Wochen wurden Monate, und als Moira begriff, daß es hier um mehr ging als eine Midlife-crisis, ließ ihr Verständnis für mein ständiges Kommen und Gehen allmählich nach, und wir fingen an, uns ernstlich zu entfremden. Das Haus wurde zu einem Symbol unserer Trennung. Anfangs wurden nur ein paar Möbel umgestellt, nach und nach veränderte sich auch die Einrichtung. Neue Wandfarben, eine neue Ausstattung, ein neues Leben.

Ich klingelte immer, bevor ich das Haus betrat. Ich wartete, bis mein Sohn durch den Briefkastenschlitz in der Tür linste, steckte meinen Finger hindurch, so daß er ihn umklammern konnte, und lachte.

Moira öffnete, sie war gerade im Begriff, sich für den Abend umzuziehen, trug Make-up, Seidenstrümpfe und ein Abendkleid. »Hallo«, sagte ich.

»Hallo. Ich telefoniere gerade.« Sie sauste in die Küche, also ging ich ins Arbeitszimmer. Wir hatten uns einmal heftig darüber gestritten, wie wir diesen Raum bezeichnen sollten. Ich schlug »Höhle« vor, und sie verdrehte nur die Augen. »Der Raum mißt sieben Meter fünfzig mal fünf Meter fünfzig«, erklärte sie. »Die Decken sind dreieinhalb Meter hoch, mit Stuck verziert, es gibt Eichenparkett, französische Türen, Regale bis an die Decke und einen marmornen Kaminsims. Ich fürchte, es ist eine Bibliothek.« Sie zeigte mir die Pläne des Hauses. »Euer Ehren«, sagte sie mit verstellter Stimme, »ich würde gern das Beweisstück A vorlegen.« Da stand es, schwarz auf weiß, aber ich argumentierte, daß »Bibliothek« einfach zu wichtigtuerisch klang. Sie nahm mein Gesicht in ihre Hände und lachte. »Wenn das meinem Proletarier hier besser gefällt, dann nennen wir es eben Arbeitszimmer.« An jenem Abend packten wir eines unserer Hochzeitsgeschenke aus, einen Weinkühler aus Sterling Silber, und weihten das gute alte Eichenparkett ein, genau vor dem marmornen Kaminsims. Danach kuschelten wir uns gemeinsam unter eine Decke, prosteten uns zu und gratulierten uns zu unserem schlauen Kompromiß. Wäre doch nur alles so einfach gewesen.

»Hallo, Dad!« Mein Sohn stand in der Tür und trug einen Overall aus Kordsamt und dazu einen Rollkragenpullover. Er hatte ein Glas Saft in der Hand, das mit einem Deckel versehen war, damit nichts daneben ging.

»Hallo Kumpel! Wie geht es meinem großen Jungen?« Ich lief auf ihn zu, ging in die Hocke und breitete die Arme aus.

»Gut«, sagte er und machte einen Schritt auf mich zu, ließ sich umarmen und schlang seine Arme um meinen Hals. Diese Momente waren das Schönste, das mir noch geblieben war, ich konnte sie kaum erwarten. Er entfernte seine Wange von der meinen und begann, an meiner Krawatte herumzuspielen. »Dad?« sagte er.

»Ja, Kumpel.«

»Du magst doch die *Giants*, oder?«

»Jawoll.«

»Du magst die *Giants*, weil du in New York gelebt hast, als du noch ein kleiner Junge warst.«

»Stimmt genau.«

»Aber jetzt lebst du in Washington.«

»Hm-hm.«

»Dad, kann ich für ein anderes Team sein, für keins aus Washington?«

»Nicht für die *Redskins*?«

»Ja, die *Washington Redskins*. Muß ich für die sein?«

»Nein, Kumpel, du kannst sein, für wen du willst. Die meisten Leute sind für das Team, das von dort stammt, wo sie auch leben, aber das muß nicht so sein. Gibt es da denn noch ein anderes Team, das dir gefällt?«

»Dad?«

»Ja, mein Schatz?«

»Sind die *Forty-niners* ein gutes Team?«

»Klar doch. Willst du für die *Forty-niners* sein?«

Er schüttelte den Kopf, wie jemand, der sich mit dem Gedanken getragen, ihn dann aber doch verworfen hat. »Ich will für die *Redskins* sein«, sagte er begeistert. »Das ist mein Lieblingsteam, Dad.«

»Dann solltest du das tun, Kumpel. Halte zu ihnen – egal, ob sie gewinnen oder verlieren.«

Moira kam herein, fertig zurechtgemacht für den Abend. Lange Zeit hatte ich die Tatsache verdrängen können, daß aus meiner wunderschönen Exfrau wohl kaum eine alte Jungfer werden würde. Und wie sie so da stand, in ihrem Cocktailkleid, wurde ich wieder schmerzlich daran erinnert. »Du siehst phantastisch aus«, sagte ich.

»Danke«, sagte sie. In Gegenwart unseres Sohnes rissen wir

uns immer sehr zusammen. Eines hatte ich zumindest nicht zu befürchten, nämlich daß sie einen Keil zwischen mich und ihn treiben würde; dazu hatte sie einen viel zu guten Charakter.

»Wir müssen los. Um halb acht ist er wieder da. Wie heißt der Babysitter noch mal?«

»Warum bleibt ihr beide nicht einfach hier?«

»Hier?«

»Warum nicht? So könnt ihr mehr Zeit miteinander verbringen. Im Kühlschrank sind noch ein paar Frikadellen, und ihr könnt zusammen fernsehen oder euch mit seinen Spielsachen beschäftigen. Er darf bis acht aufbleiben, und ich werde so gegen elf zu Hause sein.«

»In Ordnung. Hört sich großartig an.« Offensichtlich hatte Paps nach unserem Telefonat mit ihr gesprochen.

»Außer, du mußt irgendwohin?« fügte sie hinzu.

Irgendwohin? Von den Abenden mit meinem Sohn einmal abgesehen, mußte ich nach sechs Uhr abends nirgendwohin. Es gab nur Orte, an denen ich *nicht* sein wollte, wie mein Apartment oder irgendeine Bar. »Nein«, sagte ich, »ich hab nichts anderes vor.«

»Dann ist ja alles in Ordnung. Seine Spielsachen sind in dem Regal in seinem Zimmer. Am liebsten spielt er *Candyland* – er gewinnt immer.« Es klingelte. Sie wirbelte unseren Sohn in einer Umarmung herum. »Amüsier dich schön mit Daddy, und geh brav ins Bett, wenn er es dir sagt, okay? Sobald ich heimkomme, bekommst du einen Gutenachtkuß von mir.« Sie lächelte mir zu und sauste ohne ein weiteres Wort zur Tür, und weg war sie.

Also verbrachte ich einen Abend in *Candyland,* wo mir ganz schön eingeheizt wurde. Anschließend machte Brendan mit mir eine Führung durch sein Zimmer, das ich seit Monaten nicht mehr gesehen hatte, weil ihn Moira normalerweise schon immer fix und fertig hatte, um unsere Konversation auf ein Minimum zu beschränken. Es gab ein paar neue Spielsachen, darunter auch ein ferngesteuertes Auto, das ihm jemand namens Rob geschenkt hatte, von dem er mir begeistert vorschwärmte. Meine ungeschickten Versuche, das Thema auf andere, wichtigere Dinge zu lenken, blieben fruchtlos. Sieht ganz so aus, als ob Sechsjährige nicht so besonders auf Fragen wie »Gibt es irgend etwas, über das du mit mir reden möchtest?« abfahren oder auf andere Fragen, mit denen Therapeuten so gern ihre Sitzungen eröffnen. Gegen acht sprachen wir das Nachtgebet, und ich steckte die Decke sorgfältig um ihn herum fest. Von einem Stuhl aus sah ich zu, wie er einschlief. Ich schaute weder nach links noch nach rechts, als ich am Schlafzimmer vorbeiging, für den Fall, daß Rob auch dort Spuren hinterlassen hatte.

Die nächste Stunde verbrachte ich im Arbeitszimmer, hörte Radio und las die Zeitung. Ich habe die Abende gern so verbracht, bis ich mein Apartment bezogen hatte. Entspannung führt unweigerlich zum Nachdenken, und genau das wollte ich um jeden Preis vermeiden. Als ich mit der Zeitung fertig war, sah ich mich nach etwas anderem um, das ich lesen konnte, und bemerkte, daß unsere Alben mit den Familienfotos verschwunden waren. Bei den Brennans war es Tradition, jedes Jahr ein Album anzulegen. Nachdem wir geheiratet hatten, hatte Moira sich dieses Projekts angenommen. Wir standen kurz davor, ein eigenes Bücherbord zu füllen – da fiel alles in Stücke.

Nachdem ich etwas herumgewühlt hatte, fand ich unsere Familiengeschichte in Bildern in ein paar Plastiktüten auf dem Boden eines Schrankes wieder. Während der nächsten zwei Stunden ließ ich einige der schönsten Momente meines Lebens an mir vorbeiziehen: unsere Flitterwochen; die Umbenennung der Kanzlei in Brennan & O'Connell; Partys, Urlaub; Moiras Schwangerschaft, Brendans Geburt und so gut wie jede Stunde seiner ersten beiden Lebensjahre. Ich beugte mich über mein Lieblingsbild, das auch Paps Lieblingsbild war. Es war in seinem Ferienhaus in Nantucket aufgenommen worden: Paps, Moira, Brendan und ich hielten Händchen am Strand. Die drei Erwachsenen standen mit dem Rücken zur Kamera, aber Brendan war auf den Fotografen aufmerksam geworden, hatte sich halb umgedreht und blickte direkt in das Objektiv. Ich begann über Noahs These nachzudenken, suchte nach irgendeinem Hinweis auf meine wachsende Unzufriedenheit: gekünsteltes Lächeln, abwesende Blicke, irgend etwas an meiner Körpersprache. Aber ich konnte nichts finden.

Ein Schlüssel, der im Türschloß herumgedreht wurde, riß mich aus meinen Gedanken. Als ich die Alben hastig in die Tüten zurückstopfte, konnte ich ein Murmeln aus dem Flur vernehmen, danach ein kurzes Schweigen, bevor die Tür wieder ins Schloß fiel. Ich machte den Schrank so leise wie möglich zu, lief auf Zehenspitzen zum Fenster und konnte gerade noch sehen, wie ein Mann in einen großen Mercedes stieg. Moira, soviel war klar, würde denselben Fehler kein zweites Mal begehen. Ich ließ mich wieder auf den Stuhl fallen, so daß ich rechtzeitig aufspringen konnte, als sie das Zimmer betrat.

»Wie war's?« fragte sie. Weder verschmierter Lippenstift, noch geöffnete Knöpfe waren zu sehen. »Er schummelt bei *Candyland.*«

Sie nickte. »Zu viele Juristen in der Familie. Hast du genug gegessen?«

»Es war großartig. Er hat alles aufgegessen, bevor wir mit dem Spielen angefangen haben, und ist pünktlich ins Bett. Ich hab hier gesessen und die Nachrichten gelesen.« Ich deutete wie zum Beweis auf die Zeitung, die einfach nur dalag.

»Gut.« Sie ließ sich in den gegenüberliegenden Sessel fallen. Ich wußte nicht recht, ob das eine Einladung sein sollte, und so blieb ich stehen.

»Wie war dein Abend?«

»Schön«, sagte sie und streifte ihre Schuhe ab. »Wir gehen schon seit längerem zusammen aus und verstehen uns sehr gut.« Sie sah mich an und fügte dann hastig hinzu: »Brendan gegenüber ist er ganz reizend, Frank. Er respektiert, daß du sein Vater bist, aber er mag ihn wirklich und bemüht sich sehr, ihm das auch zu zeigen.«

»Schön«, sagte ich. Ein beklemmendes Schweigen breitete sich aus, während ich darüber nachgrübelte, was man dem noch hinzufügen könnte. Schließlich sagte ich noch einmal: »Schön.«

»Wie läuft es mit deiner Kanzlei?«

»Birch & Hayes wollen mich als Prozeßbevollmächtigten haben, vielleicht kann ich in ein paar Jahren zum Partner aufsteigen.«

»Nun, das ist doch gut, oder?«

»Ich denke schon. Entweder das, oder ich muß gehen.« Sie sah beunruhigt aus. »Meine Mandanten machen sie nervös.«

»Sie waren sehr anständig zu dir, Frank. Wo sind sie geblieben, deine ganzen Freunde, als du dich selbständig gemacht hast?«

Eins zu null für sie. Strafverteidiger sind auf gute Verbindungen angewiesen, wenn sie überleben wollen. Mein Schwiegervater hatte mir Verbindungen zu den wichtigsten Leuten der ganzen Stadt verschafft. Also gab ich meine eigene Kanzleigründung bekannt und wartete darauf, daß das Telefon klingelte. Doch es klingelte nie – mein Dilemma entbehrte nicht einer gewissen Ironie. Paps hielt Distanz, um meine Unabhängigkeit zu respektieren, doch der Rest der Kollegenschaft befürchtete, auf mich zugehen hieße, Stellung gegen ihn beziehen, und niemand wollte es sich mit Ed Brennan verderben. Ohne die Verbindungen dieser Familie und weit weg von der Stadt, in der ich mir einen Namen gemacht hatte, war ich komplett isoliert. Ich war ins kalte Wasser gesprungen, ohne richtig darüber nachzudenken – für mich nichts Neues –, und fiel ziemlich tief. Dann fand ich mich schließlich in dem Sicherheitsnetz wieder, das Birch & Hayes für mich gespannt hatten.

»Sie waren sehr anständig zu mir«, gab ich zu »Aber ich glaube nicht, daß ich der richtige Mann für sie bin.«

»Aber was willst du dann machen?«

»Das, was ich jetzt auch tue. Ich müßte mir eben eine neue Bürogemeinschaft suchen oder aber von meinem Apartment aus arbeiten.«

»Wie lange willst du denn noch so weitermachen?« fragte sie traurig. »Meinst du nicht, es wäre an der Zeit ...« Sie wandte den Blick ab.

»An der Zeit, was?«

»Vergiß es«, murmelte sie.

»Ich spiele hier keine Spielchen, Moira. Ich versuche, Fuß zu fassen. Ich gebe nicht so schnell auf.«

Sie starrte mich an und schüttelte dann den Kopf. »Du mußt der einzige Anwalt in ganz Washington sein – auf der ganzen verdammten Welt –, der so etwas als Aufgeben betrachten würde. Aufgeben, und was denn bitte, wenn ich fragen darf?«

»Hör zu, es ist sinnlos, darüber zu streiten, denn ich habe mich bereits entschieden.« Ungefähr zehn Sekunden vorher.

»Du wirst ablehnen.« Sie seufzte. »Ich fasse es nicht.« Sie stand auf und lief in den Flur. Es war Zeit für mich, zu gehen.

3

Als ich am Montag morgen die Kanzlei betrat, ging ich direkt zu Harry ins Büro. Es hatte keinen Sinn, die Sache noch länger hinauszuzögern. Ihm einen Korb zu geben, dürfte mir eines der letzten Vergnügen bereiten, die mir in der nächsten Zeit noch vergönnt sein würden. Harry telefonierte gerade, hielt jedoch die Sprechmuschel zu, als er mich sah.

»Frank!« schrie er. »Ich weiß, du hast eine Menge zu tun, also laß uns unser Gespräch auf später verschieben, bis du soweit bist!« Er sprach wieder in den Telefonhörer, glotzte aber immer noch in meine Richtung, und so hob ich nur kurz die Hand und marschierte in mein Büro. Viel zu tun? Vielleicht hatte er mit meinem Therapeuten gesprochen, nun, mir sollte es recht sein. Vielleicht hatte ihn Noah ja gewarnt, ein Rausschmiß könne bedeuten, ich würde hier mit einem geladenen Gewehr wieder auftauchen.

Ich erreichte die Türschwelle zu meinem Büro und erstarrte wie hypnotisiert. Ashley Bronson saß meinem Schreibtisch gegenüber. In Gedanken versunken drehte sie den Eishockey-Puck in ihren schmalen Händen mit den farblos lackierten Fingernägeln, an denen sie bis auf eine Armbanduhr im Gegenwert eines Kleinwagens keinen weiteren Schmuck trug. Ein Becher mit Tee stand dampfend auf dem Schreibtisch.

»Das ist ein Untersetzer«, sagte ich. »Für Ihren Tee.«

»Natürlich«, antwortete sie. Sie stellte den Becher darauf ab, erhob sich, sah mich an und streckte mir ihre Hand entgegen. Merkwürdig, was einem in einem solchen Moment so alles durch den Kopf geht. Ich wußte, ihr Händedruck würde sehr angenehm sein, weder zu schlaff noch zu energisch, gerade richtig eben. Ich drückte ihre Hand länger als üblich, aber falls sie etwas bemerkt haben sollte, ließ sie es sich zumindest nicht anmerken. »Tut mir leid, ich habe keinen Termin«, sagte sie und schaffte es, ganz zerknirscht auszusehen. Sie hatte es nicht nötig, sich vorzustellen, also ließ sie es bleiben.

»Das geht schon in Ordnung. Bitte nehmen Sie Platz.« Ich rückte ihr den Stuhl zurecht und ging dann um den Schreibtisch herum zu meinem eigenen. Es war das zweite Mal, daß wir uns persönlich begegneten, aber diesmal fiel ihr das kupferfarbene Haar bis auf die Schultern, und sie hatte die Nacht nicht im Gefängnis verbringen müssen. Meine Kehle schnürte sich zusammen, als ich sagte: »Wie geht es Ihnen?«

»Ich bin in Schwierigkeiten«, antwortete sie.

»Ich weiß. Wieso kommen Sie zu mir?«

»Man hat mir gesagt, ich würde nächste Woche angeklagt. Wegen Mordes.«

Das überraschte mich nicht, aber sie hatte meine Frage falsch verstanden. »Ich dachte, Mr. Preston würde Sie vertreten.«

»Er sagte, er selbst mache kein Strafrecht, aber er würde mir ein paar gute Anwälte empfehlen, die darauf spezialisiert seien.« Ohne mit der Wimper zu zucken fügte sie hinzu: »Ihr Name war nicht dabei.«

Auch das überraschte mich nicht. »Und trotzdem sind Sie hier.«

»Ich hatte schon vorher beschlossen, mich von Ihnen vertreten zu lassen.«

»Tatsächlich? Und wann, wenn ich fragen darf?«

»Im Gefängnis«, antwortete sie. Das Gefängnis: unser erstes Aufeinandertreffen, kein Wort war damals zwischen uns gefallen. Ich fragte mich, ob wir sofort vor dem Traualtar landen oder erst gemeinsam durchbrennen würden. »In solchen Fällen vertraue ich lieber meinem Instinkt« – sie lachte –, »aber unter diesen Umständen sollte ich wohl besser nachfragen, ob Sie so gut sind wie die auf dieser Liste.«

»Ja.«

Sie hob die Augenbrauen. »Ich hab Ihnen die Namen doch noch gar nicht vorgelesen.«

»Stimmt.«

Ihre Mundwinkel zeigten nach oben. »Ich mag Männer mit Selbstvertrauen«, sagte sie leise.

Ich überlegte, wie ich das Gespräch eröffnen sollte, und suchte nach etwas, das Preston vielleicht sagen würde, bevor er zum eigentlichen Kern der Sache vordringen würde. »Wollen wir anfangen?«

»Ich bin soweit.«

»Miss Bronson, jeder Anwalt hat seine eigene Methode, seinen Mandanten zu der Strafsache zu vernehmen. Manche fragen ihren Mandanten nie, was er oder sie getan hat, sondern nur nach dem, was die Polizei beweisen kann. Andere erläutern die möglichen Verteidigungsstrategien, bevor sie überhaupt irgendeine Frage stellen.« Ich griff nach Block und Bleistift.

Sie sah mich spöttisch an. »Will denn niemand die Wahrheit wissen?«

»Die Sache ist nicht so einfach, wie Sie vielleicht denken. Die Dinge liegen meist ganz anders, als sie die Beteiligten gern darstellen wollen. Bei all diesem Durcheinander dürfen Sie die Mißverständnisse, fehlerhaften Erinnerungen, Halluzinationen, die Hysterie, das Wunschdenken und die dreisten Lügen nicht vergessen. Ist die Geschichte erst einmal erzählt, führt sie gewissermaßen ein Eigenleben. Der Mandant fühlt sich daran gebunden, und es kann die Verteidigung lahmlegen, auch wenn die Geschichte später eine ganz andere Wendung nehmen sollte. Bekanntlich verfolgen Anwälte auch nicht immer ganz hehre Ziele.«

»Was soll das heißen?«

»Die Standesrichtlinien verbieten es dem Anwalt, einen Mandanten unter Eid falsch aussagen zu lassen. Angenommen, mein Mandant gibt an, das Geld nicht gestohlen zu haben, dann kann er in den Zeugenstand treten und auf seine Unschuld pochen, auch wenn alle Beweise dagegen sprechen. Gibt mein Mandant mir gegenüber jedoch zu, daß er das Geld gestohlen hat, dann ist seine Schuld eine Tatsache, und ich kann nicht zulassen, daß er einen Meineid begeht. Das heißt, er darf nicht länger zu seinen eigenen Gunsten aussagen, selbst wenn er in den Zeugenstand treten will.«

»Mit anderen Worten: Die Wahrheit kann einen Anwalt in seiner Arbeit behindern.«

»Genau das. Will der Anwalt also auf keine Option verzichten, wird er seinen Mandanten nie nach der ganzen Wahrheit fragen.«

Sie überlegte einen Moment. »Und Sie? Wie gehen Sie vor?«

»Ich lasse mir gern die ganze Geschichte von A bis Z erzählen, ohne selbst einzugreifen. Das kann bedeuten, daß Sie nicht in den Zeugenstand treten dürfen, aber wenn ich nicht weiß, was wirklich passiert ist, kann ich auch keine ordentliche Verteidigungsstrategie entwickeln, oder, schlimmer noch, ich könnte während der Verhandlung selbst eine böse Überraschung erleben. Als Ihr Anwalt würde ich alles wissen wollen.«

»Das erscheint mir sehr sinnvoll«, stimmte sie zu.

»In Ordnung.«

»Soll ich Ihnen sagen, was passiert ist?«

»Fangen Sie an.«

»Ich habe ihn umgebracht.«

In solchen Momenten nützt einem die berufliche Ausbildung herzlich wenig. Ich hörte, wie ich sagte: »Reden Sie weiter«, während sich meine Eingeweide erst einmal von dem Schock erholen mußten.

»Ich ging zu ihm nach Hause und betrat das Anwesen durch eine der Terrassentüren. Ich stand im Wohnzimmer, nahm seine Pistole aus dem Sekretär, betrat das Zimmer und erschoß ihn.« Sie wollte weitersprechen, aber ihre Lippen waren zu einem schmalen Strich zusammengepreßt, und sie wandte den Blick ab. Plötzlich hatte sie etwas Verletzliches, ihr Kiefer zitterte und verriet, daß sie nicht die kaltblütige Mörderin war, die sie zu sein vorgab. Ich hätte jetzt sagen können: »Das genügt«, aber das würde das Hohe Gericht ganz bestimmt nicht tun, und so malte ich nur große Kringel auf meinen Block und fragte mich, ob es überhaupt irgendeine Chance für uns gäbe.

Sie bemerkte das Foto an der Wand, ein siebzehn Meter langer Zweimaster mit dem Namen *Jezebel,* in starker Krängung vor einer riesigen Welle und weißer Gischt. Mit diesem Boot hatte ich den Atlantik überquert, ein Jahr, nachdem ich aus dem Krieg zurückgekommen war. »Segeln Sie?« fragte sie.

»In letzter Zeit nicht.«

»Wir haben ein Boot in Annapolis. Als es meinem Vater gesundheitlich noch gut ging, sind wir öfter damit rausgefahren.« In einem der Artikel im Zusammenhang mit ihrer Festnahme war auch vom kürzlichen Tod von Henry Bronson die Rede gewesen. Die *Post* schrieb, er sei als junger Mann Physiker gewesen und habe sich in den letzten Jahren für humanitäre Belange eingesetzt, im Namen einer Familienstiftung, die wiederum von seinem Vater ins Leben gerufen worden war, der mit Bauholz ein Vermögen verdient hatte. Eine Menge Bäume waren der Axt zum Opfer gefallen, um den Lebensstil von Ashley Bronson zu finanzieren, und jetzt würde ein Teil dieses Wohlstands auch in meine Taschen fließen. Im Gegenzug würde ich eigene humanitäre Zeichen setzen und einige meiner Schulden bezahlen.

»Ich habe gehört, Ihr Vater ist kürzlich verstorben. War er krank?«

»Er hatte bereits mehrere Schlaganfälle erlitten und war an den Rollstuhl gefesselt. Geistig gesehen, ging es ihm mal gut, mal schlecht.« Sie sah mich an, als sei meine Frage damit beantwortet.

»Ich verstehe«, sagte ich, auch wenn ich rein gar nichts verstand.

»Mein Vater hat Selbstmord begangen.«

»Selbstmord? Bitte entschuldigen Sie … ich kann mich nicht erinnern, je etwas darüber gelesen zu haben.«

»Das stand nicht in den Zeitungen. Er nahm eine Überdosis Schlaftabletten. Die einzigen, die davon wissen, sind sein Arzt und ich. Und jetzt auch Sie.«

»Sie sagten, mal sei es ihm gut, mal schlecht gegangen. Könnte das nicht ein Versehen gewesen sein?«

»Dieser Meinung ist auch sein Arzt. Er war ein enger Freund meines Vaters und nahm Rücksicht auf das Ansehen der Familie, indem er nichts davon durchsickern ließ.«

»Aber Sie glauben nicht, daß er recht hat.«

»Ich kenne die Wahrheit.« Sie öffnete ihre Reisetasche und holte ein in Leder gebundenes Buch hervor, so groß wie ein Taschenbuch. »Mein Vater schrieb Tagebuch, solange ich denken kann«, sagte sie. »Das hier ist der letzte Band, und wer den letzten Eintrag liest, weiß, was er vorhatte.« Ihre Stimme brach. »Im Grunde genommen hat Raymond Garvey meinen Vater umgebracht.«

»*Umgebracht?* Wie das?«

»Indem er so lange Jagd auf ihn gemacht hat, bis er Selbstmord begangen hat.«

»Jagd auf ihn gemacht hat, weswegen?«

»Ich weiß es nicht. Davon steht nichts in dem Tagebuch, aber ich habe ihn noch nie so bedrückt gesehen. Ich hab Raymond noch gewarnt, ihm gesagt, er solle meinen Vater in Ruhe lassen. Ich habe ihm gesagt, er schade damit der Gesundheit meines Vaters und daß ihn das umbringen könne. Aber er wollte nicht auf mich hören. Er…« Ihre Stimme erstarb und sie schüttelte nur den Kopf.

»Lassen Sie sich Zeit«, sagte ich.

Sie rang um Fassung und fuhr dann fort. »Mein Vater war ein guter Mensch, Mr. O'Connell. Seine Bücher, seine Musik, die Kunst waren einfach alles für ihn … und seine Tochter. Vor nicht einmal drei Wochen betrat ich die Bibliothek, um ihm zu sagen, daß ich ins Bett ginge. Er konnte schon nicht mehr gut sprechen, aber er sagte meinen Namen und hielt meine Hand, wohlwissend, daß er mich nie mehr wiedersehen würde. Allein wenn ich daran denke, welche Trauer ihn bei unserer letzten Begegnung erfüllt haben muß…« Ihre Augen blitzten, und erneut drohte sich ihre Stimme zu überschlagen. »Was Raymond Garvey getan hat, ist schlimmer als Mord. Deshalb habe ich ihn umgebracht. Und ich bereue nichts.«

Sie hatte sich also gerächt. Und jetzt, nachdem ich wußte warum, kam das Wie und Wo. Meine freudige Erregung begann nachzulassen. »Womit wir bei den restlichen Fragen wären«, sagte ich. »Was kann uns die Staatsanwaltschaft nachweisen?«

»Meine Fingerabdrücke sind auf der Waffe. Einer der Ermittler hat so was erwähnt.«

»Was haben Sie geantwortet?«

»Ich habe gar nichts gesagt.«

»Sehr gut. Sie sollten mit niemandem darüber reden, mich ausgenommen. Sind Sie vorher schon einmal in diesem Haus gewesen?«

»Viele Male. Raymond Garvey war ein Freund meines Vaters und somit fast so etwas wie ein Onkel für mich.«

»Woher wußten Sie, wo die Waffe lag?«

»Er hat sie mir vor ungefähr vier Monaten gezeigt. In der Nähe war mehrfach eingebrochen worden, und da hat er sie angeschafft, um sich im Notfall verteidigen zu können.« Ein peinliches Schweigen entstand.

»Das könnte die Fingerabdrücke erklären. Sie sagten, Sie hätten sich selbst Zugang zum Haus verschafft. Haben Sie einen Schlüssel benutzt?

»Ja.«

»Wo ist der jetzt?«

»Die Polizei hat ihn. Sie hat ihn bei der Hausdurchsuchung mitgenommen.«

»Wer hatte sonst noch einen Schlüssel?«

»Keine Ahnung. Seine Haushälterin wahrscheinlich. Sonst weiß ich von niemandem.«

»Wie sind Sie zu dem Haus gelangt?«

»Zu Fuß. Wir wohnen nur fünf Blocks davon entfernt.«

»Hat Sie jemand kommen oder gehen sehen?«

»Ich bin auf meinem Weg niemandem begegnet. An den Rückweg erinnere ich mich nur noch verschwommen, aber ich glaube nicht, daß mich jemand gesehen hat.«

So weit, so gut. »Was hatten Sie an, als Sie die Waffe abfeuerten?«

»Einen Regenmantel.«

»Wo ist er jetzt?«

»Sie haben ihn mitgenommen, genau wie all die anderen Kleidungsstücke, bei der Hausdurchsuchung. Keine Ahnung, was sie damit gemacht haben.«

»Sie untersuchen sie auf Schmauchspuren. Hat es geregnet, als Sie das Haus verlassen haben?«

»Es gab ein Gewitter.«

»Hat jemand etwas zu Ihrer Kleidung gesagt?«

»Nein.«

Aufgrund des Regens war es durchaus möglich, daß ihre Kleider absolut in Ordnung waren. Ich deutete auf das Buch, das immer noch auf ihrem Schoß lag. »Wer weiß sonst noch vom Tagebuch Ihres Vaters?«

»Martha vielleicht, unsere Köchin. Sie lebt als einzige Angestellte bei uns im Haus. Was spielt das für eine Rolle?«

»Das könnte Ihr Mordmotiv erklären – wenn sie Ihnen nachweisen können, daß Sie den letzten Eintrag gelesen haben.«

»Aber natürlich«, flüsterte sie. »Ich hätte nicht gedacht ...« Sie preßte den Band an ihre Brust. »Was soll ich damit tun?« fragte sie.

Die klassische Frage bei jeder Ethikprüfung an der juristischen Fakultät. *Der Mandant zeigt Ihnen ein blutverschmiertes Messer und fragt: »Was soll ich damit tun?«*

»Nun, zunächst würde ich gern selbst einmal einen Blick hineinwerfen«, antwortete ich. »Wenn Sie gestatten, behalte ich es bis morgen früh.«

Sie legte es auf den Schreibtisch. »Und was passiert jetzt?« fragte sie. Sie war erschöpft, und ihre Verletzlichkeit schien wieder durch.

»Das wäre alles für heute. Sie gehen jetzt nach Hause und versuchen, sich ein wenig auszuruhen. Reden Sie mit niemandem über den Fall. Ich werde mich mit der Staatsanwaltschaft in Verbindung setzen und sie informieren, daß ich Sie vertreten werde und daß jeder weitere Kontakt über mich zu laufen hat. Außerdem werde ich versuchen herauszufinden, über welche Beweismittel man dort bereits verfügt, aber das wird sich wahrscheinlich erst bei der Verlesung der Anklageschrift herausstellen.« Sie nickte und schien wieder eine etwas straffere Haltung anzunehmen. »Ich denke, ich weiß soweit Bescheid«, fuhr ich fort, »aber ich möchte wirklich ganz sichergehen. Wer weiß noch von der Sache, von Ihnen und mir einmal abgesehen?« Und dem Staatsanwalt, darauf würde ich jede Wette eingehen.

»Niemand. Mit Mr. Preston habe ich niemals darüber gesprochen, und auch mit sonst niemandem.« Sie sah mich direkt an und sagte: »Sie sind der einzige.«

Der einzige. So als hätte sie es schon immer gewußt, vom ersten Moment an, als sie mich sah. Unter diesen Umständen, so fand ich, durfte ich sie auch anstarren, wobei ich durch ihre wunderbaren Augen auf den Grund ihrer Seele zu blicken suchte. Dann begann ich zwei und zwei zusammenzuzählen. Wenn sie da herauskam, könnten wir noch Kinder kriegen.

Ich wählte die Nummer der Staatsanwaltschaft und hörte mich sagen: »Frank O'Connell am Apparat, ich rufe im Auftrag von Ashley Bronson an.« Sie schalteten mich auf die Warteschleife, und so hing ich meinen Gedanken nach und erinnerte mich an die Hochzeitsszene mit Moira. Ein Meer von Champagnergläsern teilte sich, um gab den Blick auf Paps frei, der uns an unseren Ehrenplatz geleitete. Er strahlte über das ganze Gesicht und war umgeben von den mächtigsten Männern der Stadt. Unser ganzes Leben lag noch vor uns: Ein Zuhause, ein Kombi voller Kinder, Brennan & O'Connell – ihr alter Herr und ich würden sie alle von den Sitzen reißen. Während ich den Applaus entgegennahm, dachte ich noch: *Hey Kleiner, jetzt bist du wirklich erwachsen!*

Am anderen Ende hörte ich eine neue Stimme. »Hier spricht das Büro von Mr. Rogavin.« Kyle Rogavin. Der scharfe Hund. Der Witz kursierte, er habe schon so viele Burschen nach Lewisburg verfrachtet, daß sie mittlerweile ein eigenes Gefängnisgebäude mit eigenem Mitteilungsblatt hatten.

»Könnte ich bitte mit Mr. Rogavin sprechen? Frank O'Connell am Apparat. Ich vertrete Ashley Bronson.«

»Einen Moment bitte, Mr. O'Connell. Ich höre mal nach, ob er zu sprechen ist.« Die Staatsanwälte, mit denen ich bei meinen Drogengeschichten normalerweise die Klingen kreuzte, waren für einen Verteidiger nicht zu sprechen und riefen nie zurück. Als Ashley Bronsons Anwalt würde ich mit so manchem Problem zu kämpfen haben, aber die Frage, ob man mich zurückrufen würde oder nicht, gehörte eindeutig nicht dazu.

»Kyle Rogavin.«

»Frank O'Connell. Ich rufe wegen Ashley Bronson an.«

»Wo ist Mr. Preston abgeblieben?«

»Preston?«

»Ich dachte, Mark Preston würde sie verteidigen.«

»Oh. Ich glaube, er hat nur die erste Feststellung des dringenden Tatverdachts abgewickelt. Jetzt bin ich ihr Anwalt.«

Nach einer langen Pause fragte er: »Sind wir uns schon einmal begegnet?«

»Ich glaube nicht, aber ich bearbeite viele Fälle Ihres Büros.«

»Ach ja? Was denn für Fälle?«

»Überwiegend Drogensachen.«

»Drogen«, wiederholte er. »Ich verstehe. Beauftragt oder bestellt?«

»Bestellt. Hören Sie, wenn Ihnen das bei Ihrer Entscheidung, mit mir zu sprechen, weiterhilft, dann faxe ich Ihnen kurz meinen Lebenslauf.«

In der nun entstehenden Pause überlegte er wohl, wie Ashley Bronson bloß an einen auf illegalen Drogenbesitz spezialisierten Pflichtverteidiger geraten war. Nun ja, sollte er dahintergekommen sein, konnte er mir ja Bescheid geben.

»Was kann ich für Sie tun, Mr. O'Connell?«

»Ich würde Sie gern sehen.«

»Wollen wir eine Absprache über Schuldigerklärung treffen?«

»Warum sollten wir?«

»Nun, lassen Sie mich mal laut überlegen. Vielleicht würde Miss Bronson ja gern eine Anklage vermeiden. Vielleicht findet sie ja, daß sieben bis zehn Jahre Gefängnis besser sind als zwanzig.«

»Schon möglich, aber ins Gefängnis schickt man in der Regel nur die Schuldigen.«

»Ich habe Körbe voller Beweismaterial, die ihr genau das nachweisen.«

»Dann haben Sie doch bestimmt nichts dagegen, mir den einen oder anderen Tip zu geben – nur damit ich ihr ein paar Fakten aufzählen kann.« Er schien sich seiner Sache ja schrecklich sicher zu sein, aber das mußte noch lange nicht heißen, daß sie schon mit dem Rücken zur Wand stand. Ich fragte mich, welche Indizien sie am Tatort zurückgelassen hatte, die sie mir gegenüber verheimlicht hatte – oder von denen sie nicht einmal selbst wußte.

Eine Pause entstand, während Rogavin meine Bitte in Erwägung zog. Staatsanwälte konnten es nicht ausstehen, wenn es etwas umsonst gab, aber wenn sie eine Absprache vorantreiben wollten, war es das beste, ein paar Karten auf den Tisch zu legen. Seine Antwort gab mir möglicherweise Aufschluß darüber, wie sehr sein Büro auf einen Handel aus war, was wiederum erahnen ließ, wie groß der Spielraum sein würde, der meiner Mandantin noch blieb. »Einverstanden«, sagte er. »Kommen Sie vorbei und wir reden.«

»Vielen Dank. Wie wär's mit morgen?«

»Halb drei.« Er legte auf. Verabschiedete sich nicht einmal.

Staatsanwälte sind berüchtigt dafür, daß sie Verteidiger warten lassen, aber ich hatte das unbestimmte Gefühl, daß sich mein neuer Status positiv auf diese Angelegenheit auswirken würde, und so war ich pünktlich. Ich rechnete damit, daß mich Rogavin fünf oder zehn Minuten lang draußen auf dem Gang warten lassen würde, nur um ein für allemal klarzustellen, wer hier das Sagen hatte. Es war Viertel vor, als seine Sekretärin im Empfangsbereich erschien. »Mr. O'Connell?« fragte sie. Ich griff schon nach meinem Aktenkoffer. »Mr. Rogavin ist in einer Besprechung«, sagte sie. »Er wird sich so bald wie möglich um Sie kümmern.« Ich nahm wieder Platz und begann innerlich zu kochen. Gegen halb vier stand ich kurz davor zu explodieren. Aber die Vorstellung, Ashley erklären zu müssen, daß man mich versetzt hatte, ließ mich auf meinem Stuhl verharren.

Um Viertel vor vier wurde ich schließlich in Rogavins Büro gebeten – es war leer. Ich nahm den Stuhl, der dem Schreibtisch gegenüberstand, und mir ging durch den Kopf, welches Strafmaß einen wohl ereilen würde, wenn man einen Staatsanwalt zusammenschlägt. Der Raum war größer als andere, in denen ich schon gewesen war, er glich eher der Chefetage eines Seniorpartners als dem Büro eines Staatsanwalts. Der Schreibtisch selbst schien aus Rogavins Privatbesitz zu stammen, denn er war ein Exemplar mit Messingbeschlägen und eingelassener Schreibtischunterlage aus

Leder. Auf dem Tisch eines Staatsanwalts sah es normalerweise aus wie auf einer Mülldeponie, doch dieser hier war bis auf eine Aktenmappe mit der Aufschrift DIE VEREINIGTEN STAATEN GEGEN BRONSON leer. Sie war etwa einen Zentimeter dick. Meine eigene Akte bestand nur aus den drei Blättern mit der Vernehmung meiner Mandantin. Die Staatsanwaltschaft war mir um Längen voraus.

Hinter dem Schreibtisch befand sich eine dazu passende Kredenz mit einer avantgardistischen Uhr darauf und dem Foto eines Tennisteams. Zu meiner Linken stand ein Tisch mit ordentlich aufgeschichteten Dokumentenstapeln und ein Aktenschrank mit fünf Schubladen und einem Kombinationsschloß. Rechts von mir war eine Wand für sein Ego, an der nicht nur ein, sondern gleich zwei Yale-Diplome hingen, ein B.A.-Zeugnis sowie ein Abschluß in Jura, beide *cum laude*. Sie wurden eingerahmt von zahlreichen Auszeichnungen, die er für seine Leistungen im Dienste der Nation erhalten hatte sowie von Urkunden verschiedener Anwaltschaften, die die Ehre hatten, ihn zu ihrem Mitglied zählen zu dürfen.

Doch der interessanteste Zimmerschmuck waren drei Skizzen aus dem Gerichtssaal, die den Bewohner in Aktion zeigten. Offensichtlich stammten sie von verschiedenen Zeichnern, die ihn bei einem jeweils anderen wichtigen Prozeß porträtiert hatten. Auf der Skizze links von mir wandte sich Rogavin an das Hohe Gericht, rechts von mir verhörte Rogavin einen Zeugen, und direkt gegenüber überzeugte Rogavin die Geschworenen. Ich durfte das Ganze voll auf mich einwirken lassen und hatte ausreichend Zeit, um mir klarzumachen, daß ich es hier mit einem hohen Tier von Staatsanwalt zu tun hatte, der dem Fall Ashley Bronson seine ganze Aufmerksamkeit gewidmet hatte.

Um fünf vor vier ging die Tür auf, und der Stolz der staatlichen Flotte kam ins Zimmer gerauscht, stolzierte zu seinem Schreibtisch, so als habe er alle Zeit der Welt, hielt kurz inne, rückte eine der Urkunden wieder gerade und warf einen Blick auf die Post, bevor er sich in seinen imposanten Ledersessel sinken ließ und beide Beine ausstreckte, die fast bis zu meiner Seite des Tisches reichten. Sein Blick fiel auf die Aktenmappe, so als nutze er auch noch diesen Moment, um einen tiefsinnigen Gedanken bezüglich unseres Falles zu fassen. Rogavin war ungefähr fünfunddreißig, groß und schlank, hatte Geheimratsecken, eine lange, dünne Nase und hellwache braune Augen, die einen durch seine Brille mit Goldrand musterten. Sein Anzug war von *Brooks Brothers*, dazu trug er ein gestreiftes Hemd mit einer gepunkteten Fliege. Die Schuhe, nur wenige Zentimeter von mir entfernt, liefen spitz zu, sie waren auf Hochglanz poliert und teuer. Wir waren uns gerade das erstemal begegnet, aber ich wußte genau, was für ein Typ er war: Einer von diesen Absolventen der Elite-Hochschulen, die sich für Universalgelehrte halten, nur weil sie einen MG frisieren und die Namen aller Klassiker auswendig können. Er blickte auf und schenkte mir ein gönnerhaftes, flüchtiges Lächeln. »Mr. O'Connell, nehme ich an?« Keinerlei Entschuldigung dafür, daß er mich so lange warten ließ.

Wieder war ich kurz davor, zu explodieren. Ich hatte mich nur noch mit Mühe unter Kontrolle, und drohte Dampf abzulassen. Ich blickte zur Decke und begann bedächtig mit dem Kopf zu nicken. »So langsam verstehe ich. Ihr Termin mit diesem O'Connell war für halb drei angesetzt, und es ist mehr als unwahrscheinlich, daß jemand wirklich *so* lange wartet. Andererseits haben Sie keinen Termin für vier Uhr, und für gewöhnlich stürmen die Leute Ihr Büro während der Geschäftszeiten nicht einfach so. Also stellen Sie eine Vermutung an. Und Sie vermuten richtig, ich bin Frank O'Connell.«

Sein Grinsen verschwand. Er richtete sich in seinem Sessel auf und nahm einige Blätter aus der Bronson-Mappe. Er überflog das erste und sagte: »Sie machen ja richtig Karriere, Mr. O'Connell.«

»Stimmt genau, ich war mal Staatsanwalt.«

Er fixierte mich mit eisigem Blick, der darauf abzielte, Pflichtverteidigern wie mir weiche Knie zu bescheren. Dann wich sein Ärger zugunsten von Neugier. »Sie waren mal Staatsanwalt?«

»Ja.« Meine Handfläche zeigte nach oben. »Nur so ein Bezirksstaatsanwalt, kein Vergleich mit Ihnen.«

»Ach wirklich?« sagte er. Er legte die Mappe ab und lehnte sich nach vorn, das Kinn in die Hände gestützt, und betrachtete mich prüfend, so als würde er etwas im Vergaser seines MG entdecken. »Und wo?«

»New York. Genauer gesagt, Manhattan.«

Er hatte immer noch sein Pokerface aufgesetzt, während er seiner Brusttasche einen goldenen Füller entnahm und ihn dann zwischen seinen Handflächen hin und her rollte. »Und, was haben Sie bei der Staatsanwaltschaft in Manhattan so gemacht, Mr. O'Connell?«

»So dies und das.« Ich zuckte die Achseln. »Ich habe mich eigentlich nicht an besonders vielen Mordfällen versucht, vielleicht so an die dreißig, maximal fünfunddreißig. Man hat sie mir regelmäßig aufgehalst, aber dann haben sie mich in eine Spezialabteilung versetzt, wo es hauptsächlich um Schutzgelderpressungen, Wirtschaftsverbrechen und so was ging, um die echten Drahtzieher. Aber ich langweile Sie. Im Vergleich mit diesen Dingen hier ist das doch mehr als belanglos.« Ich gestikulierte in Richtung seiner Plaketten an der Wand.

»Ich verstehe.« Er lachte. »Nun, ganz schön beeindruckend.« Er lehnte sich in seinen Sessel zurück und legte die Füße auf eine Ecke des Schreibtisches. »Miss Bronson hat sich also einen erfahrenen Strafverteidiger gesucht. Das gefällt mir. Ich weiß einen guten Wettkampf zu schätzen. Mögen Sie Wettkämpfe, Mr. O'Connell?«

»Ich? Nö. Bekomme ich Magenschmerzen von. Mein Ding ist so eine sichere Sache, diese Art Fall, wo ich genau weiß, daß ich besser bin als der Typ von der anderen Seite.« Ich sah ihn an und ließ meinen Blick dann über seinen Kopf zu der Skizze schweifen. »Hübsches Bild. Sind Sie das?« Ich war sehr weit gegangen, selbst für meine Verhältnisse, aber er sollte seine Lektion bekommen und lernen, daß es sich nicht gehörte, auf Leute einzutreten, die sowieso schon am Boden lagen.

Rogavin fand ebenfalls, ich sei sehr weit gegangen. Er wurde brüsk. »Dann lassen Sie mich mal damit anfangen, daß ihre Fingerabdrücke auf der Mordwaffe gefunden wurden.«

»Ach wirklich? Waren sie die einzigen?«

»Nein, das nicht. Es gab noch andere.«

»Und zwar?«

»Das werden Sie schon noch erfahren, doch von niemandem, der als Verdächtiger in Frage kommt, alles Freunde, denen er seine Waffe gezeigt hat. Jeder von ihnen hat ein wasserdichtes Alibi.«

»Nun, soweit ich weiß, kannte sie Garvey sehr gut. Vielleicht hat er ihr die Waffe ebenfalls gezeigt.«

»Vielleicht, aber das ist noch längst nicht alles. Sie hatte ein Motiv, die Waffe dazu und die Gelegenheit, stimmt's? Sie hatte den Hausschlüssel.«

»War das der einzige Schlüssel, von dem Garveys einmal abgesehen?« Ich kannte die Antwort bereits, und ich nahm an, er würde sie ebenfalls kennen.

»Nein«, gab er zu, »die Hausangestellten haben noch einen Schlüssel, ebenso der Mann, der seit zweiundzwanzig Jahren sein Nachbar ist. Noch einmal, sie alle haben Alibis.«

»Sonst noch was?« Bisher war ich noch nicht sonderlich beeindruckt, niemand wäre das.

»Ihre Mandantin hatte eine Auseinandersetzung mit dem Toten, kurz vor dem Mord. Eine sehr laute. Man konnte alles mit anhören.«

»Worum ging es ?«

»Sie drohte, ihn umzubringen, wenn er sich nicht fernhielte.«

»Fernhielte? Von ihr?«

»Vielleicht.«

»Wer hat das gehört?«

»Nun, auch das werden Sie bald herausbekommen, also kann ich es Ihnen ebensogut gleich sagen: Die Wards, Mr. Garveys Haushälterin und der Hausmeister. Fragen Sie doch Ihre Mandantin. Ich bin mir sicher, sie kann sich erinnern.«

»Fand diese Auseinandersetzung an seinem Todestag statt?«

Er schüttelte den Kopf. »Kurz zuvor.«

»Also hat sie die Nerven verloren. Das ist etwas ganz anderes als ein Mordmotiv.«

»Nun, das ist nur ein Hinweis. Wir werden noch mehr finden.« Er sah auf seine Uhr. »Soweit ich weiß, durchsucht die Polizei gerade jetzt das Haus Ihrer Mandantin.« Er fischte ein Blatt aus der Aktenmappe und schob es mir über den Tisch hinweg zu. Es war ein Durchsuchungsbefehl.

Ich griff nicht danach. »Das werde ich mir später genauer ansehen. Was hoffen sie dort zu finden?«

»Alles, was uns Aufschluß über die Beziehung zwischen Henry Bronson und Raymond Garvey geben könnte.«

Ich legte mein Gesicht angestrengt in Falten. »Und was soll das mit dem Fall zu tun haben?«

Er trommelte auf die Mappe. »Das steht alles in der eidesstattlichen Versicherung, die dem Durchsuchungsbefehl zugrunde liegt. Mr. Garvey war häufig bei den Bronsons zu Gast, rief oft dort an. In erster Linie war er mit dem Vater befreundet, dem es gesundheitlich sehr schlecht ging. Ihre Mandantin warnte Garvey, sagte ihm, er solle sich fernhalten, und drohte ihm, ihn anderenfalls umzubringen. Dann stirbt der arme Mr. Bronson, und Mr. Garvey wird *tatsächlich* umgebracht. Sie sehen, die Sache entbehrt nicht einer gewissen Logik.«

»Für meinen Geschmack klingt das alles ziemlich weit hergeholt. Sonst noch was?«

Rogavin verzog das Gesicht. »Lassen Sie mich mal sehen«, murmelte er. »Sonst noch was?« Er blickte zur Decke und begann an seinen Fingern abzuzählen. »Hmmm. Motiv... Waffe... Gelegenheit. Aber natürlich!«

Er schnippte mit den Fingern und grinste. »Wußt' ich's doch, daß ich noch etwas vergessen habe. Seit der Verhaftung Ihrer Mandantin ist man im Fall weitergekommen. Wir können ihr die Anwesenheit am Tatort zum Zeitpunkt des Mordes nachweisen.«

Ich versuchte möglichst ungerührt zu klingen. »Ich verstehe. Und wer ist der Zeuge?«

»Langsam, langsam!« Er grinste. »Soviel für den Anfang. Den Rest erfahren Sie, wenn es soweit ist.«

»Können Sie mir in bezug auf den Zeugen jetzt schon irgendeinen Hinweis geben?«

Er schüttelte den Kopf. »Ich finde, ich war ziemlich entgegenkommend, wenn man bedenkt, daß wir noch ganz am Anfang stehen. Ich kann Ihnen nur so viel sagen, daß ich den Zeugen vernommen habe und ihn absolut überzeugend fand. Der Zeuge konnte sie hervorragend sehen und ließ keine Zweifel offen.« Er war sorgfältig darauf bedacht, mir keinerlei Hinweis über dessen Geschlecht zu geben, so sehr ich mich auch bemühte. Meine Mandantin mußte sich also noch etwas mehr Gedanken über ihren Abgang vom Tatort machen.

Noch einmal preschte ich vor. »Können Sie mir wenigstens sagen, wo sich der Zeuge befand, als er meine Mandantin identifizierte, und wo genau sich meine Mandantin befand?«

»Nein.«

»Das werden Sie bei der Beweisvorlage bald verlauten lassen müssen.«

»Dann ja.«

»Noch irgendwas, das Sie mir jetzt verraten wollen?«

»Nein, das war's.« Rogavin schloß die Akte und ließ sie mit den anderen Blättern wieder in die Mappe gleiten. Dann lehnte er sich in seinem Sessel zurück und begann mit dem Füller gegen seine Handfläche zu klopfen. »Folgendes kann ich Ihnen anbieten: Miss Bronson bekennt sich des Mordes mit bedingtem Vorsatz schuldig, nicht des vorsätzlichen Mordes. Die Staatsanwaltschaft hält sich beim Strafmaß vornehm zurück, während Sie auf ein mildes Urteil plädieren. Bei guter Führung dürfte sie in weniger als zehn Jahren wieder draußen sein.«

Nun war es an mir, den Kopf zu schütteln. »Sie haben keine Handhabe. Sie kannte den Toten und war etliche Male in seinem Haus. Angenommen, er zeigt ihr die Waffe. ›Sieh mal, was ich gekauft habe, Liebes, zu meinem Schutz.‹ Er reicht sie ihr, und schon haben Sie ihre Fingerabdrücke. Bleiben noch die Auseinandersetzung und Ihr Zeuge. Die Auseinandersetzung fand nicht am Tag des Mordes statt, sie hatte also genügend Zeit, sich wieder zu beruhigen. Jeder von uns hat einmal derartige Worte in den Mund genommen, ohne gleich jemanden umzubringen. Was den Zeugen anbelangt, weiß ich, auch ohne die genauen Details zu kennen, daß er mehr als fragwürdig sein muß, denn der Mord geschah in einer dunklen, stürmischen Nacht. Einmal ganz abgesehen davon, daß der Zeuge schon allein deswegen nichts taugen kann, weil meine Mandantin den Mord nicht begangen hat. Mord in einem minder schweren Fall? Aufgrund dieser Beweislage würde ich nicht einmal einer Anklage wegen Totschlags nachgeben. Wenn meine Mandantin es nicht auf die Verhandlung ankommen lassen möchte, dann müssen Sie schon schwerere Geschütze auffahren als diese hier.«

Rogavin tat so, als habe er nichts gehört. »Und jetzt erklären Sie mir doch bitte einmal, wie man von der Eliteeinheit eines Staatsanwaltsbüros in Manhattan zu einer Kanzlei kommt, wie Sie sie derzeit führen?«

Ich stand auf. »Nun, ich würde zu gern noch bleiben, aber ich habe noch einen anderen Termin, und ich bemühe mich immer, pünktlich zu sein. Und übrigens: Sollten wir einen zweiten Termin vereinbaren müssen, wüßte ich es sehr zu schätzen, wenn auch Sie pünktlich wären.«

»Aber natürlich.« Er grinste. »Bei einem ehemaligen Kämpfer gegen das Verbrechen jederzeit.« Ich ging zur Tür. »Und noch etwas«, rief er.

»Und das wäre?«

»Mein Angebot gilt nur bis zur offiziellen Anklage. Danach kann sie sehen, wo sie bleibt.«

4

Ich rief meine Mandantin gegen Abend an. Die Haushälterin ging ans Telefon und bat mich, dranzubleiben, während sie »Miss Ashley« ausfindig machte. Ich ging meine Notizen noch einmal durch und überlegte, wie lange es wohl bei mir dauern mochte, bis man mich in meinem Apartment ausfindig gemacht hätte, wo die maximale Distanz fünf Meter betrug.

Kurz darauf war sie dran. »Hallo Frank.«

»Hallo Ashley. Ich habe gerade einen Termin mit einem Burschen namens Kyle Rogavin von der Staatsanwaltschaft hinter mir. Er sagte mir, Ihr Haus würde nochmals durchsucht.«

»Sie waren eine gute Stunde hier, aber sie haben nur ein paar Bilder und einige Einladungsschreiben mitgenommen. Dafür haben sie eine Liste mit dem, was sie mitgenommen haben, dagelassen.«

»Die werde ich mir später ansehen. Ich muß Sie sehen, bevor ich mich morgen um elf Uhr mit einem der Ermittler treffe. Haben Sie morgen früh Zeit?«

»Darf ich Ihnen einen Gegenvorschlag machen? Ich bereite gerade etwas zum Abendessen zu. Falls Sie noch nichts anderes vorhaben, könnten Sie mir Gesellschaft leisten, und danach reden wir.«

Die Einladung war für halb acht festgesetzt. Zwanzig Minuten verbrachte ich vor meinem Computer, um einen Bericht über mein Treffen mit Rogavin zu tippen. Dabei hielt ich mich nur an die Fakten und ließ unser schnippisches Geplänkel unter den Tisch fallen. Ich nutzte die verbleibende Zeit, um meine Liste der zu erledigenden Dinge fortzuführen, die ich in »Fakten ermitteln« für meinen Ermittler und in »Recherchen und Berichte« für einen Partner unterteilte, damit mir genügend Zeit blieb, mir meine eigenen wichtigen Gedanken zu machen. Gegen zwanzig nach sieben machte ich mich von Dupont Circle aus auf den kurzen Weg nach Georgetown. Das Anwesen der Bronsons lag in der N Street, der vornehmsten Straße des ganzen Viertels, und war alles andere als ein Schandfleck. Es bestand aus einem dreigeschossigen Ziegelgebäude mit einem zweistöckigen Vorbau mit Blick auf den Garten. Das Grundstück maß über einen Morgen und verfügte über eine separate Garage – in Georgetown eine Seltenheit. Ich parkte den Wagen, und als ich die Stufen hoch stürmte, ging die Tür auf und gab den Blick auf die Hausherrin frei. Sie war barfuß, und anstelle einer Schußwaffe hatte sie einen Kochlöffel in der Hand. Sie trug dunkle, lange Hosen und eine weiße Bluse, deren Ärmel sie bis zu den Ellbogen hochgekrempelt hatte, und war ungeschminkt. Sie sah großartig aus.

»Ist das denn wirklich so erschreckend?« Sie lachte. »Ja, ich koche in der Tat selbst. Wie gut, das müssen Sie selbst beurteilen.«

»Es war nicht deswegen«, murmelte ich, aber sie tat so, als hätte sie nichts gehört. Wahrscheinlich war sie es gewohnt, bei ihrem bloßen Erscheinen in der Tür von Kerlen angegafft zu werden, aber keiner war ihr Anwalt, dem sie gerade ihr Leben anvertraut hatte. Ich trat mir insgeheim in den Hintern und nahm mir vor, mich ab sofort nicht mehr so zu entblößen. Unterdessen ging sie durch die Halle zur Küche voraus, die so groß war, wie man es bei einem solchen Haus erwarten durfte – halb so groß wie ein Basketballfeld. Alles darin hatte Profiformat. Es gab zwei Herde, einen Gas- und einen Elektroherd, einen zwei Meter hohen Kühl- und Gefrierschrank sowie drei Spülen. Darüber hing Kupfergeschirr von einer Küchenleiste. Die Arbeitsfläche wurde auf der einen Seite zur Hälfte von einer Küchentheke mit Barhockern begrenzt. Auf der anderen Seite stand ein Kiefernholztisch im Landhausstil mit acht Stühlen, höchstwahrscheinlich für die Angestellten oder für ein Mitternachtsmahl. Sie sagte, ich solle mir einen Stuhl nehmen und mir von dem Wein einschenken, der in einem Weinkühler auf der Küchentheke stand. »Danke«, sagte ich. »Darf ich Ihnen auch ein Glas einschenken?«

»Noch nicht.« Sie war beschäftigt und klopfte genüßlich ein paar Kalbsschnitzel. Auf dem Herd stand ein großer Topf mit kochendem Wasser, auch zwei Pfannen hatte sie bereits hergerichtet. »Heute abend gibt es *Piccata Milanese* mit ein paar Nudeln und frischem Spargel. Ich hoffe, Sie hatten gestern abend nicht schon etwas ähnliches.«

»Nein, es sei denn eine Fernsehmahlzeit.«

»Ich habe Sie für einen dieser Junggesellen gehalten, die kochen können.«

»Früher habe ich sehr viel gekocht. Ich war richtig gut.«

»Warum haben Sie dann damit aufgehört?«

»Ich habe mich scheiden lassen. Ich lebe allein, und da fehlt mir die Motivation.«

Sie lächelte. »Ich habe eine Köchin, also koche ich nur, wenn ich Lust dazu habe. Das ist natürlich etwas ganz anderes.« So wie sie in der Küche hantierte, die Zunge leicht zwischen den Zähnen hervortretend, sah sie nicht gerade wie eine Mörderin aus. *Und ich frage Sie, meine Damen und Herren, wäre ein Killer in der Lage, eine derartige* Piccata *zuzubereiten?*

»Das klingt jetzt vielleicht komisch«, sagte ich, »aber ich habe Sie gar nicht danach gefragt, als Sie bei mir im Büro waren. Was machen Sie eigentlich?«

»Beruflich?«

»Ja. Das könnte wichtig werden.«

»Die Zeitungen schreiben, daß ich auf Partys gehe und Affären habe.«

»Klingt nach einem verdammt guten Job.«

»Das ist harte Arbeit«, antwortete sie lachend. »Und wenn ich ein wenig Zeit habe, dann male ich. Ich hatte einige Ausstellungen, hier und in New York.« Sie sah von ihrer Arbeit auf und fügte hinzu: »Manche meiner Kunden sind nicht einmal mit mir befreundet.«

»Ich würde Ihre Arbeiten gern einmal sehen, wenn sich die Gelegenheit ergibt.« Ich war nicht nur höflich, ich war begeistert. Ich wollte alles über sie wissen.

»Vielen Dank. Ich zeige sie Ihnen sehr gern.« Sie begann das Kalbfleisch anzubraten. »Und wenn ich nicht gerade male, auf Partys gehe, Affären habe oder koche« – sie beugte sich leicht nach vorn – »verlege ich ein kleines Kunstmagazin. So komme ich ganz gut über die Runden.« Sie sah nicht auf, als sie hinzufügte: »Was ich derzeit wohl kaum behaupten kann, stimmt's?«

Kurz darauf reichte sie mir die Weinflasche und bat mich, ihr ein Glas einzuschenken. »Aber jetzt sind Sie an der Reihe«, sagte sie. »Ich weiß rein gar nichts über Sie.«

»Sie wußten, daß ich Ihre Verteidigung übernehmen soll.«

»Das habe ich rein aus dem Bauch heraus entschieden.« Sie nippte an ihrem Wein. »Erzählen Sie mir etwas über sich, damit ich weiß, ob ich eine gute Wahl getroffen habe.«

Worüber sollen wir jetzt reden? Über mein Privatleben? Meine Karriere? »Am besten, wir lassen mich heute abend außen vor«, sagte ich. »Das heben wir uns für ein andermal auf.«

»Ich bin zu aufdringlich.« Sie runzelte die Stirn. »Erst bitte ich Sie um Hilfe, und dann nehme ich Sie ins Kreuzverhör wie einen Bewerber. Tut mir leid, Frank, das war mehr als unhöflich.«

»Sie brauchen sich nicht zu entschuldigen«, sagte ich hastig, bemüht, die Stimmung nicht zu zerstören. »An Ihrer Stelle würde ich auch alles über mich wissen wollen.«

»Wirklich?«

»Aber klar.« Ich lächelte sie an. Ich befand mich im Niemandsland, kam aber gut voran. »Was wollen Sie den gern wissen?«

»Nun, am besten wir fangen mit dem Beruflichen an und sehen dann weiter.«

»Fast zwei Jahre lang war ich Staatsanwalt in New York. Ich habe mit kleineren Vergehen wie Einbruch und Autodiebstahl angefangen und konnte mich dann zu schwereren Vergehen hocharbeiten.«

»Mord zum Beispiel?« fragte sie.

»Mord zum Beispiel.«

»Haben Sie eine Menge Mörder verfolgt?«

»Ja.«

»Sind viele davon hinter Gittern gelandet?«

»Alle.«

»Alle ... Sie haben also etwas von Ihrem Job verstanden.«

»Ja.«

»Und wie ist denn mein Staatsanwalt so, dieser Kyle Rogavin?«

»Er ist sehr gut.«

»Sehr gut«, wiederholte sie leise und starrte auf den Herd. Sie nahm das Kalbfleisch wahr und wendete es in der Pfanne. »Und was kam nach den Mordfällen?«

»Sie haben mich zur Spezialeinheit befördert. Ich hatte mit Wirtschaftskriminalität zu tun: Börsenschwindel, Scheingebote, Korruption in der Verwaltung. Ich gewann einige richtig große Fälle, und sie ernannten mich zum Leiter der Einheit, bevor ich hierherkam.«

»Was hat Sie nach Washington verschlagen?«

»Ich habe geheiratet und bin der Kanzlei meines Schwiegervaters beigetreten. Dort habe ich mehrere Jahre gearbeitet.«

»Und dann sind Sie ausgestiegen.«

»Ich hab mich scheiden lassen.« Es hörte sich besser an, wenn ich die zeitliche Abfolge umdrehte.

»Aber Sie verhandeln immer noch große Fälle?«

»Nur Ihren.«

Ein peinliches Schweigen tat sich auf, das wir zu überbrücken versuchten, indem wir einen Schluck Wein nahmen. »Lassen Sie uns auf interessantere Dinge zu sprechen kommen«, sagte sie. »Kommen Sie ursprünglich aus New York?«

»Aus der Bronx.«

»Erzählen Sie mir von zu Hause.«

»Ich habe in Sozialwohnungen gelebt, erst mit Verwandten, dann bei Pflegeeltern.«

»Oh. Haben Sie Ihre Eltern verloren?«

»Nein.«

»Sollen wir Ihre Kindheit lieber aussparen?«

»In Ordnung.«

»Dann fangen Sie mit der High School an.«

»Ich bin mit sechzehn von der Schule abgegangen und in die Armee eingetreten.«

»Hat Ihnen die Schule nicht gefallen?« Sie wandte sich wieder dem Kalbfleisch zu und gab den Spargel in einen Einsatz, den sie in den Dampf über kochendem Wasser hing.

»Damals tobte der Vietnamkrieg. Ich wollte es ganz genau wissen.«

»Ich war damals noch nicht in der High School«, sagte sie, »deshalb kannte ich auch niemanden der dort war, vom Sohn unseres Gärtners einmal abgesehen. Als er zurückkam, sagte er, daß er den Krieg hassen würde, alle dort haßten ihn.« Sie warf mir einen Blick zu. »Haben Sie ihn gehaßt?«

»Nein.«

Sie hob die Augenbrauen. »Es hat Ihnen *gefallen?*«

Ich zuckte die Achseln.

Jetzt hatte ich ihr Interesse geweckt: Ihr Kreuzverhör hatte etwas zutage gefördert. Sie kam zur Theke und blieb so nah vor mir stehen, daß ich ihrem Blick nicht ausweichen konnte. »Was hat Ihnen denn daran gefallen? Das würde ich wirklich gern wissen.«

Vor ungefähr zwei Jahren hatte mich Noah genau dasselbe gefragt. Ich wußte keine Antwort darauf, und so kam er auf die Theorie, die er mir vorige Woche eröffnet hatte. Damals war ich mir nicht sicher gewesen, ob er recht damit hatte, aber jetzt, Auge in Auge mit dieser bemerkenswerten Frau, kurz vor Ausbruch eines anderen Krieges, wußte ich es ganz genau. Also sagte ich: »Der Wettkampf.«

Sie starrte mich einen Moment lang an, leerte dann ihr Weinglas und kehrte an den Herd zurück. Es folgten keine weiteren Fragen. Vielleicht hatte sie herausgefunden, was sie wissen wollte. Ich hingegen hatte meine guten Vorsätze fast schon wieder vergessen. Ich sah, wie sie hin und her lief, und fragte mich, wie es wohl wäre, mit Ashley Bronson zusammenzuleben.

Dann war das Abendessen fertig. Wir saßen nebeneinander. Ich aß und sie redete – wir waren beide darum bemüht, eine Leere zu füllen. Sie erzählte mir mehr über ihre Malerei und das Magazin und kam schließlich auf ihre Erziehung zu sprechen. Dabei wurde sie immer lebhafter und begann zu strahlen. Ihr Leben war dem Moiras gar nicht so unähnlich, beide konnten sie auf eine Kindheit zurückblicken, die einem reiche und großzügige Eltern bieten können. Nur die Väter hätten unterschiedlicher nicht sein können. Mein früherer Schwiegervater hatte wahrscheinlich einiges mit dem Bronson gemein, der die ganze Aufbauarbeit geleistet hatte: ein Immigrant, fest entschlossen, alles daranzusetzen, in diesem Land sein Glück zu machen. Henry Bronson dagegen hatte sich einen Elfenbeinturm geschaffen, sich ganz in seine Welt der Bücher zurückgezogen, ohne auch nur einen Groschen verdienen zu müssen. Doch Ashley liebte ihn über alles, genau wie Moira Paps liebte – ja mehr noch, wenn der Mord an Garvey ein Maßstab war –, und wurde ganz niedergeschlagen, als sie seine letzten Jahre beschrieb, die er in der Bibliothek an seinem Schreibtisch zugebracht hatte.

So wie wir zusammen in der Küche saßen und über Dinge sprachen, die nichts mit ihrem Fall oder meinen Problemen zu tun hatten, fühlte ich mich glücklich wie schon lange nicht mehr. Ihre Stimme hatte etwas Beruhigendes, sie war tiefer, als man erwarten würde, klang durch den Besuch guter Schulen und ein intellektuelles Zuhause sehr gewählt, und zugleich ging eine Wärme von ihr aus. Ihre Anmut, gepaart mit ihrer Intelligenz, vermittelten den Eindruck, daß sie sehr gut auf sich selbst aufpassen konnte – und auch auf jemand anderes, vorausgesetzt, derjenige wäre es wert.

Als wir den Tisch abräumten, dachte ich daran, welche Wendung mein eigenes Leben gerade nahm – oder besser an das chaotische Auf und Ab, bei der Euphorie und Verzweiflung einander abwechselten. In Wahrheit beherrschte Moira Brennan O'Connell nämlich immer noch einen Großteil meiner Gedanken, aber jetzt gab es einen anderen Mann in ihrem Leben. Was empfand ich, als die beiden in der Tür standen? Was würde sie empfinden, wenn sie mich jetzt hier sehen könnte?

»Wie trinken Sie Ihren Kaffee?« fragte sie, als sie mir die Kanne darbot.

»Schwarz.« Es war an der Zeit, ein drängenderes Thema anzuschneiden, nämlich einen Mord und seine Aufklärung. Ich sammelte mich, während sie mir einschenkte.

»Ashley, Rogavin behauptet, es gäbe einen Zeugen, der Sie in oder bei Garveys Haus gesehen hat.«

Sie stellte die Kanne ab und atmete tief aus. »Das war's dann wohl«, sagte sie leise, mehr zu sich selbst als zu mir.

»Nein, noch lange nicht. Wir haben gerade erst angefangen.

Versuchen Sie, sich noch einmal an den Heimweg in dieser Nacht zu erinnern. Vielleicht sind Sie auf dem Weg jemandem begegnet, vielleicht haben Sie jemanden aus einem parkenden Auto steigen sehen.«

Sie schloß kurz die Augen und rief sich die Szenen wieder ins Gedächtnis. »Nichts«, sagte sie schließlich. »Ich kann mich an niemanden erinnern.«

»Um wieviel Uhr ist es genau passiert?« Das hörte sich besser an als »Wann genau haben Sie ihn umgebracht?«

»Es muß so zwischen Viertel nach zehn und halb elf gewesen sein. Ich weiß, es war so gegen zehn , als ich von dort wegging, und um halb elf war ich wieder zurück.«

»Nun, es ist jetzt kurz vor zehn. Wie wär's mit einem kleinen Spaziergang?«

»Wohin?«

»Zu Garveys Haus und wieder zurück. Sehen wir uns einmal an, wer zu dieser Zeit noch so unterwegs ist. Das könnte Ihre Erinnerung auffrischen und uns einen Hinweis geben – wie dem auch sei, ich muß mich mit der Strecke vertraut machen.«

»Ich verstehe«, sagte sie leise. »An den Tatort zurückkehren – das machen doch Mörder angeblich, oder?«

»Ich würde Sie nicht darum bitten, wenn es nicht wichtig wäre.«

»Ich weiß.« Wir tranken unseren Kaffee aus, und ich ging meinen Mantel holen. Kurz darauf erschien sie in einer schwarzen Matrosenjacke mit Gürtel, dazu trug sie eine wollene Baskenmütze und einen weißen Kaschmirschal, der ihr Gesicht bis auf ihre Nase und diese Augen verhüllte, wodurch sie noch betörender und sinnlicher wirkten.

»Ganz locker«, sagte ich, als wir den Bürgersteig erreichten. »Wie zwei ganz normale Menschen, die noch einen Abendspaziergang machen.« Sie hakte sich bei mir unter, und wir gingen die N Street nach Osten in Richtung Dreizehnte Straße. Bis zu Garveys Haus waren es sechs Blocks, der Zeuge hätte jeder sein können, der hier unterwegs gewesen war oder in dieser Straße wohnte. Ich stellte mir vor, daß Ashley sich bestimmt erschrocken hätte, wenn ihr ein Passant begegnet wäre, also hatte er oder sie sich wahrscheinlich nicht bewegt. Die Häuser an der N Street waren weit zurückgesetzt, wodurch es unwahrscheinlich erschien, daß sich der Zeuge dort aufgehalten hatte. Die Reihenhäuser der anderen Straßen jedoch gingen direkt auf den Bürgersteig hinaus, und so manche Innenbeleuchtung reichte bis vor uns auf das Pflaster. In jedem dieser Häuser hätte an jenem Abend die Zimmerbeleuchtung an und die Rolläden hoch sein können, aber Menschen sind Gewohnheitstiere, und diese Übung hier diente dazu, herauszufinden, was am wahrscheinlichsten war.

Während wir die Straße hinunter schlenderten, sprach ich in ein kleines Diktiergerät und erwähnte die Lichtquellen, die dem Zeugen von Rogavin möglicherweise ihr Gesicht offenbart hatten. Es gab genügend Stellen, die in Frage kamen. Insgesamt kam ich mit der Straßenbeleuchtung auf über einundzwanzig Stellen, an denen ihr Gesicht so stark beleuchtet wurde, daß eine Identifizierung möglich war. Und nachdem ich Ashley betrachtet hatte, als ein Auto vorbeifuhr, kam auch jeder Autofahrer in Betracht, der jedoch sehr genau hätte hinsehen müssen.

Ich konnte durch den Mantel spüren, wie sie zitterte, als wir an Garveys Block auf der Südseite der Q Street angelangt waren. Das Haus war eines der viktorianischen Herrenhäuser an der Nordseite, genau genommen die Haushälfte einer Villa im italienischen Stil, wie mir meine Begleiterin erklärte, zweigeschossig und mit einem Mansardendach. Ich wollte die Aufmerksamkeit der Nachbarn nicht erregen, und so blieben wir auf der gegenüberliegenden Straßenseite stehen, nahe genug, daß wir die Fassade und den Westflügel des Hauses sehen konnten.

»Von dort habe ich das Haus betreten«, sagte sie und zeigte auf die Terrassentüren, die auf den Garten hinausgingen.

»Haben Sie es auf diesem Weg auch wieder verlassen?« Sie nickte. »Und Sie sind denselben Weg zurückgegangen?«

»Ja. Lassen Sie uns jetzt gehen. *Bitte.*«

Kurz darauf befanden wir uns wieder auf dem Rückweg, immer noch untergehakt, wie zwei Liebende, die schweigend zusammen spazierengehen. Sie war ganz in Gedanken versunken, und ich hing meinen eigenen nach, gaukelte mir vor, das alles hier sei nicht vorgegaukelt. Wir waren nur noch einen Block von ihrem Haus entfernt, als ich meine Träumereien unterbrach und auf ein weniger angenehmes Thema zu sprechen kam. »Ich muß Ihnen etwas sagen, wegen meiner Besprechung heute nachmittag«, sagte ich. »Man hat uns ein Angebot gemacht.«

Sie blieb stehen. »Was für ein Angebot?«

»Sie bekennen sich des Mordes mit bedingtem Vorsatz schuldig, das heißt, nicht des vorsätzlichen Mordes. Die Staatsanwaltschaft wird sich beim Strafmaß zurückhalten, und wir werden auf ein mildes Urteil plädieren. Sie könnten mit unter zehn Jahren davonkommen.«

»Und wenn ich nein sage?«

»Dann kommt es zu einem Prozeß.«

»Ein Prozeß.« Sie grübelte kurz darüber nach. »Und wenn ich dann verurteilt werde?«

»Dann könnten Sie zwanzig Jahre bekommen. Er sagt, dieses Angebot gilt nur bis zur Anklage. Vielleicht blufft er, vielleicht aber auch nicht.«

Ashley hatte den Weg wiederaufgenommen. Ich folgte ihr und beobachtete sie aus den Augenwinkeln. Sie hakte sich wieder bei mir unter und lehnte sich an mich. »Was machen wir jetzt?« fragte sie.

»Ein derartiger Handel ist wie eine Pokerpartie. Manchmal muß man eine Entscheidung fällen, ohne das Blatt seines Gegners zu kennen. Sie haben die Fingerabdrücke – da können wir vielleicht dagegenhalten. Außerdem behaupten sie, die Wards hätten gehört, wie Sie mit Garvey gestritten haben, kurz vor seinem Tod. Ist da was dran?«

»Das stimmt. Ich habe Ihnen ja erzählt, daß ich ihn gewarnt habe. Ich sagte ihm, er solle sich fernhalten, oder er würde es bereuen.«

»Was hat er darauf geantwortet?«

»Er sagte, die Sache ginge mich nichts an. Das war's im großen und ganzen.«

»Was meinten Sie mit ›oder er würde es bereuen‹?«

»Ich weiß nicht genau. Was man halt so sagt in so einem Moment, nicht wahr?«

»Wahrscheinlich. Ein Streit und ein paar Fingerabdrücke sind nicht zu verachten, aber ein hieb- und stichfester Fall ist das noch lange nicht.«

»Und dann wäre da noch der Zeuge«, sagte sie.

»Dann wäre da noch der Zeuge«, gab ich zu. »Es war dunkel, und hier herrscht nicht gerade Festbeleuchtung. Trotzdem wissen wir nicht, aus welcher Entfernung der Zeuge Sie beobachtet hat, wie gut er Sie erkennen konnte, nicht einmal, ob sie oder er Sie kannte.«

Wir standen vor ihrer Haustür. »Glauben Sie, es ist jemand, den ich kenne?« fragte sie.

»Vielleicht. Kennen Sie jemanden, der an der Strecke wohnt, die wir gerade abgelaufen haben?«

»Ich kenne fast alle meine Nachbarn.«

»Was ist mit den Leuten, die neben Garvey wohnen?«

»Die weniger, aber manchmal erkennen mich die Leute auch einfach so.«

»Ashley, die Entscheidung liegt ganz bei Ihnen. Meine Aufgabe besteht darin, Ihnen die Möglichkeiten aufzuzeigen und Sie zu beraten. Wenn Sie sich schuldig bekennen, wandern Sie ungefähr für zehn Jahre hinter Gitter – und das war's. Danach sind Sie frei. Wenn Sie es auf einen Prozeß ankommen lassen, dann haben Sie die Chance, freizukommen, tragen aber ein größeres Risiko.«

»Da habe ich wohl keine große Wahl, oder?«

»Wir leben in einer Gesellschaft mit gewissen Regeln. Sie haben eine entscheidende gebrochen.«

»Dann gehöre ich ins Gefängnis.«

»Nein.«

Sie lächelte. »Straferlaß für mich, ja? War das Abendessen so gut?«

»Kein Straferlaß.«

»Was dann, Frank?« Ihre Augen leuchteten. Sie hatte schon oft genug mit Kerlen in ihrer Tür gestanden, die nach den richtigen Worten rangen.

»Ashley, Sie sind noch nie mit der Brutalität, zu der manche Menschen fähig sind, konfrontiert worden, zumindest nicht direkt. Ich dagegen schon, und das nicht am anderen Ende der Welt. Ich habe psychisch Gestörte verfolgt und verteidigt, alle möglichen Schweine, die wirklich dorthin gehören, wo sie niemandem mehr an die Gurgel gehen können. Und jetzt Sie. Sie haben ein sehr privilegiertes Leben geführt, aber Sie haben niemandem etwas zuleide getan, Sie haben die Welt sogar um Ihre Schönheit bereichert. Ich weiß, wovon ich rede. Dann haben Sie Ihren Vater verloren und sich dafür gerächt. Nun, so leid es mir tut, davon, daß Sie hinter Gitter kommen, wird die Welt auch nicht besser oder sicherer, soviel können Sie mir glauben. Und Sie machen sich Sorgen, daß Sie Ihrer gerechten Strafe entgehen könnten, aber das brauchen Sie nicht, denn das wird nicht geschehen. Sie müssen damit leben, jeden Tag, vergessen Sie das nicht. Ich versuche noch heute mit einigen Dingen zu leben, die ich getan habe, und all die Jahre, die seitdem vergangen sind, und all die professionelle Hilfe, die ich in Anspruch genommen habe, konnten daran nichts ändern. Und würde ich nicht gerade hier mit Ihnen spazierengehen, dann würde ich allein dort draußen herumwandern, bis ich erschöpft genug wäre, um einschlafen zu können.«

Ehe ich mich versah, waren mir die Worte entschlüpft. »Sie wollten wissen, mit wem Sie es zu tun haben«, murmelte ich. »Jetzt wissen Sie's.«

»Jetzt weiß ich's«, sagte sie leise. »Sagen Sie mir, was ich tun soll.«

»Ich will nicht, daß Sie sich schuldig bekennen.«

»Dann werde ich es auch nicht tun.« Sie schloß die Tür auf und wandte sich zu mir um: »Werden Sie heute abend wieder umherwandern?«

»Nein. Heute abend werde ich einschlafen können.«

Sie nickte und legte ihre Hand auf meine Wange. »Ich auch.«

Vielleicht waren das die Nachwirkungen des Weines, aber ich hatte so das Gefühl, ich bräuchte sie jetzt nur in den Arm zu nehmen und wir würden einander festhalten, und die Sache würde sich wie von selbst geben, das Leben, das wir uns selbst verpatzt hatten, und wir dürften weitermachen. Wenn es doch nur so einfach wäre! Bis die Tür ins Schloß fiel, schien eine halbe Ewigkeit zu vergehen, und das war's.

Wie in Trance fuhr ich zurück in mein Apartment und bekam diese Frau nicht mehr aus meinem Kopf: wie sie in meinem Büro gesessen hatte, sich an meinen Arm geklammert, mein Abendessen zubereitet, mich durch die Gitterstäbe hindurch angestarrt hatte.

Mögen Sie Wettkämpfe, Mr. O'Connell?

Leck mich am Arsch, Rogavin! Du und deine Spielchen! Du bekommst sie nicht!

Sie gehört mir.

5

Walter Feinberg, Detective First Grade, pensioniert, hatte ebenfalls für die Spezialeinheit in New York gearbeitet. Damals war ich noch Single, und so hatte er mich regelmäßig in diese Bullenkneipen mitgenommen, wo er seine Kumpel und die Polizei-Groupies traf.

»Ich führ' dir eine zu«, sagte er, »dafür deckst du mich, wenn ich in der Klemme stecke.« Nach dem Tod seiner Frau zog er von Queens nach Falls Church, Virginia, um in der Nähe seiner Tochter und seiner Enkel sein zu können. Das war nicht gut gegangen.

»Am Montag vor Passah ruft sie mich an«, erklärte er. »Und sie sagt ›Irgendwelche Pläne, Dad?‹ Und ob ich Pläne habe, große Pläne! Beim *The Hot Shoppes* gibt's ein *Seder*-Spezial für nur vierzehn fünfundneunzig, Getränke inklusive. Ich bin seit drei Monaten hier, kenne kein Schwein, und lebe an so 'nem verdammten Teil namens *Bailey's Crossroads*. Ob ich irgendwelche Pläne habe? Außerdem weiß ich sehr wohl, wie sie an das Volvo-Arschloch von ihrem Mann hinreden mußte, damit ich überhaupt am selben Tisch Platz nehmen darf wie er und seine Volvo-Arschloch-Freunde.«

»Volvo-Arschloch« war Walters Kosename für liberal Gesinnte.

»Es ist also Passah, kapiert? Ich schluck meinen ganzen Stolz runter und geh dahin, halt meine Klappe und mach mich über mein Essen her. Und jedesmal, wenn ich hochgucke, glotzt mich dieses Volvo-Arschloch an, als hätt' ich in die Bowle geschissen.« Es dauerte knapp drei Monate, und Walter besaß eine Lizenz als Privatdetektiv. Ich fragte ihn, wie er hier bloß ermitteln wolle, er kenne ja nicht einmal die Straßen. »Ermittler sein is ja wohl was andres, als die Straßen kennen«, sagte er. »Diesen Mist habt ihr alle aus dem Fernsehen. Hier geht's um Menschenkenntnis, und die Leute sind überall gleich. Ich hab 'nen Doktorgrad in Menschenkenntnis, schließlich war ich bei der New Yorker Polizei. Das und 'nen Stadtplan, und schon bin ich wieder im Geschäft.«

Er hatte recht. Sein vom Leben gezeichnetes Gesicht wirkte wie ein Magnet auf Leute, die etwas zu beichten hatten, und dabei saß er nur da und nickte, nickte mitfühlend ohne irgend jemanden zu verurteilen. Er respektierte stets die Würde des anderen – selbst wenn dieser *wirklich* ein Volvo-Arschloch war. Aber was ihn auszeichnete, war sein sechster Sinn, das Ergebnis von genauer Beobachtung, Scharfsinn und fünfundzwanzig Jahren Berufserfahrung. Wenn einem Walter Feinberg sagte, die Dinge seien anders, als sie aussähen, dann konnte man sich hundertprozentig darauf verlassen. Damals in New York baten ihn sogar Staatsanwälte oder andere Polizisten, bei ihren Verhören dabeizusein, selbst wenn er mit dem Fall überhaupt nicht vertraut war. »Walter«, pflegten sie zu sagen, »hör zu und sag mir, ob dieser Typ einen vom Pferd erzählt oder nicht.«

Rogavin mochte einen gewissen Vorsprung haben, aber ich hatte Walter Feinberg.

»Sieht sie so gut aus wie auf den Fotos?« Der Lügendetektor in Person, eine Erscheinung in Polyesterhose, Holzfällerjacke und geschmackloser Krawatte, saß mir an meinem Schreibtisch gegenüber und warf mir einen spöttischen Blick zu.

»Die Fotos werden ihr nicht einmal ansatzweise gerecht.«

»Donnerwetter!« murmelte er und fuhr sich über das Kinn. »Wie ist sie bloß auf dich gekommen?«

»Du also auch?« Langsam begann ich mich zu ärgern.

Er hob beschwichtigend die Hände. »He, versteh mich nicht falsch – ich könnte scheißen vor Glück. Aber seit du den alten Herrn verlassen hast, hab ich keine müde Mark mehr an dir verdient, und du bist alles andere als ein Promianwalt.«

Ich bemühte mich, schwer beleidigt auszusehen. »Jetzt mach aber mal 'nen Punkt. Ich hab dir Arbeit verschafft. Und das Gericht hat dir den entsprechenden Satz noch jedesmal ausgezahlt.«

»Stimmt genau. Noch so'n paar Fälle bei derart miserabler Bezahlung, und ich bin genauso pleite wie du.« Er wedelte mit dem Zeigefinger. »Jetzt hör schon auf!«

Ich legte die Füße auf den Schreibtisch. »Sie hat mich in den Gefängniszellen gesehen und ... nun ja, du weißt ja, was für eine Wirkung auf Frauen ich habe.«

»Und ob!« Er rümpfte die Nase. »Jeden Tag les ich was über dein Liebesleben im *Washingtonian.*« Er begann an der Bügelfalte seiner Hose herumzuzupfen. »Gut ... sie hat den Kerl also um die Ecke gebracht, stimmt's?«

»Davon ist die Staatsanwaltschaft überzeugt.«

Er schob seinen Zahnstocher von einer Backe in die andere. »Davon ... ist ... die Staatsanwaltschaft ... überzeugt«, wiederholte er und musterte mich eindringlich. »Und wovon sind *wir* überzeugt?« Er hatte mich kalt erwischt. Wahrscheinlich wußte er sogar schon, daß ich mit ihr zu Abend gegessen hatte. Auf Nachfrage würde er sagen: »Irgendwas mit Kalbfleisch.«

»Ich hab mich gestern mit dem Staatsanwalt getroffen.«

»Wer ist es denn?«

»Kyle Rogavin.«

Er schüttelte den Kopf. »Sieht alles andere als gut für uns aus. Der Kerl haut dir deine Verteidigung nur so um die Ohren.«

»Und danach bin ich nur noch Hackfleisch?«

»Nein, nicht wenn du dein Spiel beherrschst.« Er beugte sich vor und wischte einen imaginären Fleck von seinen Schuhen. »Hör zu, du bumst sie doch nicht etwa, oder? Ich meine, das geht mich zwar nichts an, aber wir haben hier einen Fall zu bearbeiten, du weißt schon ...«

»Hab ich nicht und werd ich auch nicht, danke der Nachfrage. Können wir jetzt wieder auf die Arbeit zu sprechen kommen, oder ist da noch etwas, das du mich fragen willst?«

»Weiter.«

»Rogavin sagt, daß er einen Zeugen hat, der die Mandantin in der Nähe von Garveys Haus gesehen hat.«

»Was zum Teufel soll das heißen, *in der Nähe?*«

»Keine Ahnung, aber je weiter weg, desto besser.«

»Und was noch?«

»Ich will, daß du die Strecke von Garveys Haus bis zu ihrem abgrast, versuch rauszukriegen, wer der Zeuge oder die Zeugin sein soll. Hier hast du einen Stadtplan.« Ich gab ihm einen detaillierten Plan des Viertels Georgetown, die Häuser von Bronson und Garvey hatte ich eingekringelt.

Er studierte ihn aufmerksam. »Da gibt's 'ne Menge Möglichkeiten, wie man von ihm zu ihr kommt, Umwege nicht mit eingerechnet. Könnte 'ne Weile dauern.«

Ich nahm den Plan wieder an mich und markierte die Strecke, die Ashley und ich abgeschritten hatten. »Versuch's mal hiermit«, sagte ich.

Er sah auf den Plan und dann wieder zu mir. »Du meinst die hier zuerst oder *nur* die?«

»Nur die.« Er nickte, erleichtert, daß ich mich nicht scheute, ihre Schuld anzuerkennen. »Ich bin die Strecke gestern abgelaufen«, sagte ich und schob eine Abschrift des Bandes aus meinem Diktiergerät über den Tisch.

Walter las sie. »Nicht schlecht für den Anfang, hilft uns aber auch nicht weiter. Man könnte Sie so gut wie überall gesehen haben.«

»Und deshalb brauch ich dich, damit du an jede Tür klopfst. Solltest du dabei ein oder zwei Zeugen finden, die irgend jemanden – *wen auch immer* – gesehen haben, der nicht aussieht wie Ashley Bronson und der an diesem Abend gegen Viertel nach zehn in der Nähe von Garveys Haus herumgelungert hat, dann wäre das sehr hilfreich.«

Sein Blick verweilte auf meinem Gesicht. »Ach ja?«

»Sie hatte einen Grund, Walter.«

»Es gibt immer irgendeinen Grund.«

»Treib irgendwas auf Walter, okay?«

»Ich kann nichts versprechen.« Er stand auf und stütze sich mit beiden Händen schwer auf meinen Schreibtisch. Sein großer Kopf und seine Schultern türmten sich über mir auf. »Wie lange kennen wir uns jetzt schon?«

»Sehr lange.«

»Behalt den Hosenstall zu«, sagte er und ging.

Kurz darauf baute sich Harry in der Tür auf. »Frank, hier ist jemand, den ich dir gern vorgestellt hätte.« Er bat einen Milchbubi mit Hosenträgern und Fliege herein, der höchstens fünfundzwanzig Jahre alt sein konnte. Ich war ihm schon einmal begegnet, da hatte er in der Kanzleibibliothek gearbeitet. »Das hier ist Andy Gardner«, schwärmte er, »einer unserer vielversprechendsten Kollegen. Ich hab ihm gesagt, du könntest vielleicht ein wenig Hilfe gebrauchen, und wie du siehst, kann er es kaum erwarten.«

Andy lächelte nervös. »Bisher hatte ich mit Strafrechtsprozessen noch nichts zu tun«, gestand er, »aber im Strafrecht hatte ich immer die besten Noten.«

»Andy war auf der *Columbia*«, raunte mir Harry zu. »Die bilden da ziemlich fähige Anwälte aus, Frank.«

»Ich komme aus New York, Harry.«

»Natürlich«, stammelte er. »Das weiß ich doch. Deshalb seid ihr bestimmt ein tolles Team.« Harry war ein hoffnungsloser Fall. Auf Partys wich er seiner Frau nie von der Seite, damit sie ihm die Namen der Leute zuflüstern konnte, die er schon tausendmal getroffen hatte. Aber bei einem potentiellen Mandanten vergaß er nichts – nicht einmal dessen Schuhgröße, vorausgesetzt, er hatte sie erwähnt, solange er in Hörweite war.

»Andy kann gleich heute morgen loslegen«, sagte er.

»Du kommst genau richtig, Andy«, sagte ich. »Im Moment kann ich ein wenig Hilfe durchaus gebrauchen.«

»Na prima!« rief Harry. »Bitte – er steht dir voll und ganz zur Verfügung.« Sein Daumen zeigte nach oben, als er das Zimmer verließ.

Ich bugsierte das neueste Mitglied des Bronson-Teams in einen Stuhl und griff nach meiner Liste der zu erledigenden Dinge. »Na Andy, was hast du hier bisher schon alles gemacht?«

»Recherchen, Berichte schreiben, fast alles Körperschaftsrecht. Längst nicht so interessant wie das, was Sie machen. Ich weiß diese Chance hier sehr zu schätzen, Mr. O'Connell.«

»Frank.«

»Frank. Ich hab alle Zeitungsartikel über den Fall gelesen und eine Internetrecherche gemacht. Ich bin da auf etwas gestoßen, das ungefähr achtzehn Jahre zurückliegt und das ist ... äh ... nicht uninteressant.«

»Nun, du wirst sie eines Tages kennenlernen.« Seine Augen glänzten vor Vorfreude. Gestern noch hatte er sich mit Firmenfusionen herumgequält, und heute war er schon drauf und dran, den Mount Everest zu stürmen, man mußte ihm nur noch zeigen, wie. »Unsere Mandantin wird nächste Woche angeklagt, wahrscheinlich schon am Montag.«

»Besteht auch nur die leiseste Chance, daß man sie nicht anklagen wird?«

»Nein. Man wird uns den Verhandlungstermin telefonisch bekanntgeben. Dann werden wir aufs Gericht gehen, eine Kopie der Anklageschrift erhalten und eine Nichtschuldigerklärung abgeben. Das Gericht wird uns eine Frist setzen, innerhalb der wir unsere Anträge stellen können, aber die wird nicht sehr lang sein, und bis dahin müssen wir einen Vorsprung erreicht haben.«

Er sah auf. »Verstanden.«

»Gut. Als erstes sprich bitte mit Cory Barnes, unserer Kanzleimitarbeiterin. Wir brauchen alle Zeitungsartikel über Raymond Garvey, egal, wie lange sie zurückliegen. Hast du das Material, das du über unsere Mandantin zusammengetragen hast, aufbewahrt?«

»Alles ordentlich abgelegt.«

»Gut. Notier dir alles, was die Staatsanwaltschaft verwenden könnte. Ich weiß, das klingt mehr als vage, aber wenn du dir im Einzelfall nicht sicher sein solltest, dann nimm es trotzdem mit auf.«

»In Ordnung. Material, das sie im Kreuzverhör verwenden werden.«

»Nun ... alles, was auch nur irgendwie von Bedeutung sein könnte. Und da ist noch eine Sache, die Cory tun soll: Die Polizei bewahrt Berichte über Straftaten auf, für ihre sogenannten Strafstatistiken. Ich möchte, daß sie alle Vorfälle heraussucht, die sich innerhalb des letzten halben Jahres in Garveys Nachbarschaft ereignet haben.«

»Wonach suchen wir?«

»Einbrüche, Raubüberfälle, Vergewaltigungen, Mord. Alles Schwerwiegende, was eine tatsächliche oder mögliche private Auseinandersetzung betrifft.«

»Ein Muster, dem sich auch der Mord an Garvey zuordnen ließe.«

»Stimmt genau. Das wär's fürs erste, ich denke, damit bist du ganz gut ausgelastet.« Andy sprang auf und marschierte zur Tür hinaus, ohne auch nur zu fragen, ob sie das Verbrechen überhaupt begangen hatte. Er war also für einen frischgebackenen Anwalt entweder sehr naiv oder aber überaus gewitzt. Natürlich hatte ich es ebenfalls vermieden, das Thema anzuschneiden. Erst Walter, jetzt Andy: Es fiel mir nicht gerade leicht, den Leuten die Wahrheit über Ashley Bronson zu erzählen, wahrscheinlich weil ich sie selbst nur allzu gern verdrängt hätte. Jetzt konnte ich mich endlich der Aufgabe zuwenden, die ich für mich selbst aufgehoben hatte. Ich schloß die Kredenz auf und holte das in Leder gebundene Buch hervor. Der letzte Eintrag wies eine überaus zittrige Handschrift auf.

Henry Bronsons Tagebuch

25. Oktober. Ich habe keine Zukunft mehr. Ich blicke nach vorn und sehe doch nur das Zerrbild der Vergangenheit. Wie ungerecht es doch ist, daß die Folgen jugendlichen Eifers genauso weitreichend sind wie die wohlfeiler Überlegungen und jahrelanger Erfahrung!

Ich glaubte, daß ich lange genug gelebt habe, um für das Vorgefallene Vergebung zu erlangen, und am Ende werde ich doch eines Besseren belehrt. Wie Frankenstein lebe ich in ständiger Furcht vor meiner eigenen Schöpfung. Mein bester Freund wurde mir zum Peiniger. Er läßt mir keinen anderen Ausweg mehr.

Meine geliebte Tochter, es tut mir unendlich leid. Bitte verurteile mich nicht für das, was ich getan habe oder noch tun werde. Du bist meine größte Schöpfung. In dir genieße ich das Leben, das mir von meinen Lebensumständen und meiner Veranlagung her stets verweigert wurde. Ich werde immer über dich wachen.

6

Rogavin rief mich Montag kurz vor der Mittagspause an, um mich über die neuesten Entwicklungen zu unterrichten.

»Gegen Ihre Mandantin wurde Anklage erhoben«, sagte er.

»Ich bin schockiert.«

»Die Anklage lautet auf vorsätzlichen Mord. Die Verhandlung wurde für Donnerstag, zehn Uhr, angesetzt. Der Richter ist Warner. Ich nehme an, wir können auf einen Haftbefehl verzichten.«

Damit lag er gar nicht so falsch, wirklich ein kluger Kopf. »Ich werde meinen besten Anzug anziehen«, entgegnete ich. »Sonst noch was?«

»Ich hab sie gesehen. Sie hätten mein Angebot annehmen sollen.« Er legte auf.

Ich rief Ashley an und sagte ihr, sie solle sich innerlich schon einmal auf die Wiederausstrahlung ihrer Festnahme im Fernsehen einstellen sowie auf weitere Kommentare von Leuten, die sie bislang für ihre Freunde gehalten hätte. Sie hatte bereits ihre Telefonnummer ändern lassen, und Walter hatte einen Sicherheitsdienst engagiert, um ihr die Presse und andere ungebetene Gäste vom Leib zu halten. Ich schlug vor, sie solle das Haus in nächster Zeit lieber nicht verlassen und entsprechende Vorkehrungen treffen.

Noch am Nachmittag brachte mir Andy eine ausgearbeitete Version unseres Antrags. Er hatte gute Arbeit geleistet, und so entschloß ich mich, ihm die Recherche und die Berichte zu überlassen, während ich mich auf andere Dinge wie Ashleys Fingerabdrücke auf der Waffe und ihre Auseinandersetzung mit Garvey konzentrierte. Das hieß konkret, daß ich Edward und Charlotte Ward, Garveys Hausmeister und Haushälterin, zu vernehmen hatte. Ich dachte gerade über sie nach, als Walter mit Neuigkeiten hereinplatzte.

»Ich hab jemanden gefunden.«

Ich saß kerzengerade. »*Den Zeugen?*«

Er zuckte die Achseln, öffnete sein Notizbuch und las ohne ein einleitendes Wort: »Mr. William Bradmoor, Eins-fünf-neun-vier, achtundzwanzigste Straße – das ist gleich bei Garvey um die Ecke, ein halber Block Richtung Süden. In der besagten Nacht verläßt er das Haus und geht zu seinem Auto, das er in der Q Street geparkt hat, ein Block östlich von Garvey. Er läuft zur Kreuzung Achtundzwanzigste Ecke Q und will sie gerade überqueren, als er Schritte hinter sich hört – aus Garveys Block also. Er dreht sich um und sieht eine Frau, die ihm eilig entgegengeht.«

»Also aus Garveys Richtung kommend.«

»Genau. Er kann ihr Gesicht nicht erkennen, aber sie trägt einen Hut und einen Regenmantel.«

»Woher weiß er, daß es sich um eine Frau handelt?«

»Anhand ihrer Größe und Silhouette, anhand der Art, wie sie sich bewegt, und am Klappern ihrer Absätze auf dem Pflaster. Er ist sich da ganz sicher. Wie dem auch sei, sie springt in einen Wagen, der auf der Nordseite der Straße geparkt wurde – so ungefähr fünfzehn bis zwanzig Meter von Bradmoor entfernt –, betätigt den Anlasser und heizt los. Er macht sich darüber keine großen Gedanken – es regnet, sie hat es eilig –, also überquert er die Straße. Dann hört er das Quietschen von Bremsen, dreht sich um, und entdeckt den Wagen ein paar Blocks weiter hinten. Er kann nicht mehr erkennen als dessen Umrisse und Rücklichter, aber er hört Türenschlagen –«

»Eine Tür oder mehrere?«

»Zwei Türen, und er nimmt an, auf der Beifahrerseite, weil er den Fahrersitz sehen konnte. Egal, sie tritt aufs Gas und sie rasen davon, als ob der Teufel hinter ihnen her wäre. Er sieht den Rücklichtern nach, bis sie bei der nächsten Kreuzung angelangt sind und links abbiegen. Das wär's.

»Wow! Und um wieviel Uhr soll das gewesen sein?«

»So gegen Viertel vor elf, auf jeden Fall nach halb elf.«

»Toll!« schrie ich. »Das ist ja großartig!«

»Vielleicht.«

»Hör auf! Wenn das Rogavins Zeuge ist, dann kommen wir mit einem Freispruch nach Hause! Der Typ hat ihr Gesicht nie gesehen. Das hätte jede x-beliebige Frau sein können!«

»Woher willst du wissen, daß das der Zeuge ist?«

»Hat Bradmoor mit der Polizei gesprochen?«

»Ja. Sie haben auch an seine Haustür geklopft, als sie die Nachbarschaft durchkämmten.«

»Dann könnte er's sein!«

»Nicht gerade ein toller Zeuge! Und wie will Rogavin die Sache mit den Türen auf der Beifahrerseite erklären?«

»Vielleicht wollte er mich nur mal austesten.« Walter sah nicht sehr überzeugt aus. »Okay«, gab ich zu, »wahrscheinlich ist das nicht sein Zeuge, trotzdem sind das gute Nachrichten: *eine andere Frau am Tatort!*«

»Wir brauchen die bescheuerte Zeugenaussage von der Staatsanwaltschaft.«

»Andy hat einen guten Antrag verfaßt, und mit etwas Glück rückt sie der Richter raus.«

»Vergiß es«, knurrte er. »Seit wann verlassen wir uns auf einen Richter?«

»He, Kopf hoch! Wo wir gerade so schön dabei sind, laß uns weitermachen. Wir müssen uns noch um Ashleys Fingerabdrücke auf der Waffe und um ihre Auseinandersetzung mit Garvey kümmern. Das heißt, du mußt zu den Wards und sie zum Reden bringen.«

»Kein Problem«, antwortete er. »Kann ich sonst noch was für dich tun? Schneller fliegen als 'ne Kanonenkugel? Ohne Anlauf über einen Wolkenkratzer springen?«

»Das ist doch eine Kleinigkeit für dich. Sie kennen sie schon seit der Zeit, als sie noch auf die High School ging. Sie sagt, sie hätten sie immer sehr gemocht.«

»Was du nicht sagst! Und ich dachte schon, sie hätten was gegen sie.«

»Vielleicht halten sie sie nicht für die Mörderin.«

»Klar doch«. Er rümpfte die Nase. »Warum sollten sie auch?«

»Willst du mir jetzt endlich verraten, was dein Problem ist?«

Er atmete aus und blies die Backen auf. »Und wenn Bradmoor deine Mandantin gesehen hat?«

»Unmöglich. Ashley ist zu Fuß von Garvey weg, sie war allein und lief in westliche Richtung. Und das mindestens eine Viertelstunde vorher.«

»Das behauptet sie zumindest.«

»Und ich glaube ihr.«

»Wer spricht da gerade? Der große oder der kleine Mann?«

»Sieh zu, daß du zu den Wards kommst, tu mir den Gefallen, bitte!«

Wir setzten also die Jagd nach dem geheimnisvollen Zeugen bis auf weiteres aus und widmeten uns während der nächsten zwei Tage anderen Dingen – mit mäßigem Erfolg. Einmal abgesehen davon, daß Garvey es für angebracht hielt, sich zu bewaffnen, beschränkte sich die Straftatstatistik in der Nachbarschaft nur auf Bagatellsachen, die meist am Wochenende in den frühen Morgenstunden angezeigt wurden, wenn genervte Barbesucher ihre Autos suchten, die sie in einer der so leicht zu verwechselnden Straßen Georgetowns geparkt hatten. Die Opfer waren meist nur Mülltonnen, Grünpflanzen oder die eine oder andere Windschutzscheibe; schwerwiegende Delikte kamen überaus selten vor und beschränkten sich auf ein paar Einbrüche tagsüber, während die Geschädigten sich gerade in irgendwelchen Büros in der Innenstadt abrackerten. Das gelegentliche Aufeinandertreffen von Einbrecher und Hausbewohner war rein zufällig und nahm in den seltensten Fällen einen gewalttätigen Verlauf, und wir fanden auch keinerlei Hinweis darauf, daß Garvey einer Einbruchserie, die das ganze Viertel heimsuchte, zum Opfer gefallen sein könnte. Nicht gerade ermutigend.

Danach wurde es auch nicht besser. Die Wards waren nicht da, wo wir sie zu finden hofften, weder in Garveys Haus noch auf ihrem eigenen Anwesen im ländlichen Virginia. Wir überlegten, ob die Staatsanwaltschaft sie möglicherweise irgendwo versteckt hielt, fanden das dann aber doch zu weit hergeholt. Dennoch machte ich mir Sorgen. Walter lief auf Hochtouren, er bemerkte nur kurz und knapp, daß er sie finden würde. Und wenn er das sagte, dann gab es nirgendwo auf der Welt ein Versteck, das er nicht entdeckt hätte – normalerweise.

Donnerstag ging's aufs Gericht, um Einrede zu erheben, und da ich vermeiden wollte, daß man die Aufnahmen von Ashleys Limousine in der ganzen Nachbarschaft verbreiten würde, mieteten wir eine Limousine, die von Dan White, einem früheren Polizeibeamten, gefahren wurde, der ebenso angetreten war, unser Team zu verstärken. Walter und Andy waren mit von der Partie, um uns abzuschirmen und möglichst unauffällig in das Gerichtsgebäude hinein- und danach wieder hinauszubugsieren. Andys Milchbubi-Gesicht glühte vor Aufregung. Walter meckerte die ganze Fahrt über unsere bevorstehende Begegnung mit der Journaille und dem Richter. Beide standen sie auf seiner Abschußliste, sie kamen gleich nach den Volvo-Ärschen.

Wir hatten uns auf so einiges gefaßt gemacht, aber auf den Anblick von über zweihundert Reportern, Fotografen und Kameraleuten, die sich auf dem Bürgersteig drängten, waren wir nicht vorbereitet. »Der Fall Ashley Bronson« – wie sie es nannten – war zweifelsohne von nationalem Interesse. Wir scharten uns um sie, während sie von allen Seiten bombardiert wurde.

»Miss Bronson, haben Sie Raymond Garvey umgebracht?«

»In was für einer Beziehung standen Sie zu Raymond Garvey?«

»Werden Sie es auf einen Prozeß ankommen lassen?«

»Miss Bronson, stimmt es, daß Ihre Fingerabdrücke auf der Waffe gefunden wurden?«

Als wir die Tür erreicht hatten, wandte ich mich den Kameras zu, um eine Erklärung abzugeben. Es war nicht unwahrscheinlich, daß das Gericht eine Schweigepflicht erlassen würde, und ich wollte auch noch ein paar Worte von unserer Seite in den heutigen Abendnachrichten unterbringen. »Miss Bronson wird sich zu den Anklagepunkten nicht schuldig erklären«, verkündete ich. »Sie möchte sich bei all ihren Freunden und Bekannten für die großzügige Unterstützung bedanken und bittet die Öffentlichkeit, bis zur Urteilsverkündung keine voreiligen Schlüsse zu ziehen. Sie ist unschuldig. Haben wir entsprechende Beweise erst einmal erbracht, wird sich das Hohe Gericht, so hoffen wir, unserer Meinung anschließen. Ich danke Ihnen für Ihre Aufmerksamkeit.« Wir flüchteten uns nach drinnen, und das Chaos tobte weiter.

Im Gerichtssaal wartete eine zweite Horde Medienleute, und als die Gruppe von draußen dazustieß, waren alle Plätze besetzt. Unser Fall war der einzige, der heute verhandelt wurde, und so nahmen Andy und ich gleich am Tisch der Verteidigung Platz. Walter setzte sich in die erste Reihe und las Zeitung. Kurz darauf kam Rogavin mit einem weiteren Staatsanwalt herein und setzte sich traditionsgemäß an den Tisch der Staatsanwaltschaft, direkt neben der Geschworenenbank. Mehrere Gerichtszeichner porträtierten Ashley, die im Zentrum der Aufmerksamkeit stand, die Schönste im ganzen Saal.

Um kurz nach zehn klopfte es auf der anderen Seite der Tür, und alle erhoben sich, als Richter Warner eintrat. Er nickte dem Gerichtsdiener zu, der daraufhin den Fall CR 1423, *Die Vereinigten Staaten gegen Ashley Bronson* aufrief.

»Verteidigung und Anklagevertretung mögen bitte vortreten«, sagte der Gerichtsdiener.

»Kyle Rogavin für die Vereinigten Staaten, Euer Ehren.«

»Francis O'Connell für Ashley Bronson.«

Der Gerichtsdiener reichte Warner die Akte. Er verkündete: »Dies ist die Anhörung der Angeschuldigten zur Anklage. Mr. O'Connell, wünscht Ihre Mandantin, daß die Anklage verlesen wird?«

»Nein, Euer Ehren, wir verzichten.«

»In Ordnung. Ist Ihre Mandantin darauf vorbereitet, sich auf die Anklage einzulassen?«

»Ja, Euer Ehren.«

Warner sah sie an. »Miss Bronson, würden Sie sich bitte erheben?«

Sie stand auf. Ich rückte etwas näher, so daß sich unsere Schultern berührten, als wir warteten. Ich habe Mandanten erlebt, die in diesem Moment so stark zitterten, daß der Boden zu erbeben drohte. Sie hingegen stand vollkommen ruhig da und sah Warner direkt in die Augen. Vielleicht schauspielerte sie auch nur, doch meiner Meinung nach hatte sie einfach Klasse. »Die Anklage lautet auf vorsätzlichen Mord«, hob Warner an. »Wie äußern Sie sich zur Anklage?«

»Nicht schuldig«, antwortete sie. Da war sie wieder, diese Stimme. In diesen einen Satz, der nur aus zwei Worten bestand, vermochte sie Überzeugungskraft, Selbstvertrauen wie auch einen winzigen Hauch Aufsässigkeit zu legen. Allein auf ihrem äußeren Erscheinungsbild hätte ich eine ganze Verteidigungsstrategie aufbauen können – ein Geschworenengericht organisieren, das nur aus Männern besteht, sie in den Zeugenstand rufen und dafür sorgen, daß sie sie fixiert und redet und redet. Verdammt, sie hätte das Telefonbuch vorlesen können, und wir hätten gewonnen. Zu dumm, daß ich wußte, sie war schuldig. Ich mußte wohl noch einmal überdenken, wie ich bei der Vernehmung meiner Mandanten vorgehen würde.

»Sehr schön«, sagte Warner. »Bitte nehmen Sie das ins Protokoll auf, die Angeklagte bekennt sich nicht schuldig. Mr. Rogavin, wie lange werden Sie in etwa brauchen, den Fall aus Sicht der Staatsanwaltschaft darzulegen?«

Rogavin stand auf. »Ungefähr zwei oder drei Tage, Euer Ehren.«

»Mr. O'Connell?«

»Solange mir die Beweismittel noch nicht vorgelegt wurden, kann ich keine verbindliche Aussage treffen, Euer Ehren, aber auch ich rechne mit zwei, drei Tagen.«

»In Ordnung. Das Gericht wird Ihnen die gewünschten Beweismittel in den nächsten Tagen vorlegen. Irgendwelche Einwände, Mr. Rogavin?«

»Nein, Euer Ehren.«

»Jeglicher Antrag ist bis Mittwoch vormittag zu stellen, entsprechende Stellungnahmen bis Freitag. Ende der Veranstaltung. Mit anderen Worten, meine Herren, fassen Sie sich kurz und kommen Sie direkt zur Sache.«

Etwas beherrschte all meine Gedanken. »Euer Ehren, wann wird das Gericht die Staatsanwaltschaft dazu auffordern, mir die

Zeugenaussagen zugänglich zu machen? Wir hätten sie gern so bald wie möglich.«

Rogavin erhob sich. »Euer Ehren, wir sind zur Herausgabe der Zeugenaussagen nicht verpflichtet, bevor der Zeuge nicht wirklich hier ausgesagt hat.«

Warner sah den Staatsanwalt an und schüttelte den Kopf. »Würden wir das Gesetz so eng auslegen, dann müßten wir die Verhandlung nach jeder Zeugenaussage unterbrechen, um der Verteidigung Gelegenheit zu geben, die Aussage zu lesen und ein Kreuzverhör vorzubereiten. Das wissen Sie genausogut wie ich, Mr. Rogavin.«

Rogavin gab nicht auf. »Euer Ehren, es handelt sich hierbei um einen Mordfall, der größtes Medieninteresse auf sich zieht.« Er wies auf die Zuschauer, die den Gerichtssaal füllten. »Das Gesetz dient nicht zuletzt dazu, die Privatsphäre der Zeugen zu schützen und Sorge dafür zu tragen, daß niemand auf sie einwirkt oder sie gar einschüchtert. Auf keinen Fall sollten die Zeugenaussagen früher als eine Woche vor dem Prozeß bekannt werden.«

Das ließ mich von meinem Stuhl hochfahren. »Euer Ehren, es geht hier nicht um organisiertes Verbrechen. Allein die Vorstellung, jemand könne die Zeugen einschüchtern wollen, ist absurd. Polizei und Staatsanwaltschaft zusammengerechnet, kennen höchstwahrscheinlich schon so gut wie hundert Personen die Identität des Zeugen. Ich glaube kaum, daß irgend jemandes Privatsphäre bedroht wird, wenn da noch die paar Mitglieder der Verteidigung hinzukommen. Wir beantragen, daß uns alle Zeugenaussagen offengelegt werden, und bitten Sie, diesen Antrag so bald wie möglich zu prüfen.«

Warner faßte einen Entschluß. »Ich werde Ihren Antrag noch heute prüfen und eine Entscheidung treffen. In Ordnung. Lassen Sie uns über die Termine reden.« Der Gerichtsdiener legte Warner einen Kalender vor, und sie diskutierten miteinander, während wir warteten. »Prozeßbevollmächtigte, was halten Sie vom 4. Februar?«

Rogavin schoß hoch. »Vorsitzender, wir sind für einen Prozeß noch Anfang Januar.«

»Mr. O'Connell?«

»Euer Ehren, bis dahin sind es gerade einmal fünf Wochen, einschließlich der Feiertage, an denen die Leute erfahrungsgemäß sehr schwer zu erreichen sind und wo sich also nicht sehr viel tun wird. Wenn man die Schwere der Anklage bedenkt und das damit einhergehende Strafmaß, hätten wir gern etwas mehr Zeit, uns vorzubereiten.«

»Herr Vorsitzender«, sagte Rogavin, »die Beschuldigte ist des Mordes angeklagt und immer noch auf freiem Fuß. Wir reden hier über einen Fall, der nicht besonders komplex ist und in fünf Tagen verhandelt werden kann. Da sind fünf Wochen mehr als genug, um sich vorzubereiten, einschließlich der Feiertage.«

Warner warf einen Blick in seinen Kalender. »Ich werde den Termin für den dreizehnten Dezember festsetzen. Bis dahin bleiben uns noch mehrere Tage Zeit, um die Geschworenen auszuwählen, ein Feiertag, und am Donnerstag beginnen wir dann mit der Beweisaufnahme. Mr. O'Connell, bis dahin sollten auch Sie soweit sein. Sollten sich irgendwelche gewichtigen Gründe ergeben, die dem entgegenstehen, dann geben Sie mir zu gegebener Zeit Bescheid, aber bitte nicht erst in letzter Minute.«

»Ja, Euer Ehren.« Warner schrieb etwas außen auf die Akte und sagte: »Die Kaution bleibt, wie von Richter Robbins festgelegt. Ich möchte Verteidigung und Anklagevertretung gleich nach der Pause in meinem Dienstzimmer sehen.« Er nickte in Richtung der Justizbeamten, und wir erhoben uns wie auf Kommando, als er den Richterstuhl verließ. Rogavin und ich folgten einem von Warners Gerichtsdienern zu einem Konferenztisch, an dem der Richter wartete.

Er verlor keine Zeit und kam sofort zur Sache. »Aufgrund des großen öffentlichen Interesses, das dieser Fall erregt, bin ich nicht weiter überrascht, daß Mr. Rogavin die Anklage vertritt. Ihre bisherigen Fälle an diesem Gericht dagegen, Mr. O'Connell, waren weitaus weniger sensationell. Sie haben auf Ihrem Gebiet gute Arbeit geleistet, aber das hier ist etwas ganz anderes.« Warner musterte mich, während knapp außerhalb seines Blickfeldes Rogavins Mundwinkel nach oben wanderten. »Wie dem auch sei«, konstatierte er, »ich möchte nur, daß Sie wissen, daß ich bei derart prominenten Fällen bestimmte Grundsätze habe. Ich weiß sehr wohl, was ein solcher Fall für die Karriere eines Anwalts bedeuten kann. Ich selbst hatte auch einige in dieser Größenordnung, als ich selbst noch Anwalt war – alles schön und gut. Aber was ich absolut nicht ausstehen kann, ist, wenn jemand sein Maul zu weit aufreißt – egal, ob im Gerichtssaal oder außerhalb.« Er griff nach der Wasserkaraffe, schenkte sich ein Glas ein und sah uns beide eindringlich an, bevor er sie wieder absetzte. Auf den Tisch zu hauen machte anscheinend mächtig Durst. »Ich habe hier heute keine Schweigepflicht auferlegt, aber wenn mir zu Ohren kommen sollte, daß dieser Fall über die Medien verhandelt wird, dann wird es Sanktionen geben, drastische Sanktionen. Verdammt noch mal! Ich hab die Nase voll von aufgeblasenen Anwälten, die sich bei Gericht einfach nicht zu benehmen wissen.« Er drohte uns beiden mit dem Zeigefinger. »Ich will, daß dieser Fall auf eine vorbildliche, standesrechtlich einwandfreie Weise verhandelt wird. Noch irgendwelche Fragen?«

»Nein«, sagte ich.

»Nein, Euer Ehren«, echote Rogavin.

»Gut. Das wär's für heute. Man wird Sie über den Termin für die Anhörung der Anträge informieren. Ich danke Ihnen, meine Herren.«

Keiner sagte ein Wort, als wir vom Gericht zurückfuhren. Walter, Andy und ich stiegen beim Büro aus und ließen Ashley in Dans Obhut, der sie nach Georgetown zurückbringen würde. Die Wirkung, die ihr erster öffentlicher Auftritt als Beklagte gehabt hatte, ließ sich nur schwer einschätzen. Als ich ihr sagte, ich würde sie später anrufen, nickte sie nur, ohne mich dabei anzusehen.

Andy begab sich wieder an seine Recherchen, während Walter und ich einen Spaziergang machten. »Wir haben nicht mehr viel Zeit«, sagte er.

»Wir müssen irgendwelche Zeugen finden, und zwar bald.«

»Ich bin dran.«

Ich atmete tief aus. »Fünf Wochen. Fünf gottverdammte Wochen – einschließlich der Feiertage.« Ich sah in Richtung Georgetown, den Schauplatz des Verbrechens, das Viertel, in dem sie lebte. »Sie hat eine ziemlich gute Figur abgegeben, findest du nicht?«

»Sie hat was, zugegeben.«

»Findest du, daß sie wie eine Mörderin aussieht?«

Er zog einen neuen Zahnstocher aus seiner Hosentasche. »Sag mir bitte, wie Mörder normalerweise so aussehen. Ich war fünfundzwanzig Jahre lang Bulle, fünfzehn Jahre davon im Morddezernat, aber das kann ich dir immer noch nicht sagen.« Er blickte in Richtung Dupont Circle. »Was sie betrifft, hältst du dich doch an meinen Rat, oder?«

»Ja, ja.«

Er zwinkerte mir zu und klopfte mir auf die Schulter. »Keine Sorge, Verteidiger. Jetzt, wo du bei den ganz Großen mitmischst, kann ich jede Menge Knete an dir verdienen, also werd ich dir die Kastanien schon aus dem Feuer holen, genau wie früher.« Er sah auf seine Armbanduhr, ein Geschenk, das er anläßlich seiner Pensionierung von den Polizeibeamten seines alten Reviers erhalten hatte. »Ich muß diese Wards finden«, knurrte er. »Alle in diesem Fall haben sich in ein und demselben Loch verkrochen.« Ohne die rote Ampel und den starken Verkehr zu beachten, bahnte er sich einen Weg durch den Kreisverkehr des Dupont Circle und blieb nur kurz stehen, um ein paar höfliche Worte mit einem Taxifahrer zu wechseln, der wie wild auf die Hupe drückte. Man konnte den Kerl zwar aus New York entfernen, aber New York war aus dem Kerl nicht rauszukriegen.

Das Fax aus dem Büro des Richters erreichte uns kurz nach der Mittagspause. Es bestand aus dem Titelblatt von Andys peinlich genau ausgearbeitetem Antrag, in dessen Randspalte jemand »abgelehnt« gekritzelt und am Fuß der Seite eine Anmerkung gemacht hatte: »Alle Zeugenaussagen sind der Verteidigung bis zum 23. Dezember offenzulegen.« Sieben Tage vor dem Prozeß: Direkt in der Weihnachtswoche. Warner ließ uns keinerlei Zeit für Nachforschungen, was bedeutete, daß wir wahrscheinlich erst beim Prozeß erfahren würden, wie es um unsere Chancen bestellt war, nämlich dann, wenn der Augenzeuge in den Zeugenstand treten würde, wenn es kein Zurück mehr gab.

Den Rest des Nachmittags gaben wir uns unseren schlimmsten Befürchtungen hin. Soweit wir wußten, kam so gut wie jeder als Ashleys Belastungszeuge in Frage – von Jasir Arafat bis Mutter Teresa; und selbst wenn es sich dabei um Arafat handeln sollte, würde das auch keine große Rolle spielen, denn nach dem, was man von Rogavin so hörte, würde er in einer Mönchskutte und mit einem Rosenkranz in der Hand bei Gericht auftauchen. Es war sieben Uhr abends, als ich schließlich meine Mandantin anrief.

»Ich sehe uns gerade im Fernsehen«, sagte sie.

»Sehe ich sehr fett aus in dem Beitrag?«

»Nein, Sie sehen sehr gut aus. Die Mädels werden sich die Finger wund wählen.«

»Ashley, Warner hat sich gemeldet: keine Zeugenaussagen bis eine Woche vor dem Prozeß.«

»Oh.«

»Machen Sie sich trotzdem keine Sorgen. Walter wird den Augenzeugen finden, und alles wird gut.«

»Das ist eine Type, genau, wie ich mir so einen Ermittler aus New York immer vorgestellt habe.«

»Der beste, den es gibt. Er wird es schaffen.«

»Tut mir leid, daß ich mich an niemanden erinnern kann. Ich weiß, ich bin Ihnen keine große Hilfe.«

»Machen Sie sich darüber mal keine Sorgen. Sie haben sich heute tapfer gehalten, wissen Sie das?«

»Ja, aber nur, weil mir gerade noch rechtzeitig einfiel, das Wörtchen ›nicht‹ vor das Wörtchen ›schuldig‹ zu setzen.«

Es war an der Zeit, das Thema zu wechseln. »Ich habe das Tagebuch Ihres Vaters gelesen, Ashley. Den letzten Eintrag.«

»Oh ... Nicht gerade ein toller Abgang, was?«

»Ich habe nichts verstanden, aber er hat seine Tochter sehr geliebt, soviel steht fest.«

»Ja ..., das stimmt. Ich vermisse ihn sehr. Es ist nicht einfach, in so einer Situation völlig auf sich gestellt zu sein.«

»Ich bin da nur ein schlechter Ersatz, trotzdem: Sie können mich jederzeit anrufen.«

Sie lachte leise. »Der geborene Dienstleister, was? Tag und Nacht abrufbereit.«

»Das meine ich jetzt nicht beruflich, Ashley.«

Das war mir einfach so rausgerutscht. Einen kurzen Moment lang sagte keiner von uns beiden ein Wort. Ich dachte an mein Gelübde.

»Danke«, sagte sie leise. »Das habe ich gebraucht.«

Nicht so dringend, wie ich mich ihr unbedingt offenbaren mußte. »Warum machen Sie nicht die Nachrichten aus und legen sich hin? Ich werde morgen wieder anrufen.«

»In Ordnung. Gute Nacht, Frank.«

»Gute Nacht.«

7

Am Freitag ging Andy zum Büro der Staatsanwaltschaft und brachte das Material mit, das Rogavin freiwillig herausrückte: den Abgleich der Fingerabdrücke, Garveys Autopsiebericht sowie die Berichte über die Ermittlungen am Tatort und die Hausdurchsuchung. Cory hatte alle verfügbaren Zeitungsartikel, die in irgendeiner Weise auf Ashley oder Raymond Garvey Bezug nahmen, nach zwei Stapeln sortiert. Ihr Stapel war deutlich höher. Sie schien auf Fotografen eine geradezu magnetische Anziehungskraft auszuüben, unabhängig davon, auf welcher der vielen Veranstaltungen sie zugegen war: Eröffnungen, Wohltätigkeitsbälle, Spendenaktionen und jede Menge Empfänge. Die Artikel waren chronologisch geordnet, der erste berichtete über das Fest anläßlich ihres sechzehnten Geburtstags, das im rückwärtigen Teil des Anwesens in Georgetown stattgefunden hatte. Die Gäste kamen aus der Kunst- und Wissenschaftsszene Washingtons, ein paar versprengte Politiker, darunter auch Staatssekretär Raymond Garvey. Das entbehrte nicht einer gewissen Ironie: Er wurde sowohl bei ihrem ersten öffentlichen Auftritt erwähnt als auch bei ihrem letzten.

Die restlichen Artikel des Stapels erzählten die Lebensgeschichte einer privilegierten, verwöhnten jungen Frau: Die Teilnahme an berittenen Jagdgesellschaften auf dem Land, an Segelregatten nach Newport. Abschluß an der National Cathedral School und dann aufs Wellesley-College. Es folgten drei Jahre Studium der Malerei in Frankreich. Mit siebenundzwanzig hatte sie bereits ihre erste Einzelausstellung als Künstlerin, und noch bevor sie die Dreißig erreicht hatte, erzielten ihre Werke fünfstellige Summen. Es gab da eine wunderbare Aufnahme in *Atlantic Fine Arts*, die sie in Jeans und einem Männeroberhemd zeigte, einen Bleistift zwischen den Zähnen.

Da war es nicht weiter verwunderlich, daß sie jede Menge Verehrer hatte. Etliche wurden in den Artikeln erwähnt und abgelichtet, meist war von »ihrem Freund«, von einem »Beau«, »aktuellem Beau« und meinem »liebsten Begleiter« die Rede. Selbst von einer Verlobung mit dem Sohn eines Industriellen aus Lyon, die während ihres Pariser Intermezzos stattgefunden hatte, war die Rede. Ich las jeden einzelnen Artikel und schwelgte in ihren Fotos, immer bemüht, ihre Körpersprache und ihren Gesichtsausdruck zu deuten. Wen liebte sie wirklich? Manche Typen sahen schwer nach Geld aus, andere schienen ganz normale Kerle zu sein. Diejenigen, die ernstzunehmende Qualitäten aufwiesen, bereiteten mir das größte Kopfzerbrechen. So manch bedeutender Name war neben dem ihren abgedruckt – und das auf sage und schreibe sieben Gästelisten für Abendeinladungen ins Weiße Haus. Nicht schlecht für eine Vierunddreißigjährige.

Der Stapel war auf dem neuesten Stand. Das letzte Bild zeigte uns beide, wie wir gemeinsam das Gerichtsgebäude verließen. Es war das einzige, auf dem sie nicht lächelte. Bis zu jener Episode war ihr Leben einfach perfekt gewesen. Jetzt befand sie sich mitten in einem Alptraum, in dem mir die Hauptrolle zukam. Sollten wir gewinnen, sollte sie freikommen, dann wäre sie mir bestimmt überaus dankbar – eine Weile zumindest. Doch irgendwann müßte sie diese schmerzliche Erfahrung mit allem, was dazugehörte, hinter sich lassen. Mein bloßer Anblick würde ausreichen, sie an die Zeit in ihrem Leben zu erinnern, da sie nicht gelächelt hatte.

Egal. Hauptsache, es war nichts dabei, das Rogavin von Nutzen sein konnte. Keine Lügengeschichten, nichts Unmoralisches, keine öffentlichen Zornesausbrüche, keine Auszeichnungen als beste Scharfschützin. Ein weiterer Pluspunkt für die Verteidigung, zumindest kein Minuspunkt. Der größte Pluspunkt stammte von Walter, der am Samstag nachmittag bei mir auftauchte und sehr mit sich zufrieden war. Er ließ sich auf meine Couch fallen und schlug die Beine übereinander, wobei gelbe Wollsocken mit Strumpfhaltern zum Vorschein kamen.

»Ich hab sie gefunden«, sagte er.

»Wo?«

»Florida. Daytona Beach.«

»Wie?«

»Wir haben gemeinsame Bekannte.« Das konnte alles mögliche bedeuten, ein Konto bei derselben Bank, dieselbe Telefongesellschaft, derselbe Postbote und auch sonst noch so allerhand, worüber ich jetzt lieber nicht nachdenken wollte.

»Sie haben sich also einverstanden erklärt, mit dir zu sprechen?«

Er grinste. »Wer hat den größten Charme überhaupt?«

»Du. Unbestritten. Also, was jetzt?«

»Ich hab gute und schlechte Neuigkeiten.«

»Ich dachte, du hättest nur gute.«

»Ja, und ich dachte, zu Hause in meiner Badewanne wartet Sophia Loren auf mich.« Er richtete sich auf und holte sein Notizbuch hervor. Er blätterte mit der einen Hand darin und zog mit der anderen einen Zahnstocher aus seiner Brusttasche. »Mit den Fingerabdrücken werden wir fertig, glaube ich«, sagte er. »Die alte Dame hat mir erzählt, daß er ihr die Waffe gezeigt hat, dasselbe gilt für den Ehemann. Außerdem hat er sie noch zwei weiteren Besuchern gezeigt. Sie meinten, er sei ziemlich stolz darauf gewesen.«

»Hat irgend jemand von denen die Waffe angefaßt?«

»Mr. Ward und auch die Besucher. Ich habe ihre Namen.«

»Daraus schließe ich, daß die Wards nicht gesehen haben, wie er sie unserer Mandantin zeigte.«

»He, es gibt so was wie Glück, und es gibt echte Wunder. Ist doch gar nicht so übel.«

»Gut. Und jetzt die schlechten Nachrichten.«

»Die Auseinandersetzung fand ungefähr anderthalb Wochen, bevor sie die Tat beging, statt. Sie haben es beide mitbekommen, zumindest teilweise. Zuerst hörten sie nur einen erhitzten Wortwechsel, der hinter den geschlossenen Türen des Salons vor sich ging.« Er blickte von seinen Notizen auf. »Das ist mir ein Begriff aus alten Spielfilmen. Aber was zum Teufel ist der Unterschied zwischen einem Salon und einem Wohnzimmer?«

»Geld.«

»Oh. Na gut, sie konnten also nicht hören, worüber die beiden stritten, bis unsere Mandantin die Tür aufriß und hinausstürmte. Das, was sie als letztes sagte, verstanden sie nur allzu gut.«

»Spann mich nicht länger auf die Folter.«

»Sie zitierten sie wörtlich, und das werde ich jetzt auch tun.« Er las aus seinem Notizbuch vor: »Bleib uns vom Leib. Wenn irgendwas passiert, dann bring ich dich um. Ich bring dich wirklich um.«

»Das war knapp zwei Wochen vorher?«

»Zumindest haben sie das gesagt.«

»Haben sie das auch der Polizei erzählt?«

»Sie sind brave Staatsbürger.«

Ich rechnete kurz nach. »Ihr Vater starb am 26. Oktober. Garvey wurde am 1. November umgebracht. Das heißt, der Streit fand wenige Tage vor dem Tod ihres Vaters statt. Ich hatte gehofft, er läge weiter zurück – je weiter, desto besser.« Der Streit stellte eine eindeutige Verbindung zwischen den beiden Todesfällen her. Sollte die Staatsanwaltschaft noch auf weitere gestoßen sein, dann hatten wir ein ernsthaftes Problem.

»Ja«, stimmte Walter zu. Er sah wieder in seine Notizen. »Garveys Sterne standen nicht gerade günstig, denn der Streit mit unserer Mandantin war nicht der einzige, bevor er starb.«

Ich erwachte wieder aus meiner Trance. »Wie bitte?«

»Der Streit mit unserer Mandantin war nicht der einzige.«

»Ich höre.«

»Sie kamen gerade vom Supermarkt zurück. Es war ein Mittwoch, denn da erledigen sie immer die Einkäufe für die ganze Woche – und weißt du was? Einer von ihnen hat so ein Wägelchen dabei, genau wie die Leute in New York. Seit ich hier bin, hab ich so was nicht mehr gesehen. Kein Mensch in dieser bekloppten Stadt geht noch zu Fuß. Wenn sie nicht gerade in ihrem BMW sitzen, dann gehen sie in ihren hundert Dollar teuren Turnschuhen joggen.«

»Soll ich es aus dir herausprügeln?«

»Ist ja gut, ist ja gut! Wie dem auch sei, sie sind gerade noch zwei Häuser von zu Hause entfernt, als die Haustür auffliegt. Da stürmt dieser Typ heraus, wirbelt herum und sagt irgendwas zu Garvey, der in der Tür stehengeblieben ist. Dann dreht er sich wieder um und sichtet diese Kürbisfratze, die Mr. Ward zu Halloween geschnitzt hat. Er macht einen Schritt und versetzt ihr einen Tritt, der ihn zu einem todsicheren Torschützen gemacht hätte. Mit anderen Worten, überall fliegt jetzt Kürbis rum. Das hat Mr. Ward ganz und gar nicht gefallen. Dann rennt der Typ die Straße runter, steigt in seinen bekloppten Rolls-Royce mit dem Lenkrad auf der rechten Seite und rast davon.«

»Wann war das?«

»Am Tag vor Halloween. Mr. Ward mußte einen neuen Kürbis kaufen und durfte noch mal von vorn anfangen.«

»Also zwei Tage, bevor sie Raymond erschoß. Wer war das?«

»Das wissen sie nicht. Ein schnieker Typ mit Schnurrbart und grauem Haar. Sie hatten ihn noch nie zuvor gesehen, und ihr Chef verlor nie ein Wort über die Sache.«

»Und jetzt sag mir bitte, daß sie gesehen haben, wie er in der Mordnacht ums Haus geschlichen ist.«

»Nix da. Das war's. Sie haben ihn nie wieder gesehen.«

»Glaubst du, das hat irgendwas damit zu tun, daß Garvey ihren Vater belästigte?«

»Hast du jemals von einem Bullen gehört, der an Zufälle glaubt?«

Wer immer der Mann gewesen sein mochte, er konnte ein weiteres Verbindungsglied zwischen den beiden Todesfällen sein. Mir wurde ganz mulmig. »Wissen die Bullen irgendwas über unseren Mr. Rolls-Royce?«

»Kam nie zur Sprache. Die Wards glauben nicht, daß das irgendeine Rolle spielen könnte.«

»Sie glauben also nicht an irgendeinen Zusammenhang?«

»Wenn, dann haben sie es zumindest nicht gesagt, und daß ich ihnen das nicht nahelege, ist ja wohl klar.«

»Dann wollen wir mal hoffen, daß das auch so bleibt.« Der bevorstehende Wettkampf nahm langsam Gestalt an. Wir waren drauf und dran, ein paar Lücken zu schließen. »Wenn er die Waffe anderen Leuten gezeigt hat, dann könnte er sie doch ebensogut ihr gezeigt haben, oder? Nun, das werden wir mit Hilfe eines Kreuzverhörs schon aus den Wards herauskriegen, und dann werden wir die Leute vorladen, die die Waffe ebenfalls in der Hand hatten. Das gibt uns zumindest drei oder vier Möglichkeiten, einige Bedenken hinsichtlich der Fingerabdrücke zu begründen.«

Walter nickte. »Hört sich gut an.«

»In Ordnung. Gut, sie hatte also eine Auseinandersetzung mit dem Ermordeten, allerdings mehr als eine Woche vor dem Mord – genug Zeit, um sich wieder zu beruhigen. Das heißt, dieses Motiv ist zwar nicht zu vernachlässigen, aber auch nicht gerade überwältigend. Trotz des Augenzeugen haben wir damit genug in der Hand, um den einen oder anderen Zweifel zu begründen. Es könnte schlimmer sein.«

»Stimmt«, gab er zu. »Kommt ganz drauf an, wie man die Sache betrachtet.«

Eine Sache hatte Walter mir von Anfang an eingeschärft, und zwar immer den Tatort zu besichtigen. Die Staatsanwaltschaft war uns um einiges voraus, hatte sie mit ihren Ermittlungen doch schon wenige Stunden nach der Tat beginnen können. Wir hingegen hatten ihren Bericht vorliegen und verfügten über die einzige Person auf der ganzen Welt, die uns berichten konnte, was sich wirklich zugetragen hatte. Ich arrangierte für den folgenden Montag einen Besichtigungstermin, und wir trafen uns mit einem Polizisten des dortigen Reviers, der einen Bund Schlüssel für die regulären Schlösser sowie für das Schloß dabeihatte, das von der Polizei angebracht worden war.

Garveys Haus hatte wirklich seinen Reiz. Es war die westliche der beiden spiegelbildlich angeordneten Villen, die durch eine gemeinsame Wand miteinander verbunden waren. Die in einen Torbogen eingelassene Haustür öffnete sich zu einer Halle mit Marmorfliesen und einem langen Flur, der in den hinteren Teil des Hauses führte. Das erste Zimmer war der Salon, wo sie und Garvey gestritten hatten. Weiter hinten lag der vordere Treppenaufgang, und gleich danach kam die erste der beiden Türen, die von der Halle in das Wohnzimmer führten, in dem er zu Tode gekommen war. Es war ein komfortabler Raum, wie ein Herrenzimmer eingerichtet, überall Leder und Holz und Gemälde, hauptsächlich Seestücke sowie ein antiker Schiffskoffer in der Mitte, der als Couchtisch diente. An einer Seite des Zimmers stand ein Rollschreibtisch und ein Drehstuhl; auf der anderen Seite gab es einen kleinen Kamin mit einem Ohrensessel und einer Ottomane. Direkt gegenüber lagen die Terrassentüren, die in den Garten und auf die Terrasse hinausführten, auf der ein gußeiserner Tisch mit den dazugehörigen Stühlen standen. Von dort war Ashley hereingekommen. Gleich rechts neben den Türen stand ein Sekretär, in dem Raymond seine Waffe aufbewahrt hatte.

Walter sah sich den Raum genau an, ging zum Schreibtisch und erkundete dessen Fächer und Schubladen. »Wonach suchst du?« fragte ich ihn.

»Keine Ahnung«, antwortete er.

Wer blöd fragt, bekommt auch eine blöde Antwort. Ich drehte mich um und sah Ashley, die neben dem Ohrensessel stand und auf den Teppich starrte. Als ich zu ihr hinüberging, sah ich die Kreidestriche, die Raymond Garveys vorletzte Ruhestätte markierten. Ich führte sie zum Sofa und drehte mich um, damit ich mir die Sache genauer ansehen konnte. Walter hatte den Bericht des Gerichtsmediziners unter die Lupe genommen und sagte, Garvey sei tot gewesen, noch bevor er gestürzt sei. Anhand der Umrisse konnte man erkennen, daß er auf den Rücken gefallen war, ein angewinkeltes Bein war zur Seite gefallen, die Arme weit ausgebreitet, so als wolle er sein Schicksal umarmen. Ich hatte schon viele Tote gesehen, aber die Tatsache, daß hier ein Mensch mit Leib und Seele auf ein paar Kreidestriche auf einem Teppich reduziert worden war, hatte etwas Beunruhigendes. Asche zu Asche, Staub zu Kreidestaub: die Alchimie eines Mordes.

Walter stellte seine unbestimmte Suche wieder ein und setzte sich zu Ashley aufs Sofa, um im Detail mit ihr durchzugehen, was sie mir anhand unseres ersten Treffens geschildert hatte.

»Brannte Licht, als Sie sich dem Haus genähert haben?« fragte er.

»Nein. Das Haus lag ganz im Dunkeln da.«

»Und Sie wußten, daß er zu Hause war?«

»Ich dachte, er sei ausgegangen. Ich habe angerufen, aber niemand ging dran.«

Davon hatte sie mir nichts gesagt. Ich ging zu ihnen und setzte mich auf der anderen Seite neben Ashley. Walter machte weiter, nickte und bohrte freundlich, so wie er es schon unzählige Male getan hatte. »Warum haben Sie angerufen?« fragte er.

Sie starrte kurz zu Boden und sagte: »Ich weiß nicht genau. Ich dachte an meinen Vater, an das, was geschehen war. Plötzlich stand da das Telefon, und als nächstes wählte ich seine Nummer.«

»Und niemand ging dran.«

»Nein.«

»Also haben Sie sich entschlossen ...« Walter hielt inne, um sie den Satz vollenden zu lassen.

»... zu seinem Haus zu gehen. Ich habe Frank gezeigt, welchen Weg ich gegangen bin.« Sie sah mich an, und ich nickte bestätigend.

»Ashley, woran haben Sie gedacht, als Sie Ihr Haus verließen?« fragte ich.

»Gedacht?« Sie holte tief Luft, bevor sie antwortete. »Ich habe nicht gedacht, sondern gefühlt. Ich war wütend, ich wollte ihn zur Rede stellen – und zwar sofort, so bald wie möglich. Können Sie das verstehen?«

Walter fuhr fort, noch bevor ich ihr mein Mitgefühl versichern konnte. »Das Haus lag im Dunkeln, und Sie hatten einen Schlüssel.«

»Genau. Hier bin ich hereingekommen.« Sie zeigte auf die Terrassentüren, die auf den Garten hinausgingen, wandte sich dann mir zu und fügte hinzu: »Genau wie ich Ihnen gesagt habe.«

»Stimmt«, versicherte ich ihr. Es macht mich nervös, wenn ein Zeuge, Bestätigung heischend, nach jedem Strohhalm greift.

»Nur damit wir uns ein Bild machen können«, sagte Walter beruhigend. »Man weiß nie, was einem bei der Verteidigung alles zupaß kommen kann.«

»Das stimmt«, bestätigte ich.

Sie sah mich an, und ich nahm eine Reflexion meines Lächelns in ihren grauen Augen wahr. »Natürlich«, sagte sie.

»Das Haus lag im Dunkeln«, begann Walter noch einmal von vorn, »und Sie haben nicht erwartet, daß er zu Hause wäre.«

»Richtig.«

»Und Sie betraten das Haus, weil –?«

Sie starrte auf die Türen und sagte dann »Ich wollte den Haupteingang nicht benutzen. Ich wollte nicht gesehen werden.«

»Fahren Sie fort.«

»Ich nahm die Waffe aus dem Sekretär.« Sie stockte erneut.

»Sie wollten auf ihn warten«, sagte Walter, um ihr auf die Sprünge zu helfen.

»Ja, aber ...« In ihren Augen standen Tränen.

»Alles in Ordnung, Ashley«, sagte ich beruhigend. »Aber dann?«

»Keine Ahnung, was ich gedacht habe. Seit jener Nacht habe ich immer wieder darüber nachgegrübelt und« – sie schüttelte den Kopf – »es ist mir bis heute ein Rätsel, was ich in diesem Moment eigentlich wollte. Ich weiß, das klingt äußerst merkwürdig, aber ich glaube, ich wollte ihm einfach Angst einjagen, ihn dazu bringen, daß ...«

»Daß was?«

»Daß er um Vergebung winselt!« rief sie aus und verbarg dann das Gesicht in ihren Händen. Ich wollte schon meine Hand nach ihr ausstrecken, aber Walters Gesichtsausdruck gab mir unmißverständlich zu verstehen, daß er meinen Arm gebrochen hätte, und so reichte ich ihr nur mein Taschentuch und stand auf, um mir selbst ein Bild vom Tathergang zu machen. Ich lief zurück in die Halle und dann nach links in den rückwärtigen Teil des Hauses, passierte ein konventionelles Eßzimmer und eine Speisekammer und ging dann durch eine Tür, die zur Küche und von dort über den zweiten Treppenaufgang zu den oberen Stockwerken führte. Wenn es dunkel gewesen war, so schlußfolgerte ich, mußte Garvey oben gewesen sein. Ashley glaubte, niemand sei zu Hause, und so achtete sie nicht darauf, leise zu sein. Garvey starb neben der zweiten Tür neben dem Studio, das heißt, er mußte den zweiten Treppenaufgang heruntergekommen sein, und wenn er das Licht nicht angemacht hatte, hätte er zu seiner Waffe hinunterschleichen können, ohne zu wissen, daß sie bereits in Gebrauch war. Ich ging zurück in die Halle und folgte dem Weg, der sein Schicksal besiegelt hatte.

»Stop. Bleib bitte genau da stehen.« Walter befand sich neben den Terrassentüren und wies mich an, stehenzubleiben. Ich verharrte direkt neben den Kreidemarkierungen, und er half ihr, sich vom Sofa zu erheben. »Zeigen Sie es mir«, sagte er und öffnete die Türen. Sie ging hinaus, und er schloß sie hinter ihr. Dort stand sie einen Moment lang und sah durch die Scheibe, dann öffnete sie die Türen, trat ein und schloß sie wieder. Sie quietschten nicht.

Walter nickte ihr ermutigend zu. Sie ging zwei Schritte auf den Sekretär zu, zog eine Schublade auf und griff nach einer imaginären Waffe. »Machen Sie weiter«, sagte er. Ashley ging in Richtung Raummitte, den rechten Arm ausgestreckt, so als halte sie die Waffe in der Hand, und blieb stehen. Sie starrte mich an. »Was passiert jetzt?« fragte er.

»Draußen tobt ein Gewitter«, antwortete sie hölzern. »Ich kann gerade noch die Umrisse der einzelnen Möbel erkennen.«

»Okay«, sagte er. »Im Raum ist es dunkel. Was dann?«

Ihre Augen sogen sich an meinen fest. Ihre Stimme klang leise, aber bestimmt. »Plötzlich zuckte ein Blitz über den Himmel – nur eine Sekunde lang –, und da steht er, nichts weiter als ein dunkler Umriß, genau wie die Möbel, nur daß er in das Zimmer vordringt. Er kommt auf mich zu und … ich habe solche Angst.«

»Machen Sie weiter«, drängte Walter sie sanft und beugte sich vor. »Er steht genau vor Ihnen.« Sie hob ihren rechten Arm, ihr Zeigefinger zielte auf mein Gesicht, und da war es, das letzte Bild, das Raymond Garvey sehen sollte, eine Silhouette vor einem Fenster. Sie war wie in Trance. Ihr Blick war verschleiert, in die Ferne gerichtet, aber sie sah ihn direkt vor sich aufragen. Ihr Zeigefinger begann den Auslöser zu betätigen. Ich spürte, wie meine Achseln feucht wurden.

Das Telefon klingelte.

Jeder von uns zuckte zusammen. Ashley taumelte, aber Walter packte sie und hielt sie fest. Das Telefon klingelte noch einmal. Es stand im Rolladenfach des Schreibtischs und schrillte durch das Holz hindurch, erfüllte das ganze leere Haus mit unbeschreiblichem Lärm. Nach dreimaligem Klingeln hörte man ein lautes Klicken. »Hallo«, sagte eine Stimme, »hier spricht Raymond Garvey. Leider kann ich im Moment nicht ans Telefon kommen.« Ashley drohte in Ohnmacht zu fallen. Walter trug sie mehr oder weniger zum Sofa. »Bitte hinterlassen Sie eine Nachricht, ich rufe Sie so bald wie möglich zurück.«

Ich wollte ihr zur Hilfe eilen, als jemand meinen Namen rief. »Frank? Walter? Andy hier. Ist jemand da?« Ich rannte zum Schreibtisch und griff nach dem Hörer.

»Andy? Was ist los?«

»Frank! Ich wußte nicht, ob das Telefon noch funktioniert. Rogavins Büro hat angerufen. Sie überlassen uns die Aussage des Augenzeugen! Wir können sie sofort abholen!«

»Wahnsinn! Hat Warner seine Meinung geändert?«

»Nein, sie geben sie freiwillig her!« schrie Andy. »Ich geh sofort hin, noch bevor sie ihre Meinung ändern!«

Ashley saß wieder auf der Couch und lehnte sich an Walter. »Rogavin rückt die Aussage des Augenzeugen heraus«, erklärte ich.

Walter hob die Augenbrauen. »Was zum Teufel? ... Noch vor drei Tagen hat er gekämpft wie ein Löwe, um sie uns vorzuenthalten!«

»Anscheinend hat er es sich anders überlegt – warum, werden wir schon noch herausfinden. Andy fährt sofort hin.«

Walter grinste breit: es wartete wieder Arbeit auf ihn.

»Am besten, wir warten bei ihr zu Hause auf ihn«, sagte er und nickte unserer Mandantin zu, die so bleich war wie die Kreidestriche auf dem Teppich. »Bald wird es dunkel, und bis dahin können wir den Tathergang noch einmal nachstellen.« Ashley hatte für heute höchstwahrscheinlich schon genug nachgestellt, aber sie nickte schweigend. Ich gab Andy Bescheid, daß er uns dort treffen sollte.

»Laßt uns hier fertig werden«, sagte ich. Ich lief zu ihr hin und ging auf die Knie. »Nur noch ein paar Fragen, und wir sind hier fertig, einverstanden?«

»Es tut mir leid.« Sie rang nach Luft. »Ich habe ... nur nicht damit gerechnet.«

»Ist schon in Ordnung. Sagen Sie uns, was geschah, nachdem Sie die Waffe abfeuerten.«

Sie schloß kurz die Augen. »Ich ließ sie fallen und ging durch die Terrassentür. Ich betrat die Terrasse, lief die Hecke entlang bis zum Bürgersteig. Dann wartete ich ein bis zwei Minuten.«

»Warum?« fragte Walter.

»Ich wartete, um zu sehen, ob mir irgend jemand entgegenkam, und ging dann nach Hause.«

»Und es hat immer noch geregnet?«

Sie sah von Minute zu Minute erschöpfter aus. »Ja.«

Ich sah zu Walter hinüber. »Zufrieden?«

»Nur noch ein paar Kleinigkeiten, Miss«, sagte er. »Sie sagten, es regnete. Welche Kopfbedeckung trugen Sie?« Ich hatte sie das nie gefragt, aber für solche Fragen hat man schließlich einen Ermittler.

»Einen Hut.«

»Wo ist er?«

»Die Polizei hat ihn mitgenommen, zusammen mit dem Regenmantel.«

»Haben Sie vor der Mordnacht jemals eine Waffe abgefeuert?«

»Niemals.«

»Wie oft haben Sie an diesem Abend abgedrückt, Miss?«

Diese Frage schien sie zu überraschen. »Nur einmal. Und bitte nennen Sie mich Ashley.«

»Gern«, sagte er. Die Chancen dafür standen in etwa so gut wie die, daß Garvey den Anruf beantwortete. Er sah mich an und zuckte die Achseln. »Nun, alles weitere wird sich weisen, wenn wir den Augenzeugenbericht kennen.«

Dreißig Minuten später war Ashley wieder in ihrem Schlafzimmer und erholte sich von ihrer Begegnung mit Garveys Anrufbeantworter, während wir in der Küche auf Andy warteten. Walter trank eine Tasse Kaffee und aß dazu ein Butterbrot, während er Zeitung las. Die Zeitung war eine Art Bibel für ihn. Er las, ja studierte sie jeden Tag. Vor Jahren hatte ich ihn einmal darauf angesprochen. »Ich bin über die High School nie hinausgekommen«, hatte er erklärt, »und da habe ich nicht besonders viel gelernt. Die Zeitung ist eine Art College für mich. Wer Zeitung liest, und zwar alles, was drinsteht, erfährt eine ganze Menge über das, was im Leben wirklich zählt, und ganz besonders für einen Ermittler. Außerdem ist das meiste auch so ganz interessant.«

Ich war in Gedanken ganz woanders. Und hatte auch keinen Appetit. Also starrte ich auf das Kupfergeschirr und machte mir Sorgen über die vergangene und die uns noch bevorstehende Stunde. Schließlich hielt ich es einfach nicht mehr aus.

»Warum rückst du nicht endlich raus mit der Sprache?« brüllte ich.

»Womit denn?« erwiderte er, ohne von seiner Zeitung aufzusehen.

»Verarschen kann ich mich auch alleine.«

»Ich les gerade Zeitung.«

»Du denkst nach«, sagte ich anklagend.

Er blätterte eine Seite um. »Und worüber?«

»Du grübelst über ihre Geschichte nach. Sie sagt, sie wollte ihn zur Rede stellen, aber dann geht sie hin, obwohl sie annehmen muß, daß er gar nicht zu Hause ist, benutzt die Seitentür, um unbemerkt zu bleiben, und holt dann die Waffe aus dem Sekretär. Warum gibt sie dann nicht gleich zu, daß sie ihn umbringen wollte, Schluß, aus, vorbei? Ist das denn wirklich so schwer zu verstehen? Sie ist außer sich, voller Haß. Klar wünscht sie, er wäre tot, aber sie hat etwas anderes vor. Sie betritt das Haus, schnappt sich die Waffe. Hätte er sie nicht so zu Tode erschreckt, hätte sie ihm mit dem Ding nur ein bißchen vor dem Gesicht rumgefuchtelt, bis er um Gnade gewinselt hätte, und niemand wäre zu Tode gekommen.«

»Gut«, sagte er und las weiter.

»Gut?«

»Manche Menschen verhalten sich eben merkwürdig.«

»Und ob!« stimmte ich zu. »Merkwürdig.« Ein paar Minuten vergingen, und man hörte nur das Rascheln der Zeitung. »Ich warte immer noch!« fauchte ich wütend.

Er seufzte und faltete die Zeitung zusammen. »Ein Mann ist allein zu Hause, und es ist dunkel. Was hat er an?«

»Ist das hier ein Ratespiel? Gut – sagen wir Bermudashorts.« Er runzelte die Stirn. »Geknöpft oder mit Reißverschluß?«

»Hör zu, wenn du daheim in deiner Bude bist, und das Licht ist aus, was hast du dann an?«

»Würdest du den *Washingtonian* lesen, dann wüßtest du, daß ich im Adamskostüm schlafe.«

»Gut – du schläfst also. Den Bildern vom Tatort zufolge war Garvey jedoch angezogen.«

Ich dachte darüber nach. »Nun, ein Haus kann immer noch im Dunkeln daliegen, auch wenn irgendwo ein kleines Licht brennt, vielleicht ist er ja auch beim Zeitunglesen eingeschlafen. Er ist oben und hört ein Geräusch. Er kommt die Treppe runter, geht in Richtung Arbeitszimmer, und peng!«

»Gut, peng. Wie weit, glaubst du, waren sie voneinander entfernt, als sie auf ihn schoß?«

»Ich stand direkt neben der Kreidemarkierung. Wenn sie dort stand, wo sie vorhin stand, dann würde ich schätzen, so sieben Meter.«

»Eine Achtunddreißiger im Abstand von sieben Metern, in einem dunklen Raum, und eine Frau, die noch nie zuvor eine Waffe in der Hand hatte. Angenommen, wir hätten hier zehn verängstigte Frauen, die unter solchen Umständen abgedrückt hätten, wieviel Tote gäbe das wohl?«

»Sie traf ihn in den Kopf. So was kommt vor.«

Es klingelte an der Tür. Marthas Schritte hallten durch den

Raum, und kurz darauf kam Andy herein, sein Gesicht war völlig ausdruckslos. »Ich hab sie«, verkündete er. Er stellte einen Aktenkoffer auf den Tisch und fummelte in seiner Hosentasche herum. Ashley erschien kurz darauf, und obwohl Andy ihr bereits einmal begegnet war, konnte er die Augen nicht von ihr lassen.

»Was machst du da?« fragte ich.

»Hmm?«

»Wonach suchst du?« Ich wies auf die Hosentasche.

»Ach so. Ich brauche den Schlüssel, um ihn aufzumachen«, erklärte er. Ich kenne niemanden, der seinen Aktenkoffer abschließt. Ich kenne niemanden, der diese kleinen Schlüssel auch nur aufhebt. Endlich hatte er das Ding auf und legte einen braunen Umschlag auf den Tisch. Auf dem stand: ZEUGENAUSSAGE VON MILES KELLOGG.

»Kennt den irgend jemand?« fragte ich.

»Nein, es sei denn, er produziert Corn Flakes«, entgegnete Andy. »Dafür hab ich Cory angerufen und sie gebeten, im Computer nachzusehen. Sie wird hier anrufen, sobald sie was gefunden hat.«

Der Umschlag war noch immer versiegelt. »Du hast ihn nicht aufgemacht?« fragte ich.

»Er ist an dich adressiert«, antwortete er überrascht. Ich schlitzte den Umschlag auf und entleerte ihn auf dem Tisch. Die Zeugenaussage war ein dreiseitiger Polizeibericht über die Vernehmung eines Mr. Miles Kellogg, 3087 Avon Street, N. W. Washington, D.C. Plötzlich war mir klar, warum ihn Walter nicht hatte aufspüren können: Kelloggs Adresse war mehrere Blocks von Ashleys und Garveys Haus entfernt und lag also nicht auf ihrem Weg. Ein zusammengefaltetes Diagramm war der Aussage beigelegt. Ich breitete es auf dem Tisch aus, und alle beugten sich vor, um besser sehen zu können.

Ich glaube, einen Moment lang fühlte ich rein gar nichts, so wie ein Boxer, der gerade ausgeknockt wird: Erst ist man einfach nur überrascht, dann kommt der Schmerz und erst danach geht man zu Boden. Die Zeichnung zeigte eine Straße, einen Bürgersteig und ein Haus, das mit ein paar Details versehen worden war. Neben dem Bürgersteig befand sich ein Kringel mit den Buchstaben

AB darin. Am Bordstein, in etwa sieben Meter Entfernung, befand sich ein zweiter Kringel mit einem K darin. Rogavin hatte gesagt, man habe sie »in der Nähe« des Tatorts gesehen, leider hatte er nicht gesagt, wie nahe. Die Adresse des hier abgebildeten Hauses war die von Garvey, und der Kringel mit den Buchstaben AB befand sich genau da, wo sie gewartet hatte, bevor sie auf den Bürgersteig getreten war. Ich hatte keine Straßenbeleuchtung bemerkt, als Ashley und ich das erste Mal dort lang gelaufen waren, aber vor einer Stunde hatte ich eine Lichtquelle gesehen, eine altmodische Laterne, die Garveys Einfahrt beleuchtete. Es war Walter, der zuerst das Wort ergriff. »Verdammt!« murmelte er.

»Ashley, brannte die Lampe in jener Nacht?« fragte ich.

Sie ließ die Zeichnung nicht aus den Augen. »Wahrscheinlich schon. Sie ist immer an.«

»Und haben Sie niemanden bemerkt, dort, wo das K eingezeichnet ist?«

»Das hab ich doch bereits gesagt, nein«, antwortete sie. »Ich wollte nur noch weg. Er kann durchaus dort gestanden haben, nur, ich habe ihn nicht gesehen.« Ich nahm den Stapel mit dem Bericht und breitete ihn auf dem Tisch aus. Die Blätter blieben an meinen schweißnassen Händen kleben.

Vernehmung von Mr. Miles Kellogg,
vorgenommen von den Polizeibeamten Powers und Mathis

Der Zeuge wurde bei sich zu Hause vernommen, 3087 Avon Street, N. W., Washington, D.C. Er ist weiß, männlich und ungefähr 60 bis 63 Jahre alt. Er lebt allein unter der obigen Adresse. Er gibt an, Witwer und Regierungsbeamter in Pension zu sein. Die Unterzeichner erklärten dem Zeugen, man habe die Polizei informiert, daß er über Informationen zum Mord an Raymond Garvey verfüge. Der Zeuge bestätigte, am Abend zuvor den dritten Bezirk angerufen zu haben, und hatte gegen eine Vernehmung nichts einzuwenden.

Der Zeuge sagte aus, daß er am Abend des ersten November allein ins Kino gegangen sei, und zwar ins *Biograph Theater*

in der M Street in Georgetown. Der Film hieß *Der Fremde im Zug*. Er sagte, er gehe häufig in dieses Kino, weil dort viele alte Klassiker liefen. Er besuchte die 20-Uhr-15-Vorstellung, die ungefähr bis 22 Uhr dauerte. Als er aus dem Kino kam, regnete es. Der Zeuge sagte aus, er habe sich auf den Heimweg gemacht. Er trug einen Trenchcoat, Hut, Galoschen und hatte einen Schirm dabei.
Der Zeuge sagte aus, daß er hinter der M Street nur noch sehr wenig Leute auf den Straßen angetroffen habe, es sei auch wenig Verkehr gewesen. Für den Heimweg brauche er normalerweise weniger als zwanzig Minuten. Er lief die 28. Straße in nördlicher Richtung hinunter und überquerte, als er ungefähr die Mitte des Blocks erreicht hatte, gegen 22.15 Uhr die Q Street von Süden nach Norden und lief dann weiter Richtung 29. Straße. Er sagte, er habe nicht viel hören können, weil der Regen so laut auf seinen Schirm prasselte. Als er die Nordseite der Straße erreicht hatte, nahm er linkerhand eine Bewegung wahr, die ihn überraschte. Er sagte aus, ungefähr fünf bis sieben Meter von ihm entfernt habe eine Person, weiß, weiblich, auf dem Grasstreifen neben dem Bürgersteig gestanden. Er ist gestern an Ort und Stelle zurückgekehrt und bestätigte uns, daß es sich bei dem Haus um die Nummer 2871, Q Street, N. W. handelt. (Dies ist die Adresse des Ermordeten.)
Die Lampe zum Vorgarten brannte. Er sagte aus, er habe das Gesicht dieser Person genau erkennen können. Der Zeuge beschreibt sie als 30 bis 35 Jahre alt, sie habe einen Hut und einen Regenmantel getragen. Die Frau rührte sich nicht und schien den Zeugen nicht zu sehen, der zwischen zwei geparkten Autos stand. Der Zeuge sagte, er habe sich nicht bewegt, da er ihr keine Angst einjagen wollte, außerdem sei er neugierig gewesen. Die Person kam dem Zeugen irgendwie bekannt vor, er war davon überzeugt, sie schon einmal irgendwo gesehen zu haben, aber er wußte nicht mehr, wer sie war.
Der Zeuge sagte, diese Person schien auf irgend etwas zu warten. Eine Minute später lief sie die Q Street hastig in westlicher Richtung hinunter. Der Zeuge sagte aus, er habe

seinen Heimweg fortgesetzt und sei ungefähr gegen 22.30 Uhr zu Hause gewesen. Der Zeuge hatte keinerlei Veranlassung anzunehmen, hier könnte irgend etwas nicht stimmen. Am nächsten Morgen verließ der Zeuge gegen 6 Uhr früh allein das Haus und fuhr mit seinem Pkw in sein Ferienhaus bei Berkeley Springs, West Virginia. Dort kam er ungefähr gegen neun Uhr an. Im Haus gibt es keinen Fernseher, und er hört dort kein Radio. Der Zeuge hat unter dieser Adresse keine Zeitungen abonniert und erfuhr während seines Aufenthalts nichts von dem Mord an Garvey.
Gestern, Dienstag, den 5. November, kehrte der Zeuge ungefähr gegen 10.30 Uhr nach Hause zurück. Gegen 11 Uhr machte er sich in der Küche ein Sandwich. Im Fernsehen liefen die Kanal-9-Nachrichten, aber er hörte den Ton nicht. Der Zeuge betrat gerade das Wohnzimmer, als er im Fernsehen das Bild dieser Person erblickte. Sofort identifizierte er sie als die Person, die er in der betreffenden Nacht gesehen hatte. Der Zeuge sagte, auf dem Bildschirm sei nichts zu sehen gewesen, das Auskunft über die Identität der Person hätte geben oder diese mit Garvey oder dem Mord in Zusammenhang gebracht hätte. Er stürmte in den Raum und erfuhr, daß es sich bei der Person um Ashley Bronson handelte und daß diese von den Polizeibeamten in Verbindung mit dem Fall Garvey festgenommen worden sei. Der Zeuge kann sich nicht erinnern, ihr je zuvor schon einmal persönlich begegnet zu sein. Als nächstes sah der Zeuge seine Zeitungen durch, die ein Nachbar während seiner Abwesenheit für ihn aufbewahrt hatte. Bei dem Nachbarn handelt es sich um Randall Kitchen, 3092 Avon Place, N. W. Nachdem er die Artikel zu dem Mordfall gelesen hatte, lief der Zeuge direkt zu Garveys Anwesen, um zu überprüfen, ob er diese Person auch wirklich dort gesehen hatte.
Der Zeuge kehrte nach Hause zurück und rief heute morgen gegen 12.15 Uhr die Polizei an, die diese Vernehmung mit ihm vereinbarte. Der Zeuge scheint bei bester Gesundheit zu sein, nichts weist darauf hin, daß er nicht in der Lage wäre, jemanden zu identifizieren.

Das Telefon klingelte, und Cory war dran. »Frank«, sagte sie eindringlich, »ich komm gerade vom Computer. Vor einigen Jahren ging der Name Miles Kellogg mehrmals durch die Presse, und zwar im Zusammenhang mit der Iran-Contra-Affäre. Er sagte in mehreren Fällen vor Gericht aus.«

»Für welche Partei?«

»Nun, eigentlich sagte er für die Staatsanwaltschaft aus, trotzdem war er der Verteidigung von größerem Nutzen.«

»Kommen Sie auf den Punkt.«

»Kellogg war CIA-Agent. Er war im Hauptquartier beschäftigt, als es bezüglich der Unterstützung der Contras zu einer öffentlichen Ausschußsitzung des Abgeordnetenhauses kam und er mehrmals vom Untersuchungsausschuß dazu gehört wurde. Bevor er im Hauptquartier beschäftigt war, war er vor Ort im Einsatz. Vor Gericht benutzte er für seine Tätigkeitsbeschreibung einen Code, um die nationale Sicherheit nicht zu gefährden. Er war in ›Land A‹ und arbeitete dort am ›Programm C‹, so was in der Art. Er ist ungefähr ein Jahr vor seiner Zeugenaussage in Pension gegangen.«

Mein Mut sank. Alle sahen mich erwartungsvoll an, und ich wollte sie nicht länger auf die Folter spannen. »Der Regierungsbeamte Kellogg war bei der CIA. Er ist ein ehemaliger Agent.« Andy verzog das Gesicht, und Walters Zahnstocher wippte auf und nieder. Ashleys Augen waren auf mich gerichtet, und zum ersten Mal konnte ich darin so etwas wie Resignation entdecken. »Sonst noch was?« fragte ich Cory.

»Das wär's fürs erste«, sagte sie. »Ich suche weiter.«

Alle schwiegen, als ich den Hörer auflegte. Andy musterte mich eindringlich und versuchte einzuschätzen, wie ich wohl auf diese Neuigkeit reagieren würde. »Und was passiert jetzt?« fragte er.

»Nun, wir werden uns darum kümmern«, sagte ich und gab mir Mühe, so sachlich wie möglich zu klingen. »Zunächst müssen wir uns noch einmal vor Ort ein Bild machen.«

»Dabei muß die Lampe brennen«, sagte Andy. »Ich werde in Rogavins Büro anrufen und darum bitten, daß man einen Beamten mit den Schlüsseln vorbeischickt.«

»Das ist nicht nötig«, sagte ich. Ich sah Walter an. »Die Lampe brannte, als wir weg sind, wißt ihr noch? Der Beamte muß sie aus Versehen eingeschaltet haben.«

Walter nickte, er hatte verstanden. »Wann willst du rübergehen?«

»Nachdem alle Nachbarn von der Arbeit zurück sind. Vielleicht gehst du schon mal los und rufst uns an, wenn die Luft rein ist.«

»Soll ich mitkommen?« fragte Andy.

Andy durfte nicht dabeisein, wenn Walter zu Garvey zurückkehrte. »Im Büro wartet noch Arbeit auf dich«, sagte ich zu ihm. »Ich will, daß du ein Videoband mit den Nachrichten organisierst, die an dem Abend gesendet wurden, als man Ashley verhörte.«

»Aber um die Zeit werde ich kaum noch jemand erreichen«, protestierte er. »Das kann ich doch gleich morgen früh erledigen.«

»Versuch's trotzdem!« fauchte ich. Andy gab auf. Ashley berührte mich am Arm. Ich holte tief Luft und versuchte, meine Beherrschung wiederzuerlangen, während alle anderen zu Boden blickten. »Andy«, sagte ich ruhig, »der Sender wird sich sehr kooperativ zeigen, wenn du ihnen einen kleinen Tauschhandel in Aussicht stellst. Sag ihnen, daß wir uns für jegliche Unterstützung erkenntlich zeigen werden. Und versuch einen Abzug des Fotos zu bekommen, das sie an jenem Abend ausgestrahlt haben.«

Andy nickte. »Ich werd mich um jeden Sender kümmern, für den Fall, daß er das Programm gewechselt hat.«

»Gut mitgedacht. Versuch, so viel wie möglich über Kellogg rauszubekommen. Zur Iran-Contra-Affäre sind mehrere Bücher veröffentlicht worden, vielleicht findest du da noch ein paar Hintergrundinformationen. Außerdem verfügt die Pressestelle der Regierung sicherlich noch über eine offizielle Version der Ergebnisse des Untersuchungsausschusses. Und finde die Namen der Reporter von der *Post* und *New York Times* heraus, die über die Sache berichtet haben. Vielleicht müssen wir irgendwann mit ihnen reden.«

»Okay«, sagte Andy ruhig, »ist das alles?«

»Sag Cory, sie soll die Sache mit Kellogg für sich behalten. Wenn die Zeitungen Wind davon bekommen, will Warner bestimmt einen Kopf rollen sehen, und das wird mit Sicherheit nicht der von Rogavin sein.«

»Auf, auf, Anwalt!« sagte Walter und klopfte ihm auf die Schulter. »Ich fahr dich ins Büro.« Sie verschwanden, um ihren jeweiligen Aufgaben nachzugehen. Martha zog sich in ihre Gemächer zurück und ließ mich mit Ashley allein in der Küche.

»Walter wird sich doch wohl nicht in Schwierigkeiten bringen?« fragte sie. Ihr war aber auch gar nichts entgangen.

»Wir können nicht die Polizei rufen, damit sie uns die Lampe anstellen. Ein Polizist vor Ort, und Rogavin könnte auf dumme Gedanken kommen.«

»Was denn für Gedanken?«

»Eine Vorführung für die Geschworenen: Sie müssen Sie dann vor Ort beim Licht der Lampe identifizieren. So etwas kommt nicht sehr oft vor, aber in manchen Fällen gibt der Richter auch ungewöhnlichen Anträgen statt. Sollte Warner dergleichen anordnen, und die Geschworenen erkennen Sie, dann wäre das für uns das Aus.« Ich faltete die Zeugenaussage zusammen und steckte sie wieder in den Umschlag. »Warum gehen Sie nicht nach oben und ruhen sich ein wenig aus?« schlug ich vor. »Ich komme Sie holen, sobald Walter anruft.«

Wir fuhren so gegen Viertel nach acht an Garveys Haus vorbei. Die Lampe schien nur geringfügig heller als ein durchschnittlicher Leuchtturm. Walter war ein Stück weiter unten im Auto sitzen geblieben. Als wir uns von der anderen Seite her näherten, stieg er aus und lief an dem Haus vorbei, während wir warteten. Die Straße lag still und verlassen da, die Vorhänge der Nachbarn waren zugezogen. Er gab uns ein Zeichen, und wir stiegen aus. Ashley trug einen Hut mit breiter Krempe und einen Trenchcoat, der Ähnlichkeit mit dem Modell aufwies, das sie an jenem Abend angehabt hatte.

»Wir werden nicht lange bleiben«, beruhigte ich sie, als wir auf das Haus zuliefen. »Ich bleibe dort stehen, wo Kellogg stand, und Sie gehen genau zu der Stelle, wo Sie neben der Hecke gewartet haben. Stellen Sie sich genauso hin wie an besagtem Abend. Sehen Sie alle paar Sekunden zu mir herüber. Sollte irgend jemand eines der umliegenden Häuser verlassen oder Ihnen entgegenkommen, dann gehen Sie einfach in die entgegengesetzte Richtung davon.« Sie nickte. »Ihr Kragen ist heruntergeklappt. Hatten Sie ihn an jenem Abend hochgeschlagen?«

»Ich weiß nicht mehr.«

»Probieren wir beide Varianten aus.«

Walter näherte sich aus der entgegengesetzten Richtung. Ich blieb stehen, und sie ging an Walter vorbei Richtung Hecke, wo sie den Rasen betrat und sich umdrehte. Die Lampe war niedrig und die Hutkrempe warf nur einen sehr kleinen Schatten auf ihr Gesicht.

Man sieht, was man sehen will. Ich wollte sie nicht erkennen, daher war ich geneigt, mir schlechte Sichtverhältnisse auszumalen. Andererseits konnte ich problemlos erkennen, daß sie es war. Wußte ich das, weil ich sie gut erkennen konnte, oder erkannte ich sie, weil ich wußte, daß sie es war? Je konzentrierter ich hinschaute, desto schlimmer wurde es. Würde ich sie bei einer Gegenüberstellung identifizieren können? Ich versuchte, mir eine andere Frau neben ihr vorzustellen, die gut aussah, so groß und so alt wie sie. Ich rief mir Moira ins Gedächtnis.

Walter stand neben mir und starrte zu ihr hinüber. »Was meinst du?« fragte ich ihn.

»Vielleicht, vielleicht auch nicht.« Ich gab ihr ein Zeichen, und sie schlug den Kragen hoch. »Das ist gut«, sagte ich. »Das macht die Sache komplizierter.« Wir stellten die Szene noch ein paarmal leicht verändert nach. Sie war bestimmt fast wahnsinnig vor Angst, aber sie ließ sich nichts anmerken. Sie klappte den Kragen hoch und runter und stellte sich mal so und mal so hin. Schließlich sagte er: »Es hat keinen Sinn mehr. Jetzt stehen wir hier und starren sie schon fünf Minuten lang an.«

Ich gab Ashley ein Zeichen. Wir liefen schnell zum Wagen zurück und stiegen ein. Sie sagte kein Sterbenswort, als wir wegfuhren, aber ich spürte, wie ihr Blick die ganze Heimfahrt über auf mir ruhte. »Ich bin unsicher«, sagte ich schließlich. »Es fällt schwer, objektiv zu sein.« Ich parkte in der Auffahrt, und wir liefen die Treppen hoch, als Walter an den Bordstein fuhr und winkte.

Ich sagte ihr, ich sei gleich wieder da, lief zu seinem Wagen und kletterte auf den Beifahrersitz. »Was denkst du?« fragte ich.

»Alibis«, antwortete er.

»*Alibis*? Das ist nicht gerade unsere Verteidigungsstrategie, aber im Moment bin ich offen für alles.«

Ein Zahnstocher ragte aus seinem Mundwinkel, als er sagte: »Erinnerst du dich an den Kerl, damals im Central Park, der seine Frau mit einem Vorschlaghammer um die Ecke gebracht hat?«

»Ja. Wie hieß der noch gleich?«

»Arthur Tilden.«

»Stimmt. Tilden. Du glaubst doch nicht etwa, daß er Garvey ermordet hat? Das dürfte schwierig sein, denn er saß die letzten zwölf Jahre in Attica ein.«

Er hörte nicht auf mich. »Weißt du noch, was er gesagt hat, als man ihn fragte, wo er zur Tatzeit gewesen sei?«

»Nein.«

»Und ob du das weißt! Das war echt das Letzte.«

»Mir ist kalt, ich bin müde und außerdem ziemlich gestreßt. Komm auf den Punkt.«

»Er sagte, er sei im Kino gewesen.« Er sah mich an, als müsse mir ein Licht aufgehen, aber ich verstand nur Bahnhof, was mich nur noch mehr ärgerte.

»Jetzt hab ich's«, sagte ich. »Wir zeigen mit Fingern auf Kellogg. Schon besser, der saß immerhin nicht in Attica ein.«

Er tippte mir auf die Brust und sagte triumphierend: »Hör zu. Ein Typ geht auswärts essen, einkaufen oder auf einen Schlummertrunk, und all das kannst du überprüfen. Da gibt es immer irgendeinen Kellner oder Barkeeper oder eine Verkäuferin oder eine Quittung, von den anderen Kunden ganz zu schweigen. Aber wenn jemand ins Kino geht – wer soll ihm da schon groß widersprechen?«

»Worauf willst du hinaus?«

»Ein Typ wohnt in Georgetown, er hat 'nen Fernseher, 'n Radio und 'ne Zeitung und Nachbarn. Wenn da ein paar Blocks weiter jemand umgebracht wird, dann erfährt der davon, und wenn er was weiß, dann rückt er raus mit der Sprache, außer er hat einen verdammt guten Grund, genau das nicht zu tun. Fällt dir denn dazu gar nichts ein?«

»Du meinst, er hat die Stadt verlassen und war von der Außenwelt völlig abgeschnitten?«

»Schon gut. Fällt dir nichts anderes ein?«

Ich dachte nach. »Nein, außer er ist ins Koma gefallen.«

»Gut. Bei so einer Geschichte wie der von Kellogg wird man überprüfen, wo er überall genau gewesen ist und warum er erst so spät mit der Sprache rausgerückt ist. Für beides hat er eine sehr einleuchtende Erklärung.«

»Ja und?«

»Tja, vielleicht war er gar nicht wirklich dort.«

»Nicht wirklich dort? Das ist ja interessant. Sehr interessant. Doch zur Abwechslung hab ich jetzt mal eine Frage an *dich*: Wieviel Leute genau wußten überhaupt, was die Mandantin tat, nachdem sie ein Loch in Raymond geschossen hatte – außer ihr, dir und mir?«

»Kellogg.«

»Bingo. Nur, daß wir niemandem etwas davon erzählt haben. Glaubst du, sie hat was erzählt?«

»Nein.«

»Damit hätte sich deine Vermutung, er sei gar nicht wirklich dort gewesen, wohl erledigt. Übrigens, Bradmoor können wir jetzt vergessen. Kein Mensch wird sich mehr für seine Geschichte interessieren, sobald dieser CIA-Agent seinen großen Auftritt hat – keine Chance. Was die verspätete Benachrichtigung der Polizei anbelangt, gibt es da einen gewissen Mr. Kitchens, der behauptet, er habe die Zeitungen aus dem Briefkasten genommen, während Kellogg weg war.«

»Ja.«

»Was jetzt?«

»Die Sache ist einfach zu schön, um wahr zu sein.«

»Wahnsinn! Es sind nur noch fünf Wochen bis zum Prozeß, also mach mich jetzt nicht verrückt! Eine Frau gesteht einen

Mord. Der Zeuge der Anklage erzählt genau dieselbe Geschichte. Was zum Teufel willst du überhaupt?«

»Die Sache ist zu glatt«, beharrte er.

»Dann zieh los und stell alles auf den Kopf!«

Ich folgte Martha in ein gemütliches Wohnzimmer mit S-förmigen Chintz-Sofas zu beiden Seiten des marmornen Kaminsimses. Ashley saß in einem der beiden Sofas und starrte in den Kamin. Ich setzte mich und beobachtete sie aus den Augenwinkeln. Sie nahm mich gar nicht wahr, bis sie sich zur Seite neigte und ihren Kopf an meine Schulter lehnte. Ich konnte den Duft ihres Haars riechen. »Wissen Sie, was mein absoluter Lieblingsplatz ist?« fragte sie ruhig.

»Wo?«

»Mein Garten hier. Im Frühling, wenn die Hornsträucher und Azaleen blühen, kann man sich draußen auf die Bank setzen, und man fühlt sich wie inmitten einer Schachtel bunter Wachsmalkreiden.«

»Klingt phantastisch.«

»Ich mußte gerade daran denken, daß der Prozeß längst vorbei sein wird, wenn der Garten das nächste Mal blüht.«

»Das stimmt. Und Sie werden hier sein und es miterleben.«

Sie wirkte nicht besonders überzeugt. »Sie haben heute abend in der Küche sehr besorgt ausgesehen.« Sie drehte sich um und sah mir ins Gesicht. »Sie sehen auch jetzt besorgt aus.«

»So ist das nun mal bei uns Anwälten – wir sorgen uns um unsere Mandanten.«

»Sorgen Sie sich um all Ihre Mandanten?«

»Um manche mehr, um manche weniger.«

Sie warf den Kopf in den Nacken. Ihr Gesicht war nur noch wenige Zentimeter von meinem entfernt.

»Und um diese Mandantin hier?« fragte sie sanft.

Ich spürte, wie sich mein Magen erneut zusammenzog, und dachte an Walters Warnung. Einen Schritt weiter, und es gab kein Zurück mehr.

»Da ist etwas, das ich Sie gerne fragen würde«, sagte ich.

»Was immer Sie wollen.« Sie lächelte, und ihre Augen strahlten.

»Sie sagten, Sie hätten Garvey nur einen Schreck einjagen wollen.«

Sie blinzelte, und ihr Lächeln verebbte. »Das stimmt«, sagte sie tonlos.

»Damals im Büro haben Sie mir gesagt, daß Sie es nicht bereuen, ihn umgebracht zu haben. Nun ... das kommt mir komisch vor.«

Sie sah mich lange an, bevor sie antwortete. »Ich bereue es ... und auch wieder nicht. Können Sie das verstehen?«

»Ich glaube schon.«

»Ich bin müde«, sagte sie und richtete sich wieder auf.

»Ashley.« Ich nahm ihre Hand, und sie lehnte sich wieder an mich, legte ihre Hand in die meine. Unmittelbar darauf bereute ich es schon wieder. Noch bevor ich meinen Mund aufmachte, wußte ich, wie dämlich sich das, was ich dann sagte, anhören mußte. »Wir werden einen Ausweg finden«, sagte ich. »Versprochen.«

»Ich weiß.« Sie lächelte wieder, aber das Strahlen in ihren Augen war verschwunden.

Auf der Heimfahrt versuchte ich mir einzureden, daß ich genau das Richtige getan hatte. Sie war sehr verletzlich, und schon am nächsten Morgen hätte sie gemerkt, was für einen Riesenfehler wir da beinahe begangen hätten. Wer hatte eigentlich damit angefangen? »Ich bin Tag und Nacht für Sie da«, hatte ich gesagt. »Das meine ich jetzt nicht beruflich«, hatte ich gesagt. Hier war er nun, ihr Märchenprinz und edler Ritter und flirtete wie ein Erstsemester.

So wie ich mich blamiert hatte, gewannen die beruflichen Sorgen bald die Oberhand über die privaten. Der Fall Ashley Bronson hatte eine unangenehme Wendung genommen.

Meine Damen und Herren, der Fall läßt sich wie folgt zusammenfassen: Die Angeklagte wurde von einem verläßlichen Zeugen dabei beobachtet, wie sie das Haus des Opfers verließ, kurz nachdem der verhängnisvolle Schuß fiel. Er wurde aus einer Waffe abgefeuert, die ihre Fingerabdrücke trägt, und das kurz nachdem sie gedroht hatte, ihn umzubringen.

Genau wie Walter gesagt hatte: Es kam nur darauf an, wie man die Dinge betrachtete.

8

Wir waren fest entschlossen, so viel wie möglich über den Augenzeugen Miles Kellogg herauszufinden: sozialer Hintergrund, Ausbildung, Karriere und Pensionierung; Einkommen, Vermögen, Verbindlichkeiten; Freunde, Verwandte, Partner ebenso wie Feinde; Orte, an denen er sich aufhielt, die er frequentierte, wo er einkaufte; seine Leidenschaften, Gewohnheiten, Hobbys und seine Schwächen; ja sogar, ob er irgendwelche Haustiere besaß. Hatte er während der Vernehmungen zu der Iran-Contra-Affäre einen Meineid begangen? In welcher Verbindung zu Garvey stand er? Kannte man ihn an der Kinokasse des *Biograph?*

Das war ganz schön viel Arbeit, und so beschloß Walter, einen weiteren Ermittler einzuschalten, Harry Lerner, einen früheren Kriminalbeamten, der ihm in der Bronx zur Seite gestanden hatte. Diese Wahl ließ mich nicht gerade ungerührt.

»Warum ausgerechnet er?« jammerte ich.

»Warum denn nicht?« Er rümpfte die Nase. »Wir brauchen noch so einen Schnüffler, der uns verstärkt. Außerdem verspricht der Fall reichlich seltsam zu werden, man kann nie wissen.«

Ganz genau. In seiner holden Jugendzeit nannte man ihn »Harry, den Hengst«, und Walter zufolge war der Mann eine Legende – »die ganze Fordham Street rauf und runter«. Und das verdientermaßen. Für einen Bullen gibt es nichts Schlimmeres, als einen Mann verhaften zu müssen, der mit seinen Freunden in einer Bar hockt. Eine derart explosive Mischung aus Alkohol, Testosteron und Gruppenzwang kann selbst den harmlosesten Zeitgenossen in King Kong verwandeln und eine Ansammlung ganz normaler Menschen in einen wütenden Mob. Mehr als ein Bulle war in ähnlich gelagerten Fällen bis zur Bewußtlosigkeit zusammengeschlagen worden – man kann sich vorstellen, was einen dann erst in einer wirklich fiesen Pinte erwartete. Doch Harrys

Ruf eilte ihm voraus. Er schlenderte gewöhnlich da rein, donnerte ein paar Handschellen auf den Tresen und sagte dem Typen, er habe noch genau zwei Minuten Zeit, seinen Drink runterzukippen und mit vor die Tür zu kommen – und zwar in Handschellen. Beim Hinausgehen sagte er einfach nur: »Ich warte dann im Auto auf dich. Und wehe, ich muß dich holen kommen.«

Jede Kneipe in der Bronx wußte, wann Harry wieder dort auftauchen würde. Er hatte eine Pistole dabei. Das Hohe Gericht sah schließlich von einer Anklage ab, aber die Stelle, die für Bürgerbeschwerden zuständig war, wollte ihn aus dem Polizeidienst entfernen lassen. Zum Glück waren in diesem Fall alle Betroffenen weiß gewesen. Ohne rassistische Untertöne gab es keinen Grund, die Sache am Kochen zu halten, und als sich die Gemüter schließlich wieder beruhigt hatten, war das Ganze nur noch ein Problem auf Abteilungsniveau. Er wurde drei Monate lang vom Dienst suspendiert und kehrte als Legende zurück.

»Ihr schiebt mir zwei Hunnis pro Tag rüber plus Spesen«, verkündete er, und das in einem Akzent, gegen den Walter glatt noch als Shakespeare durchging. »Und ich will die Stute mal treffen«, sagte er grinsend.

Seltsamer Fall hin oder her, die Tatsache, daß das Team um Harry erweitert worden war, machte mich nervös. »Was unseren kleinen Einbruch gestern abend betrifft – ich mach da nicht mehr mit!« sagte ich ihm. »Bitte halt ihn an der kurzen Leine.«

Jetzt, wo das neue Team hinter Kellogg her war, versuchte ich mich meinen anderen Aufgaben zu widmen, aber ich konnte mich vor lauter Sorgen nicht konzentrieren. Ich war nicht gerade bester Laune, als mich mein guter Freund, der Staatsanwalt, Mittwoch früh anrief. »Ich nehme an, Sie haben meine kleine Aufmerksamkeit erhalten«, sagte er.

»Sie haben es erfaßt. Eigentlich wollten Sie die Offenlegung doch verhindern, woher also der plötzliche Sinneswandel?«

»Morgen feiern wir Thanksgiving. Sie dürfen mir dankbar sein.«

»Aber natürlich. Ich werde an Sie denken, wenn ich den Truthahn tranchiere.«

»Schön, daß Sie Ihren Sinn für Humor noch nicht verloren haben. Passen Sie nur auf, daß er Ihnen bei unserer nächsten Besprechung nicht abhanden kommt.«

»Und was sollten wir besprechen?«

»Ich denke, in diesem Fall ... hat sich so einiges getan, seit wir uns das erstemal getroffen haben. Es könnte hilfreich sein, sich ein wenig auszutauschen.«

Ich hätte wetten können, daß die Dinge von seiner Warte aus wesentlich besser standen. »In Ordnung, und wann?«

»Wie wär's mit Freitag? Sagen wir neun Uhr?« Die Stimme klang beinahe herzlich.

»Neun Uhr. Ähm, Sie werden sich doch nicht verspäten, oder?« Er legte auf: Herzlichkeit kennt ihre Grenzen.

Thanksgiving verbrachte ich überwiegend in meinem Apartment, ging dann in ein Restaurant, in dem vier weitere Gäste saßen und auf einem Fernsehbildschirm ein Film über Motorräder flimmerte, die über dreckige Erdwälle flogen. Anschließend ging ich ins Büro, setzte mich an meinen Schreibtisch und grübelte über den Augenzeugen nach. War er rechtmäßig? Sämtliche Fakten schienen Feinbergs Instinkten zu widersprechen, doch wie dem auch sei: Kellogg konnte der Verteidigung den Todesstoß versetzen. Nackte Angst trieb mich schließlich wieder nach draußen. Ich verließ das Büro, um in den Straßen ein wachsames Auge auf Schichtarbeiter und schlaflos Umherirrende zu haben. Gegen Mitternacht lief ich um das Kapitol herum, beim Morgengrauen war ich am Lincoln Memorial und begrüßte schließlich die ersten Sonnenstrahlen auf der Key Bridge. Ich hatte noch kein Auge zugetan, als ich in Rogavins Büro auftauchte.

Er lächelte mich über seinen Schreibtisch hinweg an. »Sie sehen ein wenig übermüdet aus. Sie bekommen doch ausreichend Schlaf, hoffe ich?«

»Ich bin von einer Party zur nächsten gezogen. Das mache ich immer so, wenn ich mich unbesiegbar fühle.«

Die Akte *Vereinigte Staaten gegen Bronson* lag zwischen uns. In dem Fall hatte sich in der Tat einiges getan: Vor mir lagen jetzt drei Dokumentenmappen, Früchte der Arbeit von Legionen von

Polizeibeamten, Wissenschaftlern und Junior-Staatsanwälten, die alle damit beschäftigt waren, Ashley hinter Gitter zu bringen. »Ich hoffe sehr, Sie haben ein wenig Zeit gefunden, sich mit Mr. Kelloggs Aussage zu befassen«, sagte er.

»Ich habe sie gelesen.«

»Schön. Ich wollte nur mal hören, ob Sie Ihre Einstellung geändert haben.«

»Warum sollte ich?«

Er setzte ein amüsiertes Gesicht auf: der Herr Oberlehrer, der es mit einem besonders begriffsstutzigen Schüler zu tun hat. »Weil Sie mittlerweile wissen« – er hielt einen Finger in die Höhe – »daß wir einen *überaus* glaubwürdigen Zeugen haben, der Ihre Mandantin gesehen hat« – zwei Finger – »und das aus *nächster* Nähe« – drei Finger – »besser gesagt, auf dem Grundstück des Toten, und das zum Zeitpunkt des Mordes.«

Ich zuckte die Achseln. »Nein, das weiß ich nicht. Alles, was ich weiß, ist, daß Sie da jemanden haben, der behauptet, dort gewesen zu sein. Aber sie war nicht dort, und das wirft so manche Frage auf.«

Er seufzte. »Zum Beispiel?«

Ich hielt einen Finger hoch. »Er sieht jemanden im Lichtkegel einer Lampe, etwa sieben Meter weit entfernt« – zwei Finger – »in einer dunklen, regnerischen Nacht« – drei Finger – »und identifiziert sie anhand eines Fotos, *das im Fernsehen gezeigt wird«* – vier Finger – »und das nach vier Tagen? Vielleicht ist er glaubwürdig, doch dann hat er vielleicht zuletzt Elvis im Supermarkt gesichtet.«

»Bei dem Mann handelt es sich um einen ehemaligen CIA-Agenten.«

»Ist das ein Vor- oder ein Nachteil? Wie dem auch sei, irgendwas stimmt hier nicht, denn sie war es nicht. Sie hatte kein Motiv.«

Er sog an seiner Unterlippe. »Ich sagte Ihnen doch bereits: Sie machte Garvey für den Tod ihres Vaters verantwortlich.«

»Ja, das ist Ihre Theorie. Der Tod ihres Vater war wirklich ein schwerer Schlag für sie, aber sie machte niemanden dafür verantwortlich, ganz einfach weil man niemanden dafür verantwortlich machen kann.«

»Vielleicht nicht. Doch sollte da ein Zusammenhang bestehen – wir werden ihn aufdecken.«

»Lassen Sie mich wissen, wann es soweit ist.«

»Dann wird es zu spät sein.«

»Ich dachte, es sei bereits zu spät. Ihr Angebot galt nur bis zur Anklage.«

»Sagen wir mal, das Angebot wurde verlängert.«

»Ach wirklich? Erst rücken Sie Kelloggs Aussage heraus, und jetzt das. Was geht hier eigentlich vor?«

»Das ist nicht besonders schwer zu verstehen. Der Generalstaatsanwalt beabsichtigt in die Politik zu gehen, und das hier ist eine kleine Stadt, die so schnell nichts vergißt. Unsere Prinzessin hat viele bedeutende Freunde, die sie nicht fallengelassen haben – noch nicht. Wie ich schon sagte, Sie können mir dankbar sein.«

»Und wie lautet das Angebot?«

»Genau wie vorher auch. Die Staatsanwaltschaft hält sich zurück, während Miss Bronson ihre leidvolle Geschichte erzählt – tugendhafte Dame, bis zum Äußersten getrieben, bla, bla, bla. So was zieht heutzutage.« Er drehte sich langsam in seinem Bürostuhl und lehnte sich zurück, bis seine mit Troddeln geschmückten Collegeschuhe auf dem Schreibtisch lagen. »Wie dem auch sei, besagte Freunde schreiben jede Menge Briefe und überschwemmen den guten alten Richter mit Weihnachtseinladungen. Wer weiß? Vielleicht hat sie ja wirklich Glück. So kurz vor Weihnachten, Sie wissen schon.«

»Sehr großzügig. Ich laß von mir hören.«

»Tun Sie das bitte. Nichts währt ewig.«

Als Walter am darauffolgenden Montag zu mir kam, sah die Lage auch nicht rosiger aus.

»Und?« fragte ich ihn. »Was ist mit Kellogg?«

»Ein anständiger Bürger.«

»Das wollte ich jetzt eigentlich nicht hören.«

»Witwer. Keine Kinder. Eine Schwester in St. Louis. Parteilos. Zahlt pünktlich seine Rechnungen, keine größeren Schulden. Anständiges Aktienportefeuille an der Börse, aber für einen ehemaligen Staatsbediensteten nichts Außergewöhnliches. Hat die *New York Times*, *The Economist* und den *National Geographic* abonniert – weder *Playboy* noch *Hustler*. Geht zwei- bis dreimal die Woche auswärts essen. Zwei Gläschen Wein. Gibt fünfzehn Prozent Trinkgeld.«

»Fünfzehn? Der Mann gehört ja verboten!«

»Spielt jeden Mittwoch abend Bridge mit den Nachbarn. Sammelt Klassik-LPs, die er aus einem New Yorker Fachgeschäft für ... Audiophilisten bezieht.«

»Audiophile.«

»Oder so ähnlich. Kauft seine Anzüge bei *Brooks Brothers* und seine Freizeitgarderobe bei *L. L. Bean*. Gibt aber weder im einen noch im anderen Laden viel aus. Kauft seine Lebensmittel bei *Safeway* auf der Wisconsin Avenue, Marke cholesterinarm. Spielt weder Golf noch Tennis, joggt nicht, ist aber trotzdem gut in Form. Trägt eine Lesebrille. Nimmt Tabletten gegen zu hohen Cholesterinspiegel.«

»Da muß doch noch mehr sein, ich weiß es einfach.«

»Verbringt jede Menge Wochenenden mit Wanderungen in der Nähe seiner Hütte in West Virginia, die er sich 1971 für 31000 gekauft hat. Am Samstag, den zweiten November, hat er an einer Exxon-Tankstelle in Berkeley Springs eine Propangasflasche erworben, am selben Morgen rief er dann gegen elf Uhr fünfunddreißig von seiner Hütte aus seinen Nachbarn Mr. Kitchens an. Von dort aus hat er sich am Montag auch mit seiner Schwester in Verbindung gesetzt. Die Hütte hat eine Stereoanlage mit Radio, aber keinen Fernseher. Er bezieht dort keinerlei Abo, das einzige Blatt vor Ort ist eine wöchentlich erscheinende Dorfpostille, und die hat nichts über Garvey gebracht.«

»Was ist mit dem Kinobesuch?«

»Am ersten November zeigten sie den Film *Der Fremde im Zug*. Es gab eine Vorstellung, die um Viertel nach acht begann und gegen zehn Uhr aus war. Der Kinobetreiber sagt, unser Mann sei regelmäßiger Kinogänger, kann sich aber nicht mehr hundertprozentig daran erinnern, ob er an besagtem Abend auch dort war. Dieser Bursche an der Kasse kann von Glück sagen, wenn er seine eigene Mutter erkennt.«

»Komm endlich zu den guten Nachrichten. Spann mich nicht länger auf die Folter.«

»Die Strecke, die ihn an Garvey vorbeiführte, ist nicht der kürzeste Weg vom Kino zu ihm nach Hause. Sie ist etwa zwei Blocks länger, eine Art Zickzackkurs durch die gesamte Nachbarschaft.«

»Ach wirklich? Der scheint ja ständig durch die Nachbarschaft zu streunen. Wahrscheinlich langweilt ihn das, immer denselben Weg zu nehmen.«

»Es hat geregnet.«

»Er hatte seinen Regenmantel, einen Schirm und Galoschen.«

»Es war kalt und hat geregnet.«

»Der Kerl ist wetterfest, er geht gern Wandern.«

»Willst du mir auf die Eier gehen, oder was?«

»Ich mach hier nur den *advocatus diaboli.*«

»Leck mich!« sagte er. »Also gut: Kaum ist er auf seiner Hütte, da ruft er auch schon seinen Nachbarn an, wahrscheinlich bat er ihn darum, seine Zeitungen aufzubewahren. Aber warum hat er ihm nicht einfach einen Zettel hingelegt oder ihn darum gebeten, bevor er wegfuhr?«

»Er ist spontan. Hat weder Frau noch Kinder, ist einfach losgefahren.«

»Dieser Typ war in seinem ganzen Leben noch nie spontan.«

»Vielleicht, vielleicht auch nicht. Wohin soll das führen?«

Er runzelte die Stirn. »Bis jetzt noch nirgendwohin.«

Ich verdrehte die Augen und holte tief Luft. »Warum konzentrieren wir uns nicht darauf, Material zu sammeln, das ihn belastet, und verschwenden nicht mehr unsere Zeit damit herauszufinden, was er vor und nach dem Mord getan hat? Ich dachte, wir wären uns einig, daß er sie gesehen haben muß – so wie er sie beschrieben hat, war das absolut korrekt.«

»*Du* warst dir einig«, zischte er zurück. »Ich bin mir hier mit niemandem einig.« Noch bevor ich irgend etwas sagen konnte, wehrte er ab und sagte: »Das Beste hab ich mir für den Schluß aufgehoben. Er ist Mitglied eines Videoclubs in der Wisconsin Avenue. Und jetzt rate mal, welchen Film er sich ausleiht, einen Tag nachdem er von seiner Hütte zurückgekehrt ist?«

»*Der Fremde im Zug*?«

»Ge-nau!«

»Du machst Witze!? Er hat ihn am Freitag im Kino gesehen, und dann leiht er ihn am Mittwoch aus? Warum denn das?«

»Vielleicht hat er ihn ja gar nicht gesehen. Vielleicht will er einfach nur gut vorbereitet sein, für den Fall, daß wir ihn nach der Handlung fragen.«

»Jetzt mach aber mal bitte 'nen Punkt!« sagte ich. »Mir brummt schon der Schädel. Hör zu, vielleicht ist er an dem Abend wirklich nicht im Kino gewesen. Vielleicht war er bei seiner Geliebten, als er die Mandantin sah, also hat er die ganze Sache mit dem Kino erfunden, um keine unangenehmen Fragen beantworten zu müssen. Er sah unsere Mandantin, aber er hat gelogen, was seine vorherige Abendgestaltung anbelangt – das ist ja wohl keine Kunst!«

»Ach ja? Und warum fährt er dann mal eben in die Berge?«

»Warum? Vielleicht, weil er eine Hütte dort hat und gern wandert, wegen all dem Zeug, mit dem *du mich gerade eben noch vollgelabert hast*. Wen zum Teufel interessiert schon, warum er in die Berge gefahren ist? *Er war auf seiner Hütte!*«

Walter schüttelte den Kopf. »Das liefert ihm ein perfektes Alibi dafür, warum er die Bullen nicht vor Dienstag hat anrufen können. Die Sache ist einfach zu perfekt.«

»Na toll! Jetzt findest du die Sache wieder zu perfekt. Darf ich die Zeit noch mal für eine kleine Nachhilfelektion nutzen? Es sind noch genau achtundzwanzig Tage bis zum Prozeß, und bis heute besteht mein Kreuzverhör mit dem Hauptzeugen der Anklage nur aus: ›War es nicht ziemlich dunkel, Mr. CIA-Agent? Und hat es nicht geregnet, Mr. CIA-Agent?‹ Wie weit, glaubst du, werden wir damit kommen?«

»Nicht sehr weit«, murmelte er.

»Siehst du? Du hättest Jura studieren sollen, denn wenn du von so was nicht die geringste Ahnung hast, dann haben wir verschissen, *und zwar gründlich!*«

»Vielleicht kommt der große Durchbruch ja noch«, knurrte er. Er stand auf und knöpfte seine Jacke mit grünem Karomuster zu. »Weißt du, du hast mir noch gar nicht gesagt, warum sie es getan hat.«

Ich seufzte. »Rache. Garvey war für den Tod ihres Vaters verantwortlich.«

Er starrte mich an. »Moment mal! In der Zeitung stand, der alte Herr sei gestorben. Aber über das Wie und Warum haben sie kein Wort verloren.«

»Offiziell starb er an den Folgen eines Schlaganfalls, in Wahrheit jedoch an einer Überdosis Schlaftabletten. Sein Arzt weiß davon, nimmt aber an, das Ganze sei ein Versehen gewesen. In Wahrheit hat er jedoch Selbstmord begangen.«

»Du willst mir also weismachen, daß Garvey ihren alten Herrn so bedrängt hat, daß er sich das Leben nahm?«

»Das sagt sie jedenfalls.«

»Und du glaubst ihr?« Er wirkte nicht sehr überzeugt. In diesem Augenblick erschien es mir äußerst wichtig, daß auch er ihr glaubte.

»Das Tagebuch ihres Vaters gibt ihr recht.«

Er holte tief Luft und ließ sich in einen Sessel plumpsen. Er sah von Minute zu Minute erschöpfter aus. »Was für ein Tagebuch?«

Ich stand auf und schloß die Tür. »Ihr Vater hat Tagebuch geführt. Ich hab es hier – zumindest den letzten Band.«

»Sie hat ihn dir gegeben?«

»Ja.«

»Und da steht drin, daß Garvey ihn dazu getrieben hat?«

»So ungefähr.«

»Herrgott noch mal! Wenn die Bullen davon Wind kriegen, ist sie erledigt. Da hast du's: Vorsätzlicher Mord.«

»Ich weiß.«

»Warum zum Teufel hast du mir nichts davon erzählt?«

»Manchmal ist es besser, wenn man nicht die ganze Wahrheit kennt.«

Er kratzte sich am Kinn. »Du hältst Beweismittel zurück, ist das so eine Art juristisches – wie heißt das noch gleich – Versteckspiel . . . ?«

»Ein Vexierspiel.«

»Ja. Ist es so was?«

»Wahrscheinlich.«

»Was hast du damit vor?«

»Weiß noch nicht. Das ist im Moment mein geringstes Problem.«

Der Rest des Tages war eine einzige Katastrophe. Ich war wie an meinem Stuhl festgewachsen, hatte die Tür geschlossen und nahm keinerlei Anrufe entgegen. Man hatte uns in die Enge getrieben und bei genauerer Betrachtung, fragte ich mich, was mich daran eigentlich noch groß überraschte. Rogavin hatte mir die ganze Sache auf dem Silbertablett dargeboten, aber ich hatte nicht richtig hingehört, denn ich war viel zu sehr damit beschäftigt gewesen, meine Schlagfertigkeit unter Beweis zu stellen und mein Mädchen gegen den Rabauken von Staatsanwalt in Schutz zu nehmen.

Mein neues, berühmtes Mädchen. Die aktuellen Artikel, die über sie berichteten, lagen immer noch auf meinem Schreibtisch, Erinnerungsstücke an ein privilegiertes Kind, das zu einer faszinierenden Frau herangewachsen war, der erfolgreiche Männer den Hof machten. Und im entscheidenden Moment ihres Lebens fiel die Wahl auf mich. Jetzt hatte sie zwanzig Jahre zu erwarten, und das nur, weil ihr Anwalt sich gerade ein wenig einsam gefühlt hatte. Mein Blick wanderte zum Foto von *Jezebel*, und da hatte ich plötzlich einen Geistesblitz: Ich mußte mir nur ein Boot besorgen und sie hier rausschmuggeln, über die Chesapeake Bucht, raus aufs offene Meer, und weg wären wir. Und ich hatte schon gedacht, mir würde nichts mehr einfallen! Die Realität holte mich wieder ein und drückte mich schwer in meinen Stuhl. Wäre das hier erst einmal vorüber, würde *ich* die Flucht ergreifen. Ich würde all das Geld nehmen, das sie mir für ihre Vereidigung bezahlt hatte, doch sie würde nirgendwohin gehen, nicht, solange sie noch jung war.

Ich nickte immer wieder ein. Ich kritzelte etwas auf einen Block: eine Straße, einen Bürgersteig, ein paar Kringel. Ich wählte eine Nummer.

»Ja bitte?«

»Hallo.«

»Hallo.«

»Wie geht's?«

»Gut. Und dir?«

»Gut. Sehr gut. Ich dachte, ich könnte heute abend mal wieder vorbeikommen, wenn's dir recht ist.«

»Was ist los?«

»Nichts. Ich hab's bloß nicht geschafft am Wochenende, und ... na ja, du weißt schon.«

»Klar. Er wird sich freuen. Er hat nach dir gefragt.«

»Toll! Das ist toll!«

»Sag mir, was los ist.«

»Nichts. Wirklich.«

Schweigen. »Komm so gegen sieben. Ich mach uns was zu essen.« Bis dahin vertrieb ich mir die Zeit, so gut ich konnte, und um Viertel vor sieben läutete ich schließlich an der Tür. Kurz darauf stand ich der früheren Mrs. O'Connell gegenüber. »Als wir noch verheiratet waren, bist du nie so früh nach Hause gekommen«, sagte sie.

»Ich bin zu früh. Tut mir leid.«

»Ist schon in Ordnung.« Wir küßten uns auf die Wange, und plötzlich sah ich wieder vor mir, wie wir uns damals genau hier geliebt hatten. Ich hatte es nicht einmal mehr geschafft, mir den Mantel auszuziehen. Und jetzt küßten wir uns nur höflich auf die Wange. Mein Leben war wirklich absurd: Ich hatte beruflich wie privat den Rückwärtsgang eingelegt. Sie führte mich ins Wohnzimmer und rief nach Brendan. »Schatz, Daddy ist da.«

Brendan hatte sich auf dem Boden ausgestreckt, wo er gerade in ein Brettspiel vertieft war. Doch bei ihren Worten war er sofort aufgesprungen und kam angerannt. »Dad! Ich hab ein chinesisches Damespiel!« Er sprang, und ich fing ihn in meinen Armen auf.

»Hallo Kumpel! Wie geht es meinem großen Jungen?«

»Gut. Kannst du das spielen, Dad?«

»Ich bin ein bißchen aus der Übung. Du wirst es mir noch mal erklären müssen.«

»Ist okay. Ich hab's Mom beigebracht.« Er begann, mich mit sich in Richtung Brettspiel zu ziehen.

Moira flüsterte: »Vergiß nicht, *Candyland*.« Ich zog mein Jackett und meine Krawatte aus, während Brendan mit der Aufstellung begann, indem er Murmeln in vier unterschiedlichen Farben scheinbar zufällig auf die verschiedenen Felder setzte, auch wenn ich sofort bemerkte, daß sich einer der Spieler bereits in großen Schwierigkeiten befand.

»Okay, Kumpel. Wie wird gespielt?«

»Du mußt zusehen, daß du deine Leute da drüben hinbekommst, und ich muß zusehen, daß ich meine hierhin bekomme.« Wie das im einzelnen vor sich gehen sollte, darüber verlor er kein Sterbenswort. Ich konnte hören, wie Moira in der Küche etwas schnippelte, als er mir mitteilte, daß er anfangen würde. Ich schnitt noch schlechter ab als bei *Candyland*. Einmal dachte ich, ich hätte ihn reingelegt, da eröffnete er mir plötzlich die Änderung der Spielregeln. Nach einer Weile begann er sich schließlich wegen meiner mangelnden Gegenwehr zu langweilen. »Dad?«

»Ja, Kumpel.«

»Magst du Pastete?«

»Pastete? Klar. Was für welche?«

Er dachte kurz nach, seine kleine Stirn war in tiefe Falten gelegt. Dann rief er: »Mom!«

Aus der Küche hörte man: »Was ist denn, Liebling?«

»Wie heißt die Pastete noch mal, die ich so gern mag?«

Schweigen. Dann: »Hackfleischpastete, Liebling.«

Brendan strahlte. »Hackfleisch, Dad. Ich hab eine Hackfleischpastete gegessen.«

»Klar. An Thanksgiving, stimmt's?«

»Hm-hm.«

»Hat Bridey die Hackfleischpastete gemacht?«

»Bridey?« Seine Stirn legte sich erneut in Falten.

»Hast du die Hackfleischpastete bei Opa gegessen?«

Er verdrehte genervt die Augen. »Nein, Dad, in einem Restaurant.«

»In einem Restaurant?«

»Mit Pferden! Die leben da, Dad! In einem ... in so einem Haus, wo Pferde schlafen.«

»In einem Stall?«

»Ja, in einem Stall! Die leben da, im Restaurant!«

»Gab's da auch einen Ententeich?«

»Ja!« Er war entzückt. »Ich und Rob, wir haben die Enten gefüttert, Dad! Bist du auch schon mal da gewesen?«

In der Küche war jegliches Geräusch verstummt. Das Restaurant mit den Pferdeställen und dem Ententeich lag nur wenige Kilometer östlich des Shenandoah Park. Dort waren Moira und ich immer zu besonderen Gelegenheiten essen gegangen, zum Beispiel an dem Wochenende, als der Schwangerschaftstest einen blauen Ring aufwies.

Ich sah hoch und bemerkte, daß sie mich beobachtete. »Brendan«, sagte sie, »es ist Zeit, ins Bett zu gehen.« Das übliche Protestgeschrei verebbte bald, und schon liefen wir alle im Gänsemarsch die Treppe hoch, zuerst Moira, gefolgt von mir, mit Brendan auf meinem Rücken. Ich half ihm, seinen Schlafanzug anzuziehen, und überwachte das Zähneputzen. Sie brachte das Thema auf die Vorteile von Trainingsanzügen als neue Schuluniform. Dann lasen wir alle drei die Geschichte eines Jungen, der einen Drachen rettete. Ich wünschte, das würde nie ein Ende nehmen. Als die Schlafenszeit gekommen war, deckte ich ihn gut zu.

»Dad?«

»Was denn?«

»Ich spiele gern mit dir.«

»Danke, Kumpel. Dein Daddy hat dich ganz lieb, weißt du das?«

»Ja.« Wir gaben uns einen Kuß, und dann drehte er sich um und stürzte sich auf sein Lieblingsspielzeug, den Käpt'n eines Raumschiffs, der die gigantische Spielzeugarmee aus Plastik anführte, die sein Zimmer okkupierte. War die Welt nicht wunderschön, wenn man sich um nichts anderes zu sorgen brauchte, als die Erde vor der totalen Zerstörung zu retten? Ich blieb noch ein wenig, um mir das Bild gut einzuprägen, während mir Moira dabei von der Tür her zusah. Dann gingen wir gemeinsam wieder die Treppe hinunter.

Das Abendessen fand bei Kerzenlicht statt. Sie hatte für mich am Kopfende des Tisches gedeckt, was ich unter den gegebenen Umständen ziemlich großzügig von ihr fand. »Ich hab den Abend echt gebraucht«, sagte ich ihr. »Danke.«

»Keine Ursache. Aber jetzt erzähl mir, was eigentlich los ist – und zwar ohne mir auszuweichen.«

»Der Fall geht den Bach runter.«

Sie legte ihre Gabel wieder hin. »Was ist passiert?«

»Es geht da nicht nur um eine Sache – die Beweislast ist erdrückend.«

»Und, überrascht dich das?«

Ich schüttelte den Kopf. »Nein, und das ist das Schlimmste daran. Eine Zeitlang war ich felsenfest davon überzeugt, wir könnten den Fall gewinnen. Das war in keinster Weise gerechtfertigt, und jetzt hat mich die Realität wieder.«

»Sie wird also verurteilt werden?«

»Ja.« Ich brauchte ihr nicht zu sagen, daß diese Informationen vertraulich zu behandeln waren. Moira war verschwiegen wie ein Grab, beruflich wie privat. Ich wette, niemand hatte die Geschichte unserer Trennung je zu hören bekommen – nicht einmal Rob.

»Was, wenn du dich mit der Staatsanwaltschaft einigst?«

»Das haben wir bereits abgelehnt. Ich glaube nicht, daß sie ihre Meinung diesbezüglich ändern wird.«

»Nun, laß dich deshalb nicht so runterziehen, Frank. Ich weiß, sie ist eine sehr intelligente Frau, und sie hat ihre Entscheidung gefällt.«

»Sie ist intelligent, aber sie hat nur meinen Rat befolgt. Sie hat mir vertraut.«

»Ich bin mir sicher, daß sie zum damaligen Zeitpunkt genau das Richtige getan hat. Paps sagt, du seist sehr gewitzt – so seine

Worte – und er habe noch nie zuvor einen Anwalt kennengelernt, der über ein so sicheres Urteilsvermögen verfügt.«

»Ich glaube nicht, daß ihr das groß nützen wird.« Ein unangenehmes Schweigen trat ein. Sie musterte mich eindringlich, um meine Gedanken zu lesen.

»Sie ist sehr schön«, sagte sie ruhig.

»Ja.«

»Ist es deswegen?«

»Ja, es hat damit zu tun.«

Sie versuchte es zu verbergen, trotzdem konnte ich sehen, daß sie das getroffen hatte, was mir wiederum ein schlechtes Gewissen bereitete und mich zugleich in Hochstimmung versetzte. »Und, was jetzt?« fragte sie gefaßt.

»Keine Ahnung.«

»Nun, dir wird bestimmt etwas einfallen.«

»Stimmt, ich bin gewitzt.« Die Stimmung war gekippt. Ich wollte nicht mehr mit ihr über diesen Fall sprechen, aber alles, worüber wir uns früher unterhalten hatten, die Überlebensstrategien, die eine Familie in den neunziger Jahren in der Vorstadt so beschäftigen, verboten sich von selbst. Unsere gemeinsamen Interessen beschränkten sich auf Brendan, er war unser letztes Verbindungsglied. Ich versuchte, an die Stimmung von vorher anzuknüpfen. »Hat er schon seinen Wunschzettel für Weihnachten geschrieben?«

Sie wich mir aus. »Er hat ihn am Labor Day geschrieben. Kannst du dir das vorstellen?«

»Ziemlich gut organisiert.«

»Er ist ewig lang.«

»Er denkt eben in großen Kategorien.«

»Er wünscht sich einen Computer für 2000 Dollar.«

»Er ist verrückt.«

»Das hat er von dir.«

»Kann ich den Wunschzettel mal sehen?«

»Ich hab ihn in der Küche.« Sie stand auf und kam kurz darauf mit einem gelben Blatt Karopapier zurück, das mit blauem Buntstift beschrieben worden war.

»Wann hat er denn so schreiben gelernt?«

»Er kann das nicht, aber ein Mädchen aus seiner Klasse. Anscheinend ist sie seine Sekretärin oder so was.«

»Sitzt sie auf seinem Schoß?«

»Wahrscheinlich. Ich denke, der Malkasten ist für sie.«

Mein Sohn dachte in der Tat in großen Kategorien: siebzehn Spiele und anderes Spielzeug, von echten Klassikern bis hin zum neuesten Elektronikfirlefanz. Ein Wunsch erregte jedoch meine besondere Aufmerksamkeit. »Hak den Baseballhandschuh ab«, sagte ich. »Den übernehme ich.«

»Was ist mit dem Nintendo? Ist zwar ziemlich teuer, aber ich glaube, sein Herz hängt sehr daran und –«

Ich schüttelte den Kopf. »Ich will ihm nichts schenken, das ihn stundenlang vor dem Fernseher festnagelt.«

»Frank –«

»Moira, das ist ein Handschuh für Kinder und ... wie bitte?« Sie sah nervös aus.

»Den Baseballhandschuh hat schon jemand anders übernommen.«

»Paps? Der wird schon mit mir tauschen. Laß ihn Pfeil und Bogen übernehmen –«

»Rob.«

»*Rob* wird Brendan einen Baseballhandschuh schenken?«

»Ja.«

»Rob wird meinem Sohn seinen ersten Baseballhandschuh schenken?«

»Brendan hatte ihm schon gesagt, daß er sich einen Handschuh wünscht. Ich habe Rob den Wunschzettel gezeigt, und er hat ihn ausgewählt. Nimm etwas anderes.«

»Sag doch Rob, er soll sich was anderes aussuchen.«

»Nein.«

»Dann werde *ich's* ihm eben sagen.«

»Nein, das wirst du nicht! Um Himmels willen! Was ist denn schon dabei? Ihr liebt ihn beide, und ihr werdet ihm beide etwas schenken!«

»Oh! Vielen Dank auch, Moira, daß du mir das erklärst: Rob

und ich sind nichts weiter als zwei Kerle, die zufällig beide Brendan lieben. Ich weiß gar nicht, warum ich mich überhaupt so aufrege! Ich war so verrückt zu glauben, ich hätte da ein paar ältere Rechte!«

»Rechte leiten sich aus Pflichten ab.«

»Moira, hör auf damit, verdammt noch mal! Ich tu, was ich kann!«

»Nein, du machst einfach bloß *dein Ding,* das, was dir wichtig ist. Und das ist ein Luxus, den du dir nur leisten kannst, weil mein Vater uns unterstützt.«

»Vielleicht wäre das gar nicht nötig, wenn mich seine Tochter unterstützt hätte.«

»Und vielleicht würden wir dann alle drei auf einem ausziehbaren Sofa schlafen. Du hattest Verpflichtungen, und du bist einfach auf und davon. Dein Vater mag dasselbe getan haben, aber er konnte nicht anders.«

Ich beugte mich vor. »Mein Vater? Ich werd dir mal was über meinen Vater erzählen, Moira. Er konnte mir zwar kein Zuhause geben, aber sogar er hat es geschafft, mir einen Baseballhandschuh zu schenken. Und jedem Kind, das ich getroffen habe, habe ich erzählt: ›Den hat mir mein Vater geschenkt.‹ Mein *Vater,* Moira, nicht irgendein Wildfremder.«

»*Hör auf!* Hier geht es doch gar nicht mehr um irgendwelche Baseballhandschuhe! Und Rob ist kein Wildfremder.«

»Genau. Er gehört zur Familie, weswegen du ihn an Thanksgiving auch nicht mit zu Paps nehmen konntest.«

»Laß Paps da außen vor. Er hat unsere Scheidung nie akzeptiert. Hier geht es um meine Gefühle.«

»Ja, und Rob und ich stehen auf einer Stufe.«

»Nein, Frank. Du und ich, wir *waren* verheiratet. Rob und ich, wir *werden* heiraten.«

Der Raum begann sich langsam zu drehen. »Wann?« krächzte ich.

»Im Juni. Er hat seine Firma an eine Investment-Gruppe verkauft und arbeitet bis dahin als Angestellter.«

»Wann habt ihr das entschieden?«

»Erst kürzlich.«

»So ungefähr vor einer Minute?«

»Scher dich zum Teufel!«

»Hör zu, ich meine ... so wie du auf meine Bemerkung über Ashley Bronson reagiert hast. Himmel Herrgott ... ich weiß gar nicht mehr wo mir der Kopf steht.«

Sie wich meinem Blick aus. »Da wäre noch etwas«, sagte sie leise.

Irgend etwas schnürte mir die Kehle zu. »Was?«

»Rob kommt aus San Francisco. Wenn er zurückgeht, werden Brendan und ich mit ihm gehen.«

Ich war schockiert, mein Gesicht fühlte sich ganz taub an. Ich legte beide Hände flach auf den Tisch, suchte nach Halt in einem Raum, der sich plötzlich zu drehen schien. Mir war schlecht. »Ich muß los«, keuchte ich und versuchte, wieder festen Boden unter den Füßen zu bekommen, und klammerte mich an der Stuhllehne fest.

Sie stand auf und faßte mich am Oberarm. »Wir müssen reden, Frank, jetzt!«

Ich machte eine abwehrende Handbewegung, wie um zu sagen: »Es reicht!« Ich wollte nicht reden, aber genausowenig wollte ich mich im Eßzimmer übergeben. »Ich muß gehen«, murmelte ich und ging in Richtung Diele, aber sie verstellte mir den Weg und versuchte mich rückwärts laufend aufzuhalten.

»Ich will, daß du mit mir redest!« kreischte sie, wirkte dabei aber eher verängstigt, als wütend. Ich drängte mich an ihr vorbei, aber sie packte mich am Ärmel und ließ sich Richtung Tür mitschleifen. »Was hätte ich denn sonst tun sollen, Frank? Warten, bis du wieder nach Hause kommst? Das habe ich – drei beschissene Jahre lang! Hätte ich etwa ewig einen auf alleinerziehende Mutter machen sollen? Und jetzt sag mir bitte, was ich deiner Meinung nach hätte tun sollen! Ich warte, du ... du *Mistkerl*!«

Mit meiner freien Hand öffnete ich die Tür und wandte mich zu ihr um. Sie war zutiefst verletzt, nichts erinnerte mehr an die Frau, die mich nur wenige Stunden zuvor begrüßt hatte. Jahrelang hatten wir uns das Leben zur Hölle gemacht, aber das hier war der Gipfel, der absolute Rekord. Ich murmelte noch einmal »Ich muß los« und befreite mich. Sie knallte die Tür hinter mir zu. Ich hörte sie schluchzen, als ich zum Auto stolperte. Ich war zu erledigt, um zu fahren. Ich legte kurz meinen Kopf auf das Lenkrad, ließ den Wagen an und fuhr dann die Auffahrt hinunter. Noch im Wegfahren warf ich einen letzten Blick auf das Haus. Brendan stand am Fenster. Er winkte mir zu.

Der Helikopter näherte sich dem Landeplatz, der wie eine offene Wunde in der Dschungelvegetation klaffte. Ich trat hinaus, auf die Strebe, tauchte ein in die von den Rotorblättern aufgewirbelte Luft, meine M 16 um den Hals und eine Nebelgranate in der freien Hand. Ich konnte das Gesicht des Piloten im Cobra-Kampfhubschrauber neben mir erkennen. Das Maschinengewehr ging automatisch mit, folgte der Bewegung seines Helms, wenn er seinen Kopf drehte und nach geeigneten Tötungsobjekten suchte. Als wir uns dem Landeplatz näherten, feuerte er ein Geschütz ab, dann noch eins, dann das Maschinengewehr, und die Landezone verschwand in einer riesigen Explosion. Hinter mir konnte ich das klappernde Geräusch der Gewehrbolzen vernehmen, und dann machte sich der Rest der Kampfeinheit ebenfalls bereit, herauszuspringen. Der Cobra drehte ab, und wir tauchten in den Rauch ein, blind, bis wir zwei Meter unterhalb der Verstrebung den Dschungel ausmachen konnten. Ich sprang, rannte ein paar Meter und verschanzte mich hinter einem entwurzelten Baum. Aus dem Lärm der Rotorblätter löste sich das ta-ta-ta-ta *der AK-47er, aber die verräterischen Leuchtspurgeschosse jagten schon kreuz und quer über die Lichtung. Ich zog den Sicherheitsstift der Granate und wirbelte sie hoch über meinem Kopf durch die Luft. Roter Rauch, vermischt mit braunen Staubwolken, die von den Explosionen und den Rotorblättern aufgewirbelt worden waren, signalisierte dem Rest des Zugs einen geeigneten Landeplatz. Der Helikopter hätte längst abdrehen sollen. Ich wandte mich um und sah, daß der Pilot zur Seite gesackt war. Der Kommandant kämpfte mit dem Steuerknüppel, aber der Bug des Hubschrau-*

bers wies merkwürdig nach oben, versuchte, an Höhe zu gewinnen, und geriet dann ins Trudeln. Der hintere Propeller näherte sich unaufhaltsam meinen Beinen, zerfetzte die ihn umgebende Vegetation. Ich wurde gegen den Baum gepreßt. Ich schrie und schrie und schrie, aber der Hubschrauber verschwand einfach nicht.

Ich wachte auf. Meine Augen bekam ich nicht sofort auf, aber ich war wach. Mein Puls pochte in dem Ohr, das ich gegen die Matratze gepreßt hielt. Ich vergewisserte mich meiner Beine, indem ich sie bewegte, und erst als die Angst nachließ, gewahrte ich das Dröhnen in meinem Schädel und die zusammengeschnürte Kehle. Nachwirkungen. Ich öffnete die Augen und drehte ganz langsam den Kopf, bis ich die Wand sehen konnte, die im trüben Licht vom Fenster her kaum zu erkennen war. Als nächstes zog ich meinen Arm über das Laken, bis ich einen Blick auf meine Armbanduhr werfen konnte: sechs Minuten nach fünf – ein neuer Tag hatte begonnen.

Ich konnte mich nicht erinnern, irgend etwas getrunken zu haben. Das einzige, woran ich mich noch erinnern konnte, war Moira, aber über das, was dort vorgefallen war, wollte ich jetzt lieber nicht nachdenken. Später, wenn es mir besser ginge, würde ich Noah einen Besuch abstatten, um meinen Abstieg in die totale Depression zu besprechen. Mit der Zeit konnte ich die Wand immer schlechter erkennen, was mich beunruhigte, bis mir einfiel, daß es im Dezember erst weit nach fünf Uhr morgens hell wird. Aus meiner Beunruhigung wurde sodann absolute Verzweiflung: Das war nicht das Morgengrauen, sondern die Abenddämmerung, ich hatte schlichtweg einen ganzen Tag schlappgemacht. Wahrscheinlich suchte man schon nach mir. Ich hielt es für das beste, zu bleiben, wo ich war.

Was mich vor ein neues Problem stellte – wo war ich überhaupt? Die Wand war mindestens fünf Meter breit, und das Mobiliar, das ich erkennen konnte, ohne meinen Kopf bewegen zu müssen, war mir unbekannt. Dank meiner Kombinationsgabe dauerte es nicht lange, bis ich herausbekam, wo ich mich befand, aber um sicherzugehen, kletterte ich aus dem Bett und wankte zum Fenster. Die Aussicht war unverwechselbar, denn in Georgetown gibt es nicht sehr viele Grundstücke mit separater Garage. Ich ging auf direktem Weg ins Badezimmer, steckte meinen Kopf in die Kloschüssel und tat etwas für meine Übelkeit vom Abend zuvor. In weiser Voraussicht hatte meine Gastgeberin eine Schachtel Aspirin neben das Waschbecken gelegt. Ich nahm vier Stück und ging unter die Dusche, wo ich den Kalt- und Warmwasserhahn zehn Minuten lang abwechselnd auf- und zudrehte. Als ich mich schließlich abtrocknete, kam das einzige Licht von der Außenbeleuchtung des Hauses. Dennoch gelang es mir, meine Kleider wiederzufinden, die gereinigt und gebügelt an der Schranktür hingen. Ich zog mich an, machte das Bett und setzte mich in den Sessel am Fenster. Über den Dächern im Süden war der Widerschein der Restaurants und Bars auf der M Street weithin zu sehen.

Wie ich so im Dunkeln dasaß, schien ich am Ende meiner Odyssee angelangt zu sein, die doch eigentlich der Höhepunkt meines Lebens hätte werden sollen. Es ist erstaunlich befreiend, wenn die schlimmsten Befürchtungen endlich eingetreten sind. Angst ist eigentlich nichts anderes als eine Vorahnung, und wenn alles den Bach runtergeht, wenn man mit dem Rücken zur Wand steht und weit und breit kein Licht am Horizont ist, dann kommt man an einen Punkt, wo einem einfach alles egal ist. Nichts kann einen mehr erschüttern. Die Angst verschwindet, und die Dinge sind so, wie sie eben sind. Es ist eine halbe Ewigkeit her, da war ich schon einmal in so einer Situation gewesen, und ich hatte überlebt. Vielleicht würde es diesmal ebenso sein.

Ich hörte Schritte auf dem Flur, dann ein leises Klopfen an der Tür. Ein Streifen Licht fiel auf den Teppich, als die Hausherrin eintrat und sich mir gegenüber auf das Bett setzte. »Walter ist unten«, sagte sie ruhig. »Ich dachte, wir sollten jetzt etwas zu Abend essen.«

»Ich werde mein Anwaltsmandat morgen niederlegen. Ich werde Ihnen ein paar Ersatzvorschläge machen, und wenn Sie sich entschieden haben, dann werden wir dem Gericht Bescheid geben.

Was die noch verbleibende Zeit anbelangt, brauchen Sie sich keine Sorgen zu machen, da Ihr neuer Anwalt einen Aufschub erwirken wird. Morgen werde ich Ihnen auch das Honorar wiedergeben, aber ich schlage vor, Sie behalten Walter, denn er ist mit dem Fall vertraut – jemand Besseres werden Sie nicht finden.« Nach diesen Worten stand ich auf.

»Frank?«

»Was?«

»Macht es das irgendwie leichter?«

Ich drehte mich um. »Wie leichter?«

»Einfach alles hinzuschmeißen.«

»Ich weiß nicht, wovon Sie reden, aber wenn Sie darüber nachdenken, werden Sie feststellen, daß ich das nur uns beiden zuliebe tue.«

»Haben Sie das Ihrer Frau auch so gesagt?«

Und ich hatte schon geglaubt, schlimmer könnte es nicht kommen! »Habe ich im Schlaf gesprochen?«

»Sie waren betrunken, ich hätte Sie nicht stoppen können, selbst wenn ich es versucht hätte. Wie dem auch sei, das hätten wir hinter uns gebracht, jetzt müssen wir an die Zukunft denken.«

»Sie brauchen einen neuen Anwalt.«

»Sie haben mich nicht enttäuscht, Frank. Ich habe Tom Hardaway einige Fragen gestellt, bevor ich Sie angeheuert habe. Er erzählte mir von Ihren ... Problemen.«

»Das ist aber merkwürdig, wissen Sie. Soweit ich weiß, haben Sie mich im Gefängnis gesehen und mich daraufhin engagiert. Habe ich mir das nur eingebildet, oder bin ich immer noch betrunken?«

»Frank ...«

»Na, ist ja auch egal. Sie hatten ein Recht darauf zu wissen, mit wem Sie es zu tun haben, und Sie haben mich trotzdem engagiert. Ich muß schon sagen, ich bin geschmeichelt. Aber jetzt erklären Sie mir bitte: Was sollte der ganze Mist? Haben Sie geglaubt, ich würde härter arbeiten, wenn ich dächte, das Ganze sei Kismet oder blindes Vertrauen? Und wo wir gerade schon dabei sind, können Sie mir auch gleich die Sache gestern im Nähzimmer erklären.«

»Es gefällt mir nicht, wenn Sie so sind.«

»Ich bin so. Alles, was Sie je über mich gehört haben – es stimmt.«

»Es hat mich damals nicht interessiert, und es interessiert mich auch jetzt nicht.«

»Dann sollte Sie vielleicht folgendes interessieren: Ich habe Sie falsch beraten. Ich habe Ihnen nahegelegt, ein Angebot der Staatsanwaltschaft abzulehnen, das Sie besser hätten annehmen sollen. Die Beweislast gegen Sie war von Anfang an erdrückend, nur daß ich das nicht wahrhaben wollte, weil ich dringend einen Fall brauchte und weil Sie Sie sind und ... egal. So sieht's aus – das sind die Tatsachen. Und ich werde Ihnen noch was sagen: Rogavin und ich kommen nicht miteinander klar. Ich habe ihn beleidigt, und er will mir zeigen, was es heißt, sich als dahergelaufener Anwalt mit dem King persönlich anzulegen. Mit einem anderen Anwalt, jemand, den er respektiert, wird man Ihnen vielleicht ein besseres Angebot machen.«

Ashley erhob sich vom Bett und ging zur Tür. »Ich habe das Angebot der Staatsanwaltschaft nicht nur Ihretwegen abgelehnt, Frank. Ich habe es abgelehnt, weil ich nicht ins Gefängnis will. Nicht zwanzig Jahre, und auch keine zehn Jahre. Welche Gründe Sie auch immer gehabt haben mögen, mir diesen Rat zu geben – es macht immer noch Sinn.«

»Ashley...«

Sie stand vor der Tür und drehte sich um. »Ich will nichts mehr davon hören. Ich habe an Sie geglaubt. Und ich glaube immer noch an Sie. Aber was ich jetzt brauche, ist jemand, der an sich selbst glaubt. So, und jetzt gehe ich nach unten und werde mit meinem Ermittler zu Abend essen. Kommen Sie nun mit oder nicht?«

Da wären wir also wieder. Die letzten vierundzwanzig Stunden meines Lebens gaben mir wirklich zu denken. Die beiden Frauen in meinem Leben kannten mich, und sie hatten ihre Wahl getroffen; jetzt war ich an der Reihe. Meine schlimmsten

Befürchtungen waren eingetreten, man hatte mir die Beichte abgenommen und nun war ich wieder frei von Schuld. Jetzt mußte ich mich nur noch entscheiden, und das war nicht weiter schwer: Ich nahm das, was noch übrig war. »Ich komme zum Essen«, sagte ich.

Martha rührte in einem Suppentopf, als wir hereinkamen. Von ihrem sonst so herzlichen Lächeln war nichts mehr zu sehen, ein Zeichen dafür, daß mein ausgedehnter Besuch den Bronsonschen Haushalt etwas aus dem Gleichgewicht gebracht hatte. Vielleicht war sie es ja gewesen, die mir gestern aus der Hose geholfen hatte, und so bemühte ich mich, jeglichen Blickkontakt zu vermeiden, als ich durch die Küche zu dem Tisch hinüberging, an dem Walter bereits Platz genommen hatte, vor sich eine Flasche Bier und die *New York Post*. Er sah auch nicht gerade glücklich aus. Ich hatte mich von den Bars fernzuhalten und ich hatte mich von meiner Mandantin fernzuhalten. Daß ich ausgerechnet in ihrem Schlafzimmer umgekippt war, hielt er für kein besonders gutes Zeichen.

Martha tischte eine Terrine und einen Laib aufgebackenes Brot auf, brachte dann ein Glas Wein für Ashley, ein zweites Bier für Walter und für mich Mineralwasser. Ich war der einzige, der nicht nach seinem Getränkewunsch gefragt worden war – absichtlich, nahm ich nahm an –, und so hielt ich meinen Mund, während sie sich in Small talk übten.

Nach dem Essen gingen wir in die Bibliothek, um dort unseren Kaffee einzunehmen. Eine Bibliothek *par excellence*, die von Wand zu Wand etwa achtzehn Meter maß und über Eichenleitern auf Rollen verfügte, mit denen man die obersten Regalfächer erreichen konnte, die ebenfalls mit Büchern bestückt waren. Die Bücher waren thematisch sowie nach Autoren geordnet. Henry Bronsons Liebe zu den Naturwissenschaften war offensichtlich, wie man den alten Bänden über Mathematik, Physik, Chemie, Elektrotechnik und ein paar verhältnismäßig neuen Büchern über Informatik entnehmen konnte, sowie diversen Titeln, die sich mit Zahlentheorie beschäftigten. Doch seine Interessen reichten weit über Mathematik und Naturwissenschaften hinaus: Es gab Bücher über Gartenbau, Ökologie, Stadtplanung und Astronomie, außerdem standen Chroniken, Biographien sowie Klassiker aus den Bereichen Literatur und Sachbuch im Regal.

Der Raum war mit bequemen Sofas und Sesseln möbliert, mit Buchaufstellern und Drehständern, mit Tischen, auf denen sich Bücher, Manuskripte, Fotos und Notizen stapelten. In der Raummitte stand ein hübscher achteckiger Tisch mit einer Seekarte, einem antiken Mikroskop und weiteren Bücherstapeln. Ich verrenkte mir den Hals, um den Stuck und die Kronleuchter zu bewundern. Walter schritt unterdessen auf und ab, befühlte die ledernen Einbände, bewunderte die Gemälde und inspizierte die Fotos, wie sich das für einen Ermittler eben so gehörte. »Puuuh!« sagte er. »Das letzte Mal, daß ich so was in der Art gesehen habe, standen draußen ein Paar steinerne Löwen davor.«

Ashley kam mit dem Kaffeetablett herein und deckte einen niedrigen Glastisch für uns ein, der noch mehr Bücher trug. »Na, was sagen Sie?« fragte sie.

»Gemütlich«, sagte ich.

Sie lachte. »Gemütlich ist es nicht gerade.« Sie machte eine alles umfassende Handbewegung und sagte: »Mein Vater war bibliophil. Das ist seine englische Landhausbibliothek, wobei er sich von der Bibliothek des Badminton House in Gloucestershire inspirieren ließ. Nach dem Tod meiner Mutter verbrachte er hier den Großteil seiner Zeit, an diesem Schreibtisch.« Sie zeigte in eine Ecke des Raums, wo ein vergoldeter Bronzetisch stand, größer als mein ganzes Apartment, dessen Proportionen hier jedoch perfekt paßten.

Wir saßen da und starrten in den Kamin, Ashley auf einem S-förmigen Sofa und Walter und ich auf der Couch. Keiner sagte ein Wort, und so konnte man ebensogut wieder zum Thema kommen, fand ich. »Irgendwelche Neuigkeiten?« fragte ich Walter.

»Nichts«, antwortete er. »Wir wissen nicht mehr über Kellogg als vor ein paar Tagen auch schon. Ich sage euch, über dessen Leben dringt nichts nach draußen.«

»Was können wir tun?« fragte Ashley.

Walter sah zu mir herüber. »Ihr Anwalt hier hat bestimmt gleich einen Geistesblitz – sobald er wieder einen klaren Kopf hat.«

Ashley lächelte ihm zu. »Glauben Sie? Ich finde, er macht geistig keinen besonders regen Eindruck.« Sie schienen sich königlich über meine Verfassung zu amüsieren.

»Nun«, sagte er, »ich weiß, er ist manchmal ein verdammter Saftsack – bitte entschuldigen Sie die Ausdrucksweise –, aber ob Sie's glauben oder nicht, wenn's hart auf hart geht, dann kommt er meist ganz schön auf Touren.«

»Ich glaube, es geht hart auf hart«, sagte sie.

»Ja«, grunzte er. Er musterte mich, wandte sich dann wieder ihr zu und zwinkerte. »Ich kenne ihn, er brütet gerade etwas aus.«

Ashley warf mir einen Blick zu und fragte: »Hat mein Anwalt irgendeine Idee?«

»Der Anwalt hat eine Idee«, antwortete ich.

»Na, dann mal raus mit der Sprache!« sagte Walter. »Leg los!«

»Ja«, sagte Ashley, »leg los!«

»Wir werden Nachforschungen im Mordfall Raymond Garvey anstellen.«

Die beiden blickten sich gegenseitig an und dann sahen sie mich an. Ashley ergriff als erste das Wort: »Ich fürchte, wir kennen des Rätsels Lösung schon: Es war die bezaubernde Debütantin im Wohnzimmer mit der Pistole.«

»Das Geschworenengericht kennt des Rätsels Lösung nicht«, sagte ich.

Walter rieb sich das Kinn. »Das stimmt.«

Sie sah erst ihn an, dann mich. »Es gibt zwei mögliche Verteidigungsstrategien«, erklärte ich. »Bei der einen versucht man, begründete Zweifel zu wecken, indem man die Anklage unglaubwürdig erscheinen läßt. Das ist genauso wie beim Tennis, nur daß der Staatsanwalt immer den Aufschlag hat, während sich die Verteidigung zurückhält und von der Grundlinie zurückschlägt, immer in der Hoffnung, bei der Gegenseite einen Fehler zu provozieren. So sind wir bislang vorgegangen, weil wir hofften, bei Kellogg irgendeine Schwachstelle zu finden.«

»Und die andere Strategie?« fragte sie.

»Man reagiert ebenfalls auf den Aufschlag, aber dann rennt man ganz vor ans Netz, mit anderen Worten, man läßt es so aussehen, als habe jemand anders das Verbrechen begangen. Dann geht es beim Prozeß nicht mehr nur darum, ob die Beweislage ausreicht, um Ashley Bronson zu verurteilen, sondern darum, wer Raymond Garvey umgebracht hat, und das ist etwas völlig anderes. Dann muß die Staatsanwaltschaft nicht nur beweisen, daß Sie es waren, sondern auch daß es der andere nicht gewesen ist, was ziemlich kompliziert sein kann. Die Grundlinie sind in diesem Fall die begründeten Zweifel, die die Geschworenen an Ihrer Schuld haben müssen, vielleicht hegen sie sogar selbst den Verdacht, jemand anders könnte der Täter sein.«

Sie runzelte die Stirn. »Aber es gibt keinen weiteren Verdächtigen.«

»O doch, den gibt es.«

»Wen denn?«

»Mr. Rolls-Royce«, sagte Walter.

»Das ist unser Kandidat Nummer eins«, stimmte ich zu.

»Wer ist Mr. Rolls-Royce?« fragte Ashley.

»Ein seriös aussehender Gentleman mit grauem Haar und einem Schnurrbart. Die Wards haben gesehen, wie er Garveys Haus ziemlich überstürzt verlassen hat.«

»Und das soll alles sein?«

»Das muß fürs erste genügen.«

Ashley wirkte nicht sehr überzeugt. »Wie können wir behaupten, er hätte einen Mord begangen? Das bedeutet doch, jemandem etwas anzuhängen, oder?«

»Wir werden niemandem etwas anhängen. Wir schlagen nur eine zweite Lösung für unseren Krimi vor. Stehen plötzlich zwei Lösungen zur Debatte, dann bestünden berechtigte Zweifel an Ihrer Schuld.«

»Aber alle Beweise sprechen gegen mich.«

Ich schüttelte den Kopf. »Nicht alle, nur die, die die Staatsanwaltschaft gesammelt hat. Wir werden die *anderen* Beweise vorlegen, die Fakten im Mordfall Raymond Garvey, die auf eine andere Lösung hindeuten.«

Walter lächelte wieder. »Wir werden ein Motiv brauchen«, sagte er.

»Noch haben wir keins«, sagte ich, »aber ich weiß, wo wir ansetzen können.« Ich ging zu Ashley hinüber und setzte mich zu ihr. »Sie glauben also wirklich noch an mich?« fragte ich. Sie nickte. »Gut. Ich brauche die restlichen Tagebücher Ihres Vaters, jeden einzelnen Band.«

»Warum?«

»Raymond war wütend auf Ihren Vater, und Mr. Rolls-Royce war wütend auf Raymond. Das kann Zufall sein, aber wenn nicht, dann könnte das eine interessante Alternative zu der Geschichte darstellen, die Rogavin erzählen wird.«

»Was hat das Tagebuch damit zu tun?«

»Der letzte Eintrag legt nahe, daß Raymond Ihren Vater wegen irgend etwas erpreßte, das lange zurückliegt. Sie haben mir erzählt, Ihr Vater habe Tagebuch geführt, solange Sie denken können, vielleicht gibt uns das irgendeinen Hinweis.« Ich nahm ihre Hand. »Ashley, wir müssen herausfinden, was diese Männer vorhatten.«

Ihre seelische Anspannung stand ihr ins Gesicht geschrieben, ihre Stimme zitterte. »Wollen Sie etwa herausfinden, warum sich mein Vater umgebracht hat? Frank, ich finde nicht –«

»Ich würde Sie nicht darum bitten, wenn es nicht unbedingt sein müßte.«

»Ich weiß nicht, wo sie sich befinden.«

»Wieviel Bände sind es denn?«

»Auch das weiß ich nicht. Ziemlich viele, nehme ich an.«

»Gibt es vielleicht so etwas wie einen Safe?«

»Ich habe nachgesehen. Da waren die üblichen Papiere, aber kein Tagebuch.«

Ich konnte nicht hinnehmen, daß wir aufgaben, noch bevor wir überhaupt angefangen hatten. »Keine Sorge, wir haben einen Ermittler unter uns. Jetzt ist er dran mit dem Geistesblitz.« Ich wandte mich an Walter. »Wir müssen sie finden«, sagte ich.

Die Aussicht auf eine neue Suchaktion schien ihn überhaupt nicht zu stören. Er lehnte sich zurück und griff nach einem seiner Zahnstocher. »Weißt du noch, wie ich dich damals eingeweiht habe?« Er grinste. »Was ist das Allerwichtigste, was ein Ermittler beachten muß?«

»Keine Ahnung. Bei welchen *coffee shops* gratis nachgeschenkt wird?«

Er schüttelte den Kopf. »Das war das Zweitwichtigste. Das Wichtigste war: Übersieh nie das Nächstliegende.«

»Was ist an den fehlenden Tagebüchern naheliegend?«

Er wies mit dem Kinn auf mich. »Angenommen, du wolltest einen Stapel Bücher verstecken. Wo würdest du sie verbergen?« Wie um mir einen Hinweis zu geben, ließ er seinen Blick über die Regale über mir schweifen.

Ashley fuhr hoch. »Sie glauben, sie sind *hier, in diesem Raum?*«

»Das wäre doch eine Möglichkeit«, antwortete er.

In dem Raum befanden sich mit Sicherheit Tausende von Büchern. »Ashley«, sagte ich, »warum geben Sie nicht Martha Bescheid, sie soll noch einen Kaffee aufsetzen? Ich werde Andy anrufen. Die obersten Regale überlassen wir ihm.«

Kaum, daß sie den Raum verlassen hatte, gab mir Walter zu bedenken: »Wenn du ihn da mit reinziehst, dann mußt du ihm auch von dem Band erzählen, den du in deinem Büro versteckt hältst.«

»Wenn er zur Verteidigung gehört, wird er früher oder später sowieso davon erfahren müssen.«

»Was ist mit unserer Streitfrage?«

»Du kennst ja das Sprichwort.«

»Welches?«

»Wer die Wahl hat, hat die Qual. Nur, daß wir keine Wahl haben.«

Wir fanden Henrys Tagebücher kurz vor Sonnenaufgang, alle zwölf Bände, versteckt in einem der Regale in einer Holzkiste, die von außen durch eine falsche Buchreihe getarnt war. Dem flüchtigen Betrachter boten sich Henry Bronsons Tagebücher als *Die Geschichte Englands* dar.

9

Henry Bronsons Tagebuch

12. August 1952. Heute beginne ich mit meinem Tagebuch. Wenn ich der Unternehmung treu bleibe, werde ich, nachdem alles gesagt und getan ist, auf einen vollständigen Bericht zurückblicken können, auch wenn dieser nicht alles enthalten wird, was gesagt und getan wurde, denn es liegt nicht in meiner Absicht, einzelne Ereignisse festzuhalten. Das möchte ich doch lieber meiner Erinnerung überlassen, um mich nicht völlig der Gnade des Vergessens zu berauben. Einmal ganz davon abgesehen, daß es tatsächliche Beschränkungen gibt, die einzuhalten ich mir geschworen habe.

Dieses Tagebuch soll ganz meinen Reflexionen gewidmet sein. Unsere Welt, regiert von Gott und den Naturgesetzen, ist ein Perpetuum mobile, *das über genügend Energie verfügt, um Gutes wie Schlechtes hervorzubringen. Mir gab man Gelegenheit, an der Realisierung eines Menschheitstraums mitzuwirken. Ich kann nur beten, daß sich alles zum Guten wendet, doch es könnte für alle Betroffenen auch schlimme Konsequenzen haben.*

Für einen Ermittler, der im Nu auf das Versteck der fehlenden Tagebücher gekommen war, stellte es keine große Herausforderung dar, herauszufinden, wer der Eigentümer eines gelben Rolls-Royce mit dem Lenkrad auf der rechten Seite war. Und so hatte der zweite Verdächtige im Mordfall Raymond Garvey schon am Spätnachmittag einen Namen: »Sherman P. Burroughs«, verkündete er.

»Sherman P. Burroughs«, wiederholte ich.

»Sherman *Pierce* Burroughs.«

»Sherman *Pierce* Burroughs«, wiederholte ich.

»Der Dritte.«

»Der Dritte ...?«

»Sherman Pierce Burroughs, der Dritte.«

»Oh. Und was wissen wir über ihn?«

»Er fährt einen gelben Rolls-Royce, zugelassen in Virginia.«

»Und was noch?«

»Er zerlegt Kürbisse in ihre Einzelteile.«

»Das ist alles?«

»Im Moment ja.«

»Und später?«

»Später werden wir sogar wissen, mit welcher Hand er sich den Arsch abwischt.«

»Angeber! Was heißt später?«

»In einer Woche.«

»Wir haben nicht mehr viele Wochen. Laß uns lieber in Tagen rechnen.«

»Sieben Tage.«

»Sehr witzig. Wir brauchen jeden Tag, den wir kriegen können.«

»Gestern haben wir einen verloren.«

»Hör auf damit, Walter!«

»Hör du doch auf damit! Was zum Teufel ist da eigentlich in dich gefahren? Herrgott, nie hätte ich gedacht, daß ich das noch mal miterleben muß, wie du dich dermaßen vollaufen läßt! Und ich hab verdammt noch mal die Nase voll davon, dich aus derartigen Kneipen rauszuholen!« Er lehnte sich über den Schreibtisch zu mir herüber und zielte mit seinem Zeigefinger direkt zwischen meine Augen. »Ihre Gegenwart macht dich ganz gaga! Halt Abstand, hör auf mich!«

»Moira wird heiraten. Sie und Brendan werden nach Kalifornien ziehen.«

»Moira wird ...« Er verdrehte die Augen, ließ sich dann auf die Couch zurückfallen, fuhr mit den Fingern durch sein immer lichter werdendes Haar und brummelte irgend etwas in seinen Bart. Als er mich wieder ansah, sprach echtes Mitleid aus seinem Blick. »Das tut mir verdammt leid für dich, mein Kleiner«, sagte er. »Kann ich irgendwas für dich tun?«

»Du kannst einen gewissen Rob um die Ecke bringen.«

»Und wann soll das Ganze stattfinden?«

»Im Juni.«

»Juni? Bis dahin fließt noch viel Wasser den Bach runter.« Er seufzte und schüttelte dann den Kopf. »Und, was wirst du tun?«

»Ich werd mir nicht weiter den Kopf darüber zerbrechen. Ich konzentriere mich erst mal auf den Fall, und wenn der abgeschlossen ist, dann werfe ich mich vor einen Bus.«

Er nickte, so als sei das eine wirklich gute Idee. »Und wenn wir gewinnen?«

»Dann feiere ich. Und werfe mich *danach* vor einen Bus.«

»Ich stehe auf irische Totenwachen.« Und was für eine: So wie ich da aufgebahrt läge – ziemlich gutaussehend für einen Burschen, der gerade von einem Bus überfahren worden ist. Mein Exschwiegervater, der die Beileidsbekundungen eines Besucherstroms von Bittstellern entgegennimmt. Und in einer Ecke Walter und einige der besten Bullen, die die letzten Neuigkeiten austauschen. Vielleicht noch ein paar versprengte Mandanten, um dem Ganzen ein paar Farbtupfer hinzuzufügen und wegen der politischen Korrektheit. Und neben dem Sarg mit zerknüllten Taschentüchern in der Hand, Moira Brennan O'Connell und Ashley Bronson. Das nenne ich einen stilvollen Abgang.

»Was wirst du als erstes tun?« fragte ich.

»Mit Leuten reden, die ein paar reiche Knacker kennen, die in West Virginia leben.«

»In Ordnung. Mal sehen, was wir gegen Sherman Pierce Burroughs so alles vorbringen können.«

»Gegen Sherman Pierce Burroughs, den Dritten«, fügte er hinzu.

»Ist ja gut, verdammt noch mal, gegen Sherman Pierce Burroughs, den Dritten.«

Nachdem Walter weg war, rief ich Ashley an. Martha war am Apparat und sagte, sie würde Miss Bronson ans Telefon holen. Sie klang so, als hätte sie mich tatsächlich in Unterhosen gesehen.

»Hallo Frank.«

»Hier spricht Ihr Anwalt, stets zu Diensten. Ich muß mit Ihnen reden, außerdem hab ich den ganzen Tag im Büro gesessen. Wie wär's mit einem Spaziergang?«

»Liebend gern.«

Eine Viertelstunde später hielt ich in ihrer Auffahrt, und weg waren wir, unterwegs in Richtung Rock Creek Park. »Ich komme nicht mehr sehr oft vor die Tür«, sagte sie. »Nicht, ohne Aufmerksamkeit zu erregen.«

»Das hat aber wohl nichts mit dem Prozeß zu tun.«

»Vielen Dank. Momentan ist mir jedes Kompliment willkommen.«

»Sie sind zuviel allein. Was ist mit Ihren Freunden?«

»Sie stehen hinter mir, wollen aber die Wahrheit wissen. Sie fragen mich zwar nicht danach – das nicht –, aber die Unterhaltung gerät immer sehr schnell ins Stocken. Ganz Washington redet nur noch über den Fall Ashley Bronson. Nur wir, wir reden über alles, außer über den Fall Ashley Bronson. Und was sollte ich auch sagen? ›Mädels, für ihn war es sowieso schon höchste Zeit?‹ Also reden wir um den heißen Brei herum, bis wieder peinliches Schweigen eintritt, so als hätte ich irgendeine unheilbare Krankheit im Endstadium. Ich werde mich mit niemandem mehr treffen, bis das hier vorbei ist.«

»Sie brauchen jemanden, mit dem Sie reden können.«

»Ich wünschte, mein Vater wäre hier«, sagte sie leise. »Wenn ich jetzt mit ihm reden könnte –«

»Apropos.« Ich nahm einen Umschlag aus meiner Brusttasche und nahm ein Foto heraus. »Kennen Sie dieses Bild?«

Es war eine Schwarzweißfotografie, die drei Männer auf einer Parkbank zeigte. Zwei saßen, lächelten und blinzelten in die Sonne, die sich hinter dem Fotografen befand. Der dritte stand hinter ihnen, blickte aus dem Bild, als wäre er durch irgendwen oder irgendwas abgelenkt worden. Ashley betrachtete sie und strahlte. »Der da rechts sitzt, das ist mein Vater! Woher haben Sie das?«

»Ich habe gerade angefangen, sein Tagebuch zu lesen. Das hier lag dem ersten Band bei, es steckte im Einband. Wer sind die anderen?«

Sie starrte einen Moment darauf und schüttelte dann den Kopf. »Sonst erkenne ich niemanden, aber das Bild ist auch schon sehr alt.«

»Sehen Sie sich das an.« Ich drehte es um, damit sie den Bleistifteintrag auf der Rückseite sehen konnte: L3-1953. »Wissen Sie, was Ihr Vater 1953 gemacht hat?«

»Nein. Er hat mir nie viel von früher erzählt. Ich weiß nur, daß er in Princeton geblieben ist, nachdem er sein Studium abgeschlossen hatte. Außerdem hat er auch ein wenig an der Universität Chicago geforscht.«

»Er hat geforscht? In welchem Bereich?«

»Ich glaube, er hat einmal von Radar oder Sonar oder so was gesprochen. Ich kann mich beim besten Willen nicht daran erinnern.«

»Nun, im Hintergrund sind Berge zu sehen, das Bild kann also nicht in Princeton oder Chicago aufgenommen worden sein. Haben Sie irgendeine Idee, was das ›L-Drei‹ bedeuten könnte?«

Sie sah sich die Beschriftung sorgfältig an. »Da steht nicht ›L-Drei‹. Die Drei steht über dem L. Sehen Sie? Das ist eine mathematische Formel: L hoch drei.«

»L hoch drei?«

»L für die dritte Dimension.«

»Richtig, ich hatte auch mal Algebra. Sind Sie sich da ganz sicher? Auf dem Bild sind drei Männer zu sehen. Ich dachte, es hätte vielleicht damit zu tun.«

»Ich habe einige wissenschaftliche Aufzeichnungen meines Vaters gesehen. Es sieht aus wie L hoch drei.«

»In Ordnung. Und was bedeutet L hoch drei für einen Wissenschaftler?«

»Ich glaube, für sich genommen bedeutet es überhaupt nichts. Wollten Sie deshalb mit mir reden?«

»Eigentlich nicht. Kommt Ihnen der Name Sherman Pierce Burroughs irgendwie bekannt vor?«

»Sherry Burroughs?«

»Sherry? Ich weiß nicht. Ist das Sherry, der Dritte? Lebt er in Virginia und fährt einen gelben Rolls-Royce?«

Sie blieb abrupt stehen. »Sherry Burroughs ist Mr. Rolls-Royce?«

»Er und kein anderer. Wie gut kennen Sie ihn?«

»Nicht sehr gut. Aber seine Familie ist sehr berühmt. Ich glaube, sie gehört zu den FFV.«

»FFV?«

»Entschuldigen Sie.« Es folgte die Übersetzung für die finanziell Benachteiligten. »FFV – *First Families of Virginia* – die Abkömmlinge der ersten Siedler.«

»Oh.«

»Die Burroughs hatten großen Grundbesitz in West Virginia, waren bekannte Pferdezüchter.«

»Waren?«

»Vielleicht sind sie das immer noch, ich weiß es nicht. Sherry gehörte zu den Organisatoren des Goldcups, das jährliche Pferderennen in Fauquier County. Aber ich bin letztes Frühjahr dort gewesen, und da gehörte er nicht mehr zum Einladungskomitee, es nahmen auch keine Pferde aus seinem Gestüt teil.«

»In welcher Beziehung zu Garvey steht er?«

»Keine Ahnung. Ich wußte gar nicht, daß sie sich kannten.«

»Wer könnte darüber Bescheid wissen?«

»Ich denke, es gibt da ein paar Leute, die ich fragen kann.« Sie seufzte. »Ich weiß nicht, was ich dazu sagen soll, Frank. Sherry ist ein sympathischer Mann, ein älterer Herr, die Generation meines Vaters.«

»Es ist wichtig. Sie haben Zugang zu Leuten, an die Walter oder ich nicht herankommen.«

»Aber ich kann da nicht nachbohren, ohne Verdacht zu erregen. Ist das wirklich die richtige Taktik?«

»Ja, davon bin ich überzeugt.«

Verdacht erregen, genau darum ging es.

Andy sah mehr als besorgt aus, als er am Freitag morgen mein Büro betrat. »Frank, ich … äh, ich habe Nachforschungen angestellt.«

»Nachforschungen worüber?«

»Über das Tagebuch ... Du hast das Tagebuch in deinem Besitz. Ich dachte, ich sollte mich darum kümmern.«

»Ach ja?« Kann sein, daß ich ihn darum gebeten hatte, als er damit begonnen hatte, seinen eigenen Arbeitsbereich abzustecken, aber im Moment interessierte mich das herzlich wenig.

»Was hast du entdeckt?«

»Nun, es gibt nicht sehr viel ähnlich gelagerte Fälle, aber ich denke, ich habe die Sache geklärt. Enthält ein Anwalt der Polizei Beweismaterial vor, gilt das gemeinhin als Manipulation oder als Behinderung der Justiz.«

»Und was hat das mit unserem Fall zu tun?«

Er blinzelte. »Nun ... du hattest das Tagebuch in deinem Besitz, als bei Ashley gerade eine Hausdurchsuchung durchgeführt wurde. Das könnte man als Behinderung der Justiz auslegen.«

»Aber als ich das Tagebuch überreicht bekam, hatte man Ashley bereits festgenommen, und sie stand kurz vor der Anklage. Woher hätte ich denn wissen sollen, daß noch eine Hausdurchsuchung bevorstand?«

Andy verzog das Gesicht. »Meiner Meinung nach ist *es zu keinem Zeitpunkt* gerechtfertigt, daß die Verteidigung belastendes Beweismaterial zurückbehält, aber wie dem auch sei – du hast von der Hausdurchsuchung erfahren und das Tagebuch trotzdem behalten.«

»Was hätte ich tun sollen?«

»Es zurückgeben, nehme ich an.«

»Meiner Mandantin? Sie hat es mir selbst gegeben.«

Er überlegte einen Moment und sagte dann: »Das wäre nicht sehr klug. Du hättest es der Polizei übergeben müssen.«

»Aber das würde der Polizei Vorteile verschaffen, die sie niemals erlangt hätte, wenn ich es gar nicht erst angenommen hätte. Sehen wir den Tatsachen doch einmal ins Auge: Für sich genommen liefert das Tagebuch noch lange keinen Beweis für Ashleys Mordmotiv, es sei denn, sie könnten nachweisen, daß sie es gelesen hat. Wenn die Polizei es bei ihr im Regal stehen sieht, bringt sie das auch nicht weiter, aber wenn ich es ihnen überreiche, dann könnten die Geschworenen den Schluß daraus ziehen, daß sie es mir gegeben hat. Ich würde die Polizei dabei unterstützen, meine eigene Mandantin zu belasten.«

Andy entgegnete: »Wenn sie das Buch in ihrem Regal entdecken würden, und es wären ihre Fingerabdrücke darauf, würde das auch beweisen, daß sie es gelesen hat.«

»Ja, vorausgesetzt, die Fingerabdrücke sind gut erkennbar und befinden sich noch auf der letzten Seite, denn nur dann würde das irgendwas beweisen.«

Er steckte die Hände in die Hosentaschen. »Meiner Meinung nach belegt deine Argumentation nur, wie das Zurückhalten von Beweismaterial der eigenen Mandantin schaden kann.«

»Andy, woher hätte ich denn wissen sollen, daß es sich um Beweismaterial handelt, wo ich noch gar nicht darin gelesen hatte? Und selbst wenn, warum sollte ich nicht die Chance haben, es mir gründlich anzusehen? Wo steht denn geschrieben, daß die Staatsanwaltschaft gegenüber der Verteidigung ein Vorrecht auf Beweismaterial hat?«

»Nirgends.«

»Eben. Und während ich einfach nur meiner Arbeit nachging, führte die Polizei eine Hausdurchsuchung durch. Warum sollte das meine Mandantin in eine schlechtere Position bringen?«

Er war nicht überzeugt, zögerte jedoch, hin und her gerissen zwischen diplomatischem Vorgehen und dem, was er an der Universität gelernt hatte. Schließlich sagte er: »Ich weiß nur, daß du über Beweismaterial verfügst, nach dem die Polizei gesucht hat. Das widerspricht meinem Berufsethos.«

»Du könntest recht haben«, lenkte ich ein. »Hast du einen ähnlich gelagerten Fall gefunden?« Ich hob warnend die Hand, noch bevor er etwas sagen konnte. »Ich meine einen Fall, der *genauso* gelagert ist.«

»Nein. Wie gesagt, es gibt nicht viele derartige Fälle.« Er starrte mich an, als erhoffe er sich einen Ausweg aus diesem Dilemma, und wartete zumindest auf ein paar tröstende Worte, mit denen er sein schlechtes Gewissen hätte beruhigen können. Doch ich hatte mit diesem Problem zu kämpfen gehabt, seit sie mir das Tagebuch auf den Schreibtisch gelegt hatte, und mir war immer noch keine hieb- und stichfeste Begründung eingefallen, die mein Verhalten gerechtfertigt hätte.

»Nun gut«, sagte er und holte tief Luft. »Was werden wir tun?« Es gab nur eine Antwort, die ihn zufriedenstellen würde, soviel stand fest.

Ich war nicht in der Stimmung, mir irgend etwas sagen zu lassen. »Ich weiß nur, was ich garantiert nicht tun werde. Ich werde meine Mandantin *nicht* für zwanzig Jahre ins Gefängnis bringen, nur weil irgend so ein Grünschnabel meint, der anwaltliche Ethikausschuß würde das begrüßen.«

Die Schamesröte stieg ihm ins Gesicht. Das hatte er mit Sicherheit nicht erwartet. »Okay, Frank«, stammelte er. »Ich ... ich werd dann wohl besser weitermachen.« Er verharrte an Ort und Stelle, unsicher, wie er sich am besten aus der Affäre ziehen sollte.

»Tut mir leid, Andy, aber das hier ist die blanke Realität, keine Universitätsprüfung, und wenn du erst mal selbst Strafverteidiger bist, wirst auch du dich in der einen oder anderen Situation wiederfinden, auf die sich das Gesetzbuch nicht eins zu eins anwenden läßt. Wir haben es hier mit einer realen, verdammt lebendigen Mandantin zu tun, und wenn wir eine schwierige Entscheidung fällen müssen, dann haben wir sie zu retten, und nicht unsere eigene Haut.«

»Ich verstehe.«

»Ich weiß, du willst alles tun, was in deinen Kräften steht, um Ashley zu helfen.«

Er richtete sich kerzengerade auf. »Absolut«, entgegnete er. Er war von ihr begeistert, was ich voll und ganz ausnutzte – was mich zu einem ebenso guten Mentor machte wie Harry.

»Gut. Als nächstes wartet eine sehr wichtige Aufgabe auf dich. Sieh zu, daß du einen Termin beim Asservatenraum der Polizei bekommst. Uns liegen Berichte vor, die alles auflisten, was sie in Garveys Haus beschlagnahmt, fotografiert oder als auffällig festgehalten haben, und ich will, daß du dir jeden dieser Gegenstände ganz genau ansiehst und mit der Liste vergleichst. Vergiß nicht, jedes Foto mit seiner Beschreibung zu vergleichen. Halt Ausschau nach Ungenauigkeiten und übereilten Schlußfolgerungen, denn alles, was die verbockt haben, kommt uns zugute. Was den Obduktionsbericht und die Fingerabdrücke anbelangt, haben wir unsere eigenen Experten, darum brauchst du dich also nicht zu kümmern. Aber sollte dir ansonsten irgendwas auffallen, das nicht hundertprozentig korrekt ist, dann müssen wir darüber Bescheid wissen. Verstanden?«

Ihm gefiel der Gedanke, die Bibliothek verlassen und ein paar Nachforschungen anstellen zu dürfen. »Verstanden. Sonst noch was?«

»Ja. Bitte schreib mir einen Bericht, der die Ergebnisse deiner Nachforschungen zusammenfaßt, und bring deine Empfehlungen im Hinblick auf unsere moralische Streitfrage zu Papier. Und zwar genau so, wie du gerade argumentiert hast.«

»Warum?«

»Könnte sein, daß ich noch einmal darauf zurückkommen möchte. Das wird mir helfen, alles noch einmal gründlich zu überdenken.« Und sollte die Sache je auffliegen, dann wäre belegt, daß er, ein junger, ehrgeiziger Jurist, von seinem Vorgesetzten überstimmt worden war. Sie würden kein weiteres Interesse mehr an ihm zeigen, wenn sie mit mir erst einmal fertig wären.

Sechs Tage waren vergangen, seit wir uns für Plan B entschieden hatten – Zeit, Bilanz zu ziehen. In Ermangelung einer geeigneteren Örtlichkeit war Ashleys Küche zum Hauptquartier des Bronson-Teams geworden. Mein Büro kam dafür nicht in Frage: Jedesmal, wenn sie dort auftauchte, fanden die Kollegen einen Vorwand, kurz bei mir vorbeizuschauen, mir auf die Schulter zu klopfen, nur um einen Blick auf sie zu erhaschen. Restaurants oder andere öffentliche Plätze waren von vornherein tabu. Also mußten wir uns bei irgend jemandem zu Hause treffen – und bei ihr gab es genügend Stühle für alle. Rein zufällig war außerdem Zeit fürs Abendessen. Und so saßen Walter und ich bei ihr am Tisch, lockerten unsere Krawatten und zerknüllten unsere Servietten, während die Hausherrin am Herd stand und uns Marinara-Soße auftat – »ein Geheimrezept, das nur Wellesley-Absolventinnen kennen« –, dazu gab es Fleischklößchen und Spaghetti. Sie trug Jeans und einen graugrünen Pulli – nur eine Nuance dunkler als ihre beiden grauen Augen. Solange Walter dabei war, vermied ich, hineinzusehen, ganz wie bei einer Sonnenfinsternis. So sehr war es bereits um mich geschehen.

Wir wollten gerade mit dem Essen beginnen, als sie diese Bemerkung machte. So sehr sich Ashley auch dagegen gesträubt hatte, den armen Sherry, den Dritten in unsere Strategie mit einzubinden – letztendlich hatte sie sich dazu durchgerungen. »Sherry und Raymond Garvey sind Anfang Oktober zusammen im Middleburg Inn essen gegangen.«

»Wer sagt das?«

»Cynthia Bates. Sie sah sie dort ganz allein in einer Ecke sitzen.« Ich konnte gerade noch dem Drang wiederstehen, ihr einen Kuß auf die vollen Lippen zu drücken. Ein heimliches Treffen zwischen dem Verstorbenen und dem Verdächtigen: einfach perfekt.

Walter ergriff zuerst das Wort. »Wer ist Cynthia Bates?«

»Jemand, den ich kaum kenne, eine Freundin von Ann Seymour. Die Seymours geben jede Menge Partys und organisieren Wohltätigkeitsveranstaltungen in Great Falls, ich bin Cynthia dort mehrere Male begegnet.«

»Und Sie haben mit Ann Seymour telefoniert?«

»Nein. Sie ist die Schwägerin von Barbara Stockman, die wiederum zu den vier Personen gehört, mit denen ich telefoniert habe.« Sie verzog das Gesicht. »Genau davor hatte ich solche Angst, Frank. Ich bat Barbara, die Sache für sich zu behalten, aber sie meinte, sie würde gern noch eine weitere Person dazu befragen, jemand, der überaus diskret sei. Und schon machte es die Runde. Es ist unmöglich, so etwas geheimzuhalten. Dafür ist es viel zu ... Sie wissen schon.«

Ich nickte mitfühlend. »Und diese Cynthia Bates kennt Sherry und Garvey?«

»Sie kennt Sherry, so wie ich ihn auch kenne, nehme ich an. Sie wußte gar nicht, daß es sich um Raymond gehandelt hatte, bis sie sein Gesicht in der Zeitung sah.«

»Wußte sie sonst noch irgendwas?«

»Nur das, was Sherry betrifft – was alle anderen auch sagen: Die Burroughs stecken in großen finanziellen Schwierigkeiten. Ihr Gestüt stand zum Verkauf, und sie haben sich in den letzten Jahren ziemlich aus dem gesellschaftlichen Leben zurückgezogen.«

»Was ist passiert?«

»Soweit ich weiß, hatte die Familie großen Grundbesitz in den Bezirken Fairfax und Loudon, als die Geschäfte plötzlich immer schlechter gingen. In den Achtzigern hatten sie große Verluste an der Börse zu verzeichnen. Die Grundstückspreise gingen in den Keller – davon haben sie sich bis heute nicht mehr erholt.«

»Und was treibt Sherry jetzt so?«

»Das scheint keiner so recht zu wissen.«

»Meinen Sie, er ist Garvey um Geld angegangen?«

»Das bezweifle ich. Raymond hatte zwar das Haus geerbt und besaß durch seine Familie viele gute Verbindungen, aber er war nie wirklich wohlhabend. Er stand nur in dem Ruf, *Zugang* zur Welt der Wohlhabenden zu haben, und lebte davon, Leute mit Ideen und Leute mit Geld zusammenzubringen. Er witterte immer irgendwo ein Geschäft, aber daß er jemand anderem finanziell unter die Arme gegriffen hätte, wäre mir neu.«

»Burroughs hatte schon jemand, der ihm unter die Arme griff«, sagte Walter.

Ashley und ich fragten wie aus der Pistole geschossen: »Wen?«

»So einen Laden namens Octagon. Sie übernahmen die Hypothek auf das Gestüt, als die Bank drohte, den Geldhahn zuzudrehen. Und sie arrangierten auch eine Lösung für die Burroughs, so daß diese ihre Schulden in einen Schuldschein mit verlängertem Zahlungsziel umwandeln konnten.«

»Wie das?« fragte ich.

»Indem sie für sie bürgten. Mit der Hypothek und den anderen Schulden hat Octagon mit siebeneinhalb Mille ausgeholfen.«

»Woher hast du das bloß?« Bei allem Respekt vor unserer neuen Strategie, die sich vielversprechend anließ – Walters Einsatz von »gemeinsamen Bekannten« konnten uns noch in Teufels Küche bringen oder aber direkt in die Zelle neben Ashley.

Er schüttelte den Kopf. »Keine Sorge, reine Routine. Die Übernahme der Hypothek wurde im Grundbuch verzeichnet. Auch der Schuldschein ist kein Geheimnis. Das hat mir ein Anwalt aus Virginia gesteckt, der mir so dann und wann das eine oder andere Geschäft vermittelt. Er vertrat einen der Gläubiger.«

»Hat er dir auch erzählt, wer hinter Octagon steckt und warum sie Sherry so großzügig unter die Arme gegriffen haben?«

»Nö. Die Gläubiger haben mit irgendeinem Anwalt aus New York verhandelt, und der hat kein Sterbenswort verraten.«

»Meint ihr, Octagon ist irgendwie in unseren Fall verwickelt?«

Ashley ergriff das Wort, noch bevor Walter etwas dazu sagen konnte. »Verwickelt in was? Frank, ich mach mir da so meine Gedanken. Ich will Sherry Burroughs nicht auf dem Gewissen haben, geschweige denn, diese Octagon-Leute. Was das anbelangt, bin ich erst mal bedient. Ich will, daß Sie diese Strategie ad acta legen, und zwar bevor noch größerer Schaden angerichtet werden kann.«

»Ashley«, sagte ich ruhig, »wir reden hier von Ihrer Chance, freigesprochen zu werden – vielleicht Ihre einzige.«

»Das ist es mir nicht wert«, erklärte sie.

»Ja, jetzt haben Sie gut reden«, schnaubte ich, »aber warten Sie, bis Sie erst einmal in Ihrer Zelle sitzen – kleiner als Ihr Wäscheschrank.«

Ashley war es nicht gewohnt, daß Männer in so einem Ton mit ihr sprachen. »Ich habe mich bereits entschieden«, sagte sie und streckte ihr Kinn vor.

Da hatte sie mich auf dem falschen Fuß erwischt. Ich stand ziemlich unter Druck, und jetzt, so kurz nach Andys Moralpredigt, brachte ihr Widerstand das Faß zum Überlaufen. »*Sie* haben sich entschieden?« fauchte ich. »Was Ihre Verteidigung anbelangt, bestimme immer noch *ich*, was richtig ist, und nicht Sie!«

Sie starrte mich feindselig an. »Geht es hier überhaupt noch um mich, Frank? Doch wohl eher um Sie und Rogavin. Wenn nicht überhaupt nur um Sie!«

»Ashley, glauben Sie im Ernst, daß Kyle Rogavin nicht alles daran setzen wird, diesen Fall zu gewinnen? Daß er das nicht bis zum bitteren Ende durchziehen will? Ich wette, daß Kellogg, als er Sie das erste Mal identifizierte, nicht halb so überzeugend gewirkt hat wie dann, wenn er erst einmal im Zeugenstand steht. Manchmal muß man die Regeln den Fakten ein wenig anpassen, ja manchmal sogar brechen. Je größer der Fall, desto größer der Auslegungsspielraum. Daß alle Beteiligten Juristen sind, spielt dabei überhaupt keine Rolle. Beide Seiten sind wild entschlossen, den Fall zu gewinnen.«

Sie nickte, kaum daß ich geendet hatte. »Leute wie Sie vielleicht«, sagte sie wütend. »Das haben Sie mir damals in der Küche selbst gesagt. Es ist der Wettkampf, der Sie reizt!«

»Ja, genau, Leute wie ich! Und Sie haben sich das damals verdammt gern angehört!« Sie hatte sich besser unter Kontrolle als ich. Sie faltete ihre Serviette zusammen und sagte ruhig: »Essen Sie ruhig zu Ende, ich gehe einstweilen nach oben. Es gibt noch Nachtisch im Kühlschrank, Kaffee ist auch da. Martha wird sich um den Abwasch kümmern.« Sie stand auf, wünschte Walter eine gute Nacht und verschwand.

Keiner von uns sagte ein Wort, bis wir ihre Schritte auf der Treppe hörten.

»Was ist mit Octagon?« fragte ich.

Er zuckte die Achseln. »Ich bin dran.« Er führte die Sache nicht weiter aus, aber ich wette, diesmal handelte es sich nicht um Routinearbeit.

Meine Gedanken überschlugen sich fast. »Da paßt doch eins zum anderen, oder etwa nicht? Octagon hält Sherry über Wasser, und bei so viel Geld erwarten sie sich eine bestimmte Gegenleistung, irgendwas, das eine solche Investition rechtfertigt. Das motiviert Sherry ungeheuer, und er setzt Garvey mächtig unter Druck.«

»Könnte hinkommen. Aber warum übt Garvey seinerseits Druck auf den alten Herrn aus?«

»Keine Ahnung. Vielleicht fühlt er sich zu alt, immer wieder neuen Geschäften nachzujagen. Das hier ist das ganz große Ding. Damit kann er sich zur Ruhe setzen. Vielleicht eilte die Sache auch, und Raymond war deshalb so unerbittlich.«

»Aber der alte Herr kann ihn nicht abschütteln, was hat Garvey also gegen ihn in der Hand? Er hat sich schließlich nicht deswegen umgebracht, weil Raymond so eine Nervensäge war.«

»Irgendwas, das weit zurückliegt«, sagte ich.

»Und darüber, glaubst du, gibt uns sein Tagebuch Aufschluß?«

»Das hoffe ich. Ich suche weiter. Und du kümmerst dich um Octagon.«

»Und unsere Lady hier?« Er deutete mit dem Daumen zur Decke.

»Echt bewundernswert, was? Ihr ganzes Leben steht auf dem Spiel, aber sie nimmt lieber Sherry in Schutz sowie ein paar andere Leute, die sie nicht einmal kennt.«

»Tja.« Er leerte sein Bierglas und stand auf. »Das hat doch was, oder?«

»Mach dir deswegen keine Sorgen. Ich werd mit ihr reden.« Er verdrehte die Augen. »Reg dich ab, verstanden? Ich bring das schon in Ordnung.«

Er grinste. »Ich mach mir nur Sorgen um meine Essensmarken.«

Ich wartete noch ein wenig, aber Ashley ließ sich nicht mehr blicken. Am klügsten wäre es gewesen, zu warten, bis sie sich wieder beruhigt hätte, aber ich wollte meine Pechsträhne nicht unterbrechen, und so ging ich nach oben und klopfte an ihre Tür.

»Wer ist da?« fragte sie.

»Der Hund.«

»Bitte gehen Sie.«

»Ich kann nicht. Meine Leine liegt unter Ihrem Bett.«

Einen Moment lang herrschte Schweigen. »Kommen Sie herein. Sie saß im Bett, einen Stift in der Hand, und starrte mich über den Rand ihrer Lesebrille hinweg an. Ich setzte mich auf die äußerste Bettkante.

»Was machen Sie da?« fragte ich.

»Ich schreibe gerade an Sherry«, erklärte sie abweisend.

»Und was werden Sie schreiben?«

»Ich werde mich bei ihm entschuldigen und ihm versichern, daß ich alles tun werde, was in meiner Macht steht, um den Schaden rückgängig zu machen.«

Ich schüttelte den Kopf. »Sie können diesen Brief unmöglich abschicken.«

»Ich werde tun, was ich für richtig halte.«

»Hören Sie, das letzte Mal, als wir eines dieser Schlafzimmergespräche geführt haben, war ich derjenige, der aussteigen wollte, erinnern Sie sich? Sie sagten mir, Sie wollten nicht ins Gefängnis, Sie bräuchten mich und wünschten, ich würde wieder mehr an mich glauben. Nun, Sie haben mich überzeugt. Dann mußte mir schleunigst was einfallen, und mir ist was eingefallen, und Sie waren mit von der Partie, wohl wissend, was das zu bedeuten hatte – und jetzt versuchen Sie bitte nicht, das zu leugnen. Wir können nicht mehr zurück. Wir kämpfen um Ihr Leben – und das mit allen Mitteln.«

»Und was ist mit Sherry, Frank? Was ist mit *seinem* Leben?«

Ich biß die Zähne zusammen. Unter den gegebenen Umständen war sie ein wenig zu unparteiisch, fand ich. »Sherry hat höchstwahrscheinlich etwas mit dem Tod Ihres Vaters zu tun.«

»Und das soll unser Vorgehen rechtfertigen?«

»Ein Klacks gegen das, was Sie Garvey angetan haben!«

Ich hatte es kommen sehen, ließ es aber geschehen – mich traf eine schallende Ohrfeige. Sie selbst schien davon jedoch völlig überrascht zu sein. Mit weit aufgerissenen Augen starrte sie erst auf ihre Hand und dann auf mich und wandte sich schließlich ab. Das hatte ich eigentlich nicht im Sinn gehabt, als ich zu Walter gesagt hatte, ich würde die Sache schon in Ordnung bringen, aber auch er hatte in diesem Zusammenhang garantiert an etwas anderes gedacht. Egal, inzwischen war ich weit davon entfernt, noch auf irgend jemanden Rücksicht zu nehmen – auch nicht auf sie.

Ich starrte die Wand an, während sie um Fassung rang, blickte vor mich hin, ohne auch nur das geringste wahrzunehmen. Einige Minuten vergingen, bis ich die Fotos an der Wand bemerkte. Auf den meisten waren Straßenszenen in Paris zu sehen. Eines zeigte eine lesende Frau in einem Straßencafé, während ein Kellner in der Tür sie anerkennend musterte. Die Frau hinter mir hatte sich in Frankreich verliebt gehabt – und wäre es nach mir gegangen, hätte *unsere Geschichte* ebenfalls dort ihren Ausgang genommen. Ich hätte ihr ein Glas Wein zukommen lassen, woraufhin sie mich an ihren Tisch gebeten hätte. Schon bald wäre aus uns ein Liebespaar geworden, das zusammen durch die Straßen schlendert, ich Bogart, sie Bergman – so lange, bis uns unser Schicksal ereilt hätte. Aber die Erinnerung an Paris würde uns immer bleiben.

Das tat am meisten weh: Paris gab's nicht. Sie trat in mein Leben, die bösen Kerle waren bereits hinter ihr her. Und ich konnte uns diese Typen nur bis zum großen Finale am Flughafen vom Leib halten.

Eine Aufnahme in Schwarzweiß zeigte Ashley und ihren Vater, die beide im Garten saßen. Sie trug eine Hose und einen Rollkragenpullover und hatte sich bei ihm untergehakt. Henry trug einen Dreiteiler, dazu ein Hemd, das bis auf den letzten Knopf geschlossen war, und keine Krawatte. Eine Hand ruhte auf einem Spazierstock, die andere hielt eine Kappe. Er betrachtete seine Tochter, und sein liebevoller, besorgter Blick sprach Bände. *Ich werde immer über dich wachen.*

Die Matratze gab nach, als sie sich hinter mir bewegte, ihre Arme um meinen Hals schlang und ihr Kinn auf meiner Schulter ruhen ließ. Wir sprachen kein Wort, wiegten uns nur leicht hin und her. »Es tut mir leid«, flüsterte sie.

»Ist schon in Ordnung.« Ich öffnete die Augen und wies mit dem Kinn auf das Foto. »Er muß Sie sehr geliebt haben.«

»Ja.«

»Was auch nicht weiter schwerfällt.«

Sie schlang ihre Arme noch fester um mich und schmiegte ihre Wange gegen meine. »Neulich in der *Post,* da habe ich etwas über einen Prozeß gegen einen Banker gelesen. Eigentlich sollte er gegen Kaution freigelassen werden, doch dann kam er doch in Haft, weil man ihn für schuldig hielt.«

»Das kann passieren. Wenn die Geschworenen einen für schuldig befinden, dann lehnen sie eine Kaution ab, noch vor der Urteilsverkündung.«

»Könnte mir das auch passieren?«

»Nein, denn wir werden den Fall gewinnen.«

»Ich weiß. Aber angenommen, irgendwas geht schief, dann könnte mir das auch passieren, stimmt's?«

»Ja.« Ich wandte mich um und näherte mein Gesicht dem ihren. »Sie sollten Ihre Angelegenheiten in Ordnung gebracht haben, noch bevor die Verhandlung beginnt.« Ich spürte, wie sie nickte. Es war nicht das erste Mal, daß ich einem Mandanten diesen Rat gab, und ich war froh, daß ich dabei ihr Gesicht nicht sehen konnte. *Bringen Sie Ihre Angelegenheiten in Ordnung.* Plötzlich wird aus der vagen Vorstellung, daß man aus dem Leben gerissen werden kann, aus so etwas Abstraktem wie dem Tod, blanke Realität. Wer sich jedoch zum erstenmal in so einer Situation befindet, distinguierte Herren, denen Wirtschaftskriminalität vorgeworfen wird, zum Beispiel, leugnen meist alles bis zum Schluß. Ich weiß, wovon ich rede: Der Angeklagte kommt aus dem Restaurant, in dem er das Ende der Verhandlung abgewartet hat, direkt in den Gerichtssaal. Das Gericht erklärt ihn für schuldig, und das arme Schwein zuckt zusammen, erstarrt, wirkt völlig abwesend, so als ginge ihn der ganze Tumult gar nichts an. Plötzlich redet sein Anwalt auf ihn ein, aber er versteht kein Wort, so als spielte man eine Platte in der falschen Geschwindigkeit ab. Schon packt ihn jemand am Ellbogen, und plötzlich steht er in einem kleinen Raum, entleert seine Taschen und wird auf seine Reise ins Jenseits vorbereitet. Endlich beginnt es in sein Bewußtsein zu sickern, daß das Essen im Restaurant, dessen Geschmack er immer noch auf der Zunge hat, für lange Zeit sein letztes sein wird, daß er nicht nach Hause zurückkehren kann und daß irgend jemand dringend die Familie benachrichtigen muß.

»Weißt du eigentlich, daß du der einzige Mann in meinem Leben bist?« fragte sie sanft.

»Ich wünschte, es wäre nicht in Ermangelung anderer Kandidaten.«

Ihr Wange streifte die meine, als wir uns wieder hin und her wiegten. »Wenn man mich verurteilt, wird es sehr lange dauern, bis es einen anderen gibt.«

»Ich hab's dir doch gesagt: Wir werden den Fall gewinnen, und du wirst frei sein.«

»Und wenn nicht? Einmal entlassen, werde ich nicht mehr dieselbe sein, hab ich recht?«

»Du wirst immer noch du sein. Du wirst vielleicht nur noch außergewöhnlich aussehen anstatt vollkommen überwältigend.«

»Wir sind verliebt, stimmt's?« flüsterte sie.

»Du vielleicht! Ich mache das hier nur des Geldes wegen.«

»Du liebst mich.«

»Von wem hast du das denn? Von Walter, gib's zu!«

»Wir haben uns über den Fall kennengelernt, das ist alles. Wie dem auch sei – ich hätte mich auch sonst in dich verliebt.«

Mein Herz klopfte so laut, daß es kaum zu überhören war. »Weißt du, was bei mir auf dem Schreibtisch liegt?«

»Was denn?«

»Zeitungsartikel über dich und jede Menge andere Jungs.«

»Ach, wirklich?«

»Und jetzt möchte ich, daß du mich küßt, wie du noch nie einen Mann geküßt hast. Eine verrückte Bitte, stimmt's?«

»Nein.« Sie drückte mich sanft nach hinten und setzte sich auf mich. Anfangs berührten sich unsere Lippen kaum, dann preßten sie sich immer leidenschaftlicher aufeinander. Ich fuhr ihr mit beiden Händen über den Po, ließ sie ihren Rücken emporwandern, drückte sie an mich. Sie zu spüren, sie zu schmecken – und das, nachdem ich sie die ganze Zeit nur hatte ansehen dürfen: ich glaubte zu träumen.

Sie saß rittlings auf mir und grinste. »Soll ich das Licht ein wenig dimmen?«

»Nein.«

»Gut. Setz dich auf.« Sie sah mir in die Augen, während sie mir das Hemd aufknöpfte und ihre Hände sanft über meine Arme, Schultern und Brust wandern ließ. »Nun«, murmelte sie, »sollten wir uns hier gerade in einem sportlichen Wettkampf befinden, dann bist du startbereit, glaube ich.« Sie lehnte sich zurück und zog sich den Pullover über den Kopf. Ihre Kleider hatten ihre Figur alles andere als verborgen, aber was ich jetzt zu sehen bekam, übertraf alle Erwartungen. Ich bekam kaum noch Luft, als sie sich so weit vorbeugte, daß ihre Brustwarzen meinen Oberkörper berührten, sie an mich preßte, so wie ihre Lippen sich auf meine preßten. Noch eine Sekunde länger, und mein Herz würde explodieren. Dann nahm sie meine Hände in die ihren und legte ihre Brüste hinein. Ich spürte ihre harten Brustwarzen unter meinen Fingerkuppen. Ich streichelte und knetete sie sanft und beugte mich dann vor, um sie zu küssen. Sie begann zu stöhnen, hielt meinen Kopf und schob ihre Brust tiefer in meinen Mund.

Die Dinge begannen sich zu überschlagen. Sie drückte mich nach hinten, bis ich auf dem Rücken lag, und streifte mir bis auf mein Hemd in Windeseile die Kleider ab. Dann zog sie ihre eigene Jeans aus und griff nach dem Gummizug ihres Slips, hielt jedoch inne. Sie beugte sich nach unten und lächelte: »Kannst du mit so was umgehen?«

»Darin bin ich Profi.« Wir wälzten uns auf die andere Seite. Ich zog mir das Hemd aus, fuhr mit beiden Händen unter ihren Po und griff nach ihrem Slip. Langsam streifte ich ihn ihr über die Hüften, die endlos langen Beine, über die Knöchel und weg war er. Beide waren wir nun splitternackt und betrachteten uns ausgiebig. Ich hockte auf meinen Fersen zwischen ihren Beinen, und ihre Waden ruhten auf meinen Oberschenkeln. Ich hob eines ihrer Beine und küßte sie auf die Innenseite ihres Knöchels, ihrer Wade und ihres Knies. Ihre Augen waren halb geschlossen. Wohlige Lustlaute kamen aus ihrer Kehle. Sie so erregt zu sehen war das Erotischste, was ich je erlebt hatte. Ich wollte sie besitzen, am liebsten alles auf einmal – aber mehr als alles andere wollte ich ihr Gesicht an meinem spüren, ihren Mund an meinem Ohr, so wie ganz am Anfang. Ich legte mich auf sie, und wir küßten uns, immer und immer wieder, während sie mit ihren Fußballen meine Waden streichelte.

Ich weiß auch nicht warum, aber plötzlich ergriffen diese Bilder von mir Besitz: Paps, Rogavin, mein Vater, Walter, Brendan – und Moira. Ich konnte sie aus dem Inneren ihres Hauses laut schluchzen hören. Und alles, was ich so lange verdrängt hatte, brach nun über mich herein: Ich spürte Angst und zugleich Erregung, Wut und Schuld, all das brandete aus mir heraus, über sie hinweg, und sie fühlte es auch.

»Was ist?« keuchte sie.

»Bleib so«, stöhnte ich, aus lauter Angst, sie könnte sich zurückziehen.

Sie hob mein Gesicht, um mich anzusehen. »Was hast du?«

»Nichts ... Alles.«

Sie legte ihre Finger auf meine Lippen. »Ist es –«

»Wir werden es schaffen, das versprech ich dir, wir werden es schaffen.«

Sie schloß fest die Augen, und als sie sie wieder öffnete, war ihr Blick weit in die Ferne gerichtet. »Jetzt, Frank ... bitte!« schrie sie. Sie faßte mir zwischen die Beine und ließ mich in sie gleiten, während sie ihre Beine um meinen Hintern schlang. Als ich in sie eindrang, stöhnte sie, zog mich an sich und preßte ihre Lippen auf die meinen. Sie schob mir ihre Zunge in den Mund, und ich knetete ihren Po. Ihre Beine schlossen sich eng um mich, und wir gerieten in Fahrt, zunächst noch ganz langsam, dann steigerten wir uns, ritten im Galopp, immer schneller, zu neuen Ufern. Es war um mich geschehen. Ihre Lippen berührten mein Ohr, ermutigten mich, fortzufahren, aber ich verstand nicht, was sie sagte. Sie war wie besessen, machte mir fast angst. Dann begann sie zu stöhnen, ein tiefes, erregtes Geräusch, das in einem Klagelaut endete. Ihr Rücken bog sich und hob mich mit sich hoch. Dann hörte ich mein eigenes Stöhnen, als ich in ihr kam, und wir fielen beide erschöpft auf die Matratze zurück.

Wir blieben eine Weile so aneinandergeschmiegt liegen, bis unser Atem wieder gleichmäßiger ging und es im Raum allmählich kühler wurde. Ihre Hände strichen sanft meinen Rücken entlang und dann über meine Schultern. Sie fuhr mir mit den Fingern durchs Haar. Dann drehte sie mein Gesicht zu sich herum und legte ihre Lippen behutsam auf die meinen.

»Ich hab's getan«, murmelte sie.

»Ich glaube, ich auch.«

»Ich denke schon.« Sie lächelte und flüsterte dann: »Ich habe dich geküßt, wie ich noch nie einen Mann geküßt habe.«

»Dann kann ich nie mehr von dir lassen.«

»Wir werden also immer so liegenbleiben?«

»Ja.«

»Hmmmm. Was Martha wohl dazu sagen wird.«

»Sie sollte sich lieber selbst nach einem Mann umsehen.«

Sie begann zu lachen und schnitt eine Grimasse. »Hör auf! Ich kann nicht lachen, wenn du mich so zerquetscht.«

»Soll ich aufstehen?«

Sie schüttelte den Kopf und fuhr wieder mit den Fingern durch mein Haar.

»Was ist mit Walter?«

»Ich glaube nicht, daß er Marthas Typ ist.«

Sie knuffte mich in die Rippen. »Ich meine das ernst. Wenn er herausfindet, daß –«

Ich mußte laut lachen. »Und ob!«

»Was ist daran so komisch?«

Ich schüttelte den Kopf. »Er wird es herausbekommen.«

»Aber wie?«

»Sobald wir drei zusammen in einem Raum sind, wird er Bescheid wissen.«

»Angeber!« Sie runzelte die Stirn. »Du hältst ziemlich viel von ihm, stimmt's?«

»Er ist einfach der Beste.«

Sie küßte mich. »Genau wie du.«

»Das muß ich jetzt nur noch Rogavin beweisen.«

Sie lachte. »Ich meinte gerade nicht die Juristerei. Laß mich aufstehen.« Wir entknoteten uns. Dann machte sie das Licht aus und deckte uns zu. Ich legte meinen Arm um sie, ihre Brüste ruhten auf meinem Oberarm, und ihr Hintern schmiegte sich in meine Leisten. »Hast du heute nacht gegen irgendwelche Standesrichtlinien verstoßen?« fragte sie.

Ich sprach in ihren Nacken. »Gegen eine klitzekleine. Gegen die großen hab ich bereits alle verstoßen.«

Sie seufzte. »Du brichst sie, nur wegen mir.«

»Ich habe mich noch nie gern an Regeln gehalten. Wir fangen gerade erst an, den Grund dafür herauszufinden.«

»Wir?«

»Mein Therapeut und ich. Wir versuchen gerade herauszufinden, wonach ich eigentlich suche.«

Sie drehte sich um und legte ihre Hand auf meine Wange. »Diese Zeitungsartikel auf deinem Schreibtisch ...«, flüsterte sie.

»Ja?«

»Wirf sie weg. Ich habe gefunden, was ich suchte.«

Bald war sie eingeschlafen und ließ mich mit den Konsequenzen unseres Tuns allein. Walters Reaktion darauf stellte das geringste Problem dar; wie sich das auf den Fall auswirken würde, blieb abzuwarten. Eines war jedoch klar: Sollte sie ins Gefängnis müssen, und wir hätten uns nie geliebt – wir hätten uns immer Vorwürfe gemacht. Jetzt würde es noch schlimmer sein!

10

Henry Bronsons Tagebuch

31. August 1952. Kalifornien! Dort, wo die Stars zu Hause sind! Und um sie herum Planeten; Planeten, umkreist von Monden wie ich einer bin, verdunkelt von den Schatten unserer eigenen Unzulänglichkeit. Einem wirklichen Genie zu begegnen ist etwas Beunruhigendes. Wir staunen über die Fähigkeiten der menschlichen Spezies und beklagen uns darüber, welch müder Abklatsch unsere eigenen Geistesgaben im Vergleich damit doch sind.
Welche Unternehmung also ist der Quell solch allgemeiner Freude und solch ureigenster Ängste? Ich selbst bin erst sehr spät dazugestoßen, aber ich bin ein Teil davon – und das verdanke ich weniger meinen Fähigkeiten als meinem Durchhaltevermögen, und auch jetzt, jeglicher Illusion beraubt, bleibe ich dabei – bin nach wie vor fest entschlossen, meinen Teil dazu beizutragen.

Auf meinem Schreibtisch erwartete mich eine Notiz, ich möge doch dringend Herrn Robert L. Burnside von Delbarton & Brand, der ältesten Kanzlei der Stadt, zurückrufen. Mit ihren fünfzig Anwälten waren D & B für Washington nicht gerade groß, aber wenn der hiesige Geldadel einen Verteidiger brauchte, gab es keine bessere Wahl. Genau wie ihre Mandanten trat auch die Kanzlei in der Öffentlichkeit sehr zurückhaltend auf, mied das Chaos der City und hatte sich statt dessen in einer Altbau-Häuserzeile in der New Hampshire Avenue niedergelassen. Die Betreff-Zeile der Telefonnotiz war nicht ausgefüllt worden, was ich der Unerfahrenheit meiner neuen Sekretärin zuschrieb, bis diese mir sagte, Mr. Burnside habe es abgelehnt, den Grund seines Anrufs mitzuteilen, und nicht besonders freundlich geklungen. Im Anwaltsverzeichnis las ich nach, daß er vierundfünfzig Jahre alt war, Absolvent der juristischen Fakultät der Universität Virginia und sich auf Steuerrecht spezialisiert hatte. Ob er auch sympathisch war, davon stand nichts in dem Verzeichnis, aber er sollte mich nicht lange darüber im unklaren lassen.

»Frank O'Connell am Apparat, ich sollte Sie zurückrufen.«

»Ich möchte Sie hier in meinem Büro sehen – und zwar noch heute.«

»Worum geht es?«

»Ich vertrete Sherman P. Burroughs. Sagt Ihnen dieser Name vielleicht etwas?«

»Vielleicht. Welcher?«

»Wie, welcher?«

»Soweit ich weiß, gibt es drei.«

»Der, an dem Sie und Ihre Mandantin gerade Rufmord begehen. Der, der dafür sorgen wird, daß Sie von der Anwaltschaft ausgeschlossen werden. Sie können mich entweder heute in meinem Büro oder morgen vor Gericht treffen.«

»Ihr Büro geht schon in Ordnung. Sagen wir so gegen elf?«

»Ich erwarte Sie.«

Nein, nicht besonders sympathisch.

Wenn man einmal von all den anderen Dingen absieht, die mich dazu bewogen, aus der Kanzlei auszuscheiden, dann arbeitete ich sehr gern mit Paps zusammen, und was mir unter anderem mit am besten gefiel, das waren unsere Büros. Die meisten City-Anwälte sitzen in Käfigen aus Stahl und Glas, verziert mit ein wenig architektonischem Schnickschnack und Fenstern, die sich nicht öffnen lassen. Brennan & O'Connell hingegen residierte in einem dreistöckigen Altbau aus Backstein in der Jefferson Street, ganz in der Nähe des Palm Restaurants. Nach hinten ging ein kleiner Garten, wo wir unseren Lunch einzunehmen pflegten, während Paps mich mit Geschichten überschüttete, die von seiner Jugend in County Clare bis hin zum neuesten Politklatsch reichten. Einige der schönsten Momente meines Lebens habe ich in diesem Garten verbracht.

Die Anwälte von Delbarton & Brand kamen in den gleichen Genuß, nur daß sie in drei miteinander verbundenen Gebäuden residierten, alle viergeschossig und mit doppelt so viel Grundfläche wie das von Paps.

In der kreisförmigen Auffahrt vor dem Haupteingang parkten zwei Limousinen mit den Kennzeichen DB-1 und DB-2. Im Gebäude selbst war es still wie in einer Bibliothek, und das einzige, was auf eine Anwaltskanzlei hinwies, waren die Porträts der Richter vom Obersten Gerichtshof, die das Foyer schmückten. Die Empfangsdame hinter dem antiken Schreibtisch brachte mich zu einem kleinen Lift und drückte auf den Knopf für den dritten Stock, bevor sie die Schiebetür hinter mir schloß. Kurz darauf wurde sie von Burnsides Sekretärin wieder geöffnet. Anscheinend sahen sich viele Mandanten von D & B außerstande, eine Tür zu öffnen oder hatten es auch nie gelernt. Sie brachte mich zu Burnside, der schon in der Tür auf mich wartete, als könne er es kaum erwarten, mich in die Finger zu bekommen. Er reichte mir nicht die Hand; er drehte sich einfach um, wies auf einen der Sessel und ging auf seinen Schreibtisch zu.

Rein äußerlich war er eine etwas schlankere, etwas ältere Ausgabe von Harry Gregg, aber damit hörte die Ähnlichkeit auch schon auf. Burnside wirkte eiskalt und unerbittlich, und für den Fall, daß auch er eine warme, menschliche Seite besaß, achtete er strikt darauf, sie nicht preiszugeben: kein Ehering, keine Familienfotos, keine Golftrophäen und keine Urkunden, die seine Verdienste rühmten. Nur ein paar Fotos, die einen verkniffenen Burnside händeschüttelnd mit ein paar Anzugträgern zeigten, die aussahen wie Mitglieder des Indianapolis Lions Club, aufgenommen um 1955.

Er öffnete eine Akte. »Sie sind also O'Connell«, raunzte er. Das klang eher wie eine Anschuldigung.

»Höchstpersönlich.«

Er schloß die Akte und legte sie in eine Schublade. »Sherman Burroughs ist das ehrenwerte Mitglied einer der ältesten und prominentesten Familien Virginias. Er hat diese Kanzlei beauftragt, den gegen ihn angestrengten Rufmord zu prüfen sowie einige merkwürdige Nachforschungen, die seine finanzielle Lage betreffen. Wir haben Grund zu der Annahme, daß Sie hinter beidem stecken.«

»Die Nachforschungen über Mr. Burroughs sind auf meine Anweisung hin erfolgt. Von einem Rufmord dagegen weiß ich nichts.«

»Indem Sie nahelegen, Mr. Burroughs habe irgend etwas mit dem Tod von Raymond Garvey zu tun, begehen Sie eindeutig einen Rufmord, hinzu kommt die Einmischung in seine finanziellen Angelegenheiten. Von dem Eingriff in sein Privatleben ganz zu schweigen.«

Ich zuckte die Achseln. »Wie ich bereits sagte, über einen Rufmord ist mir nichts bekannt, und von einem Eingriff in sein Privatleben noch viel weniger. Ich vertrete eine Mandantin, die des Mordes angeklagt wurde, und ich fühle mich verpflichtet, den Fall ordentlich aufzurollen. Mr. Burroughs und Mr. Garvey waren zum Zeitpunkt von Garveys Tod in Geschäfte verwickelt, und ich habe Grund zu der Annahme, daß sie ihnen aus dem Ruder gelaufen sind.«

Meine Ungerührtheit goß nur noch mehr Öl ins Feuer. »Von was zum Teufel reden Sie da!« fuhr er mich an. »Was für Geschäfte?«

»Darüber darf ich im Moment keine Auskunft geben, aber vielleicht können Sie Ihrem Mandanten trotzdem helfen.«

»Ach, wirklich?«

»Ja. Sollte er in ein Gespräch einwilligen, könnten wir vielleicht einige Dinge klären, ohne noch mehr Unruhe zu stiften.«

Burnside saß kerzengerade auf seinem Stuhl. »Sie wollen, daß ich einer Vernehmung *meines* Mandanten zustimme, die *Sie* durchführen?«

»Genau. Ich möchte ihm ein paar Fragen über seine Beziehung zu Mr. Garvey stellen, von ein paar anderen Dingen einmal abgesehen. Wenn Sie wünschen, selbstverständlich in Ihrer Anwesenheit. Das stört mich nicht.«

»Das stört Sie nicht.« Er hielt sich mit beiden Händen an der Schreibtischkante fest. »Ich hätte da einen Gegenvorschlag. Sie hören auf, in Mr. Burroughs' Angelegenheiten herumzuschnüffeln. Dann schicken Sie ihm ein Entschuldigungsschreiben – ein ernst gemeintes –, in dem Sie ihn um Verzeihung bitten und zugeben, daß er absolut nichts mit Garveys Tod zu tun hat. Wenn alles gut geht *und* wir dementsprechend aufgelegt sind, dann haben Sie vielleicht das Glück, auch nächstes Jahr noch in dieser Stadt als Anwalt praktizieren zu dürfen. Und, wie gefällt Ihnen das?«

»Ganz schön heftig.«

»Gut.«

»Wie lang darf ich mir die Sache überlegen?«

»Ungefähr zwanzig Sekunden. Zehn davon haben Sie schon verbraucht.«

»Gut. Kein Problem.«

Burnside lehnte sich in seinem Stuhl zurück. »Und was dann aus Ihnen werden wird, kann ich Ihnen auch schon verraten. Nach diesem Fall wird Sie niemand mehr engagieren wollen. Niemand. Man wird Sie bitten, Ihre derzeitige Kanzlei zu verlassen, und kein Anwaltsbüro der Welt wird Ihnen noch Räume vermieten wollen. Soweit ich weiß, verdienen Sie Ihre Brötchen damit, daß Sie beim Gefängnis herumhängen; Sie erhalten ein Minimum an Bezahlung dafür, daß sie die armen Schweine verteidigen, die keine andere Wahl haben, als Ihre Dienste in Anspruch zu nehmen. Nun, auch das wird ein Ende haben, denn man wird Sie von der Liste der Pflichtverteidiger streichen. Ihr Leben, so wie Sie es kennen, wird mit einem Schlag vorbei sein. Vielleicht kommen Sie in irgendeinem weit entfernten Bundesstaat unter, aber sollten wir davon Wind bekommen, dann sieht es auch dort schlecht für Sie aus, das verspreche ich Ihnen. Soweit ich weiß, haben Sie auch einen Hang zum Alkohol. Vielleicht sollten Sie wieder mit dem Trinken anfangen, denn das betäubt ein wenig und spendet Trost. Nun, wie hört sich das für Sie an?«

»Nicht sehr gut.«

Er hatte richtig Auftrieb bekommen, fühlte sich ganz in seinem Element. »Und, was werden Sie tun, wenn all dies Unglück über Sie hereinbricht?«

»Keine Ahnung. Mich dürfen Sie das nicht fragen.«

»Sie darf ich das nicht fragen.« Er grinste und schüttelte angewidert den Kopf.

»Sie könnten es mal bei Noah Applebaum versuchen.«

Sein Kiefer begann zu mahlen. »Noch so ein Winkeladvokat?«

Ich schüttelte den Kopf. »Mein Therapeut. Ich bin schon seit Jahren bei ihm in Behandlung.«

»Sie sind ja dümmer, als ich dachte.«

»Nein, nicht dumm, nur gestreßt. Sie haben bestimmt schon einmal davon gehört: Posttraumatisches Streßsyndrom. Ich hab da in Vietnam ein paar unangenehme Erfahrungen gemacht, und immer wenn ich in Streß gerate, dann sehe ich wieder diese Bilder vor mir.« Ich beugte mich vor und senkte die Stimme. »Einmal, das war in A Shau Valley, da hab ich diesen Vietkong-Wachtposten erdrosselt, mit einer Drahtsaite« – ich gestikulierte, als wollte ich meinem Opfer gerade die Schlinge um den Hals legen –, »hab ihm damit fast den verdammten Kopf abgetrennt. Manchmal, wenn ich mich wirklich aufrege« – meine beiden Fäuste vibrierten –, »spüre ich immer noch, wie er zuckt und zappelt wie ein Fisch am Haken.« Ich zog noch einmal richtig fest zu, versetzte ihm sozusagen den Gnadenstoß. Burnside wand sich unbehaglich. »Noah ist der Ansicht, es besteht die Gefahr, daß ich auf jemanden losgehe, wenn man mich bis zum äußersten reizt, deshalb gehe ich einmal die Woche zur Therapie und übe mich in Streßmanagement und Entspannungstechniken.« Ich lockerte meinen Griff und ließ mein imaginäres Opfer fallen. Er starrte auf die Stelle, wo es lag. »Er sagt, ich soll jegliche Aufregung vermeiden, aber das ist in unserem Beruf nicht so leicht umzusetzen.« Ich zuckte ob der Aussichtslosigkeit dieses Ratschlags die Achseln und griff dann zu Block und Bleistift auf seinem Schreibtisch. »Hören Sie, ich weiß, das klingt merkwürdig. Ich schreibe Ihnen besser mal seine Nummer auf. Ich werde ihm sagen, daß er mit Ihnen offen über alles sprechen darf, auch über das, was passieren könnte, wenn Sie mein Leben ruinieren.« Ich schob den Block quer über den Schreibtisch.

Burnside schreckte vor mir zurück. Auf seiner Stirn standen Schweißtropfen, und er atmete durch den Mund, wobei ihm ein

Ächzen entfuhr. »Ich wollte doch nur … äh …« Ihm versagte die Stimme, aber seine Hände kamen ihm zu Hilfe und hoben sich entschuldigend.

Es war Zeit für mich, zu gehen. »Hören Sie, tut mir leid, daß Mr. Burroughs beunruhigt ist, aber wir müssen alle unsere Arbeit machen, stimmt's? Wenn Sie mein Leben ruinieren wollen, nur weil ich meiner Arbeit nachgehe, nun, ich werde versuchen, damit fertigzuwerden, aber ich garantiere für nichts, wenn Sie verstehen, was ich meine.« Ich baute mich in voller Größe vor ihm auf.

Burnside sah an mir hoch. »W-wie bitte?«

Ich beugte mich über seinen Schreibtisch, während er sich in die Sessellehne preßte. Ich sagte: »Ich hoffe, wir verstehen uns?« Er nickte eifrig. »Gut. Ich denke, uns beiden wird kein Haar gekrümmt werden.« Seine Sekretärin eilte mir voraus zum Fahrstuhl, aber ich nahm die Treppe.

Bei den Juristen gibt es so etwas wie »Hilfe zur Selbsthilfe«, wie wenn der Autohändler das Auto beschlagnahmt, anstatt eine Klage gegen den Nichtsnutz anzustrengen. Und genau das hatte ich getan, ein wenig übertrieben vielleicht, aber er hatte es ja nicht anders gewollt. Beschwingt schlenderte ich zurück in mein Büro.

Der Duft von Krabben-*gumbo* lag in der Luft, als ich in unserem Küchenhauptquartier ankam. Walter hatte ein Bier vor sich und seine Zeitung. Völlig vertieft in sein Kreuzworträtsel, nahm er überhaupt keine Notiz von mir. Ashley hatte es sich mit einem Glas Wein in dem Sessel gegenüber gemütlich gemacht. Als ich meinen Mantel ablegte und sie meine Miene nach Anzeichen der Reue durchforschte, trafen sich unsere Blicke. *Nein, ich bereue nichts, und du? Ebenso.* Stillschweigend schlossen wir einen Pakt: Die Vergangenheit und die Zukunft waren tabu für uns. Eins nach dem anderen. Das hätte pragmatisch sein können, doch in Wahrheit gehorchten wir der blanken Angst.

Martha rang sich fast zu einem Lächeln durch, als sie mir mein übliches Getränk brachte. Offenbar hatte ihre Dienstherrin sie von der veränderten Situation in Kenntnis gesetzt, was bedeutete, daß nur einer hier noch nicht im Bilde war. Doch sobald wir drei alleine waren, räumte Ashley auch dieses nebensächliche Detail aus dem Weg.

»Walter«, säuselte sie lächelnd. »Frank und ich haben heute nacht miteinander geschlafen.«

»Ich bin entsetzt«, murrte er, ohne sie anzusehen. »Was für ein Wort gibt es für dunkel – sieben Buchstaben –, Anfangsbuchstabe auch D?«

»Düster«, antwortete sie. »Bitte, nicht böse sein. Ich hatte nicht die Absicht, als Jungfrau ins Gefängnis zu gehen. Ein Gnadenfick, sozusagen.«

Er grunzte. Sie zwinkerte mir zu. Ich wischte mir das Mineralwasser vom Kinn.

Schließlich machten wir uns über das *gumbo* und die Arbeit her, und als ich von meinem Besuch bei Burnside berichtete, war ihre gute Laune wie weggewischt.

»Was hat er gesagt?« fragte sie.

»Sie sind sehr unglücklich über die Situation. Sie sind der Ansicht, Burroughs sei das Opfer eines Rufmords.«

»Was werden sie tun?«

»Ich glaube nicht, daß sie viel tun *können*.«

»Doch womit hat er dir gedroht?«

»Nun, er sprach davon, aktiv zu werden, aber ich hab ihm gesagt, daß wir einfach nur einen Fall aufrollen, das ist schließlich unser gutes Recht, und kein Gericht der Welt kann uns einen Vorwurf machen, nur weil wir uns mit Garveys letzten Geschäften befaßt haben.«

Ashley ließ den Wein langsam in ihrem Glas kreisen. »Damit hat er sich nicht zufriedengegeben, stimmt's?«

»Nun, ich denke, er kann unseren Standpunkt nachvollziehen.« Ich widmete mich meinem *gumbo* ein wenig zu eifrig, doch noch bevor sie irgend etwas sagen konnte, fischte Walter sein Notizbuch aus der Tasche und begann ohne Umschweife mit seinem Bericht.

»Octagon und Partner ist ein in New York registriertes Unternehmen, das sich durch die Anwaltskanzlei Charlton und Revis hier in der City vertreten läßt. Die sind auch als Firmenadresse angegeben. Das Unternehmen existiert seit 1939, und für eine Firma, die seit mehr als fünfzig Jahren im Geschäft ist, hat sie sich nicht besonders hervorgetan – es gibt keine Telefonnummer, keine Bonitätsauskünfte, keine anhängigen Prozesse, keine Auskunft über Kreditwürdigkeit, rein gar nichts. Es gibt ein Konto bei einer Filiale der Chase Manhattan Bank, aber das hat ein Anwalt besagter Kanzlei unter Verschluß.«

»Und das ist alles?« fragte ich.

»Das ist alles.«

»Und was machen wir jetzt?«

»Wir haben alle legalen Möglichkeiten ausgeschöpft.« Dieses Adjektiv hatte Ashley anscheinend vollkommen überhört, denn sie grübelte immer noch über Burroughs und den Rufmord.

»Frank, und du bist dir wirklich ganz sicher, daß wir das Richtige tun?« fragte sie.

»Absolut. An der Sache ist was faul, da sind wir uns ganz sicher. Burroughs und Garvey haben irgendwas mit Octagon zu tun, und egal, was es war, es betraf auch deinen Vater.«

Sie wirkte nicht sehr überzeugt. »Raymond ist für den Tod meines Vaters verantwortlich, aber was Sherry und Octagon betrifft, wie kannst du dir da so sicher sein? Abgesehen davon, daß sich beides im selben Zeitraum abgespielt hat, gibt es keinerlei Hinweise auf einen Zusammenhang. Das ist doch reiner Zufall.«

Ich sah Walter an. »Nun«, sagte er, »jetzt, wo wir alle zur Familie gehören ...« Er nahm einen Umschlag aus seiner Brusttasche und verteilte dessen Inhalt auf dem Tisch. »Das hier sind Kopien von Garveys Kontoauszügen«, erklärte er. »Er hat zwei Konten mit jeweils fünfzigtausend Dollar, eröffnet im August und im September. Beide mit Eingängen von der Chase Manhattan Bank, New York, genauer gesagt, von Charlton und Revis. Garvey handelte im Auftrag von Octagon, denn die haben ihn bezahlt.«

Ashley warf einen Blick darauf. »Wie sind Sie denn da drangekommen?«

»Ermittlertricks«, sagte er. Manche Dinge behält man besser für sich.

»Woher wollen Sie wissen, von wem das Geld stammt? Das ist aus den Auszügen nicht zu ersehen.«

»Ermittlertricks«, wiederholte er.

»Hast du noch mehr in der Richtung vor?« fragte ich.

»Und ob! Harry ist da auch auf was gestoßen. Sherry hat so eine arme Seele gefeuert, die jahrelang seine Hausangestellte war. Die muß ziemlich sauer auf ihn sein. Jetzt arbeitet sie für eine Familie drüben in Chevy Chase, aber sie ist eine harte Nuß – mit Ermittlern oder Polizisten will sie nichts zu tun haben.«

Eine Zeugin aus Burroughs' Haushalt, das könnte ein Geschenk des Himmels sein. »Wie heißt sie?«

Er sah in seinen Notizen nach. »Maureen Carmody.«

»Da hast du's. In diesem Fall ist ein wortgewandter Ire gefragt.«

»Das übliche Gelaber, was? Tu dir keinen Zwang an.«

Nach dem Kaffee in der Bibliothek war Walter gegangen, auch Martha hatte sich zurückgezogen. Wir waren allein, und Ashley grübelte. Ich selbst machte mir auch so meine Gedanken, die überwiegend darum kreisten, wie dieser Abend wohl enden würde. Verliebt, wie ich war, wußte ich sehr wohl, daß es mir immer schwerer fallen würde, meinen Job ordentlich zu erledigen, je mehr Zeit wir miteinander verbrachten.

Sie ergriff zuerst das Wort. »Ich möchte dich gern etwas fragen. Es hat mit meinem Fall zu tun.«

»Schieß los!«

»Du hast noch gar nichts von dem Tagebuch gesagt.«

»Ich hab erst einen Teil gelesen, abgesehen davon ist es kein normales Tagebuch. Dein Vater hielt weniger einzelne Ereignisse fest, sondern legte darin eher seine Gedanken nieder. Man weiß also nie genau, worum es eigentlich geht.«

»Du hast also nicht herausfinden können, warum ihm Raymond und Sherry so zugesetzt haben?«

»Nein. Ich glaube, das Foto, das ich dir neulich gezeigt habe, wurde in Kalifornien aufgenommen. In der Gegend von Hollywood oder Los Angeles oder so. Du weißt nicht zufällig, was er dort in den fünfziger Jahren zu tun gehabt haben könnte?«

Sie schüttelte den Kopf. »Er hat nie davon gesprochen, und ich habe keinerlei Unterlagen gefunden.«

»Was ist mit anderen Leuten? Ist noch irgend jemand am Leben, dem er damals nahestand?«

»Es gibt da einen Herrn namens Herbert Epstein, er lebt in einer kleinen Stadt in Pennsylvania. Er und mein Vater sind zusammen auf die Schule gegangen, und ich glaube, sie standen auch weiterhin in Kontakt.«

»Wann hast du ihn das letzte Mal gesehen?«

»Ich kann mich nicht erinnern, ihn je getroffen zu haben. Alles, was ich dir da gerade erzähle, habe ich seinem Kondolenzschreiben entnommen.«

»Vielleicht besuche ich ihn mal.«

»Soll ich mitkommen?«

»Ich weiß es zu schätzen, daß du mir Gesellschaft leisten willst, aber ich glaube, es ist besser, wenn ich da allein hinfahre.«

Sie ließ ihren Kopf an meiner Schulter ruhen. »Du warst ziemlich still heute abend«, sagte sie.

»Kann schon sein.«

»Hat das irgendwas mit letzter Nacht zu tun?«

»Ich mußte an den Artikel denken, den ich in *Cosmopolitan* gelesen habe.«

»Hmm. Ich hätte nicht gedacht, daß ein Mann wie du die *Cosmo* liest.«

»Du kennst mich eben noch nicht sehr gut.«

»Das mit der Anmache im Supermarkt, stimmt's?«

»Ich muß schließlich auf dem laufenden bleiben, was die Bedürfnisse der modernen Frau betrifft.«

»Immer nur weiter so. *Meinen* Bedürfnissen hast du ziemlich gut entsprochen.«

Ich legte den Arm um sie und sagte leise: »Wußtest du, daß die Zeitspanne zwischen zwei Über-Nacht-Besuchen genausoviel über eine Beziehung aussagt wie die Entscheidung, zusammen ins Bett zu gehen?«

»Nein, das wußte ich nicht.«

»Hm. Da sollte die Vernunft regieren, nicht die Libido.«

»Was du nicht sagst!«

»Laut *Cosmo* ist es an mir, die richtige Entscheidung zu fällen.«

»Na klar«, murmelte sie und fuhr mit einem Finger mein Ohrläppchen entlang. »Stand da auch drin, wie das im einzelnen vor sich gehen soll?«

»Es gab da so eine Tabelle mit verschiedenen Kategorien, je nach Beziehungstyp. Ziemlich kompliziert das Ganze, ehrlich gesagt.«

»Gab es da auch die Kategorie ›Paare unter großem Zeitdruck, weil ein Partner eventuell für sehr lange hinter Gitter muß‹?«

»Äh, nein.«

»Dann laß uns ins Bett gehen. Und ich werde dich noch ein bißchen besser kennenlernen.«

Sie wußte die Dinge zu vereinfachen.

Ein Strafrechtsprozeß hat was von einem Erbauungsstück im Theater, nur mit weniger Publikum, und ein guter Anwalt versucht immer Produzent, Regisseur und Hauptdarsteller in einem zu sein. Doch vor der Aufführung stehen die Proben, und vor den Proben der Text, der erst während der Ermittlungen Form annimmt. Das ist oft das schwierigste, aber auch das interessanteste: der Anwalt als eine Art parteiischer Historiker, der versucht, Licht ins Dunkel zu bringen, sich bemüht, nachzuvollziehen, wer was warum gedacht und getan hat, und die Beteiligten zueinander in Beziehung setzt, ihre Eigenheiten, Gewohnheiten und Vorlieben, um schließlich den Verfall zu rekonstruieren und zugunsten seines Mandanten zu interpretieren.

Ich überdachte meine Vorgehensweise im Hinblick auf Sherrys frühere Haushälterin, als ich bereits nach Chevy Chase unterwegs war. Normalerweise hätte ich Walter die Vernehmung überlassen, aber diesmal wußte ich instinktiv, daß ich es besser selbst in die Hand nahm. Das Wichtigste im Umgang mit Zeugen ist, daß man einen Fuß in die Tür bekommt. Also bemühte ich mich, am Telefon möglichst vage zu bleiben, und sie hakte auch nicht weiter nach. Sollte sie nicht über ihren früheren Arbeitgeber sprechen wollen, so wußte sie das vor mir geschickt zu verbergen.

»Kerry, oder?« Maureen Carmody hob die Augenbrauen, als sie mir Tee einschenkte. So viel zu meinem Instinkt: Ich befand mich bereits seit über einer Stunde in ihrem Haus, ohne ihr auch nur eine einzige Frage gestellt zu haben, sie hingegen konnte man guten Gewissens mit Walter in Bestform vergleichen. Wir hatten über meinen Beruf gesprochen, über die Viertel, in denen ich damals in New York gelebt hatte, über meine Ehe und die Scheidung (»Wie schade«) und befanden uns gerade mitten in der irischen Version von *Roots*.

»Ich glaube schon.«

»Killarney?«

»Hm, ich bin mir nicht sicher.«

»Fast nur noch Touristen in Killarney. Wir stammen aus Sligo. Dort, wo auch Yeats herstammt.«

»Ich verstehe.«

»Und Ihre Mutter?« säuselte sie und goß mir Tee nach. Sie war so blaß wie das Porzellan, das auf dem Tisch stand.

»Die Vorfahren meiner Mutter stammen nicht aus Irland«, murmelte ich. Auf dieses Geständnis folgte keinerlei Reaktion, statt dessen widmete sie sich eifrig ihrem Tee. Meine Mission war in Gefahr. Zeit meines Lebens schien ich für die Unachtsamkeit von Terry O'Connell büßen zu müssen.

»Also, Mr. O'Connell«, sagte sie mit einem Seufzer, »worum geht es Ihnen eigentlich?«

»Um Raymond Garvey. Ich nehme an, Sie wissen, daß meine Mandantin beschuldigt wurde, ihn ermordet zu haben.«

»Das weiß doch jeder, oder etwa nicht? Was wollen Sie ausgerechnet von mir?«

»Wir glauben, daß Sherry Burroughs Mr. Garvey kannte, und es ist von größter Bedeutung, daß ich etwas über ihre Beziehung zueinander herausfinde.«

»Warum?«

»Das zu erklären führt im Moment zu weit. Als Anwalt unterliege ich einer gewissen Schweigepflicht. Ich bin sicher, Sie verstehen das.«

»Oh, selbstverständlich. Als ehemalige Angestellte unterliege auch *ich* einer gewissen Schweigepflicht, nicht wahr?«

»Natürlich.«

»Nicht, daß ich ihnen irgend etwas schuldig wäre, wenn Sie verstehen, was ich meine.« Sie preßte ihre Lippen zu einem schmalen Strich zusammen, und ihre Wangen röteten sich leicht. »Vierundzwanzig Jahre lang!« brach es aus ihr heraus. »Vierundzwanzig Jahre lang haben sie gute Dienste genossen!« Sie hielt inne, wartete. Ich nickte mitfühlend. »Und was wollte ich dafür? Eine Fahrt nach Hause? Nicht einmal das! Eine Gehaltserhöhung? Daß ich nicht lache!« Sie schnaubte. »Wohl kaum, bei den Verhältnissen!« Sie legte eine Hand auf mein Knie. »Eine Krankenversicherung!«

»Krankenversicherung?«

»Glauben die etwa, ich lese keine Zeitung? Sehe keine Nachrichten? Da ist ständig die Rede von Leuten, die krank werden und dadurch sämtliche Ersparnisse verlieren.«

»Schreckliche Sache«, pflichtete ich ihr bei.

»Nicht, daß ich mir deswegen Sorgen mache. Ich bin weit über fünfzig und war noch nicht einen Tag krank! Meine Mutter ist einundachtzig und hat noch sechs Geschwister zwischen fünfundsiebzig und zweiundneunzig.«

»Gratuliere!«

»Dem Herrgott sei Dank! Doch deswegen kann man doch trotzdem mal ausrutschen und die Treppe herunterfallen. Oder auf dem Weg zum Markt von einem Auto überfahren werden.«

»Natürlich.«

»Natürlich! Man muß auf alles vorbereitet sein! Wer ist denn heutzutage *nicht* krankenversichert?«

Nun, offensichtlich der ein oder andere Hausangestellte oder Anwalt. Ich runzelte die Stirn ob so viel Ungerechtigkeit. »Sie wurden entlassen, weil Sie darum gebeten haben, krankenversichert zu werden?«

Sie war indigniert. »Entlassen? Wer will sich denn heute noch krummlegen, so wie ich das all die Jahre über für sie getan habe? Niemand, nehme ich an. Ich habe gekündigt! Ihnen alles vor die Füße geworfen! Wenn ihnen meine Seelenruhe so wenig wert ist, dann kann ich ihnen auch nicht helfen – das habe ich ihnen gesagt. Zwei Wochen später habe ich dann hier angefangen.«

»Und, sind Sie jetzt krankenversichert?«

»Ich habe mich nach der Gehaltserhöhung selbst darum gekümmert. Die Leute hier sind überaus großzügig, sehr entgegenkommend. Die Burroughs dagegen – eiskalt, alle miteinander!«

»Nun, dann hat sich ja alles zum besten gewandt.«

»Nur ich selbst mache mir Vorwürfe«, murmelte sie und setzte die Kanne ab. Sie sah aus dem Fenster und verstummte. Ich mußte sie bei Laune halten, also nippte ich weiter an meinem Tee, während sie ihr Leben als Hausangestellte Revue passieren ließ.

Die Zeit verging, denn sie ließ sehr viel Revue passieren. Soweit ich wußte, trat sie ihren Dienst unter Sherry, dem Ersten an, und Dinge, die so weit zurücklagen, brauchte ich nicht zu wissen. Schließlich räusperte ich mich, und sie wurde wieder munter. »Ich würde Sie nie darum bitten, etwas Vertrauliches auszuplaudern«, sagte ich, »aber wenn möglich hätte ich gern etwas über Burroughs Aktivitäten in Erfahrung gebracht. Meine Mandantin wäre Ihnen sehr dankbar. Ich bin mir sicher, die sympathischen Leute, für die Sie hier arbeiten, wären das auch.«

»Ich hab sie mal getroffen.«

»Miss Bronson?«

Sie nickte. »Bei einer Wohltätigkeitsveranstaltung bei den Chandlers in McLean, eine dieser unsinnigen Versteigerungen. Ich war auch da, um beim Service auszuhelfen.« Sie hielt inne, nippte an ihrer Tasse und schüttelte gedankenverloren den Kopf. »Oh, Sie war wirklich eine Attraktion. Sie betrat den Raum in diesem grünen Kleid, und alles verstummte. Und ich dachte noch: ›Hoppla, wen haben wir denn da?‹« Sie beugte sich vor und flüsterte: »Eine von diesen wirklich reichen Leuten«, begann sie, überlegte es sich jedoch noch einmal und schüttelte den Kopf. »Aber die hier, die zog alle Blicke auf sich, wenn Sie verstehen, was ich meine.«

»Ich weiß.«

»Nun«, seufzte sie wieder, »Sie haben die Richtige aufgesucht. Als Hausangestellte erfährt man so manches.«

»Kannte Mr. Burroughs Raymond Garvey?«

»Jawohl.« Von dem Auftritt im Gerichtssaal einmal abgesehen, ist das Aufspüren von Zeugen mit das Schönste, was es gibt.

»Wie gut?«

»Er war bei den Burroughs regelmäßig zu Gast. Ich glaube, die beiden hatten geschäftlich miteinander zu tun. Sie trafen sich einige Male, Mr. Garvey war häufig zu Besuch.«

»Und diese Treffen fanden immer bei den Burroughs statt?«

»Die, von denen ich weiß, ja.«

»Wissen Sie irgend etwas über ein Treffen, draußen in Middleburg?«

»Ich war nicht seine Sekretärin, wissen Sie. Er pflegte mir nicht zu sagen, wo er hinging.«

»Miss Carmody, das ist jetzt sehr wichtig. Haben Sie irgendeine Vorstellung davon, was sie bei ihren Treffen so besprochen haben?«

Sie schüttelte den Kopf. »Das ging mich nichts an. Fragen Sie doch Mr. Burroughs.«

»Ich fürchte, Mr. Burroughs will mir darüber keine Auskunft geben – und Mr. Garvey kann es nun nicht mehr.«

»Es gab da noch einen dritten Gentleman.«

Dem Herrn sei Dank. »Wer war das?«

Sie lächelte. »Mr. Brown und Mr. Clay.«

»Zwei Männer?«

Sie schüttelte nachdrücklich den Kopf.

»Einer.«

»Entschuldigen Sie, aber Sie sagten ›Mr. Brown und Mr. Clay‹.«

»Erst hieß er Mr. Brown, dann Mr. Clay. Als ihn Robert – der Chauffeur – vom Flughafen abholte, sagte man ihm, er solle ein Schild in die Höhe halten mit ›Mr. Brown‹ darauf. Aber einmal rief der Mann völlig aufgeregt bei uns an. Ich sagte ihm, Mr. Burroughs sei ausgeritten, da bat er mich: ›Sagen Sie ihm, Sie hätten von Mr. Clay gehört.‹ Und das ließ er mich dann wiederholen: ›von Mr. Clay‹. Es war aber derselbe Mann.«.

»Woher wollen Sie wissen, daß es derselbe war?«

»Die Stimme, Sir. Eine, die man so schnell nicht vergißt. Komischer Akzent, ein Europäer, von wo, kann ich nicht sagen.«

»Wie oft war er zu Besuch?«

»Drei- oder viermal, denke ich. Noch etwas Tee?«

»Ja, vielen Dank. War Mr. Garvey auch jedesmal anwesend, wenn Mr. Brown zu Besuch war?«

»Nein. Mr. Burroughs hat ihn ein paarmal allein getroffen. Zumindest, als *ich* da war. Sollten sie sich an meinem freien Tag getroffen haben, dann kann ich Ihnen darüber selbstverständlich nichts sagen.«

»Nun, können Sie mir sonst noch etwas über ihn erzählen? Wo kam er her?«

»Keine Ahnung, Sir. Robert holte ihn immer ab und ließ ihn dann wieder vor dem Terminal aussteigen – auf Anweisung von Mr. Burroughs.«

»Wie sah er aus?«

»Ein älterer Herr, ungefähr fünfundsechzig, würde ich sagen. Dünn, aber nicht dürr, wenn Sie wissen, was ich meine. Ausgezeichnete Haltung. Er wirkte ziemlich ungerührt.«

»Ungerührt?«

Sie nickte. »Er lachte nie. Graubraunes Haar, ganz kurz geschnitten. Und sehr beunruhigende Augen.«

»Warum beunruhigend?«

»Er zwinkerte nie. Gott sei mein Zeuge, der Mann starrte ohne Unterlaß. Ich bekam davon immer richtige Gänsehaut. Und auf dem Handrücken hatte er diese Narbe, ein ekliges Ding.«

»An welcher Hand?«

»Auf der linken. Sie reichte bis unter sein Uhrenarmband.«

»Wann haben Sie ihn zuletzt gesehen oder von ihm gehört?«

»Bei besagtem Telefonanruf.«

»Miss Carmody, das kann sehr wichtig sein. Wissen Sie noch ungefähr, wann das war?«

»Aber natürlich. Es war ein Sonntag. Das Telefon klingelte, da war ich schon fast aus der Tür. Ich wollte schon gar nicht mehr drangehen. Ich hatte in der Kirchengemeinde zu tun und war ziemlich in Eile.«

»Ich verstehe.«

»Die Kirche hat so viel verändert in meinem Leben.« Sie seufzte. »Dürfen alte Frauen wie ich in Ihrer Gemeinde die Hostie austeilen, Mr. O'Connell?«

»Oh, manchmal. Sie sind also ans Telefon gegangen und Mr. Brown war dran, meldete sich jedoch mit Mr. Clay?«

»So war es.«

»Können Sie mir vielleicht das genaue Datum nennen?«

»Es steht in meinem Kalender, glaube ich.«

»Würden Sie bitte nachsehen? Das könnte von größter Wichtigkeit sein.«

»Es könnte dem Mädchen helfen?«

»Ja.«

»Dann werde ich nachsehen.« Sie ging ins Erdgeschoß und kehrte dann mit einem spiralgebundenen Kalender einer Versicherungsgesellschaft zurück. »Da stehen sie alle drin«, sagte sie und blätterte bis Oktober zurück. »Meine Verabredungen.« Das mußte der einzige Kalender in ganz Washington sein, der noch weniger Einträge aufwies als meiner. Es gab nur zwei Einträge, einer davon war abgehakt und fiel auf einen Mittwoch. Der andere dagegen war rot eingekringelt und fiel auf einen Sonntag.

Es war der siebenundzwanzigste Oktober, der Tag nach Henrys Selbstmord. Mr. Brown-Clay hatte guten Grund, aufgeregt zu sein: was immer sie von ihm gewollt hatten, Ashleys Vater hatte es mit ins Grab genommen.

Ein paar Stunden später lag ich mit Ashley im Bett, wo ich seit unserer Premiere vor drei Tagen jede Nacht verbracht hatte. Wer unter großem Zeitdruck steht, darf keine kostbare Zeit vertrödeln, und nachdem wir uns der schönsten Sache der Welt hingegeben hatten, schlummerten wir gerade Arm in Arm ein, als sie plötzlich etwas sagte.

»Wie ist es heute gelaufen? Hast du noch etwas über Octagon herausfinden können?«

»Ein neuer Verdächtiger. Mr. Brown und Mr. Clay.«

»Zwei neue Verdächtige?«

Ich schüttelte den Kopf, was unter den gegebenen Umständen auch ihren eigenen mitgehen ließ. »Nur einer«, murmelte ich, die Lippen an ihrer Haut. »Ein Mann mit zwei Namen.«

»Das klingst ja unheimlich.«

»So sah er wohl auch aus. Alt, dünn und mit Augen, die nie zwinkern.« Ich spürte, wie sie erstarrte. »Was hast du denn?« wollte ich wissen.

»Nichts«, sagte sie ruhig.

»Und du bist dir ganz sicher?«

Sie wandte mir ihr Gesicht zu. »Es ist nur unheimlich, das ist alles. Die ganze Sache macht mir angst.« Sie schmiegte sich an mich, legte ihren Kopf auf meine Brust. »Nur gut, daß du da bist«, flüsterte sie.

11

Henry Bronsons Tagebuch

9. Oktober 1952. Vieles läßt sich auf einer abstrakten Ebene besser beurteilen, insbesondere Konsequenzen. Lebten wir nur im Hier und Jetzt – wo bliebe da der Fortschritt?

Gespeist von Politikern und deren Mitarbeitern, Anwälten und Diplomaten, Lobbyisten und Publizisten, Gesellschaftslöwen und Dienstboten, brodelt Washingtons Gerüchteküche ohne Unterlaß. Naturgemäß brennt da manchmal etwas an oder kocht über, und so wurden schon manch guter Ruf und manche Karriere zerstört, einfach so, über Nacht. Und nie weiß man, wo sich der nächste Brandherd entwickeln wird. Heute wärmt man sich noch gemütlich am Herd, und schon morgen ist man ein gebranntes Kind.

Am Montag, dreizehn Tage und ein paar gezielte Telefonate später, gaben die Feuerschutzwälle der Burroughs endgültig nach. Man brachte die Geschichte auf der Titelseite, gleich unter den Falz: Ashley Bronsons Verteidigung untersucht Geschäftsbeziehungen, die Raymond Garvey zu Sherman Burroughs dem Dritten unterhielt, dem Patriarchen einer der prominentesten Familien Virginias, welche mit finanziellen Schwierigkeiten zu kämpfen hatte. Einer ungenannten Quelle zufolge hatten Garvey und Burroughs einen handfesten Streit – nur wenige Tage vor dem Mord. Burroughs' Rechtsvertreter Robert Burnside bestritt vehement, sein Mandant habe auch nur das geringste mit dem Tod Garveys zu tun. Ashley Bronsons Verteidiger, Frank O'Connell, wollte die Verwicklung Mr. Burroughs in den Fall nicht kommentieren.

Für einen Anwalt, der gerade seinen ersten Fall dieser Größenordnung bearbeitet, war das gar nicht so schlecht für den Anfang.

Es hatte länger gedauert als erhofft, bis die Jungs von der *Washington Post* die Sache gebracht hatten, aber aufgrund von Ashleys Bedenken waren mir die Hände gebunden, und ich mußte warten, bis die Dinge auch ohne mein Zutun ihren Lauf nahmen. Der Verfasser des Artikels hatte sich die Mühe gemacht, den finanziellen und sozialen Hintergrund zu recherchieren, während die gemeinsamen Geschäfte und der Streit auf mein Konto gingen.

Wir spielten ein gefährliches Spiel. Alle waren sie an der sensationellen Wendung des prominenten Mordfalls interessiert. Ein Fernsehsender brachte Bilder, die Burroughs beim Gold-Cup-Pferderennen zeigten, ein anderer belagerte sein Anwesen, und der dritte zeigte den Patriarchen, wie er gerade seinem Rolls-Royce entstieg. Als ich ins Büro kam, gab es schon jede Menge Nachrichten aus ganz Amerika auf meinem Schreibtisch: von Fernsehstationen, Zeitungen, Zeitschriften und natürlich der Boulevardpresse. Wen ich jedoch erreichen wollte, war das lokale Publikum. Warner konnte unmöglich jeden Geschworenen, der etwas über Sherry gelesen hatte, von seiner Liste streichen. Doch selbst wenn es ihm gelingen sollte, alle auszusortieren, die Zeitung lasen oder Nachrichten sahen, dann blieben nur noch die ungebildetsten, ärmsten Schlucker übrig, diejenigen, die CIA-Agenten und wohlhabenden Bürgern mit Namen wie Miles Kellogg oder Sherman Pierce Burroughs das größte Mißtrauen entgegenbringen würden. Genau das wollte ich.

Ein Teil unserer neuen Strategie schien aufzugehen, aber ohne eine überzeugende Geschichte würden wir trotzdem nicht sehr weit kommen. Wir mußten das Geheimnis von Octagon lüften und in Henrys Vergangenheit fündig werden.

Ich ging die Nachrichten durch, die man für mich hinterlassen hatte, bis ich auf eine stieß, die sofort meine Aufmerksamkeit fesselte – ein dringender Anruf von Maureen Carmody. Sie war von einem Boulevardsender kontaktiert worden und mußte *unverzüglich* mit mir sprechen. Junge, Junge, die Kerle waren wirklich gewitzt: Innerhalb weniger Stunden hatten sie ihre Existenz in Erfahrung gebracht, und schon waren sie bis zu ihr durchgedrungen. Ich machte mich schon auf einen der schlimmsten Wutausbrüche irischen Kalibers gefaßt, doch – wer hätte das gedacht? – sie wollte nur meinen Rat: Fünftausend Dollar hatte man ihr geboten, wenn sie über ihr Leben bei den Burroughs berichtete. Sie wollte wissen, was ich denn davon hielte. Je mehr die Sache in die Medien geriet, desto größer wurde das öffentliche Interesse. Soweit die Vorteile. Doch die Sache hatte auch Nachteile: In Amerika geht man alles andere als freundlich mit Leuten um, die aus dem Nähkästchen plaudern. Menschen, die ihre Geschichte an die Medien verkaufen, werden in eine Art Kreuzverhör genommen, ja geradezu öffentlich hingerichtet. Rogavin würde sie ausweiden, und das, was von ihr übrig blieb, auf den Tisch der Verteidigung schmettern. Doch zu ihrer Entschuldigung und zu meiner großen Erleichterung muß gesagt werden, daß sie gar nicht wild darauf war, ins Fernsehen zu kommen. Iren können Verräter auf den Tod nicht ausstehen, und so bedurfte es nur der leisen Erwähnung der Worte »absolut vertraulich«, um sie in ihrem ureigensten Instinkt zu bestärken. Ich legte auf und hoffte nur, wir würden kein zweites Mal darüber diskutieren müssen, für den Fall, daß der Sender sein Angebot erhöht hätte.

Gegen zwei Uhr wurde mir aus Burnsides Kanzlei persönlich ein Brief überbracht, der die Kopie einer Beschwerde enthielt, die bereits bei der Anwaltschaft von Washington eingereicht worden war. Sein Schreiben endete mit dem Satz: »Wir bedauern sehr, diese drastische Maßnahme ergreifen zu müssen, aber unter den gegebenen Umständen möchten wir diese Angelegenheit zur weiteren Beurteilung lieber der anwaltlichen Ethikkommission überlassen.« Was er damit sagen wollte, war: Mehr plane ich nicht gegen dich zu unternehmen, also bitte, bitte, erwürg mich demnächst nicht in irgendeinem Parkhaus. Er hätte sich deswegen keine Sorgen machen müssen. Es gab im ganzen Land keinen bedeutenden Anwalt, der nicht schon das eine oder andere Mal vor diese Ethikkommission zitiert worden wäre, meist auf Wunsch eines sogenannten Experten, der schlichtweg keine Ahnung davon hat, was es bedeutet, in die Arena zu steigen, um irgend jemandem das Leben zu retten. Und bis der Ausschuß für anwaltschaftliches Standesrecht entschieden hätte, ob ich zu weit gegangen wäre oder nicht, wäre der Fall Ashley Bronson schon längst Geschichte. Egal, wie sein Urteil ausfiele, würde ich ihm kein allzu großes Gewicht beimessen.

Ich belieferte *Newsweek* gerade mit Hintergrundinformationen, als mir ein weiterer Schwung Nachrichten überbracht wurde. Meine Sekretärin hatte sie bereits nach Dringlichkeit geordnet und reichte mir zwei zur besonderen Beachtung. Die eine war von Paps, auf der anderen stand: »Ihr Sohn«.

Ich hielt sie in die Höhe. »Mein Sohn?«

»Ich glaube schon, Mr. O'Connell. Ein kleiner Junge.«

»Und was hat er gesagt?«

»Er wollte seinen Vater sprechen. Ich wollte wissen, wie er heißt, da zögerte er – ich glaube, er sprach mit jemandem im Hintergrund – und dann sagte er: ›Frank‹. Ich sagte, Sie seien gerade am anderen Apparat, und fragte ihn, ob er eine Nachricht hinterlassen wolle. Er war so süß. Er sagte, ›Ich vermisse dich.‹ Einfach so. ›Ich vermisse dich‹, so als hätte er mit Ihnen gesprochen und … ist irgend etwas nicht in Ordnung?«

Ich scheuchte sie hinaus, murmelte Dankesworte. Zwei Wochen waren vergangen, seit wir uns nachts zugewinkt hatten, und ich hatte ihn weder besucht noch angerufen. Ein neues Leben zu beginnen und sich gleichzeitig um die eigene Familie zu kümmern, das war einfach zuviel für mich, und so hatte ich mich in Vermeidungstaktik geübt. Ich holte tief Luft und wählte die Nummer. Moira war am Telefon.

»Ich bin's. Ich hab seine Nachricht bekommen.«

»Er sagte, er würde dich vermissen, da hab ich ihm erlaubt, dich anzurufen.«

»Danke. Wirklich, vielen Dank.«

Leise sagte sie: »Ich hab ihm gesagt, du seist geschäftlich unterwegs gewesen, also erzähl ihm bitte dasselbe.«

»Keine Sorge, ich krieg das schon hin. Er ist schließlich noch ein Kind, oder?« Ich atmete tief durch.

»Vielleicht ist er ja mit einem neuen Vater *wirklich* besser dran.«

»Es wird keinen geben. Das lasse ich nicht zu.«

Ich kannte sie gut genug, um zu wissen, daß sie es ernst meinte, aber was würde sie in vier oder fünf Jahren darüber denken? »Wann kann ich ihn sehen?«

»Wie wär's mit heute abend?«

»Je eher, desto besser. Ich werde ihn so gegen sechs abholen.«

»Nein, wir werden hier zu Abend essen.«

»Hör zu, du weißt gar nicht –«

»Frank, laß uns keine Zeit verschwenden, Brendan zuliebe, in Ordnung?

»Gut ... Brendan zuliebe. Vielen Dank auch.«

Paps kam als nächstes dran. Seine Sekretärin sagte, er sei in einer Besprechung, sei aber bereit, sie zu unterbrechen, für den Fall, daß ich anriefe. Ich wußte, was nun kommen würde: er hatte sich durch diese lächerliche Scheidung nie beirren lassen, und sollte er von Rob und San Francisco erfahren haben – er würde alles daran setzen, seine Tochter und mich wieder zusammenzubringen.

Er verschwendete keine Minute. »Francis, wir müssen reden«, grummelte er. Seine Stimme ließ keine Zweifel: Er wußte Bescheid, und wir – seine Tochter und ich – hatten uns jetzt so einiges anzuhören. Für den nächsten Tag wurde ich in sein Büro zitiert.

Ich mußte noch einen Anruf erledigen, bevor ich zu Moira fuhr. Ich wählte Ashleys neue Privatnummer, und sie war sofort am Apparat. »Weißt du schon das Neueste?« sagte ich.

»Das ist ja kaum zu überhören.«

»Du bereust es doch nicht etwa?«

»Nein. Und wenn du eine Zuflucht suchst – ich koche heute abend wieder, und hier duftet es schon ganz wunderbar.«

»Äh, ich kann nicht kommen.«

»Oh ... das macht nichts. Ich –«

»Ich werde Brendan besuchen. Er hat angerufen und mir eine Nachricht hinterlassen. Er klang so traurig und hat gesagt, daß er mich vermißt, und da ich ihn schon seit Wochen nicht mehr gesehen habe, dachte ich –«

»Moment mal, krieg dich wieder ein!«

»Tut mir leid«, murmelte ich. »Meine Güte, ich komme mir vor, als würde ich dich versetzen.«

»Wir waren nicht verabredet, hast du das vergessen? Immer schön eins nach dem anderen.«

»Ich hab den Kopf verloren. Das muß an der verdammten *Cosmopolitan* liegen.«

»Frank, jetzt hör mir mal zu. Ich werde höchstwahrscheinlich bis gegen Mitternacht auf sein. Ich rechne nicht mit dir, verstanden? Aber solltest du es dir später noch anders überlegen, kannst du mich unter dieser Nummer zurückrufen. So oder so – ich habe kein Problem damit.«

»In Ordnung.« Noah hätte meine Lage als Konfliktsituation bezeichnet. Walter hätte das derber ausgedrückt.

Moira war fest entschlossen, die uns verbleibende Zeit sinnvoll zu nutzen. Seitdem ich ausgezogen war, hatten wir drei nicht mehr um diesen Eßtisch gesessen, und Brendan war begeistert. Er hörte gar nicht mehr auf zu reden, teils weil seine Mutter ihn mit Fragen überhäufte, damit ich möglichst viel von ihm erfuhr: von seiner Schule, vom Hallenfußball und von seinem Entschluß, Froschmann bei der Navy zu werden, und noch so manch anderes, das ich ihm nie entlocken konnte, wenn wir beide allein waren. Mein Sohn war gerade dabei, sich zu einem eigenständigen Menschen zu entwickeln, nur daß ich nie auch nur im Traum daran gedacht hatte, all dies könne sich während meiner Abwesenheit zutragen. Als ich ihn zu Bett gebracht hatte und wieder hinunterkam, war sie gerade mit dem Abwasch beschäftigt, und so half ich ihr beim Abtrocknen und beim Einräumen der Geschirrspülmaschine. Genau wie früher, als wir bei dieser Gelegenheit all die großen und kleinen Dinge unseres Familienlebens miteinander besprochen hatten. Doch das gehörte der Vergangenheit an, und alles, was auch nur ansatzweise daran erinnerte, war tabu, und so sprachen wir über meinen Fall.

»Ich habe Zeitung gelesen«, sagte sie. »Sollte mir Burroughs jetzt leid tun?«

»Nein.«

»Ich verstehe das nicht. Als du mir erzählt hast, daß man sie angeklagt hat, dachte ich, sie sei schuldig.«

»Das ist sie auch, nur daß Burroughs hier ebenfalls seine Hände mit im Spiel hatte, zumindest indirekt.«

»Und du präsentierst den Geschworenen eine Alternative.« Sie lächelte. »Nun, Paps hat schon immer gesagt, du seist gewitzt.«

»Wo wir gerade von Paps sprechen – er hat mich zu sich bestellt.«

»Hat er gesagt, warum?«

»Nein, aber ich glaube es geht um was Geschäftliches. Weiß er von deinen Plänen?«

Sie schüttelte den Kopf. »Ich bin drauf und dran, es ihm zu sagen, aber vielleicht ahnt er etwas.« Paps hatte eine Intuition, die von der eines gewissen jüdischen Ermittlers nur um Haaresbreite übertroffen wurde.

»Das klingt jetzt vielleicht blöd, aber kann ich irgend etwas für dich tun?«

Bevor sie antwortete, starrte sie auf die Geschirrspülmaschine. »Wenn die Zeit gekommen ist«, sagte sie leise, »dann sag ihm einfach, du wärst einverstanden.«

»Klar.« Noch so eine Enttäuschung, mittlerweile hatte ich wirklich die Nase voll davon. Auf der Heimfahrt hielt ich an einer Tankstelle. Ich wählte Ashleys Nummer, legte dann wieder auf und fuhr auf direktem Weg zu meiner Wohnung. Es war erst halb zehn – noch jede Menge Zeit für einen Spaziergang.

12

Henry Bronsons Tagebuch

7. März 1954. Könnte ich bei meinen eigenen Leistungen verweilen, dann gehörten diese Tage zu den schönsten meines Lebens! Ich habe mich selbst übertroffen, und die Tatsache, daß mir das gelungen ist, daß es in meiner Macht stand, sollte mich eigentlich zufriedenstellen. Aber heutzutage ist es damit nicht getan: Umfassender zu denken ist ein Gebot der Vernunft. Wird eine Familie bedroht – wie kann sich dann eines ihrer Mitglieder wohl fühlen?

In der Kanzlei hatte sich nichts verändert. Seit ich ihn verlassen hatte, hatte sich Paps keinen neuen Partner gesucht, dafür gab es drei erfahrene Anwälte mit erstklassigen Referenzen, einen Trupp Rechtsanwaltsgehilfen, die mit bedeutenden Mitgliedern der Gesellschaft verschwippt und verschwägert waren, und zwei Lobbyisten, die für die Mandanten der Kanzlei den Kongreß bearbeiteten. Darüber hinaus hatte Paps noch zwei Assistentinnen. Millie Fields war eine Frau in mittleren Jahren, sie stammte aus Minnesota und war 1968 hierher gezogen, um bei McCarthys »Flower-Power«-Kampagne für die Kandidatenaufstellung der Demokraten zu schuften. Sie hatte die Briefe getippt und die Ablage gemacht, während Gene gegen Amerikas Windmühlen kämpfte, und heute legte sie sich für Edward Brennan, den Windmühlenlobbyisten *par excellence*, ins Zeug. Jahrelang hatte sich Paps an ihr als Ehestifter versucht, aber irgendwie hatte das nie funktioniert, und so kehrte sie noch immer jeden Abend allein in ihre Wohnung in Adams-Morgan zurück.

Die andere Assistentin war Margaret McCauley, seit Menschengedenken seine rechte Hand. »Maggie Mac« koordinierte seine Termine, verschickte Präsente, fälschte seine Unterschrift und verteidigte die Kanzlei in Krisenzeiten wie eine Löwin. Je nachdem, wer oder was anstand, stritten sich ein Haufen Leute um den Besucherstuhl in Edward Brennans Büro. Maggie entschied, wer zur Audienz vorgelassen wurde und wer nicht, dabei war sie stets in alle Tricks eingeweiht, die in Brennans Reich ausgeheckt wurden. Im übrigen war sie seine Kusine, denn in diesem Job ist Blut nun einmal dicker als Wasser. Paps staunte immer wieder über den nie enden wollenden Aufmarsch von Abgeordneten, Interessenvertretern und Geschäftsführern, die auf Anweisung seiner vertrauenswürdigen Assistentinnen hin ins Kittchen geschafft wurden. Er schüttelte dann einfach nur seinen Kopf und sagte: »Das ist der Grund, warum der liebe Gott die Familie erschaffen hat.«

Maggie klopfte an die Schiebetüre aus Eichenholz zu Paps' Büro und führte mich hinein. Ich glaube, ich habe mich noch nie so wohl gefühlt wie in den ersten Jahren, die ich in diesem Büro verbrachte; diesen Raum betreten hieß, in Abrahams Schoß zurückzukehren. Die dunkelgrünen Wände waren bedeckt mit allerlei Gemälden sowie Fotografien von Menschen und Orten, die Paps ans Herz gewachsen waren. Prominente suchte man hier vergebens, bis auf ein kleines Bild auf seinem Schreibtisch, eine Schwarzweißfotografie, auf dem er gemeinsam mit dem jungen John F. Kennedy zu sehen war, bei einer Segelpartie vor Nantucket. Die eine Wand beherrschte ein riesiges Poster eines irischen Pubs in Limerick, so lebensecht, daß jedes dort abgebildete, wettergegerbte Gesicht seine eigene Geschichte erzählte; irgendwann hatte ich mir für jedes davon eine eigene Lebensgeschichte ausgedacht. Über dem Kamin prangte ein Porträt von Moiras Mutter, und zwischen den Fenstern, die auf die Jefferson Street hinausgingen, hing ein Foto, das uns alle zusammen am Strand von Nantucket zeigte.

Paps stemmte sich aus dem Sessel vor dem Kamin. Er hatte die gute irische Konstitution geerbt, die ein langes Leben verspricht, aber jetzt schien er immer schneller zu altern, und ich erschrak, wieviel Zeit seit meinem letzten Besuch bei ihm vergangen war.

Wir umarmten uns länger als gewöhnlich, drückten uns und klopften einander auf die Schultern, bevor er sich wieder in seinen Sessel fallen ließ und mir meinen alten Sessel ihm gegenüber zuwies. Viele Abende hatten wir so vor dem Kamin gesessen. Er pflegte uns dann immer zwei Whiskeys einzuschenken, und wir hatten geredet und geredet: übers Geschäft, über Politik, Familienangelegenheiten und über die Zukunft. Er hatte immer gesagt, er wünsche, so lange zu leben, bis Brendan in die Kanzlei eintrete.

Manchmal hatte Moira angerufen. Das waren kurze, zauberhafte Augenblicke gewesen. Ich sagte ihr dann immer, ich säße mit Paps zusammen und spielte dann zwischen den beiden den Mittelsmann, indem ich ihnen ausrichtete, was der jeweils andere gesagt hatte. Schließlich kam er selbst an den Apparat. Jedesmal fragte er: »Behandelt er dich gut, mein Kind?« Ihre Antwort brachte ihn regelmäßig zum Lachen, bis zu dem besagten Abend, als wir kurz vor der Trennung standen und sie geweint haben muß.

»Schieß los!« hob er an. »Wie fühlt man sich so, wenn man ganz oben mitmischt?«

»Hätte ich nicht so viele Sorgen, würde ich es höchstwahrscheinlich genießen.«

»Ah, mein Junge, Sorgen machen die Klinge stumpf.«

»Auch so ein irisches Sprichwort?«

»Henry Ward Beecher, aber der muß das von einem waschechten Iren gehabt haben, denn wer kennt sich besser mit Sorgen aus als wir?« Er starrte in sein Glas und runzelte die Stirn.

»Macht *dir* etwas Sorgen, Paps?«

Er nahm einen großen Schluck Whiskey, bevor er antwortete. Ich wurde langsam nervös: Wenn es hier nicht um Moira ging, dann um etwas von ähnlicher Tragweite. »Mein lieber Junge«, sagte er. »Du weißt, ich habe beruflich gesehen großen Respekt vor dir, aber diese Sache mit Burroughs ... Nun, Francis, sollte ich hier falsch liegen, dann sag mir bitte Bescheid, bevor ich loslege.«

»Erzähl weiter, ich hör dir zu.«

»Junge, die Zeitungen und das Fernsehen veranstalten eine regelrechte Schlammschlacht, und viele Leute sind deshalb mehr als beunruhigt, wenn nicht gar aufgebracht.«

»Ich wußte gar nicht, daß du Sherman Burroughs kennst, Paps.«

»Kaum. Aber ich habe mir von anderen, die ihn sehr gut kennen, so einiges anhören müssen.« Er nahm einen weiteren Schluck aus seinem Glas. »Von einer ganzen Reihe Leute«, wiederholte er.«

»Und die haben dich gebeten, mit dem ehemaligen Schwiegersohn einen Schwatz zu halten?«

»Lassen wir die Familie einmal außen vor. Sagen wir dazu lieber eine geschäftliche Besprechung zwischen zwei ehemaligen Partnern. Man hat mir gesagt, der gute Mann sei völlig verstört.«

»Angst und Sorgen richten früher oder später selbst den stärksten Mann zugrunde, aber Schuld und Gewissensbisse führen wesentlich schneller ans Ziel.«

»Das klingt mir aber auch nicht gerade nach einem irischen Sprichwort.«

»Thomas Paine. Paps, selbst wenn er den Abzug nicht selbst betätigt hat – er bekommt, was er verdient.«

»Du meinst, er hat mit der Sache zu tun?«

»Gewissermaßen ja.«

»Ich kann dir nicht ganz folgen, Francis. War er der Mittäter?«

»Nein.«

»Nun, er hat weder den Abzug betätigt, noch war er Mittäter, damit wäre doch alles gesagt, oder nicht?«

»Nein, eben nicht.«

»Doch, was den Rest der Welt anbelangt, schon. Und so denken auch die Leute darüber.«

»Ich stelle Nachforschungen darüber an, in welcher Beziehung Burroughs und Raymond Garvey zueinander standen. Was die Leute denken oder nicht denken, dafür kann ich nichts.«

»Vielleicht bin ich auch einfach nur zu lange im Geschäft, aber ich habe Zeitung gelesen und glaubte, darin die Handschrift des Anwalts von Ashley Bronson wiederzufinden.«

»Hör schon auf, Paps. Du weißt, was ich vorhabe.«

Er starrte in sein leeres Glas. »Gewähre einem alten Mann noch eine letzte Frage, dann werde ich es gut sein lassen. Kannst du nicht anders?«

»Ich kann nicht anders.«

Er atmete hörbar aus. »Nun, das war's auch schon. Was ich zu sagen hatte, habe ich gesagt.« Er stemmte sich aus seinem Sessel. »Wie wär's mit einem Drink, mein Junge?«

»Laß nur, ich kümmere mich darum.« Ich ging zur Anrichte und goß zwei Whiskeys in die großen Waterford-Gläser. Die Bekanntgabe der Partnerschaft von Brennan & O'Connell lag neben dem Silbertablett, in Glas eingegossen. Ich war regelrecht umzingelt von Dingen, die mir in Erinnerung riefen, was ich einmal alles besessen hatte, und jetzt fiel mir auch wieder ein, warum ich so lange nicht mehr hier gewesen war. Wir sprachen noch ein wenig über dies und das, aber nie ging es dabei um Moiras neue liebestechnische Verwicklungen. Wir lachten über Brendans Wunschliste, als Paps sich entschuldigte, weil er den dringenden Anruf eines Mandanten entgegennehmen wollte.

Ich vertrieb mir die Zeit, indem ich das Strandfoto anstarrte und mir vorstellte, der Mann mit dem Rücken zur Kamera sei Rob, und so war ich gerade auf dem Grund meines Glases angelangt, als Paps den Raum wieder betrat. »Diese Krankenversicherungen!« schimpfte er. »Da gibt es so manches schwarze Schaf.« Er tätschelte mir das Knie und zwinkerte mir zu. »Na, jetzt erzähl mir doch mal von Miss Bronson. Wie ist sie denn so?«

»Wie sie ist?« Ich zögerte. »Nun … sie ist elegant. Sie malt und gibt ein kleines Magazin heraus, und sie scheint mit der Situation erstaunlich gut zurechtzukommen.«

»In puncto Aussehen kann sie direkt mit Moira mithalten.«

»Kann schon sein.«

»Warst du wieder mal zu Hause, mein Junge?« fragte er leise. Er betrachtete Moiras Haus immer noch als meines.

»Gestern abend. Wir haben zusammen zu Abend gegessen.«

Seine Miene hellte sich auf. »Wirklich? Das ist doch schön, oder nicht?«

»Paps, es war einfach nur ein Abendessen. Mach dir keine falschen Hoffnungen.«

Er hob ergeben die Hände. »Darf man denn nicht mal mehr hoffen? Willst du mir das auch noch versagen?«

»Paps...« Ich stockte. Hätte ich den Mut gehabt, ich hätte ihm noch auf der Stelle alles erzählt, um Moira die Sache zu ersparen.

»Schon gut.« Er seufzte. »Ich kümmere mich um meine eigenen Angelegenheiten.«

»Tut mir leid, Paps. Ich mute dir wirklich ganz schön was zu, stimmt's?«

»Ist schon in Ordnung, mein Junge. Tu, was du nicht lassen kannst.«

»Ich muß zurück ins Büro. Diese Sache mit Burroughs – das macht dir doch keine Kopfschmerzen, oder?«

»Ich komm schon klar.« Er musterte mich besorgt. »Und was ist mit dir?«

»Nun, immerhin besser, als um das Gefängnis herumzuschleichen, oder?«

Er lächelte. »Da kannst du recht haben.« Ich half ihm auf, und wir gingen gemeinsam zur Tür und umarmten uns. Als ich gehen wollte, drückte er mich noch etwas länger. »Eins noch, mein Junge«, sagte er. »Sollte diese Sache Konsequenzen haben, dann kann ich nicht sehr viel für dich tun. Nur daß du Bescheid weißt.«

»Hat die Sache denn Konsequenzen, Paps?«

Er runzelte die Stirn. »Ich würde mich sehr wundern, wenn dem nicht so wäre.«

Wie immer hatte ihn sein feines Gespür nicht getrogen. Als ich ins Büro zurückkehrte, war der Brief von der Ethikkommission bereits eingetroffen. In den ersten Absätzen stand, was ich erwartet hatte: Burnsides Beschwerde war bei ihnen eingegangen und sie würden eine Untersuchung veranlassen, bla, bla, bla. Kein Problem, dachte ich mir, laßt euch nur Zeit. Ich überflog den Rest, kam zum letzten Absatz, stockte und las ihn ein zweites Mal, langsam und deutlich: »Da die von Mr. Burnside aufgeworfenen Punkte auf einen laufenden Mordfall Bezug nehmen, ist die Kommission zu dem Schluß gelangt, die Angelegenheit unverzüglich vor den vorsitzenden Richter zu bringen, um Klarheit darüber zu erlangen, wie in der Angelegenheit weiter zu verfahren ist. Die Kommission wird die Sache sofort prüfen und den Fall bis zur Urteilsverkündung mitverfolgen.«

Der erste wohlkoordinierte Gegenangriff, so schien es. Nachmittags erreichte mich Warners Beschluß, in dem stand, daß das Gericht zu einer eigenen Einschätzung kommen wolle, wozu eine Vernehmung der Verteidigung notwendig würde. Ich hätte mich am Freitag bei Warner einzufinden. Der Gerichtsbeschluß war mir versiegelt überstellt worden. Das hier ging nur die Verteidigung und das Gericht etwas an; sogar Rogavin konnte nichts weiter tun als abwarten, obwohl er eine Kopie des Beschlusses erhalten hatte.

Ich hatte Burroughs' langen Arm unterschätzt oder aber den von Delbarton & Brand, aber ich hatte gute Gründe, Nachforschungen über die Beziehung zwischen Sherry und Raymond Garvey anzustellen, und ich hatte meine Ergebnisse gegenüber der *Post* nicht durchsickern lassen. Laß sie nur machen, dachte ich, alles kein Problem.

Es sollte nicht lange dauern, bis ich meine Meinung änderte. Andy studierte den Beschluß, so als handele es sich dabei um seinen Einberufungsbefehl. Alle Farbe wich aus seinem Gesicht. »Warum um alles in der Welt will er mich bloß sprechen?« stöhnte er.

Ich versuchte ihn zu beruhigen. »Er will uns nur ein paar Fragen zu Sherman Burroughs stellen – was er mit dem Fall zu tun hat, welche Nachforschungen wir angestellt haben, über welche Pressekontakte wir verfügen, so was in der Art. Vielleicht noch ein paar andere Fragen.«

»Was soll das heißen, ›noch ein paar andere Fragen‹?«

»Keine Ahnung.« Ich legte Warners Beschuß beiseite. »Da steht, das Gericht wird die Angelegenheit ›auf jeglichen Verstoß gegen die Standesrichtlinien hin überprüfen‹. Vielleicht kommen da noch ein paar Fragen allgemeinerer Natur.«

»Wird er uns zu dem Tagebuch vernehmen?«

»Er weiß gar nichts von dem Tagebuch.«

»Aber wird er mich irgend etwas fragen, das mich zwingen könnte, davon zu erzählen?«

»Ich dachte, das hätten wir schon besprochen. Das Tagebuch anzunehmen verstieß nicht gegen die Standesrichtlinien.«

Andys Blick blieb an dem Beschluß haften, als er sagte: »Ich ... ich bin mir da nicht so sicher. Ich habe meine Meinung diesbezüglich nicht geändert.« Er holte tief Luft und sah mir direkt in die Augen. »Was könnte Warner tun, falls er davon erfährt?«

»Keine Ahnung. Er könnte anordnen, daß ich es der Polizei übergebe.«

»Dann hätte Rogavin ebenfalls Zugang dazu?«

»Nein, denn ich würde der Anordnung nicht nachkommen.«

Seine Augen weiteten sich. »Du würdest der Anordnung ...«

»Stimmt genau, ich würde Berufung einlegen.«

»Aber natürlich, Berufung einlegen!« jubelte er, sichtlich erleichtert, daß ich nichts Unlauteres im Schilde führte. »Du müßtest Berufung einlegen, und bis dahin wissen wir, wie wir uns zu verhalten haben.«

»Und wenn die Sache schiefgeht, dann wird sich Rogavin des Tagebuchs bemächtigen, und Ashley wird wegen vorsätzlichen Mordes verurteilt.«

»Wir haben keine andere Wahl.«

»Wir können eine eigene Entscheidung fällen, was die Standesrichtlinien betrifft. Wenn wir beschließen, daß es keinerlei Verstoß gegeben hat, dann müssen wir das Tagebuch erst gar nicht erwähnen.«

»Darüber habe ich schon – ausführlich – nachgedacht.«

»Du hast darüber nachgedacht, so als handele es sich hierbei um eine Art Juraexamen. Du mußt ein wenig mehr denken wie ein Anwalt.«

»Ich dachte, was die Standesrichtlinien anbelangt, hätten wir objektiv zu sein.«

»Andy, ich sage dir das einmal und nie wieder, und egal, was du für dich beschließt, versuch dir eins einzuprägen: Im Leben eines Anwalts gibt es keine Objektivität. Jeder hier ist voreingenommen: die Staatsanwaltschaft, die Verteidigung, Mandanten, Zeugen, Richter – Richter ganz besonders. Wenn du deine Haltung zugunsten irgendeiner schwer definierbaren Neutralität aufgibst, dann befindet sich dein Mandant in ernsten Schwierigkeiten.«

Seine Schuhspitze beschrieb einen Bogen auf dem Teppich. »Wenn du recht hast«, sagte er nachdrücklich, »dann gibt es keinerlei ethische Maßstäbe. Was dann noch bleibt, ist moralischer Relativismus.«

»Jetzt mach bitte keine Staatsaffäre daraus. Juristen müssen nun einmal Urteile fällen, und was ist bitte schön falsch daran, im Zweifel für den eigenen Mandanten zu sein? Was, wenn uns das Berufungsgericht mit zwei zu eins überstimmt? Kannst du noch ruhig schlafen, wenn Ashley erst einmal im Gefängnis sitzt?«

»Wenn ein gerechtes Urteil gefällt wurde, dann ja«, verkündete er.

»Das glaubst du doch selbst nicht! Und ich werde dir noch was verraten: So etwas wie Gerechtigkeit gibt es nicht – weder innerhalb noch außerhalb des Gerichtssaals.«

»Wer sagt das?«

»Clarence Darrow, ein Kerl, der so einiges von der Rechtsprechung verstand. Hör zu, laß dir die Sache noch mal durch den Kopf gehen. Ich hoffe, du wirst deine Meinung noch ändern – und ich bin mir sicher, Ashley hofft das auch.« Mehr wollte ich ihn zu diesem Zeitpunkt nicht unter Druck setzen.

»Ich werd darüber nachdenken«, murmelte er und erhob sich von seinem Stuhl. »Trotzdem – Ashleys Verteidigung stellt für mich alles andere als eine Art Juraprüfung dar. Ich möchte einfach nur das Richtige tun.« Er wartete auf ein paar versöhnliche Worte meinerseits, aber hier stand einfach viel zuviel auf dem Spiel, und ich war meilenweit davon entfernt, fair zu sein.

Ich piepste Walter an, zwei Minuten später hatte ich ihn am Apparat. »Wo bist du?« fragte ich.

»Im Heiligen Land. Rate mal, wessen Foto auf der Titelseite der *Times* prangt?«

»Bei mir ist auch die Hölle los. Irgendwelche Fortschritte zu vermelden?«

»Der Beschreibung nach kommt Mr. Brown niemandem vom Wach- oder Putzpersonal bei Charlton und Revis bekannt vor. Genausowenig wie der Name Octagon. In der Mittagspause habe ich mich an die Empfangsdame herangemacht: erfolglos. Ich bleib noch ein wenig und versuche bei der Nachtschicht mein Glück. In der Zwischenzeit behalte ich die Empfangshalle im Auge und rufe morgen ein paar Freunde an, um zu hören, ob sie mit dem Namen Octagon irgendwas anfangen können.«

»Hört sich nach einer ziemlich langwierigen Geschichte an.«

»Du willst was Langwieriges? Ich habe Harry und Dan darauf angesetzt, herauszufinden, ob zwischen Octagon und Kellogg irgendwelche Verbindungen bestehen.«

»Das wär's doch, oder?«

»In deinen kühnsten Träumen vielleicht. Was wirst du tun?«

»Ich werde die Stadt verlassen. Sherry schlägt zurück, und ich bin umzingelt.« Ich erzählte ihm von der Ethikkommission und Warners Vernehmung.

»Du wirst das schon machen«, sagte er.

»Die Sache ist komplizierter, als du denkst. Der Richter will Andy ebenfalls vernehmen, und unser Junior hat Gewissensbisse.«

»Wegen diesem Ding in deiner Kommode?«

»Sag nicht, du hättest mich gewarnt.«

»An deiner Stelle würde ich auch die Stadt verlassen. Wohin gehst du?«

»Pennsylvania. Dort treffe ich mich mit einem alten Bekannten von Henry Bronson. Jetzt, wo du hinter Octagon her bist und ich hinter Henrys Geheimnis, sollten wir den Stein der Weisen doch bald gefunden haben. Treffen wir uns morgen abend?«

»Ja, wenn sie dich bis dahin nicht verhaftet haben. Hey, in der Empfangshalle wimmelt es nur so vor Leuten. Ich muß los.«

13

Henry Bronsons Tagebuch

27. März 1954. Für die Wissenschaft gibt es keine negativen Erkenntnisse. Jede Form von Wissen kommt der Allgemeinheit zugute – mit Ausnahme der Selbsterkenntnis. Doch große Unternehmungen bieten zahlreiche Gelegenheiten zur Selbsterkenntnis, etwas, das man vorher nie bedacht, geschweige denn angestrebt hätte: die eigene Natur zu kennen, und nicht nur die Natur der Dinge. Und was am schwersten fällt, ist nicht, sich zwischen Eigeninteresse und Allgemeinwohl entscheiden zu müssen, sondern beides überhaupt auseinanderhalten zu können. Alea jacta est.

Herbert Epsteins Haus stand auf einem Höhenzug, der westlich der Stadt parallel zum Fluß verlief. Von der Tankstelle an der Hauptstraße konnte man sein Dach erkennen. Ich war eine halbe Stunde zu früh dran, rief aber von einem öffentlichen Telefon aus bei ihm an, woraufhin er mich bat, doch gleich bei ihm vorbeizukommen. Als ich in seine Auffahrt einbog, stand er schon wartend in der Tür. Für seine fünfundsiebzig Jahre sah er ziemlich rüstig aus in seinen khakifarbenen Hosen, seinem karierten Hemd und den Arbeitsschuhen. Strähnen weißen Haars und ein gepflegter Bart hoben sich von der wettergegerbten Haut eines Mannes ab, dem man ansah, daß er viel Zeit im Freien verbrachte. Er begrüßte mich mit einem festen Händedruck und bat mich nach ein paar Höflichkeitsfloskeln in eine Küche im rückwärtigen Teil des Hauses, die mit Holzofen, Kiefernmöbeln und verblichenen Vorhängen bestückt war.

»Setzen Sie sich«, wies er mich an. »Ich wollte gerade zu Mittag essen.«

»Tut mir leid, ich hätte warten sollen, bevor ich anrief.«

»Kein Problem. Es gibt sowieso nur Suppe, und ich kann leicht noch eine Dose mehr aufmachen. Wie wär's?«

»Vielen Dank, das ist sehr nett von Ihnen, Mr. Epstein.«

»Herbert. Fühlen Sie sich ganz wie zu Hause.«

»Danke. Nennen Sie mich Frank.«

Er öffnete einen Küchenschrank über der Spüle und legte den Kopf in den Nacken, um mit Hilfe seiner Gleitsichtbrille die Etiketten zu studieren. »Huhn, Gemüse oder Gerste. Sie haben die Wahl.«

»Gemüse.«

»Einmal Gemüse, einmal Huhn«, murmelte er. »Ein echter Leckerbissen. Dazu gibt's selbstgebackenes Brot.«

»Backen Sie?«

»Ich?« Er schnaubte. »Daß ich nicht lache! Ich kann mir kaum 'ne Suppe warm machen. Doch unser himmlischer Vater sorgt für mich. Erinnern Sie sich noch an all die Mädels, die Sie auf dem College angehimmelt, aber nie abgekriegt haben? Nun, sie überleben ihre Ehemänner, und plötzlich sind sie alle wieder da. Nur, daß sie das Essen diesmal selbst mitbringen.«

»Das läßt ja hoffen.«

»Und wissen Sie, was das beste daran ist? Wenn Sie erst einmal selbst alt sind, dann finden Sie ältere Damen gar nicht mehr so übel. Sind Sie verheiratet?«

»Nicht mehr.«

Er schüttete den Inhalt der Dosen in je einen Topf. »Besser dran ohne sie, was?«

»Nein.«

Er warf einen kurzen Blick über seine Schulter. »Tut mir leid. Wer so lange allein lebt wie ich, redet manchmal ganz schön dumm daher.« Er holte Brot aus einer Kaffeedose und begann es in Scheiben zu schneiden. »Ich war sechsunddreißig Jahre lang verheiratet. Niemand kann sie mir ersetzen, auch wenn sich die Witwen hier sehr um mich bemühen.«

»Nun, so brauchen Sie wenigstens nicht zu verhungern.«

Er wandte sich um und zwinkerte mir zu. »Nicht, solange ich auf mein Äußeres achte. Vertauschte Rollen, hab ich recht?«

»Kann schon sein. Haben Sie Ashley je kennengelernt, Herbert?«

»Hab sie ein paarmal gesehen. Als Säugling und dann noch ein-, zweimal als Kleinkind, auf der einen oder anderen von Henrys Partys – damals, als er noch Partys gab.«

Das Telefon klingelte, und so wie es sich anhörte, schien eine seiner Verehrerinnen am Apparat zu sein. Er zwinkerte mir zu, als er fragte, ob er nicht doch etwas mitbringen könne, legte dann auf und grinste. »Bei ihr werde ich morgen zu Abend essen«, sagte er kichernd. »Die beste Füllung, die Sie je gegessen haben. Vielleicht heirate ich sie wegen des Rezepts und komme dann selber ins Geschäft.«

»Vielleicht reicht es, wenn Sie nur danach fragen.«

»Eher würde sie mir ihre Goldplomben vermachen. Diese Rezepte sind ihr Kapital. Wo waren wir stehengeblieben?«

»Wir haben von Henrys Partys gesprochen. Soweit ich weiß, haben Sie zusammen studiert?«

»Princeton, Jahrgang Vierundvierzig. Nach unserem Examen haben sich unsere Wege getrennt. Hab ihn bis zu unserem Jahrgangstreffen, fünfzehn Jahre später, nicht mehr gesehen. Danach haben wir uns gelegentlich eine Karte geschrieben und hier und da mal telefoniert, und er hat mich zu seiner Hochzeit eingeladen. Das war Dreiundsechzig, nur wenige Monate, bevor Kennedy erschossen wurde. Seitdem blieben wir in Verbindung, und ich war auf einigen von ihren Partys, bevor Audrey starb.« Er stellte Brot und Suppe auf den Tisch und nahm Platz. »Das letzte Mal, daß ich ihn gesehen habe, war auf ihrer Beerdigung. Der arme Henry war am Boden zerstört.«

»Wie war sie so, seine Frau?«

»Audrey«, sagte er. »Audrey Taylor Bronson.« Er wählte seine Worte sorgfältig. »Sie war … attraktiv, keine hinreißende Schönheit, das nicht, aber auf ihre Art sehr attraktiv.« Ein Blick in seine Augen genügte, um zu wissen, daß er das auf seine Art auch gefunden hatte. Zu schade, daß Walter nicht hier war, um die Lücken zu schließen.

»Sie hat Henry perfekt ergänzt.«

»Inwiefern?«

»Sie teilte seine Interessen, liebte die schönen Künste. Aber auch Partys und gute Gespräche begeisterten Audrey, und nachdem sie eingezogen war, gaben sie so manche Gesellschaft.« Er lachte in sich hinein. »Wissen Sie, Henry war schon vierzig, als er sie heiratete, und ich glaube nicht, daß er sie je auch nur eine Sekunde aus den Augen ließ, wenn sie Gäste hatten.«

»Ashley hat mir erzählt, er sei ziemlich schüchtern gewesen.«

»Schüchtern?« Er lächelte. »Gott, war der unbeholfen. Liebenswürdig, aber unbeholfen. Völlig vernarrt in seine Bücher. Hätte er sein Leben in einer Bibliothek verbringen dürfen – ich glaube, er wäre der glücklichste Mensch der Welt gewesen. Henry hatte nicht viele Freunde.«

»Soweit ich weiß, war er mit Raymond Garvey befreundet.«

Epstein verzog das Gesicht. »*Niemand* war mit Garvey befreundet. Wer Geld oder Macht besaß, den suchte er mit seiner sogenannten Freundschaft heim, doch wer vom Schicksal weniger begünstigt war, den würdigte er keines Blickes. Der konnte sich anbiedern bis zum Gehtnichtmehr.«

»Sie haben ihn also gekannt?«

»Ich hab ihn auf Henrys Partys getroffen. Nach Audreys Tod hat Henry fest beschlossen, daß sich seine Unbeholfenheit auf dem gesellschaftlichen Parkett nicht negativ auf Ashley auswirken sollte. Also schaltete er Raymond ein, um die richtigen Kontakte zu pflegen. Und Raymond, der kannte wirklich jeden. Henry gab ein Abendessen und lief dann in seinem eigenen Haus hinter Raymond her wie ein Hündchen. Es war kaum mit anzusehen, aber Raymond ließ sich seine Vermittlertätigkeit gut bezahlen, und im Gegenzug hielt Henry seiner geliebten Tochter alle Möglichkeiten offen. Natürlich änderte sich das alles, als sie älter wurde.«

»Die neue Gastgeberin hieß Ashley.«

»Ganz genau. So wie ich das sehe, verkörpert Ashley alles, was Audrey einmal war, wenn sie sie nicht sogar noch übertrifft. Wissen Sie, was mir Henry einmal sagte? Er sagte, er könne kaum glauben, daß ihn Gott mit einer Tochter wie Ashley gesegnet habe. Er sagte, sie sei genau die Sorte Mensch, die er sonst immer nur aus der Ferne bewundert hätte.« Epstein schüttelte angewidert den Kopf. »Wie kommen die bloß auf die Idee, sie hätte jemanden umgebracht? Was für ein ausgemachter Blödsinn!«

»Herbert, was machte Henry eigentlich nach dem Examen?«

Epstein hielt inne, den Löffel auf halbem Weg zum Mund. »Ich glaube, er ging nach Chicago, ein Aufbaustudiengang, soweit ich weiß. Ich dagegen blieb in Princeton, um mit Morley Bennett zu arbeiten.«

»Wissen Sie, woran er dort genau gearbeitet hat?«

»In Chicago?« Er schüttelte den Kopf. »Damals bestimmt. Zu dumm, daß mir das jetzt nicht mehr einfällt.«

»Haben Sie irgendeine Ahnung, was er damals in Kalifornien wollte? Soweit ich weiß, war er dort Anfang der Fünfziger an irgendeinem Projekt beteiligt, wahrscheinlich im Raum Los Angeles.«

»Hmmm. Ich glaube er ist nach Los Angeles gegangen, aber was er dort gemacht hat – keine Ahnung.«

»›L hoch drei‹, sagt Ihnen das irgendwas?«

»L hoch drei?« Er konzentrierte sich kurz auf sein Brot, bestrich es sorgfältig von Rand zu Rand mit Butter, bevor er weitersprach. »Nun, L ist die Abkürzung für Liter, das Mengenmaß für Volumen, aber Liter hoch drei, das ergibt keinen Sinn.« Er biß von seinem Brot ab und kaute nachdenklich. »Wir forschten überwiegend für die Regierung, und daher durfte man mit Außenstehenden nicht über seine Arbeit sprechen. Viele Wissenschaftler hielten das für militärischen Blödsinn, ich jedoch nie und Henry, soweit ich weiß, auch nicht.«

»Er hat *nie* darüber gesprochen? Selbst Jahre danach nicht?«

»Nein. Als wir uns schließlich wiedersahen, hatte Henry der Physik längst den Rücken gekehrt. Hätte ich Geld geerbt, ich hätte dasselbe getan.«

»Warum das?«

Er lächelte. »Nun, ich gehörte zu denen, die sich schon sehr früh auf dem Höhepunkt ihres Schaffens befinden. Manche Wissenschaftler sind so. Wissen Sie, ich war auf der Titelseite von *The Physicist*, noch bevor ich fünfunddreißig war. Das war das erste und zugleich auch das letzte Mal.« Er seufzte. »Plötzlich sind mir die Ideen ausgegangen. Ich weiß selbst nicht, warum.«

»Woran haben Sie gearbeitet?«

»Strömungsdynamik. Ich habe eine Arbeit veröffentlicht, die große Aufmerksamkeit erregte, ich gehörte zur Weltspitze.« Nachdenklich kaute er auf seinem Brot herum. »Damals wußte ich nicht, daß ich mich bereits auf dem Höhepunkt meines Schaffens befand, woher auch? Ein paar Jahre später lief mein Stipendium aus, und alle interessanten Positionen an den Fakultäten waren mit Flüchtlingen aus Europa besetzt worden. Ich endete mit einem Lehrauftrag an einer kleinen Fachhochschule bei Harrisburg.«

»Herbert, haben Sie irgendeine Idee, wie ich herausfinden könnte, was Henry in Kalifornien genau gemacht hat?«

Er zuckte die Achseln. »Ich weiß nicht, mit wem er damals zusammengearbeitet hat. Vielleicht wußte ich das mal, aber seitdem sind über vierzig Jahre vergangen, und« – er griff sich an den Kopf – »die kleinen grauen Zellen hier sterben immer mehr ab, wissen Sie. Wie wär's mit der Regierung? Sollte er an irgendwas geforscht haben, das Uncle Sam finanziert hat, dann müßte es Unterlagen dazu geben.«

»Nun, das ist im Moment etwas zu umständlich. Sollte Ihnen doch noch irgendwas dazu einfallen, rufen Sie mich dann an?«

»Natürlich. Bringt Sie das in Ihrem Fall weiter?«

»Man kann nie wissen. Hintergrundinformationen können sehr wertvoll sein.«

»Ich dachte, Sie würden mich wegen diesem Burroughs löchern«, sagte er und lächelte bei meiner Reaktion. »Auch *wir* haben Fernsehempfang hier, wissen Sie. Wie dem auch sei, ich hab noch nie von ihm gehört – bis vor ein paar Tagen.«

Ich stand vom Tisch auf. »Vielen Dank für Ihre Mithilfe und das Mittagessen. Ich muß los – viel zu tun.«

»Ja, ich weiß noch sehr gut, wie das ist. Ich begleite Sie nach draußen.«

Ich stand im Flur und knöpfte mir gerade den Mantel zu, da legte er mir die Hand auf die Schulter. »Hey!« lachte er. »Noch eine Minute Zeit? Ich möchte Ihnen gern etwas zeigen, bevor Sie gehen.« Ich folgte ihm in ein Arbeitszimmer mit Erker, von dem aus man einen schönen Blick ins Tal und auf die Berge Pennsylvanias hatte, die hinter der Stadt aufragten. Er führte mich zu einer Wand, die über und über mit Fotos und Urkunden bedeckt war, und zeigte auf ein Bild in der Mitte. »Da sind sie«, sagte er. »Herbert Epsteins fünfzehn Minuten Ruhm.« Das Foto war eine Nahaufnahme eines jungen, gutaussehenden Epstein mit vollem, schwarzgelockten Haar, der strahlte wie jemand, der seine ganze Zukunft noch vor sich hat. Er stand gegen ein Bücherregal gelehnt und hielt eine Zeitschrift in die Kamera, die sein Konterfei auf dem Titel hatte. »Na, was sagen Sie dazu?« grinste er. »Eine Mischung aus Tyrone Power und Errol Flynn, was?«

Ich starrte das Bild an.

»Frank?«

»Wie bitte? Tut mir leid. Errol Flynn. Und ob.«

Der Hintergrund war ziemlich verschwommen. Ich war nach Pennsylvania gefahren, um ein Geheimnis zu lüften, kehrte jedoch verwirrter zurück, als ich losgefahren war. Der junge Epstein sah weder aus wie Tyrone Power noch wie Errol Flynn, sondern wie jemand, den ich erst vor kurzem gesehen hatte.

Auf einem alten Foto.

Ich hatte Ashley versprochen, sie anzurufen, sobald ich wieder im Büro war. »Ich bin wieder da«, erklärte ich.

»Hast du Herbert getroffen?«

»Ja. Er weiß nicht, was dein Vater in Los Angeles zu tun hatte. Und sollte er es je gewußt haben, dann hat er es längst wieder vergessen.«

»Oh. Nichts Neues also?«

Ich hätte ihr lieber etwas anderes erzählt, aber ich sagte: »Nein, nichts Neues.« Die Details würde ich ihr später mitteilen.

Gegen sieben tauchte Walter auf. Er sah müde aus. Er schuftete wie ein Tier, selbst für seine Verhältnisse. Er war viel zu sehr Polizist, um Ashleys Tat zu entschuldigen, aber so wie er sich einsetzte, hätte man glauben können, sie sei auf irgendeine Schwäche bei ihm gestoßen, vorausgesetzt, er hatte dergleichen überhaupt. Jedenfalls hatte er die Loyalität eines Polizisten sowie einen fehlgeleiteten Freund, der bei einer Mandantin die Grenzen überschritten hatte.

»Kein Mr. Brown?« fragte ich.

»Nein.«

»Was ist mit Kellogg? Sag, er ist Sherrys Halbbruder.«

»Keinerlei Verbindungen zu Octagon«, knurrte er. »Keine Geldeingänge, und deine Freundin Maureen sagt, sie habe ihn noch nie gesehen. Wir haben es sogar andersrum versucht, haben nach ihren Angaben ein Phantombild von Mr. Brown angefertigt und es in Kelloggs Nachbarschaft rumgezeigt.«

»Ein totaler Reinfall«, sagte ich.

»Bis auf eines: Ich hab einen alten Kumpel vom FBI zum Frühstück eingeladen, einen Typ von der Spionageabwehr.«

»Das FBI steht auf Rogavins Seite! Was zum Teufel ist denn in dich gefahren?«

»Entspann dich! Er ist schon lange in Pension, und ich habe ihm in der Vergangenheit so manchen Gefallen getan.«

»Du hast ihn auf Octagon angesprochen? Was hat er gesagt?«

»Nichts.«

»Nichts ... Das versteh ich nicht.«

»Wenn ich ›nichts‹ sage, dann meine ich auch ›nichts‹. Der Typ hat einfach nur seinen Kaffee getrunken.«

»Und was heißt das bei euch Bullen genau?«

»Egal, wer oder was hinter Octagon steckt, mein ehemaliger Kumpel von der Spionageabwehr weiß darüber Bescheid und darf nichts darüber verlauten lassen – kein Sterbenswörtchen, nicht einmal einem alten Kumpel gegenüber.«

»Okay. Und jetzt sag mir bitte, was *das* zu bedeuten hat.«

»Ein Puzzleteilchen mehr, sonst nichts. Und, wie ist es bei dir mit Herbert gelaufen?«

»Er sagt, er hat keine Ahnung, womit Henry in den fünfziger Jahren beschäftigt war.«

Er sah mich an. »Und?«

»Er hat gelogen.« Ich erzählte ihm von dem Foto.

»Im Ernst? Du glaubst, er ist in die Sache verwickelt?«

»Ich glaube nicht, daß er zu Octagon gehört, aber wenn er mit Henry zusammengearbeitet hat, dann stehen die Chancen sehr gut, daß er weiß, um welches Projekt es sich handelte und was sie von ihm wollten.«

»Vielleicht sollte ihn Harry mal aufsuchen.«

»Mein Gott, Walter, der Typ ist fünfundsiebzig! Was, wenn Harry ihn in den Herzinfarkt treibt?«

Er dachte kurz darüber nach. »In Ordnung. Wie willst du es dann aus ihm rausbekommen?«

»Keine Ahnung, aber bevor ich wieder hinfahre, müssen wir mehr in der Hand haben, denn wenn es mir beim nächsten Mal nicht gelingt, ihn aufzurütteln, dann komme ich nie mehr an ihn ran. Übrigens, erzähl bloß unserer Mandantin nichts davon. Ich will wissen, was mit Henry los war, bevor wir sie einweihen.«

»Da werden wir auch noch hinterkommen«, verkündete er.

»Ich weiß nicht. Wir kommen nicht einmal bei Kellogg dahinter. Er weiß, was Ashley getan hat, nachdem sie Garveys Haus verließ, aber du hast dir ja in den Kopf gesetzt, daß er lügt. Wie soll denn das gehen? Und wenn ja, warum sollte er? Was hat er für ein Motiv, und was hat er mit Octagon zu tun?«

»Mach die Dinge nicht komplizierter, als sie sind. Vielleicht hat er gar nichts mit Octagon zu tun. Vielleicht hat er einfach nur den Platz des echten Zeugen eingenommen.«

»Warum?«

»Keine Ahnung.«

»Wenn das stimmt, dann werden wir sein Motiv nie herausbekommen.«

»Wahrscheinlich nicht.«

Ich hieb wütend mit der Faust auf den Tisch, und ein Stift rollte zu Boden. »Der ganze verdammte Fall ist mir ein einziges Rätsel, und wir haben keinen blassen Schimmer!«

Er hob den Stift auf und legte ihn zurück auf den Tisch. »Was ist mit dem Tagebuch des alten Herrn?«

»Noch so ein Rätsel. Ich wette, in dieser Stadt tauchen mindestens viermal jährlich irgendwelche Tagebücher auf, die nur so strotzen vor Details, die kein Schwein interessieren. Nur wir, wir haben es mit der absoluten Ausnahme zu tun. Henrys Tagebuch besteht zu neunundneunzig Prozent aus Betrachtungen über das Leben im allgemeinen, darüber, wie es um die Menschheit und ihre Stellung im Universum bestellt ist. Hier und da gibt es den einen oder anderen verwertbaren Hinweis, aber sonst ist immer alles ganz allgemein gehalten, nie was Konkretes. Er war in ein wichtiges Projekt in Kalifornien involviert, und ich glaube, die ›Schöpfung‹, die er in seinem letzten Eintrag erwähnt, das, was ihm solche Angst einjagt, ist auf seinen Beitrag zurückzuführen, aber das sind alles bloße Vermutungen.«

»Hat ihn Garvey denn nun erpreßt oder nicht?«

»Ich glaube schon, und er hat auch irgendwas mit den ›Folgen jugendlichen Eifers‹ zu tun, die Henry in seinem letzten Eintrag erwähnt hat. Und die stehen wiederum mit einer Entscheidung in Zusammenhang, die er 1954 in Verbindung mit dem Projekt treffen mußte.«

»Eine große Sache, oder was?«

»Ja. Er schrieb: ›Die Würfel sind gefallen.‹«

»Wie bitte?«

»Das hat Julius Cäsar gesagt, als er den Rubikon überquerte. Würfel, wie beim Würfelspiel.«

Er starrte mich mißtrauisch an. »Er hat gewürfelt? Was schert ihn das fünfzig Jahre später?«

»Zitate sind nicht gerade deine Stärke, was?«

Trotzdem, seine Frage war Gold wert.

»Jetzt red schon, laß mich nicht weiter im unklaren.«

»Das ist alles. Alles, was ich weiß. Die Einträge, die danach kommen, sind der reinste Gemischtwarenladen. Wenn man weiß, was passiert ist, kann man bestimmte Dinge aus seinen Aufzeichnungen herauslesen. Das Leben geht weiter, er heiratet, bekommt eine Tochter, und um die Menschheit scheint es ziemlich gut bestellt zu sein. Dann stirbt seine Frau, und er grübelt seitenlang über den Sinn des Lebens nach.«

»Keine Rede mehr von dem großen Geheimnis?«

»Nur noch einmal.« Ich schloß die Kredenz auf, nahm einen der Bände heraus und schlug ihn an einer bestimmten Stelle auf, die ich zuvor markiert hatte. »Hör dir das an.«

7. Juni 1982. Inzwischen ist so viel Zeit vergangen, daß meine Angst besiegt schien. Rückblickend ist es mir gelungen, mich für rechtschaffen, ja sogar mutig zu halten. Noch heute morgen bin ich mit einer Illusion aufgewacht, heute abend dagegen werde ich mit der Realität zu Bett gehen. Ich werde meiner Angst kaum noch Herr, sie ist größer, als ich mir das je hätte vorstellen können. Ich glaubte, eine wohlüberlegte Wahl getroffen zu haben, aber ich habe mich getäuscht.«

»Was sagst du dazu?« fragte ich.
»Schlechte Nachrichten, er erlebte eine böse Überraschung.«
»Würden wir die schlechte Nachricht kennen, vielleicht wüßten wir dann, worum es geht.«
»Schon möglich«, sagte er.
»Und, was planst du als nächstes?«
»Wir werden versuchen, irgendwie anders an Octagon ranzukommen. Burroughs' Chauffeur hat Brown manchmal zum Flughafen gebracht. Er behauptet, er kann noch genau sagen, wann das war. Vielleicht kommen wir an ein paar Passagierlisten von Flügen nach New York heran. Und dann wären da noch Charlton und Revis. Ihr Konto –«
Ich hob beschwichtigend die Hand. »Halt! Hör sofort auf, danke, danke.«
Er griff nach seinem Mantel. »Weißt du, du hast dir das mit Burroughs bloß aus den Fingern gesogen, all unsere Ermittlungen basieren auf reiner Spekulation. Doch langsam fügt sich eins zum anderen, und hinter all dem steckt höchstwahrscheinlich eine sehr reale Geschichte: ein alter Mann hat ein Geheimnis, das ihm ein alter Rivale entreißen will. Wer weiß, in was für schmutzige Geschäfte Raymond verwickelt war? Sollte die Wahrheit je ans Licht kommen, dann wird das Gericht ihr noch eine Ehrenmedaille verleihen.«

»Mit anderen Worten, du hältst mich für ein Genie?«

»Ja, du bist ein verdammt kluger Kopf.«

»Ich danke dir.«

»Trotzdem, du übersiehst das Nächstliegende.«

»Und das wäre?«

»Das Geheimnis aus dem Tagebuch – die schlechte Nachricht, die den alten Herrn ereilt hat.«

»Was ist damit?«

Er schüttelte den Kopf. »Jetzt dachte ich gerade, ich hätte dich soweit, da läufst du mir schon wieder davon.«

»Ah, jetzt verstehe ich: Du bist Charlie Chan und ich bin ›Sohn Nummel eins‹.« Ich wandte mich um und verneigte mich. »Meine Güte, Walter, was meinst du mit ›du übersiehst das Nächstliegende‹?«

»Wenn du Nachrichten haben willst, wo informierst du dich dann?«

»Ich lese Zeitung.«

»Aha.« Er stürzte davon.

Ich rief ihm hinterher. »Was? Du glaubst, es steht in der Zeitung?«

»Genau dort würde ich an deiner Stelle nachlesen«, sagte er und verschwand.

Donnerstag nachmittag erhielt ich einen Anruf von meinem heißgeliebten Staatsanwalt. »Bald ist Weihnachten«, sagte er. »Sie kennen ja das Sprichwort: Geben ist seliger denn nehmen.«

»Legen Sie den Fall nieder?«

»Genau«, entgegnete er und kicherte. »Wie sich herausgestellt hat, ist Sherman Burroughs der Täter.«

»Und was ist mit meinem Geschenk?«

»Ihr Geschenk haben Sie bereits von mir bekommen. Jetzt sind Sie dran mit Geben – nichts Aufregendes, wirklich nicht. Ich wollte mir mein Präsent nur noch abholen, bevor Warner Ihnen den Fall entzieht.«

»Ich höre.«

»Wir haben da eine lückenlose Gewahrsamskette, was die Kugel anbelangt – angefangen vom Kopf des armen Mr. Garvey bis hin zum Ballistik-Experten. Der Leichenbeschauer gab die Kugel einem FBI-Agenten, der den Kurier gespielt hat. Der Agent könnte bezeugen, daß er die Kugel vom Leichenbeschauer erhalten und sie dem Ballistik-Experten höchstpersönlich überbracht hat. Wenn Sie wollen, daß wir ihn in den Zeugenstand rufen – bitte gern, aber da er nach San Diego versetzt wurde und wir heutzutage immer auch unser Budget im Blick behalten müssen, würden wir uns das Geld für den Hin- und Rückflug liebend gern sparen.«

»Wieso ist ein FBI-Agent in die Sache verwickelt? Der Fall untersteht doch der hiesigen Polizei.«

»Ganz genau. Aber Garvey war Mitglied des Kabinetts, und da wollte das FBI kein Risiko eingehen. Also hat der gute Agent beim Leichenbeschauer nachgeforscht und angeboten, den Kurier zu spielen. Das war's auch schon. Also, was ist?«

»Ich werd drüber nachdenken. Vielleicht red ich mal mit dem Agenten – nur um sicherzugehen, daß er noch lebt und so.«

»Aber natürlich. Wenn Sie mir rechtzeitig Bescheid geben, dann melde ich eine Konferenzschaltung an. Ich wüßte es sehr zu schätzen, wenn wir die Sache bald in trockenen Tüchern hätten.«

»Ich werde Ihnen nächste Woche Bescheid geben.«

»Bis dahin werden Sie doch hoffentlich nicht von der Anwaltschaft ausgeschlossen sein, oder?« Er lachte hämisch. »Wissen Sie, den Prozeß vorbereiten ist auch ohne derartige Ablenkungen hart genug. Warum nehmen Sie nicht einfach unser Angebot bezüglich der Schuldigerklärung an und pfeifen Ihre Meute zurück, die Sie auf den armen Mr. Burroughs gehetzt haben, der, wie wir beide sehr wohl wissen, niemandem auch nur ein Haar gekrümmt hat? Sie könnten Ihrer Mandantin sehr viel Ärger ersparen – und ganze zehn Jahre Gefängnis.«

»Das Angebot gilt immer noch? Sie werden wohl langsam nervös.«

»Wohl kaum, denn wie gesagt: Alles, worüber *ich* mir den Kopf zerbrechen muß, ist der Prozeß. Wenn ich *Sie* wäre, wäre ich allerdings nervös.«

In einem hatte der Mann recht: Ich *war* ich, und ich war in der Tat nervös.

Freitag morgen, pünktlich um zehn, bat man mich in Warners Dienstzimmer. Richter sind normalerweise noch unpünktlicher als Staatsanwälte, aber anscheinend konnte er es kaum erwarten, auf mich loszugehen. Er saß an dem Konferenztisch, an dem wir uns zuletzt verabschiedet hatten, und ging gerade einen Stapel Unterlagen durch, also wartete ich, bis er aufsah und auf das andere Ende des Tisches deutete. Dort lagen die Kopien von dem Brief der Ethikkommission und dem Gerichtsbeschluß einträchtig nebeneinander. Bei einem Strafrechtsverfahren ist es üblich, dem Beschuldigten eine Kopie der Anklage zukommen zu lassen.

Ohne daß auch nur ein einziges Wort gesprochen wurde, war sofort klar, daß man mich nicht hergebeten hatte, um ein wenig zu plaudern, und wenn die Art, wie man mich hier empfing, Rückschlüsse darauf zuließ, was Andy erwartete, dann würde er wahrscheinlich mit dem Tagebuch herausplatzen, noch bevor er überhaupt Platz genommen hatte. Während meine Blicke den Abgrund durchmaßen, der mich von Warner trennte, mußte ich daran denken, daß Entscheidungen, die einen in Schwierigkeiten bringen, selten gefällt werden, ohne daß vorher nicht irgendwo tief in einem drin eine kleine Warnleuchte aufgeblinkt hätte. Es war eindeutig riskant gewesen, Andy von der Existenz des Tagebuchs in Kenntnis zu setzen, aber ich war so begeistert gewesen von meiner neuen Strategie, daß meine eigene Unachtsamkeit Ashleys Schicksal beinahe besiegelt hätte.

Es vergingen weitere fünf Minuten, bis Warner den Stapel Dokumente schließlich zur Seite schob, seine Brille abnahm und sich die Augen rieb. »Haben Sie Zeit gefunden, sich diese Unterlagen einmal durchzulesen?« fragte er, während er weiterrieb.

»Ja, Euer Ehren.«

»Eine schwere Anschuldigung.«

»Ich schätze schon.«

»Ich schätze schon? Ich denke, das steht außer Frage.«

»Es ist eine schwere Anschuldigung.«

Er setzte seine Brille wieder auf und sagte: »Wie Sie wissen, habe ich meiner Besorgnis bereits Ausdruck verliehen, wie Sie mit einem Fall dieser Größenordnung wohl zurechtkämen. Habe ich Sie nicht gewarnt und Sie ermahnt, standesrechtlich einwandfrei vorzugehen?«

»Doch.«

»Ach ja?«

»Wir haben nicht gegen die Standesrichtlinien verstoßen, Euer Ehren.«

»Mr. Burnside sieht das aber ganz anders.«

»Er irrt sich.«

Er begann, etwas auf seinem Spiralblock zu notieren. »Als ich selbst noch als Anwalt tätig war, hatte ich bei Delbarton so einige Kollegen und Freunde, und ich muß sagen, daß mir diese immer sehr gewissenhaft und vertrauenswürdig vorkamen.«

»Sie mögen vertrauenswürdig sein, Euer Ehren, aber in diesem Fall können sie gar nichts bezeugen. Sie nehmen nur die Interessen ihres Mandanten wahr, der behauptet, man habe ihm unrecht getan. Sie erledigen einfach nur ihre Arbeit, aber ihre Anschuldigungen sind vollkommen unbegründet.«

»Sind Sie denn in ihrer Funktion als Anwälte nicht verpflichtet, sich zunächst selbst ein Bild zu machen, bevor sie jemanden eines zweifelhaften Charakters beschuldigen – mit anderen Worten Sie?« entgegnete er.

»Doch.«

»Und gilt dieselbe Verpflichtung bezüglich Mr. Burroughs nicht auch für Sie?« spann er den Faden weiter.

»Ich beschuldige Mr. Burroughs nicht. Ich habe nur Nachforschungen über einige seiner Aktivitäten angestellt.«

»Ich verstehe. Sie haben sich also nicht an die Presse gewandt?«

»Ich habe nur zurückgerufen. Ich selbst habe niemanden kontaktiert und die Ergebnisse meiner Nachforschungen auch nicht nach außen dringen lassen.«

»Nun, *irgendwie* hat man trotzdem heftig spekuliert, Mr. Burroughs sei ein Mörder – oder sollte ich besser sagen, *der Mörder?*« Er musterte mich abwartend.

»Das tut mir leid. Was möchten Sie wissen?«

»Nun, zum Beispiel wie die *Washington Post* Wind davon bekam, daß Sie Ermittlungen gegen Sherman Burroughs anstellen.«

»Euer Ehren, da kann ich nur vermuten, daß sich jemand, den wir kontaktiert haben, an die Presse oder an sonst jemanden gewandt hat, der die Presse seinerseits davon unterrichtet hat. Schwer zu sagen. So etwas spricht sich eben herum.«

»In der Tat. Glauben Sie tatsächlich, daß Sherman Burroughs Garvey umgebracht hat?«

»Ich weiß es nicht.«

»Ich habe Sie gefragt, ob Sie es glauben.«

»Ich möchte Ihrer Frage nicht ausweichen, Euer Ehren, aber was ich glaube, hat nichts mit dem Berufsethos zu tun, mit dem ich bei meinen Ermittlungen zu Werke gehe.«

»Ich glaube, das hat sehr wohl damit zu tun, Mr. O'Connell. Hier steht ein guter Ruf auf dem Spiel.«

»Euer Ehren, es liegt nicht in meiner Absicht, den guten Ruf von Mr. Burroughs zu zerstören. Ich versuche nur, meiner Pflicht nachzukommen, meine Mandantin nach allen Regeln der Kunst zu verteidigen, und das bedeutet auch, jedes Beweismaterial vorzulegen, das geeignet ist, ihre Schuld in Zweifel zu ziehen. Wenn das zu Spekulationen führt, dann kann ich auch nichts dafür.«

»Ob das, was Sie da tun, noch den Standesrichtlinien entspricht, entscheide immer noch *ich*, im Moment zumindest. Ich will Fakten hören, will wissen, was Sie überhaupt veranlaßt hat, gegen Mr. Burroughs zu ermitteln, mit wem Sie gesprochen und was Sie erfahren haben.«

»Das heißt, ich müßte Ihnen hier und jetzt meine ganze Verteidigungsstrategie offenlegen.«

»Legen Sie los, ich habe Zeit.« Er schlug ein weiteres Blatt seines Blocks um.

Delbarton & Brand waren überaus vertrauenswürdig, und wer war ich? Ein Pflichtverteidiger von Drogenabhängigen, der bis zum Hals in Schwierigkeiten steckte. Ich biß mir auf die Zunge und rief mir wieder ins Gedächtnis, warum ich überhaupt hier saß. »Ich habe Grund zu der Annahme, daß zwischen Mr. Burroughs und dem Verstorbenen eine Beziehung bestand, eine Art Geschäftsverbindung, die noch einen Dritten mit einschloß und bei der es um viel Geld ging. Ich habe weiterhin Grund zu der Annahme, daß diese Verbindung reichlich ... fragwürdig war und daß es zwischen Mr. Garvey und Mr. Burroughs kurz vor dem Mord zum Streit kam.«

»Das klingt ja alles ziemlich vage. Fahren Sie fort.«

Ich fand, das war eindeutig genug, was es im Falle von Delbarton & Brand auch gewesen wäre. »Es tut mir leid, Euer Ehren, aber mir ist nicht sehr wohl dabei, den Fall unter diesen Umständen so detailliert vor Ihnen auszubreiten.«

»Das ist ein Verfahren unter Ausschluß der Öffentlichkeit, Mr. O'Connell. Nichts von dem, was Sie mir hier erzählen, wird der Staatsanwaltschaft vor dem Prozeß zu Ohren kommen – wenn man es überhaupt als Beweismittel zuläßt.«

»Genau das ist ja das Problem, Euer Ehren. Unter diesen Umständen fehlt nicht viel, und Sie entscheiden nicht nur, ob meine Vorgehensweise den Standesrichtlinien entspricht, sondern auch, welche Beweismittel relevant sind und welche nicht. Ich befürchte, die Wertschätzung, die Sie Delbarton & Brand entgegenbringen, könnte Ihr Urteil in diesem Prozeß beeinflussen. Entschuldigen Sie bitte, wenn ich das sage, aber hier geht es um Ihre Objektivität.«

»Wir sind nicht hier, um über *meine* Vorstellungen von Berufsethos zu sprechen, Mr. O'Connell.«

»Das wollte ich damit auch nicht sagen, Euer Ehren, ich bitte vielmals um Entschuldigung.«

Warner glaubte, ich schwenkte schon die weiße Flagge, und so verdüsterte sich seine Miene, als mehrere Sekunden verstrichen, ohne daß ich etwas sagte. »Was Sie hier sagen wollen oder nicht, interessiert mich nicht«, sagte er mit Nachdruck. »Wenn Sie nicht mit den Details herausrücken, dann wird sich Miss Bronson wohl nach einem neuen Anwalt umsehen müssen. Und das ist jetzt kein Spaß, Mr. O'Connell.«

Meinen Plan, noch einmal ungeschoren davonzukommen, konnte ich vergessen. Jetzt ging es ums Ganze. »Sie wird keinen neuen Anwalt nehmen, Euer Ehren. Sie wird darauf bestehen, von mir vertreten zu werden, und dann müßten Sie ihr gegen ihren Willen einen anderen Anwalt zuweisen. Das wäre ein Riesenskandal. Auf diese Weise ließen Sie mir keine andere Wahl, als zu beantragen, daß Ihnen der Prozeß entzogen wird. Ich möchte Ihnen ungern zu nahe treten, aber Ihre Beziehungen zu Delbarton & Brand stellen hier ein echtes Problem dar.«

»Ich rate Ihnen dringend, sich nicht so weit aus dem Fenster zu lehnen, Herr Anwalt«, sagte er barsch. »Sie stecken bis zum Hals in Schwierigkeiten.«

»Das sehe ich ganz anders. Ich habe guten Grund zu der Annahme, daß Sherman Burroughs und Raymond Garvey in etwas verwickelt waren, das zum Himmel stank, und daß die beiden unmittelbar vor Garveys Tod einen Riesenstreit hatten. Ich bin nur ein paar Spuren nachgegangen, mehr nicht, und das nicht zu tun wäre unverantwortlich gewesen, und wenn sich jemand gegenüber der Presse verplappert hat, ist das nicht meine Schuld. Ich habe nichts getan, was gegen die Standesrichtlinien verstoßen hätte, und eigentlich sollte ich überhaupt nicht hier sitzen und Ihre Fragen beantworten, nur weil Mr. Burroughs Anwälte hat, die Sie sehr zu schätzen wissen.«

Warner war hochrot und rang um Fassung. »Werden Sie mir jetzt weitere Details über Ihre Ermittlungen mitteilen?«

»Nein.«

»Nun gut«, sagte er und nickte heftig. »Ich werde das genau so ins Protokoll aufnehmen.« Er machte sich fünf Minuten lang wie besessen Notizen, wesentlich länger, als unsere ganze Unterhaltung gedauert hatte. »Noch ein paar Verständnisfragen, und wir wären soweit«, sagte er schließlich. Er blätterte eine Seite zurück und begann laut vorzulesen. »Seit Sie die Verteidigung der Angeklagten übernommen haben, haben Sie da fremden Rat eingeholt, was Ihre Verteidigung und die Standesrichtlinien anbelangt?«

Rat eingeholt? Andys Recherchen waren seine Eigeninitiative gewesen. »Nein.«

»Sind Sie sich einer Überschreitung der Standesrichtlinien oder eines Verstoßes gegen das Berufsethos bewußt, begangen durch Sie oder einen Ihrer Mitarbeiter, seit Sie mit der Verteidigung beauftragt wurden?«

»Nein.«

Er war soweit. Er drehte den Block um und nahm erneut seine Brille ab. »Den Unterlagen zufolge gibt es noch einen weiteren Verteidiger, stimmt das?«

»Mein Partner. Dies ist sein erster Fall.«

»Ich will ihn Montag früh um zehn hier bei mir sehen.«

»Er macht die Recherchen und schreibt Berichte, das ist alles.«

»Montag. Zehn Uhr vormittags. Sie können jetzt gehen, aber damit ist die Angelegenheit noch längst nicht erledigt, noch lange nicht.«

Eine Viertelstunde später saß ich auf einer Bank, ging unser Treffen in Gedanken noch einmal durch und versuchte mir einzureden, daß ich nichts hätte besser machen können. Warner hätte alles, was ich ihm noch über Burroughs hätte erzählen können, sowieso als irrelevant eingestuft, und es wäre mehr als dumm gewesen, ihn schon vor dem Prozeß genauestens über meine Vorgehensweise zu unterrichten: Richter haben Millionen Möglichkeiten, wie sie einen fertigmachen können, ohne daß man sich dagegen wehren kann. Fest stand nur, daß mir noch zweiundsiebzig Stunden Zeit blieben, Andy davon zu überzeugen, daß er Warners Fragen mit nein beantworten könne, ohne dafür in der Hölle schmoren zu müssen.

Ich schlenderte den kurzen Weg in mein Büro zurück, vorbei an Schaufensterdekorationen und an Massen von entschlossenen Einkaufswilligen in der Mittagspause. Nach der Sache mit dem Baseballhandschuh war es mir gelungen, jeglichen Gedanken an die Feiertage zu verbannen, aber als ich so den Bürgersteig entlang schlenderte, hatte mich die Vergangenheit plötzlich eingeholt. Schon als Kind hatte ich Weihnachten gehaßt. Meine Tante und mein Onkel waren kinderlos und hatten sich im Grunde vollkommen entfremdet; sie teilten eine Wohnung, nur weil sich keiner von beiden dazu aufraffen konnte, auszuziehen. Meine Anwesenheit war Teil einer finanziellen Übereinkunft zwischen meiner Tante und meinem Vater, nachdem sie aufgehört hatte zu arbeiten und ihre Rente aufbessern mußte. Dort war es so ähnlich wie im Internat, nur daß ich der einzige Schüler war und das Personal jeden Abend wie wild aufeinander losging.

Mein Kostgeld beinhaltete keinerlei Weihnachtsgeschenke, auch wenn es meinem Vater normalerweise gelang, doch noch irgendwo ein Geschenk für mich aufzutreiben, das immer dann abgegeben wurde, wenn ich in der Schule war. Ich pflegte es dann mit in mein Zimmer zu nehmen und unter meinen Weihnachtsbaum zu legen, ein dreibeiniges Ding aus Plastik, das ansonsten in einen kleinen Schrank im Flur verbannt wurde – bis zum nächsten Jahr. Am Weihnachtsmorgen saß ich dann auf meinem Bett, die Zimmertür hatte ich abgeschlossen. Aus irgendeinem Grund war es von höchster Bedeutung, daß ich das Geschenk ganz für mich allein auspacken konnte, wobei ich äußerst sorgfältig und feierlich zu Werke ging. Danach stellte ich den Weihnachtsbaum zurück in den Schrank und schrieb meinem Vater eine Karte, meist mit einer selbst angefertigten Zeichnung, die mich und mein Geschenk zeigte und die ich noch am selben Morgen in seinen Briefkasten steckte. Jede Familie feiert Weihnachten auf ihre Art, und das war die unsrige.

Doch alles wurde anders, als ich heiratete und mich mit der Brennanschen Familientradition anfreundete. Echte Weihnachtsstimmung kam jedoch erst dann auf, als Brendan geboren wurde. Als ich an seinem zweiten Weihnachtsfest mit einem Fahrrad, Rollerskates und einem Legobausatz ankam, der ausgereicht hätte, ganz Chicago nachzubauen, meinte Moira, ich würde hier wohl etwas überkompensieren. Nach unserer Scheidung versuchte ich zumindest den Schein zu wahren, aber das gab mir nur das Gefühl, als wollte ich etwas kaufen, das ich nicht verdient hatte.

Andy wartete schon auf mich, als ich zurückkam. Er begann mich mit Fragen zu löchern, noch bevor ich meinen Mantel aufgehängt hatte. »Wie war's?«

Ich bemühte mich, so gelassen wie möglich zu klingen. »Er wollte etwas über unsere Nachforschungen erfahren. Ich habe ihm gesagt, daß wir guten Grund hatten, ein paar Ermittlungen gegen Burroughs anzustellen, und daß wir der Presse gegenüber nichts haben durchsickern lassen.«

Seine Augen weiteten sich hoffnungsvoll. »*Das war alles?*«

»Nein, er wollte, daß ich ihm die Beweise dafür, daß Burroughs in den Fall verwickelt ist, detailliert darlege, aber das halte ich für keine besonders gute Idee, und so habe ich mich sehr allgemein ausgedrückt.«

»Und das hat ihm genügt?«

»Wahrscheinlich nicht. Wir sollten darüber sprechen, wie weit du gehen kannst.«

»Dann will er mich doch sehen?«

»Montag früh, zehn Uhr.«

»Mist!« murmelte er. »Und das ist alles? Er will nur was über Burroughs erfahren?«

»Er hat mir auch ein paar allgemeinere Fragen gestellt. Er wollte wissen, ob wir irgendwelche Bedenken gehabt hätten, was die Standesrichtlinien anbelangt. Ich habe nein gesagt. Du kannst dasselbe sagen.«

»Bedenken, was die Standesrichtlinien anbelangt«, wiederholte er. Ihm begann mulmig zu werden. Es war sinnlos, noch länger um den heißen Brei zu reden.

»Außerdem wollte er wissen, ob ich mir bei unserer Verteidigung irgendwelcher Verstöße gegen das Berufsethos bewußt wäre.«

Er atmete hörbar ein. »Und?«

»Ich habe verneint.«

Er umklammerte die Armlehnen seines Stuhls wie ein Mann, der auf seine Hinrichtung wartet.

»Verdammt!« rief er aus.

»Wir sind das doch alles schon mal durchgegangen, Andy. Ashleys Zukunft liegt in deinen Händen, und es heißt nicht umsonst: ›Im Zweifel für den Angeklagten‹. Und jetzt sag mir, daß du dir die Sache noch mal überlegst.«

Er starrte auf seine Schuhspitzen, bevor er antwortete: »Ich … ich werd drüber nachdenken.«

»In Ordnung«, sagte ich und bemühte mich, optimistisch zu klingen, obwohl mir ganz und gar nicht danach war. »Und bis dahin, volle Kraft voraus, in Ordnung? Wir stehen kurz vor dem Prozeß, dem größten Kriminalfall, den diese Stadt seit Jahren erlebt hat! Am besten, du läßt dir vorher noch einen neuen Haarschnitt verpassen, wegen der Fernsehkameras!« Ich war skrupellos. *Verzweifelt* und skrupellos.

Zehn Minuten später kam Walter vorbei. »Schlechte Nachrichten«, verkündete ich.

»Lassen sie Andrew nicht außen vor?«

»Montag früh um zehn.«

»Wie groß ist das Schlupfloch?«

»Groß genug. Jetzt liegt es an ihm.«

»Ich kapier das nicht«, beschwerte er sich. »Was zum Teufel hättest du denn machen sollen, als sie dir das Tagebuch gegeben hat? Ihr sagen, sie soll es verbrennen? Es verstecken oder der Polizei übergeben?«

»Das weiß keiner so genau«, sagte ich. »Deswegen ist es ja ein Vexierspiel. Warum heiterst du mich nicht ein wenig auf und erzählst mir, wie du weiterkommst?«

»Wo wir gerade von Vexierspielen reden«, knurrte er, »dieser Fall stellt alles in den Schatten: Ein Kerl, der behauptet, am Tatort gewesen zu sein, in Wahrheit aber vielleicht niemals dort war; ein Kerl, der zwei Namen besitzt und nirgendwo aufzutreiben ist, und eine Firma, die seit Jahren existiert, aber genausogut gar nicht vorhanden sein könnte. Wir gehen jedem Hinweis nach, aber am Schluß beißt sich die Katze immer in den Schwanz.«

»Hör zu, ich will nicht, daß uns das hier alle mit in den Abgrund reißt. Wenn sie schon gegen die Verteidigung ermitteln, weil diese angeblich gegen die Standesrichtlinien verstoßen hat, dann weiß man nie, wie weit sie noch gehen werden. Haltet euch bitte zurück.« Seine Antwort war ein langes Schweigen. »Ich meine das ernst, Walter. Es ist an der Zeit, eine Grenze zu ziehen.«

»Klar doch«, sagte er. »Ich werd den Jungs Bescheid geben. Und ihr zwei beiden, alles in Ordnung?«

Er würde meine Warnung ignorieren. Ich wußte es, und er

wußte, daß ich es wußte. So war es, und damit basta. »Alles in Ordnung«, sagte ich.

Die nächste Stunde verbrachte ich untätig und versuchte, mich verzweifelt dazu aufzuraffen, irgend etwas anderes zu tun, als bis Montag die Luft anzuhalten. Ich befand mich fast schon im Koma, als Cory Barnes an die Tür klopfte. »Hallo Frank! Nichts mehr zu tun?«

»Ich mach nur mal Pause.«

»Für *mich*, meine ich«, sagte sie und lachte. »Jetzt rück schon raus damit. Deine Sachen sind zigmal interessanter als all das andere, mit dem man mich hier so beauftragt. Hast du nicht noch was für eine ehrgeizige Rechtsanwaltsgehilfin?«

»Nun, ich hätte da in der Tat was für dich, genau das Richtige für den Nachhauseweg. Du kennst dich doch aus in der Kongreßbibliothek?«

»Gut genug, um bis zur Dame an der Information vorzudringen. Worum geht's denn?«

»Ich möchte, daß du dir Ausgaben der *New York Times* und der *Washington Post* ansiehst, und zwar die vom 7. Juni 1982 und der Woche davor.«

Sie runzelte die Stirn. »Hat das was mit dem Fall Ashley Bronson zu tun?«

»Ja. Bitte frag jetzt nicht, warum.«

»In Ordnung, keine Fragen. Wonach soll ich suchen?«

»Tja ... wonach suchen wir eigentlich?«

Sie sah mich fragend an. »Ich bin zwar ehrgeizig, aber keine Hellseherin.«

»Ich fürchte, ich weiß es selbst nicht genau. Erstens: irgend etwas Sensationelles. Da verlasse ich mich ganz auf dich.«

»Etwas Sensationelles. Verstanden.«

»Zweitens: irgend etwas Naturwissenschaftliches. Höchstwahrscheinlich aus der Welt der Physik oder Chemie.«

Sie sah verwirrt aus. »Physik oder Chemie«, wiederholte sie.

»Drittens: Irgend etwas, das mit einem Verbrechen zu tun hat.«

Sie nickte. »Sensation. Naturwissenschaften. Verbrechen. Hm.

Also so was in der Art wie ›Student beim Diebstahl eines Bunsenbrenners erwischt‹, hab ich recht?«

»Perfekt!« Ich lachte. »Hör zu, ich weiß, das ist alles äußerst vage, aber ich sag dir noch einen vierten Anhaltspunkt: Alles, was dir im Zusammenhang mit dem Fall irgendwie auffällt und wovon du glaubst, das es uns interessieren könnte.«

Sie machte sich ein paar Notizen. »Okay. Ich bin schon weg.«

»Tut mir leid, daß ich nicht weiter ins Detail gehen kann.«

»Kein Problem. Immer noch interessanter, als das, was ich sonst so mache. Bis wann?«

»Am liebsten vorgestern.«

Sie stöhnte. »Vorgestern. Genau wie immer.« Das Telefon klingelte, und sie nahm ab. »Büro von Mr. O'Connell ... einen Moment, bitte.« Sie deckte die Sprechmuschel ab und sagte: »Es ist Moira O'Connell«, reichte mir dann den Hörer und winkte mir zum Abschied zu.

»Hallo.«

»Was machst du gerade?« fragte sie.

»Ich komme gerade vom Regen in die Traufe. Was ist los?«

»Ich war gerade mit so einem Typen beim Mittagessen.«

»Ach ja?«

»Hat sich nicht besonders ins Zeug gelegt. Ständig muß ich bezahlen, und dann mußte ich ihm obendrein versprechen, ihm den offiziellen Weihnachtsbaum zu zeigen. Wie wär's, wenn wir uns zu dritt träfen?« Moira ging in die vollen in puncto sinnvoll mit dem Vater verbrachter Zeit und sah der Realität ins Auge, die ich nicht wahrhaben wollte. Kurz darauf stand ich schon im Lift und fühlte mich wesentlich besser als beim Hochfahren vor einer knappen Stunde.

Es war viel Zeit vergangen, seit ich Mutter und Sohn das letzte Mal außerhalb ihrer eigenen vier Wände gesehen hatte. Sie warteten auf der anderen Straßenseite, als ich die Connecticut Avenue überquerte. Brendan hatte den Kopf in den Nacken gelegt, während Moira seinen Schal zuknotete. Sie hatte mich erspäht und sagte etwas zu ihm, woraufhin er mir sein Gesicht zuwandte und mich anstrahlte. Ich schlenderte über die Straße, umarmte ihn und wirbelte ihn herum. Dann küßte sie mich auf die Wange und flüsterte: »Schön, daß du kommen konntest.«

»Schön, daß du angerufen hast.«

Brendan war ganz aus dem Häuschen. Seit unserer Scheidung war er nicht mehr mit beiden Elternteilen unterwegs gewesen. »Dad! Mom wird mir den Weihnachtsbaum zeigen!«

»Wirklich? Den ganz großen neben dem Weißen Haus?«

»Der, der im Fernsehen war!«

»Daddy wird uns begleiten«, sagte ihm Moira. »*Das* ist eine Überraschung, was?«

Er sah mich mit strahlenden Augen an. »Ist das eins von meinen Weihnachtsgeschenken, Dad?«

Ein Weihnachtsgeschenk: die Eltern zusammen zu sehen. »Das hier ist ein ganz besonderer Tag für jeden von uns, mein Schatz, und zählt noch nicht mal als Weihnachtsgeschenk.«

Wir liefen die Connecticut Avenue in Richtung Farragut Square hinunter, Hand in Hand, Brendan in der Mitte. Es gab Momente in meinem Leben, die ich lieber nicht erlebt hätte, aber jetzt wollte ich nur noch, daß die Zeit stehenblieb. Es gab keine bevorstehenden Prozesse, keine Hochzeiten. Niemand mußte ins Gefängnis. Oder nach Kalifornien.

Wir ließen uns Zeit, schlenderten die Straße hinunter und sahen in die Auslagen. Wir gingen zu *Brookstone,* wo Brendan alles mögliche ausprobierte. »Ich hab immer noch nichts für ihn«, sagte ich. »Was steht ganz oben auf der Wunschliste?«

»Kauf den Baseballhandschuh.«

»Ich dachte –«

»Das geht schon in Ordnung. Ich hab mich schon beraten lassen. Kauf ihm einen in Größe elf, und wenn dann auch noch Ken Griffey draufsteht, wird er ganz aus dem Häuschen sein vor Freude.«

»Danke, Moira.«

»Du hattest recht. Das steht dir zu.«

»Trotzdem danke. Für alles.«

Schließlich schafften wir es bis zur Ellipse. Es war ein ganz normaler Arbeitstag, und trotzdem standen da mindestens zweihundert Leute, die die dreizehn Meter hohe Fichte bestaunten. An einem Stand kaufte ich für jeden von uns heiße Schokolade, und Moira und ich suchten uns eine Bank, während Brendan sich mit Kindern seines Alters anfreundete.

»Na, ist das nicht besser, als im Büro zu sitzen?« fragte sie.

»Viel besser. Aber ob du's glaubst oder nicht, ich hab heute schon mal auf einer Parkbank gesessen.«

»Auf einer Parkbank. Das hast du also gemeint, als du sagtest, du kämest gerade vom Regen in die Traufe. Willst du darüber sprechen?«

Sie brauchte mich kein zweites Mal darum zu bitten. Ich erzählte ihr die ganze Geschichte: von Kellogg, dem Tagebuch, Burroughs, Mr. Brown-Clay, Epstein – alles, mein Treffen mit Andy inklusive. Sie stellte ein paar Fragen und hörte mir aufmerksam zu, während ich mit meiner Geschichte hervorsprudelte. Als ich endlich fertig war, fragte sie: »Wie, glaubst du, wird er sich verhalten?«

»Andy? Wahrscheinlich wird er alles erzählen.«

»Wie wird Warner darauf reagieren?«

»Er wird seine geballte Faust auf mich niedergehen lassen.«

Sie nickte zustimmend. »Wer weiß sonst noch von deinem Dilemma?«

»Bis jetzt niemand außer dir.«

»Du hast es *ihr* noch gar nicht erzählt?«

»Nein, ich bereite mich gerade seelisch darauf vor.«

Sie seufzte. »Was wirst du tun?«

»Keine Ahnung, wirklich nicht. Von einer Entführung Andys einmal abgesehen, werde ich kaum viel tun *können*.«

Moira runzelte die Stirn und sah auf ihre Uhr. »Wir sind mit Paps verabredet. Er nimmt uns mit auf eine dieser Botschaftspartys. Ich glaube, auf den Partys der Europäer war er schon, also werden es diesmal die Japaner oder Chinesen sein.«

Ich winkte ein Taxi heran, und zehn Minuten später standen wir vor dem Gebäude in der Jefferson Street, wo wir uns verabschiedeten. Brendan rannte die Stufen hoch, um den Türklopfer aus Messing zu betätigen. »Willst du mit reinkommen?« fragte sie.

»Ich würde ja gern, aber du kennst doch Paps. Wenn wir da zusammen reingehen ...«

»Du hast recht. Keine so gute Idee.«

»Außerdem habe ich noch einiges zu erledigen. Schlechte Nachrichten überbringen und so.«

Sie legte mir ihre Hand auf den Arm. »Deine Strategie ist gut, Frank. Es wird funktionieren.« Ich wartete, bis beide im Haus verschwunden waren, und nannte dann dem Taxifahrer Ashleys Adresse.

14

»Und was würde dann passieren?«

Sie saß neben mir am Küchentisch und trank Tee, als ich ihr unser Dilemma erläuterte. Nichts an ihrer Miene oder ihrer Haltung ließ die leiseste Beunruhigung erkennen. Sie konnte nervös werden, das hatte ich schon bemerkt, aber im Grunde ihres Herzens sind Menschen wie Ashley Bronson die Ruhe selbst. In die Enge getrieben, nimmt sie das mit wie jeden anderen auch, aber sie können gut mit dem Schock umgehen und haben sich bald wieder unter Kontrolle. Und dann gibt es Menschen wie mich – einmal ein bißchen zu hart angefaßt, und wir führen uns auf wie ein Elefant im Porzellanladen. Noah hat mir das erklärt. Ich habe dafür bezahlt, also kann ich es ebensogut weitererzählen.

»Warner würde eine Anhörung einberufen«, antwortete ich, »und nachdem das juristische Fachgeplänkel vorbei wäre, würde er anordnen, daß ich das Tagebuch der Staatsanwaltschaft zu übergeben habe. Rogavin würde beweisen wollen, daß du ein Motiv hattest, Garvey umzubringen, mit anderen Worten, er müßte nachweisen, daß du den letzten Tagebucheintrag deines Vaters gelesen hast. Sie würden versuchen, mich dazu zu bringen, auszusagen, daß du mir das Buch gegeben hast.«

»Wie kannst du gegen mich aussagen, wo du doch mein Anwalt bist?«

»Warner würde mir den Fall höchstwahrscheinlich entziehen, da ich die Ermittlungen behindert habe. Auch das Anwaltsgeheimnis würde man nicht gelten lassen, nicht, wenn es um einen Mordfall geht.«

»Das heißt, sie zwingen dich, gegen mich auszusagen«, stellte sie nüchtern fest.

»Ich würde nicht aussagen.«

»Du könntest dich einfach weigern?«

Ich zuckte die Achseln.

Sie schüttelte den Kopf und sagte: »Du willst dich für mich aufopfern, stimmt's?«

»Nein, denn selbst wenn ich aussage, würde mir das auch nichts mehr helfen.«

Sie dachte kurz darüber nach. »Frank, was, wenn wir eine Absprache treffen, noch heute nacht?«

»Du meinst einen Handel?«

»Warum nicht? Du könntest Rogavin anrufen und sein Angebot annehmen. Dann –« Ich unterbrach sie. »Jetzt warte doch!« beharrte sie und drückte meinen Arm. »So wie es aussieht, wird man mich höchstwahrscheinlich verurteilen, stimmt's?« Da konnte ich ihr nicht widersprechen. »Nun«, fuhr sie fort, »nehmen wir sein Angebot an, gibt es auch keinen Prozeß. Andy muß sich keiner Vernehmung unterziehen, meine Strafe fällt geringer aus, und die Sache mit dem Tagebuch kommt überhaupt nicht ans Licht.«

Ich schüttelte nachdrücklich den Kopf. »Vergiß es. Ich könnte nie damit leben, dich im Gefängnis zu sehen, nur weil ich den Fall vermasselt habe.«

Sie starrte mich an. »Aber wenn *du* ins Gefängnis wanderst, dann soll *ich* damit leben können, oder was? Warum denn, Frank, nur weil du ein Mann bist?«

»Weil ich der Anwalt bin, der den Fehler gemacht hat.«

»Du konntest doch gar nicht wissen, wie sich die Sache entwickeln würde. Niemand hätte das voraussehen können.«

»Vielleicht. Aber ich bin Risiken eingegangen, die ich nicht hätte eingehen sollen.«

»Frank, jetzt hör mir doch bitte mal zu. Wenn ich ins Gefängnis muß, dann, weil ich einen Mann umgebracht habe. Darauf bin ich vorbereitet. Aber deshalb werde ich noch lange nicht zulassen, daß es dir genauso ergeht, nur weil du versucht hast, mich zu retten.«

»Und wer opfert sich *jetzt* auf?«

»Das ist viel vernünftiger.«

»Vernünftiger? Der eine geht ins Gefängnis, der andere muß mit der Schuld leben, und jetzt dürfen wir uns darum streiten, wer geht und wer bleibt? Warum werfen wir nicht gleich eine Münze?«

»So gehen wir auf Nummer Sicher.«

»Das stimmt«, gab ich zu. »So gehen wir auf Nummer Sicher.«

Sie musterte mich. »Aber du wirst diese Möglichkeit nicht nutzen«, sagte sie tonlos. »Ich verstehe dich nicht.«

»Wie sagt mein Therapeut so schön: Ich liebe das Risiko. Egal, was auf dem Spiel steht.« Ich grinste. »Ich wette, *das* hast du nicht gewußt, als du mich beauftragt hast.«

Sie lächelte matt. »Das hätte auch nichts daran geändert.«

Ich legte meine Hand auf ihren Hinterkopf und drehte ihr Gesicht zu mir. »Willst du eine Münze werfen?« fragte ich leise. Sie legte ihre Hand an meine Wange und nickte.

»Du bist genau die richtige Frau für mich. Wenn schon, denn schon.«

Den Rest des Nachmittags und den frühen Abend verbrachten wir im Bett. Wir liebten uns, anschließend dösten wir, und in diesem Rhythmus ging es immer weiter. Wir waren gerade wieder beim Dösen angekommen, als sie leise in mein Ohr flüsterte. »Wir müssen eine Lösung finden«, sagte sie und fuhr mir sanft durchs Haar. »Hier geht es immerhin um meinen Freund.«

»Verlaß ihn«, murmelte ich.

»Manchmal ist er ganz nützlich, aber er nimmt mich nirgendwohin mit. Ich glaube, er will nicht, daß man uns zusammen sieht.«

»Das ist nicht weiter verwunderlich.«

»Aber ich will mit ihm auf und davon.«

Ich öffnete die Augen. »Wohin?«

»Wenn du noch nichts anderes vorhast und spontan bist – ich habe da so eine Skihütte in Sun Valley. Wir könnten dort Weihnachten verbringen.«

»Du auf einem Bärenfell in der Hütte – etwas Schöneres kann ich mir kaum vorstellen.«

»Nun, aus dem Skifahren wird dann wohl nichts.«

»Ich kann auf das Skifahren gut verzichten, aber leider nicht auf den Prozeß. Bis dahin ist noch jede Menge zu tun.«

Sie hob den Kopf und sah mich an. »Frank, für mich ist das vielleicht die letzte Chance.«

»Meine Aufgabe besteht darin, genau das zu verhindern.«

»Ich hab mir schon gedacht, daß du so was sagen würdest.«

»Du mußt nicht hierbleiben. Warum verreist du nicht einfach?«

»Ohne dich?«

»Warum nicht? Fahr los und amüsier dich. Hauptsache, du kommst nicht sonnengebräunt wieder zurück.«

»Nun ... ich dachte, wir könnten zusammen etwas Zeit verbringen, natürlich nur, wenn du noch nichts anderes vorhast.« Ich zögerte und versuchte mich zu sammeln. Da sprudelte es schon aus ihr heraus: »Tut mir leid, ich möchte dich nicht drängen. Ich weiß, du hast einen Sohn und –«

Ich drehte mich zu ihr um. »Hey, Moment mal! Hör auf! Ich möchte soviel Zeit wie möglich mit dir verbringen.«

»Tut mir leid, daß ich davon angefangen habe.«

»Das braucht dir nicht leid zu tun. Ich möchte bloß nicht, daß du deine Reisepläne aufgibst, falls du wirklich wegfahren möchtest. Ich, äh ... Herrgott! Ganz schön kompliziert, was?«

»Ich hab alles so verkompliziert. Macht nichts.«

Ich sah, wie enttäuscht sie war, und zog sie an mich. »Ich werde meinen Sohn besuchen, aber ich möchte auch mit dir zusammensein. Bitte fahr nicht ins Sun Valley.«

Sie kuschelte sich in meine Arme. »Du hast mich überzeugt. Ich hab mir sowieso schon gedacht, daß du nicht mitfahren würdest, deshalb habe ich Plan B ausgeheckt: ein Weihnachtsmenü, hier, an Heiligabend. In Abendgarderobe.«

»Mit dunkler Krawatte und so?«

»Mit Kummerbund.«

»Wer ist noch eingeladen?«

Sie schmiegte ihren Po an meine Leisten. »Wir beide, hoffe ich, und zuallererst natürlich ich.«

»Es gilt also, die Etikette zu beachten. Was kann ich sonst noch dazu beitragen?«

»Wir haben keinen Weihnachtsbaum.«

»Die sind schon alle ausverkauft.«

»Alle nicht. Ich bin kürzlich die Wisconsin Avenue hinuntergebummelt, und da gibt es noch ein paar.«

»Einer dürftiger als der andere.«

»Die innere Einstellung zählt. Laß uns einen kaufen.«

»Stets zu Ihren Diensten.«

»Tag und Nacht«, entgegnete sie.

Am nächsten Morgen war ich um neun im Büro. Eine frisch gebrühte Kanne Kaffee in der Küche bewies, daß ich nicht der erste war, aber das war nicht weiter außergewöhnlich: An jedem beliebigen Wochenende saßen zehn bis zwanzig Prozent aller Anwälte in der Kanzlei an ihren Schreibtischen. Egal, wer den Kaffee gekocht hatte, er verstand etwas davon, und Milch war auch noch im Kühlschrank. Ich goß mir einen Becher ein, ging zurück in mein Büro und nahm unterwegs eine *Post* mit.

Mit dem Sportteil und einer ordentlichen Tasse Kaffee ist die Welt noch in Ordnung – vorausgesetzt, man denkt nicht zu weit in die Zukunft. Ich hatte mich gerade hingesetzt, als ich sah, daß meine Mailbox blinkte. Mir hinterläßt selten jemand eine Nachricht, erstens weil meine Geschäfte nicht gerade gut gehen, zweitens weil ich die Nachrichten lieber von einer Sekretärin entgegennehmen lasse, denn ich gehe davon aus, daß die meisten Menschen Anrufbeantworter ebensosehr hassen wie ich.

Moira meinte einmal, ich sei wohl dreißig Jahre zu spät auf die Welt gekommen, denn ich schwärmte für die Vierziger: Big Bands, Lucky Strikes, der *film noir*; ein Krieg, der um einer gerechten Sache willen geführt wurde. Statt Weißwein trank man Scotch, statt Milch Kaffee. Gebäude trugen noch Namen, und die Taxifahrer wußten, wo sie sich befanden. Faxe oder E-Mails waren unbekannt, genauso wie Pager, Handys oder Anrufbeantworter.

Ich ignorierte den blinkenden grünen Punkt so lange wie möglich, aber er hörte einfach nicht auf zu blinken. Sein Licht schimmerte durch meine Zeitung und wurde von meinem Kaffee reflektiert. Er begann zu jammern: »Beachte mich, beachte mich, jetzt, sofort!« Ich wurde nervös, und als ich es gar nicht mehr aushielt, drückte ich auf den Knopf an meinem Telefon und tippte meinen Code ein. Die automatische Ansage teilte mir mit, daß ich eine Nachricht hätte. Sie stammte von Cory Barnes: »Ich rufe aus der Kongreßbibliothek an. Ich hab gestern abend noch eine Kopie von einem *Times*-Artikel in dein Postfach gelegt. Wahrscheinlich nicht das, was du suchst, aber was Besseres konnte ich nicht finden. Ruf mich an. Meine Handy-Nummer steht auf der Kopie.«

Es handelte sich um einen Artikel über einen KGB-Agenten namens Kovalev, der zu den Vereinigten Staaten übergelaufen war. Interessant, aber was hatte das mit Henry Bronson zu tun?

Cory nahm gleich nach dem ersten Läuten ab. »Ist es das?« fragte sie. »Es ist eine Art Verbrechen und außerdem ein Skandal.«

»Ich fürchte, das ist zu weit hergeholt. Gibt es sonst noch irgendeinen Anhaltspunkt für einen Zusammenhang mit unserem Fall?«

»Ja, wissenschaftlicher Natur. Dieser Kerl ist eine Legende, und in den Zeugenaussagen anderer Überläufer ist viel von seiner Karriere die Rede, außerdem gibt es da so ein Enthüllungsbuch eines KGB-Offiziers nach dem Zusammenbruch des Sowjetimperiums. Während des Zweiten Weltkriegs gelang es ihm, sich Zugang zu unserem Atomwaffenprogramm zu verschaffen, und er agierte hier mehrere Jahre lang, bevor er in seine Heimat zurückkehrte, um die Spionageabwehr des Kremls zu leiten.«

Atomwaffen. Mir gingen einige Passagen aus Henrys Tagebuch durch den Kopf. »Sonst noch was?« fragte ich.

»Frank, dieser Kerl hatte mehr Dreck am Stecken als Nixon, sein größter Schachzug war wahrscheinlich der, zur Gegenseite überzulaufen! Doch anscheinend hat er seine Meinung wieder geändert und kehrte einige Monate später ein zweites Mal nach Moskau zurück, mit der Folge, daß die Geheimdienste verrückt spielten. Es gab Klagen und Gegenklagen wegen Stümperei, auch wenn niemand weiß, ob die ganze Sache nicht schon von vornherein so vom Kreml eingefädelt worden war. Und jetzt hör dir das an: 1988 stirbt er, und sie lassen ihm ein Staatsbegräbnis zukommen, das vielleicht auch bloß eine Finte war, um zu beweisen, daß sein Überlaufen eine Finte war, und daß nichts, was er der CIA verriet, überhaupt der Wahrheit entsprach. Immer noch nicht verwirrt? Jedenfalls hab ich hier noch einen Artikel über ihn, mit Foto.«

»Fax ihn mir bitte, gleich nachdem wir aufgelegt haben. Als nächstes möchte ich dich bitten, noch etwas für mich zu recherchieren.«

»Ich bin heute abend verabredet!«

»Es wird nicht sehr lange dauern. Ich möchte, daß du mir jeden Ort in Kalifornien nennst, an dem in den fünfziger Jahren Atomwaffenforschung betrieben wurde. Kannst du das für mich herausfinden?«

»Ich würde zu gern wissen, was das alles mit dem Fall zu tun hat.«

»Vielleicht rein gar nichts. Übrigens: Bitte erzähl niemandem etwas davon. Solltest du irgendwas herausfinden, ruf mich an. Wenn ich nicht im Büro bin, dann habe ich das Handy dabei.«

Ich gab ihr die Nummer und eilte zum Faxgerät. Kurz darauf starrte ich auf das Foto. Und rannte sofort zu meinem Auto.

An diesem Morgen war nicht besonders viel Verkehr auf der Autobahn. Ich hatte die Straße mehr oder weniger für mich allein, so daß ich den Kopf frei hatte und jede Menge Zeit, alles zu sortieren. Jetzt, wo ich wußte, wovor sich Henry damals so gefürchtet hatte, war mir ziemlich klar, womit Raymond ihn erpreßt hatte und warum Epstein gelogen hatte. Nun mußte ich ihn nur noch dazu bringen, mir das zu bestätigen. Er war nicht zu Hause, als ich ankam, und erst dann ging mir durch den Kopf, daß er in Urlaub gefahren sein könnte. Ich fuhr in die Stadt, um mir noch einen Kaffee zu holen, dann zurück zu seinem Haus, um dort auf ihn zu warten. Hier, in den Hügeln von Pennsylvania, war es wesentlich kälter als in Washington; der Wagen kühlte schnell aus, wenn ich den Motor nicht laufenließ.

Ich war gerade gerade auf dem Grund meines Kaffeebechers angelangt, als Cory anrief.

»Okay«, sagte sie. »Ich hab da so einiges herausgefunden. Wenn dir das reicht, dann schaffe ich auch meine Verabredung noch.«

»Es ist doch erst zwei. Muß eine ziemlich wichtige Verabredung sein.«

»Wichtiger, als du denkst. Er und ich, wir gehen schon zum dritten Mal miteinander aus. Du weißt doch, was das bedeutet, oder?«

»Schon verstanden. Also schieß los!«

»In Ordnung. Bis jetzt habe ich drei Orte ausfindig machen können, an denen in Kalifornien in den fünfziger Jahren Atomforschung betrieben wurde. Der erste ist Cal Tech in Pasadena.«

»Das liegt ganz in der Nähe von Los Angeles.«

»Genau. Robert Oppenheimer, der Erfinder der Atombombe, kam daher.«

»Das könnte es sein. Wo noch?«

»Der zweite ist die Abteilung Kernphysik an der University of California. Ernest O. Lawrence hat dort geforscht. Er ist der Erfinder des Zyklotrons und gehört zu den ganz Großen auf dem Gebiet der Waffenentwicklung.«

»Auch eine Möglichkeit, absolut. Und der letzte?«

»Zu guter Letzt: das große, streng geheime Gebäude, das sie in Livermore für Edward Teller, den Erfinder der Wasserstoffbombe, gebaut haben: Lawrence Livermore National Laboratory – für Eingeweihte dreimal L«, sagte sie lachend.

»Nein. L hoch drei.«

»Oh, noch besser, das klingt so richtig schön wissenschaftlich.«

»Das ist alles, was ich brauche. Du darfst dich auf deine Verabredung vorbereiten. Und viel Glück!«

»Er ist der Glückliche. Tschüs.«

Es war Nachmittag, als sich Epstein endlich zeigte, und er schien nicht sehr erbaut davon, mich hier zu sehen. Dennoch rang er sich ein Lächeln ab, als er mir die Hand schüttelte. »Mit Ihnen habe ich am allerwenigsten gerechnet«, sagte er. »Sie sind doch nicht den ganzen weiten Weg hier rausgekommen, nur um sich einen Weihnachtsbaum zuzulegen, oder?«

»Nein Herbert, ich bin Ihretwegen hier. Können wir reden?«

»Aber natürlich. Kommen Sie herein. Hier draußen frieren wir uns noch die Zehen ab.« Er stocherte mit dem Schlüssel im Schloß herum und war sichtlich nervös. »Die Kälte macht mir ganz schön zu schaffen«, beklagte er sich. »Vielleicht hätte ich doch lieber nach Florida ziehen sollen, wie all die anderen.«

»Gar keine so schlechte Idee«, sagte ich kühl. Mein Verhalten beunruhigte ihn. Wir hängten unsere Mäntel im Flur auf, und er führte mich in sein Arbeitszimmer.

»Kann ich Ihnen irgendwas anbieten? Kaffee?«

»Nein danke, davon hatte ich schon mehr als genug.«

»In Ordnung. Falls Sie Ihre Meinung noch ändern sollten – kein Problem.« Er nahm in einem der Sessel im Erker Platz, und ich setzte mich auf den anderen. Ich musterte ihn wortlos, während er sich verlegen räusperte. Schließlich fragte er: »Haben Sie das letzte Mal irgendwas vergessen?«

»Nein. Ehrlich gesagt bin ich hier, um Ihnen meine Rechtsberatung anzubieten.«

»Rechtsberatung?« Er runzelte die Stirn. »Was für eine Rechtsberatung?«

»Hochverrat verjährt nicht.«

Er zwinkerte heftig. »Wie bitte?«

»Das bedeutet, daß man Sie wegen eines Vergehens bestrafen kann, das Sie vor sehr langer Zeit begangen haben, auch noch nach fünfzig Jahren.«

»Ich ... ich weiß gar nicht, wovon Sie reden! Sie kommen hier einfach her und –«

»Lügen Sie mich nicht an, Herbert!« schrie ich und schlug mit den Händen auf die Sessellehne.

»Sie haben mich belogen, als ich das letzte Mal hier war, und das macht mich wütend!«

Er duckte sich in seinem Sessel. »Gelogen bei was?« jammerte er.

»Was Henry und Kalifornien angeht. Sie waren dort.«

»Wo?«

»Lawrence Livermore, Sie und die anderen Größen der Atomphysik.«

»Ich ... ich weiß gar nicht, wovon Sie reden«, stammelte er.

Ich griff in meine Jackentasche, zog das Foto hervor und warf es auf seinen Schoß. Noch während er es anstarrte, wich alle Farbe aus seinem Gesicht. Plötzlich sah er so alt aus, wie er tatsächlich war. »Wen können Sie darauf erkennen, Herbert?«

»Das bin ich«, murmelte er. »Und das ist Henry.«

»Und der Mann hinter der Parkbank?«

Seine Hände begannen zu zittern. »Das ist alles so lange her«, sagte er.

Ich streckte die Hand aus und tätschelte sein Gesicht. »Los, Herbert«, knurrte ich, »an ihn werden Sie sich doch wohl erinnern können.«

Epsteins Lippen bewegten sich tonlos, so als habe er nicht nur seine Gesichtsfarbe, sondern auch seine Stimme verloren.

»Ich höre so schlecht, Herbert. Sagen Sie mir seinen Namen.«

»Kovalev«, wimmerte er.

Er sah aus, als würde er gleich zusammenbrechen. Genau der richtige Moment, um zu bluffen. »Henry hat noch mehr aufbewahrt als nur dieses Foto, Herbert. Er hat Tagebuch geführt. Er hat zugegeben, was er getan hat – was Sie beide getan haben.«

»Das, was ich getan habe ...« Er schwieg einen Moment lang, bedeckte sein Gesicht, und ein mitleiderregendes Schluchzen erschütterte ihn.

»Was wird jetzt mit mir geschehen?« weinte er.

»Eventuell werde ich die Sache für mich behalten, aber ich kann Ihnen nichts versprechen, bis auf eins: Wenn Sie mir nicht helfen, lasse ich Sie einbuchten. Wahrscheinlich werden sie Sie nicht gerade auf dem elektrischen Stuhl hinrichten wie die Rosenbergs, Herbert, aber sie werden Sie in einer kleinen Zelle dahin vegetieren lassen, so lange, bis Sie tot sind. Dort wartet kein köstliches Gebäck auf Sie, dort ist Schluß mit dem Herumturteln mit älteren Damen.«

»Mein Gott!«

»Gott kann Ihnen hier auch nicht weiterhelfen. Werden Sie

mir nun meine Fragen beantworten, ja oder nein?« Er trocknete sich die Augen mit dem Ärmel seines Wollhemdes und nickte. »Henry Bronson gab Informationen an die Russen weiter. Stimmt das?«

»Ja, das stimmt.«

»Und Sie waren auch beteiligt.«

»Ich – ich hatte keine andere Wahl.«

»Erzählen Sie mir davon. Alles.«

»Alles«, wiederholte er leise. Er schwieg einen Moment lang, holte tief Luft und begann zu sprechen, mit seltsam dünner Stimme, den Blick zu Boden geheftet. »Ich bin während der Depression aufgewachsen. In meiner Familie pflegte man den Kapitalismus für alle sozialen Schwierigkeiten verantwortlich zu machen. Für viele Menschen war die Sowjetunion damals die letzte Hoffnung, eine Hoffnung auf bessere Zeiten.« Er blickte auf und sah mich an. »Gar nicht so viel anders als das, was Ihre Generation in den sechziger Jahren empfand. Ich wette, Sie sind damals auch auf die Straße gegangen und haben Flaggen und all so was verbrannt, stimmt's?«

»Fahren Sie fort.«

»Sie haben mich kontaktiert, als ich in Princeton war. Bedenken Sie bitte, daß sie damals noch unsere Verbündeten im Kampf gegen die Nazis waren, und ich stimmte zu, mit ihnen zusammenzuarbeiten. Ich habe ihnen von dem berichtet, was in unseren Labors geforscht wurde, aber das waren alles nur Kinkerlitzchen, nichts davon war wirklich zu gebrauchen. Manchmal baten sie mich, an einer Besprechung teilzunehmen und ihnen anschließend Bericht zu erstatten oder aber anderen Wissenschaftlern, die ich kannte, bestimmte Leute vorzustellen.«

»Haben Sie sie Henry vorgestellt?«

»Ja, aber wir hatten keine Geheimnisse voreinander. Gott im Himmel, wir waren ganz normale Studenten!«

»Was geschah als nächstes?«

»Henry nahm eine neue Stelle an, an der Universität von Chicago, er ging in die Forschung. Wir waren jung und standen noch viel zu sehr am Anfang unserer Karriere, als daß Oppenheimer uns nach Los Alamos geholt hätte. Die Physiker, die die Bombe bauten und damit halfen, den Krieg zu gewinnen, waren die Elite. Wir dachten, wir hätten unsere Chance verpaßt.«

»Aber Henry war ehrgeizig, stimmt's?«

»Henry wollte etwas Großes leisten, das galt auch für mich, und schließlich eröffnete uns ein Streit in der Fachwelt neue Möglichkeiten. Viele Physiker waren gegen den Bau von Atomwaffen gewesen, aber es fiel schwer, dagegen zu sein, wo gerade ein Krieg gewonnen werden mußte und jeder Angst hatte, die Nazis bekämen die Bombe als erstes in die Hand.«

»Und dann wurde alles anders.«

»Die Bilder von Hiroshima und Nagasaki führten dazu, daß viele ihre Meinung änderten. Oppenheimer wandte sich gegen die Entwicklung neuer Waffen, er hatte großen Einfluß. Edward Teller dagegen wollte das entwickeln, was sie *The Super* nannten, eine Wasserstoffbombe, und verließ enttäuscht Los Angeles. Doch als die Sowjets ihre eigene Atombombe zündeten, begann das Wettrüsten.«

»Was geschah dann?«

»Die Regierung errichtete ein eigenes Labor für Teller, wo er die Wasserstoffbombe *The Super* weiterentwickeln konnte, und dort bekam Henry 1952 eine Stelle. Ich bekam keine, aber Henry schwärmte von der Westküste, und als sich für mich eine Gelegenheit an der Universität von Kalifornien ergab, griff ich zu; wir waren praktisch Nachbarn. Bei Livermore galt natürlich strengste Geheimhaltung, und so durfte ich ihn dort nicht besuchen. Wir haben uns dann in Berkeley getroffen.«

»Und wann kam Kovalev ins Spiel?«

»Er war unser Kontaktmann in Princeton gewesen. 1953 tauchte er wieder auf und bat mich, ihn mit Henry bekannt zu machen. Bitte, das müssen Sie verstehen, ich war ihm schließlich schon verpflichtet. Ich konnte nicht nein sagen. Wir trafen uns in Berkeley, und Kovalev versuchte uns davon zu überzeugen, daß es notwendig sei, Atomgeheimnisse auszutauschen, um kommenden Kriegen vorzubeugen – damals übrigens eine sehr weit verbreitete Haltung.« Er verstummte und sah mich verständnisheischend an.

»Bringen Sie die Geschichte zu Ende, Herbert.«

»Henry willigte ein, Informationen zu liefern, überwiegend Dokumente, die er an vereinbarten Orten in Berkeley hinterlegte. Manchmal spielte ich den Mittelsmann. Das ging mehr als ein Jahr so, bis er sah, wie die Russen in Aktion traten, woraufhin er das atomare Gleichgewicht für keine so gute Idee mehr hielt. Er weigerte sich, weiterhin mit ihnen zusammenzuarbeiten. Daraufhin drohte ihm Kovalev, uns auffliegen zu lassen. Er ging sehr subtil vor, aber die Drohung war echt. Ich dachte, wir beide wären verloren.

»Machte er denn seine Drohungen nie wahr?«

»Nein. Wir lebten ein Jahr lang in Angst und Schrecken und schworen uns dann, nie wieder ein Wort über die Sache zu verlieren. Dann war fast dreißig Jahre lang Ruhe, bis die Zeitungen berichteten, Kovalev sei übergelaufen und würde von der CIA verhört.«

»Am 17. Juni 1982«, sagte ich. »Henry ängstigte sich zu Tode.«

»Wir beide ängstigten uns! Wir dachten, unser letztes Stündchen hat geschlagen! Ich glaube, er hat ihnen nie von uns erzählt.«

»Was war Henrys Forschungsbeitrag in Livermore, Herbert? Was hat er entwickelt?«

Er starrte mich einen Moment lang an, so als müsse er nachdenken. »Okay«, sagte er schließlich. »Wie ich schon sagte, das Wettrüsten hatte begonnen. Viele arbeiteten an immer größeren, gefährlicheren Waffen. Andere beschäftigten sich mit artverwandten Themen, wobei eins genauso brisant war.«

»Und zwar?«

»Was nützt einem eine Bombe, wenn man sie nicht richtig plazieren kann? Interkontinentalraketen gab es damals noch nicht, strategische Bomber waren noch in der Entwicklungsphase. All die Geistesgrößen dachten in riesigen Dimensionen – und zwar im wahrsten Sinne des Wortes –, und Henry landete bei einem kleinen Projekt, das seine Kollegen nicht interessierte und das sich zum Ziel gesetzt hatte, die Atombombe in einem so kleinen Maßstab herzustellen, daß man sie konventionell befördern könnte.«

»Was heißt das?«

»Sie in eine Kiste stecken und zu ihrem Bestimmungsort fahren. Das Auto abstellen und weggehen.«

»*Um Gottes willen! Eine Autobombe?*«

»Nein, eine *atomare* Autobombe. Die ideale Angriffswaffe: ohne jede Vorwarnung macht es plötzlich peng! Henry gelang es, das größte Problem daran zu knacken.«

»Und zwar?«

»Die Zündvorrichtung. Wissen Sie, wie diese Dinger funktionieren?«

»Sagen Sie es mir.«

Er fand einen Block und einen Stift und fertigte ein Schaubild an. Er war erleichtert, daß er dozieren konnte und kein Geständnis ablegen mußte. »Damit die Bombe ein Maximum an Energie freisetzen kann, muß der Uran- oder Plutoniumkern in diesem Moment zu einer bestimmten kritischen Masse komprimiert werden, denn sonst zischt es nur, anstatt einen großen Knall zu geben. Man braucht also eine Zündvorrichtung. Und ich kann Ihnen sagen, daß man damals jede Menge Leute mit der Entwicklung einer entsprechenden Zündvorrichtung betraut hatte, damals, während des Krieges, als sie in Los Alamos die ersten Bomben bauten. Wenn man so will, war das das Kniffligste überhaupt. Schließlich verwendeten sie zwei Varianten. Die eine war eine Art ›Gewehr‹, das die ›Uran-Kugel‹ in den Kern schoß; diese Variante kam in Hiroshima zum Einsatz. Die andere war ein Sprengkörper mit Implosionsvorrichtung, den sie über Nagasaki abwarfen. Henry entwickelte eine kleine Version der Gewehrvariante. Sie war nicht ganz so effizient wie die große Bombe, die allerdings immerhin an die fünftausend Kilo gewogen hatte.«

»Wie effizient war sie?«

»Nun, sie konnte keine ganze Stadt zerstören, aber sie war durchaus in der Lage, das Stadtzentrum in Schutt und Asche zu legen.«

»Mit anderen Worten, den Kreml.«

»Genau. Das Geniale an seinem Entwurf war seine Schlichtheit. Man konnte das verdammte Ding mehr oder weniger daheim im Hobbykeller zusammenbauen.«

»Wußten die Russen von Henrys Entwurf?«

»Wenn, dann höchstens, daß es einen Entwurf gab. Soweit ich weiß, hat er ihnen nie irgendwelche Pläne gegeben.«

»Was geschah mit den Plänen?«

»Wie meinen Sie das?« Seine Augen wichen mir aus.

»Ist doch eine einfache Frage. Was geschah mit den Plänen von Henrys Zündvorrichtung?«

»Das weiß ich nicht.«

»Sie belügen mich, Herbert. Das sehe ich Ihnen doch an. Sie haben sie zu Gesicht bekommen.« Ich stand auf, und er zuckte zusammen. »Reden Sie weiter, sagen Sie mir, daß ich mich täusche.«

»Sie täuschen sich nicht.«

»Wo sind sie?«

Er schüttelte den Kopf. »Das weiß ich nicht.« Ich starrte ihn feindselig an, und er hob flehend die Hände. »Ich lüge nicht, ich schwöre es! Er hat sie mir nur ein einziges Mal gezeigt – und das ist fast vierzig Jahre her!«

»Also hat er sie behalten.«

»Es war seine Leistung.« Er seufzte. »Und eins kann ich Ihnen sagen: Wer sie heute in die Finger bekäme – der wäre ein gemachter Mann.«

Mein Herz raste, aber meine Stimme troff nur so vor Sarkasmus. »Ein gemachter Mann?« spottete ich und schüttelte den Kopf. »Warum sollte jemand für einen Entwurf Geld ausgeben wollen, der mehr als fünfzig Jahre alt ist?«

Epstein biß an. »Während des Krieges waren eine Unmenge von Industrieanlagen nötig, um waffenfähiges Uran oder Plutonium herzustellen«, dozierte er. »Das war der größte Produktionsaufwand, der während des ganzen Krieges betrieben wurde, ja der größte in der Geschichte unseres Landes überhaupt. Wir haben dafür buchstäblich ganze Städte errichtet, und das mehr oder weniger über Nacht. Nun, heute sind solch gewaltige Anstrengungen nicht mehr nötig. In der ehemaligen Sowjetunion leben genügend Menschen, die absolut pleite sind und sich geradezu darum reißen, waffenfähiges Material zu bewachen, dessen Gewicht sich tausendfach in Gold aufwiegen läßt. Heute gibt es in Osteuropa einen regelrechten Schwarzmarkt für Plutonium, und soweit ich weiß, wimmelt es in ganz Deutschland von Spionen, die sich als Kaufinteressenten ausgeben!«

»Reden Sie weiter.«

»Nun, selbst wenn man spaltbares Material besitzt – die Bombe hat man damit noch lange nicht. Ein wesentlicher Bestandteil fehlt.«

»Die Zündvorrichtung.«

»Ganz genau.«

»Also ist Henrys Zündvorrichtung Gold wert.«

»Für einen Terroristen, der nur die Wall Street in die Luft jagen möchte, oder besser noch, das Pentagon, wäre sie mehr als perfekt.«

»Herbert«, sagte ich leichthin, »wem haben Sie sonst noch von Henrys Zündvorrichtung erzählt?«

»Nicht *einer Menschenseele!*« schrie er. »Ich habe mit Henry darüber gesprochen und mit Ihnen. Ich habe niemals, *niemals*, auch nur ein einziges Wort über die Zündvorrichtung und was damit zusammenhängt verloren. *Nicht ein Sterbenswort!*« Er atmete sehr schnell. Ich befürchtete schon, er könnte umkippen, noch bevor ich mit ihm fertig war.

»Warum war es nötig, Henry zu beruhigen?«

»Er rief mich an, völlig außer sich. Er fragte mich: ›Hast du unseren Bund gebrochen, Herbert?‹« Epstein schüttelte den Kopf. »Das war Henrys Art, sich auszudrücken.«

»Und Sie verneinten?«

»Wie ich gerade schon gesagt habe. Hören Sie, das wäre der reinste Selbstmord!«

»Wann war das, Herbert?«

Er rieb sich die Stirn. »Man muß aufpassen, daß man sein Zeitgefühl nicht verliert, wenn man nicht mehr arbeitet«, murmelte er. »Ich glaube es war im August, Anfang August.«

»Erzählen Sie mir von Raymond Garvey. Welche Rolle hat er gespielt?«

Entweder war Epstein ein sehr guter Schauspieler, oder aber die Frage bereitete ihm wirklich Kopfzerbrechen. »Garvey?« Er runzelte die Stirn, bis es funkte. »Weiß Garvey davon?« kreischte er. »O nein! Nein! Nein! Nein!«

»Beruhigen Sie sich! Er kann nicht mehr reden. Schon vergessen?«

Er senkte den Kopf und vergrub ihn in beiden Händen. »Ja«, ächzte er. »Natürlich.« Es dauerte nicht lange, bis seine Angst der Neugier wich. Er hob den Blick. »Die Zündvorrichtung hat mit dem Mord zu tun?«

»Das habe ich nicht gesagt.«

»Aber Sie sind hier. Sie stellen Fragen.«

»Herbert, ziehen Sie keine voreiligen Schlüsse. Am besten, Sie vergessen, daß ich jemals hier gewesen bin, verstanden?« Ich stand auf und wandte mich zum Gehen.

»Darf ich Sie noch etwas fragen, nur eine winzige Kleinigkeit?«

»Was?«

»Weiß Ashley davon? Weiß sie – ?«

»Ashley weiß nichts von alledem, Herbert. Nichts über Sie, und nichts über Henry. Und so soll es auch bleiben. Haben wir uns verstanden?«

Er zuckte zusammen. »Ich werde niemandem etwas erzählen. Das habe ich nie getan ... fünfzig Jahre lang.« Seine gesunde Gesichtsfarbe war entwichen, vielleicht für immer. Er sprach so leise, daß ich ihn kaum verstehen konnte. »Was ich getan habe, was Henry getan hat – ich werde es mit ins Grab nehmen.«

Das stimmte mit Sicherheit nicht. Es gab noch mindestens drei weitere Menschen, die wußten, woran Henry in Livermore geforscht hatte. Einen hatte Ashley umgebracht, ein anderer war wie vom Erdboden verschwunden. Und der dritte bemühte sich, mich aus der Anwaltschaft ausschließen zu lassen.

Das Telefon klingelte. Er sah es an, rührte sich jedoch nicht vom Fleck. Ich ging meinen Mantel holen. »An Ihrer Stelle würde ich drangehen, Herbert«, sagte ich über meine Schulter hinweg. »Das könnte Ihr Abendessen sein.«

»Gut geraten. Du hast wirklich Glück gehabt. Wenn du dich getäuscht hättest, wärst du mit leeren Händen wieder zurückgekehrt.«

»Und ob!« entgegnete ich. »Siebzig Prozent Logik, dreißig Prozent Technik. Gib's zu. Du bist bloß neidisch.«

»Ja, was soll's!« Walter linste in die Papiertüte und holte ein Päckchen daraus hervor, das in weißes Papier eingewickelt war. Er hielt es auf Armeslänge von sich weg, kniff die Augen zusammen und studierte die Beschriftung.

»Warum machst du es nicht einfach auf?«

»Immer mit der Ruhe«, knurrte er, und drehte das Päckchen um. »Gut. Zwiebel-Bagel, Fischrogen, Frischkäse, rote Zwiebeln und Tomaten.« Er warf es mir zu, holte einen Pappbecher hervor und studierte dessen Beschriftung. »Deiner«, sagte er.

»Ist da Zucker drin?«

Er starrte mich feindselig an und wickelte das andere Päckchen aus. »Ich war schon letzten Sonntag Essen holen. Eigentlich warst du heute dran.«

»Ich war in der Kirche und habe für dich gebetet.«

Er drohte mir mit der Faust, während er in seinen Bagel mit Heringssalat biß. »So ist das also«, sagte er mit vollem Mund. »Sie waren also hinter der Entdeckung des alten Herrn her?«

»Alles weist darauf hin. Jeder wußte von seiner Spionagetätigkeit in Livermore, und sie müssen ihn damit erpreßt haben, ihn hochgehen zu lassen, für den Fall, daß er sich weigern sollte, die Pläne herauszugeben. Das hat er damit gemeint, als er schrieb, er lebe in ständiger Furcht vor seiner eigenen Schöpfung. Man hatte ihn in die Ecke gedrängt, aber er fand einen eigenen Ausweg.«

Er schniefte. »Ja, und was für einen. Das bringt mich auf eine andere Frage: Wie haben sie es herausbekommen? Ich kann mir nicht vorstellen, daß er seine Geheimnisse mit Raymond teilte.«

»Die Leute, die mit Plutonium handeln, entdeckten Henrys Berichte aus Livermore. Vielleicht haben sie sie zwischen irgendwelchen alten Unterlagen entdeckt, oder aber sie haben in den Fünfzigern mit Kovalev zusammengearbeitet. Wer weiß das schon? Wären sie im Besitz von Henrys Plänen, könnten sie alles aus einer Hand anbieten – jedem, der Interesse hat, so eine Bombe zu bauen.«

»Und deshalb haben sie ihn verfolgt.«

»Ja, und Garvey war der Mittelsmann. Er war ein Naturtalent: die geborene Kontaktperson, und noch dazu ein alter Freund von Henry.«

»Er muß eine enorme Provision bekommen haben.«

»Ich weiß nur noch nicht, wo ich Burroughs hinstecken soll. Ich vermute, er gehörte auch zu Octagon – alt genug wäre er. Er hat sie wahrscheinlich auf Raymond angesetzt.«

»Und Mr. Brown-Clay?«

»Maureen hat von so einem komischen Akzent gesprochen, europäisch. Er muß das russische Bindeglied sein. Schließlich existiert Octagon schon seit den dreißiger Jahren, seitdem ist viel zu viel Zeit vergangen, als daß die Firma nur einer einzigen Person oder Gruppe gehören könnte. Möglicherweise ist sie von den Sowjets für Geldwäsche sowie für andere Spionagezwecke genutzt worden.«

Er starrte wieder in die Papiertüte. »Wo ist der verdammte Süßkram?« murmelte er und sagte dann: »Wie zum Teufel sollen wir dieses Märchen hier beweisen?«

»Wir werden es nicht einmal versuchen.«

Seine Nase tauchte wieder aus der Tüte auf. »*Wirklich nicht?*«

»Nein, und zwar aus zweierlei Gründen. Erstens besteht unsere Geschichte aus zwei Teilen. Da ist zunächst Octagon: drei Kerle – Burroughs, Garvey und Mr. Brown-Clay, die in eine Verschwörung verwickelt sind, bei der es um viel Geld geht, um geheime Treffen und um einen toten Mitverschwörer. Das können wir beweisen. Dann gibt es Henry Bronsons Spionagegeschichte, die offensichtlich damit endet, daß ihn letzen August jemand kontaktiert hat, der wußte, was er getan hatte. Es gibt nur zwei Möglichkeiten, das zu beweisen: Epsteins Zeugenaussage und das Tagebuch. Herbert hat keinerlei Interesse daran, diese Geschichte weiterzuerzählen, und im Tagebuch findet sich nicht mehr als nur eine vage Anspielung. Abgesehen davon, können wir das Tagebuch sowieso nicht verwenden.«

Walter nickte. »Das bringt sie in den Knast.«

»Ganz genau. Zu schade, daß wir nicht auspacken können. Die Sache zieht derartige Kreise, daß Ashley, wenn überhaupt, nur eine winzige Nebenrolle spielt. Und selbst wenn sie durch Kelloggs Zeugenaussage belastet wird, müßte sie das Gericht trotzdem laufenlassen, es sei denn, Rogavin hat die Schüsse auf Video aufgenommen.«

Walter zuckte die Achseln. »Kein Tagebuch, kein Epstein, keine Geschichte.«

»Darauf läuft es hinaus«, stimmte ich zu. »Die einzige andere Möglichkeit zu beweisen, was geschah, besteht darin, Burroughs dazu zu bringen, ein Geständnis abzulegen, und ich glaube kaum, daß uns das gelingen wird.«

»Du hast eben von zwei Gründen gesprochen. Welches ist der andere?«

»Die Geschichte selbst. Wenn man sie publik macht, dann erfährt die ganze Welt, daß Henry Bronson für die Russen spioniert hat – zuallererst seine Tochter. Sie wollte nicht, daß wir herumschnüffeln und herausfinden, warum sich ihr Vater umgebracht hat, erinnerst du dich? Möchtest du gern derjenige sein, der es ihr erzählt?«

Er verzog das Gesicht. »Okay, jetzt, wo du das Rätsel gelöst hast, kannst du mir bestimmt auch sagen, was wir tun sollen, wenn der Richter sein Hämmerchen zückt, was übrigens schon nächste Woche der Fall sein wird.«

»Wir müssen uns an den ersten Teil halten, an das, was wir beweisen können: Raymond Garvey war in unlautere Geschäfte verwickelt. Er und ein paar andere Kerle hielten geheime Treffen ab, benutzten Codenamen, hatten viel Geld. All das läßt sich bis zu einer Geheimorganisation in New York zurückverfolgen, über die so gut wie nichts bekannt ist.«

»Und dann wurde er umgebracht.«

»Und dann wurde er umgebracht. Gar nicht so schlecht, oder?«

»Aber was hatten sie davon? Man weiß nicht, was sie vorhatten oder warum man Raymond plötzlich loswerden wollte.«

»Trotzdem, besser als nichts«, entgegnete ich. »Das, ein anständiges Kreuzverhör von Kellogg und dann noch unsere Version, wie ihre Fingerabdrücke auf die Waffe kamen, und schon haben wir unsere Verteidigung. Wir werden den Geschworenen beweisen, daß die Anklage auf überaus wackeligen Füßen steht, und dann geben wir ihnen eine andere Erklärung dafür, warum Raymond umgebracht wurde – eine nicht ganz vollständige, zugegeben, aber das macht sie nicht weniger wahrscheinlich.«

Walter nippte nachdenklich an seinem Kaffee. »Und, wie schätzt du ihre Chancen ein?« fragte ich.

»Schwer zu sagen. Vielleicht so dreißig, vierzig Prozent.«

»Wahrscheinlich hast du recht.« Ich seufzte.

»Wir haben noch eine Woche Zeit. Was sollen wir tun?«

Ich dachte nach. »Glaubst du, Octagon ist eine Sackgasse?«

»Über die Fluggesellschaften oder die Bank haben wir nichts herausbekommen können.«

»Dann bleibt uns nichts anderes übrig, als mit Kellogg weiterzumachen.«

Walters Piepser schlug Alarm, noch bevor er etwas entgegnen konnte. Jemand aus seinem Team war dran, der Bericht erstatten wollte. Ich überließ ihm meinen Stuhl und ging zum Fenster. Es war ein typischer Dezembertag in Washington, keine extremen Temperaturen, aber dafür blies ein eisiger Wind, gegen den die Passanten ankämpften, das Kinn auf die Brust gedrückt, den Schal zusammengerafft. Einen dieser Passanten identifizieren zu wollen wäre ein aussichtsloses Unterfangen gewesen.

Walter beendete sein Telefonat und gesellte sich zu mir ans Fenster. »Sieht nicht aus wie New York, was?«

»Nein, dafür bräuchte man von allem mehr.«

»Ich hab immer noch Heimweh«, sagte er.

»Ich auch – manchmal. Mein Leben war damals wesentlich einfacher, kann ich dir sagen.«

»Irgendwelche Neuigkeiten, was Moira und deinen Sohn angeht?«

»Sie werden wegziehen. Das beste an dem Fall ist, daß er mich davon ablenkt. So wie wenn man Migräne hat und sich dann mit dem Hammer auf den Daumen haut.«

Daraufhin wechselte er das Thema. »Ich finde, wir sollten uns hinter Kellogg klemmen«, stimmte er zu. »Rogavin wird den Geschworenen weismachen wollen, daß sie es da mit einem ganz besonderen Kerl zu tun haben.«

»Ein Geheimagent, der im Dunkeln sehen kann und der über ein fotografisches Gedächtnis verfügt.«

»Null-null-sieben, ist doch klar.«

Plötzlich hatte ich einen Geistesblitz. Warum war ich nicht schon längst darauf gekommen? »Moment mal! Was, wenn wir nachweisen würden, daß er gar nicht so was Besonderes ist?«

»Na toll! Und wie?«

»Wir stellen ihn auf die Probe – mitten im Gerichtssaal.« Ich erläuterte ihm meinen Plan.

Er hörte mir aufmerksam zu, bis ich geendet hatte, und grübelte darüber nach, während er seinen Kaffee austrank. »Was, wenn er es schafft?« fragte er.

»Dann hätten wir den Fall höchstwahrscheinlich verloren.«

»*Höchstwahrscheinlich?*«

»Okay, wir hätten ihn verloren. Hör zu, ich hab nur davon angefangen, weil wir so in der Klemme stecken. Wenn alles gutgeht, wenn wir ihn auch so in die Knie zwingen können, ohne ihn auf die Probe stellen zu müssen, dann brauchen wir auch das Risiko nicht einzugehen.«

»Und wann willst du das entscheiden?«

»Dann, wenn er im Zeugenstand steht. Es gibt keine Möglichkeit, schon vorher zu wissen, wie der Hase läuft.«

Walter runzelte die Stirn. »Ganz schön knapp für eine so folgenschwere Entscheidung – das bedeutet, alles auf eine Karte zu setzen.«

»Ich bin auch nicht gerade begeistert, aber was Besseres fällt mir nicht ein. Kannst du deinen Part erledigen, ja oder nein?«

»Da brummst du mir ganz schön was auf, so kurz vor Schluß«, murmelte er.

»Schaffst du es?«

»Vielleicht. Ich leg dann mal los.«

»Die Sache hat absolute Priorität. Und erzähl Andy nichts von deinen ›gemeinsamen Bekannten‹. Er hat schon genug Probleme wegen unserem kleinen Tagebuch.«

»Kann ich davon ausgehen, daß unser Moralapostel hier kein Sterbenswörtchen verlauten lassen wird?«

»Keineswegs.«

Er schüttelte den Kopf. »Das ist aber gar nicht gut. Soll ich mal mit ihm reden?«

»Nein. Ich hab ihn schon genug unter Druck gesetzt. Konzentrier du dich auf Kellogg.«

Er wandte sich zum Gehen. »Eine Minute noch«, sagte ich. »Bitte bau mich auf und sag mir noch mal, daß ich ein Genie bin.«

»Du bist ein Genie«, sagte er rückwärts gewandt, »aber es kann sein, daß das schon morgen kein Schwein mehr interessiert.«

Andy tauchte nicht mehr im Büro auf und rief bis fünf Uhr nachmittags auch nicht an. Ich wußte, was das zu bedeuten hatte, noch bevor er es mir selbst sagte.

»Ich habe meine Meinung nicht geändert, Frank, aber ich werde tun, was ich kann.«

»Und was heißt das genau?«

»Freiwillig werde ich gar nichts sagen. Ich werde da rein gehen und betonen, daß ich ein neuer Partner bin, der dir zur Seite gestellt wurde, um in der Bibliothek zu sitzen und Berichte zu schreiben. Vielleicht stellt er dann die bewußte Frage gar nicht.«

»Ich verstehe.«

»Ich habe mir folgendes überlegt: Was, wenn wir uns mit meinem alten Ethikprofessor von der Uni in Verbindung setzen? Er denkt ganz praxisnah, Frank. Wenn er dir recht gibt, dann war's das. Wenn er sagt, wir müssen die Karten auf den Tisch legen, dann kannst du deine Aussage zurückziehen, noch bevor ich zu Warner gehe. Auf diese Weise muß ich mir auch nicht so vorkommen, als hätte ich das ganze Team im Stich gelassen.«

»Tut mir leid Andy, aber das werde ich nicht tun.«

»Und warum nicht?«

»Weil ich meinem eigenen Urteil traue und mit den Folgen leben kann. Wenn du das nicht kannst, dann kannst du zwar als Jurist arbeiten, aber nicht als Strafverteidiger.«

Er schwieg einen kurzen Moment lang und antwortete dann leise: »Okay. Ich werde mein Bestes geben. Tut mir leid, Frank.«

»Andy?«

»Was denn?«

»Ruf mich an, sobald du sein Dienstzimmer verlassen hast.«

Wenn man sehnsüchtig auf etwas wartet, dann scheint die Zeit stillzustehen.

Zwischen zehn Uhr siebzehn und halb elf kam mir diese Erkenntnis ungefähr ein halbes Dutzend Mal in den Sinn. Walter war gegen neun gekommen, um mir beim Warten Gesellschaft zu leisten. Er lag ausgestreckt auf der Couch, mit geschlossenen Augen. Gegen elf hatte Andy immer noch nicht angerufen. »Jetzt ist schon eine Stunde um«, verkündete er. »Wie lang warst du denn da drin?«

»So zwanzig, fünfundzwanzig Minuten.«

»Mist! Wahrscheinlich nehmen sie gerade sein Geständnis auf.«

Andy schlurfte gegen Viertel vor zwölf herein und ließ sich schwer auf einen Stuhl fallen. Er sah fix und fertig aus. »Du warst ganz schön lange da drin«, sagte ich.

»Ich bin zu Fuß hergelaufen«, entgegnete er erschöpft. Wir warteten, aber er sprach kein Wort.

»Wie ist es gelaufen?« hakte ich nach.

»Er hat mich gefragt, warum wir gegen Burroughs ermitteln. Ich hab ihm dasselbe gesagt wie du auch schon. Dann hat er mich gefragt, ob ich glaube, daß Burroughs Garvey umgebracht hat.«

»Was hast du gesagt?«

»Ich sagte ihm, daß das nach meinem Kenntnisstand durchaus möglich sei.« Er sah mich an und zuckte die Achseln. »Etwas Gegenteiliges habe ich nie gehört.« Das stimmte: Ich hatte nie davon gesprochen.

»Hat er dich gefragt, ob du dir irgendwelcher Verstöße gegen die Standesrichtlinien bewußt seist?«

»Ich wünschte, wir hätten meinen Ethikprofessor angerufen.«

»Ich hab dir doch gesagt, warum ich das nicht wollte.«

»Wie sicher bist du dir deiner Sache wirklich?« fragte er mich.

»Spielt das denn jetzt noch eine Rolle?«

»Jawohl, denn jetzt sitzen wir beide im selben Boot. Ich hoffe, wir gehen nicht unter.«

Ich warf Walter einen flüchtigen Blick zu. »Was hast du ihm erzählt, Andy?«

»Ich habe gesagt, ich wüßte von nichts.«

Walter grinste von einem Ohr zum anderen. »Und Warner, was hat der dazu gesagt?« fragte ich verblüfft.

»Nichts, aber er hat mir eine Nachricht für dich mitgegeben. Er sagte, ich zitiere: ›Sagen Sie ihm, er soll nächsten Montag verdammt gut vorbereitet sein, es wird keine Termineintragungen in die Prozeßakte geben.‹«

Walter knuffte ihn scherzhaft. Es dauerte einen Moment, bis wir begriffen hatten, daß wir tatsächlich weitermachen durften. »Du hast heute nacht nicht gerade viel geschlafen, was?« fragte ich ihn lächelnd.

»Überhaupt nicht«, antwortete er. »Ich hab die ganze Nacht an die Decke gestarrt. Ich hatte keine Ahnung, daß Strafrecht so anstrengend ist.«

»Falls dich das tröstet: Ich habe früher auch ständig an die Decke gestarrt.«

»Aber jetzt nicht mehr, oder?«

»Nein, jetzt gehe ich nachts spazieren.«

»Na, großartig!« verkündete er. »Das sind ja tolle Aussichten!«

»Soll das heißen, das war nicht dein letzter Strafrechtsprozeß?«

»Immer noch tausendmal besser als dieses blöde Körperschaftsrecht.« Er gähnte, reckte und streckte sich und wankte zur Tür. »Ich leg mich jetzt mal kurz aufs Ohr. Nach der Mittagspause stehe ich euch wieder zur Verfügung.«

Walter zwinkerte mir zu und sagte: »Jetzt kann's losgehen!«

Ich rief Ashley an und überbrachte ihr die gute Nachricht. Die

Freude, die in ihrer Stimme mitschwang, hob meine Laune noch mehr. Ich mußte mir immer wieder vor Augen halten, daß wir eine Schlacht gewonnen hatten, nicht jedoch den Krieg. Zumindest stand jetzt fest, daß wir überhaupt in den Krieg ziehen würden, und ich konnte nur hoffen, daß wir genauso froh und erleichtert sein würden, wenn er vorbei wäre.

15

Jetzt, wo wir uns nur noch Kellogg vorknöpfen mußten, konnte ich Montag nacht wesentlich besser schlafen als am Wochenende. Ich kam gegen halb zehn ins Büro und fand auf meinem Schreibtisch eine Telefonnotiz von Moira vor: »Hat gestern abend versucht, Sie zu erreichen.« Gestern abend, da war ich bei Ashley gewesen, bei der ich letzte Woche jede Nacht verbracht hatte. Ich befürchtete sofort, irgend etwas wäre nicht in Ordnung, und ich sollte recht behalten.

»Ich bin's. Ich hab deine Nachricht erhalten.«

»Welche? Ich hab dir gestern abend auf den Anrufbeantworter gesprochen.«

»Ich war nicht zu Hause.«

Eine unheilvolle Stille machte sich breit. Dann sagte sie: »Morgen ist Weihnachten.«

»Ich wollte dich heute anrufen, um auszumachen, wann ich vorbeikomme.«

»Ich hab dich angerufen, weil ich dich für abends einladen wollte.«

»Oh ... ich hatte da eher an morgen früh gedacht – egal, wann immer es dir paßt. Ich will einfach nur dabeisein, wenn er das Geschenk auspackt.« Wieder Schweigen.

»Nur wenn er das Geschenk auspackt. Ich verstehe.«

»Wann wäre es dir recht?«

»So gegen zehn«, entgegnete sie und legte auf.

Es sah nicht gut für mich aus, und nervös wie ich war, hatte ich alles nur noch schlimmer gemacht. Von der Exfrau dabei erwischt zu werden, wie man sie betrügt: absurd, das Ganze. Meine Weihnachtsstimmung war schon so gut wie dahin, als Rogavin anrief. »Ich habe von Warner gehört.« Er lachte. »Gerade noch mal so durchgemogelt, was?«

»Ich weiß, wie sehr Sie das für mich freut.«

»O ja, durchaus. Ich habe Ihnen doch gesagt, ich mag den Wettkampf. Ist das nicht ein herrliches Gefühl, sich von nichts mehr ablenken zu lassen und endlich zur Sache zu kommen?«

»Sache? Ah, Sie meinen den Prozeß. Der ist in – wieviel? – sechs Tagen? Meine Güte, ich war gedanklich schon längst bei den Weihnachtsferien. Übrigens, Sie tragen Größe M, oder?«

»Sie haben Ihren Sinn für Humor also noch nicht verloren, und das ist gut so. Vielleicht hilft Ihnen das, die finsteren Zeiten zu überstehen, die noch vor Ihnen liegen. Also, was ist jetzt mit der lückenlosen Gewahrsamskette? Wenn der bedauernswerte Agent Windemere extra aus Kalifornien eingeflogen werden soll, dann muß er heute Bescheid bekommen. Ach ja, falls Sie das überhaupt interessiert: *Seine* Ferien wären dann auch im Eimer.«

»Sagen Sie ihm, er kann zu Hause bleiben – mein Weihnachtsgeschenk sozusagen. Wenn ich doch nur schon eines für Sie hätte!«

»Sie könnten mein Angebot annehmen. Eventuell wären wir sogar bereit, Ihnen Totschlag anzubieten.«

»*Totschlag?* Das ist aber wirklich zuviel des Guten, selbst für Weihnachten, finden Sie nicht?«

»Meine Idee war das nicht, so viel kann ich Ihnen versichern. Auf jeder Weihnachtsfeier, auf der der Justizminister eingeladen war, wurde er von Freunden der Prinzessin bestürmt, und so fühlt er sich verpflichtet, herauszufinden, ob Sie inzwischen Vernunft angenommen haben. Ich habe ihm gesagt, er könne sich seine Worte sparen: Eine solche Gelegenheit würden Sie sich nie entgehen lassen. Einmalig, Ihr kometenhafter Aufstieg aus der Gefängnisgruft, was? Der moderne Prometheus.«

»Junge, Junge, Ihnen entgeht aber auch gar nichts, wie? Sie haben recht, ein ganz schöner Karrieresprung – *vorausgesetzt*, ich gewinne den Fall. Natürlich mußte ich dabei so einiges berücksichtigen: die Fakten, die Rechtslage, die Befähigung meines Gegners. Doch alles sprach dafür, das Wagnis einzugehen.«

»Wissen Sie«, sagte er gelassen, »normalerweise lasse ich das Zwischenmenschliche immer außen vor, aber ich glaube, bei Ihnen, da mache ich eine Ausnahme.«

»*Noch* ein Geschenk! Ich muß einfach was für Sie finden. Hören Sie, wie wär's mit einer hübschen Gerichtsskizze von Ihnen, für Ihr Büro? Ich weiß, manche mögen das etwas abgeschmackt finden, aber –«

»Ich sehe Sie vor Gericht, Sie Arschloch.«

»Ebenso, und frohe Weihnachten.«

Jetzt, wo es weder um mein Privat- noch um mein Berufsleben besonders gut bestellt war, war ich heilfroh, daß ich noch am selben Tag einen Termin bei dem Mann hatte, dessen Job es war, mir Klarheit zu verschaffen. Ich muß ziemlich überdreht gewesen sein, denn als ich endlich innehielt, um Atem zu schöpfen, fehlten nur noch wenige Minuten bis zum Ende unserer Sitzung. »Mit einem Wort, mein Leben ist ein einziges Chaos«, schloß ich.

Noah musterte mich mit einer hochgezogenen Augenbraue. »Ich möchte das Jahr gern positiv ausklingen lassen«, sagte er ungerührt und veränderte seine Position. »Das klingt ja ganz schön kompliziert.«

»Kompliziert? Nein. Eher stressig. Besser gesagt, gruselig. Aber nicht kompliziert. Es gibt nicht viele Möglichkeiten, wie die Sache ausgehen kann. Entweder es kommt zur totalen Katastrophe oder nur halbwegs. Im Grunde genommen ganz einfach, wirklich.«

»So sehen Sie die Sache also?«

»Ich denke schon.«

»Wenn alles – und ich meine wirklich alles – genauso ausginge, wie Sie es sich vorstellen, was würde dann passieren?«

»Einmal abgesehen davon, daß man Rogavin auf einer Trage aus dem Gerichtssaal schaffen muß und mich zum neuen Starverteidiger ernennt?«

»Davon einmal abgesehen.«

»Sie spielen auf mein Privatleben an.«

»Ja.«

»Ashley, Moira, Brendan?«

»Ganz genau.«

»Gut ... und Sie wollen sofort eine Antwort?«

Er sah mich nur an.

Ich seufzte. »Das ist wirklich kompliziert.«

Walter kam gegen fünf vorbei, nur um nach mir zu sehen und mich zu informieren, daß Kellogg Besuch von der Staatsanwaltschaft bekommen hatte. »Rogavin bringt seinen Zeugen auf Kurs«, sagte ich.

»Ja, aber jetzt hör dir das an: der Kerl ist übervorsichtig. Er ist gestern ins Kino gegangen und hat den Weg genommen, der an Garveys Haus vorbeiführt. Ganz so, als wüßte er, daß wir ihn beobachten, und er machte sogar den Umweg, um keinen Verdacht zu erregen.«

»Mit anderen Worten, zwei Blocks mehr.«

»Ja.«

»Glaubst du immer noch, daß mit dem was nicht stimmt, oder?«

»Ja.«

»Was ist mit unserem Planspiel? Heute abend vielleicht?«

»Wer weiß?«

»In fünf Tagen wählen wir die Geschworenen aus!«

»Bislang war einfach noch nicht der richtige Moment«, entgegnete er. »Weißt du überhaupt, wie minutiös so was geplant werden muß? D-Day war ein Dreck dagegen! Erstens geht er nicht die ganze Nacht spazieren. Zweitens hängen keine Blätter an den Bäumen. In einer klaren Nacht ist der Mond heller als jede Straßenlaterne. Drittens müssen meine Leute ständig Autos und Kleidung wechseln, um keine Aufmerksamkeit zu erregen. Wir sind hier nicht im Ghetto, Kleiner. In der Gegend hier schreien sie schon nach der Polizei, wenn der Müllmann spät dran ist. Und wenn wir Mist bauen, dann haben wir alles versaut.«

»Ich hab schon alles versaut«, murmelte ich. »Und jetzt laß ich es an dir aus.«

»Hör zu, langsam wird es dunkel, vielleicht ist heute *die* Gelegenheit. Kann sein, daß ich Neuigkeiten für dich habe, noch bevor du ins Bett gehst.«

»Heute ist Heiligabend«, sagte ich völlig zusammenhanglos.

»Ja, ich werde einen Strumpf von meiner Menora baumeln lassen.«

»Ich seh dich gar nicht gern arbeiten, während alle anderen die Feiertage genießen.«

»Wenn du mir Gesellschaft leisten willst – ich hab nichts dagegen.«

»So schlimm ist es nun auch wieder nicht. Ich werde bei Ashley sein, falls du mich erreichen willst.«

»Gut. Ich werd ihre Nummer auswendig lernen.«

»Frohe Weihnachten. Frohe Chanukka.«

»Ja. Dir auch.«

Dem Kartenabriß in meiner Frackjacke nach zu urteilen, hatte der letzte gemeinsame öffentliche Auftritt von Mr. und Mrs. O'Connell im Kennedy Center's Opera House stattgefunden. Zum Zeitpunkt von Ashleys feierlicher Einladung war das also genau drei Jahre, einen Monat und vier Tage her. Auf der Opernkarte stand *La Bohème,* aber es hätten genausogut die Marx Brothers sein können, so viel hatte ich damals von der Aufführung mitbekommen. Zu jenem Zeitpunkt hatte ich mich gerade dazu durchgerungen, aus der Kanzlei von Paps auszusteigen und noch einmal ganz von vorn zu beginnen. Ich verbrachte jede wache Stunde – immerhin zwanzig am Tag oder mehr – damit, mich zu quälen, wie ich Moira das Ganze bloß beibringen sollte. Ich hatte mich auf Tränen und Ablehnung gefaßt gemacht, wenn ich unser wohlgeordnetes Leben derart auf den Kopf stellte, doch nie hätte ich damit gerechnet, daß sie diesen Weg nicht gemeinsam mit mir gehen würde. Nach sechs Monaten fragte ich mich, warum ich jemals geglaubt hatte, daß sie es tun würde; nach zwölf Monaten war ich dankbar, daß sie es nicht getan hatte.

Ein Taxi wartete vor Ashleys Haus, als ich ankam. Martha öffnete mir. Sie war bereits im Mantel, und neben der Tür stand ein kleiner Koffer. Sie würde die Feiertage bei einer Kusine in Maryland verbringen und hatte nur noch auf mich gewartet.

»Ah, Mr. Frank! Frohe Weihnachten!«

Sie hatte also mittlerweile eine geeignete Form der Anrede für mich gefunden: »Mr. Frank.« Miss Ashleys Verehrer. Anwalt des Hauses Bronson. Retter in der Not.

»Ihnen auch frohe Weihnachten, Martha! Ich habe gehört, Sie besuchen Ihre Familie. Wie schön für Sie!«

»Eine Kusine und ihre Kinder und Enkel. An den Feiertagen ist das Haus voll bis unters Dach, denn dann kommt immer die ganze Familie zusammen.« Kaum hatte sie es ausgesprochen, tat es ihr auch schon wieder leid. »Ich ... ich bitte um Entschuldigung, Sir. Ich habe da wohl etwas Unpassendes –«

»Nein, nein, das ist schon in Ordnung«, unterbrach ich sie und sah mich um, während ich meinen Mantel ablegte. »Das Haus sieht wunderbar aus, Martha. Sie haben ein wahres Wunder bewirkt.« Die beiden waren nicht untätig gewesen. Samstag hatte noch nichts auf Weihnachten hingedeutet, und jetzt sah es hier aus wie auf einer Weihnachtskarte. Die Halle war mit roten und weißen Weihnachtssternen geschmückt, und eine Girlande wand sich um das Geländer hoch bis in den zweiten Stock. Die Türen zum Wohnzimmer standen offen, im Kamin brannte Feuer, und neben dem Sofa wartete schon eine Flasche Champagner. In der Ecke stand unser Weihnachtsbaum, knapp zwei Meter hoch und ziemlich dürftig, über und über behangen mit altem Christbaumschmuck der Familie Bronson, um seinen schlechten Wuchs zu kaschieren. Den Umständen entsprechend einfach perfekt.

»Miss Ashley wollte, daß alles so aussieht wie immer«, sagte sie, als sie meinen Mantel nahm. »Was war hier immer viel los an den Feiertagen! Ein ständiges Kommen und Gehen – Sie machen sich ja gar keinen Begriff!« Der Taxifahrer wurde langsam ungeduldig, also öffnete ich die Tür und gab ihm einen Wink. Martha schleppte ihren Koffer und blieb auf der Türschwelle stehen. »Miss Ashley ist noch oben und macht sich gerade zurecht«, sagte sie mit zittriger Stimme. »Sie sieht einfach wunderschön aus.«

Ich nahm ihre freie Hand in die meine. »Martha, eines verspreche ich Ihnen: Nächstes Jahr an Weihnachten wird alles wieder so sein wie früher. Ashley und ich werden uns heute einen schönen Abend machen, und genau das sollten Sie auch tun und sich nicht unnötig den Kopf zerbrechen.«

»Ich werde heute in die Christmette gehen und für Sie beide beten.« Sie unterdrückte ein Schluchzen und eilte die Auffahrt hinunter.

Bis auf das Knistern des Kaminfeuers lag das Haus totenstill da. Ich lehnte mich gegen den Türrahmen und stellte mir alles so vor, wie Martha es in Erinnerung hatte, mit Violinenklängen, Gelächter und klingenden Gläsern. Die festliche Dekoration stand in einem scharfen Kontrast zu der bedrückenden Stille, und plötzlich schien mir dieses Weihnachtsfest zu zweit eine ganz fürchterliche Idee zu sein, ein Patentrezept für eine Feiertagsdepression.

»Frohe Weihnachten!« Ihre Stimme kam vom Treppenabsatz her.

Maureen Carmody hatte nur zu recht: Als ich aufsah, schien der Rest der Halle völlig im Dunkeln zu versinken; alles Licht schien den Treppenabsatz zu erhellen, auf dem sie stand. Sie trug ein enges, bodenlanges schwarzes Seidenkleid, das rückenfrei war, wie eine langsame Drehung bewies. Das Haar hatte sie zu einem Chignon eingeschlagen. Ashleys Schönheit war zu überwältigend, als daß man sich je daran hätte gewöhnen können, aber nach sechs Wochen hatte ich eigentlich geglaubt, ich hätte sie in all ihren Facetten kennengelernt, sämtliche Spielarten von Beleuchtung, Perspektive und Stimmung inbegriffen. Ich hatte mich getäuscht. Genau wie ein Topathlet oder ein echtes Vollblut konnte sie, wenn es wirklich darauf ankam, immer noch einen obendrauf setzen. Als sie die Treppe heruntergeschritten kam und nur noch wenige Zentimeter von mir entfernt stehenblieb, war ich ein nur noch zu Reflexen fähiges Nervenbündel. »Na, was meinst du?« fragte sie.

Ich atmete schnell und flach. »Ich bin unfähig, auch nur einen klaren Gedanken zu fassen.«

»Was spürst du?«

»Ich spüre, daß ich platze, wenn ich dich jetzt nicht sofort in die Arme nehmen darf.«

Sie trat dicht vor mich hin, schmiegte sich an mich, schlang ihre Arme um meinen Hals, und ihre Lippen berührten flüchtig mein Ohr, genau wie ich es mochte. »In die Arme nehmen, das ist schon mal ganz schön für den Anfang. Und danach, wie geht es dann weiter?«

»Wir werden unseren Weg schon finden. Ich habe meinen Kompaß dabei.«

»Ich kann ihn spüren«, flüsterte sie. »Zeigt er nach Norden?«

Es ist unglaublich, was man alles verdrängen kann, wenn man nur will. Wir tranken Champagner und tanzten im Salon. Wir aßen bei Kerzenlicht am Ende eines Tisches, an dem gut zwanzig Gäste Platz gehabt hätten. Den Kaffee und das Dessert nahmen wir vorzugsweise in der Bibliothek zu uns, wo wir uns auch liebten, ohne im geringsten beunruhigt zu sein.

Aber auf lange Sicht läßt sich nichts verdrängen. Wir lagen nackt unter einer Decke, als die Standuhr im Salon Mitternacht schlug. »Null Tage bis Weihnachten«, murmelte sie.

Und nur noch vier Tage bis zum Prozeß.

Eine halbe Stunde, nachdem ich das erste Mal durch den Block gefahren war, stand der Mercedes immer noch in der Auffahrt. Ich versuchte, die Zeit totzuschlagen, aber alle Geschäfte hatten zu, und mein Unmut stieg, als ich in der Nachbarschaft wie ein Hai meine Kreise zog. Ich hatte absolut keine Lust, Rob zu begegnen. Doch genausowenig konnte ich noch länger hier herumkurven. Ich parkte so weit wie möglich vom Mercedes entfernt, blieb im Auto sitzen, überlegte, wie ich vorgehen sollte, und beschloß schließlich, mich nach Moira zu richten: Sollte sie sich schuldbewußt zeigen, würde ich Salz in die Wunde streuen; sollte sie hingegen so tun, als sei alles in bester Ordnung, würde ich es ihr gleichtun oder sie gar übertreffen.

Ich klingelte und studierte mein Lächeln ein, bis sie die Tür aufmachte. »Da bist du ja!« sagte sie freudig. Sie sah ganz weihnachtlich aus, trug schwarze Hosen, eine grüne Satinbluse und ein rotes Band in ihrem Haar.

»Tut mir leid, daß ich so spät komme. Ich habe euch doch keine Umstände gemacht, oder?«

»Nein, Rob ist da.«

Das konnte ich sehen. *Sollte* Rob denn hier sein? Ich gab ihr eine zweite Chance, seine Gegenwart zu entschuldigen. »Oh« – ich nickte in Richtung Auto – »und ich hab mich schon gewundert, wer hier an einem Weihnachtsmorgen einfach so auftaucht.«

»Ja.« Sie nickte. Ich wußte nicht, ob sie angesichts des bevorstehenden Händeschüttelns zwischen ihrem Ex und ihrem Neuen gestreßt war oder bester Laune. Es ihr zu überlassen, völlig ausgeglichen zu sein, war die einzige Strategie, die ich nicht bedacht hatte. »Er und Brendan spielen ein Videospiel, das ihm Rob geschenkt hat«, verkündete sie, als sie mich ins Wohnzimmer führte. Ich konnte das Videospiel auf dem großen Fernsehschirm erkennen, noch bevor ich Brendan und Rob im Schneidersitz auf dem Boden sitzen sah. Brendan trug immer noch seinen Schlafanzug. Auch Rob in Flanellhosen und einem weißen Rollkragenpullover schien sich hier ganz wie zu Hause zu fühlen. Sie bearbeiteten ihre Joysticks, während allerhand Figuren herumhopsten und den Hindernissen auswichen, die über den Bildschirm flogen. Brendan ging völlig darin auf, und Rob lächelte abwechselnd meinen Sohn und den Bildschirm an.

»Rob?« rief Moira. Ihr Liebhaber sprang auf und kam auf mich zu, eine Hand zur Begrüßung ausgestreckt. Er war zwei oder drei Jahre jünger als ich, hatte gewelltes, hellbraunes Haar und sah so gesund und uramerikanisch aus, wie es so manch einer Frau gefällt. Er hatte die Figur eines Tennisspielers, aber am meisten beunruhigte mich seine Körpergröße. Mit meinen knapp eins neunzig war ich es gewohnt, auf die meisten Menschen herabzuschauen, doch er war mindestens ein, zwei Zentimeter größer als ich.

»Hallo Frank!« Er grinste. »Frohe Weihnachten!« Er nickte Brendan zu, der noch viel zu sehr in das Videospiel vertieft war, um meine Ankunft überhaupt zu bemerken. »Brendan und ich waren gerade dabei, eine Schar Mutanten von einem fremden Planeten zu bezwingen, mit anderen Worten, so ein echtes Friede-auf-Erden-liebe-deinen-Nächsten-Ding.« Hinter mir lachte Moira dankbar. Ihr Neuer war offensichtlich selbstbewußt, und wenn man ihr Glauben schenken durfte, ein netter Kerl, ohne irgendwelche auffälligen Neurosen oder ansteckende Krankheiten. Alles in allem trat Rob wie jemand auf, den jemand in meiner Lage geradezu hassen mußte, bis auf die Tatsache, daß Brendan ihn auch mochte. In meinen lichteren Augenblicken erkannte ich, daß ich nicht wollte, daß mein Sohn bei so einem Kerl aufwuchs. »Brendan«, rief er, »dein Dad ist hier!«

Brendan legte seinen Joystick hin und kam auf mich zugerannt. »Frohe Weihnachten, Kumpel!« rief ich und breitete meine Arme aus.

»Frohe Weihnachten, Dad!« Er wand sich in meinen Armen und zeigte auf den Fernseher. »Rob hat mir genau das geschenkt, was ich mir gewünscht habe!«

»Ehrlich wahr?«

»Ja!« Er konzentrierte sich schon wieder auf das Videospiel, das er mitten in der Schlacht unterbrochen hatte.

»Das ist ja toll! Meinst du, du kannst noch ein Geschenk vertragen?«

Seine Augen strahlten. »Was denn?«

Ich reichte ihm sein Paket, und er machte sich über das silberne Einschlagpapier und das rote Geschenkband her. »Ein Baseballhandschuh!« rief er. Er sah hinein und entdeckte den Schriftzug. »Was steht da, Dad?«

»Da steht Ken Griffey Jr., Kumpel. Es ist der gleiche Handschuh, den auch er trägt.«

Brendans Augen wurden immer größer. »Ist das *sein* Handschuh?«

»Na ja, nicht wirklich der, den er auf dem Spielfeld trägt, aber es ist dasselbe Modell, und er hat seinen Namen für dich da reingeschrieben.«

Er schlüpfte mit seiner Hand hinein, machte eine Faust und strahlte über das ganze Gesicht.

»Dieses Jahr werd ich in einem richtigen Baseballteam spielen, Dad. Ich werd im Außenfeld spielen, genau wie Ken Griffey.«

»Da spielt er gut.«

»Wirst du zu meinen Spielen kommen?«

Moira schien sich für das Geschehen auf dem Bildschirm zu interessieren. »Ich werde dir dabei zusehen, sooft ich kann, Kumpel. Und sobald das Wetter wieder wärmer wird, werden wir Fangen üben, um uns auf die Saison vorzubereiten.«

Ein peinliches Schweigen folgte. Es gab nichts, was man mit dem Baseballhandschuh jetzt noch hätte anstellen können, aber Brendan fuhr fort seine Faust zu ballen und warf verstohlene Blicke auf das verlockende Videospiel. Ich fand, es sei Zeit für Rob, sich zu verabschieden, aber er blieb einfach dort stehen, lächelte und nickte mir anerkennend zu, wie um meine Geschenkauswahl gutzuheißen. Schließlich ergriff Moira das Wort. »Brendan, warum zeigst du Dad nicht, was Grandpa dir geschenkt hat?« sagte sie und sah dann mich an. »Etwas zu trinken oder zu essen?«

»Kaffee, danke.« Sie ging in Richtung Küche, Rob im Schlepptau. So wie es aussah, machte er keine Anstalten, sich zu verabschieden. Unmut wallte in mir auf, und ich verspürte einen bitteren Geschmack in der Kehle. Seine Gegenwart war mir unangenehm, und ich haßte es, wenn mir etwas unangenehm war. Alles, was ich wollte, war ein schöner Weihnachtsmorgen, eine kleine Auszeit. War das vielleicht zuviel verlangt?

Brendan zeigte mir seine Geschenke. Was sein einziges Enkelkind anbelangte, sah Paps Weihnachten ähnlich wie unsere Hochzeit. Ich versuchte mich auf das zu konzentrieren, was er mir erzählte, aber selbst das konnte ihn nicht davon abhalten, immer wieder auf das Videospiel zu schielen, das Geschenk, das, wäre es nach Moira gegangen, von *mir* gewesen wäre: Jetzt wußte ich, warum.

»*Dad!*«

»Was denn?«

»Ich rede, und du hörst mir gar nicht zu.«

»Tut mir leid, mein Schatz. Ich war gerade in Gedanken. Was wolltest du mir sagen?«

»Willst du mit mir Video spielen?«

»Video spielen? Ja, klar.« Wir setzten uns auf den Boden und begannen, mit Robs Geschenk zu spielen. Im Nu war Brendan wieder ganz darin versunken, und ich fühlte mich einsam. Wenn nicht gerade feindliche Raumschiffe explodierten, konnte ich hören, wie sie in der Küche zusammen redeten und lachten. Als Moira den Kaffee hereinbrachte, warf ich ihr einen bösen Blick zu, nur um ihr zu bedeuten, daß ich mich alles andere als amüsierte. Die Botschaft schien bei ihr angekommen zu sein, was nur einmal mehr bewies, daß sie anscheinend genau wußte, was sie mir da antat.

Wir spielten noch eine angemessene Zeit weiter, während ich auf die Uhr sah und versuchte, mich gegen die Enttäuschung in Brendans Gesicht zu wappnen, wenn ich ihm eröffnen würde, daß ich nun gehen müßte. Doch was dann folgte, übertraf meine schlimmsten Befürchtungen: Er drückte die Pause-Taste des Videospiels, umarmte mich zum Abschied mit einem Arm, ohne den Joystick auch nur ein einziges Mal loszulassen. Ich drückte ihn an mich, fühlte mich traurig und schuldbewußt – und noch immer äußerst aufgebracht. Ich hatte mich noch nicht einmal zwei Schritte weit entfernt, da war das Spiel schon wieder in vollem Gange.

Ich fand Moira und Rob am Küchentisch vor, wo sie sich gerade gemeinsam über irgend etwas zu amüsieren schienen. »Ich muß los«, verkündete ich. »Es sind nur noch ein paar Tage bis zum Prozeß.«

»Schon so bald?« fragte Moira. »Gehst du sogar an Weihnachten ins Büro?«

Ich nutzte die Gelegenheit zum Gegenschlag: »Nein, ich habe eine Verabredung mit meiner Mandantin. Es gibt noch viel zu tun – du weißt ja, wie das ist.« Ich hoffte, daß ihre Phantasie dadurch genügend angeregt war. Ich schüttelte Rob die Hand. Er schien sich einfach nur unheimlich wohl zu fühlen, und ich hatte nicht übel Lust, ihm die Nase zu brechen.

Moira begleitete mich zum Schrank in der Diele und stand neben mir, während ich mit ungewöhnlicher Andacht meinen Mantel zuknöpfte. »Ich hätte nicht gedacht, daß du dich schon so bald wieder verabschiedest«, sagte sie gelassen.

»Brendan ist in sein Spiel vertieft. Er hat es kaum bemerkt.«

»Hättet ihr nicht etwas anderes machen können?«

Ich zog meine Handschuhe an und wich ihren Blicken aus. »Es ist zu kalt draußen, um Fangen zu üben.«

»Falls du dich noch daran erinnerst, habe ich dir selbst vorgeschlagen, daß du ihm das Videospiel kaufst. Du hast auf dem Handschuh bestanden«, zischte sie.

Ich nickte. »Recht hast du.«

»Also, was ist es dann?«

Ich sah sie an. »Nichts. Ich muß los.«

Sie senkte ihre Stimme. »Rob sollte eigentlich gestern abend aus Chicago herfliegen – eine Programmänderung in letzter Minute, nur um es dir recht zu machen, falls du es genau wissen willst –, aber sein Flug wurde abgesagt, und so kam er eben heute morgen mit seinem Geschenk vorbei. Was hätte ich denn tun sollen, ihm etwa sagen, daß er nicht kommen soll?«

»Er hat also Brendan sein Geschenk überreicht, und was dann?«

»Und dann sind er und ich in die Küche gegangen und haben euch beide allein gelassen. Deswegen bist du doch hier, oder?«

»Hast du ihm gesagt, daß ich kommen würde?«

»Warum? Als eine Art versteckter Hinweis?«

»Nein, ich will auf keinen Fall, daß ihr euch irgendwelche Umstände macht. Seine Zeit mit Brendan ist so begrenzt, finde ich. Sie werden sich in Kalifornien kaum zu sehen bekommen.«

Sie starrte mich mit offenem Mund an und zischte: »Weißt du überhaupt, was du da gerade sagst? Du warst allein mit Brendan und hättest den ganzen Tag bleiben können, aber du hast es ja keine Stunde ausgehalten, ehe dir dein *Schwanz* den Weg zu ihr nach Hause wies!«

Ich starrte sie feindselig an, aber sie wich meinem Blick nicht aus. »Du weißt doch, daß das Unsinn ist, Moira.«

»Ach wirklich? Dann klär mich auf. Ich höre.«

Keiner von uns wollte es wahrhaben. »Vergiß es.« Ich atmete hörbar aus. »Heute ist Weihnachten. Ich verschwinde.«

Ich öffnete die Tür und ging die Auffahrt hinunter. Eine Sekunde später flog etwas an mir vorbei, noch bevor die Tür hinter mir zuschlug. Ich ging hin und pflückte es aus der Buchsbaumhecke. Es war ein kleines Päckchen, in goldenes Papier eingeschlagen und mit rotem Band umwickelt, an dem eine Glückwunschkarte in Form eines Teddys baumelte.

Mein Geschenk. Frohe Weihnachten, Frank.

Ich ging in mein Apartment und legte mich aufs Bett, bis es dunkel wurde, dann zog ich mir etwas Warmes an und dazu bequemes Schuhwerk. Ich deponierte den Anzug für den nächsten Tag zusammen mit dem Kulturbeutel im Büro, aß allein in einem chinesischen Restaurant zu Abend und brach so gegen sieben Uhr auf. Die Temperatur war schon auf etwa minus sieben Grad gesunken. Ich lief die gleiche Strecke ab, die ich ein paar Tage zuvor zum nationalen Weihnachtsbaum gegangen war, und ging dann weiter Richtung Union Station, wo ich einen Becher Kaffee kaufte und dann zur Mall weiterlief. Ich hatte die ganze Nacht noch vor mir, und so ließ ich mir Zeit. Ich überquerte die Fourteenth Street Bridge, folgte dem Radweg nach Norden zur Memorial Bridge und überquerte den Fluß dann wieder in Richtung Kennedy Center. Gegen elf war ich in Georgetown und ertappte mich dabei, wie ich Kelloggs Route ablief, die er vom Kino aus genommen hatte.

Es war Viertel nach elf, als ich die Birne in die Lampe schraubte und zu der Stelle hinüberging, die auf Rogavins Diagramm mit K bezeichnet worden war. Es war kein Mond zu sehen. Ich rief mir die Szene wieder ins Gedächtnis. Ashley starrte mich an, sie trug eine grüne Bluse und ein rotes Band in ihrem Haar.

Eine kräftige Hand packte mich am Ellbogen. Ich fuhr herum, duckte mich und ballte die Faust, um damit in Richtung Unterleib zu zielen. Die Person machte einen schnellen Schritt zurück, und die Lampe beleuchtete ihr Gesicht. »Himmel Herrgott!« ächzte ich. »Du hättest mich beinahe umgebracht. Was machst du denn hier?«

»Ich arbeite«, flüsterte Walter. »Was machst *du* denn hier?«

»Arbeiten?«

»Unser Bursche ist auf einer Party im *Four Seasons*, und wir haben auf ihn gewartet. Da hat Harry dich gesichtet, wie du durch das Viertel gingst. Was machst du hier?«

»Nun ...«

Genau in diesem Moment klingelte es in seiner Tasche. Er fischte ein Handy heraus und klappte es auf. »Ja?« Er hörte einen Moment zu und sagte dann: »Okay, stell dein Funkgerät entsprechend ein.« Er steckte das Handy zurück in seine Tasche, ging zu der Lampe und drehte die Glühbirne heraus. »Los, komm!« sagte er und nahm mich am Arm. Wir gingen ostwärts zu einer dunklen Limousine, die zwischen zwei Straßenlaternen geparkt war und im Dunkeln kaum zu erkennen war. Die Innenbeleuchtung ging nicht an, als wir die Türen öffneten. Er startete den Motor und sagte: »Sag deinem Arbeitgeber guten Abend.«

»Hallo, Mr. O'Connell.« Ich schnellte herum und erlitt beinahe einen zweiten Herzinfarkt. Der Widerschein des Armaturenbretts erhellte eine lächelnde junge Frau, die allein auf dem Rücksitz saß. Sie trug einen Mantel und einen Hut, wie sie Ashley in jener Nacht getragen hatte.

Ich sagte zu Walter: »Du bist fest entschlossen, mich fertigzumachen, oder?«

»Entspann dich. Sag Natalie hallo. Natalie studiert an der John Hopkins Universität ... was war das noch gleich?«

»Forensische Psychologie«, sagte sie. »Ich mache hier gerade ein kleines Praktikum.«

»Hallo, Natalie. Wie sind wir denn auf Sie gestoßen?«

»Über meinen Dad. Er sitzt in einem anderen Auto, ein paar Blocks von hier entfernt.«

Walter nahm ein Funkgerät aus seiner anderen Tasche. »Drei, hier spricht Eins. Wo ist er?«

Harrys typischer New Yorker Akzent schallte zurück. »In nördlicher Richtung auf der Neunundzwanzigsten, er hat gerade die Olive überquert.«

»Zwei?« rief Walter.

»Ich warte gerade an der O«, sagte Dan White. »Ich bleib dran.«

»Diese Straße wird er nicht nehmen«, sagte Walter. »Er ist weiter westlich. Wir halten uns parallel und sehen, wo er rüberzieht.«

Er schlug das Lenkrad ein und fuhr nach Westen, ohne die Scheinwerfer einzuschalten, bis er das Ende des Blocks erreicht hatte. Er fuhr über die Dreißigste in Richtung Einunddreißigste, dann weiter nach Süden zur N und wendete. Als wir langsam auf der Einunddreißigsten nordwärts rollten, zwei Blocks westlich von Kellogg, hörte man nur ein leises Zischen aus dem Funkgerät. Ich spürte, wie meine Aufregung wuchs, genau wie bei der Nachtstreife vor vielen, vielen Jahren.

»Eins? Drei.«

Walter stellte die richtige Frequenz ein. »Eins?«

»Fahr gerade an Dumbarton vorbei.«

Walter überquerte die Dumbarton Avenue und bremste den Wagen erneut ab.

Kurz darauf: »Eins? Zwei. Westlich von der O, nördliche Richtung.«

»Okay«, entgegnete Walter. »Drei, wo bist du?«

»Drei. Dreißigste, gleich südlich von der O.«

Natalie hatte eine kleine Leselampe in der Hand und ein Diagramm auf dem Schoß liegen. Sie sagte: »Wenn er westlich der dreißigsten Straße bleibt, dann haben wir die L-Siebzehn in nördlicher Richtung zwischen der Dreißigsten und Einunddreißigsten.«

Walter sprach in Richtung Funkgerät: »Die erste Möglichkeit ist die L-Siebzehn, vorausgesetzt, er geht weiter nach Westen. Laß von dir hören, Drei.«

Harrys Stimme erschallte wieder. »Ja. Bleib dran.«

Walter machte die Scheinwerfer wieder aus und hielt am Bordstein der südöstlichen Ecke, an der die Einunddreißigste auf die O traf. Wir warteten und lauschten dem Rauschen der Funkgeräte. Im Auto ging das Gebläse an, und ich konnte die warme Luft an meinen Fußknöcheln spüren, bis Walter es wieder abstellte. Ich blickte nach Osten, hinüber zu dem unsichtbaren Kellogg, der jetzt noch knapp zwei Blocks von uns entfernt war. Ohne Mondlicht konnte man nicht mehr als neun Meter weit sehen, so weit, wie der Schein der Laterne eben reichte.

Walter wies Natalie an: »Überprüf noch mal dein Funkgerät.«

Ich konnte sie auf dem Rücksitz rascheln hören, als er ein Aufnahmegerät herausnahm, die Antenne auszog und es einschaltete. »Leg los!« sagte er rückwärts gewandt.

»Hier ist Vier«, sagte sie ruhig. »Wie klinge ich?« Der Lautsprecher des Aufnahmegeräts verstärkte ihre Stimme.

»Okay«, sagte Walter.

»Eins? Drei. Westen, auf der Nordseite. Normales Tempo.«

»Hier spricht Eins«, sagte Walter. »Wir sind bei L-Siebzehn.« Er stellte den Motor ab und nickte Natalie zu, die aus dem Wagen stieg, zur Nordseite der Straße hinüberging, und danach ostwärts in der Finsternis verschwand. Ich griff nach dem Diagramm und der Leselampe. In Wahrheit gab es da eine ganze Reihe von Diagrammen, für jeden Block dieser Gegend eines. L-Siebzehn war eine Straßenlaterne, knapp fünfzig Meter weiter nördlich die Straße hinunter. Ich konnte sie vom Auto aus erkennen. Sie erhellte ein Gebiet von ungefähr zwölf Metern Durchmesser, den Bereich, in dem Natalie auf Kellogg treffen sollte. Alles mußte ganz natürlich wirken. Sie durfte nicht so aussehen, als ob sie auf ihn warten würde, und sie durfte nicht zu schnell gehen.

»Wie will sie das zeitlich hinkriegen?« fragte ich. Mit einer Handgeste bedeutete Walter mir, daß ich still sein solle.

Das Funkgerät knisterte. »Hier ist Zwei. Dreißig Meter. Normales Tempo.«

»Vier. Dreißig Meter«, hörte ich Natalie sagen. Das beantwortete meine Frage. Das Diagramm war beschriftet worden. Dreißig Meter war zwei Häuser von L-Siebzehn entfernt. Sie war an ihrem Platz und wartete, bis sich Kellogg in derselben Entfernung zu L-Siebzehn befand, nur daß er von der anderen Seite kam. Walter drehte den Lautsprecher des Aufnahmegeräts auf. Man konnte ihre Schritte hören, als sie die letzten dreißig Meter in normalem Tempo zurücklegte.

Walters Aufmerksamkeit war ganz auf das Aufnahmegerät gerichtet. Es schien eine halbe Ewigkeit zu vergehen, bis der Zeiger plötzlich ausschlug und Natalies Stimme das Wageninnere ausfüllte. »Entschuldigen Sie bitte. Ich suche meinen Wagen und habe mich verlaufen. Was ist das hier für eine Straße?«

»Sie befinden sich auf der O Street«, tönte die Stimme des Mannes zurück, nicht gerade freundlich, aber auch nicht unfreundlich.

»Oh. Ich fürchte, dort habe ich nicht geparkt.«

Die Stimme des Mannes: »Nun, woher kommen Sie denn gerade?«

»Von einem Freund am Dumbarton Rock Court«, antwortete sie.

»Das ist gleich die nächste Straße. Wie weit davon entfernt haben Sie geparkt?«

»Ich bin drei oder vier Blocks weit gelaufen, glaube ich. Ich konnte einfach keinen näheren Parkplatz finden.«

»Können Sie sich noch daran erinnern, wie die Gegend dort ungefähr aussah?«

»Ich weiß nur noch, daß es auf mittlerer Höhe eines Blocks war. Ich dachte, ich wäre zur Dreißigsten rübergelaufen. Ich weiß noch, daß ich, nachdem ich rechts Richtung P Street abgebogen bin, an einem großen weißen Haus mit einem schmiedeeisernen Tor und einem Adler oben drauf vorbeigekommen bin.«

»Ah ja. Ich weiß, wo das war. Dieses Haus steht an der Dreißigsten, Ecke N Street. Sie müssen einen Block weiter nach Süden gehen und dann Richtung Osten. Laufen Sie einfach bis zum Ende des Blocks, dann nach rechts, gehen einen Block weit und dann nach links. Ihr Auto steht in der N Street, zwischen der Neunundzwanzigsten und der Dreißigsten. Da drüben.«

»Oh. Vielen, vielen Dank. Ich wäre hier noch rumgeirrt, bis ich halb erfroren wäre. Hier sehen alle Straßen gleich aus.«

»Das habe ich schon oft gehört.«

»Können Sie mir sagen, wie spät es ist?«

»Viertel vor zwölf.«

»Vielen Dank. Auf Wiedersehen.«

»Auf Wiedersehen.«

Die nächsten Sekunden lang hörte man Schritte. Dann: »Hier spricht Natalie White. Es ist Mittwoch, der fünfundzwanzigste Dezember, Viertel vor zwölf. Ich habe gerade mit einem Mann gesprochen, dessen Foto ich zuvor gesehen habe und der mir unter dem Namen Miles Kellogg vorgestellt wurde.«

»Walter sprach in das Funkgerät. »Drei? Zwei? Eins, hier.«

»Zwei.«

»Drei.«

»Begleitet ihn nach Hause«, sagte Walter.

Kellogg tauchte an der nordöstlichen Kreuzung auf und ging nach Norden. Dan folgte ihm bald darauf, fuhr die westliche Straßenseite hinunter, und bog dann nach Norden ab, parallel zu Kellogg. Danach fuhr eine Limousine in Richtung Norden vorbei, auf einem ihrer Rücklichter prangte diagonal ein Streifen Klebeband. Walter fuhr unseren Wagen weiter nach Osten in den Block hinein, und Natalie stieg an der nächsten Ecke zu uns in den Wagen.

»Gut gelaufen«, sagte ich.

»Danke.« Sie sah Walter an. »Alles okay, Boß?«

»Nicht schlecht«, sagte er. Er sah mich an. »Na, was meinst du?«

»Ich denke, wir sind soweit. Der Prozeß kann kommen.«

»Ja«, sagte Walter. »Dann kann's ja losgehen!«

16

»Mr. Rogavin, Ihr Eröffnungsplädoyer, bitte.«

Rogavin erhob sich und näherte sich dem Pult. Sein Gesichtsausdruck und seine Körperhaltung strahlten das Selbstvertrauen eines Mannes aus, der sich ganz in seinem Element fühlt. Er legte eine einzelne Karteikarte vor sich hin und hielt kurz inne, um sich mit seiner Krawatte die Brille zu putzen. Der Moment, bevor man anfängt, ist immer der beste, sei es im Gerichtssaal, im Theater, in der Politik oder auf sonst einem Gebiet, für das man rhetorisches Können braucht: man weiß, was man gleich tun und wie man es tun wird. Sprache, Aussehen und Bewegungen, all das ist bis ins letzte Detail durchgeplant, bis hin zu den kleinsten Gesten, die immer klappen.

Unsere Geschworenen, die Ashley Bronson juristisch gesehen gleichgestellt waren, beobachteten ihn aufmerksam: ein Querschnitt durch alle Rassen, Generationen, soziale Schichten und Geschlechter am Ende eines strengen Auswahlverfahrens, das zwei Anwälte mit widersprüchlichen Interessen unternommen hatten, ganz darauf bedacht, jegliche Voreingenommenheit und, wenn es denn gelänge, jegliche Neutralität auszumerzen – alle hatten sie herausgefiltert, bis auf jene, die blind unsere entgegengesetzten Auffassungen vertraten.

Insgesamt gesehen, fand ich, waren wir besser weggekommen. Alle zukünftigen Geschworenen hatten von dem Fall gehört und ließen sich offenbar in zwei Gruppen einteilen: auf der einen Seite diejenigen, die wußten, daß es eine Ashley Bronson gab, die beschuldigt wurde, irgendeinen Kerl umgebracht zu haben, auf der anderen Seite diejenigen, die über jedes noch so kleine Detail informiert waren, Burroughs' Gefolgschaft inklusive. Die erste Gruppe setzte sich überwiegend aus den jüngsten, ärmsten und unzufriedensten Einwohnern der Stadt zusammen, die der Aussage des Polizeizeugen das geringste Gewicht beimessen würden. Sie waren für unsere Zwecke als Geschworene potentiell gut geeignet; allerdings war Ashley nicht gerade jemand, der ihre Sympathien weckte. Dennoch waren hier ein paar gute Geschworene zu holen.

Die größere Gruppe war sehr gemischt. Sie hatten zumindest gemeinsam, daß sie ein vorübergehendes Interesse an aktuellen Ereignissen hatten, denn der Fall Ashley Bronson war definitiv in aller Munde. Sie waren derart zahlreich vertreten, daß man sie nicht zurückweisen durfte, und so verfügte Warner, daß eine etwaige Voreingenommenheit ganz deutlich zu Tage treten müsse, um selbst die Geschworenen auszuschalten, die überaus bewandert waren. Auch das war für uns ein großes Plus, da die Medien mit ihren heftigen Spekulationen rund um Sherman Burroughs unsere Verteidigungsstrategie bereits »legitimiert« hatten, noch bevor der Prozeß überhaupt begonnen hatte. Jeder, der den Fall mitverfolgt hatte, wollte wissen, wie er in die Sache verwickelt war, und wenn ich meinen Job ordentlich erledigte, dann würde die Antwort erhebliche Zweifel an der Schuld Ashleys aufkommen lassen.

Nichts von alldem war Rogavin entgangen. Er setzte alles daran, die sogenannten »Bronson-Fans« aus den Reihen der Geschworenen zu verbannen, aber das war ein mühseliger Kampf, denn die Anwärter ließen sich nicht abwimmeln, und schon gar nicht, als sie erfuhren, daß sie nur für etwa eine Woche benötigt würden. Wenn ich ihn beobachtete, wie er sich mit denen abmühte, die er ausschalten wollte, mußte ich innerlich lachen, doch auch ich hatte alle Hände voll zu tun. Das zeichnete sich während unserer letzten Lagebesprechung ab, als ich fragte, wen wir zu fürchten hätten. »Seht zu, daß ihr die Frauen loswerdet«, drängte Cory. »Sie ist die Prominententussi, die ihnen immer die Jungs weggeschnappt hat. Sie können sie nicht leiden.«

»Schafft euch die Arbeiter unter ihnen vom Hals«, sagte Andy. »Sie ist reich.«

»Paßt auf, was die Sorte Law-and-order angeht«, warnte Walter. »Dieser Typus wird sie für schuldig befinden, weil er niemanden ungeschoren davonkommen lassen will.«

Die Aufgabe war also ziemlich einfach: Wir mußten erst alle Männer und Frauen aussondern und dann die restlichen Personen nach Rogavin-Groupies durchforsten. Mit Hilfe des herausragenden Psychologen Dr. »NYPD« Feinberg suchte ich die Geschworenen nach sichtbar armen Schluckern, Clint-Eastwood-Fans und Frauen mit einer Diademphobie ab und filterte ein paar von ihnen heraus. Niemand hat je eine perfekte Geschworenenbank. Nachdem wir unsere Auswahl getroffen hatten, waren wir von drei Leuten begeistert, mit vier zufrieden, bei drei nervös, und zwei versetzten uns in Angst und Schrecken: alles in allem gar nicht so schlecht für den Anfang. Wir wollten einen Freispruch, aber jeder Verteidiger, der behauptet, daß er sich bei einem Mordfall nicht um eine entscheidungsunfähige Geschworenenbank reißt, ist entweder ein Dummkopf oder ein Lügner. Ich würde mich mit dem entscheidungsunfähigen Geschworenengericht zufriedengeben und weglaufen. Die Staatsanwaltschaft würde den Fall kein zweites Mal aufrollen, es sei denn, es stünde mindestens neun zu drei für eine Verurteilung.

Und nun war es soweit: Es war Donnerstag nachmittag in der ersten Prozeßwoche, vor dreieinhalb Tagen hatte Warner seinen Hammer das erste Mal heruntersausen lassen, und die Staatsanwaltschaft trug ihre Anklage gegen Ashley Bronson vor.

»Meine Damen und Herren«, begann Rogavin, »Raymond Garvey weilt nicht mehr unter uns. Ein verdienstvolles Leben ist zu Ende. Er hat sein warmes, einladendes Zuhause gegen ein kaltes Grab eingetauscht, unweit des Ortes, an dem Sie sich gerade befinden. Wir werden beweisen, daß die Frau, die hinter mir sitzt, die in dem teuren, schwarzen Kostüm, diesen Mann ermordet hat.« Der Blick der Geschworenen glitt vorübergehend zu Ashley. Der Staatsanwalt begann auf und ab zu schreiten, zunächst auf der linken Seite der Geschworenenbank, dann längs des Geländers, immer im Takt zur getragenen Stimme seiner Rede. »Mr. Garveys Leben fand an dem kühlen, regnerischen Abend des ersten November ein gewaltsames Ende. Kurz nach zehn verließ er sein Schlafzimmer und ging nach unten, ging durch den Flur in sein Wohnzimmer, wo er von einer Kugel getötet wurde, die in sein Gehirn eindrang.« Einige der Geschworenen zuckten sichtlich zusammen. Er hielt kurz inne, um ihnen die Möglichkeit zu geben, sich wieder zu fassen, und fügte dann hinzu: »Wir haben die Kugel. Sie werden sie sehen. Sie trägt Spuren, und aufgrund dieser Spuren können Experten diese Kugel einer bestimmten Waffe zuordnen. Wir erwarten, daß sie sich Mr. Garveys eigener Waffe zuordnen läßt, die er in einer Schublade in seinem Wohnzimmer aufbewahrte.«

Er ging zu seiner Karteikarte auf dem Pult zurück und gab vor, dort nachzulesen. Wie nebenbei fügte er hinzu: »Die Waffe trägt Fingerabdrücke. Einige stammen von Ashley Bronson.« Er blickte auf. »Natürlich waren ihre nicht die einzigen. Andere stammen von einem Freund sowie von einem Verwandten von Mr. Garvey, alles Leute, die nicht den geringsten Grund hatten, dem armen Mann irgendein Haar zu krümmen, geschweige denn, ihm das Leben zu nehmen.« Er näherte sich der Geschworenenbank und stützte sich mit beiden Händen auf dem Geländer ab. Sein Tonfall klang jetzt bedrohlich. »Aber *irgend jemand* hatte einen Grund. In der Tat erhielt Mr. Garvey, kurz bevor er starb, eine Morddrohung – und das ist kein Zufall. Diese Drohung haben zufälligerweise Leute mitgehört, und sie werden hier vor Gericht erscheinen, um die Worte vor Ihnen zu wiederholen und auf die Person zu zeigen, die sie geäußert hat.« Er überließ es den Geschworenen, sich einen Reim darauf zu machen, wer das wohl gewesen sein könnte.

Rogavin war wirklich ein Profi. Die Hauptstadt hatte jährlich mehr als dreihundert Mordfälle zu verzeichnen, und da war die Geschichte eines weiteren Bürgers, der umgebracht worden war, eine genauso alltägliche Nachricht wie der Wetterbericht oder das Horoskop. Wie die meisten Bürger dieser Stadt waren die Geschworenen durch die Realität abgehärtet, und sei es auch nur, damit sie ihre eigenen Ängste bewältigen konnten, wenn sie sich in Kaufhäuser, Tiefgaragen und zu Bankautomaten vorwagten. Ein wirklich guter Staatsanwalt mußte durch diese Schutzschicht der Gefühle bis ins Innerste vordringen, und sie dazu bringen, daß sie den Verlust spürten und Gerechtigkeit für einen Kerl wollten, den sie niemals kennengelernt hatten. Rogavin zerlegte die Mordtat in ihre einfachsten Bestandteile, stellte das warme, einladende Zuhause einem kalten Grab gegenüber und machte auf diese Weise die Geschworenen wieder mit der Tragik eines Mordes vertraut.

Er legte die Karteikarte zurück auf das Pult und begann erneut auf und ab zu schreiten. »Als Raymond Garvey die Treppe hinunterging und seinem Schicksal entgegeneilte, kehrte ein Mann namens Miles Kellogg gerade von einem Kinobesuch zurück. Wie Mr. Garvey lebt auch Mr. Kellogg allein in einem Haus in Georgetown. Die beiden Männer haben sich nie kennengelernt, aber sie hatten noch zwei weitere Gemeinsamkeiten. Zum einen eine herausragende Karriere im Dienst unserer Nation. Raymond Garvey hatte es bis zum Posten des Handelsministers gebracht, vom Präsidenten der Vereinigten Staaten höchstpersönlich ernannt. Miles Kellogg hat für den geheimen Nachrichtendienst der USA gearbeitet und diesem Land in gefährlichen Außenposten überall auf der Welt gedient. In jener Nacht, als Mr. Kellogg die Q-Street direkt vor Raymond Garveys Haus überquerte, erregte etwas seine Aufmerksamkeit. Vielleicht ein Geräusch oder eine Bewegung, doch vielleicht war es auch nur sein sechster Sinn, den er im Laufe seines Lebens entwickelt hatte, weil er sich überwiegend auf seinen Instinkt verlassen mußte.« Er senkte die Stimme, so als könne er die nun folgenden Ausführungen nur den hier Anwesenden anvertrauen. »Er wandte sich nach links«, Rogavin vollführte die Drehung, die Geschworenen ebenso. »Vor dem Haus brannte eine Lampe, deren Licht auf den Bürgersteig fiel, und dort, nicht einmal sieben Meter weit entfernt, verharrte eine Person, eine Frau.« Er zeigte auf sie, so daß alle sie sehen konnten. »Die Lampe beleuchtete ihr Gesicht. Sie selbst hat Miles Kellogg nicht gesehen, er sie dagegen schon, und er starrte sie eine ganze Weile an, bis sie eilig die Straße hinunterlief.« Rogavin wartete, bis sie sie verschwinden sahen. »Mr. Kellogg wird hier vor Gericht erscheinen, um diese Frau zu identifizieren, was mich auf die zweite Gemeinsamkeit zwischen ihm und Raymond Garvey zu sprechen bringt: Die Person, die beide in jener Nacht als letzte sahen, war ein und dieselbe« – er zeigte mit dem Finger und verkündete – »nämlich die Angeklagte, Ashley Bronson.«

Wieder starrten die Geschworenen Ashley an. Er ließ ihnen viel Zeit, bis er in einem überaus sachlichen Tonfall zusammenfaßte: »Wir werden beweisen, daß Raymond Bennett Garvey am Abend des ersten November letzten Jahres im Bezirk Columbia von der Angeklagten Ashley Taylor Bronson vorsätzlich und vollkommen ungerechtfertigt ermordet wurde. Nachdem wir sämtliches Beweismaterial vorgelegt haben, werde ich wieder vor Sie hintreten und Sie bitten, ein Geschworenenurteil zu fällen, das da lautet: vorsätzlicher Mord. Ich danke Ihnen.«

Rogavin kehrte zu seinem Stuhl zurück, verdientermaßen hochzufrieden mit sich selbst. Die Version des Staatsanwalts hatte die Stimmung merklich umschlagen lassen. Einige der Geschworenen warfen Ashley verstohlene Blicke zu, andere wiederum betrachteten den Gerichtssaal. Alle sahen finster drein. Ashley selbst blickte starr geradeaus. Egal, was man auch sagt, nichts kann einen Angeklagten auf das Eröffnungsplädoyer der Staatsanwaltschaft vorbereiten. Dabei spielt es keine Rolle, daß man weiß, was man getan hat. Aus eigener Sicht stellt sich das Vorgefallene nie so schlimm dar wie die Beschreibung.

»Mr. O'Connell, Ihr Eröffnungsplädoyer.«

Ich ging zum Pult vor und kam gleich zur Sache. »Nun, Raymond Garvey ist in der Tat tot. Man hat ihm in den Kopf geschossen, mit einer Waffe, auf der sich Ashley Bronsons Fingerabdrücke befanden. Und wenn das alles wäre, was die Staatsanwaltschaft beweisen müßte, dann könnten wir jetzt alle nach Hause gehen, denn in diesem Punkt sind sich beide Seiten einig.« Ich verließ das Pult und näherte mich dem Geländer. »Lassen Sie mich kurz darlegen, in welchen Punkten wir noch übereinstimmen. Ashley und Raymond Garvey hatten eine Auseinandersetzung bevor er starb. Nicht kurz bevor er starb, auch nicht in der Stunde, an dem Tag, ja nicht einmal in der Woche vorher. Tatsächlich hatten sie ungefähr zwei Wochen zuvor eine kurze Auseinandersetzung. Hat sie die Worte gesagt: ›Ich bringe dich um‹? Jawohl. Dieselben Worte, die fast jeder von uns schon einmal in den Mund genommen hat, wenn man auf einen Verwandten oder sonst jemanden, den man gut kennt, ganz besonders wütend war.«

Ich blieb stehen. »Aber das hat Ihnen die Staatsanwaltschaft nicht erzählt: Ashley kannte Raymond Garvey überaus gut, nämlich ihr ganzes Leben lang. Er war der engste Freund ihres Vaters, und wenn man so will, ihr Onkel. Sie besuchte ihn und er sie, unzählige Male. Vielleicht hat Ihnen die Staatsanwaltschaft das nicht erzählt, weil sie nicht besonders viel über Mr. Garvey weiß. Doch wenn ein Mann in seinem eigenen Haus ermordet wird, nimmt man an, daß eine Geschichte dahintersteckt, und das ist auch so, nur daß Ihnen die Staatsanwaltschaft diese Geschichte nicht erzählen kann, weil sie sie nicht kennt.« Ich hielt inne und sagte dann: »Aber wir kennen sie. Wir kennen sie, weil wir unsere Ermittlungen nicht mit der Verhaftung von Ashley Bronson eingestellt haben, die, nur ganz nebenbei bemerkt, einzig und allein wegen der Fingerabdrücke und der Auseinandersetzung festgenommen wurde, und nicht, weil ein Miles Kellogg sie angeblich erkannt hat. Warum? Nun, auch das hat Ihnen die Staatsanwaltschaft nicht erzählt. Mr. Kellogg erkannte sie erst, *nachdem* er ihr Bild *im Fernsehen* gesehen hatte ... *und jeder in ganz Washington* bereits wußte, daß man sie festgenommen hatte!«

Einige der Geschworenen warfen einen kurzen Blick auf Rogavin.

»Möchten Sie etwas über den Verbrecherring erfahren, dem Raymond Garvey nur wenige Monate vor seinem Tod beitrat? Die Staatsanwaltschaft weiß nichts davon, wir hingegen schon, und wir werden es Ihnen sagen. Möchten Sie etwas über seine geheimen Treffen außerhalb der Stadt erfahren? Auch davon weiß die Staatsanwaltschaft nichts, aber wir werden Sie davon in Kenntnis setzen. Möchten Sie etwas über große Geldbeträge erfahren? Über Decknamen? Nun, davon wird Ihnen die Staatsanwaltschaft nichts erzählen, weil sie nichts, aber auch gar nichts davon weiß. Wie Sie wird sie die Geschichte, die hinter dem Fall Raymond Garvey steckt, erst erfahren, wenn die Verteidigung den Fall schildert. Wie Sie muß sie warten, bis ihre eigenen Zeugen ausgesagt haben, um herauszufinden, was *wirklich* geschah. Und wenn das gesamte Beweismaterial schließlich ausgebreitet vor Ihnen auf dem Tisch liegt, wird sie, genau wie Sie, wissen, daß es ein Fehler war, Ashley Bronson anzuklagen, nur weil sie eine von vielen war, denen Raymond Garvey seine Waffe gezeigt hat; nur weil sie einen dummen Streit mit ihm hatte, lange bevor er starb; und nur, weil sie ein Augenzeuge anhand eines Bildes, das er im Fernsehen gesehen haben will, identifiziert hat. Genau wie Sie wird auch die Staatsanwaltschaft die Wahrheit erfahren. Ashley Bronson ist unschuldig.«

Ich ging auf meinen Stuhl zu und kehrte plötzlich noch einmal um. »Oh, was ich fast vergessen hätte: Da ist noch etwas, worin wir beide übereinstimmen: Ashleys Kostüm *ist* teuer. Aber was hat *das* bitte schön mit dem Täter zu tun, der Raymond Garvey umgebracht hat? Genau wie auch sonst alles, was die Staatsanwaltschaft hier angeführt hat: rein gar nichts.«

Walter hielt den Daumen hoch, als ich wieder auf meinem Stuhl Platz nahm. Ashley drückte meinen Arm. In diesem Moment machte mir das, was nun folgen sollte, keinerlei Sorgen mehr. Rogavin mochte den Wettkampf lieben, aber Noah hatte recht: Das hier war mein Lebensinhalt. Ich liebte das Risiko, und zum ersten Mal seit Jahren bedeutete es mir persönlich etwas. Ashley war da draußen in Gefahr, und ich war bei ihr – ich ging so darin auf, daß ich kaum noch Schuldbewußtsein verspürte.

Warner verkündete: »Die Vertreter von Anklage und Verteidigung mögen bitte vortreten.« Rogavin und ich gingen an die Seite des Richtertisches. Er lehnte sich vor und sagte: »Da über viele der hier vorgetragenen Fakten keinerlei Uneinigkeit besteht, haben Sie bereits eine Übereinkunft getroffen? Das könnte uns einige Zeugenaussagen ersparen.«

»Die Staatsanwaltschaft ist zu jedweder vertretbaren Übereinkunft bereit«, sagte Rogavin ohne zu zögern.

Warner sah mich an. »Was ist mit der Verteidigung?«

»Wir haben eine Übereinkunft getroffen, was die Zeugenaussage einer Person betrifft, die die Kugel vom Leichenbeschauer ins Polizeilabor gebracht hat. Wir haben außerdem eine Übereinkunft darüber getroffen, daß die Waffe, die am Tatort gefunden wurde, Raymond Garvey gehört.«

»Und das ist alles? Mehr nicht?«

»Nein, Euer Ehren.«

Der Richter sah alles andere als glücklich aus. »Sie haben den Geschworenen gerade vorgetragen, daß Sie viele der Fakten nicht anfechten werden. Die werden sich wundern, warum sie all das über sich ergehen lassen müssen. Sie könnten sogar die Verteidigung dafür verantwortlich machen«, fügte er drohend hinzu.

Ich hatte schon viele Richter wie Warner kennengelernt. Im Grunde war er ein Snob, der denen zuzwinkerte, von denen er glaubte, sie stünden auf seiner Seite, und jedem anderen den Garaus machte. Stieß er auf Widerstand, forderte ihn das erst recht heraus – Menschen von seiner Sorte ließen sich oft von Anwälten einschüchtern, die sich wirklich wehrten. »Die wissen nicht einmal, daß es so etwas wie eine Übereinkunft überhaupt gibt«, sagte ich. »Wenn das so bleibt, werden sie die Verteidigung wegen rein gar nichts verantwortlich machen.«

»Nun, ich für meinen Teil würde ein zügiges Verfahren durchaus begrüßen«, zischte er. »Dieser Fall hat schon genügend meiner kostbaren Zeit in Anspruch genommen.«

Nicht zuletzt wegen der Untersuchung, mein Berufsethos betreffend.

»Es tut mir leid, Sie enttäuschen zu müssen, Euer Ehren, aber meine Mandantin wurde des Mordes angeklagt. Ein zügiges Verfahren liegt nicht in meinem Interesse.«

Warners Kiefer mahlten. »Also gut«, knurrte er und sah Rogavin an. »Rufen Sie Ihren ersten Zeugen auf«, ordnete er an.

Die Anklage der Ashley Bronson begann wie auch sonst üblich mit dem Beamten, dem die Ermittlungen unterstellt worden waren, mit Edward Mathis, einem der beiden, die Miles Kellogg vernommen hatten. Mathis informierte das Gericht, daß er am Morgen des zweiten November, einem Samstag, zu Garveys Anwesen gerufen worden sei, das man wie üblich abgeriegelt hatte. Der vor Ort anwesende Beamte habe ihn in ein Zimmer im rückwärtigen Teil des Hauses geführt, wo der leblose Körper Raymond Garveys auf dem Boden lag. Anschließend widmeten sie sich den Formvorschriften:

»War Mr. Garvey tot?« fragte Rogavin.

»Tot«, stimmte Mathis zu.

»Wie haben Sie das festgestellt?«

»Ich habe seinen Puls gefühlt. Er atmete nicht mehr.«

»Sonst noch was?«

»Seine Pupillen waren starr, und sein Körper war kalt.«

»Gab es irgendwelche Hinweise darauf, wie er gestorben war?«

»An der linken Seite seines Kopfes hatte er etwas, das aussah wie ein Einschußloch, direkt oberhalb der Schläfe.« Rogavin zeigte ihm eine Nahaufnahme, und der Beamte bestätige, dies sei eine korrekte Wiedergabe des Opfers, so wie er es vorgefunden habe. Diese Aufnahme wurde dann an die Geschworenenbank weitergereicht. Das Stöhnen und die verzerrten Gesichter setzten sich von einer Reihe in die nächste fort, als handele es sich dabei um eine makabre Version der »La-ola-Welle«. Nach dem letzten Stöhnen wurde die Vernehmung wieder aufgenommen.

»Haben Sie den Tatort nach irgendwelchen Spuren abgesucht?«

»Ja. Die Spurensuche prüfte den Tatort auf Fasern, Fingerabdrücke und andere wissenschaftlich nachweisbare Beweismittel, während der Leichenbeschauer Mr. Garveys Körper untersuchte. Ich und die anderen Beamten durchsuchten ebenfalls den Raum sowie die weiteren Zimmer des Hauses.«

»Was haben Sie vorgefunden?«

»Eine 38-Kaliber-Smith-and-Wesson-Pistole lag auf dem Teppich, etwa fünf Meter von der Leiche Mr. Garveys entfernt. Wieder wurde eine Aufnahme in ihrer Echtheit bestätigt und herumgereicht. Sie zeigte die Waffe, die genau dort lag, wo Ashley gestanden hatte, als sie die Szene für uns nachgestellt hatte.

»Detective, was ist mit der Waffe passiert, die wir hier auf der Aufnahme sehen können?«

»Ich steckte sie in eine Plastikhülle, zeichnete sie ab und datierte sie und übergab sie dann dem Polizeibeamten Dennis Doyle, um die Waffe auf Fingerabdrücke untersuchen zu lassen.«

Rogavin riß einen braunen Papierumschlag auf und nahm eine

durchsichtige Plastiktüte heraus, die eine Pistole enthielt. »Ich zeige Ihnen jetzt Beweismittel Nummer vier. Können Sie diese Waffe identifizieren?«

»Ja. Sie sieht aus wie die Waffe, die ich von dem Teppich aufgehoben habe. Die Tüte trägt das Datum und meine Unterschrift, genau, wie ich es gesagt habe.«

»Was haben Sie sonst noch gefunden?«

»Die Seitentüren, die vom Wohnraum auf die Terrasse und den Garten führen, waren nicht verschlossen. Wir haben das Haus durchsucht und fanden die anderen Türen verschlossen vor. Nichts wies auf einen gewaltsamen Zutritt hin. Der Mörder muß also durch eben diese Türen hineingelangt sein.«

»Gab es irgendwelche Anzeichen dafür, daß ein Kampf stattgefunden hatte?«

»Nein, Sir.«

Das war's, was den ermittelnden Beamten anbelangte. Rogavin überließ ihn mir. Ich erwartete mir nicht allzuviel von diesem Kreuzverhör, denn ich hatte in meinem Leben genügend Anwälte gesehen, die von erfahrenen Beamten fertiggemacht worden waren.

»Detective Mathis, habe ich Sie eben richtig verstanden, als Sie sagten, niemand habe sich gewaltsam Zutritt zu Mr. Garveys Haus verschafft?«

Mathis war schlagfertig. »Das habe ich *nicht* gesagt, Herr Anwalt. Ich habe gesagt, daß nichts auf einen gewaltsamen Zutritt *hinwies.*«

»Wollen Sie damit sagen, daß ein gewaltsamer Zutritt nicht zwangsweise Spuren hinterlassen muß?«

Seine Kiefer mahlten, als er in die Enge getrieben wurde. »Das ist möglich«, gab er zu.

»Beinhaltet ›gewaltsamer Zutritt‹ auch ein aufgebrochenes Schloß?«

»Möglicherweise. Das habe ich aber jetzt nicht damit gemeint.«

»War das Schloß an einer der Seitentüren aufgebrochen?«

»Ich kann nicht sagen, ob das hier der Fall war.«

»Das heißt also, es hat möglicherweise einen gewaltsamen Zutritt ohne Spuren gegeben oder aber das Türschloß war möglicherweise aufgebrochen, stimmt das?«

»Ja.«

»Gibt es Ihrer Erfahrung nach kriminelle Profis, die ein Schloß aufbrechen können, ohne dabei Spuren zu hinterlassen?«

»Aber klar.«

»Und natürlich wäre es möglich, daß jemand einen Schlüssel benutzt hat?«

Das überraschte ihn. Der Schlüssel gehörte zu Rogavins Strategie. Ich ruinierte ihm seinen Überraschungseffekt, indem ich zuerst davon anfing. »Das stimmt«, antwortete er.

»Zieht man noch andere Möglichkeiten in Betracht, die der Situation, die Sie im Haus vorfanden, nicht widersprechen, wäre es dann möglich, daß Mr. Garvey eine der Türen geöffnet hat, um denjenigen hereinzulassen, der ihn dann später umbrachte? Vielleicht sogar die Haustüre?«

»Die Lichter im Flur waren aus.«

»Hätte sie nicht auch der Mörder ausmachen können?«

Als Antwort zuckte Mathis nur die Achseln.

»Bitte antworten Sie laut und deutlich.«

»Ja.« Er sah immer unglücklicher aus.

»Wäre es für den Mörder nicht sinnvoller, das Licht auszumachen, um während seines Verschwindens keine Aufmerksamkeit zu erregen?«

»Ich weiß nicht, was er – oder *sie* – sich dabei gedacht hat.«

»Alles in allem wäre es also möglich gewesen, daß der Mörder einen Schlüssel benützte, ein Türschloß aufbrach, sich mit anderen Worten gewaltsam Zutritt verschaffte, oder aber von Mr. Garvey selbst eingelassen wurde, stimmt das?«

»So könnte man sagen.«

»Ich habe das gerade gesagt. Würden *Sie* es bitte auch sagen?«

Mathis rutschte auf seinem Stuhl hin und her. »Ja.« Er blickte kurz zu Rogavin hinüber, um zu sehen, ob das nur Erbsenzählerei war oder ob er gerade irgendeinen größeren Schaden angerichtet hatte. Der Staatsanwalt sah nicht von seinem Notizblock auf.

»Nun, welche der Möglichkeiten trifft zu?«

Schweigen breitete sich im Gerichtssaal aus. Mathis starrte mich böse an und ich tat so, als bemerkte ich es nicht. »Detective«, wiederholte ich. »Welche trifft zu? Können Sie das sagen?«

»Nein. Jede einzelne Möglichkeit könnte zutreffen.«

»Und wenn der Mörder irgendwo anders hereingekommen wäre als durch die Seitentüren, dann wäre es möglich, daß er die Tür beim Hinausgehen geöffnet hat, und nicht beim Hineingehen, stimmt das?«

»Das wäre möglich, ja.«

»Gut. Fahren wir fort. Sie haben ausgesagt, daß es keine Anzeichen für einen Kampf gegeben hat. Bedeutet das, Mr. Garvey kannte die Person, die ihn ermordet hat?«

»Nein.«

»Bedeutet das, daß er den Mörder *nicht* kannte?«

»Es bedeutet weder das eine noch das andere.«

»Entschuldigen Sie, aber welchen Schluß sollen dann die Geschworenen aus Ihrer Aussage ziehen?«

Mathis atmete hörbar durch die Nase aus. »Es gab keine Anzeichen für einen Kampf.«

»Nun, das weist noch lange nicht auf Ashley Bronson hin, oder?«

»Einspruch!« sagte Rogavin.

»Stattgegeben«, entschied Warner.

»Detective«, sagte ich, »weist die Tatsache, daß es keine Anzeichen für einen Kampf gab, in irgendeiner Weise auf denjenigen hin, der Raymond Garvey ermordet hat?«

»Wie ich bereits sagte, es weist darauf hin, daß es keinen Kampf gegeben hat, das ist alles.«

»Vielen Dank. Ich habe keine weiteren Fragen, Euer Ehren.«

»Sehr schön. Mr. Rogavin, möchten Sie direkt dazu Stellung nehmen?«

»Nein, Euer Ehren.«

Rogavins nächster Zeuge war der Leichenbeschauer Dr. Harold Kranz, den man zum Tatort gerufen hatte, um die Leiche zu untersuchen. Er gab an, daß Garvey diese Welt in der fraglichen Nacht aufgrund seiner Körpertemperatur und Hautfarbe irgendwann zwischen neun und elf Uhr verlassen hatte. Kranz hatte den Leichnam ins Leichenschauhaus begleitet, wo man sofort eine Obduktion vorgenommen hatte, um die Ermittlungen zu unterstützen. Die Untersuchung bestätigte, daß Garvey einer Schußwunde am Kopf erlegen war, die das Gehirn in Mitleidenschaft gezogen hatte. Der Leichenbeschauer entfernte die Kugel und steckte sie in einen Umschlag, den er abzeichnete und einem FBI-Agenten namens Windemere übergab. Die Kugel wurde als Beweismaterial vorgelegt, zusammen mit weiteren gruseligen Fotos, die die Geschworenen aufstacheln sollten. Mein Kreuzverhör bestand aus zwei Fragen, mit denen ich die Absicht verfolgte, bestätigt zu bekommen, daß Garvey auch schon gegen neun Uhr hätte ermordet worden sein können, lange bevor Kellogg Ashley gesehen hatte.

Nach Kranz setzte Rogavin die Geschworenen davon in Kenntnis, daß die Staatsanwaltschaft und die Verteidigung übereingekommen seien, daß Agent Windemere im Falle seines Erscheinens bezeugt hätte, die Kugel in einer Plastikhülle von Dr. Kranz erhalten, sie abgezeichnet und zu Mark Rostrow ins Polizeilabor gebracht zu haben.

Als Nächster wurde Rostrow vereidigt. Im Grunde genommen war er ein professioneller Zeuge, der zwischen Polizeilabor und Gerichtssaal hin und her pendelte und schon Hunderte von Malen ausgesagt hatte. Nachdem Rogavin ihn bis ins letzte Detail zu seinen Qualifikationen befragt hatte, wurde er als Experte in Sachen Ballistik zugelassen und gab den Geschworenen mit einer angenehmen Stimme und viel Engagement eine Einführung in sein Fachgebiet, das darin bestand, Kugeln der passenden Waffe zuzuordnen. Nach der Theorie kam er gleich zur Sache und tat seine Einschätzung kund, nämlich daß die Kugel, die aus Garveys Gehirn entfernt worden war, »wissenschaftlich betrachtet mit größtmöglicher Wahrscheinlichkeit« aus der Waffe abgefeuert worden war, die uns als Beweismittel Nummer 4 vorlag. Danach nahm ich ihn ins Kreuzverhör und überließ es den Geschworenen, über die Ironie des Schicksals nachzusinnen, daß jemand mit der Waffe ermordet wird, die er zu seiner eigenen Verteidigung erworben hat.

Es war bereits später Nachmittag, als Rostrow den Zeugenstand verließ. Warner kündigte eine zwanzigminütige Unterbrechung an, um den Zuschauern und anwesenden Journalisten Gelegenheit zu geben, ihre aufgestauten Emotionen loszulassen. Kaum hatten wir die Tür erreicht, ging es im Gerichtssaal zu wie auf einem Bahnhof, doch jede Unterhaltung erstarb sofort, als Ashley vorbeiging. Sie hüllte das Team der Verteidigung in eine Art schweigendes Vakuum, als wir uns in den uns zugedachten Raum zurückzogen. Wir alle atmeten tief durch, als Andy die Tür schloß.

Ashley ließ sich auf einen Stuhl fallen. »Wie geht es dir?« fragte ich.

»Die Geschworenen starren mich an, sobald auch nur die kleinste Redepause eintritt«, sagte sie erschöpft. »Bei jeder Bewegung habe ich Angst, meine Körpersprache könnte mich verraten.«

»Du machst das sehr gut. Du bist es ja gewohnt, daß Leute dich anstarren.«

»Aber doch nicht so. Und uns, wie geht es *uns*?«

»Bisher ist alles gut gelaufen, und was noch besser ist« – ich sah zu Walter hinüber –, »ziemlich zügig. Morgen ist Kellogg dran, vielleicht schon morgen früh.«

»Wir sind darauf vorbereitet«, sagte er. »Alle halten sich zur Verfügung.«

»Ab wann haben die Zuschauer Schlange gestanden?«

»Die ersten tauchten gegen sechs auf. Wer nach acht kam und keinen Presseausweis vorzeigen konnte, hatte Pech gehabt. Morgen werden wir gegen fünf jemanden vor Ort haben und dafür sorgen, daß alles glatt geht.«

»In Ordnung«, sagte ich. »Als nächstes ist der Zeuge dran, der für die Fingerabdrücke zuständig ist. Wenn der durch ist, dann war's das für heute. Anschließend gehen wir zurück ins Büro und arbeiten unseren Plan aus.«

Nach vierundzwanzig Jahren Dienst war Dennis Doyle ein echter Veteran im Polizeilabor. Genau wie bei Rostrow trug Rogavin ziemlich dick auf. Die Geschworenen wurden über seine Ausbildung informiert, über die Fortbildungen, an denen er teilgenommen und die er geleitet hatte, über die Unmenge von Artikeln, die er verfaßt hatte, die Zehntausende von Fingerabdrücken, die er bereits identifiziert hatte, und über all die Gerichtshöfe, an denen er bereits als Sachverständiger zugelassen worden war – bei seinen Schlußfolgerungen waren wir noch lange nicht.

Die Untersuchung der Waffe, die er von Detective Mathis erhalten hatte, hatte vier vollständige Fingerabdrücke erbracht sowie einen unvollständigen. Rogavins Team war sehr fleißig gewesen und hatte eine Liste mit Freunden, Bekannten und Nachbarn zusammengestellt, die es ermöglichte, jedem Abdruck eine ganz bestimmte Person zuzuordnen, was Doyle anhand von vergrößerten Aufnahmen von Kreiseln und Wirbeln minutiös darlegte. Ein Abdruck stammte von Garvey selbst und einer von Clark Benson, dem Mann seiner Kusine. Der unvollständige Abdruck stammte »wahrscheinlich« von Robert McGuinn, einem Nachbarn. Aus ihren Zeugenvernehmungen wußten wir, daß Benson aussagen würde, er sei an dem Abend, als Garvey ermordet wurde, zu Hause in Orlando gewesen; McGuinn dagegen hatte im Sibley-Krankenhaus gelegen, wo er sich von einer Gallenblasenoperation erholte.

Es blieben zwei Fingerabdrücke übrig. Trotz meiner Bemühungen, die Sache zu entschärfen, schien Doyles Aussage, sie stammten vom rechten Daumen und Zeigefinger von Ashley Bronson, die er in einem gewaltigen Baß vortrug, noch im Gerichtssaal widerzuhallen, als Rogavin längst wieder Platz genommen hatte. Eines war klar: Die Geschworenen sahen jetzt bedeutend grimmiger aus.

Es gibt ein Sprichwort, das ein kluger Verteidiger stets beherzigen sollte: »Wer gut dasteht, sollte fein still sein.« Gegen Ende des ersten und für uns so wichtigen Tages standen wir, wie ich fand, ziemlich gut da. Die Eröffnungsplädoyers von Anklage und Verteidigung lagen zumindest gleichauf. Mathis' Kreuzverhör hatte sich als Pluspunkt für uns herausgestellt, während sich der Rest der Zeugen so verhalten hatte wie erwartet – keine bösen Überraschungen und Schnitzer. Ich wollte nur noch ein paar Punkte bei Doyle landen und dann Schluß machen.

»Mr. Doyle, Sie sagen, der Vergleich der Fingerabdrücke habe ergeben, daß mit Ausnahme des Verstorbenen drei Personen die Mordwaffe in der Hand hielten?«

»Das ist korrekt.«

»Wer war der letzte?«

»Wie bitte?«

»Welche Person hatte die Waffe als letzte in der Hand?«

»Das läßt sich nicht feststellen.«

»Können Sie irgend etwas darüber sagen, wie alt die vorgefundenen Fingerabdrücke sind?«

Doyle runzelte die Stirn. »Nein, Herr Verteidiger, niemand kann das.« Er schnaubte und warf den Geschworenen einen belustigten Blick zu, so als hätte ich einen Witz gemacht.

»Ich kann dem also entnehmen, daß Sie den Geschworenen nicht sagen können, wann genau Ashley Bronson die Waffe in der Hand hielt?«

»Das ist korrekt.«

»Sie können nicht sagen, daß sie die Waffe in der Nacht, als Garvey umgebracht wurde, in der Hand hielt?«

»Wie ich schon sagte. Ihre Fingerabdrücke befinden sich auf der Mordwaffe, zusammen mit denen zweier anderer Personen und der des Toten.« Er konnte es sich nicht verkneifen hinzuzufügen: »Ich denke, die anderen Personen werden auch noch vernommen werden.«

»Sie meinen, um auszusagen, wo sie sich in der Mordnacht aufgehalten haben?«

»Ganz genau, aber das werden sie Ihnen sicherlich selbst noch erläutern.«

»Natürlich. Sollten Sie jedoch in der fraglichen Nacht tatsächlich woanders gewesen sein, dann bliebe nur noch Miss Bronson übrig, oder nicht?«

Doyle nickte. »Das haben Sie gesagt, Herr Verteidiger, nicht ich.«

»In der Tat. Und die Person, die Mr. Garvey umgebracht hat, hat seine – oder ihre – Fingerabdrücke auf der Waffe hinterlassen, stimmt das?«

»Ich denke, das müssen die Geschworenen entscheiden.«

»Ganz recht, aber ich habe Sie als Sachverständigen für Fingerabdrücke gefragt: hat Ihren Untersuchungen zufolge die Person, die Mr. Garvey ermordet hat, ihre Fingerabdrücke auf der Waffe hinterlassen?«

»Das kann ich nicht mit Gewißheit sagen.«

»Warum nicht?«

»Wenn man eine Waffe in die Hand nimmt, bedeutet das nicht automatisch, daß man dabei Fingerabdrücke hinterläßt. Das Schachbrettmuster am Griff macht bestimmbare Fingerabdrücke unmöglich, und eine Waffe kann man auch so in die Hand nehmen und halten, daß keine Fingerabdrücke hinterlassen werden. Fingerabdrücke können auch abgewischt werden, obwohl ich nicht glaube, daß das hier geschah.«

»Außerdem gibt es noch Handschuhe, stimmt's?«

»Hätte jemand Handschuhe getragen, gäbe es keine Fingerabdrücke.«

»Hat der Mörder Handschuhe getragen, ja oder nein?«

»Das kann ich nicht sagen.«

»Wenn es stimmt, was Sie hier sagen, dann könnte also jeder als Mörder in Frage kommen?«

»Das hier ist nicht das *einzige* Beweismittel«, entgegnete er scharf.

»Das weiß ich auch, aber rein auf die Fingerabdrücke bezogen, muß man dann nicht sagen, daß Ihre Schlußfolgerungen die Zahl der in Frage kommenden Personen in keiner Weise weiter einschränkt, mit anderen Worten, jeder von ihnen hätte Raymond Garvey umbringen können?«

Doyle runzelte die Stirn. »Ich habe nur gesagt, daß sich Ashley Bronsons Fingerabdrücke auf der Waffe befinden.«

»Nun, es ist nichts Ungewöhnliches, am Tatort Fingerabdrücke zu finden, die sich auf vollkommen normale Weise erklären lassen, stimmt's?«

Doyle stutzte kurz und antwortete: »Das stimmt.«

»Ganz genau. Und die Fingerabdrücke von Mr. Benson und Mr. McGuinn scheinen in diese Kategorie zu gehören, stimmt's?«

»Ich glaube, sie *gehören* in diese Kategorie.«

»Mr. Doyle, hatte Ashley Bronson die Gelegenheit, sich völlig legal im Haus aufzuhalten und diese Waffe in die Hand zu nehmen, genau wie Benson und McGuinn auch?«

»Das weiß ich nicht.«

»Haben Sie versucht, das herauszufinden?«

»Das ist nicht mein Job«, antwortete er und errötete. »Das ist der Job der ermittelnden Beamten. Ich nehme an, sie haben das getan.«

»Nun, wir werden sehen. Vielen Dank, Mr. Doyle. Ich habe keine weiteren Fragen mehr, Euer Ehren.«

Nachdem Doyle den Zeugenstand verlassen hatte, wandte sich Warner an die Geschworenen: »Meine Damen und Herren, für heute unterbrechen wir den Prozeß. Ich möchte Sie nochmals daran erinnern, daß Sie den Fall mit niemandem diskutieren und sich auch nicht in den Medien darüber informieren dürfen. Das bedeutet: keine Nachrichten, kein Radio, keine Zeitung. Wenn Sie die Zeitung lesen wollen, lassen Sie die Artikel, die sich auf den Fall beziehen, im Vorfeld von einem Freund oder einem Familienangehörigen ausschneiden. Das Gericht wird das Verfahren morgen früh um neun Uhr dreißig wiederaufnehmen.«

Wir blieben stehen und warteten ab, bis die Geschworenen an uns vorbei nach draußen gegangen waren. Warner ließ den Hammer heruntersausen, und der erste Tag von *Vereinigte Staaten gegen Bronson* war vorüber. Das Team der Staatsanwaltschaft packte schnell seine Unterlagen zusammen, und als Rogavin seinen Mitarbeitern voranschritt und nach draußen ging, blieb er stehen und lehnte sich über unseren Tisch. »Brechen Sie sich bloß nicht den Arm, wenn Sie sich heute auf die Schulter klopfen«, sagte er grinsend. »Das hier war erst das Vorspiel. Mal sehen, wie Sie sich morgen so machen.«

»Morgen? Haben Sie immer noch nicht genug?«

»Danach werden Sie keine Witze mehr machen.«

»Wissen Sie, für jemanden, der behauptet, er liebe den Wettkampf, sind Sie ziemlich empfindlich, wenn man Ihnen ein wenig Feuer unterm Hintern macht.« Er starrte mich eine Sekunde lang wütend an, lächelte dann und tat so, als habe er sich gerade einen guten Witz erzählt. Daraufhin verließ er, gefolgt von seinem Team, den Saal.

Ashley hatte alles mit angehört. »Normalerweise mag ich es, wenn Männer um mich kämpfen«, sagte sie. »Ist es hilfreich, ihn so gegen uns aufzustacheln?«

»Ja. Es hilft mir dabei, den Mist, den er so von sich gibt, zu ertragen. Laß uns gehen.«

Wir waren so in unsere Pläne vertieft, daß wir ganz vergessen hatten, daß wir Harry und Dan im Gerichtssaal treffen sollten. Andy und Walter schleppten Aktenkoffer, also nahm ich Walters Koffer und sagte ihm: »Ich trag den hier, bahn du uns schon mal den Weg zum Auto. Ich möchte nicht anhalten müssen, bevor wir wieder im Büro sind.«

Den Medien war es verboten, Prozeßbeteiligte im Gericht zu interviewen, doch nun erwartete uns ein regelrechter Spießrutenlauf, so viele Kameras und Mikrofone waren auf dem Bürgersteig aufgebaut worden. Die Presse hatte sehr lange nur zuschauen dürfen und brannte nur so darauf, in Aktion zu treten. Sie bedrängten uns, während sich Walter und Andy zu der Limousine mit Dan am Steuer vorkämpften.

»Miss Bronson, was haben Sie für einen Eindruck vom heutigen Tag?«

»Ashley, werden Sie aussagen?«

»Warum sind Ihre Fingerabdrücke auf der Waffe, Ashley?«

»Ashley, in was für einer Beziehung zu Frank O'Connell stehen Sie?«

Das ließ sie zusammenzucken. Sie sah sich nach dem Fragenden um, sichtlich fassungslos. Walter und Andy, die nicht bemerkt hatten, was da gerade ablief, rannten weiter. Reporter drängten sich in die entstandene Lücke, und wir saßen in der Falle.

»Möchten Sie die Geschichten in *Galaxy* kommentieren?«

»Frank, warum haben Sie so viele Nächte bei Ashley Bronson verbracht?«

»Geht Ihre Beziehung über die eines Anwalts und seiner Mandantin hinaus, Miss Ashley?«

Alles, was über ein knappes Nein hinausging, war ein Ja, aber sie konnte nur von einem Fragenden zum nächsten blicken und war zu verdattert, um zu antworten. Ich war ihr keine große Hilfe. Wie ich später im Fernsehen sehen konnte, schüttelte ich bloß den Kopf und sah mich hilfesuchend nach Walter um, der sich schließlich einen Weg zurück durch die Menge boxte und ihre Hand faßte. Wir setzten uns wieder in Bewegung, im Auge eines Hurrikans aus umherwirbelnden Reportern, Kameras und Mikrophonen. Endlich erreichten wir den Wagen und ließen uns auf den Rücksitz fallen. Einer dieser Paparazzi war einfach nicht abzuschütteln, beugte sich vor in das Wageninnere, so daß wir die Tür nicht schließen konnten. Sein Objektiv war auf Ashleys Gesicht gerichtet, bis sie es schließlich mit beiden Händen bedeckte. Ich versetzte ihm einen Hieb in den Unterleib. Er erstarrte und fiel rückwärts gegen die Beine der Meute hinter ihm. Niemand sagte auch nur ein Wort, als wir die Massachusetts Avenue hinunter rasten. Nur ihr ersticktes Schluchzen war zu hören.

Gegen sieben kehrte ich ins Büro zurück. Ich wollte Walter treffen, um meinen Plan in bezug auf Kellogg nochmals mit ihm durchzugehen. Ashley war zu Hause, umzingelt von Reportern, die das Haus als Kulisse für ihre Geschichten über die Ereignisse des Tages benutzten. Einer von ihnen hatte mir eine Ausgabe von *Galaxy* gegeben. Auf der Titelseite prangte eine Art Überwachungsfoto von mir, das mich zeigte, wie ich bei Sonnenaufgang ihr Haus verließ. Mein Kommen und Gehen wurde im Innenteil ausführlich dokumentiert, genauso wie der gemeinsame Kauf des Weihnachtsbaums. All das bekamen wir in den Sechs-Uhr-Nachrichten ein weiteres Mal zu sehen.

Walter war noch nicht aufgetaucht. Ich spülte ein paar Aspirin mit einem kalten Bier hinunter und sah auf meinen Schreibtisch. Meine überaus tüchtige Sekretärin hatte die Nachrichten für mich in zwei Stapel sortiert, die jeweils den Vermerk »regional« und »national« trugen. Einen dritten Stapel hatte sie mit »Sonstiges« bezeichnet. Wie befürchtet, blinkte der Anrufbeantworter, und eine mechanische Stimme verkündete, ich hätte zweiunddreißig Nachrichten und meine Box sei voll.

Ich versuchte, mir über die Tragweite der jüngsten Geschehnisse klarzuwerden. Zunächst waren da die Geschworenen. Wenn sie sich an Warners Instruktionen hielten, würde niemand von der Sache erfahren, aber das war mehr als unwahrscheinlich: Es gab immer ein oder zwei, die es sich nicht verkneifen konnten, im Fernsehen oder in der Zeitung die Berichterstattung über ihren Fall zu verfolgen. Ich mußte Warner bitten, da nachzuhaken.

Dann war da noch unser hochgeschätzter Richter. Erst das Burroughs-Debakel, und dann hatte ich ihn noch an der Richterbank auflaufen lassen. Somit war er wohl kaum mein rettender Strohhalm. Wenn er es übel mit mir meinte, dann konnte mir wirklich niemand mehr helfen, nicht einmal Paps. Warner könnte sogar einen Fehlprozeß verkünden. Es gehörte nicht viel dazu, herauszufinden, daß Ashley und mir nichts anderes übrigblieb, als alles zu leugnen, und zwar so nachdrücklich wie möglich.

Als ich gerade dachte, schlimmer könne es wohl kaum noch kommen, fiel mir eine weitere unangenehme Konsequenz ein. Ich kippte mein Bier hinunter, wählte die Nummer meiner Exfrau und betete innerlich darum, sie möge auf Safari sein oder auf einer Expedition zum Mount Everest. Aber wenn etwas schiefgeht, dann gründlich. Sie hob sie beim ersten Klingeln ab. »Ja bitte?«

»Ich bin's.«

»Ich telefoniere gerade auf dem anderen Apparat – bitte leg nicht auf, ich bin sofort bei dir.« Ihre Stimme verriet alles. Der Hörer fühlte sich plötzlich sehr schwer an. Ich ließ ihn in der Halsbeuge ruhen und schloß die Augen.

»Frank?«

»Ich bin noch dran.«

»Ich möchte wissen, ob du Brendan dieses Wochenende besuchen willst.«

»Wie bitte?«

»Brendan – deinen Sohn, schon vergessen? Du hast doch gesagt, daß du mehr Zeit mit ihm verbringen willst, bevor wir wegziehen.«

»Meine Güte, Moira! Ich stecke gerade mitten im schlimmsten Schlamassel.«

»Davon habe ich gehört.«

»Ich weiß. Es ist –«

»Du kennst doch das Sprichwort ›Jedes Unglück hat auch sein Gutes‹? Nun, egal, wer mich anruft, um mir die frohe Botschaft zu überbringen, ich werde ihre Namen einfach von der Geschenkliste streichen. Nächstes Weihnachten werde ich mir jede Menge Geschenke sparen können.«

»Schatz, es tut mir leid, aber –«

»Ich bin *nicht* dein Schatz.«

»Wofür zum Teufel soll ich mich eigentlich entschuldigen?«

»Weil du einen *Sohn* hast!« kreischte sie. »Und der sieht fern!«

»Das ist es also. Hör zu, du bist nicht die einzige, die etwas von mir will.«

»Ich nie mehr! Wirst du ihn nun am Wochenende besuchen oder nicht? Ich muß planen können.«

»Im Moment habe ich jede Menge Probleme, und damit meine ich *genau jetzt in dieser Minute*. Ich ruf dich an, sobald das hier vorbei ist, und dann sprechen wir uns aus.«

»Ich denke, du solltest es jetzt erfahren. Rob hat gesagt, wir könnten nach Kalifornien, wann immer ich soweit bin. Und ich bin zu der Überzeugung gelangt, je schneller, desto besser.«

Ich hatte mich schon von meinem Stuhl erhoben, als ich antwortete: »Hast du das *heute* beschlossen?«

Sie ging nicht auf mich ein. »Ich treffe Vorbereitungen, um hier so bald wie möglich wegzukommen. Du solltest deinen Terminplan also noch einmal überdenken, falls du mehr Zeit mit ihm verbringen willst, bevor wir wegziehen.«

Ich wollte schon auflegen, änderte meine Meinung jedoch und brüllte in die Muschel: »*Er ist mitten im Schuljahr!*«

»Er ist erst in der ersten Klasse«, sagte sie wieder völlig ruhig. »Ich glaube nicht, daß das seine Universitätskarriere beeinträchtigen wird.«

»Moira, bitte nicht –«

»Auf Wiederhören, Frank!«

»Verdammt noch mal! Du–« Ich sprach noch mit dem Freizeichen, als ich bemerkte, daß Walter in der Tür stand.

»Entschuldige«, murmelte er. »Ich hab erst jetzt gemerkt, mit wem du da gerade gesprochen hast.«

»Komm rein und mach die Tür zu. Ich habe heute in der Kanzlei schon für Unterhaltung genug gesorgt.«

Er nahm seinen Platz auf der Couch ein und machte den obersten Knopf seines Hemdes auf.

»Hast du noch länger ferngesehen?« fragte er.

»Nein.«

Er schüttelte den Kopf. »Von dem Prozeß und so mal abgesehen, könnte man glatt den Eindruck haben, daß wir das einzig Nennenswerte sind, das sich in Amerika heute so zugetragen hat.«

»Tut mir leid, Walter. Du hattest mich gewarnt, und ich hab alles versaut.«

Er zuckte die Achseln. »Komm, vergiß es. Übrigens, mein Bild prangt *überall.* Sie sagen, ich sei ihr Leibwächter. Warte nur, bis das Volvo-Arschloch das zu sehen kriegt.« Er lachte. »Daß ich zum nächsten Passah-Fest eingeladen werde, darauf kannst du Gift nehmen!«

»Gut. Nimm mich mit. Familienfeiern kann ich mir für die nächsten Jahre wohl abschminken.«

»Deswegen das Gerede von der Schule?«

»Sie ziehen nach Kalifornien – ›je eher, desto besser‹, ihre Worte.«

Ich entschloß mich plötzlich, so fest ich nur konnte gegen meinen Schreibtisch zu treten. Das hörte sich gut an. Daher tat ich es noch zweimal.

»Vielleicht beruhigt sie sich wieder und ändert ihre Meinung.«

»Klar doch. Sieh zu, daß deine Leute ihr den Strom abdrehen und das Telefon stillegen – und wo du schon dabei bist, klau ihre Zeitungen. Vielleicht hat sie dann in ein paar Wochen vergessen, warum sie so stinksauer auf mich ist.«

»Wir hatten heute einen guten Verhandlungstag«, sagte er und wechselte das Thema.

»Alles fertig für morgen?«

»Besser geht's gar nicht. Werden wir Natalie auf jeden Fall einsetzen?«

»Ich hab darüber nachgedacht. Wenn alles gut läuft und es uns gelingt, Kellogg unglaubwürdig erscheinen zu lassen, ohne daß wir sie einsetzen müssen, würde ich es lieber nicht riskieren, denn wenn er scharf zurückschießt ...«

Er brachte meinen Satz zu Ende: »Dann haben wir verloren.«

Das Telefon klingelte ununterbrochen. Walter hielt unterdessen ein Nickerchen, und ich zielte mit zerknüllten Telefonnotizen auf meinen Papierkorb. Schließlich fragte er, die Augen noch geschlossen: »Was, glaubst du, wird morgen passieren?«

»Ich glaube, Warner sitzt zu Hause und wetzt die Messer.«

»Sehr witzig. Wie gehen *wir* vor?«

»Wir bleiben hart. Mehr können wir nicht tun.«

17

Endlich war es soweit: Der große Tag war gekommen. Dank *Galaxy* hatte ich mich die ganze Nacht in meinem kümmerlich kleinen Apartment herumgewälzt. Um sechs Uhr morgens, auf dem Weg zu meinem Frühstück am Dupont Circle, nahm ich eine *Post* mit. Die Titelseite verdarb mir jeglichen Appetit, und so bestellte ich nur einen Becher Kaffee zum Mitnehmen und machte mich auf den Weg ins Büro. Walter war schon ganz früh bei Gericht, um sicherzustellen, daß alles gut vorbereitet war. Um halb neun standen Andy und ich vor dem Gerichtsgebäude und warteten auf den Wagen, der gerade um die Ecke bog. Dan und Harry saßen vorn. Ashley sah auch nicht aus, als ob sie besonders gut geschlafen hätte. Wir hielten Händchen, während alle anderen so taten, als bemerkten sie es nicht.

Die Medien warteten da, wo wir sie zurückgelassen hatten. Ein Unternehmer hatte einen Stand aufbauen lassen, wo er T-Shirts verkaufte mit dem Aufdruck UNZUCHT UND ORDNUNG. Wir gelangten relativ ungeschoren ins Gebäude: Nur ein Reporter fragte mich, ob wir auch zusammenbleiben würden, wenn man sie verurteilte.

Gegen neun Uhr ließ man uns im Gerichtssaal Platz nehmen. Um Viertel nach neun tauchte Rogavin mit seinem Gefolge auf und ließ sich auf seinem Stuhl auf der anderen Seite des Ganges nieder. Er warf uns einen kurzen Blick zu. Er begann etwas zu kritzeln und grinste breit. Um zwanzig nach neun kam einer von Warners Gerichtsdienern herein und verkündete, der Richter wolle die Prozeßbevollmächtigten in seinem Dienstzimmer sehen. Diesmal führte man uns in das geheime Dienstzimmer, wo Warner mit einem Exemplar der *Post* bereits auf uns wartete.

Kaum hatten wir Platz genommen, legte er auch schon los. »Seit elf Jahren bin ich nun Richter«, verkündete er, »und noch nie hatte ich es mit einer Untersuchung in puncto Standespflichten zu tun. Jetzt stehe ich kurz vor dem zweiten Fall in diesem Monat, und beide betreffen Sie, Mr. O'Connell. Wie können Sie sich das erklären?«

»Ich habe nichts getan, was gegen meine Standespflichten verstoßen hätte.«

»Nun, das wird sich noch zeigen, hab ich recht?« Er griff zur Zeitung und schüttelte den Kopf. »Unglaublich!« murmelte er. »Ich denke, wir sollten einmal über Ihre Beziehung zu Ihrer Mandantin reden.«

»Da gibt es nichts zu bereden.«

Er starrte mich mit offenem Mund an und fragte sich, ob er seinen Ohren trauen konnte. »Das ist nun schon das zweite Mal, daß Sie sich mit mir anlegen, und das sind genau zwei Mal zuviel. Achten Sie in Zukunft sehr genau auf das, was Sie sagen, ich warne Sie. *Ich* entscheide hier, was es im Zusammenhang mit dieser Angelegenheit zu bereden gibt, nicht Sie.«

»Euer Ehren, das hier ist vollkommen unangemessen. Die einzige Information, über die Sie verfügen, stammt aus der Boulevardpresse – und was ist dort zu lesen? Daß ich die Nacht im Haus meiner Mandantin verbracht habe, nichts weiter. Das ist noch lange kein Grund, eine Untersuchung anzustrengen, und ich gebe hier keine Auskünfte über die Art der Beziehung zu meiner Mandantin.«

Warners Gesicht verdüsterte sich. »Vielleicht wäre es das beste, ich erkläre den Fall zu einem Fehlprozeß und sorge dafür, daß die Ethikkommission diese Angelegenheit und Ihre anderen Vergehen einmal genau unter die Lupe nimmt.«

»Prima, nur weiter so!« entgegnete ich scharf. »Aber erst möchte ich an die Öffentlichkeit treten und folgende Aussage ins Protokoll aufnehmen lassen, nämlich daß ich gegen einen Fehlprozeß Einspruch erhebe. Sollte das Berufungsgericht dann später zu dem Urteil gelangen, daß Sie sich getäuscht haben und wir durchaus berechtigt waren, den Prozeß fortzuführen, dann wird es verhindern, daß meiner Mandantin erneut der Prozeß gemacht wird, und das ist in zweifacher Hinsicht riskant für Sie: Ashley Bronson wird sich gegenüber keinem Gericht mehr verantworten müssen, und Sie sind eine nationale Witzfigur!«

Warner schreckte zurück. Er blickte abwechselnd zwischen mir und Rogavin hin und her und nahm dann wieder mich ins Visier, offensichtlich ziemlich verunsichert. In Wahrheit hatte ich keine Ahnung, was das Berufungsgericht zu diesem Chaos zu sagen hätte. Vielleicht würden wir gewinnen, vielleicht aber auch nicht. Eins wußte ich allerdings: Würde man Ashley erneut den Prozeß machen, stünden wir nie mehr so gut da wie heute. Ich hatte Rogavin erlaubt, mir ein wenig in die Karten zu schauen. Jetzt war er vorgewarnt. Doch wer mir weitaus mehr Sorgen machte, war Kellogg: Wir würden es ein weiteres Mal mit ihm aufnehmen müssen, denn der Effekt unseres präparierten Treffens wäre bis dahin längst verflogen, und niemand wußte, was dann passieren könnte.

Zum Glück hatte ich einen Verbündeten. Rogavin hatte selbst eine Entscheidung gefällt. Er wußte, daß ich recht haben könnte, und er würde nicht zulassen, daß sie – wir – einfach so davonkämen. Der Wettkampf hatte begonnen, und er wollte ihn zu Ende bringen. »Euer Ehren«, sagte er beschwichtigend, »rein rechtlich gesehen könnten Sie sicherlich einen Fehlprozeß verkünden, aber dann wüßten wir nicht Bescheid, bis das Berufungsgericht ein Urteil gefällt hat. Aus Sicht der Staatsanwaltschaft möchte ich vermeiden, daß jemand, der des Mordes an einem bedeutenden Mitglied unserer Gesellschaft angeklagt ist, aufgrund eines Formfehlers einfach so davonkommt.«

»Heißt das, Sie schlagen vor, wir sollten die Sache ignorieren?« fragte Warner und tippte auf sein Exemplar der *Post*. Die Worte waren unnachgiebiger als seine Stimme.

»Nein, Sir. Ich schlage vor, Sie rufen Miss Bronson herein und erklären ihr die Situation. Hat sie das Grundlegende an einer Anwalt-Mandanten-Beziehung erst einmal verstanden und weiß, daß das Gericht nicht möchte, daß sie irgendwelche Nachteile hat, kann sie Mr. O'Connell bitten, einen Fehlprozeß zu beantragen, falls sie denn Zweifel hegt, was ihre Situation anbelangt. Hegt sie dagegen keine Zweifel, dürfte sie große Schwierigkeiten haben, im nachhinein auf eine unangemessene Verteidigung zu klagen, falls sie verurteilt wird.«

Es war schon vorgekommen, daß verurteilte Angeklagte einen neu angestrengten Prozeß gewannen, wenn sie nachweisen konnten, daß ihre Verteidiger versagt oder nicht im Interesse ihrer Mandanten gehandelt hatten. Rogavin machte einen Vorschlag, wie sich eine solche Klage verhindern ließe, indem er Ashley unbedingt leugnen ließ, daß irgend etwas zwischen uns vorgefallen sei. Er wußte, wir beide würden den Prozeß bekommen, den wir wollten – soviel mußte ich ihm lassen.

Mittlerweile war Warner nur noch darauf bedacht, sein Gesicht zu wahren. Er nahm Rogavins Vorschlag überaus dankbar auf. »Gehen Sie und holen Sie Ihre Mandantin«, ordnete er an.

Die Gerichtsdiener hatten die Zuschauer hereingelassen, der Saal war voll. Die Gerichtszeichner machten sich den verspäteten Verhandlungsbeginn zunutze, um die Frau zu porträtieren, deren Bekanntheitsgrad mit jedem Tag stieg. Ich nahm Platz und brachte meine Lippen dicht an ihr Ohr. »Warner möchte dich in seinem Büro sehen«, flüsterte ich.

»Mich? Warum? Was ist passiert?«

»Er hat nach unserer Beziehung gefragt, und als ich mich weigerte, darüber zu sprechen, sind wir zusammengerasselt, und er drohte mit einem Fehlprozeß.«

Ich spürte, wie sie erstarrte. »Nein, wir müssen das hier zu Ende bringen!«

»Warte, warte! Es wird keinen Fehlprozeß geben. Unser Richter merkt durchaus, wenn er einen Irrtum begeht. Rogavin will auch keinen Fehlprozeß, und er hat ihm einen eleganten Ausweg angeboten. Warner sieht ohne Gesichtsverlust von einem Fehlprozeß ab, indem er dir Gelegenheit gibt, dich selbst vor mir zu schützen.«

»Was soll denn das heißen?«

»Er wird dich dahingehend beraten, daß, sollte die Beziehung Anwalt-Mandantin in irgendeiner Weise gestört sein, du mit einem neuen Anwalt besser bedient seist. Er wird dir sagen, er sei bereit, einen Fehlprozeß zu verkünden, um dir die Möglichkeit zu geben, dir einen neuen zu suchen.«

»Und ich muß ihm nur sagen, ich möchte, daß wir fortfahren?«

»Das, und möglichst empört sein über derartige Unterstellungen. Aber ich warne dich, der Kerl kennt kein Mitleid. Kann sein, daß er dich schwach anredet.«

»Das macht nichts«, entgegnete sie. »Außerdem ist es bereits zu spät, mich vor dir zu schützen.«

Warner und Rogavin hatten sich erhoben, als wir den Raum betraten. Für Ashley war ein dritter Stuhl bereitgestellt worden. Der Richter wies auf den in der Mitte, räusperte sich und hob an:

»Miss Bronson, hat Sie Ihr Anwalt informiert, warum ich mit Ihnen sprechen möchte?«

»Ja«, sagte sie ruhig.

»Das Verhältnis zwischen Anwalt und Mandantin ist ein Vertrauensverhältnis, das bedeutendste, das der Gesetzgeber vorgesehen hat«, dozierte er. »Der Anwalt ist angehalten, seine Fähigkeiten ausschließlich in den Dienst seiner Mandantin zu stellen und nichts zuzulassen, was dazu angetan ist, die professionelle Objektivität, die für dieses Verhältnis so wichtig ist, in Frage zu stellen.«

»Selbstverständlich.«

Warner ließ beide Hände auf seinen Schreibtisch niedersausen und schlug einen väterlichen Tonfall an. »Was ich damit bezwecke, Miss Bronson, ist sicherzustellen, daß Ihr Vertrauensverhältnis nicht gestört ist und daß Sie den vollen Rechtsschutz genießen, der Ihnen zusteht.« Er hielt kurz inne, doch Ashley musterte ihn schweigend. Sie war nicht nervös. In diesem Raum, bar jeglicher äußerer Insignien, war Warner nur ein Mann unter vielen, mit denen es fertigzuwerden galt, und sie war schon mit so manchem Mann fertiggeworden. Der Richter dagegen schien nicht zu wissen, wie er jetzt fortfahren sollte. Er rutschte auf seinem Stuhl hin und her und warf einen Blick auf die Zeitung. »Ich nehme an, Sie haben die Geschichten über... äh Sie und Mr. O'Connell gesehen?«

»Ja. Sie schreiben, er sei über Nacht mein Gast gewesen.«

»Richtig«, sagte der Richter und nickte. »Nun ...«

»Möchten Sie wissen, ob das wahr ist?« fragte sie.

»Nein!« rief Warner aus und machte eine abwehrende Handbewegung. »Ich möchte keinerlei Details hören. Ich möchte nur –«

»Ich habe keinerlei Schwierigkeiten, Ihnen diese Frage zu beantworten«, sagte sie. »Steht irgendwo geschrieben, daß ein Anwalt nicht bei seiner Mandantin zu Gast sein darf?«

»Nun, als normaler Hausgast schon, ... nein.«

»Dann verstehe ich die ganze Aufregung nicht. Warum sollte das Vertrauensverhältnis zwischen Anwalt und Mandantin gestört sein, wo wir doch gar nichts Unrechtes getan haben?«

Der Richter wand sich auf seinem Stuhl. »In den Medien wurde *ziemlich viel* darüber spekuliert, daß dieses Verhältnis, äh, über das zwischen Gast und Gastgeber hinausgeht.«

»Muß ich mich hier wegen Spekulationen der Boulevardpresse verantworten?« Sie ließ Warner nicht aus den Augen, während sie sprach. Er tat mir fast schon leid, aber er hatte es ja nicht anders gewollt. Warner schüttelte den Kopf. »Natürlich nicht! Es ist nur so, daß ... äh, wie ich bereits sagte, wir sicherstellen müssen, daß Sie den vollen Rechtsschutz genießen, der Ihnen zusteht, das ist alles.«

Ashley sah mich direkt an und sagte: »Ich bin mit dem Rechtsschutz, den mir Mr. O'Connell gewährt, überaus zufrieden. Ich bin davon überzeugt, daß er meine Interessen nie aus den Augen verliert.«

Warner bemerkte, daß er den Bogen fast schon überspannt hatte. »Nun«, verkündete er, und nahm wieder richterliche Haltung an, »da dem Gericht nicht nahegebracht wurde, das Vertrauensverhältnis Anwalt-Mandantin sei in irgendeiner Weise gestört, denke ich, wir sollten mit dem Prozeß fortfahren.« Er warf einen verstohlenen Blick auf Rogavin, der zustimmend nickte. »Wir werden uns in zehn Minuten wieder versammeln.«

»Eine Sache noch, Euer Ehren«, sagte ich.

»Was denn?«

»Ich bitte Sie, die Geschworenen zu fragen, ob sie Ihre Anweisungen bezüglich Zeitungslektüre und Fernsehen befolgt haben.«

»In Ordnung. Das werden wir als erstes tun.«

Wir erhoben uns und kehrten in den Gerichtssaal zurück. Walter sah mich fragend an, und ich nickte ihm zu. Jetzt ging es ums Ganze. Warner fragte überaus behutsam nach, aber keiner der Geschworenen wollte zugeben, daß er seine Anordnung in bezug auf die Berichterstattung über den Fall verletzt hatte. Einige logen höchstwahrscheinlich, aber das würden wir nie beweisen können. Ich konnte nur hoffen, daß sie Sinn für Romantik hatten.

Die Zeugenaussagen von Benson und McGuinn verliefen wie erwartet. Jeder beschrieb sein Verhältnis zu Garvey, die Umstände, unter denen er die Mordwaffe in die Hand genommen hatte, und wo er sich in dieser schicksalhaften Nacht aufgehalten hatte. Nicht besonders aufregend, aber Rogavin peppte die Vernehmung etwas auf, indem er jedesmal mit den Worten endete: »Haben Sie Raymond Bennett Garvey umgebracht?« Keiner wollte das gestehen, was den in Frage kommenden Personenkreis ziemlich einengte.

Am späten Vormittag drangen wir mit Edward Ward zum Kern der Sache vor. Er erzählte den Geschworenen, daß er und seine Frau siebzehn Jahre lang für Garvey gearbeitet hätten, sie ganztags als Köchin und Hausangestellte, er halbtags als Handwerker, Gärtner und Hilfskraft. Sie hielten Raymond für einen »guten Arbeitgeber«, machten aber auch nicht den Eindruck, als ob sie ihrem dahingeschiedenen Boß groß nachtrauerten.

»Mr. Ward, während Sie Ihrer Tätigkeit nachgingen, hatten Sie da Gelegenheit, die Angeklagte Ashley Bronson zu treffen?« fragte Mr. Rogavin.

»Ja. Sehr oft. Seit sie die High School besuchte.«

»War sie, soweit Sie das überhaupt beurteilen können, mit Mr. Garvey verwandt?«

»Nein, Sir. Miss Ashleys Vater, Henry Bronson, war ein enger Freund von Mr. Garvey, noch bevor Ashley auf die Welt kam.«

»Kam Miss Ashley in den letzten Jahren immer noch zu Besuch?«

»Ja, allerdings nicht so häufig wie früher. Wenn, dann meist als Gast, wenn Mr. Garvey eine Gesellschaft gab. Vielleicht hat sie auch manchmal etwas für ihn abgegeben, wenn Mr. Garvey nicht da war und Mrs. Ward und ich freihatten.«

»Wie gelangte sie bei diesen Gelegenheiten ins Haus – falls Sie das wissen?«

»Sie hatte einen Schlüssel, Sir. Die Bronsons hatten immer einen zweiten Schlüssel.« Mehrere Geschworene neigten die Köpfe, als sie etwas auf ihre Blöcke notierten.

»Wissen Sie, zu welchen Schlössern dieser Schlüssel paßt, Mr. Ward?«

»Alle Türen im Erdgeschoß lassen sich von ein und demselben Schlüssel öffnen.«

»Gilt das auch für die Türen, die vom Wohnzimmer aus in den Garten führen?«

»Ja, Sir.«

Rogavin näherte sich dem Zeugen und stellte sich neben ihn, einen Arm auf den Zeugenstand gelehnt. »Mr. Ward«, sagte er nachdrücklich, »haben Sie Miss Bronson und Mr. Garvey je streiten hören?«

Ward verzog das Gesicht. Ashley hatte gesagt, daß er und seine Frau sie mochten, und es war offensichtlich, daß diese Aussage dem alten Mann nicht leichtfiel. »Einmal, Sir«, sagte er so leise, daß man ihn kaum verstand.

»Und wann war das?«

»Im Oktober letzten Jahres. Mrs. Ward und ich putzten gerade die Küche – den Boden und die Schränke.«

»Was haben Sie gehört?«

»Wir hörten lautes Geschrei. Es kam von der Vorderseite des Hauses. Wir wußten nicht, ob vielleicht irgendwas nicht in Ordnung war, deshalb gingen wir in die Halle, dem Lärm entgegen.« Ward holte ein Taschentuch hervor, putzte sich die Nase und warf Ashley einen verstohlenen Blick zu. Dann widmete er seine Aufmerksamkeit wieder Rogavin.

»Konnten Sie verstehen, was gesprochen wurde?«

»Ja. Miss Ashley kam aus dem Wohnzimmer und eilte zur Vordertür. Ich hörte, wie Mr. Garvey nach ihr rief, und sie ging zurück ins Wohnzimmer.«

»Was passierte dann?« Wards Hände zitterten. »Nun, sie schien völlig außer sich zu sein ... und ...« Seine Stimme versagte, noch bevor er seinen Satz beenden konnte.

»Lassen Sie sich Zeit«, beruhigte ihn Rogavin. »Ich weiß, wie schwer Ihnen das fällt.« Ward holte tief Luft und sagte beim Ausatmen: »Sie schrie ihn an. Sie sagte: ›Halte bloß Abstand! Wenn irgendwas passiert, dann bringe ich dich um! Ich bring dich um!‹ Und dann öffnete sie die Vordertür und knallte sie hinter sich zu.«

»Antwortete Mr. Garvey irgend etwas darauf?«

»Nein. Er kam aus dem Wohnzimmer, sah uns dort im Flur stehen, machte kehrt, ging wieder hinein und schloß die Türen.«

»Wie lange nach diesem Vorfall wurde Mr. Garvey ermordet?«

»Ungefähr zwei Wochen. Vielleicht auch weniger.«

»Wissen Sie eventuell, womit Mr. Garvey Miss Bronson gedroht oder sie provoziert haben könnte?«

»Nein.«

»Ich danke Ihnen«, sagte Rogavin. »Keine weiteren Fragen.« Rogavin nahm Platz. Einige Geschworene hörten auf, sich Notizen zu machen.

»Mr. O'Connell, Kreuzverhör?« fragte Warner.

»Mr. Ward«, begann ich, »wie lange, sagten Sie, kennen Sie Ashley?«

»Siebzehn Jahre, so lange, wie ich für Mr. Garvey gearbeitet habe.«

»In dieser ganzen Zeit, haben Sie da Ashley jemals dabei beobachten können, wie sie Mr. Garvey in irgendeiner Weise verletzt hat?«

Ward schüttelte den Kopf. »Nein, nichts dergleichen.«

»Haben Sie sie jemals irgendwie gewalttätig erlebt?«

»Miss Ashley?« Er schüttelte erneut den Kopf. »Nein, nie.«

Zwei Geschworene machten sich Notizen. »Nun, Mr. Ward, wußten Sie, daß Mr. Garvey eine Waffe gekauft hatte?«

»Ja. Er kaufte sie, nachdem es einen Überfall gegeben hatte, nur einen Block weiter.«

»Wußten Sie, daß er sie in einer Schublade im Wohnzimmer aufbewahrte?«

»Ja, im Sekretär, ja.«

»Hat er sie Ihnen gezeigt?«

»Ja. An dem Tag, als er sie gekauft hat.«

»Haben Sie sie in die Hand genommen?«

»Ja.«

»Haben Sie je gesehen, wie er sie jemand anderem gezeigt hat?«

»Ja. Einmal Mr. Benson. Und ich glaube, er hat sie auch Mr. Glover gezeigt, als der ihn besuchte.«

»Und wer ist Mr. Glover?«

»Mr. Glover ist ein Geschäftsfreund von Mr. Garvey. Er war damals aus London zu Besuch.«

»Wissen Sie, warum Mr. Garvey Ihnen und all diesen anderen Männern die Waffe zeigte?«

»Warum?« Ward zuckte die Achseln. »Einfach so, weil er eben Lust dazu hatte, nehme ich an.«

»Sie mußten ihn nicht darum bitten?«

»Nein.«

»Können Sie mir irgendeinen Grund nennen, warum er sie nicht auch Miss Ashley hätte zeigen können, genau wie allen anderen Leuten auch?«

»Nein. Nicht, daß ich wüßte.«

Aus dem Augenwinkel heraus beobachtete ich die Geschworenen. Manche machten sich Notizen. Alle schienen uns höchst aufmerksam zu folgen. Es war an der Zeit, erste Grundlagen zu schaffen. »Sie sagten, Sie hätten gehört, wie Miss Ashley Mr. Garvey zwei Wochen, bevor er ermordet wurde, anschrie, stimmt das?«

»Ja.«

»In dem Zeitraum zwischen dieser Auseinandersetzung und der Ermordung Mr. Garveys, wurden Sie da Zeuge, wie jemand anderes Mr. Garvey anschrie?«

»Ja«, entgegnete Ward.

Ein paar Meter weiter erstarrte Rogavins Gesicht zu einer

Maske. Das war neu für ihn, und dafür würde irgendein armer Polizist teuer bezahlen müssen, soviel stand fest.

Ich zeigte auf die Geschworenen. »Mr. Ward, würden Sie den Damen und Herren Geschworenen bitte erzählen, was Sie beobachtet haben?«

»Ja.« Er sah zu den Geschworenen hinüber, die ihre Stifte gezückt hielten. »Am Mittwoch, ein Tag vor Halloween, kehrten meine Frau und ich gerade vom Supermarkt zurück. Mittwochs ist bei uns immer Großeinkauf. Wir waren noch zwei Häuser weit entfernt, als ein Mann Mr. Garveys Haus verließ. Er trat auf den Bürgersteig und wandte sich dann wieder zur Haustür um. Er bewegte seinen Kopf und drohte jemandem im Haus, den ich nicht sehen konnte, mit dem Zeigefinger. Er schien sehr aufgebracht.«

»Einspruch!« sagte Rogavin schnell. »Der Zeuge gibt sich Spekulationen hin.«

»Stattgegeben«, entschied Warner.

»Mr. Ward«, sagte ich, »konnten Sie irgend etwas hören?«

»Seine Stimme war bis dort, wo wir standen, zu hören, aber ich konnte nicht verstehen, was er sagte. Dafür waren wir zu weit weg.«

»Was geschah als nächstes?«

»Der Mann wandte sich um, um die Treppe hinunterzugehen. Auf der Treppenstufe stand ein Kürbis.« Ward hatte sich instinktiv zu mir gewandt, um diese Zusatzfrage zu beantworten, aber dann drehte er sich wieder zu den Geschworenen um und verkündete:

»Ich schnitze immer einen Kürbis für Halloween.« Mittlerweile hing jeder im Gerichtssaal an seinen Lippen.

»Fahren Sie fort. Erzählen Sie den Geschworenen, was geschah.«

»Nun, plötzlich holt dieser Mann aus und kickt den Kürbis von der Treppe direkt über den Bürgersteig auf die Straße. Eine Riesensauerei, das Ganze. Dann geht er die Treppe hinunter und steigt in einen gelben Wagen, einen Rolls-Royce. Er fuhr sehr schnell davon.«

»Ist Ihnen an dem Wagen irgend etwas Ungewöhnliches aufgefallen?«

»Ja. Das Lenkrad war auf der anderen Seite.«

»Sie meinen dort, wo normalerweise der Beifahrer sitzt?«

»Ja. Es war ein englischer Wagen. Er fuhr direkt an uns vorbei, und ich konnte ihn genau erkennen.«

Alle Geschworenen machten sich Notizen, genau wie die Presse. Die meisten im Gerichtssaal wußten bereits, wer diesen Wagen fuhr, und das hatten wir denselben Journalisten zu verdanken, die Ashley und mir das Leben zur Hölle machten.

»Hatten Sie diesen Mann schon einmal gesehen, Mr. Ward?« fragte ich.

»Nein.«

»Haben Sie ihn ein weiteres Mal gesehen?«

»Nicht persönlich. Aber ich habe sein Bild in der Zeitung und im Fernsehen gesehen.«

»Sind Sie sicher, daß es derselbe Mann ist?«

»Absolut sicher.«

»Haben die Zeitungen und das Fernsehen auch seinen Namen gebracht?«

»Sherman Burroughs.«

An diesem Punkt hörte ich auf.

»Mr. Rogavin? Wollen Sie direkt dazu Stellung nehmen?« fragte Warner.

Ich fand nicht, daß ihm Wards Geschichte die Möglichkeit bot, irgendwo einzuhaken. Dazu war sie viel zu schlicht und zu sachlich. Aber Rogavin demonstrierte, warum er eine so hohe Anerkennung genoß. »Mr. Ward, Sie haben ausgesagt, Sie hätten diesen Mann nach dem Tag auf den Treppenstufen nie mehr wieder gesehen, aber Sie sind sich sicher, daß es Sherman Burroughs war?«

»Ja.«

»Sind Sie sich da ganz sicher?«

»Ja, ganz sicher.«

»Wie weit standen Sie von diesem Mann entfernt, als Sie ihn das erste Mal gesehen haben?«

Ward lehnte sich zurück und überlegte eine Weile. »Nun wir waren zwei Häuser weit weg. Ich würde sagen, ungefähr dreißig Meter oder so. Als er dann später an uns vorbeifuhr, standen wir auf dem Bürgersteig. Ich würde sagen, zu diesem Zeitpunkt waren wir noch zehn Meter weit voneinander entfernt, mehr nicht.«

»Und er saß in einem Auto, das sehr schnell fuhr?«

»Ja, das stimmt.«

»Und wie lange konnten Sie ihn dann aus dieser Entfernung von zehn Metern sehen, was meinen Sie?«

»Nur eine Sekunde oder zwei, aber lang genug.«

»Lang genug, um sicher zu sein, als Sie sein Bild im Fernsehen sahen?«

»Ja.«

Rogavin nickte mit dem Kopf. Er hatte einstecken müssen, aber jetzt hatte er wieder festen Boden unter den Füßen und wehrte sich nach Leibeskräften. »Nun, Mr. Ward, so wie ich Ihre Zeugenaussage verstehe, können Sie einen Wildfremden auf eine Distanz von zehn Metern ein oder zwei Sekunden lang betrachten, während dieser in einem schnell vorbeifahrenden Auto sitzt, und ihn dann mit absoluter Sicherheit identifizieren, und zwar zwei Wochen später, rein anhand eines Bildes, das Sie im Fernsehen gesehen haben. Stimmt das?«

Ward nickte feierlich. »Ja, absolut. Ich bin mir da hundertprozentig sicher.«

Rogavin lächelte. »Das glaube ich Ihnen gern. Vielen Dank, Sir. Wir *alle* wissen Ihre Zeugenaussage sehr zu schätzen.«

Ward wurde wieder entlassen. Rogavins Gang war auffällig federnd, als er wieder zu seinem Stuhl zurückkehrte. Nachdem er sich mit seinen Helfern beratschlagt hatte, bat er um eine Nebenfrage. Wir steckten mit Warner die Köpfe zusammen, und Rogavin verkündete, er rufe Mrs. Ward nicht in den Zeugenstand. Statt dessen sei Miles Kellogg sein nächster Zeuge. Warner nahm an, diese Zeugenaussage würde reichlich Zeit beanspruchen, und entschloß sich, die Verhandlung für eine Mittagspause zu unterbrechen. Ein paar Minuten später saßen wir wieder im Raum der Verteidigung und ließen die Sandwiches und die Getränke herumgehen, die man uns aus der Kanzlei geschickt hatte. Jeder von uns war viel zu angespannt, um Small talk zu machen.

»Gibt es nach der Mittagspause irgendwelche Probleme mit der Sitzordnung?« fragte ich Walter.

»Nö«, sagte er und kaute auf seinem Geflügelsalat herum. »Die Eintrittskarten, die heute ausgegeben wurden, gelten für den ganzen Tag. Mal ganz davon abgesehen, daß hier niemand wegkommt. Wir sind umzingelt.«

»Laß uns alles noch ein letztes Mal durchgehen«, sagte ich und blickte in die Runde. »Wenn alles nach Plan läuft, verhaltet ihr euch wie besprochen. Verzieht keine Miene und behaltet den Zeugen im Auge oder aber starrt auf den Tisch vor euch. Egal, was ihr tut, dreht euch nicht zu den Zuschauern um, zu keinem Zeitpunkt an diesem Nachmittag.«

Noch dreißig Minuten. Ich hatte das unwiderstehliche Bedürfnis, draußen einen Spaziergang zu machen, aber dort warteten die Kameras. Was für eine schöne Überleitung zu den Abendnachrichten: *Entgegen der Behauptung, er und seine Mandantin hätten eine Affäre, strich Frank O'Connell während der Mittagspause allein um das Gerichtsgebäude.* Das würde man zu Hause in Bethesda nur allzu gern hören. Ich nahm neben Ashley Platz. »Wie geht es dir?« fragte ich.

»Frag mich in ein paar Stunden noch mal«, sagte sie leise. »Ich weiß nicht, wie du das machst – da draußen nachdenken, planen, dich duellieren. Für mich sieht das unglaublich anstrengend aus.«

»Das ist es auch, und zwar für uns beide. Gerate bitte nicht ins Grübeln über das, was passieren wird, wenn du mal kurz zum Luftholen kommst.«

»In Ordnung, Themenwechsel. Haben dir die Geschichten über uns in irgendeiner Weise Probleme gemacht?«

»Ich bin nicht mehr verheiratet, schon vergessen?«

»Das ist keine Antwort auf meine Frage.«

»Keine Antwort? *Ich* bin der Anwalt, vergiß das nicht.«

»Genau. Das Vertrauensverhältnis. Das bedeutet, du mußt mir gegenüber ehrlich sein, stimmt's? Keine Lügen, niemals.«

»Nur gegen Honorar.«

»Oh, ich muß also *bezahlen,* um die Wahrheit herauszufinden, ja?«

»Das sieht das Standesrecht so vor. Trotzdem, nur zu, du hast noch was gut. Frag mich einfach irgendwas.«

»Das spar ich mir für später auf.«

Es klopfte an der Tür. Dan White kam herein und sagte zu Walter: »Wir sind soweit.«

18

»Nennen Sie bitte Ihren Namen für das Protokoll.«

»Miles Patrick Kellogg.« Er blickte den Gerichtsreporter an und buchstabierte: »K-e-l-l-o-g-g.«

Rogavins Kronzeuge sah aus, als sei er einem Ehemaligentreffen von Yale oder Harvard entsprungen: gerade Nase, markantes Kinn, ergrautes Haar, mehr nach hinten als zur Seite gekämmt, und mit diesem angeborenen, durch nichts zu erschütternden Selbstvertrauen, das es ihm erlaubt hätte, sich mitten im Gerichtssaal vor allen Anzugträgern seines Blazers und seiner grauen Flanellhose zu entledigen.

»Mr. Kellogg, wo wohnen Sie?«

»Drei-null-acht-sieben Avon Street, Nordwesten, Washington, District of Columbia.«

Sie hielten sich einige Minuten mit seinem Familienstand und seiner Ausbildung auf und kamen dann zur Sache. »Mr. Kellogg, welchen Beruf üben Sie aus?« fragte Rogavin.

»Ich bin in Pension.«

»Was taten Sie, bevor Sie in Pension gingen?«

»Ich war bei der *Central Intelligence Agency* beschäftigt«, entgegnete er.

Beschäftigt? Ich warf einen verstohlenen Blick auf die Geschworenen. Niemanden schien das zu stören, nicht einmal die jüngeren, die eher arbeitslos denn beschäftigt waren. Wenn überhaupt, sahen sie irgendwie beeindruckt aus. Ich spürte, wie meine Achseln feucht wurden.

Rogavin sah ebenfalls beeindruckt aus, auch wenn er nur so tat, als ob.

»Können Sie uns sagen, womit genau Sie bei der CIA betraut waren?« fragte er.

»Ich fürchte, nein.«

Der Staatsanwalt tat gespielt überrascht. »Sie können mir diese Frage nicht beantworten?«

Kellogg sah zu Warner hoch. »Es tut mir leid, Euer Ehren, aber ich bin nicht befugt, näher auf meine Tätigkeit einzugehen.«

Warner nickte anerkennend. »Können Sie uns denn nur ganz allgemein etwas dazu sagen?«

Kellogg kräuselte die Lippen, dachte über das Ansinnen nach und brachte dann vor: »Ich war in dieser Funktion an mehreren Posten auf der ganzen Welt im Einsatz. Was ich tat, bleibt aus Gründen der nationalen Sicherheit geheim.«

Da zogen sie nun das ganze James-Bond-Ding ab, und wir konnten nichts dagegen tun. Ich sah zu Walter hinüber, der seine Faust auf und nieder sausen ließ.

»Nun, können Sie uns sagen, auf wieviel Jahre Vor-Ort-Erfahrung Sie zurückblicken können?«

»Auf ungefähr fünfundzwanzig Jahre.«

»Haben Sie für Ihre Einsätze in Übersee irgendeine Spezialausbildung absolvieren müssen?«

»Ja.«

»Können Sie uns irgend etwas über diese Ausbildung erzählen?«

»Eigentlich nicht. Sie setzte sich aus vielerlei zusammen.«

»Inklusive spezieller Fähigkeiten, die Sie vor Ort benötigten?«

In den hinteren Reihen sah ein Geschworener wissend seinen Nachbarn an.

»Wie lange hat diese Ausbildung gedauert?«

»Jahrelang. Sie ging eigentlich nie zu Ende.«

»Verlangt man von Ihnen auch, daß Sie Observationen vornehmen?«

»Ja, man wird dazu ausgebildet, ein guter Beobachter zu sein, das gehört zum Job und dient nicht zuletzt dem eigenen ... Schutz.«

Rogavin vorn am Pult erfreute sich nach wie vor größter Aufmerksamkeit. Er wollte aller Augen auf Kellogg gerichtet sehen. »Ich möchte jetzt auf einen Freitag abend, auf den ersten November letzten Jahres, zu sprechen kommen. Können Sie sich noch erinnern, wo Sie damals waren und was Sie an jenem Abend taten?«

»Ja. Ich aß daheim zu Abend und ging dann ins Kino.«

»Wohin?«

»Ins Biograph-Kino in Georgetown. In die Vorstellung um Viertel nach acht.«

»Wissen Sie noch, wie das Wetter damals war?«

»Ich erinnere mich, daß es regnete und daß es ziemlich kalt war. Ich weiß noch, daß ich meinen Regenmantel anhatte und einen Schirm trug.«

»Wann war die Vorstellung zu Ende?«

»So gegen zehn Uhr, glaube ich.«

»Was taten Sie nach dem Kino?«

»Ich ging nach Hause.«

»Bei strömendem Regen?«

»Ja. Ich mag es, wenn es regnet, und ich gehe gern spazieren.«

Während der Mittagspause hatte man eine Leinwand neben dem Zeugenstand aufgebaut. Ein Projektor war mit einem Computer verbunden, der auf dem Tisch der Staatsanwaltschaft stand. Auf ein Stichwort hin erschien ein vergrößerter Ausschnitt des Stadtplans von Georgetown auf der Leinwand. Kellogg beantwortete die Fragen und benutzte genau wie Rogavin einen Laserpointer und zeigte den Geschworenen den verschlungenen Weg, den er vom Kino nach Hause genommen hatte. Als er in seiner Erzählung bei Garveys Haus angelangt war, wurde der Plan von einer schematischen Zeichnung abgelöst, welche die Straße und ihre Häuser darstellte, eines davon war rot. Er führte die Geschworenen die Straße hinunter und verharrte an einem Punkt, der dem roten Haus gegenüberlag.

»Wissen Sie, um wieviel Uhr genau Sie sich dort befanden?« fragte Rogavin.

»Zwischen Viertel nach zehn und zwanzig nach zehn«, entgegnete Kellogg.

Einer von Rogavins Hilfskräften drückte auf ein paar Tasten, und ein vergrößerter Ausschnitt desselben Bildes erschien. Nun wurde die Leinwand fast völlig von dem roten Haus und der

Lampe davor ausgefüllt. Der Buchstabe K markierte den Punkt, von dem aus Kellogg aufgebrochen war.

»Würden Sie den Geschworenen beschreiben, was danach geschah?«

Kellogg starrte auf die Leinwand und führte sich noch einmal alles vor Augen. An der Seite, die am weitesten vom Zeugenstand entfernt war, beugten sich die Geschworenen nach vorn, damit ihnen auch ja nichts entging. »Ich überquerte die Straße leicht diagonal, so daß ich mich auf dem Bordstein vor diesem Haus befand.« Sein Laserpointer fuhr seine Schritte nach, und ein neues K ersetzte das alte. »Vor dem Haus stand eine Lampe, die brannte, genau hier.« Ein L erschien auf der Skizze. »Als ich den Bordstein erreichte, erregte irgend etwas meine Aufmerksamkeit. Ich sah nach links, dann nach rechts ... hier –« er zeigte auf die Stelle, und ein X erschien – »und ich sah eine Frau auf dem Rasen stehen, direkt neben dem Bürgersteig.«

»Wie weit waren Sie von ihr entfernt?«

»Nicht mehr als sechs Meter.«

Rogavin verließ das Pult und baute sich in etwa sechs Metern Entfernung vor Kellogg auf. »So weit ungefähr?«

»Weiter nicht.«

»Können Sie den Geschworenen diese Frau beschreiben?«

Kellogg drehte sich in Richtung Geschworenenbank um. »Sie schien mir um die dreißig zu sein, größer als der Durchschnitt, sie trug einen dunklen Trenchcoat sowie einen Hut mit Krempe. Wegen dem Trenchcoat ist das schwer zu beurteilen, aber sie wirkte schlank, auf keinen Fall war sie übergewichtig.«

»Konnten Sie ihr Gesicht erkennen?«

»Ja, sehr gut. Es wurde durch das Licht der Lampe erhellt. Sie war sehr attraktiv, ein Gesicht, das man so schnell nicht vergißt.« Wie auf einen Reflex hin sahen alle Geschworenen zu Ashley hinüber. Das war unumstritten.

»Was geschah als nächstes?«

»Sie sah den Bürgersteig entlang, erst in die eine, dann in die andere Richtung, schien mich aber nicht zu bemerken, vielleicht weil ich zwischen den parkenden Autos stand.«

Rogavin hielt eine Stoppuhr in die Höhe. »Mr. Kellogg, mit Erlaubnis des Gerichts würde ich gern vorführen, wie lange Sie die Frau, die Sie an jenem Abend sahen, betrachtet haben. Ab dem Moment, an dem ich ›Los!‹ sage, möchte ich, daß Sie mich ansehen, so wie damals diese Frau. Wenn Sie mich dann so lange betrachtet haben, wie Sie es Ihrer Einschätzung nach damals getan haben, dann sagen Sie bitte ›Stop‹.«

Warner wies ihn an, fortzufahren. Einige der Geschworenen sahen auf ihre Armbanduhren, und ich drehte meine so, daß ich sie im Auge behalten konnte. Kellogg schien Rogavin eine Ewigkeit anzustarren, bevor er sagte: »Stop«. Dreiundzwanzig Sekunden waren vergangen.

Rogavin kehrte zum Pult zurück und blätterte um. Diesmal hatte er sich wirklich Stichpunkte gemacht, damit er auch ja nichts vergaß. »Was geschah danach?«

»Die Frau trat auf den Bürgersteig und ging schnell in westlicher Richtung davon. Ich lief nach Osten weiter, nach Hause.« Die Leinwand war leer.

»Mußten Sie zu diesem Zeitpunkt annehmen, daß in jenem Haus ein Verbrechen begangen worden war?«

»Nein.«

»Wann haben Sie das erste Mal erfahren, was Raymond Garvey zugestoßen ist?«

»Nicht vor dem darauffolgenden Dienstag.« Kellogg erzählte den Geschworenen die Geschichte, wie er auf seine Hütte gefahren war, völlig von der Außenwelt abgeschnitten, bis er nach Washington zurückkehrte, wo er sich dann die Fernsehnachrichten angesehen hatte. »Der Fernseher lief, aber ich hatte den Ton leise gedreht«, erklärte er. »Gegen elf ging ich in die Küche, um mir was zu essen zu machen. Ein paar Minuten später lief ich zufällig an der Tür zum Wohnzimmer vorbei. Ich warf einen flüchtigen Blick auf den Fernseher, wo auf Kanal Neun gerade die Nachrichten liefen. Ich konnte nicht hören, was der Nachrichtensprecher sagte, aber oben rechts im Bild war ein Foto zu sehen. Es zeigte dieselbe Frau, die ich vor jenem Haus gesehen hatte. Das Bild verschwand gleich darauf, aber ich schaltete um zu den Nachrichten eines anderen Senders und erfuhr, daß die Frau Ashley Bronson hieß.«

Bis zu diesem Zeitpunkt hatte Kellogg nicht zu dem Teil des Gerichtssaals hinübergesehen, wo wir saßen. Rogavin zeigte ihm ein Standbild von dem Kanal-Neun-Video. Man sah den Nachrichtensprecher und hinter ihm eingeblendet Ashleys Bild. Kellogg bestätigte, was er sah, und danach wurde das Bild an die Geschworenen weitergereicht, damit diese es mit dem echten Beitrag vergleichen konnten. Das Foto war frontal aufgenommen und von guter Qualität. Wen es zeigte, darüber bestand nicht der geringste Zweifel.

Rogavin war bei seiner Enthüllung angelangt. »Wenn Sie das Bild jetzt bitte einmal beiseite legen wollen, sehen Sie dann die Frau, die Sie damals vor Mr. Garveys Haus beobachten konnten, hier und heute im Gerichtssaal?«

Sofort sah Kellogg zum Tisch der Verteidigung hinüber und zeigte auf uns. »Ja, sie sitzt an dem Tisch dort und trägt ein blaues Kostüm. Das ist die Frau, die ich gesehen habe.«

»Sind Sie sich sicher, Sir?«

Kellogg sah Rogavin einen Moment an, so als überrasche ihn die Frage. Dann antwortete er: »Ich hege keinerlei Zweifel, daß die Frau, die dort drüben sitzt, und die Frau, die ich beobachtet habe, ein und dieselbe Person sind. Es war Ashley Bronson, die in jener Nacht auf dem Rasen stand.«

»Und was taten Sie danach?«

»Ich rief sofort bei der Polizei an.«

Rogavin nickte feierlich. »Vielen Dank, Mr. Kellogg. Keine weiteren Fragen.« Dann wandte er sich mir zu und sagte großzügig: »Der Zeuge gehört Ihnen, Verteidiger.«

Ich legte meine Notizen auf das Pult. Ich hörte es um mich herum rascheln. Nachdem die Zuschauer und Geschworenen eine Dreiviertelstunde lang zur Unbeweglichkeit verdammt waren, rührten sie sich, um eine bequemere Position einzunehmen. Plötzlich tauchte Andy neben mir auf. Er legte eine Nachricht vor mich hin, unverkennbar Walters Gekritzel: »*Er war nicht da.*« Ich sah zu Walter hinüber, der möglichst unauffällig nickte, und dann wieder zu dem wartenden Kellogg. Es gab keinen Augenzeugen. Egal, wer es gewesen war, der Ashley dabei beobachtet hatte, wie sie den Mord beging, er benutzte einen Strohmann, doch was immer das bedeuten mochte, hier am Pult würde ich es nicht herausbekommen. Mein Herz raste. Ich atmete ein paarmal tief durch und versuchte, einen klaren Gedanken zu fassen. Immer schön der Reihe nach.

»Mr. Kellogg, wie ich verstanden habe, wurden Sie dazu ausgebildet, Observationen vorzunehmen?«

»Ja.«

»Ich möchte gern wissen, wie so etwas aussieht. Hat sich Ihre Sehschärfe bei dieser Art Ausbildung verbessert?«

»Nein.«

»Ja« und »Nein«. Rogavin hielt ihn ganz schön an der kurzen Leine. »Können Sie im Dunkeln besser sehen als andere Menschen?«

»Nein.«

»Bis auf die Tatsache, daß Sie in der Lage sind, jemanden zu identifizieren, den Sie in einer dunklen Straße gesehen haben, verfügen Sie nicht über Fähigkeiten, die über die eines normalen Menschen hinausgehen, stimmt das?« Darauf würde er nicht mit ja oder nein antworten.

»Achtsam zu sein ist keine Frage besonderer Sehschärfe«, erklärte er, »sondern hat vielmehr etwas mit Konzentration – wenn man so will mit ihrer richtigen *Anwendung* – zu tun. Meine Beobachtungsgabe wurde geschult. Viele Menschen sehen, ohne jedoch wirklich zu sehen, weil sie sich gar nicht die Mühe machen.«

»Können Sie diese Beobachtungsgabe auf Kommando ein- und wieder ausschalten?«

Er schüttelte den Kopf. »Nein. Wurde man erst einmal dazu ausgebildet und verfügt über eine gewisse Praxis, geht sie einem gewissermaßen in Fleisch und Blut über. Man geht draußen auf der Straße an jemandem vorbei und denkt automatisch: ›Siebenundzwanzig, eins fünfundsiebzig groß, Bartträger.‹ Wie ich schon sagte, reine Konzentration.«

»Wenn ich Sie recht verstehe, besteht Ihre Ausbildung also darin, sich das, was Sie sehen, bewußt zu machen, stimmt das?«

Er nickte. »Wenn Sie so wollen, kann man das so ausdrücken, ja.«

»Doch was das reine Sehen angeht, stimmt es dann nicht, daß Sie trotz Ihrer jahrelangen Ausbildung über keine höhere Sehschärfe verfügen als jeder normale Mensch auch« – ich schritt auf die Geschworenen zu –, »als diese Geschworenen hier, zum Beispiel, um die Gesichtszüge einer Person in einer dunklen Straße zu erkennen?«

»Ich wurde dazu ausgebildet, ein besserer Beobachter zu sein.«

»Ich verstehe Ihre Antwort nicht ganz. Geben Sie zu, daß es Ihnen aufgrund Ihrer Ausbildung nicht möglich ist, die Gesichtszüge einer Person in einer dunklen Straße besser zu erkennen als jeder andere auch?«

»Ja«, sagte er gereizt. Doch noch während wir uns gegenseitig musterten, gelang es ihm, sich innerhalb weniger Sekunden wieder zusammenzureißen. Das ganze Leben dieses Mannes drehte sich nur darum, Hindernisse zu überwinden, ein Ziel zu erreichen. Da würde er sich nicht von ein paar Stimmungsschwankungen aus der Ruhe bringen lassen.

»Mr. Kellogg, lassen Sie uns auf die Nacht zurückkommen, in der Mr. Garvey ermordet wurde. Es regnete stark an diesem Abend?«

»Das ist korrekt.«

»Es waren weder Mond noch Sterne am Himmel, so daß man etwas hätte erkennen können?«

»Nein.«

»Bei der Straße handelt es sich um eine Allee?«

»Ja.«

»Und diese Bäume trugen Anfang November immer noch Laub, das einen Lichteinfall von oben ebenfalls gedämpft hätte, stimmt das?«

»Das stimmt.«

»Haben Sie einen Schirm benutzt?«

»Ja.«

»Direkt neben dem Anwesen Garveys gibt es keine Straßenlaterne, oder?«

Er sah einen Moment zur Decke hoch und dachte nach. »Nein, soweit ich mich erinnern kann, ist die nächste Straßenlaterne mehr als dreißig Meter weit weg.«

»Das bedeutet also, daß Sie weder Mondlicht noch Sterne noch sonst irgendein Licht zur Verfügung hatten, das Ihre Nachtsicht verbessert hätte, stimmt das?«

Er schüttelte den Kopf. »Dem kann ich nicht zustimmen, denn ich brauchte keine Taschenlampe, um draußen spazierenzugehen. Ich konnte die Straße und auch andere Merkmale klar erkennen, als ich vorüberging, und so nehme ich an, daß es irgendeine Art Licht gab, vielleicht rührte es von den Häusern her oder von der Reflexion der tief hängenden Wolken. Ich kann Ihnen versichern, daß ich weder gegen einen Baum noch vor ein Verkehrsschild gelaufen bin, und ich hatte keine Taschenlampe dabei.«

»Nun, da war genug Licht, um spazierenzugehen, aber nicht genug, um das Gesicht von jemandem zu erkennen, der sich mehr als sieben Meter weit entfernt befindet, oder etwa nicht?«

»Das stimmt«, pflichtete er mir bei. »Es war die Lampe, die es mir ermöglichte, sie zu sehen.« Er zeigte in Richtung Ashley, als er »sie« sagte.

»Dann lassen Sie uns auf diese Lampe zu sprechen kommen.« Ich ging zum Tisch der Verteidigung und holte mir einen Polizeibericht und eine Tüte. »Welche Art Lichtquelle hatte die Lampe?«

»Eine einfache Glühbirne, glaube ich.«

Ich sah in den Polizeibericht und fragte: »Angenommen, die Polizei hat festgestellt, es handelt sich nur um eine Sechzig-Watt-Birne, würden Sie dem widersprechen?«

»Nein.«

Ich nahm die Tüte mit zu der Geschworenenbank, entnahm ihr eine Glühbirne und hielt sie in die Höhe. Die Geschworenen starrten darauf, als ich sie als Beweismittel einführte: »Eine Sechzig-Watt-Glühbirne.«

»Möchten Sie das als Beweismittel vorlegen, Mr. O'Connell?« fragte Warner.

»Ja, Euer Ehren.« Die Glühbirne wurde von einem Gerichtsdiener etikettiert und mir wieder ausgehändigt. Ich reichte sie betont auffällig an Rogavin weiter, damit er sie begutachten konnte. Dann legte ich sie auf das Geländer des Zeugenstands, so daß sowohl die Geschworenen als auch Kellogg sie beide gleich gut sehen konnten. »Mr. Kellogg, Sie sagten, Sie seien auf dem Weg vom Kino nach Hause gewesen?«

»Das stimmt.«

»Gehen Sie häufig ins Kino?«

»Ziemlich häufig. Ich mag die alten Klassiker, die sie im *Biograph* zeigen.«

»Was haben Sie sich an jenem Abend angesehen?«

»*Der Fremde im Zug*. Ein Krimi von Alfred Hitchcock von 1951.«

»Ich kann mich daran erinnern. Ein Mordfall, hab ich recht?«

»Ja, das stimmt.«

»Muß man bis zum Ende bleiben, um zu erfahren, wie er ausgeht?«

»Mr. O'Connell!« mahnte mich Warner.

»Entschuldigen Sie, Euer Ehren. Mr. Kellogg, gibt es irgendwelche Außenaufnahmen in diesem Film, Szenen, die sich bei grellem Tageslicht abspielen?«

»Ja, natürlich. Einige.«

»Ich möchte Sie jetzt etwas fragen als jemand, der oft ins Kino geht. Stimmen Sie mit mir darin überein, daß es bei einer dieser Außenszenen im Kino sehr viel heller ist als bei einem Licht, das von einer Sechzig-Watt-Glühbirne stammt?«

»Ich bin mir nicht sicher, ob ich Sie richtig verstanden habe. Sie meinen das Licht, das von der Leinwand herrührt?«

»Genau das meine ich.«

Kellogg wußte nicht recht, worauf ich hinauswollte. Er war nicht dabeigewesen, als sich das Bronson-Team mit einer Alternative zu einer riskanten Gegenüberstellung vor Ort oder im Gerichtssaal herumschlug, an der Ashley und die Lampe beteiligt waren. Was wir brauchten, war eine allgemeingültige Erfahrung, ein Licht, bei dem die Menschen Schwierigkeiten haben, jemanden zu identifizieren, und Ashley selbst hatte das Kinobeispiel angeführt. Ich war begeistert davon, weil es so gut paßte, aber das

Beste daran war, daß das Bild, das die Leute von einem Kinosaal haben, nicht dem einer hell erleuchteten Leinwand entspricht. Kinosäle sind dunkle Orte, an denen man sich anonym vergnügt, mit der ersten großen Liebe herumknutscht oder sich zu seinem Sitz vortastet.

Kellogg starrte auf die Glühbirne und warf dann einen verstohlenen Blick auf Rogavin. Dann antwortete er: »Ich stimme mit Ihnen dahingehend überein, vorausgesetzt, auf der Leinwand wird eine Szene gezeigt, die bei grellem Tageslicht spielt, dann ist das Licht, das von einer Kinoleinwand herrührt, stärker als das einer Sechzig-Watt-Glühbirne, jawohl.«

»Sie sagten, die Frau die Sie beobachtet haben, sei sieben Meter weit von Ihnen entfernt gewesen und habe einen Trenchcoat und einen Hut getragen, stimmt das?«

»Ja.«

Ich griff noch einmal in die Tüte und holte ein Maßband heraus. An der Geschworenenbank maß ich sieben Meter ab, das war fast so lang, wie die Bank, die acht Plätze faßte, breit war. Rogavin, der langsam nervös wurde, überprüfte die Distanz, bevor er sie absegnete. »Also«, fuhr ich fort, »angenommen, die Geschworenen wollten sich ein Bild von den Sichtverhältnissen machen, die Sie vorfanden, dann könnten sie sich doch vorstellen, in einem Kino zu sitzen und zu versuchen, jemanden zu erkennen, der am anderen Ende der Reihe sitzt und einen Hut trägt. Hab ich recht?«

»Nun«, entgegnete Kellogg und beugte sich vor, »nur wenn die Leinwand das Licht ausstrahlt, das Sie vorher beschrieben haben.«

»In Wahrheit hätte unser Geschworener Ihrer Aussage zufolge bei einer Leinwand, die so viel Licht ausstrahlt, noch viel *bessere* Sichtverhältnisse als Sie an jenem Abend, hab ich recht?«

Mein Vergleich gefiel ihm immer weniger. »Keine Ahnung«, entgegnete er.

»Das wissen Sie nicht? Haben Sie nicht gerade selbst gesagt, daß die Leinwand mehr Licht ausstrahlte als die Glühbirne?«

Rogavin hatte genug von meinem Vergleich. »Euer Ehren«, protestierte er, »dieser unsinnige Vergleich mit dem Kino ist viel zu vage, um hier überhaupt ins Gewicht zu fallen. Der Zeuge hat ausgesagt, es sei hell genug gewesen, draußen ohne Taschenlampe spazierenzugehen. Wie soll man die Situation in einem Kinosaal realistischerweise mit der vergleichen, die Mr. Kellogg an jenem Abend vorfand, draußen im Freien, beim Schein einer Lampe und bei zusätzlichem Licht? Das ist doch reine Spekulation. Ich beantrage, daß die Aussage aus dem Protokoll gestrichen wird und von den Geschworenen ignoriert werden soll.«

Warner sah mich prüfend an. »Mit Spekulation hat das hier rein gar nichts zu tun, Euer Ehren. Die Geschworenen sind an jenem Abend nicht dabeigewesen, und alles, was wir wollen, ist ihnen einen Vergleich an die Hand geben, damit sie sich ein Bild von der Aussage machen können. Der Zeuge hat selbst gesagt, daß es unter gegebenen Umständen heller war als beim Licht der Lampe. Die Verteidigung ist der Ansicht, daß die Geschworenen sehr wohl in der Lage sind, diesen Vergleich auf eine vernünftige Art und Weise in ihre Überlegungen mit einzubeziehen.«

Rogavins Einwand war zu kümmerlich und kam zu spät. Die Geschworenen würden nicht vergessen, was sie da eben gehört hatten. Und das wußte auch der Richter, und er hatte nicht vor, den Kurs zu ändern und vielleicht einen Verhandlungsfehler zu begehen. Rogavin hatte alles nur noch schlimmer gemacht, indem er der Verteidigung die Gelegenheit gegeben hatte, den Geschworenen ihr Vertrauen auszusprechen. »Einspruch nicht stattgegeben«, sagte Warner. »Doch was Kinosäle anbelangt, haben wir jetzt genug gehört. Fahren Sie fort.«

»Mr. Kellogg, trug die Frau Lippenstift?«

»Das weiß ich nicht.«

»War es nicht hell genug, um das zu erkennen?«

»Mir ist keinerlei Lippenstift aufgefallen. Vielleicht war es ein Naturton.«

»Welche Farbe hatte ihr Regenmantel?«

»Er hatte eine dunkle Farbe.«

»War er schwarz, blau, grün oder hatte er eine andere Farbe?«

»Das weiß ich nicht. Das konnte ich nicht erkennen.«

»Das heißt, es war so dunkel, daß sie keine Farben mehr unterscheiden konnten, stimmt das?«

Kellogg zuckte die Achseln. »Ich denke schon.«

»Und sie sahen ein Bild von derselben Frau im Fernsehen, vier Tage später, stimmt das?«

»Das stimmt. Es war ein und dieselbe Person.«

»Und zwischen Freitag und Dienstag abend haben Sie keinen Gedanken mehr an diese Frau verschwendet, oder?«

»Doch.« Ein feindlich gesinnter Zeuge widerspricht instinktiv.

»Also doch.« Ich runzelte die Stirn. »Vielleicht ein-, zweimal in vier Tagen?«

»Öfter, das kann ich Ihnen versichern«, antwortete er ruhig.

Ich wartete. Das nun folgende Schweigen brachte ihn aus dem Konzept, und er führte weiter aus: »Die Situation war irgendwie merkwürdig«, erklärte er und sah dabei die Geschworenen an. »Eine Frau, so ganz allein, im Regen, in der Dunkelheit ... so wie sie sich umsah und davoneilte ...« Er schüttelte den Kopf. »Ich habe zwischen Freitag und Dienstag abend ziemlich viel an sie gedacht.«

»Sie hatten das Bild dieser Frau also immer noch im Kopf, als Sie nach Washington zurückkehrten?«

Jetzt war er sich seiner wieder sicher und zögerte keine Sekunde. »Ja. Das kann ich nur bestätigen.«

Ich nahm das Beweisstück vom Tisch des Gerichtsdieners und zeigte es ihm aus einer Entfernung von etwa einem Meter. »Das Bild zeigt Stewart Campbell, den Nachrichtensprecher eines regionalen Senders, der in die Kamera schaut, dahinter oben rechts im Bild ein Foto von Ashley, hab ich recht?«

Er würdigte es kaum eines Blickes, bevor er antwortete, »Genau.«

»Und hat dieses Foto ungefähr dieselbe Größe wie Ihr Fernsehbildschirm?«

»Ja.«

»Wie weit waren Sie vom Fernsehschirm entfernt, als Sie dieses Bild sahen?« Ich hielt es erneut in die Höhe, nur einen knappen Meter von seinem Gesicht entfernt.

»Ich glaube, die Polizei hat das ausgemessen: fünf Meter fünfzig.«

Ich zog mein Maßband hervor und maß vom Zeugenstand aus

fünf Meter fünfzig ab, genauso weit wie bis zum Pult. Ich baute mich dort auf, und hielt das Bild ein weiteres Mal in die Höhe. »Mr. Kellogg, als Sie damals einen flüchtigen Blick auf den Bildschirm warfen, da war Ihnen diese Frau immer noch präsent, hab ich recht?«

Er blinzelte. Plötzlich war er alarmiert und zögerte den Bruchteil einer Sekunde zu lang. »Ich weiß nicht, woran ich in diesem Moment genau gedacht habe«, antwortete er mißtrauisch.

»Nun, es ist eine Tatsache, daß Sie mehrere Tage lang das Bild einer Frau im Kopf hatten, und siehe da« – ich hielt das Beweismittel erneut in die Höhe –, »Sie werfen einen flüchtigen Blick auf den Fernseher, und schon taucht in den Abendnachrichten ein Bild von ihr auf, hab ich recht?«

»Wenn man so will, ja.«

»Und dann zählten Sie zwei und zwei zusammen und stellten eine Assoziation her zwischen dem Bild, das Sie sich eingeprägt hatten, und zwischen dem auf dem Fernsehschirm.«

Kellogg schüttelte den Kopf, noch bevor ich meinen Satz beendet hatte. »Nein, das stimmt nicht.«

»Hier geht es überhaupt nicht um die Fähigkeit, jemanden zu beobachten, hab ich recht?« spottete ich. »Hier geht es darum, voreilige Schlüsse zu ziehen!«

»Nein!« Und wieder lehnte sich Kellogg vor. »Das stimmt so nicht!«

»Mr. Kellogg, sollen wir glauben, daß Sie eine Frau beobachtet haben, bei Lichtverhältnissen, die schlechter sind, als wir sie von einem Kinosaal her gewohnt sind, und dann, *vier Tage später*, auf einem *Fernsehschirm, der sich in fünf Metern Entfernung befindet*, identifizieren Sie sie« – ich streckte ihm das Beweismittel entgegen – » als *diese* Frau?«

Kellogg zeigte auf das Bild und sagte mit Nachdruck, »Und wenn ich es Ihnen doch sage, *das* ist die Frau, die ich vor dem Haus gesehen habe!«

Ich brachte das Bild dem Gerichtsdiener. »Euer Ehren, dürfen wir dieses Beweismittel als Beweisstück Nummer eins der Verteidigung kennzeichnen lassen?«

Rogavin erhob sich. »Vorsitzender, das Bild wurde bereits gekennzeichnet, und zwar als Beweisstück Nummer dreiundzwanzig der Staatsanwaltschaft.«

»Nicht dieses Bild«, entgegnete ich.

Der Gerichtsdiener versah das Foto mit einem Aufkleber – unsere bearbeitete Version des Bildes, das der Verteidigung vorgelegt worden war. Ich reichte es Rogavin, der einen hochroten Kopf bekam, als er es betrachtete. Er sprang auf. »Euer Ehren! Ich erhebe Einspruch gegen die Zulassung dieses Beweisstücks!«

Warner verlangte eine prozeßleitende Klärung. Das Beweisstück wurde ihm zur näheren Betrachtung gereicht. Wir warteten ungeduldig auf das, was nun folgen sollte. »Ist dieses Beweisstück eine modifizierte Version des Beweisstücks der Staatsanwaltschaft?« fragte er.

»Ja, Euer Ehren.«

Rogavin sprang ein. »Euer Ehren, das Bild wurde dem Zeugen vorgelegt, bevor wir es überhaupt markieren und identifizieren konnten. Ein völlig unlauteres Vorgehen!«

Warner verzog das Gesicht. »Was ist damit, Mr. O'Connell?«

»Euer Ehren, diese Demonstration beweist nur, daß Mr. Kellogg an jenem Abend eventuell vorschnelle Schlüsse gezogen hat, und hätten wir das Bild vorher markieren und identifizieren lassen, wäre uns diese Demonstration nie gelungen. Das hätte den Zeugen nämlich mißtrauisch gemacht. Was hier einzig und allein zählt, ist, daß das Bild nicht den Geschworenen als Beweisstück vorgelegt wurde, bevor es als solches zugelassen wurde – und es sollte auf jeden Fall zugelassen werden.«

»Das hätten wir schon lange vorher arrangieren können, noch vor Ihrem Kreuzverhör«, sagte Warner. »Ich hätte Mr. Rogavin angewiesen, kein Wort über Ihr Vorhaben zu verlieren, und wir hätten uns all das ersparen können.«

»Euer Ehren, das hätte ich ja gern getan, aber das Gericht weiß sehr wohl, daß Mr. Rogavin und *jeder andere* Prozeßbevollmächtigte auch, der gewußt hätte, was ich vorhabe, Einspruch gegen das erhoben hätte, das ich gerade bewiesen habe, und zwar um mir den Überraschungseffekt zu nehmen, der für diesen Test unabdingbar ist. Es geht hier um den Augenzeugen der Staatsanwaltschaft, mit ihm steht und fällt die Klage gegen meine Mandantin, und der hat in einem durchaus legitimen Test gerade eben bewiesen, daß auch er sich täuschen kann. Die Geschworenen müssen davon erfahren!«

»Wer ist die Frau auf dem Foto?« fragte Warner.

»Ein Model, Euer Ehren. Wir haben Miss Bronsons Bild durch das einer ähnlich aussehenden Frau ersetzt.«

»Aber wenn sich der Zeuge in der Eile vertan hat und das Bild gar nicht richtig angesehen hat, was beweist das schon?«

»Ganz genau, Euer Ehren«, bellte Rogavin. »All das beweist nur, daß ein Zeuge, wird er denn lange genug verärgert, ausgetrickst werden kann. Das hier ist kein Prozeß, sondern eine bessere Varietéveranstaltung mit Zaubertricks!«

Ich konnte mir kaum vorstellen, daß Warner näher darauf eingehen würde. »Euer Ehren«, sagte ich ruhig und versuchte meine Nervosität zu verbergen, »als ich dieses Bild hochhielt, hatte Mr. Kellogg immer noch das Bild meiner Mandantin im Kopf. Er hat es sich angeschaut und gesehen, was er sehen wollte. Nun, dasselbe könnte ihm auch in jener Nacht unterlaufen sein, als er in seinem Wohnzimmer saß und meine Mandantin identifiziert hat. Das ist die eine Möglichkeit. Die andere ist die, daß seine Sehschärfe nicht ausreicht, zwei einander ähnelnde Personen unter den von ihm beschriebenen Bedingungen zu unterscheiden. Egal, für welche Möglichkeit Sie sich entscheiden – diese Demonstration ist von größter Bedeutung.«

Warner kratzte sich am Kinn. »Sie haben mich da in eine ziemlich unangenehme Situation gebracht, Mr. O'Connell. Erst dieses Gerede von Kinosälen, dem ich stattgegeben habe, obwohl ich es ein wenig weit hergeholt fand. Und jetzt das. Wären Sie früher zu mir gekommen, hätte ich dieser Demonstration höchstwahrscheinlich zugestimmt und Mr. Rogavin angewiesen, keine Spielchen zu spielen, während Sie Ihre Fragen stellen. Das Beweisstück wäre gekennzeichnet worden, und Sie hätten freie Bahn gehabt.« Er schniefte und schüttelte den Kopf. »Aber Sie scheinen so Ihre eigenen Methoden zu haben.«

Es war an der Zeit, Rache zu üben. Er genoß sichtlich die Vorstellung, der Verteidigung, insbesondere mir, eine große Niederlage beizubringen. »Ich muß darüber nachdenken«, sagte er. »Haben Sie sonst noch etwas mit dem Zeugen vor?«

Ich fühlte mich innerlich vollkommen leer. Selbst wenn er es auf mich abgesehen hatte, nie hätte ich gedacht, daß Warner so weit gehen würde. Das war schlimmer als ein Formfehler, aber die Chance, daß ein Berufungsgericht darin einen Revisionsgrund sehen würde, war mehr als gering. Sie würden ihm seine Version abkaufen und mich fertigmachen.

»Mr. O'Connell, ich habe Sie gefragt, ob Sie sonst noch etwas mit dem Zeugen vorhaben.«

»Euer Ehren, wann werden Sie Ihre Entscheidung fällen?«

»Höchstwahrscheinlich nicht vor Montag. Ich benötige genau die Zeit, die Sie mir schon im Vorfeld hätten zugestehen sollen, bevor Sie hier Ihre kleine Show abgezogen haben. Sollten Sie einen Paragraphen kennen, der Ihre Position stützt, den Sie mir gegenüber anführen können« – er wandte sich Rogavin zu –, »*Sie beide* irgendeinen Paragraphen kennen, den Sie mir gegenüber anführen können, dann lassen Sie es mich wissen. Und jetzt, zum letzten Mal, haben Sie noch weitere Fragen an den Zeugen?«

Jetzt, wo die Möglichkeit bestand, daß die Geschworenen nie von Kelloggs Irrtum erfahren würden, blieb mir keine Wahl mehr. Wir mußten mit Natalie weitermachen.

»Ja, Euer Ehren, ich habe noch weitere Fragen.«

»Dann lassen Sie uns fortfahren. Gehen Sie zurück auf Ihre Plätze.«

Auf dem Weg zum Pult ging ich am Tisch der Verteidigung vorbei. »Wir machen weiter«, flüsterte ich. »Vergeßt nicht, was ich euch gesagt habe.« Walters und meine Blicke trafen sich, als ich weiterging. Meine Körpersprache hatte ihm alles mitgeteilt, was er wissen mußte.

Rogavin warf seinem Zeugen einen Blick zu, so als wolle er sagen: »Alles in Ordnung.« Ich kehrte unterdessen an mein Pult zurück. Kellogg schien wieder gestärkt zu sein und war kampfbereit.

Ich betrachtete seine selbstgefällige aristokratische Visage und legte einen Schwur ab: Sollte Ashley ins Gefängnis müssen, würde ich alles daransetzen, um herauszufinden, wer ihn angewiesen hatte zu lügen und warum, und dann gäbe es kein Gericht und keine Regeln, die ihn vor mir schützen würden.

»Mr. Kellogg, was jenen Abend vor dem Anwesen Mr. Garveys betrifft, sagten Sie, glaube ich, aus, daß Sie zwischen parkenden Autos standen, als Sie die Frau auf dem Rasen beobachtet haben, stimmt das?«

»Ja.«

»Und welche Automarken waren das?«

Kellogg schnaubte. »Was für Automarken?«

»Die Autos, zwischen denen Sie standen. Was waren das für Wagen? Ford? Chevrolet? Toyota?«

»Ich habe keine Ahnung.«

»Nun, können Sie sich die Szene jetzt noch einmal ins Gedächtnis rufen und uns die Frage dann beantworten?«

Kellogg lächelte und schüttelte den Kopf. »Nein, ich habe mir die Automarken nicht gemerkt. Ich habe nicht auf die Autos geachtet. Ich habe auf die Person geachtet, die vor dem Haus stand.« Er zeigte auf Ashley, während er das sagte.

»In Ordnung. Lassen Sie uns über die Leute sprechen, die Sie an jenem Abend gesehen haben. Beschreiben Sie die Person, die rechts neben Ihnen im Kino saß.«

»Ich glaube, der Platz zu meiner Rechten war leer.«

»War die ganze Reihe leer?«

»Nein, es saßen noch andere Leute dort.«

»Okay. Beschreiben Sie die Person, die Ihnen am nächsten saß, egal, ob rechts oder links.«

»Das kann ich nicht.«

»War es dafür zu dunkel?«

Kellogg verzog das Gesicht. »Ich dachte, das hätten wir bereits geklärt«, entgegnete er.

»Wenn es dazu nicht zu dunkel war, warum können Sie dann die Person, die Ihnen am nächsten saß – und das mehr als anderthalb Stunden lang – nicht beschreiben?«

»Ich habe nicht auf diese Person geachtet. Ich habe auf den Film geachtet.«

»Haben Sie auf irgend jemanden in diesem Kino geachtet, sagen wir, bevor das Licht ausging oder später wieder anging?«

»Ich sah Leute, ja.«

»Beschreiben Sie irgend jemanden.«

Kellogg sah sich um, als erwarte er, irgend jemand würde diesem Unsinn Einhalt gebieten. Rogavin dagegen mischte sich nicht ein. Er kannte Warner gut genug und wußte, der Richter würde bald eine Entscheidung fällen, die zugunsten der Staatsanwaltschaft ausfallen mußte. Unser Staatsanwalt würde nicht einen Chip einsetzen, um Punkte zu machen, die nicht unbedingt nötig waren. Und was ihn anging, würden es die Geschworenen seinem Zeugen keinesfalls übelnehmen, daß der sich nicht mehr an einzelne Gesichter in einem Kino erinnern konnte, die er zwei Monate zuvor gesehen hatte.

Kellogg hingegen kannte Rogavins Überlegungen nicht, und er ließ sich nicht unterbuttern, nicht bei seinem Ego. Wenn ich eine Beschreibung wollte, dann würde ich eben eine bekommen. »Nun«, hob er an, »ich erinnere mich, daß zwei Reihen vor mir ein Mann saß. Er fiel mir auf, bevor das Licht ausging. Ich würde sagen, er war, hm, so um die fünfundfünfzig, ziemlich übergewichtig und hatte lichtes Haar. Ich weiß nicht, wie groß er war, weil er saß. Ich erinnere mich noch, daß er einen Mantel mit Pelzkragen trug.«

Ich brauchte keinen Walter, um zu wissen, daß das kompletter Unsinn war. Kellogg hatte freie Bahn, ohne befürchten zu müssen, daß ihm irgend jemand widersprechen würde, und diese Gelegenheit, die Menge zu beeindrucken, ließ er sich nicht entgehen. Ich fragte: »Mr. Kellogg, sehen Sie diesen Mann hier und heute im Gerichtssaal?«

»Den Mann aus dem Kino?«

»Ja, den, den Sie gerade eben beschrieben haben.«

Er gab vor, sich die Zuschauer genau anzusehen und antwortete: »Nein, ich kann ihn nicht entdecken.«

»Nachdem Sie das Kino verlassen haben, noch bevor Sie Mr.

Garveys Haus erreichten, sind Sie da auf der Straße irgend jemandem begegnet?«

»Es regnete, und die meisten, an denen ich vorbeiging, hatten den Schirm aufgespannt. Ich kann mich nicht daran erinnern, irgendwem ins Gesicht gesehen zu haben.«

»Nun, was ist mit der Person an der Kinokasse? Können Sie ihn oder sie beschreiben?«

»Na ja, ich habe sehr oft an dieser Kinokasse gestanden, sie haben da eine ganz Reihe von jungen Männern und Frauen, die Karten verkaufen. Ich kann einige von ihnen beschreiben, aber ich kann wirklich nicht sagen, wer von ihnen an jenem Abend dran war. Vielleicht eine junge Frau, die dort schon seit einigen Jahren arbeitet.«

»Beschreiben Sie sie.«

»Ungefähr dreiundzwanzig, eins fünfundsechzig groß, wiegt vielleicht 70 kg, ein wenig übergewichtig für ihre Größe. Lassen Sie mich überlegen ... Sie hat rotbraunes Haar und braune Augen und kaut ständig Kaugummi.«

»Das ist eine Frau, die Sie über die Jahre mehrfach gesehen haben?«

»Ja.«

»Ist sie heute im Gerichtssaal?«

Er sah sich kurz um und sagte: »Nein, sie ist nicht hier.«

»Ich bin mehr an Leuten interessiert, die Sie nur ein einziges Mal gesehen haben wie die Frau auf dem Rasen. Sind Sie die Strecke, die Sie an jenem Abend genommen haben, kürzlich noch einmal abgelaufen?«

»Nicht genau diese Strecke.«

»Nun, sind Sie kürzlich in Ihrem Viertel spazierengegangen?«

»Das tue ich ständig.«

»Gut. Wann genau zum letzten Mal?«

»Vorgestern abend.«

»Sind Sie irgend jemandem auf der Straße begegnet?«

»Ich bin an einigen Leuten vorbeigegangen, ja.«

»Schön. Beschreiben Sie die Person, an der Sie zuletzt vorbeigegangen sind.«

Rogavin hatte sichtlich genug davon. »Euer Ehren, ich werde Einspruch erheben. Der Zeuge hat wiederholt ausgesagt, daß die Frau auf dem Rasen seine Aufmerksamkeit erregt hat. Das ist etwas völlig anderes, als Passanten auf der Straße zu beobachten.«

»Euer Ehren«, entgegnete ich, »der Zeuge hat auch ausgesagt, daß seine Fähigkeit, jemanden zu beobachten, nicht auf Kommando ein- und ausgeschaltet werden kann, wenn er es wünscht, sondern daß sie ihm mehr oder weniger in Fleisch und Blut übergegangen ist – ich glaube, genauso hat er es ausgedrückt – und automatisch aktiv ist, wenn er jemandem auf der Straße begegnet. Nun, ich bin mir sicher, daß ich seine Aussage noch gut in Erinnerung habe, aber sollten daran begründete Zweifel bestehen, bitte ich darum, daß sie der Protokollführer wiederholt. Wenn ich mich nicht irre, haben wir an dieser Stelle das Recht, ein Kreuzverhör vorzunehmen.«

Rogavin hob ergeben die Hand. Er hielt sich im Zaum und ließ mich ein paar kleine Triumphe feiern. »Euer Ehren, was Mr. O'Connell hier sagt, ist korrekt. Ich werde den Einspruch zurücknehmen.«

»Der Zeuge wird die Frage beantworten«, ordnete Warner an.

Kellogg rieb sich einen Moment das Kinn. »Das ist ein wenig schwierig. Es war ein Mann. Wir gingen an einer ziemlich dunklen Stelle aneinander vorbei, und ich konnte sein Gesicht nicht erkennen, bis er ganz nahe herangekommen war, und auch dann konnte ich nur einen flüchtigen Blick auf ihn werfen. Ich würde sagen, er hatte meine Größe, eins fünfundachtzig, und er war schlank. Was sein Alter anbelangt, bin ich mir nicht ganz sicher, denn es war wie gesagt nicht sehr hell, aber er sah aus wie zwischen zweiundvierzig und fünfundvierzig. Er trug einen Regenmantel und eine Art Hut.«

»Ist er heute im Gerichtssaal?«

Kellogg sah sich um. »Ich sehe ihn nicht, aber lassen Sie mich nochmals betonen, daß ich ihn nicht gut erkennen konnte. Wir gingen schnell aneinander vorüber und grüßten uns nicht.«

»Kein Wink, kein Nicken?«

»Nichts.«

»Und Sie sagten auch nichts, nicht einmal ›Guten Abend‹, oder ›Hallo‹?«

»Nein, nichts dergleichen.«

»Nun, sprechen Sie jemals mit Leuten, denen Sie bei einem Ihrer Spaziergänge auf der Straße begegnen?«

»Manchmal.«

»Haben Sie neulich jemanden getroffen, den Sie mehr als nur ein oder zwei Sekunden lang betrachtet haben, ja mit dem Sie sich vielleicht sogar unterhalten haben?«

Kellogg blickte zur Decke und dachte nach, während wir warteten. Das einzige Geräusch im Gerichtssaal war mein Herz, das laut pochte. Ich war überzeugt, daß er es hören konnte. Nach einer halben Ewigkeit nickte er und grinste breit. »Ja«, entgegnete er. »Ich habe mich mit einer Frau unterhalten, die sich verlaufen hatte.«

»Verlaufen?«

»Sozusagen. Sie hatte jemanden in der Nachbarschaft besucht und wußte nicht mehr, wo sie geparkt hatte. Ich habe ihr geholfen, ihr Auto wiederzufinden.«

Ich ließ das Blatt vor mir nicht aus den Augen und malte ein paar Kringel, so als ob ich mir Notizen machen würde. »War das innerhalb der letzten zwei Monate?« fragte ich.

»Erst letzte Woche, am ersten Weihnachtsfeiertag.«

»War das in Georgetown?«

»Ja, es war in der O Street, zwischen« – er schloß die Augen – »der Dreißigsten und der Einunddreißigsten Straße.« Die Sache schien ihm offensichtlich Spaß zu machen.

»Wie lange haben Sie mit dieser Frau gesprochen?«

»Ich würde sagen fünfzehn oder zwanzig Sekunden, vielleicht ein wenig länger.«

»Wie weit waren Sie voneinander entfernt?«

»So weit, wie man sich normal unterhalten kann, würde ich sagen. Weniger als einen Meter.«

»Wie war die Beleuchtung?«

»Ziemlich gut. Wir standen unter einer Straßenlaterne.«

»Besser als unter der Lampe vor Garveys Haus?« fragte ich leichthin.

»Nein, ich würde sagen, die Beleuchtung war ungefähr dieselbe, ich konnte ihr Gesicht ziemlich gut erkennen, aber an jenem Abend im November waren die Sichtverhältnisse auch ziemlich gut.«

»Wie sah diese Frau aus?«

»Sie war Ende Zwanzig. Von mittlerer Statur, ungefähr eins siebzig, schlank würde ich sagen, weder zu dick noch zu dünn. Sie trug einen Hut, eine Art Baskenmütze. Ihr Haar war knapp schulterlang. Und sie war attraktiv.«

Ich ließ Enttäuschung in meiner Stimme mitschwingen, als ich fragte: »Mr. Kellogg, können Sie sich wirklich an all diese Details erinnern, die Sie an einer Frau wahrgenommen haben, der Sie letzte Woche nur zwanzig Sekunden lang begegnet sind?«

»Ja.«

»Ist sie heute im Gerichtssaal?«

Wieder sah Kellogg an mir vorbei in Richtung Zuschauer. Ich beherrschte mich gerade noch und drehte mich nicht um, auch wenn ich liebend gern sein von uns präpariertes Blickfeld gesehen hätte. Wir hatten das Ziel, unsere Chancen zu optimieren, jedoch ohne daß das zu sehr auffiel. Anfangs hatten wir uns für acht Frauen entschieden, die alle das Alter und die Hautfarbe Natalie Whites hatten, doch dann hatten wir uns darauf geeinigt, daß der große Gerichtssaal ohne weiteres vierzehn von ihnen vertrug. Die Lockvögel saßen so, daß sich immer mindestens zwei in Kelloggs Blickfeld befanden, und die mit der größten Ähnlichkeit saß in dem Abschnitt, der dem Zeugenstand direkt gegenüber lag. Jede von ihnen war angewiesen worden, ihm direkt in die Augen zu sehen.

Fünf Sekunden gingen vorbei. Meine Nerven waren zum Zerreißen gespannt, aber irgendwie malte mein Stift automatisch weitere Kringel. Auf der Armbanduhr an meiner freien Hand konnte ich die Zeit ablesen. Zehn Sekunden. Der Hurensohn nahm sich wirklich Zeit. Fünfzehn Sekunden. Hatte ich den Bogen überspannt? Ich spürte, wie die Enttäuschung in mir hochkroch, und bemerkte, daß ich die Luft anhielt.

Ich nahm meinen ganz Mut zusammen, griff nach meinen Notizen und blätterte um. Währenddessen blickte ich auf. »Mr. Kellogg?«

»Ich sehe sie nicht.«

»Sie wirken verunsichert.«

»Nein, nein. Ich bin mir ziemlich sicher. Sie ist nicht hier.«

»In Ordnung.« Ich kehrte zum Tisch der Verteidigung zurück und holte mir einen braunen Umschlag. Den Geschworenen zugewandt, riß ich den Umschlag betont langsam auf und holte seinen Inhalt hervor, zwei Tonbandkassetten. Eine gab ich dem Gerichtsdiener und bat darum, sie als Beweisstück zu markieren. Die andere gab ich Rogavin. Aus einer großen Sporttasche holte Andy einen dieser Ghettoblaster mit riesigen Lautsprechern hervor, der durchaus den ganzen Gerichtssaal beschallen konnte. Er brachte ihn zu mir herüber und stellte ihn aufs Pult. Seine Hände zitterten, und auf seinem Anzug hatten sich unter den Achseln Schweißflecken gebildet. Ich ließ mir vom Gerichtsdiener die Kassette geben und hielt sie vor Kellogg in die Höhe, der sie anstarrte wie das Kaninchen die Schlange.

Endlich hatte ich auch bei Rogavin eine Reaktion ausgelöst. Er wurde aschfahl und sprang auf. »Euer Ehren!« rief er, doch da winkte uns Warner schon an den Richtertisch heran. Der Staatsanwalt wartete nicht, bis der Protokollant in Hörweite war, bevor er zum Angriff blies. »Euer Ehren, ist das *schon wieder* so ein Zaubertrick der Verteidigung? Erst ging es um Kinosäle, dann um nicht zugelassene Beweisstücke, und jetzt haben wir es mit so einer Kassette zu tun, von der die Staatsanwaltschaft keinen blassen Schimmer hat!«

Warner durchbohrte mich mit seinen Blicken. »Hat man den Zeugen auf Band aufgenommen?« fragte er.

»Ja, Euer Ehren, das hat man«, entgegnete ich.

»Was zum – wissen Sie überhaupt, daß es ein *Kapitalverbrechen* ist, den Zeugen zu beeinflussen?«

»Niemand hat Mr. Kellogg beeinflußt, Euer Ehren. Es steht uns genauso zu, mit dem Zeugen zu sprechen wie der Staatsanwaltschaft, und wir dürfen uns mit Mr. Kellogg über den Fall unterhalten, um uns einen Eindruck von seinen Beobachtungsfähigkeiten zu verschaffen und selbstverständlich auch über andere Dinge, die demselben Zweck dienen. Wie Sie gleich hören werden, war er in eine ganz normale Unterhaltung verwickelt, auf einer öffentlichen Straße, nichts weiter. Niemand wurde beeinflußt oder gar eingeschüchtert. Es fand nichts Unzulässiges statt.«

»Sie haben ihn ohne sein Wissen aufgenommen!« wandte Rogavin ein.

Ich ließ Warner nicht aus den Augen. »Euer Ehren, wie Sie wissen, bedarf so etwas nur der einseitigen Zustimmung. Wir brauchten sein Einverständnis nicht, um das Gespräch aufzunehmen.«

Rogavin ließ nicht locker. »Euer Ehren, man hat uns in einen Hinterhalt gelockt! Dieses Kreuzverhör sollte vertagt werden, bis die Staatsanwaltschaft Gelegenheit hatte, die Gesetzeslage zu prüfen und Stellung zu beziehen, zumindest auf morgen.«

»Ich denke, das sollten wir tun«, stimmte Warner zu.

»Das ist unmöglich, Euer Ehren!« sagte ich. »Mr. Kellogg hat im Gerichtssaal eine Aussage über seine Observationsfähigkeit gemacht, und die momentane Zusammensetzung der Zuschauer – wer anwesend ist und wer wo genau sitzt – ist eine unabdingbare Voraussetzung für die Fragen, die ich ihm jetzt gleich stellen werde. Wenn Sie die Sache verschieben, dann ist die Gelegenheit unwiederbringlich dahin und kann weder morgen noch an irgendeinem anderen Tag wiederholt werden. Die Umstände wären anders, und Mr. Kellogg hätte jede Möglichkeit, die Folgen meiner kleinen Demonstration abzumildern. Noch heute morgen haben Sie sich Sorgen wegen eines Rechtsfehlers gemacht. Doch wenn Sie das hier vertagen und meine Mandantin verurteilt wird, dann kommt es nicht nur zu einer Urteilsaufhebung, sondern dann wird sich Ashley Bronson auch nie wieder vor einem Gericht verantworten müssen.«

Warner antwortete nicht. Er sah von mir zu Rogavin hinüber und dann wieder in die Zuschauermenge. Im Gerichtssaal war es mucksmäuschenstill geworden. Jeder wußte, daß dies ein entscheidender Moment war. Schließlich wandte er sich an Rogavin. »Können Sie mir einen vernünftigen Grund dafür nennen, diese Demonstration als nicht zulässig einzustufen? Ich meine, jetzt sofort?«

Der Staatsanwalt starrte auf den Hammer des Richters, zermarterte sich das Gehirn, nahm seine ganze Kreativität zusammen und durchforstete seinen reichhaltigen Erfahrungsschatz, dann schüttelte er den Kopf. »Nicht sofort«, gab er zu.

Warner verzog das Gesicht. »Dann muß ich der Verteidigung gestatten, fortzufahren. Sie dürfen weitermachen, Mr. O'Connell, aber merken Sie sich eins: Ihr Umgangston gefällt mir ganz und gar nicht, und wenn dieser Fall vorüber ist, dann haben wir noch eine Rechnung offen, darauf können Sie sich verlassen! Treten Sie zurück, meine Herren!« Wir taten wie geheißen, und der Richter wies mich an, fortzufahren.

»Mr. Kellogg, Beweisstück Nummer zwei der Verteidigung ist ein Mitschnitt eines Gesprächs. Ich möchte, daß Sie sich das Band anhören und uns sagen, wer an der Unterhaltung beteiligt war und wo sie stattgefunden hat.« Ich legte die Kassette ein und drückte die Wiedergabetaste. Es vergingen einige Sekunden, bis die Stimmen den Gerichtssaal füllten:

»Entschuldigen Sie bitte. Ich suche nach meinem Wagen und habe mich verlaufen. Was ist das hier für eine Straße?«

»Sie befinden sich auf der O Street.«

»Oh. Ich fürchte, dort habe ich nicht geparkt.«

Keiner rührte sich im Gerichtssaal, während die Kassette weiterlief. Kellogg starrte vollkommen regungslos auf das Gerät. Rogavin sah geradeaus, sein Fuß klopfte unterdessen im Morsetakt auf den Boden. Warner hatte den Kopf zur besseren Konzentration zurückgelehnt und die Augen geschlossen. Ashley sah mich mit dem gleichen Gesichtsausdruck an, den ich vor einer halben Ewigkeit bei den Gefängniszellen wahrgenommen hatte, damals, als sie sich für mich entschieden hatte.

»Hier spricht Natalie White. Es ist Mittwoch, der fünfundzwanzigste Dezember, Viertel vor zwölf. Ich habe gerade mit einem Mann gesprochen, dessen Foto ich zuvor gesehen habe und der mir unter dem Namen Miles Kellogg vorgestellt wurde.«

Ich ging hinüber und stoppte das Band. Warner öffnete die Augen und sah den Zeugen an. Die Geschworenen beugten sich wie hypnotisiert nach vorn. »Mr. Kellogg«, sagte ich ruhig, »ist diese Aufnahme ein wahrhaftiger und korrekter Mitschnitt der Unterhaltung, die Sie kurz zuvor beschrieben haben?«

Kellogg starrte das Gerät immer noch an.

»Mr. Kellogg?«

Er blickte zu mir hoch. »Das klingt nach genau dieser Unterhaltung«, murmelte er.

»Ich frage Sie noch einmal: Ist die Frau, mit der Sie an jenem Abend gesprochen haben, im Gerichtssaal?«

Zeuge, Richter und Geschworene starrten in das Meer von Gesichtern hinter dem Geländer. Rogavin wandte sich in seinem Stuhl um, nur geringfügig interessiert. Die Zuschauer sahen einander an, als könnten sie sie irgendwo entdecken. Eine weitere Minute verging. Endlich sagte Warner: »Mr. Kellogg, können Sie diese Frage beantworten? Befindet sich die Frau im Gerichtssaal?«

Kellogg streckte seinen Arm aus und sagte, »Ich glaube, es ist die Frau da drüben. Die in dem grauen Kleid.«

Die junge Frau in dem grauen Kleid reagierte nicht. »Euer Ehren«, sagte ich, »darf diese Frau mit Erlaubnis des Gerichts vereidigt werden? Ich weiß, das ist ungewöhnlich, aber es würde uns die Sache erheblich erleichtern.«

Warner war so neugierig wie alle anderen auch. Er bat die Frau nach vorn und ließ sie vereidigen, wobei sie innerhalb des Geländers stand, zwischen den Tischen von Verteidigung und Staatsanwaltschaft.

»Fahren Sie fort, Mr. O'Connell«, sagte der Richter.

»Bitte nennen Sie dem Gericht Ihren Namen.«

»Cecilia Ennis.«

»Miss Ennis, wo leben Sie?«

»In Arlington, Virginia.«

»Miss Ennis, ist das Ihre Stimme, die wir da eben auf Band gehört haben?«

»Nein.«

»Waren Sie am fünfundzwanzigsten Dezember in Georgetown

an beziehungsweise in der Nähe der Kreuzung der Einunddreißigsten und der O Street?«

»Nein.«

»Haben Sie den Herrn, der hier im Zeugenstand sitzt, schon einmal gesehen?«

»Ich glaube nicht.«

Ich sah Warner an. »Euer Ehren, ich habe keine weiteren Fragen an Miss Ennis.«

»Irgendwelche Fragen, Mr. Rogavin?«

Rogavin schüttelte den Kopf, und Miss Ennis ging an ihren Platz zurück. Warner wies mich an, fortzufahren. »Mr. Kellogg, ich frage Sie noch einmal, befindet sich die Frau hier im Gerichtssaal?«

»Ich glaube nicht«, murmelte er.

»Es tut mir leid, Sir, aber Sie müssen schon etwas lauter sprechen.«

»Ich glaube nicht.«

»Sie glauben nicht? Sie sind sich nicht sicher?«

Kellogg hatte genug. »Sie ist nicht hier!« brüllte er. Die Geschworenen zuckten zusammen.

»Euer Ehren, mit Erlaubnis des Gerichts würde ich gern einen der Zuschauer nach vorn bitten.«

»Nur zu!«

Ich drehte mich um und nickte. Acht Reihen weiter hinten erhob sich Natalie und ging den Mittelgang entlang nach vorn, um sich vereidigen zu lassen.

»Geben Sie bitte Ihren Namen an für das Gerichtsprotokoll.«

»Natalie White.«

»Miss White, ist das Ihre Stimme auf dem Band?«

»Ja.«

»Sie sprachen am Abend des fünfundzwanzigsten Dezember an der Einunddreißigsten Ecke O Street mit dem Zeugen?«

»Ja.«

Ich warf einen Blick in meine Unterlagen. »Sind Sie Ende Zwanzig wie von Mr. Kellogg behauptet?«

»Ich bin zweiundzwanzig.«

»Sind Sie eins siebzig groß?«

»Ich bin eins fünfundsiebzig groß.«

Ich deutete auf ihr Haar, ein Kurzhaarschnitt. »Hatten Sie nicht schulterlange Haare, als Sie Mr. Kellogg trafen?«

»Nein, meine Haare waren genauso lang wie jetzt.«

»Trugen Sie eine Baskenmütze?«

»Nein, einen Hut mit Krempe.«

»Von den Adjektiven ›attraktiv‹ und ›schlank‹ einmal abgesehen«, sagte ich grinsend, »war da die Aussage von Mr. Kellogg in irgendeiner Weise zutreffend?«

»Nein.«

»Danke.« Ich wandte mich wieder Warner zu. »Euer Ehren, mit Erlaubnis des Gerichts würde ich Miss White jetzt gern in derselben Entfernung Aufstellung nehmen lassen wie an jenem Abend, während wir das Band nochmals abspielen.«

»Einspruch, Euer Ehren. Was soll das Ganze?« Rogavins Stimmung verdüsterte sich zusehends.

»Was soll das, Mr. O'Connell?«

»Bei der eigentlichen Zeugenaussage ließ Mr. Rogavin die Szene nachstellen, in welcher der Zeuge die Frau auf dem Rasen beobachtet, um den Geschworenen Zeitspanne und Entfernung zu verdeutlichen. Die Verteidigung darf auch so eine Demonstration vornehmen.«

Warner blieb keine andere Wahl, und so schritt ein verdrießlicher Kellogg hinunter, um sich Natalie gegenüberstellen zu lassen, genau wie damals in Georgetown, während die Aufnahme ein weiteres Mal durch den Gerichtssaal hallte. Die Unterhaltung dauerte eine Minute und zehn Sekunden, eine halbe Ewigkeit, und als sie vorüber war, war auch der Fall Ashley Bronson vorüber.

Auch Warner dachte, der Fall sei zu Ende. Er bat um eine Nebenfrage und wandte sich fast schon entschuldigend an den Staatsanwalt: »Mr. Rogavin, ich muß den Antrag auf Freispruch, den Mr. O'Connell zweifellos stellen wird, nachdem Sie Ihr Beweisverfahren abgeschlossen haben, ernsthaft in Betracht ziehen. Gerechtigkeitshalber sollte die Staatsanwaltschaft die Einstellung des Strafverfahrens verlangen.«

Rogavin nickte. »Ich kann die Haltung des Gerichts nachvollziehen, Euer Ehren. Mit Sicherheit war Mr. Kellogg als Zeuge nicht so überzeugend wie von uns erhofft, aber in der letzten Verhandlungspause erreichte mich eine Nachricht, und deshalb beantrage ich ein Treffen in Ihrem Richterzimmer.«

»Worum geht es?« fragte Warner.

»Wir haben einen weiteren Zeugen.« Die Augen des Richters weiteten sich, dann zeigte er auf die Tür und befahl uns, direkt in sein Dienstzimmer kommen. Wir gingen hinaus. Ich konnte hören, wie die Unterbrechung der Verhandlung verkündet wurde, dann schlossen sich die Türen hinter uns.

Rogavin wich meinem Blick aus, während wir warteten, und verlor nicht ein Sterbenswort, bevor Warner den Raum betrat. Ich war verwirrt. Sollte der echte Augenzeuge jetzt doch noch aufgefahren werden, dann verstand ich nicht, wie sie das durchziehen wollten. Hatte ihn die Staatsanwaltschaft in der Hinterhand behalten, und sei es auch nur einen einzigen Tag lang, war es ausgeschlossen, daß Warner ihn zulassen würde. Die Dreistigkeit eines solchen Vorgehens würde den Fall auf der Stelle beenden. Wäre der Zeuge dagegen erst heute aufgetaucht, war seine Aussage wertlos. Was unseren Verteidigungssatz anbelangte, wußte mittlerweile *die ganze Welt,* was Kellogg da angeblich gesehen hatte. Sie konnten eine ganze Wagenladung voller Nonnen auffahren, die seine Aussage bestätigten, und trotzdem würde ich Andy das Kreuzverhör überlassen, so einfach lagen die Dinge.

Nichts davon hätte Rogavin entgehen dürfen. Hatte ich ihn überschätzt? In diesem Augenblick wich meine Verwirrung ernster Besorgnis. Zwanzig Jahre Erfahrung im Gerichtssaal hatten mich gelehrt, daß man höchstwahrscheinlich etwas übersehen hat, wann immer einem Worte wie *einfach* und *überschätzt* durch den Kopf gehen.

Fünf Minuten später betrat ein verwirrter Richter den Raum, seine Gehilfen im Schlepptau. Er bat sie, draußen zu warten, und begann zu toben, kaum daß sie die Tür hinter ihm geschlossen hatten. »In all den Jahren, in denen ich nun als Richter arbeite, habe ich etwas Vergleichbares nicht erlebt, geschweige denn *gehört*! Legen Sie los, Mr. Rogavin, aber wehe, Sie kommen mir mit irgendwelchen Kinkerlitzchen!«

Rogavin hielt ein Blatt Papier in die Höhe. »Während der Verhandlungsunterbrechung ließ man mir eine Nachricht zukommen. Sie stammt von Dennis Yee, der dem Gericht, soviel ich weiß, wohlbekannt ist. Er ist der Abteilungsleiter des Polizeilabors –«

»Ich weiß, wer Yee ist«, sagte Warner. »Fahren Sie fort.«

»Mr. Yee sagt, er sei gestern abend noch einige der Laborergebnisse durchgegangen, die im Laufe der Ermittlungen erstellt wurden. Ich versichere Ihnen, daß dies weder auf meinen Wunsch hin noch mit meinem Wissen geschah. Er sagte, er habe sich aus eigenem Antrieb darüber hergemacht, aus reiner Neugier, mehr nicht. Ein Test betraf einen Regenmantel, der bei der Angeklagten während einer Hausdurchsuchung, gleich nach ihrer Verhaftung, sichergestellt worden war.«

»Ach ja?«

»Nun, er sagte, er habe Schmauchspuren im rechten Ärmel entdeckt.«

Mir wurde schwindlig.

Warner war ebenfalls geschockt. »Das erste Mal finden sie nichts, und *jetzt* finden sie Schmauchspuren?«

»Ja.«

»Und Sie wollen ihn heute aussagen lassen?«

»Nicht heute, Euer Ehren. Wir würden Ihnen seinen Bericht selbstverständlich zur Verfügung stellen und auch der Verteidigung Gelegenheit geben, den Regenmantel zu untersuchen, bevor wir Mr. Yee in den Zeugenstand rufen.«

Der Richter rieb sich das Kinn. »Und wann genau soll das sein? Wir stecken hier mitten in einem Prozeß.«

Das war meine Chance, und ich schaffte es, nach genügend Luft zu ringen, um überhaupt den Mund aufzumachen. »Euer Ehren, das Polizeilabor hatte reichlich Gelegenheit, jeden nur erdenklichen Test durchzuführen, und zwar mehr als genug. Wie Sie bereits sagten, befinden wir uns mitten in einem Prozeß, und ich habe unsere ganze Strategie sowie meine sämtliche Energie auf das verwendet, was mir von seiten der Staatsanwaltschaft her bekannt war. Wenn wir fortfahren, dann muß ich noch Vorbereitungen treffen, was unsere Zeugen anbelangt, von meinem Schlußplädoyer ganz zu schweigen. Was soll ich tun? Meine Zeit damit verplempern, das Land nach einem herausragenden Sachverständigen zu durchkämmen? Alles andere vernachlässigen und ein kompetentes Kreuzverhör von Mr. Yee vorbereiten? Euer Ehren, ich appelliere an Ihren Gerechtigkeitssinn. Ich weiß nicht, warum Mr. Yee bis jetzt gewartet hat, seine Arbeit zu machen, aber die Konsequenzen sollten nicht zu Lasten der Verteidigung gehen!«

Rogavin hakte sofort ein, kaum daß ich Luft holte. »Euer Ehren, es ist Freitag nachmittag. Diese Geschworenen hier befinden sich nicht völlig von der Außenwelt abgeschnitten in irgendeinem Hotel, es wird ihnen also kaum etwas ausmachen, wenn sie noch zwei Tage mehr freibekämen. Wir könnten auch Montag und Dienstag pausieren, womit Mr. O'Connell vier Tage Zeit hätte, sich vorzubereiten. Einige der bekanntesten Sachverständigen für Gerichtsmedizin leben hier in der Gegend. Ich hatte schon einmal mit Schmauchspuren zu tun, und ich weiß, daß das auch für das Gericht zutrifft. So kompliziert ist die Sache nun auch wieder nicht.«

Warner sah mich an. »Hatten Sie schon einmal mit derartigem Beweismaterial zu tun?«

Mein Mut sank. »Ja.«

»Tatsächlich? Wie oft?«

»Mehrmals. Aber das ist viele Jahre her, damals habe ich noch als Staatsanwalt gearbeitet. Ich mußte keinerlei Kreuzverhör vorbereiten. Ich brauchte nur den Zeugen zur Aussage beischaffen.«

»Trotzdem mußten Sie sich persönlich mit diesem Thema vertraut machen, oder nicht?«

»Nur ganz allgemein. Ich würde ziemlich lange brauchen, um ein Kreuzverhör von Mr. Yee vorzubereiten.«

»Ich hatte erst letzten Sommer einen Fall, in dem es um Schmauchspuren ging«, sagte Warner. »Der Angeklagte hieß Anton Carter. Block trat als Kläger auf.

»Warren Block«, half Rogavin nach.

»Warren Block«, wiederholte Warner. »Sachverständiger für die

Verteidigung war ein ehemaliger FBI-Labortechniker, der, wenn ich mich recht erinnere, in Alexandria lebt. Ich weiß noch, daß er gar nicht so weit von mir weg wohnte.« Er würde ihm die Sache abkaufen. Es fehlte nicht viel, und Rogavin bekam, was er wollte.

»Euer Ehren, Mr. O'Connell stünde ein Sachverständiger für seine Vorbereitungen zur Verfügung. Ich kann verstehen, daß er nicht gerade begeistert ist von diesem Zeitplan – das wäre ich auch nicht an seiner Stelle. Aber es ist nun mal eine Tatsache, daß in einem Mordfall gerade erst jetzt ein äußerst entscheidendes Beweisstück aufgetaucht ist, das das Gericht berücksichtigen sollte. Warum vertagen wird das Ganze nicht auf Dienstag früh und warten ab, was Mr. O'Connell bis dahin ausrichten konnte? Wir sind bereit, ihm Mr. Yees Bericht auf der Stelle zur Verfügung zu stellen, und ich werde dafür sorgen, daß ihm der Regenmantel für eine Untersuchung Tag und Nacht zur Verfügung steht.«

Warner nickte, als Rogavin geendet hatte. »Mr. O'Connell, ich habe der Verteidigung seit Beginn dieses Prozesses so einiges durchgehen lassen, und Sie haben daraus erhebliche Vorteile ziehen können. Demnach wüßte ich nicht, warum ich der Staatsanwaltschaft nicht ebenfalls ein Zugeständnis machen sollte.« Er sah Rogavin an. »Sorgen Sie dafür, daß der Regenmantel bereitgehalten wird«, sagte er. »Und stellen Sie Mr. O'Connell noch bis heute abend Name und Telefonnummer des Sachverständigen zur Verfügung.«

»Ich kümmere mich darum, sobald die Verhandlung unterbrochen worden ist.«

»Mr. O'Connell, Sie dürfen sich selbstverständlich aussuchen, wen immer Sie wünschen«, sagte Warner. »Sonst noch was, meine Herren?«

Ich ergriff das Wort. »Ich möchte, daß mein Einspruch protokollarisch festgehalten wird. Meine Verteidigung basiert auf der Offenlegung von Ergebnissen, die vom Gericht verlangt wird. Hier wird mit einer Überraschungstaktik operiert, und somit wird meiner Mandantin ein ordnungsgemäßes Verfahren verweigert.«

»Auch Sie werden Ihre Chance bekommen«, entgegnete Warner und erhob sich zum Zeichen, daß wir fertig waren. »Am Dienstag morgen, zehn Uhr, wird es eine Sitzung geben, um zu sehen, wie die Verteidigung vorankommt. Lassen Sie uns wieder zurückgehen. Ich werde den Geschworenen sagen, daß sie Montag und Dienstag freihaben und daß sie sich gegen Dienstag abend wieder hier zu melden haben.«

Rogavin und ich wandten uns zum Gehen. »Noch etwas«, fügte Warner hinzu. »Mr. Rogavin, ich lese besser nichts über den Zeugen, bis er ausgesagt hat – wenn er *überhaupt* aussagt. Ich muß Ihnen wohl kaum sagen, was dann passiert.«

Rogavin nickte eifrig. »Ich verstehe vollkommen, Euer Ehren.«

Als wir wieder in den Gerichtssaal zurückkehrten, saßen alle Zuschauer brav auf ihren Plätzen. Viele dachten wahrscheinlich, der Fall stünde kurz vor dem Abschluß. Walter warf nur einen Blick auf mich und runzelte die Stirn. Ich nahm auf meinem Stuhl Platz. Andy beugte sich zu mir und flüsterte: »Ist es vorbei?« Ihm fiel die Kinnlade herunter, als ich den Kopf schüttelte, aber Warner kam herein, noch bevor er fragen konnte, was schiefgelaufen war.

»Das Gericht vertagt sich bis Mittwoch morgen«, verkündete der Richter. »Die Geschworenen haben sich Dienstag abend zwischen fünf und sechs Uhr im Büro des Beamten zu melden, der für sie zuständig ist. Dort werden sie dann Näheres erfahren. Ich gehe davon aus, Sie alle haben die Nummer.« Als man die Geschworenen hinausführte, waren sie mehr als nur verwirrt. Kaum ließ Warner den Hammer niedersausen, erhob sich hinter uns lautes Stimmengewirr.

Auch die Journalisten waren von dem unerwarteten Ende überrascht worden; sie hatten keine Zeit gehabt, vor dem Gerichtsgebäude Position zu beziehen. Wer in der Medienbranche arbeitete, hatte keine Wahl zwischen einem wütenden Richter und einem wütenden Verleger. Sie schossen los, noch während wir uns einen Weg aus dem Gerichtssaal bahnten.

»Warum diese Vertagung, Mr. Rogavin?«

»Was ging denn da im Büro des Richters vor sich?«

»Warum hat die Staatsanwaltschaft die Klage nicht zurückgezogen?«

»Frank, wird die Verteidigung den Fall neu aufrollen?«

Die Belagerung setzte sich im Aufzug fort, der nicht losfuhr, bevor nicht ein paar Reporter herausgedrängt wurden. Ashley verschanzte sich hinter einem feindselig zurückstarrenden Walter in einer Ecke, während ich »Kein Kommentar« in jedes Aufnahmegerät murmelte, das man mir entgegenstreckte. In der Eingangshalle warteten schon Harry und Dan auf uns, um uns zum Wagen zu geleiten – wie sie das geschafft hatten, war mir ein Rätsel. Wir quetschten uns hinein, und ich bat Dan, uns zu Ashley zu fahren. Es war Hautptverkehrszeit, und so schlichen wir zwanzig Minuten lang die Massachusetts Avenue in Richtung Georgetown hinunter. Wir waren alle am Ende mit den Nerven. Wir saßen fünf Minuten lang im Auto, dann sah sich Walter fragend zu mir um.

»Sie haben einen weiteren Zeugen«, tat ich kund.

Ashley hatte aus dem Fenster gestarrt und drehte sich nun auch um.

»Einen *weiteren* Augenzeugen?« fragte er.

»Nein, einen Kerl aus dem Labor.« Ich sah Ashley an und sagte: »Sie behaupten, sie hätten Schmauchspuren im Ärmel deines Regenmantels gefunden. Das würde beweisen, daß du die Waffe abgefeuert hast.«

»Sie können doch jetzt nicht noch einfach einen Zeugen zulassen!« rief Andy. »Das verstößt gegen die Verfassung! Das ist … nicht rechtens!«

»Rogavin behauptet, das Beweismaterial wurde erst heute nacht entdeckt. Wir haben im Richterzimmer darüber diskutiert, aber es sieht ganz danach aus, daß Warner den Zeugen zuläßt. Ihr habt ihn ja gehört. Montag und Dienstag wird nicht verhandelt. Wir haben bis Mittwoch Zeit, uns vorzubereiten.«

Ashley wandte sich wieder dem Fenster zu, ohne auch nur ein Wort zu verlieren. Aus meinem Augenwinkel konnte ich sehen, wie Andy sich die Augen wischte.

»Das ist nicht rechtens«, murmelte er.

19

Die Presse hatte eine Nachhut entsandt. Der kurze Wintertag neigte sich seinem Ende zu, doch als wir Georgetown erreichten, war das Haus von den Flutlichtlampen für die Fernsehkameras hell erleuchtet und von Reportern umzingelt, die wild entschlossen waren, herauszufinden, warum die Verteidigung sich nicht wie ein Sieger gebärdete und die Staatsanwaltschaft nicht wie ein Verlierer. Die ganze N-Street wimmelte von Autos und Übertragungswagen mit ihren Teleskop-Antennen. Ein gewitzter Kaffeeverkäufer machte Überstunden, indem er sein Geschäft einfach dorthin verlegt hatte, wo etwas los war. Da die Temperaturen immer weiter in den Keller gingen, erzielte er mit seinem Verkaufswagen Rekordergebnisse.

Die Reporter waren zu durchgefroren und zu frustriert, als daß sie sich noch um Privatbesitz scherten: Die Auffahrt zum Haus war versperrt, und so ließ uns Harry schon auf der Straße aussteigen. Wir waren nur zu viert, um sie da durchzuschleusen, aber wir waren fest entschlossen, dafür zu sorgen, daß sich die gestrige Szene vor dem Gerichtsgebäude nicht wiederholen würde. Wir bildeten einen regelrechten Stoßtrupp, Dan White vorneweg, und blieben dicht zusammen. Wie viele Polizeibeamte hatte Dan Reporter immer als seine natürlichen Feinde betrachtet, und er machte sich keine Freunde, als er uns einen Weg zum Haus bahnte.

Martha riß die Tür auf, kaum daß wir die Schwelle erreicht hatten, und wir drängten hinein, die Meute bereits auf den Fersen. Sie brachte Ashley sofort nach oben, während wir anderen nach Luft japsten und versuchten, den Schaden abzuschätzen. Am Ärmel von Dans heißgeliebtem Burberry Trenchcoat war ein Knopf abgegangen, und ein Schwall von Flüchen verließ seinen Mund, als es an der Tür klingelte. Die Sicherheitskameras zeigten das vertraute Gesicht eines regionalen Fernsehreporters sowie eines Kameramanns, der ihm über die Schulter sah.

»Also gut«, sagte ich. »Er möchte nur ein wenig Filmmaterial, das zeigt, wie wir ihn rauswerfen.« Es klingelte noch einmal. Durch die Tür konnten wir hören, wie er mit dem Kameramann die Lichtverhältnisse besprach.

Es klingelte ein drittes Mal, dann ein viertes. »Arschloch!« knurrte Dan, als er zur Tür schritt.

»Vergiß es«, sagte ich. »Wir wollen nicht in den Nachrichten erscheinen.«

»Vertrau mir«, fauchte er. »Wir werden nicht in den Nachrichten erscheinen.« Er riß die Tür auf und strahlte den verdutzten Reporter an. »Hey, wie geht's?« sagte er betont freundlich. »Lange nicht gesehen – bestimmt drei oder vier Jahre lang nicht.«

Der Reporter faßte sich umgehend. »Ja ... mindestens«, sagte er grinsend. »Sie sind ...«

»Dan White.« Dan streckte die Hand aus.

Der Reporter nahm das Mikrofon in die andere Hand, um ihn zu begrüßen. »Ja, natürlich, und, wie ist es Ihnen so ergangen?«

»Gut. Großartig. Ich bin pensioniert«, sagte Dan immer noch genauso freundlich.

»Wie ich Sie beneide«, sagte der Reporter. »Hören Sie, wir würden gern –«

»Hey!« unterbrach ihn Dan, zog den Reporter ganz nah zu sich heran und senkte die Stimme. »Es gab nie irgendwelchen Ärger wegen damals, oder?«

»Ärger?« entgegnete der Reporter. Sein Lächeln war nicht mehr ganz so breit wie vorher.

»Ja. Sie erinnern sich. Dieser Empfang bei der Kanadischen Botschaft. Wir haben das Wachpersonal verstärkt, und da haben wir Sie in einem Auto erwischt, als Sie sich gerade einen haben blasen lassen. Ihre Frau war ziemlich außer sich.« Der Kameramann nahm den Blick von seinem Objektiv und starrte den Reporter an.

»Meine Frau?« Angst hatte jegliches Lächeln aus seinem Gesicht gewischt.

Auch Dan lächelte nicht mehr. »Sie war gar nicht Ihre Frau?« sagte er und zog die Augen zu einem Schlitz zusammen. »Wissen Sie, wir haben uns schon damals gefragt, wie Sie das bloß angestellt haben, eine aufzutreiben, die halb so alt ist wie Sie. Warum stellen Sie nicht jetzt die Kamera an, Sie Klugscheißer?«

»Hören Sie, wir ziehen uns zurück«, stammelte der Reporter und versuchte, sich aus Dans Griff zu befreien.

»Ja, tun Sie das!« fauchte Dan und ließ ihn los. Er schloß die Tür und murmelte irgend etwas von wegen »verdammte Aasgeier«.

»Das sind alles Aasgeier!« schrie Andy. »Widerliche, beschissene Aasgeier – schlimmer als Rogavin!« Das jüngste Mitglied unseres Teams starrte mit blitzenden Augen und geballten Fäusten auf die Tür. Hinter ihm stand Martha halb erstarrt auf der Treppe. Sie fing sich wieder und bot uns nun Kaffee und Gebäck an. Als sie uns in die Küche führte, schwor ich mir, daß ich eine lange Unterredung mit meinem Juniorpartner über seinen ersten Fall haben würde, wenn erst einmal alles vorbei wäre.

Ich meldete mich in meinem Büro und erfuhr, daß Rogavin bereits die Telefonnummer von Arthur D. Bonner, unserem zukünftigen Sachverständigen, hinterlassen hatte. Ich rief an und erreichte Mrs. Bonner, die wissen wollte, ob ich besagter Frank O'Connell sei, »der von Ashley Bronson«. Sie sagte, Arthur komme nicht vor Mitternacht nach Hause, und nachdem sie sich unzählige Male für seine Gedankenlosigkeit entschuldigt hatte, versprach sie, daß er zurückriefe, sobald er auch nur einen Fuß über die Schwelle gesetzt hätte. Ich sagte ihr, acht Uhr morgens würde auch genügen. Trotz der gebotenen Eile, die uns allen mehr als deutlich bewußt war, glaubte ich, genug über Schmauchspuren zu wissen, um zu verstehen, daß wir es nicht mit etwas sonderlich Kompliziertem zu tun hatten. Entweder es gab sie, oder es gab sie nicht, und wenn sie vorher nicht dagewesen waren, dann waren sie es jetzt.

Eine halbe Stunde, nachdem wir gekommen waren, war es auch schon wieder Zeit, aufzubrechen. Ich ging nach oben und traf meine Mandantin dabei an, wie sie die Belagerung von ihrem

Schlafzimmerfenster aus beobachtete. Sie war immer noch im Mantel. Ich tat, was ich konnte. Ich sagte ihr, es sei noch nicht aller Tage Abend. Ich sagte ihr, sie dürfe jetzt den Mut nicht verlieren. Ich gab jede nur erdenkliche Binsenweisheit von mir, aber sie ließ das Fenster nicht aus den Augen. Als ich mich zum Gehen wandte, hielt sie mich am Ärmel fest, und wir fielen uns in die Arme, klammerten uns aneinander und wiegten uns vor und zurück, so als versuchten wir, aus einem bösen Traum zu erwachen. Ich versprach ihr, so schnell wie möglich zurückzukommen – *Galaxy* und die gesamte Boulevardpresse konnten mich gern haben.

Gegen sechs Uhr hatte sich das Bronson-Team im Büro eingefunden, um den neuesten Rückschlag zu verdauen – falls man eine derart tödliche Wunde überhaupt noch als Rückschlag bezeichnen kann. Die Stimmung war düster. Andy hatte sich von den jüngsten Entwicklungen immer noch nicht erholt. Harry und Dan waren grimmig. Sie kannten nicht die ganze Wahrheit, aber sollte eine Frau wie unsere Mandantin tatsächlich einen Kerl umgebracht haben, dann, fanden sie, mußte es einen triftigen Grund dafür gegeben haben. Und wenn man sein Leben damit zugebracht hatte, sich über Ladenverkäufer und Opfer von Amokläufern zu beugen, dann fällt ein triftiger Grund schon ganz schön ins Gewicht.

Harry hatte ein paar Getränke mitgebracht, und während der nächsten Minuten war das Ploppen von Dosen das einzige Geräusch im Raum. »Hat irgend jemand eine gute Idee?« fragte ich und blickte forschend in die Gesichter.

Jeder starrte in sein Bier.

»Ich brauche eine wirklich gute Idee – okay, okay, Freunde, ich gebe mich verdammt noch mal auch mit einer schlechten zufrieden.«

Keine Antwort.

»Dan, was ist mit diesem Kerl, mit Yee?«

»Er hat einige meiner Fälle bearbeitet. Scheint in Ordnung zu sein, zumindest habe ich noch nie was Gegenteiliges gehört.«

»Was ist mit dem anderen Kerl, der den ursprünglichen Test vorgenommen hat? Wie hieß er noch gleich, Andy?«

Er hatte das Protokoll schon auf dem Schoß liegen. »Einbinder. Er ist Laborassistent.« Dan kannte ihn nicht.

»Als erstes müssen wir uns um Yee kümmern«, sagte ich. »Es wäre schön, wenn er ein hoffnungsloser Alkoholiker wäre.«

»Ich glaube, er ist Abstinenzler«, sagte Dan. »Wann immer ich ihn mit einem Glas in der Hand gesehen habe, war Tonic drin.«

»Hört mal, Freunde, ein Foto, das den Kerl zeigt, wie er gerade mit einem Schaf ein Motelzimmer verläßt, würde mir auch gefallen. Könnt ihr mir das nicht liefern, dann gebt mir irgendwas anderes an die Hand, das ich gegen ihn verwenden kann, wenn er im Zeugenstand steht. Dan, red mal mit deinen alten Kumpeln.«

»Ich tu mein Bestes«, versprach er, »aber du hast gestern das Image unserer Abteilung beschädigt, und Bullen halten immer zusammen.«

»Sag ihnen, ich hab's nicht persönlich gemeint. Sag ihnen, daß ich ihnen beim nächsten Polizeiball fünfzig Tickets abnehmen werde. Tu, was immer du tun mußt, aber finde heraus, wie und wann er einen Fall versaut hat.«

»Was ist mit der Polizei?« krächzte Harry. »Die müssen jeden Labortechniker x-mal getroffen haben.«

»Gute Idee«, entgegnete ich. »Da gibt es immer ein paar Kerle, die auch am Wochenende arbeiten. Geh gleich morgen früh dorthin und versuch, die anderen telefonisch zu Hause zu erreichen. Und wenn du schon dabei bist, dann finde heraus, ob es jemandem gelungen ist, irgendein Wunder in einem Fall mit Schmauchspuren zu bewirken. Ich kenne keinen Stolz. Wenn es irgendeinen Trick gibt, wie wir unseren Kopf aus der Schlinge ziehen können, dann wenden wir ihn auch an.«

»Ja«, sagte er. »Das mache ich als erstes.«

»Und erwähne nicht, für wen du arbeitest. Wenn das mit den Schmauchspuren durchsickert, dann will ich, daß Warner weiß, wen er dafür zur Verantwortung ziehen muß. Sag einfach, du arbeitest im Auftrag einer großen hier ansässigen Kanzlei, die sich durchaus erkenntlich zeigen wird, wenn die Polizei ihrem Ermittler ein wenig unter die Arme greift.«

Die nächsten drei Stunden verbrachten wir damit, uns über dieses Problem den Kopf zu zerbrechen, kamen dann aber letztendlich zu dem Schluß, daß es nur zwei Theorien gab, an die wir uns halten konnten, es sei denn, man würde sich über die Schmauchspuren nicht einig: Entweder hatte man uns die Schmauchspuren untergeschoben, oder aber der Regenmantel war beim ersten Test aus Versehen verunreinigt worden. Je länger wir darüber diskutierten, desto mehr wuchs in uns die Überzeugung, daß wir behaupten mußten, es handele sich um ein abgekartetes Spiel. Wir hatten drei oder vier Geschworene, die geneigt sein würden, einer Entdeckung zu mißtrauen, die gerade einmal elf Stunden zurücklag. Sie waren höchstwahrscheinlich unsere letzte Hoffnung.

Eine Möglichkeit, Mißtrauen zu fördern, bestand darin zu zeigen, daß ein Versehen auf seiten Einbinders mehr als unwahrscheinlich war. Andy wies noch einmal darauf hin, seine Überprüfung des Beweismaterials habe ergeben, daß Polizei und Labor peinlich genau gearbeitet hatten. Nachdem er nochmals jeden Bericht und jedes Beweisstück durchgegangen war, hatte er nur eine einzige Sache zu bemängeln, nämlich daß er die Fotos in einem ziemlichen Durcheinander vorgefunden habe. Ansonsten hatten die Polizeibeamten ganze Arbeit geleistet. Wir beschlossen, seine Ergebnisse zu überprüfen, aber wir hatten nur Kopien der Originalberichte. Sämtliches Beweismaterial befand sich im Asservatenraum der Polizei.

»Kannst du jemanden dazu überreden, dir noch einmal alles zeigen zu lassen?« fragte ich Dan.

»Das wird wohl kein Problem sein.«

»Du bist der Mann, der kontrolliert, ob sich auch alle an die Vorgaben gehalten haben. Wenn alles andere in Ordnung ist, läßt das Einbinders Irrtum vielleicht sogar noch ein wenig merkwürdiger wirken.«

»Klingt ziemlich schwach«, murmelte Harry.

»Das *ist* ziemlich schwach!« blaffte ich. »Es ist verdammt noch mal ziemlich schwach! Aber wenn mir hier keiner ein Foto mit

Schaf verschaffen kann, dann muß das genügen!« Es wurde wieder mucksmäuschenstill im Raum. Diese alten Haudegen hatten sich auch so ihre Gedanken gemacht, lange bevor die Fotos in *Galaxy* erschienen waren, und wußten also, unter was für einem Druck ich stand. Als ich mich wieder gefaßt hatte, fügte ich hinzu: »Wenn sie dir das Leben schwermachen, Dan, dann gib mir Bescheid. Im Moment reißt sich Rogavin geradezu darum, mir einen Gefallen zu tun.«

Mehr konnten wir im Moment nicht tun. Andy würde einen Antrag verfassen, der darauf abzielte, Yees Aussage nicht zuzulassen. Walter wies die Ermittler an, wegen neuer Anweisungen mit ihm in Kontakt zu bleiben.

Auf der kurzen Fahrt zurück nach Georgetown hatten Walter und ich das erste Mal Gelegenheit, wieder miteinander zu reden, seit die Welt vor gerade einmal sechs Stunden aus den Fugen geraten war.

»Jetzt, wo du weißt, daß Kellogg gelogen hat, willst du mir da nicht endlich auch erzählen, worum es hier verdammt noch mal eigentlich geht?« fragte ich ihn

Er schüttelte angewidert den Kopf. »Ich werde einfach nicht schlau daraus«, knurrte er. »Wie ich es auch drehe und wende, die Sache macht einfach keinen Sinn.« Eine Weile fuhren wir schweigend weiter, dann begann er von neuem zu analysieren. »Fangen wir mit dem an, was wir haben.« Er hielt einen Finger hoch. »Octagon erpreßt den alten Herrn wegen seiner Erfindung, und der bringt sich um – okay, das macht Sinn. Zweitens, Garvey war hinter der Sache her und wird erschossen – in Ordnung. Drittens wären da noch die zwei Geschichten von Menschen, die den Tatort verlassen haben. Einmal ist da ein früherer CIA-Agent, der behauptet, die Mandantin habe den Tatort allein verlassen – und an dem ist was faul.«

»Bist du dir da ganz sicher?«

Er starrte mich feindselig an. »Hey! Ich weiß, was ich weiß.«

»Also gut, weiter.«

»Andererseits hat dieser Bradmoor eine Frau weggehen sehen, die nicht allein war, und er ist der einzig neutrale Zeuge in diesem Chaos.«

»Mir wird übel«, sagte ich.

»Sieh den Tatsachen ins Gesicht, mein Junge. Die Schlüsselfigur, um die sich hier alles dreht, ist unsere Mandantin. Wenn sie die Wahrheit sagt, ist Kellogg nichts weiter als ein Strohmann, jemand, der nicht mit der Sprache rausrücken kann oder will. Und warum nicht? Und was hat das mit Octagon und dem ganzen Mist zu tun?« Er sah zu mir herüber, so als wüßte ich eine Antwort auf all diese Fragen.

»Sieh mich nicht so an! Ich komm auch nicht weiter, als bis Punkt drei.«

»Lügt sie dagegen, dann ist da noch mindestens einer mehr mit im Spiel, und sie deckt ihn.«

»Wie soll denn das vor sich gegangen sein?«

»Sie ist diejenige, die erwischt wurde. Sie will nicht in den Knast, klare Sache, aber sie will auch niemand anderes mit reinziehen. Also muß sie selber sehen, wie sie klarkommt.«

Ich kurbelte mein Fenster herunter. »Und Kellogg, wie paßt der da rein?«

»Vielleicht ist er eine Art Rückversicherung für die anderen. Wenn er nicht wäre, dann hätte die Polizei nur Bradmoor, und dann würden sie anfangen nachzuforschen, wer da noch mit im Auto saß.« Er sah zu mir herüber und zuckte die Achseln. »Das ist nicht gerade überwältigend, aber auch nicht unmöglich.«

»Mir wäre lieber, ich müßte dich das jetzt nicht fragen: Welches dieser beiden Szenarios ist schlüssiger?«

Er seufzte. »Erinnerst du dich noch an unser Gespräch damals, als wir von Garvey zurückkamen?«

»Du meinst das mit Raymond, warum er angezogen war und sie so treffsicher?«

»Genau das.«

Ich hielt mein Gesicht an die frische Luft.

»Was zum Teufel machst du da?« fragte er.

»Erschieß mich. Hier, gleich hinterm Ohr.«

Er fuhr am Ende ihres Blocks an den Bordstein, und ich stieg aus. Ein eiskalter Wind schlug mir ins Gesicht, der sich wesentlich kälter anfühlte als die minus sechs Grad, die auf der Leuchttafel am Dupont Circle angezeigt wurden. Eine kümmerliche Mondsichel erhellte die Landschaft. Nur der Wind und das Rascheln welker Blätter, welche die Straße hinunter wehten, war zu hören. Kein guter Zeitpunkt für Voyeure. Ich zog meinen Schal enger und ging den Block hinunter, um nach ein paar Gestörten Ausschau zu halten, die sich in Eingängen oder hinter parkenden Autos versteckten, und schleppte mich erst die eine, dann die andere Straßenseite hinunter, ehe ich in ihre Auffahrt einbog.

Es war Ashley, in Bademantel und Hausschuhen, die mein sanftes Pochen erhörte. »Hast du schon gegessen?« fragte sie, als ich meinen Mantel aufhängte. Ich verneinte. Sie führte mich ins Wohnzimmer, wo der Couchtisch für eine Person gedeckt war, und ging dann in die Küche. Die Wärme des Kaminfeuers breitete sich in meinem Körper aus, und damit auch die Erschöpfung. Meine Augenlider brannten, als ich zur Seite glitt und meinen Kopf auf die Couch bettete. Vom gelegentlichen Klappern eines Topfes abgesehen, lag das Haus vollkommen still da. Es tat weh, an so etwas zu denken, aber wäre dieser Absolvent der Chemie nicht gewesen, der offensichtlich nicht genug zu tun hatte, dann hätte jetzt im Hause Bronson eine kleine Feier stattfinden können.

Ashley trug ein Tablett mit einem Teller Gemüsesuppe, einem Baguette und zwei Gläsern Rotwein herein. Sie öffnete meinen Hemdkragen und steckte ein Serviettenende in meinen Ausschnitt. »Wie ist eure Besprechung gelaufen?« fragte sie, während sie mir den Nacken massierte.

Ich versuchte, jegliche Unsicherheit aus meiner Stimme zu verbannen. »Wir haben so allerhand organisiert. Dieser Arthur Bonner soll ja eine regelrechte Koryphäe unter den Sachverständigen sein, und er wird uns gleich morgen früh anrufen. Wir kümmern uns um diesen Yee, der angeblich deinen Regenmantel ein zweites Mal untersucht hat. Und dann nehmen wir uns noch einmal alles vor, was mit den damaligen Ermittlungen zusammenhängt. Wenn die Polizei wirklich so sorgfältig vorgegangen ist, wie wir vermuten, dann werden die Geschworenen auf Yees späte Entdeckung vielleicht mit Mißtrauen reagieren.«

»Was hältst du denn davon – von der Entdeckung?«

»Ich weiß nicht, ob sie vorhanden waren oder nicht.«

»Ich meine die Konsequenzen, welche Konsequenzen wird das deiner Meinung nach haben?«

Ich sah nicht von meiner Suppe auf. »Wenn die Geschworenen daran glauben, dann werden sie dich verurteilen.«

»Das werden sie wohl müssen, nicht wahr?«

»Sie haben nur eine Erklärung dafür, wie sie dahin gekommen sein könnten.«

Ich nahm mein Abendessen zu mir, während sie im Bademantel neben mir saß und mir dabei zuschaute. Wahrscheinlich sahen wir aus wie ein ganz normales Ehepaar, auch wenn die Ehefrau normalerweise nicht ins Gefängnis muß, wenn ihr Mann einmal einen schlechten Tag hat.

»Du warst großartig heute«, sagte sie und fuhr mit den Fingern durch mein Haar. Das klang ganz nach Trostpreis.

»Ach ja?«

»So, wie du mit Kellogg umgesprungen bist.«

»Kellogg hat gelogen. Er war nicht da.«

»Aber … er hat die Wahrheit gesagt.«

»Ach ja?«

Sie starrte mich an. »Was willst du damit sagen?«

Ich legte meinen Löffel weg und nahm ihre Hand aus meinem Haar. »Jetzt sind die anderen am Zug«, erklärte ich. »Wir tun nur so, als ob.«

Sie senkte den Blick. »Ich verstehe«, sagte sie leise.

»Wenn wir wüßten, was hier eigentlich Sache ist, was wirklich passiert ist, vielleicht gäbe es dann noch eine Chance, dich vor dem Gefängnis zu bewahren.«

»Was soll das heißen? Ich hab dir doch alles gesagt –«

Ich wehrte ab. »Bitte nicht. Ich bin müde und angespannt. Weißt du, Warner hatte recht heute – was er da über professionelle Objektivität gesagt hat. Die meine hab ich nämlich verloren, weil ich mir gestattet habe, den einen oder anderen Beweis zu übersehen – und daran sind die Gefühle schuld, die ich für dich empfinde. Ich habe dich enttäuscht Ashley. Ich habe zugelassen, daß du mich täuschst.«

Sie zuckte zusammen, so als hätte ich sie geschlagen. »Frank, ich schwöre dir –«

»Wenn du hier schon einen Eid ablegst, dann sag mir bitte, wer noch mit im Haus war, als Garvey ermordet wurde. War es Brown?« Ihre Augen weiteten sich bei der bloßen Erwähnung seines Namens. »Hab ich's mir doch gedacht! Hast du Garvey erschossen, oder hast du nur den Wagen gefahren? Und wenn du damit fertig wirst, bin ich völlig verwirrt, was Kellogg anbelangt – und all das andere, in das du da anscheinend verwickelt bist.«

»Du tust mir unrecht.« Ihre Augen füllten sich mit Tränen. »Ich habe dich nicht hintergangen ... ich liebe dich.«

»Gut, bleiben wir also bei Brown.«

Sie wischte sich die Augen und starrte eine halbe Ewigkeit in den Kamin – so kam es mir zumindest vor. Dann ergriff sie schließlich das Wort. »Er kam zu uns nach Hause«, sagte sie ruhig. »Zusammen mit Raymond. Ich wußte nicht, wie er hieß, nicht, bevor du ihn mir beschrieben hattest.«

Ich legte meinen Löffel weg und schloß die Augen. Ganz tief in meinem Innern hatte ich immer gehofft, Walter habe sich getäuscht. »Wann?«

»Nach der Beerdigung meines Vaters fuhr ich auf die Hütte, um mich für ein paar Tage zurückzuziehen. Ich nahm sein Tagebuch mit. Dort habe ich auch den letzten Eintrag gelesen. Ich habe darüber nachgegrübelt und mich immer mehr aufgeregt. Also flog ich zurück. Martha hatte frei, aber Raymond besaß immer noch einen Schlüssel zu unserem Haus. Ich fand ihn in der Bibliothek vor. Überall lagen Papiere herum, und sie nahmen Bücher aus den Regalen und warfen sie auf den Boden. Ich schrie, sie sollten damit aufhören, aber Raymond sagte, mein Vater habe noch einige Papiere, die ihm gehörten, und er bräuchte sie sofort zurück. Sie wollten einfach nicht gehen, selbst dann nicht, als ich ihnen mit der Polizei drohte, und so sagte ich ihnen, ich hätte sie verbrannt.«

»Du hast sie *verbrannt?*«

Sie schüttelte den Kopf. »Nein, das habe ich nur so gesagt. Ich hatte keine Ahnung, wovon er redete.«

»Um Gottes willen! Und was geschah dann?«

»Raymond glaubte mir nicht. Er bat mich, die Papiere zu beschreiben. Ich sagte, es habe da ein paar dicke, versiegelte, braune Umschläge gegeben, und mein Vater habe mich gebeten, sie nicht zu öffnen, was ich auch nicht getan hätte. Ich muß ziemlich überzeugend geklungen haben, denn Raymond wurde aschfahl und brach auf der Couch zusammen.«

»Was sagte Brown dazu?«

»Er fragte mich, wann ich sie denn verbrannt hätte, und ich sagte, nur wenige Tage vor dem Tod meines Vaters. Er starrte mich bloß an – er war so was von zum Fürchten, Frank –, und dann sagte er zu Raymond, es gebe nichts, was man jetzt noch tun könne.«

»Und das war's dann?«

»Nein. Raymond flippte völlig aus. Er begann herumzubrüllen und zu fluchen. Er sagte, mein Vater sei wie ein kleines Kind gewesen, das man ständig an die Hand habe nehmen müssen. Wenn er kein Geld geerbt hätte, wäre er nichts weiter gewesen als ein lächerlicher, kleiner Bibliothekar – genau das waren seine Worte: ›lächerlicher, kleiner Bibliothekar‹.« Ihre Augen blitzten; allein das Erzählen dieser Geschichte hatte sie wieder in Rage versetzt, und ich brauchte keinen Walter, um zu merken, daß sie die Wahrheit sagte. »Darauf entgegnete ich, mein Vater sei tausendmal mehr wert gewesen als er, und da setzte er plötzlich so ein widerliches Lächeln auf und fragte mich, ob ich die Wahrheit über meinen Vater erfahren wolle, ob er mich in Henry Bronsons kleines Geheimnis einweihen solle.« Sie hielt inne und rang um Fassung.

»Erzähl weiter«, drängte ich sie.

»Brown sagte ihm, er solle den Mund halten.«

»Und Raymond hielt den Mund?«

»Ja. Er hatte Angst vor ihm. Brown erhob kein einziges Mal seine Stimme, und dennoch war er furchteinflößend. Man spürte einfach, daß er zu allem fähig war.«

»Was geschah dann?«

»Sie gingen. Die Bibliothek war ein einziges Chaos. Ich habe stundenlang dort gesessen und mich immer mehr über das aufgeregt, was sie da getan hatten.«

Was nun folgte, war nicht schwer zu erraten. »Und dann bist du zu Raymonds Haus gegangen?«

Sie nickte.

»Warum hast du mir das nicht schon vorher erzählt?«

»Weil ich nicht wollte, daß du das über meinen Vater erfährst«, rief sie. »Er war tot und begraben. Warum sollte ich erfahren wollen, was Raymond mir da andeutete? Was der Tagebucheintrag bedeutet? Ich habe dir gesagt, was ich getan habe und warum, und ich dachte, das sei alles, worauf es ankommt. Aber ich wußte sehr wohl, wenn ich dir von Brown erzählt hätte, würdest du nach ihm suchen und herausfinden, warum Henry Bronson sich umgebracht hat. Deshalb habe ich nichts gesagt.«

»Und das ist die ganze Geschichte? Du warst allein, als du Garvey erschossen hast?«

»Ich sage die Wahrheit, Frank. Jetzt bist du dran.«

»Wie meinst du das?«

»Du hast mir etwas verheimlicht. Du weißt das alles, stimmt's? Du hast alles herausgefunden.«

»Ja, ich weiß es«, gab ich zu.

»Jetzt will ich es auch wissen.«

»Tatsächlich? Warum der plötzliche Sinneswandel?«

»Weil die Ungewißheit *noch schlimmer* ist. All das ist wie ein Nebel, der sich über all die schönen Erinnerungen an meinen Vater gelegt hat, und die brauche ich jetzt – mehr denn je. Frank, ich weiß nicht, was du da herausgefunden hast, aber Henry Bronson war ein guter Mensch, und egal, was er getan hat, ich werde damit fertig. Ich werde all dem eine angemessene Bedeutung zuweisen und erhalte im Gegenzug meine schönen Erinnerungen zurück.«

Wenn ich nicht so müde gewesen wäre, hätte ich da vielleicht nachgehakt. Aber all meine guten Vorsätze waren dahin, und sie hatte einen Punkt gut.

»Erinnerst du dich an das Foto, das ich dir gezeigt habe? Es wurde in Kalifornien aufgenommen, in der Nähe von einem Ort, der sich Lawrence Livermore Laboratory nennt, eine geheime Forschungsanlage, in der sie Atombomben entwickelt haben. Dein Vater hat dort gearbeitet. Der Mann neben ihm auf der Bank ist Herbert Epstein.«

Sie sah mich verwirrt an. »Atombomben. Ist es das, was du –«

»Es geht noch weiter. Der dritte Mann auf dem Foto war ein russischer Spion. Herbert und dein Vater haben ihm Geheimnisse verraten.«

»Mein Vater?« Sie schüttelte wie benommen den Kopf. »Hat Herbert dir erzählt, daß mein Vater ein Spion war?«

»Ja. Und er konnte mir noch so allerhand anderes bestätigen.«

Sie bedeckte ihr Gesicht und flüsterte, »Oh, mein Gott!«

»Das ist es, Ashley, womit Raymond ihn erpreßt hat.«

»Aber warum?«

»Dein Vater hat eine Zündvorrichtung für eine Bombe entwickelt. Sie war ganz simpel, und die Pläne dafür sind heute für jeden, der über die anderen Komponenten verfügt, ein Vermögen wert. Raymonds Freunde haben sie, und mit den Plänen deines Vaters könnten sie jeder Terrorgruppe, die bereit ist, dafür zu zahlen, alles aus einer Hand anbieten. Sie stellten ihn vor die Wahl: die Pläne herauszugeben oder enttarnt zu werden. Also –«

Ein erster Schluchzer entwich ihr, und dann brach alles aus ihr heraus, die Qualen, die sie um ihren Vater ausgestanden hatte, der Prozeß und ihre Zukunft, alles, was sie wochenlang verdrängt hatte. Ich nahm sie in die Arme und wiegte sie sanft hin und her. »Tut mir leid, Ashley. Da ist noch etwas, das du wissen solltest. Herbert hat gesagt, daß dein Vater überzeugt davon war, Atomgeheimnisse auszutauschen sei der einzige Weg, die Welt sicherer zu machen. Er handelte nach bestem Wissen und Gewissen, zum Wohle der Menschheit. Wie dem auch sei, nichts davon spielt jetzt noch eine Rolle. Diese Geschichte wird nie ans Licht der Öffentlichkeit gelangen.«

»Laß uns nach oben gehen«, flehte sie. »Ich will, daß du mich festhältst. Ich will, daß dieser Tag endlich vorbei ist.«

Und das taten wir dann auch.

Ich träumte, wir hätten den Prozeß verloren. Die Geschworenen riefen »schuldig«. Der Gerichtsvollzieher trat zwischen uns und wollte sie gerade abführen. Ich versuchte, ihn aufzuhalten, aber meine Beine waren bleischwer. Irgend etwas war mit meinen Schuhen nicht in Ordnung, und dann mußte ich noch um Rogavin herumlaufen, womit ich noch mehr kostbare Zeit verlor. Als ich die Zelle schließlich erreichte, war die Tür schon zu und sie weg, also begann ich auf die Tür einzuhämmern.

Als ich meine Augen öffnete, starrte ich durch den Spitzenbaldachin ihres Bettes an die Decke. Der Alptraum war zu Ende, aber mein Herz raste noch immer, wenn auch nicht mehr so laut. Ich döste wieder ein und kam erneut zu mir. Als ich schließlich wieder einen klaren Kopf hatte, merkte ich, daß jemand leise an die Tür klopfte. Ich rollte aus dem Bett und öffnete sie einen Spalt breit für Martha. Sie flüsterte, da sei ein Mr. Bonner am Apparat. Ich streifte mir Hemd und Hose über, ging auf Zehenspitzen nach unten in die Bibliothek und nahm den Hörer auf. Die Stimme am anderen Ende klang frisch und ausgeruht.

»Spricht da Mr. O'Connell?«

»Jawohl. Ich habe Sie im Fall Ashley Bronson angerufen.«

»Das habe ich mir schon gedacht. Die Frau, die abgenommen hat, meldete sich mit ›bei Bronson‹.«

»Ja, äh, wir haben hier gerade einen Frühstückstermin.«

»Ich habe den Fall verfolgt. Ich denke, das hat jeder getan.«

»Lassen Sie mich Ihnen eine Frage stellen, Mr. Bonner, noch bevor ich loslege. Gibt es da irgendeinen Interessenkonflikt oder andere Gründe, die Sie daran hindern würden, an diesem Fall mitzuarbeiten?«

»Nichts dergleichen. Wenn ich diesen Fall ablehne, würde meine Frau mich umbringen.«

»Nun, was ich Ihnen jetzt erzählen werde, ist strikt vertraulich.«

»Darüber brauchen Sie sich keine Sorgen zu machen. Ich spiele hier keine Spielchen, das hier ist immerhin mein Job, aber ich bin jetzt vierzig Jahre lang verheiratet, und noch nie hat sie gegenüber irgend jemandem auch nur ein Wort über meine Fälle verloren, und da waren ein paar wirklich große dabei.«

»Okay, Sie sind engagiert. Sind Sie bereit, sofort loszulegen?«

»Ich habe fertig gefrühstückt, bin schon angezogen und startklar.«

»Der Abteilungsleiter des Polizeilabors hat einen Regenmantel, der meiner Mandantin gehört, auf Schmauchspuren hin untersucht und behauptet, er habe da etwas im Inneren eines Ärmels entdeckt. Und das erst gestern. Dabei wurde der Regenmantel bereits Anfang Oktober von einem Laborassistenten untersucht, und damals fand man rein gar nichts. Die werden behaupten, derjenige, der ihn zuerst untersucht hat, hätte die Spuren übersehen.«

»Ganz schön schlampig.«

Wir einigten uns darauf, daß Bonner den Regenmantel noch am gleichen Morgen untersuchen sollte, um aufzuspüren, was es aufzuspüren galt. Er warnte mich, daß es mehr als unwahrscheinlich wäre, herauszufinden, woher die Verunreinigung kam, mit anderen Worten, er könne nur feststellen, ob Schmauchspuren vorhanden seien oder nicht. Wie sie dahin gekommen waren, konnte sich dann jeder selbst ausdenken.

20

Es war Samstag, später Vormittag, der Tag x plus eins, und ich hatte nichts zu tun. Das kommt öfter vor, wenn man einen Prozeß vorbereitet: erst kämpft man um jede Minute, und dann überlegt man, was man tun kann. Manchmal ist das herzlich wenig, zum Beispiel wenn man bereits schachmatt gesetzt wurde und keine Züge mehr machen kann. Bonner traf wohl gerade im Labor ein, war vielleicht schon dabei, seinen ersten Test zu machen. Andy verfaßte den Antrag, Dan kümmerte sich um Yee, und Harry Lerner versuchte, sich bei der Polizei Gehör zu verschaffen. Ich dagegen drehte Däumchen, denn ein paar Stunden Schlaf und jede Menge Grübeleien hatten mich auch keinen Deut weitergebracht. Gegen elf beschloß ich aufzubrechen, damit mich Ashley nicht länger hier herumhängen sähe. Ich gab vor, noch etwas im Büro erledigen zu müssen, und machte mich auf, anderswo Däumchen zu drehen. Ein flotter Spaziergang zum Dupont Circle brachte auch keine neuen Erkenntnisse, und ich war nach wie vor fest überzeugt, nichts tun zu können. Als ich ins Büro kam, fand ich Walter vor, der auf der Couch lag.

»Hast du hier übernachtet?«

»Ich denke immer noch über Kellogg nach.«

»Und?«

»Nichts und. Ich werd hier noch verrückt!«

»Dann gestatte, daß ich noch ein wenig Öl ins Feuer gieße. Wir haben richtig geraten, was alles andere anbelangt. Garvey, Sherry und Mr. Brown waren in die Sache verwickelt und hinter einigen Papieren her, von denen sie vermuteten, sie befänden sich in Henry Bronsons Besitz. Ob es die Pläne für die Zündvorrichtung waren, bleibt abzuwarten, aber das ist mehr als wahrscheinlich.«

Er sah mich an. »Wo hast du das denn her?«

»Raymond und Mr. Brown tauchten uneingeladen auf und

stellten die Bibliothek des alten Herrn auf den Kopf. Sie überraschte sie dabei, und da rückten sie raus mit der Sprache. Raymond sagte, Henry besitze einige Papiere, die ihm gehörten, und deshalb würden sie alles durchsuchen. Einer plötzlichen Eingebung folgend, sagte sie, sie hätte sie verbrannt.«

»Du machst Witze!?«

»Sie muß sehr überzeugend geklungen haben. Mr. Brown beschloß, damit hätte sich die Sache. Raymond dagegen drehte durch und wurde sehr unangenehm ihrem Vater gegenüber. Dann zogen sie schließlich ab.«

»Und daraufhin hat sie ihm einen Besuch abgestattet.«

»Ein paar Stunden später, als sie so richtig in Stimmung war.«

Walter setzte sich auf und griff nach einem Becher mit Kaffee auf dem Boden. Er nippte nachdenklich daran und verdaute die Neuigkeiten. »Sie hat uns also was verheimlicht.«

»Ja, aber das ist auch schon alles.« Er sah mich an. »Da bin ich mir ganz sicher. Sie ist allein dahingegangen und hat Raymond erschossen. Und sie ist allein wieder gegangen.«

»Falls wir nichts übersehen haben, dann ist Kellogg ein Strohmann, und das wirft jede Menge Fragen auf: Warum rückt der echte Zeuge nicht mit der Sprache raus, und was hat Octagon damit zu tun?«

Das Telefon klingelte. Ich stellte auf laut, und Dan Whites Stimme füllte den Raum. »Frank?«

»Ich bin's. Walter ist auch da. Was ist los?«

»Ich bin alles noch mal durchgegangen. Ich glaube, ich habe gute Nachrichten, denn alles ist in Ordnung. Polizeiliche Ermittlungen wie aus dem Lehrbuch.«

»Auch, was das Labor betrifft?«

»Ja. Wenn euch das irgendwie weiterhilft: es wurden auch keine Fotos durcheinander gebracht. Die Polizei hat alle Bilder vom Tatort in einem Umschlag aufbewahrt. Die anderen Fotos lagen nicht dabei, weil sie nicht von der Polizei aufgenommen wurden. Das waren bloß so Bilder, die die Gerichtsmedizin vom Tatort mitgebracht hat, aber ich konnte gut verstehen, warum unser Junge dachte, hier hätte jemand Scheiße gebaut.«

»Warum?«

»Sie sehen Polizeifotos zum Verwechseln ähnlich.«

»Vielleicht sind es ja auch welche.«

Er kicherte hämisch. »Jetzt hör mir mal zu, mein Junge, dreiundzwanzig Jahre lang hatte ich mit Mordfällen zu tun, schon vergessen? Die Polizei macht sich nichts aus Polaroids.«

Walter stand auf und beugte sich in Richtung Lautsprecher. Er war hochrot im Gesicht. »Dan, erzähl mir von den Polaroids.«

»Es gibt drei«, lautete die Antwort. »Eines zeigt eine Schreibtischoberfläche. Dic anderen beiden sehen aus wie das Innere einer Schublade. Da scheint jemand geübt zu haben.«

»Hör zu, Dan«, sagte er eindringlich, »ist irgend jemand mit dir im Raum? Irgend jemand, der dich beobachtet?«

»Nö. Der für den Asservatenraum zuständige Beamte hat mich hierhergebracht, mir viel Glück gewünscht und ist dann wieder verschwunden.«

»Nimm die Bilder und bring sie hierher.«

Am anderen Ende der Leitung war ein kurzes Zögern zu vernehmen. »Meine Güte, Walter, das ist Beweismaterial eines noch nicht abgeschlossenen Falls.«

Walter ließ das kalt. »Hör zu, wir brauchen die Originale, verstanden? Schieb sie unter dein Hemd und komm her, so schnell du kannst.«

»Du bist der Boß. Ich hoffe, eure Mandantin kann es sich leisten, für meine Pension aufzukommen.«

»Und ob!« entgegnete er und legte auf. Er zog sich auf die Couch zurück, kratzte sich am Kinn und murmelte irgend etwas vor sich hin. Ich hatte ihn noch nie so nervös gesehen. »Neunzehnhundertzweiundsiebzig«, sagte er schließlich, und verfiel wieder in tiefes Schweigen. Mehrere Minuten vergingen.

»Neunzehnhundertzweiundsiebzig«, bohrte ich nach.

Er nickte und wiederholte: »Neunzehnhundertzweiundsiebzig«.

»Genau«, sagte ich, »Neunzehnhundertzweiundsiebzig. Nixon gewann die Wahlen, Miami den Super Bowl und irgend jemand anders die verdammten Weltmeisterschaften. Das war's. Mehr fällt mir dazu nicht ein, und ich bin *kurz davor*, dich umzubringen.«

»Erinnerst du dich an die Leute, die Bradmoor gesehen hat?«

»Und, was ist mit denen?«

»Ich glaube, sie haben ihre Visitenkarte hinterlassen. Warte, bis Dan hier ist. Ich möchte ganz sichergehen und mir vorher noch ein paar Gedanken machen.«

Dan tauchte eine Viertelstunde später auf und war trotz der Kälte naßgeschwitzt. Die Polaroids hatte er unter seinem Hemd. »Genau wie du es mir gesagt hast«, bemerkte er und übergab sie Walter. »Ich hoffe, ich habe nicht umsonst mein Leben aufs Spiel gesetzt.«

Dan wollte mit der Schmuggelware nicht einmal im selben Raum bleiben. Er brach sofort auf, um seine Nachforschungen über Yee wiederaufzunehmen.

Walter sah sich die Fotos an und schüttelte den Kopf.

»*Irgend jemand* wird hierfür büßen müssen«, sagte er und grinste breit.

Er erhob sich von der Couch und ließ sich auf den Stuhl neben dem Schreibtisch fallen.

»Neunzehnhundertzweiundsiebzig«, sagte er.

»Fängst du schon wieder damit an?«

»Wir werden zu einem Einbruch gerufen, irgendwo in der Upper West Side. Fehlanzeige. Wir wollen schon Schluß machen, da erreicht uns ein Anruf. Irgend so ein Muttchen sieht in einem Bürogebäude gegenüber seines Hauses Lichter aufblitzen. Wir kennen das Gebäude, klar? Man kann es vom Dach des Nebenhauses aus erreichen, also parken wir in der nächstgelegenen Straße, klettern aufs Dach und schleichen uns auf Zehenspitzen ins Treppenhaus runter. Wir horchen an der Tür und wissen so sicher wie das Amen in der Kirche, daß da gerade ein Einbruch verübt wird, trotzdem macht das Ganze wenig Sinn, denn in dem Bürogebäude sitzt eine von diesen schrägen Zeitungsredaktionen, die Nixon ständig Amtsvergehen vorwarfen und die Festnahme des kompletten Pentagons verlangten. Was zum Teufel war da zu holen?«

»Und jetzt verrate mir bitte, was das mit unserem Fall zu tun haben soll.«

Er wehrte ab. »Wir gehen da also rein, die Waffe im Anschlag, und machen das Licht an. Das nächste, was wir wissen, ist, daß *jeder* eine Waffe hat, klar? Wir brüllen: ›Polizei‹, und die brüllen: ›FBI‹, und dann brüllen wir alle: ›Waffen weg!‹. Was Absurderes kannst du dir gar nicht vorstellen. In jener Nacht bekam so manch einer 'nen hochroten Kopf. Wir mußten einen Lieutenant kommen lassen, um die Angelegenheit zu klären. Und noch während wir warten, sehe ich mich um. Sie waren dabei, alles zu durchwühlen, verstehst du? Überall hatte man Polaroids an die Tische geklebt, an die Schubladen, Ablagefächer – einfach überall. Selbst an die Papierkörbe. Und alle waren sie beschriftet – genau wie diese hier.« Er hielt die Polaroids in die Höhe. Jedes trug eine Nummer, die mit schwarzem Filzstift in der rechten oberen Ecke vermerkt worden war: achtzehn, neunzehn und dreiundzwanzig.

»Wozu?«

Er beachtete mich nicht. »Der Lieutenant taucht auf, man tätigt ein paar Anrufe, und beide Seiten beschließen, sich zurückzuziehen.«

»Ich versteh das nicht. Das FBI hatte einen Durchsuchungsbefehl?«

Er schüttelte nachdrücklich den Kopf. »Durchsuchungsbefehl, von wegen!« fauchte er. »Das war ein *bag job*.« Ich sah ihn verständnislos an. »Ein *black bag job*«, wiederholte er, »so nannten sie diese Art von Durchsuchungen.«

»Woher weißt du das alles?«

Er kicherte hämisch. »Später mußte eine offizielle Erklärung abgegeben werden, weißt du. Der Anruf der Zivilperson sowie unsere Benachrichtigung waren aufgezeichnet worden. Damals hätten die Beziehungen zwischen der New Yorker Polizei und dem FBI schlechter nicht sein können. Also kommandierte man mich zu einem freundschaftlichen Treffen mit dem Kerl ab, der an jenem Abend der zuständige FBI-Beamte war. Nun, wie sich herausstellt, ist der Kerl so ein verrückter Ire aus Fordham, wir sind sogar im selben Viertel aufgewachsen. Wie dem auch sei, über ein paar Gläsern Bier reimen wir uns eine offizielle Version zusammen, und noch bevor die Nacht rum ist, weiß ich alles über das FBI und deren *black bag jobs.*«

»Und jetzt weihst du mich auch ein.«

»Ja, das mußt du wissen. Angefangen hat das Ganze in den Vierzigern, als sie in New York Jagd auf Nazis machten. Sie gingen in den Bürogebäuden ein und aus, um nach Sympathisanten, Spionen und Saboteuren Ausschau zu halten. Während des Krieges hielt man das für nötig, um die nationale Sicherheit zu gewährleisten, und damals hielt sich niemand groß mit irgendwelchen Formalitäten auf, auch wenn Roosevelt angeblich über alles Bescheid wußte. Wie dem auch sei, sie machten damit auch in den Fünfzigern weiter, als McCarthy sein Ding durchzog, allerdings waren sie jetzt hinter Kommunisten und Staatsverrätern her. Hoover machte diesem Zirkus in den Sechzigern angeblich ein Ende, aber es fand keinen Anklang.«

»Warum nicht?«

»Die Neue Linke. Studentenrevolte, die Ökos und all die Friedensbewegungen, die an den Unis entstanden. Zunächst kümmerte das niemanden, bis dann in Washington eine Bombe nach der anderen hochging, und daraufhin stand das FBI ziemlich unter Druck, die Verantwortlichen aufzuspüren. Bingo! *Black bag jobs* haben wieder Hochkonjunktur!«

»Keine Durchsuchungsbefehle?«

»Wie zum Teufel sollten die denn an einen Durchsuchungsbefehl kommen? Einen Scheißdreck konnten die beweisen! In über fünfzig Prozent der Fälle konnten sie niemandem was anhängen.«

Plötzlich fiel bei mir der Groschen. »Moment mal, jetzt erinnere ich mich. Irgendwelchen hohen Tieren beim FBI wurde deshalb sogar der Prozeß gemacht – wie lange ist das jetzt her? Fünfzehn Jahre? Zwanzig Jahre? Ich kann mich noch an ein paar Riesendiskussionen im Büro des Staatsanwalts erinnern, ob diese Durchsuchungen nun angemessen waren oder nicht, selbst wenn kein Durchsuchungsbefehl vorlag. Die Verantwortlichen wurden verurteilt, und der Präsident erließ ihnen die Strafe, kaum daß er gewählt wurde.«

»Stimmt. Sie bespitzelten Verwandte, Freunde und Sympathisanten, um nach den Bombenlegern zu fahnden. Reiner Jagdinstinkt, nur auf einer höheren Ebene, und damals hielten das viele Leute für absolut in Ordnung.«

»Also suchten die Kerle in der Zeitungsredaktion nach Hinweisen auf die Bombenleger?«

»Darauf kannst du Gift nehmen! Die Untergrundbewegung stand in ständigem Kontakt mit der Zeitung, weil sie dort ihre Manifeste und den ganzen Scheiß veröffentlichten.«

»Gut. *Black bag jobs*. Nazis, Kommunisten und die Neue Linke. Willst du mir sagen, daß das FBI bei Garvey in Sachen *black bag job* unterwegs war?«

»Der Kandidat hat hundert Punkte!« sagte er grinsend. Er kramte in seiner Brusttasche und zog einen Zahnstocher in weißer Papierhülle hervor. Es war einer mit Pfefferminzgeschmack, die er sich normalerweise für nach dem Essen aufhob, so wie ein Zigarrenraucher, der sich seine gute Havanna aufspart. Offensichtlich war dies ein ganz besonderer Moment.

»Wegen der Polaroids glaubst du, das war das FBI – wie damals bei der Zeitungsredaktion?«

Er nickte. »Ein *black bag job* ist schließlich kein normaler Einbruch. Sie kommen nicht, um irgendwas mitzunehmen. Sie kommen, um sich ein paar Informationen zu verschaffen, und verschwinden dann wieder, ohne auch nur eine einzige Spur zu hinterlassen. Und wenn nichts auf deine Anwesenheit hindeuten soll, dann mußt du alles – und ich meine wirklich alles – dorthin zurücklegen, wo es hingehört.«

»Deshalb die Polaroids.«

»Nichts darf berührt werden, bevor nicht alles fotografiert worden ist. Als erstes gehen da die Kerle mit den Kameras rein und machen von allem einen Schnappschuß. Angenommen, da ist ein Schreibtisch mit Papierkram drauf, dann fotografieren sie den. Wenn sie sich die Schubladen ansehen, fotografieren sie sie. Wenn sie ein Regal durchforsten, fotografieren sie es. Und sie kleben die Bilder an den Schreibtisch, die Schublade, das Regal, wohin auch immer. Bevor sie den Ort wieder verlassen, muß alles wieder ganz genauso aussehen wie auf den Fotos.«

»Warum numerieren sie sie?«

»Um sicherzugehen, daß sie keines vergessen, wenn sie wieder abziehen. Angenommen, sie haben vierundzwanzig Aufnahmen gemacht, dann sollten sie von eins bis vierundzwanzig durchnumerierte Polaroids dabeihaben, wenn sie gehen. Sie hinterlassen nicht die geringste Spur.«

»Aber bei Garvey haben sie drei zurückgelassen.«

»Das stimmt.«

»Warum?«

»Dafür kann es nur einen Grund geben. Sie mußten sehr überstürzt aufbrechen.«

»Du meinst, Garvey kam nach Hause?«

Er schnaubte. »Unsinn! Das kann zeitlich nicht hinkommen. Bradmoor hat sie da gegen Viertel vor elf rausstürmen sehen. Garvey ist zwischen neun und elf ums Leben gekommen.«

»Bleiben noch ein paar Minuten.«

»Hör zu, die sind viel zu gewitzt, sich vom Hausbewohner erwischen zu lassen. Die stehen doch alle unter Beobachtung, während der *black bag job* vonstatten geht. Garvey geht ins Restaurant, und sie haben einen FBI-Typen, der den Eingang bewacht, ja der vielleicht sogar am Nebentisch ißt. Er verlangt die Rechnung, und noch bevor er seine Kreditkarte zücken kann, wissen die Kerle Bescheid, die sich da gerade in seinem Haus zu schaffen machen. *Nie im Leben* würden die sich vom Hausbewohner erwischen lassen.«

»Aber irgend jemand hat sie erwischt.«

»Ja. Irgend jemand.« Er sah mir direkt in die Augen.

Jetzt war es an mir, den Kopf zu schütteln. »Nein. Das kann nicht sein ... *verdammt noch mal!*« Er reagierte nicht, sondern wartete, bis ich soweit war. Ich ging zum Fenster und spielte die Szene in Gedanken noch einmal durch, so wie sie sie uns vorgeführt hatte.

Ashley nähert sich dem Anwesen bei Dunkelheit, geht auf die begrünte Terrasse und verschafft sich selbst Zutritt. Das FBI ist im Haus. Und was dann?

Und dann drehte sich mein Magen um. Ich wirbelte herum und keuchte: »Du willst mich wohl auf den Arm nehmen! Walter, verdammt noch mal, sag sofort, daß das nicht wahr ist, daß du nicht glaubst, sie hätte einen FBI-Agenten erschossen!«

»Ich glaube nicht, daß sie einen FBI-Agenten erschossen hat«, sagte er ruhig.

»Gott sei Dank!«

»Ich glaube allerdings, daß sie auf einen FBI-Agenten geschossen hat. Wahrscheinlich hat sie ihn nicht erschossen.«

Ich taumelte zu meinem Stuhl und brach zusammen. Walter sah nicht mehr zu mir herüber. Er dachte nach und nickte vor sich hin, während er das absurde Szenario, das er sich anhand von ein paar Polaroids zusammengereimt hatte, zu Ende dachte.

»Okay«, sagte er, »genauso hat sich die Sache abgespielt, vielleicht nicht zu hundert Prozent, aber fast. Laß uns mit dem anfangen, was wir bereits wissen. Es sind die fünfziger Jahre, und der alte Herr verrät Geheimnisse an die Russen, die wiederum von seinem Entwurf einer Zündvorrichtung wissen. Octagon gibt es schon eine ganze Weile, es ist wahrscheinlich Teil einer weit verzweigten Organisation, über die das Material verschoben wird. Nahezu fünfzig Jahre später haben wir es mit einem Land zu tun, das vor dem Zusammenbruch steht, und laut Herbert gehen die Leute bei denen mit Plutonium hausieren, die das meiste Geld dafür bieten. Der Clou ist die Zündvorrichtung, und die Pläne des alten Herrn sind mittlerweile ein Vermögen wert. Irgend jemand erinnert sich daran – und, ob du's glaubst oder nicht, der alte Herr ist immer noch am Leben. Sie müssen ihn also nur dazu bringen, das Zeug rauszurücken. Sherry setzt sie auf Raymond an, und der wird ihr Mittelsmann.«

»Laß uns hier einhaken. Das FBI war auf sie angesetzt?«

»Klar. Herbert hat gesagt, daß es auf dem Schwarzmarkt für diesen Bombenkrempel nur so wimmelt vor Geheimdienstlern, die sich als Käufer ausgeben. Bestimmt hatte das FBI ihre weit verzweigte Organisation schon jahrelang im Visier.«

»Gut. Wie dein schweigsamer Freund beim FBI in New York.«

»Mit Raymond als Mittelsmann üben sie zunehmend mehr Druck aus. Die Sache geht schief, als sich der alte Herr selbst verabschiedet, was große Panik verursacht.«

»Das ist der Zeitpunkt, an dem Mr. Brown Sherry besagte Nachricht hinterläßt«, sagte ich.

»Ganz genau. Du hast gerade die nächste Lücke geschlossen. Raymond und Mr. Brown beschließen, die Sache selbst in die Hand zu nehmen, und dringen in das Haus ein, um nach den Plänen zu suchen. Sie taucht auf und sagt ihnen, sie kämen zu spät, und dann heißt es ›Auf Wiedersehen, Raymond‹.«

»*Auf Wiedersehen, Raymond?*«

»Diese Leute sind nicht fünfzig Jahre lang im Geschäft, um dann jede Menge Mitwisser zurückzulassen. Raymond hätte sich fast verplappert, als er im Haus unserer Mandantin die Nerven verlor – und das in Anwesenheit von Mr. Brown!«

Er hatte mich überzeugt. »Und jetzt, wo es keinerlei Hoffnung mehr gab, noch an die Pläne zu kommen, wurde Raymond zum Risiko. Er und Brown waren irgendwann am Nachmittag bei Ashley gewesen. Ein paar Stunden später ist er tot.«

»Wahrscheinlich wurde er schon gegen neun umgebracht, denn eins steht fest: Raymond ist tot, als sie das Haus betritt.«

»Du hast gesagt, daß das FBI bei einem *black bag job* keinerlei Risiko eingeht. Wenn Raymond zu Hause ist und sie da reingehen, dann haben sie gewußt, daß er tot ist.«

»Ja, höchstwahrscheinlich haben sie das Haus abgehört, und dabei haben sie mitbekommen, wie Raymond weggeblasen wurde.«

»Raymond ist tot, und sie kommen angerannt – so war das also, meinst du?«

»Muß ja wohl. Sie haben allen Grund dazu. Das Spiel ist aus, und vielleicht schnappen sie Brown, wenn er noch im Haus bei der Leiche ist. Eine Anklage wegen Mordes ist das beste Druckmittel, um ihm noch so manche Information zu entlocken. Und selbst wenn sie ihn verpassen, ist das ihre letzte und beste Chance, Raymonds Haus zu durchsuchen. Und vergiß nicht, sie müssen noch ein paar Wanzen abmontieren, bevor die Polizei auftaucht. Das FBI hatte alle Hände voll zu tun und verdammt wenig Zeit.«

»Und so achtet niemand auf die Tür.«

»Warum sollten sie – wer sollte jetzt noch groß auftauchen? Es ist eine stürmische Nacht, und sie sind da drin und drehen ihr Ding, als sie da plötzlich durch eine Seitentür hereintanzt, zu der sie den Schlüssel hat.«

»Und ein Agent betritt den Raum und – peng! – plötzlich ist die Hölle los. Warum schnappen sie sie nicht?«

»Betrachte die Sache mal von ihrer Warte aus. Sie dürften eigentlich gar nicht dort sein, verstanden? Da stehen sie nun mit einer Leiche, überall sind Wanzen, und die Polizei ist vermutlich schon unterwegs. Was sollen sie tun – sie festnehmen? Da hätten sie verdammt viel zu erklären. Hör zu, ich kenne diese FBI-Typen. Niemand, der in der Hierarchie so weit unten steht, daß er einen *black bag job* erledigen muß, trifft eine Entscheidung, die das ganze FBI diskreditieren könnte. Jeder versucht, die Sache wie geplant durchzuziehen, es sei denn, er erhält von oben eine anderslautende Anweisung. Mit anderen Worten, ihr folgt jemand nach Hause und identifiziert sie, nur für den Fall, daß die Bosse später noch was wegen ihr unternehmen wollen.«

»Eigentlich ziemlich logisch aus ihrer Sicht. Sobald ihnen erst mal klarwurde, daß Ashley auf einen ihrer Kumpel geschossen hat und daß sie nicht zur Polizei gerannt ist, wissen sie auch, daß sie einen Mord begehen wollte, und damit lassen sie sie auf keinen Fall davonkommen. Sie können sie nicht wegen der Tat verhaften, die sie eigentlich begangen hat, also tun sie das Zweitbeste: sie verhafteten sie wegen der Tat, die sie zu begehen vorhatte.«

Walter war nicht gerade mitfühlend. »Wenn ich mich nicht irre, nicht gerade ein fairer Tausch. Aus einem Mordversuch machen sie einen vorsätzlichen Mord.«

»Das erklärt noch etwas, das mich an diesem Fall gestört hat: das großzügige Angebot, das Rogavin mir machen sollte. Hätten wir angenommen und sie wäre wegen Totschlag verurteilt worden, dann hätte man ihr nicht mehr aufgebrummt als für versuchten Mord. In Wahrheit wahrscheinlich sogar weniger. Das muß man sich mal vorstellen! Sie wird für das Verbrechen verurteilt, das sie begangen hat, und bekommt eine geringere Strafe aufgebrummt, als sie eigentlich verdient. Wenn man die Absicht hat, den Schuldigen zu bestrafen und das FBI aus allen Schwierigkeiten herauszuhalten, ist das schlichtweg die perfekte Lösung. Jetzt mußten sie sich nur noch etwas einfallen lassen, wie sie ihr den Prozeß machen können.«

»Und hier kommt Kellogg ins Spiel«, sagte er.

»Genau. Hier kommt Kellogg ins Spiel. Der Geheimdienst berät sich und wartet mit einem Zeugen auf, mit jemandem, der einen plausiblen Grund dafür hat, warum er sich noch so spät abends in Garveys Straße aufhielt.«

»So paßt einfach alles zusammen«, gab er zu. »Die da drüben im Hoover Building arbeiteten noch bis spät in die Nacht, denn sie müssen ihn noch vor dem Morgengrauen nach West Virginia schaffen. Und dort legen sie ihn auf Eis, bis sie wissen, ob sie ihn noch brauchen. Wenn sie gesteht oder sie noch mehr Beweismaterial finden, dann können sie auf ihn verzichten. Aber wenn nicht, dann muß er seinen Auftritt haben und einen verdammt guten Grund dafür, warum er die Polizei nicht schon viel früher informiert hat.«

»Und sie haben für weiteres Beweismaterial gesorgt«, sagte ich. »Die Kugel aus Garveys Gehirn paßt zu der Waffe. Das funktioniert nur, wenn Brown Garveys Waffe benutzt hat, was möglich ist, oder jemand hat sie ausgetauscht, und das halte ich für wesentlich überzeugender als Rogavins Erklärung, warum ausgerechnet ein FBI-Agent die Kugel vom Leichenschauhaus ins Labor bringen mußte.«

»Und warum er nicht aussagen wollte«, fügte Walter hinzu.

»Ja, da ist das FBI schon sehr integer. Ashley was anhängen, aber dann nervös werden, wenn einer ihrer Leute einen lächerlichen Meineid schwören soll. Und jetzt erklär mir bitte folgendes: Du sagst, wahrscheinlich hat sie den Agenten gar nicht umgebracht, sondern nur verwundet. Wie kommst du denn da drauf?«

Er lächelte. »Ein *black bag job*, das ist kein Himmelfahrtskommando. Dafür müssen sie nicht erst Agenten finden, die keine Familie haben und die im Ernstfall niemand vermissen wird. Die Männer – und Frauen –, die in das Haus sind, wohnen wahrscheinlich hier in der Gegend und haben alle Familie. Wenn einer von ihnen umkommt, läßt sich das kaum unter den Teppich kehren. Dann müssen sie damit an die Öffentlichkeit, sich irgendwas Glaubwürdiges ausdenken und außerdem eine dieser großen Beerdigungen organisieren, bei der der Justizminister eine Rede hält und ein Loblied auf alle FBI-Agenten hält, die im Dienst für ihr Vaterland ums Leben gekommen sind. Ich kann mich nicht daran erinnern, von einem gehört zu haben, der umgebracht wurde.«

»Vielleicht hat sie ja auch daneben gezielt«, sagte ich hoffnungsvoll.

»Daß sie Garvey auf diese Entfernung hin erschossen haben soll, hat mich schon immer gewundert«, sagte er. »Als ich damals noch mal zum Haus zurückging, habe ich das Arbeitszimmer durchsucht. Da waren keine Einschußlöcher in der Wand oder an den Möbeln, auch keine Spuren frischer Farbe oder Abdrücke auf dem Teppich, nichts, was irgendwie darauf hingedeutet hätte, daß irgendwas fehlte oder verändert worden war. Von dem Zeitpunkt, als sie die Waffe abfeuerte, bis zu dem Zeitpunkt, als die FBI-Leute aus dem Haus stürzten, kann außerdem nicht mehr als eine Viertelstunde vergangen sein – nicht genügend Zeit, um irgendwelche Reparaturen vorzunehmen. Ich gehe jede Wette ein, daß eine Agentin das Auto holen ging, während der Verwundete aus dem Haus geschafft wurde.«

Es gibt da was, das nennt sich »wissenschaftliche Methode«. Sie wird immer dann angewandt, wenn man etwas erforschen will. Zunächst stellt man eine Theorie über das auf, was man erforschen will, sagen wir die Struktur eines Atoms oder aber die wahren Umstände, unter denen Raymond Garvey ums Leben kam. Die überprüft man dann mit Hilfe der bereits bekannten Fakten. Solange keine Widersprüche auftreten, kann man die Theorie aufrechterhalten. Andernfalls verwirft man sie und stellt eine neue auf. Bislang hatte Walters Theorie über das FBI, so absurd sie auch sein mochte, noch keinerlei Widersprüche aufgeworfen.

»Okay«, erklärte ich. »Ich bin dabei. Unsere Mandantin wird eines Verbrechens angeklagt, das sie gar nicht begangen hat, und es gibt Leute auf seiten der Staatsanwaltschaft, die das wissen. Jetzt haben wir es nur noch mit der unbedeutenden Kleinigkeit zu tun, ihren Kopf aus der Schlinge zu ziehen.«

21

»Das haut hin.«

Harry der Hengst hatte gesprochen. Walter hatte gerade unsere Theorie von den Ereignissen erläutert. Er hatte alle wichtigen Details erwähnt, bis auf drei: wie Henry Bronson gestorben war, wonach Garvey und seine Mitverschwörer eigentlich suchten und welches Druckmittel sie gegen Henry in der Hand hatten. Niemand murrte, als er erklärte, daß bestimmte Details noch unklar seien.

Aber was noch viel wichtiger war: Weder Dan noch Andy widersprachen Harrys Urteil, was ziemlich bemerkenswert war, wenn man bedenkt, daß sie vor einer halben Stunde alle noch geglaubt hatten, ich hätte den Verstand verloren, als ich verkündete, Ashley Bronson sei unschuldig und wir würden die Sache noch einmal ganz neu angehen. Nicht einer stand auf und verließ den Raum. Allerdings schüttelten sie immer wieder ungläubig die Köpfe, während Walter seine Geschichte darlegte. Als er schließlich an dem Punkt angelangt war, wo sie auf einen FBI-Agenten schoß, hob sogar Harry – ein Kerl, der weiß, was es heißt, auf einen Menschen zu schießen – die Augenbrauen. Immerhin hatten unsere Ermittler ihr Leben damit verbracht, allem nachzugehen, was ihnen ihre Erfahrung und ihr logisches Denken nahelegten, und das hatte schon zu so manch überraschender Schlußfolgerung geführt. Jetzt, wo jedes Puzzleteilchen an der richtigen Stelle lag, wich ihr Erstaunen fester Überzeugung, und als wir uns die Polaroids ansahen, hatten wir die versammelte Gemeinde bekehrt.

»Eine unglaubliche Geschichte!« sagte Dan. »Aber was fangen wir jetzt damit an? Wir hatten schon immer eindeutige Hinweise darauf, daß Garvey und seine Leute in irgendwelche unlauteren Geschäfte verstrickt waren, aber wie wollen wir beweisen, daß Brown der Mörder ist? Auf dieser wertvollen Information sitzt die

Staatsanwaltschaft, und selbst wenn wir Brown auftreiben, wird er uns das kaum gestehen wollen.«

»Vielleicht können wir ihn dazu überreden«, bot Harry an.

»Dazu müssen wir ihn erst mal finden«, sagte Dan. »Glaubst du, er hält sich noch immer hier in der Gegend auf?«

»Das bezweifle ich. Wahrscheinlich hat er das Land längst verlassen. Wir könnten die Fassade von Octagon in New York überwachen, aber das hat Walter bereits erfolglos versucht. Man kann nie wissen wann und ob er dort überhaupt auftaucht.«

»Aber der andere Kerl hält sich noch hier in der Gegend auf«, sagte Harry. »Vielleicht könnten wir mit dem reden.«

»Da kann ich dir aus eigener Erfahrung sagen, daß sich Burroughs einfach hinter seinen Anwälten verstecken wird. Und warum auch nicht? Selbst wenn er wüßte, wie Garvey zu Tode kam, hätten wir nichts in der Hand, womit wir ihn zu einem Geständnis zwingen könnten.«

Dan entgegnete: »Wenn wir beweisen, daß sie versucht haben, irgendwas von ihrem Vater zu erpressen, bevor er starb, und was zwischen Raymond und Mr. Brown in der Bibliothek vorgefallen ist, dann werden die Geschworenen verstehen, daß Raymond ausgedient hatte.«

»Eins kannst du mir glauben: Wir sind nicht in der Lage, zu beweisen, was sie von Henry Bronson wollten oder welches Druckmittel sie gegen ihn in der Hand hatten. Und selbst wenn, ist sie die einzige, die weiß, was in der Bibliothek passiert ist, und sie wird nicht in den Zeugenstand treten und darüber aussagen. Denn wenn die Geschworenen nicht glauben, daß das FBI in Garveys Haus war, dann käme ihre Aussage einem Geständnis gleich.«

Andy faßte zusammen: »Wir haben es hier also mit einer Geschichte zu tun, die durchaus Sinn macht, vorausgesetzt, man akzeptiert so allerhand Dinge, die wir nicht beweisen können.«

»Genau so sieht's aus«, bestätigte ich. »Wir werden nie beweisen können, daß Brown Garvey umgebracht hat. Die einzige Möglichkeit, die Geschworenen dazu zu bringen, sie für unschuldig zu erklären, besteht darin, daß Bonner aussagt, an Yee sei jede Menge faul, und ich glaube nicht, daß das der Fall sein wird.«

»Wie sollen wir dann vorgehen?« fragte Harry.

»Unsere Chance besteht nicht darin, zu beweisen, was sie nicht getan hat. Was sie getan hat, zählt. Das FBI wäre in den Siebzigern beinahe an dem *black-bag-job*-Skandal zerbrochen. Und wenn die Staatsanwaltschaft befürchten muß, daß das alles wieder von vorn losgeht, dann wird sie sich mit uns auf einen Kuhhandel einlassen und den Prozeß einstellen, keine Frage.«

»Jetzt versteh ich gar nichts mehr«, sagte Dan. »Wenn wir nicht beweisen können, was diese Kerle mit ihrem Vater vorhatten, dann können wir auch nicht beweisen, was das FBI überhaupt in Garveys Haus zu suchen hatte. Und vergeßt nicht, daß die Abwesenheit des Agenten, der die Kugel überbracht hat, sowie Rogavins großzügiges Angebot nur Mißtrauen erregen, wenn man auch den Rest der Geschichte kennt. Das heißt, die einzige Möglichkeit, wie wir das FBI mit der Sache in Verbindung bringen können, sind die Polaroids, und die beweisen für sich genommen rein gar nichts.«

»Du hast recht«, sagte ich. »Wir brauchen irgendwas, das mit den Polaroids zu tun hat, etwas, das auf deren Provenienz schließen läßt.«

Harry kniff die Augen zusammen und sah mich an. »Wir brauchen was?«

»Echtheitsbeweise«, erklärte Andy. »Fakten, die belegen, daß sie wirklich etwas mit dem FBI zu tun haben.«

Walter lächelte. »Einen FBI-Typen, zum Beispiel, mit einem Einschußloch.«

»Genau«, sagte ich. »Angenommen, in jener Nacht taucht in irgendeinem Krankenhaus ein verwundeter Agent auf und gibt irgendeine Geschichte zum besten, von wegen, der Schuß habe sich gelöst, als er –«

»Oder sie«, ergänzte Dan.

»Oder sie die Waffe gereinigt hätte, dann wäre das doch viel zu schön, um wahr zu sein, was meint ihr?«

»Laßt uns ein paar Krankenhausbesuche machen«, sagte Harry.

»Ob sie ihn überhaupt registriert haben, hängt vom Schweregrad seiner Verletzung ab«, sagte Walter. »Wir beginnen in D. C. und machen dann mit den Vororten weiter. Wenn das nichts bringt, müssen wir uns was anderes einfallen lassen, und zwar schnell.«

»Was ist mit den Polizeiberichten?« fragte Andy. »Das Krankenhaus müßte eine Schußwunde doch melden.«

Dan schüttelte den Kopf. »Vielleicht auch nicht. Wenn der Kerl FBI-Agent ist und mit anderen Agenten da auftaucht, die ebenfalls eine überzeugende Geschichte zum besten gaben, dann hat sich der Arzt vielleicht nicht länger mit so was aufgehalten. Aber diese Berichte werden an den Polizeibezirk geschickt, in dem das Krankenhaus liegt. Ich will mal sehen, was ich da machen kann.«

»Wie kriegen wir die Krankenhäuser dazu, uns ihre Akten zu zeigen, wenn wir nicht von der Polizei kommen?«

»Nun, wir waren doch alle mal bei der Polizei«, sagte Walter.

Andy sah verwirrt aus. »Manchmal kann man sich mit ein bißchen Schummeln jede Menge unangenehme Fragen ersparen«, erklärte ich ihm.

»Ich hab noch eine Frage an unseren Verteidiger hier«, sagte Harry. »Sagen wir mal, du gehst zum Generalstaatsanwalt, ein paar Fotos und ein paar Krankenhausakten im Gepäck, und drohst damit, das FBI auffliegen zu lassen, wenn nicht gleich die ganze verdammte Regierung.« Er zuckte die Achseln. »Hey! Ich weiß ja nicht, wie das hier so läuft, aber in New York hat die Hälfte der Leute was Illegales am Laufen, nur daß das kein Schwein interessiert, außer du kannst ihnen die Pistole auf die Brust setzen. Ich will ja hier niemanden beleidigen – du bist ein verdammt heller Kopf, mein Junge, und hätte ich dich ein paar Jahre früher kennengelernt, hätte ich mir unter Umständen so manchen Ärger ersparen können, okay? –, doch jetzt beantworte mir diese eine Frage. Kannst du den FBI-Agenten die Sorte Pistole auf die Brust setzen, die sie in Angst und Schrecken versetzt? Wenn nicht, dann können wir die Sache vergessen, kapiert?«

»Mach dir darüber keine Sorgen«, sagte ich. »Was Pistolen anbelangt, kann ich mit noch was viel Besserem aufwarten.«

»Und zwar?«

»Ich kenne Mr. Smith & Wesson höchstpersönlich.«

Der Hörer wurde gleich nach dem ersten Klingeln abgenommen. »Bei Brennan.«

»Bridey, ich bin's.«

»Francis, Gott sei Dank!« rief sie. »Wir haben die Nachrichten gesehen und für Sie gebetet, Joseph und ich.« Joseph war Paps' Hausangestellter – Butler, Chauffeur, Gärtner und absolut vertrauenswürdiger Nachrichtenbote. Er überbrachte die Neuigkeiten, die man niemals hätte niederschreiben können, folglich war auch er ein Blutsverwandter, ein Sohn von Verwandtschaft ersten Grades aus County Clare. Er und Maggie Mac könnten ganze Klatschspalten verfassen, würden das jedoch niemals tun.

»Danke, Bridey.«

»Die sollten sich was schämen, so einen Schund über Sie und dieses arme Mädchen zu verbreiten. Mr. Brennan sagt, das sind richtige Aasgeier, alle miteinander.«

»Ja, äh, ist er zu Hause?«

»Francis, Moira war gestern abend hier, allerdings ohne unseren kleinen Liebling. Sie und Mr. Brennan hatten eine lange Unterredung.«

»Aha.«

»Und jetzt, nun, Francis, ich weiß ja, daß mich das nichts angeht, aber...«

»Was ist denn, Bridey?«

»Joseph hat mir heute morgen gesagt, daß er ihn nicht mehr in einer derartigen Verfassung erlebt hat, seit Sie und Moira so Probleme hatten. Er ist nicht runtergekommen und wollte weder Frühstück noch Mittagessen. Ich durfte ihm nicht mal Tee bringen. Er sitzt einfach da oben in seinem Arbeitszimmer rum und will nicht mal Anrufe entgegennehmen.«

»Ich bin in einer halben Stunde da«, sagte ich und legte auf.

Paps fragte sich bestimmt, wie alles schiefgegangen war. Früher hatten wir oft abends in seinem Büro zusammengesessen und über seine Pläne nach der Pensionierung gesprochen. Er wollte sich nach und nach zurückziehen, nicht ohne mir noch die Beziehungen zu verschaffen, die das A und O einer einflußreichen, gut laufenden Kanzlei sind. Meine Zweifel darüber, ob ich seinen

Platz überhaupt einnehmen könnte, zerstreute er und bestand darauf, daß ich der rechte Mann zur rechten Zeit sei, genau wie er, und daß die Kanzlei besser dastehen würde als je zuvor. Er hatte vor, so viel Zeit wie möglich mit seinem Enkel zu verbringen, »um die Welt noch einmal mit den Augen eines Kindes zu sehen«, vielleicht würde er sogar seine Memoiren schreiben – gedacht für eine posthume Veröffentlichung. »Mein Vermächtnis« nannte er das. Jetzt hatte er keinen Nachfolger und würde seine letzten Lebensjahre weitab von seiner Familie verbringen müssen. Ein ziemlich unpassendes Ende für jemanden, der auf so viele Erfolge zurückblicken konnte.

Das Anwesen der Brennans war schon immer der Schauplatz für kleinere und größere Zusammenkünfte gewesen, die Paps' gesellschaftlicher Status so mit sich brachte, und dementsprechend sah es auch aus: ein herrschaftliches Grundstück, das zwei Morgen Land umfaßte, mit einem Garten, der eine Nachbildung des Gartens von Bantry House in County Cork war. Als Moira und ich frisch verheiratet waren, verbrachten wir dort fast mehr Zeit als in unserem neuen Zuhause. Wenn wir nicht dort aßen – Paps aß ungern allein, genauso wie Bridey nur ungern für eine Person kochte –, dann waren wir wegen geschäftlicher Besprechungen dort, damit ich mich mit der Arbeit der Kanzlei vertraut machen konnte, oder aber um eine der häufig stattfindenden Festivitäten und Wohltätigkeitsveranstaltungen zu planen, bei denen Moira die Gastgeberin spielen würde.

Bridey wartete schon in der Tür, als ich in der Nähe des Seiteneingangs parkte, der normalerweise nur von Familienangehörigen benutzt wurde. »Er ist immer noch oben«, sagte sie nervös und nahm mir den Mantel ab. Ich folgte ihr zum Arbeitszimmer von Paps und war inzwischen selbst ganz unruhig. Als auf ihr vorsichtiges Klopfen niemand antwortete, schritt ich an ihr vorbei und öffnete die Tür.

Er saß am Fenster in seinem Sessel und war in der winterlichen Dämmerung kaum zu erkennen. Ein Schal lag um seine Schultern, das Kinn war ihm auf die Brust gefallen. Einen Moment lang schien mein Herz auszusetzen. Es begann erst wieder zu schlagen, als ich nahe genug herangekommen war und sah, wie sich sein breiter Brustkorb in tiefen Atemzügen hob und senkte – er war eingeschlafen. Ich berührte seinen Arm und sagte sanft: »Paps?«

Er öffnete die Augen. »Francis?« sagte er erschöpft.

»Ich bin's. Wie geht es dir?«

»Ich bin nur ein wenig müde«, sagte er und legte seine Hand auf die meine. Er bemerkte Bridey, die auf der Türschwelle stand. »Mir geht es gut«, knurrte er. »Sie können aufhören, sich Sorgen zu machen.« Er wartete, bis sie die Tür hinter sich geschlossen hatte, und sagte dann: »Ich nehme an, du hast von ihrem Besuch gehört?«

»Nur, daß sie hier war«, log ich.

Er nickte und strich weiter über meine Hand. »Schlechte Nachrichten.«

»Was ist denn?« fragte ich sofort alarmiert.

»Sie heiratet den Kerl«, antwortete er bedrückt. »Und sie nimmt meinen Enkel mit nach Kalifornien.« Er sah mich an und merkte, wie erleichtert ich war: die Nachricht war schlecht, aber nicht neu.

»Hast du davon gewußt?« fragte er.

»Ja, Paps.«

»Schade. Ich wollte dich schon bitten, mit ihr zu reden, mein Junge. Es ist ja nur zu eurem Besten – und wegen dem Jungen.«

Er war der Vater, den ich nie gehabt hatte, der Mann, der mehr für mich getan hatte, als ich ihm je würde zurückgeben können. Zum Dank verlor er nun alles, was ihm am meisten bedeutete. Ich konnte ihn gar nicht mehr verletzen, als ich es ohnehin schon getan hatte. »Paps, wenn es irgend etwas gibt, das ich für dich tun kann ...« Das klang so wenig überzeugend, daß ich nicht weitersprechen konnte. »Es tut mir leid, Paps«, war alles, was ich herausbrachte.

Es wurde langsam dunkel, während wir dort zusammensaßen, er in seinem Sessel, ich auf der Ottomane, das Gesicht in den Händen vergraben. »Da drüben stehen eine Flasche und Gläser«, sagte er schließlich. »Ich glaube, wir beide könnten jetzt einen guten Schluck vertragen.« Ich ging hinüber zu der Anrichte und goß einen doppelten Malt Whiskey in zwei Kristallgläser, die zu einem

Set gehörten, welches das Siegel des Präsidenten trug. Er leerte sein Glas zur Hälfte, sah mich forschend an und fragte: »Was hast du auf dem Herzen?«

Nach all dem, was ich ihm schon angetan hatte, würde ich ihn nicht darum bitten, sich mit der Staatsanwaltschaft anzulegen, nur um mich und die Frau, mit der ich schlief, zu retten. »Nichts, Paps«, entgegnete ich. »Ich wollte nur guten Tag sagen, und da sich Bridey wegen dir Sorgen zu machen schien, dachte ich, ich schau mal vorbei.«

Er schnaubte. »Diese Frau kann gar nicht anders, als sich Sorgen machen! Du kannst dir gar nicht vorstellen, was für ein Aufhebens sie um dich gemacht hat. Ich mußte ihr einen von diesen verdammten Minifernsehern in die Küche stellen, damit sie die neueste Berichterstattung über den Prozeß sehen konnte, und bei all dem Mist und Schund schafft sie es gerade noch, ihren Rosenkranz kurz zur Seite zu legen, um mir etwas zu kochen.«

»Ich glaube, das ist auch so eine Geschichte, für die ich mich entschuldigen muß.«

Er winkte ab. »Mein Junge, auf so ein Geschwätz gebe ich nichts. Es sind gerade mal fünfundzwanzig Jahre her, da ließen sie mich mit jeder Frau vom Kapitol ins Bett steigen. Wie dem auch sei, die jüngsten Ereignisse haben all den üblichen Mist von den Titelseiten verbannt, soviel steht fest. Ich dachte, du hättest sie herumgejagt, aber man munkelt, bei euch sei irgendwas schiefgelaufen.«

»Sie haben neues Beweismaterial aufgefahren. Wir müssen damit fertigwerden, aber ich denke, wir werden schon einen Weg finden.«

Er lächelte. »Eins habe ich immer schon gewußt, mein Junge, nämlich, daß du deinen Weg machen wirst, und damit meine ich jetzt nicht nur diesen Prozeß hier. Ich habe vollstes Vertrauen in dich.«

»Meine Güte, Paps, ich weiß gar nicht, warum. Ich habe dich doch bisher nur enttäuscht.«

Er schüttelte den Kopf. »Du weißt, was ich mir gewünscht hätte, aber schließlich kannst du ja nicht mein Leben leben – genausowenig wie ihres. Wenn du dir selbst gegenüber nicht ehrlich bist, dann bist du auch kein guter Ehemann und Vater. Deine schlechte Laune würde sich dann zwangsläufig auf jeden übertragen, der dir nahesteht. Nur, für mich ist das nicht gerade einfach, denn ich bin ein alter, seniler Egoist, der daran gewöhnt ist, zu bekommen, was er will, und natürlich weil das hier« – er legte die Hand aufs Herz – »mir sagt, daß ihr beide nie aufgehört habt, euch zu lieben.«

»Das war schon immer die leichteste Übung«, sagte ich.

Er bat mich, zum Essen zu bleiben, aber ich lehnte ab, da ich noch etwas Dringendes zu erledigen hatte, zum Beispiel bei einer unbedeutenden Mandantin, die immer noch glaubte, sie sei eine Mörderin. Ich fuhr auf den Chevy Chase Circle zu und wollte nach Süden in die Connecticut Avenue Richtung Dupont Circle abbiegen, fuhr dann aber im letzten Moment doch noch nach Bethesda. Auf halber Strecke hielt ich es trotzdem für besser, nicht unangekündigt aufzutauchen, und hielt an, um kurz anzurufen. Brendan war am Apparat.

»Hi, Dad!« rief er. »Ich hab dich im Fernsehen gesehen! Du hattest deine Aktentasche dabei.«

»Ja, das war ich, Kumpel.«

»Ich bin auf einem Kindergeburtstag eingeladen, Dad. Auf eine Eislauf-Party.«

»Das ist ja toll! Von wem denn?«

»Von Ricky Foster. Er geht auf meine Schule. Er hat eine Brille.« Daraufhin schilderte er mir haarklein sämtliche Höhepunkte in Rickys bisherigem Leben. Dann reichte er mich an seine Mutter weiter.

Moira war herzlich wie immer, wenn Brendan in Hörweite war. »Hallo. Er geht gerade auf einen Kindergeburtstag. In zehn Minuten wird er abgeholt.«

»Oh. Ich war gerade bei Paps und dachte, ich könnte kurz vorbeikommen und ihn sehen.«

Sie war sofort alarmiert. »Hat Paps dich angerufen?«

»Nein, nein, ich hab ihn angerufen. Bridey machte sich ziemlich Sorgen, weil er nicht runtergekommen war und nichts essen wollte, also hab ich mich auf den Weg gemacht. Es geht ihm gut, Moira.«

»Nein. Wir müssen reden, Frank. Ich weiß, du liebst ihn, also lassen wir mal alles andere beiseite und reden darüber.«

»Ich bin beim Supermarkt.«

»Wenn du sofort vorbeikommst, dann erwischst du ihn vielleicht noch kurz, bevor er auf den Kindergeburtstag geht.«

Ich kam gerade noch rechtzeitig, bevor Brendan von Jim Castleman abgeholt wurde, der eine ganze Wagenladung Jungs zu der Eislauf-Party chauffierte. Die Castlemans hatten einen Sohn in Brendans Alter, wir hatten sie schon im ersten Kindergartenjahr unserer Jungs kennengelernt. Jim war in der Forschung tätig und arbeitete am National Institute of Health, ein netter Kerl, der jeden Tag um fünf nach Hause kam und aussah wie Henry Fonda. Er war der Rudelführer und sprang immer ein, wenn es galt, Kinder von und zu einer ihrer nie enden wollenden Aktivitäten zu karren, die eine Kindheit heutzutage so prägen. Jim winkte mir vom Kombi aus zu, als er mich mit Brendan herauskommen sah. »Frank!« rief er. »Schnapp dir deine Schlittschuhe! Ich brauch noch Unterstützung!«

»Um es mit so einer Horde aufzunehmen, reichen wir beide nicht aus.«

»An der Bande wartet auch noch Verstärkung, aber ich glaube, die Fosters haben ungefähr zwanzig Kinder eingeladen. Wer lädt bloß zwanzig Kinder zum Geburtstag eines Siebenjährigen ein? Die reinste ›Horror-Show on ice‹. Wie dem auch sei, ich hab noch einen Moment Zeit. Also erfülle doch bitte einem zum Tode Verurteilten noch einen letzten Wunsch und erzähl mir von Ashley Bronson. Ich will alles wissen: ihre Maße, ihr Parfüm, ihre positiven und ihre negativen Charaktereigenschaften, ob sie Garvey umgebracht hat, was zum Teufel mit dem Prozeß los ist und ob du ihn gewinnen wirst.«

»Und womit sollen wir uns die restliche Zeit vertreiben?«

Er lachte. »Im Ernst, Jane und ich drücken dir die Daumen, Frank. Außerdem fehlst du uns.«

»Danke. Sag ihr, ihr fehlt mir auch. Und die Antworten auf die letzten drei Fragen lauten ›nein‹, ›nichts, was wir nicht in den Griff kriegen könnten‹ und ›ja‹.«

»Wußt' ich's doch! Hör zu, solltest du jemals in der Klemme stecken« – und dabei zeigte er auf die Meute hinter ihm, die über das Wort »Hintern« gerade in hysterisches Gelächter ausgebrochen war – »dann brauchst du dir bloß vorzustellen, du müßtest diese Meute hier auf einen Eislaufabend begleiten. Na, wie würde dir das heute abend gefallen?« Er winkte Moira zu und brauste davon.

Ich folgte ihr ins Haus zu unserem vertrauten Platz am Küchentisch. »Möchtest du irgendwas?« fragte sie.

»Könnte ich einen Kaffee bekommen?«

»Kaffee haben wir.« Sie griff in den Kühlschrank, wo sie die Kaffeebohnen aufbewahrte, die sie jeden Morgen frisch mahlte. Moira nahm die Zubereitung von Kaffee überaus ernst. »Hat Paps dir erzählt, daß wir geredet haben?« fragte sie, den Kopf noch im Kühlschrank.

»Ja.«

»Und er hat dich nicht gebeten, mich davon abzubringen?«

»Er hat gemerkt, daß ich bereits Bescheid wußte, und da hat er sich wohl gedacht, daß es sinnlos ist.«

Sie sah kurz über ihre Schulter, bevor sie wieder abtauchte, um Frischkäse und ein Päckchen in Alufolie hervorzuholen. »Ich hab hier noch ein halbes Sandwich von *Sutton Gourmet*«, sagte sie. »Mit magerem *pastrami* und Corned Beef.«

»Ich hab schon seit Jahren kein *pastrami* oder Corned Beef mehr gegessen.«

»Warte, ich mach es dir ein wenig warm.« Sie stellte das Sandwich in die Mikrowelle und drückte mehrere Knöpfe, um ein nukleares Bombardement auszulösen. »Ich will, daß du dich um Paps kümmerst«, sagte sie gegen die Einbauküche gelehnt. »Und zwar mehr als in den letzten Jahren. Du bist so was wie ein Sohn für ihn, Frank, und jetzt, wo Brendan und ich so weit weg sein werden ...« Sie biß sich auf die Unterlippe. »Du kennst ihn ja. Er ist ein Familientier. Ich sag ja nicht, daß es jede Woche sein muß, aber wenn du ab und zu vorbeischauen, mit ihm zu Abend essen und das eine oder andere Mal etwas mit ihm unternehmen würdest, dann würde ihm das sehr viel bedeuten.«

»Da mach dir mal keine Sorgen. Ich habe vor, mich von nun an wie ein Sohn zu benehmen. Ich kümmere mich um ihn.« Sie drehte sich um und starrte die Mikrowelle an, aber ich konnte sehen, wie sie sich verstohlen die Augen wischte.

»Warum hast du ihn angerufen?« fragte sie und stand noch immer mit dem Rücken zu mir. »Den Nachrichten zufolge mußt du momentan ganz schön beschäftigt sein.«

»Ehrlich gesagt, habe ich ihn angerufen, weil ich ihn um Hilfe bitten wollte.«

Sie drehte sich um. »Um Hilfe? In deinem Fall?«

»Es hat sich so einiges getan.«

»Anscheinend. Sie haben gesagt, eure Partei hätte den Gerichtssaal nicht gerade freudestrahlend verlassen.«

»Die jüngsten Entwicklungen haben nichts mit dem zu tun, was da im Gerichtssaal vor sich ging.«

Sie brachte mir das Essen und setzte sich. »Nun, das meiste weiß ich schon, aber das Super-Sandwich sollte den Rest wert sein.«

Selbst Anwälte, die das Vertrauensverhältnis Anwalt-Mandantin überaus respektieren, reden mit ihren Ehefrauen über den Fall, wenn auch nur, um sich ihre Ideen und Strategien bestätigen zu lassen. Moira hatte diese Rolle schon übernommen, als wir noch verheiratet waren, und zwar mit Bravour, denn wenn es darum ging, etwas herauszubekommen, machte ihr so schnell keiner was vor. Darin konnte sie es glatt mit Walter aufnehmen. Wenn sie ihr Naturtalent irgendwo im Stich ließ, dann im Kino, wo ich immer schon wußte, wie der Film ausging, noch bevor ich mein Popcorn aufgegessen hatte.

Unsere Theorie hatte den Härtetest bereits bestanden, und trotzdem wollte ich sie ihr darlegen, hauptsächlich weil ich ausnahmsweise einmal über etwas anderes reden wollte als über die Folgen unserer Scheidung. »Ich werd dir alles haarklein berichten«, sagte ich, »aber es wird dir nicht leichtfallen zu glauben, was du da zu hören bekommst.« Ich begann mit den Fotos, füllte alle ihre Wissenslücken und unterbreitete ihr so langsam unsere Theorie. Im Gegensatz zu meiner Darlegung im Büro, verheimlichte ich ihr nicht das geringste Detail. Sie war wie hypnotisiert und schüttelte fassungslos den Kopf, als ich ihr von Henrys Erfindung erzählte. Als ich ihr von seiner Spionagetätigkeit berichtete, und davon, wie alte Verbindungsmänner fünfzig Jahre später versuchten, nach dem Schlüssel des Reichtums zu greifen, weiteten sich ihre Augen. Doch als ich schließlich bei meiner Schilderung der Vorgänge anlangte, die sich in der Nacht, als Garvey starb, in seinem Arbeitszimmer zutrugen, und von unserer Theorie über Kellogg und die Kugel berichtete, bekam sie es mit der Angst zu tun.

»Bist du in Gefahr?«

»In Gefahr? Weswegen?«

»*Weswegen?*« rief sie aus. »Nun, einmal wäre da ein Spionagering, der mit Atomwaffen handelt und alle umbringt, die etwas von seiner Existenz wissen. Und dann wäre da noch das FBI, das du enttarnen willst, wegen illegaler Durchsuchungsaktionen und der Anstiftung Kelloggs zum Meineid. Wie man sieht, scheinen die ja keinerlei Probleme damit zu haben, Unschuldigen etwas anzuhängen.«

»Ich bin nicht in Gefahr. Mich umzubringen ist auch keine Lösung. Es gibt viel zu viele Mitwisser, die schon erfahren haben, daß die Verteidigung den Prozeß auf Octagon bringen wollte und somit auch vorhatte, Mr. Brown und seine Verbindungen zu Garvey zu enttarnen. Abgesehen davon, ist das FBI schon hinter diesen Leuten her, wenn ich mich nicht irre, und ich glaube kaum, daß die sich hier noch länger rumtreiben wollen. Was das FBI anbelangt, wissen sie, daß Ashley sich des versuchten Mordes schuldig gemacht hat, und sie sind nicht bereit, sie laufenzulassen. Ich glaube, weiter werden diese Leute nicht gehen, wenn sie jemandem was anhängen wollen. Aber jetzt sag schon, was hältst du von der Geschichte?«

»Einfach unglaublich, trotzdem, ich kauf sie dir ab – das ist kein Zufall, dafür paßt alles einfach viel zu gut zusammen. Aber wo willst du die Beweise hernehmen? Du brauchst Leute, die bereit sind, über Russen und Plutonium und nukleare Sprengsätze und über das FBI und deren *black bag job* auszusagen. Wie willst du das bloß schaffen, in der Zeit, die dir noch bleibt?«

»Das werden wir gar nicht erst versuchen.«

»Oh. Na ja, dann hast du ja kein Problem«, entgegnete sie lächelnd.

»Wir wollen ihnen nur so viel Angst einjagen, daß sie den Prozeß einstellen, um so einen Skandal zu vermeiden, der dem FBI und dem Justizministerium den Garaus machen würde. Wir könnten eine verdammt überzeugende Verteidigung auf die Beine stellen, in einem Forum, wo die normalen Regeln der Beweisführung nicht gelten.«

»So etwas wie eine öffentliche Ausschußsitzung des Repräsentantenhauses?«

»Ganz genau. Und vergiß die Unterlagen des FBI nicht. Wenn sie wirklich hinter Octagon her waren, dann gibt es darüber jede Menge belastendes Material, das nur darauf wartet, wieder ausgegraben zu werden.«

»Unterlagen können vernichtet werden.«

»Jetzt hat die Stunde des Verräters geschlagen. Viel zu viele Agenten und Verwaltungsangestellte wissen, daß diese Unterlagen existieren. Würde auch nur irgendwas davon an die Öffentlichkeit dringen, wäre das die reinste Katastrophe.«

»Also bist du zu Paps«, sagte sie. »Hast du ihn erst mal auf deiner Seite, glaubst du, wirkt die Drohung einer öffentlichen Ausschußsitzung wesentlich überzeugender.«

»Das stimmt, aber ich habe meine Meinung geändert.«

»Warum?«

»Weil das FBI hier ziemlich viele Freunde in der Stadt hat, und Paps wurde nicht zu dem, was er ist, indem er sich hundert Feinde gemacht hat, nur um einer einzigen Mandantin aus der Patsche zu helfen.«

»Das wußtest du, bevor du zu ihm gefahren bist, und du bist trotzdem los.«

»Ich hab ihn nicht gefragt. Und dabei sollten wir es auch belassen.«

»Glaubst du wirklich, du kannst sie dazu bringen, den Prozeß einzustellen?«

»Das hängt davon ab, ob wir den verwundeten Agenten auftreiben können, und wir haben nicht mehr sehr viel Zeit.« Ich machte Anstalten, mich zu erheben.

»Das war bloß ein halbes Sandwich«, sagte sie und nickte in Richtung meines Tellers. »Möchtest du sonst noch was?«

»Ich muß los. Außer Walter und mir bist du die einzige, die die ganze Geschichte kennt. Jetzt muß ich ihr Bescheid sagen.«

»Wird sie dir was zum Abendessen machen?«

»Wie bitte?«

»Ist schon in Ordnung«, murmelte sie und griff nach meinem Teller. »Das ist mir bloß so rausgerutscht.«

»Das glaub ich nicht! Ich kann es einfach nicht glauben!«

Wir saßen im Wohnzimmer. Auf der Fahrt von Bethesda bis hierher hatte ich die Situation in mindestens zehn verschiedenen Varianten durchgeprobt, beschloß jedoch dann, es ihr einfach so zu sagen, ohne große Vorwarnung. Sie wußte nicht, was sie erwartete, bis ich an der entscheidenden Stelle angelangt war, und wie erwartet, brauchte sie etwas Zeit, um alles zu verdauen.

»Ashley, wenn hier jemand weiß, was du alles durchmachen mußtest, vor allem während der letzten Tage, dann ich. Ich würde dir das alles nicht erzählen, wenn wir nicht absolut sicher wären.«

»Ich glaub, ich träume.«

»Das ist kein Traum, das ist das Ende eines Alptraums. Du hast niemanden umgebracht. Genau wie ich sage. Wir sehen uns nach weiteren Beweisen um, aber selbst wenn wir nichts finden, werden wir versuchen, sie einzuschüchtern. Ich kann dir nichts versprechen, aber wenn es da oben einen Gott gibt, dann werden wir dich da unversehrt rauspauken. Du mußt nur so weitermachen wie bisher. Das Beste hoffen, aber das Schlimmste annehmen.«

Sie schlang ihre Arme um meinen Hals. »Da oben muß es einfach einen Gott geben, denn dich hat der Himmel geschickt«, verkündete sie.

»Nicht mich, sondern den Heiligen Walter.«

»Ich würde ihn ja fragen, ob er mich heiratet, aber ich fürchte, Martha hat schon ein Auge auf ihn geworfen.«

»Gut. So wie sie ihn mit Essen versorgt, wird er nicht weit kommen.«

Sie stand auf und ging zum Porträt ihrer Mutter hinüber. Herbert hatte recht: Audrey Taylor Bronson war keine ausgesuchte Schönheit, aber der Künstler hatte ihre grauen Augen und ihr Lächeln sehr gut eingefangen. Man konnte sie sich regelrecht vorstellen, wie sie dem weltfremden Henry aufmerksam und liebevoll zuhörte – diesem armen, kleinen reichen Jungen, der zum Spion geworden war, um die Menschheit zu retten, und all seine Schätze mit ihm teilte, die er in seiner kostbaren Bibliothek aufbewahrte. Ob er ihr wohl von seinem tatsächlichen Abenteuer erzählt hatte, das sich letztlich gegen ihn gewandt und ihn zu Tode geängstigt hatte? Ich forschte in ihrem Gesicht nach irgendeinem Hinweis darauf, beschloß dann aber, daß er es nicht getan hatte: er hatte das Geheimnis ganz tief in seinem Innern begraben, wo es ruhte, bis Raymond eines Tages aufgetaucht war.

»Meine Mutter starb, als ich sieben war«, sagte sie und berührte dabei den Bilderrahmen. »Sie war ein Jahr jünger als ich jetzt. Als es mit ihr zu Ende ging, brachte mein Vater sie aus dem Krankenhaus nach Hause, und ich weiß noch, wie sie auf dem Bett lag. Sie kämmte mir das Haar und sagte mir, ich solle keine Angst haben. Sie erklärte mir, das Leben sei ein kostbares Geschenk, das einem jederzeit genommen werden könnte, und nahm mir das Versprechen ab, ich solle diese Wahrheit mein Leben lang nicht vergessen.« Sie wandte sich um und sagte: »Sollte ich eine zweite Chance bekommen, dann möchte ich dieses Versprechen einlösen. Einfach meine Sachen packen und los – ganz ohne Plan, ohne genaue Route, einfach nur reisen.«

»An einen bestimmten Ort?«

»Überall und nirgends. Ich fühle mich eingesperrt, und ich will ausbrechen! An die Amalfiküste. Nach Zürich, nach Athen.«

»Ganz schön viel in nur acht Tagen.«

»Ich lasse mir alle Zeit der Welt. Danach woandershin, vielleicht nach Südamerika. Bist du je in Rio gewesen?«

»Einmal.«

»Hat es dir gefallen?«

»Ja.« Ich konnte mich an ein Hotelzimmer erinnern. Es war früher Abend, und leichter Nebel senkte sich langsam und reichte aus, um den Verkehrslärm zu dämpfen. Aus der Stereoanlage erklang ein Pianosolo von »Stardust« – vielleicht eine Interpretation von Hoagy Carmichael höchstpersönlich. Es traf die Stimmung so gut, daß ich mich fragte, ob er je dort gewesen war, in dieser Suite, bei diesem Licht, bei leichtem Nebel und mit Moira auf der Terrasse.

»Ich würde zu gern mit dir dorthin zurück«, sagte sie. »Wir könnten überallhin gehen, nur wir beide.«

»Würden wir wiederkommen?«

»Irgendwann. Ich möchte wieder frei sein, Frank. Ich möchte meine Sachen packen können und gehen, wann und wohin ich will.«

»Ich weiß.«

»Und ich möchte nicht allein fortgehen.«

»Strafverteidiger hören in der Regel nichts mehr von ihren Mandanten, wenn der Prozeß vorüber ist. Wir erinnern sie an Dinge, die sie lieber vergessen möchten.«

»Haben diese Mandanten ihren Anwalt geliebt?«

»Ich glaube, manche schon, gewissermaßen.«

»So wie wir ?«

»Nein, ich würde sagen, wir sind die ersten.«

»Nun, ich werde dich lieben, noch lange nachdem dieser Prozeß vorbei ist. Nächste Woche, nächsten Monat, nächstes Jahr, und« – sie küßte mich – »all die Jahre, die noch folgen.«

»Und ich dich. Immer.«

Walter meldete sich gegen zehn Uhr. Es war eine mehr als mühsame Angelegenheit. In Krankenhäusern geht es ziemlich geschäftig zu, auch im Anschluß an die normalen Bürozeiten. Obwohl die Anfrage »offiziell« war, dauerte es seine Zeit, bis man jemanden gefunden hatte, der die Aufnahmeakten des Krankenhauses durchsah. Es war ihnen gelungen, alle Krankenhäuser im District of Columbia abzuklappern, und jetzt waren sie damit beschäftigt, sich um die unmittelbar angrenzenden Bezirke zu kümmern. Bislang waren sie auf zwei Fälle gestoßen, bei denen in jener Nacht eine Schußwunde behandelt worden war. Einer war ein Möchtegern-Räuber aus Prince Georges County, der einem koreanischen Schnapshändler mit einer 44er Magnum gedroht hatte. Der andere war ein Siebzehnjähriger, der in einer Drogensache in Anacostia angeschossen worden war. Sie würden die ganze Nacht weitermachen.

»Was ist mit Dan?« fragte ich.

»Die Polizei wußte lediglich von der Schießerei in Anacostia«, sagte er.

»Meinst du, sie haben ihn in eine Art Privatklinik gebracht?«

»Kann schon sein«, räumte er ein. »Aber die werden sich hüten, irgendeinem dahergelaufenen Kerl ihre Akten zu zeigen. Vielleicht müssen wir selbst ein paar *black bag jobs* erledigen. Hast du schon mit dem alten Herrn gesprochen?«

Ich seufzte. »Das ist ein Problem.«

»Hat er abgelehnt?«

»Nein, ich hab gar nicht erst gefragt. Ich kann das jetzt schlecht erklären.« Er nahm es schweigend hin. Wahrscheinlich dachte er, es bleibe mal wieder alles an ihm hängen. »Ich erklär's dir, wenn wir uns das nächste Mal sehen«, fügte ich hinzu.

»Ich ruf dich morgen früh an, es sei denn, es gibt irgendwelche Neuigkeiten. Wie kommt sie klar?«

»Gut. Sie will dich heiraten.«

»Ja.« Er knurrte. »Das wollen sie alle.«

Der Sonntag begann nicht gerade vielversprechend. Walter hatte in der Nacht zwar nicht mehr angerufen, aber als ich um halb acht das Telefon unten läuten hörte, war das noch früh genug für eine gute Nachricht. Ich sprang aus dem Bett und stand in Hemd und Unterhose im Flur, als Martha schon die Treppe hochkam. Der Anruf war von Arthur Bonner. Sein Bericht fiel überaus kurz aus und war dementsprechend erfreulich: Es gab Schmauchspuren im Inneren des Ärmels, keine Frage. Darin waren er und Yee sich einig.

Walter rief nicht vor halb zehn an. Sie waren mit Alexandria, Arlington, Fairfax, Montgomery und den Prince Georges Counties durch und hatten noch eine Person mit einer Schußwunde aufgetrieben, eine neunzehnjährige Frau, der ihr Lebensgefährte während eines häuslichen Streits in den Hintern geschossen hatte. »Und was machen wir jetzt?« fragte ich.

»Wenn wir die Suche ausweiten, dann wird der in Frage kommende Bereich verdammt groß«, beklagte sich Walter. »Wir hätten ein wesentlich größeres Gebiet, mehr Krankenhäuser und noch mehr Fahrerei. Was, wenn sie ihn mit dem Hubschrauber irgendwohin geflogen haben? Die New Yorker Polizei besitzt 'ne ganze Menge davon. Die FBI-Agenten hier könnten eine ganze Staffel davon haben.«

»Dann werden wir eben Hubschrauber anmieten. Auf diese Weise können wir einen größeren Bereich abdecken. Wo steckst du gerade?«

»Upper Marlboro. Hör zu, das wächst uns über den Kopf. Das sind zu viele Krankenhäuser. Und selbst mit einem Hubschrauber kannst du nicht einfach so auf jedem Flachdach landen, das dir gefällt. Und nachdem du gelandet bist, brauchst du wieder eine Transportmöglichkeit. Wenn man mit Hubschrauberflügen anfängt, dann meint man auch Baltimore und Umgebung, ja sogar Richmond. Allein diese beiden Städte würden uns einen ganzen Tag kosten. Das funktioniert so nicht, mein Junge. Wir müssen anders vorgehen.«

Das stand außer Frage. Das Ganze drohte zu einer Suche nach der Nadel im Heuhaufen auszuarten, und wer weiß, vielleicht hatten die Agenten das Krankenhaus auch dazu gebracht, die Akten zu versiegeln oder sie im Namen der nationalen Sicherheit auf den Müll zu werfen. »Wann kannst du alle wieder ins Büro zurückbeordern?« fragte ich.

»Gib ihnen genügend Zeit, kurz unter die Dusche zu gehen und sich frische Unterwäsche anzuziehen. Elf Uhr.«

»Dann trommle sie zusammen. Ich seh dich um elf.«

Ashley war im Bademantel die Treppe heruntergekommen. »Bis jetzt nichts Neues«, erklärte ich. »Walter hat alle zu einer Besprechung zusammengetrommelt.«

»Das habe ich mitbekommen. Ich möchte, daß du ihnen etwas ausrichtest. Egal, was jetzt noch passiert, ich bin heute morgen mit dem Bewußtsein aufgewacht, daß ich keine Mörderin bin. Ich kann gar nicht sagen, wie dankbar ich euch dafür bin, aber ich werde eine angemessene Art finden, mich zu bedanken, wenn das hier alles erst mal vorbei ist.«

Ich kam gegen halb elf ins Büro. In der Küche stand schon Kaffee bereit, was darauf hindeutete, daß an diesem Sonntag vormittag noch jemand anderes außer mir arbeitete. Als ich an der Bibliothek vorbeiging, sah ich Andys Schopf aufblitzen und klopfte an den Türrahmen. Er sah mich aus müden Augen an. »Wann bist du gekommen?« fragte ich ihn.

»Ich bin gar nicht erst nach Hause.« Er gähnte, reckte und streckte sich. »Ich glaube, ich habe jeden Fall durchgesehen, der unserem auch nur ansatzweise ähnelt. Wenn neues Beweismaterial zugelassen wird, dient das dem Richter der ersten Instanz meist als Entscheidungshilfe, um ein Urteil zu fällen. Für das Berufungsgericht dagegen gibt es nur einen Grund, Warners Urteil aufzuheben, nämlich Ermessensmißbrauch, und ich bin nur auf drei Fälle gestoßen, auf die das zutraf. Was unseren Fall angeht, wird das ziemlich schwierig werden.«

»Nun, streng dich an. Wir dürfen nichts unversucht lassen.«

»Was gibt's Neues von den Jungs?«

»Sie kommen gleich zu einer Besprechung. Sie haben alle städtischen Krankenhäuser und die der angrenzenden Bezirke überprüft. Wenn wir unsere Suche weiter ausdehnen, wird die Sache zu unübersichtlich.«

Andy nickte und verzog das Gesicht. »Haben sie schon das FBI-Krankenhaus überprüft?«

»Das was?«

»Das FBI-Krankenhaus. Ich hatte einen Freund auf der Columbia, der sich entschlossen hat, zum FBI zu gehen, statt als Anwalt zu arbeiten. Er kam noch während des Studiums auf diese verrückte Idee und landete für ungefähr neun Wochen oder so auf einer Krankenhausstation, und ich glaube, da lagen fast nur FBI-Leute. Warum schlägst du dir so gegen die Stirn?«

Ich sauste in mein Büro und rief Walter auf dem Handy an. Ich erwischte ihn auf dem Baltimore-Washington Parkway. »Sagt dir der Name ›Quantico‹ irgendwas?« fragte ich.

Ein Schwall von Flüchen, mit einem mehrfach eingeschobenen »Ich werd nicht mehr!« entwich ihm. »Da sitzen wir mit drei verdammten Ermittlern in einem Raum, und niemand kommt auf die Idee mit dem Ausbildungszentrum des FBI!« Ich hörte ein dumpfes Geräusch: Walter hämmerte mit dem Handy gegen das Lenkrad. »Sie deklarieren das Ganze als Unfall während der Schießausbildung, und es gibt keinen Arzt, der auch nur einen Bericht darüber schreibt!«

»Wahrscheinlich haben sie ihn beim Pentagon in einen Hubschrauber gesetzt, und in zehn Minuten war er da.«

»Ja, Quantico – das muß es einfach sein!« brüllte er. »Du hast dir einen Orden verdient.« Walter vertraute der schnurlosen Kommunikation nicht besonders und meinte, er müsse schreien, um sich bei allem, was batteriebetrieben war, Gehör zu verschaffen.

»Das ist nicht von mir. Das kommt von unserem Juniorpartner.«

»Andrew? Das ist ja der Hammer!« Er lachte. »Kindermund tut Wahrheit kund ...«

»Okay, was jetzt? Wirst du da runterfahren?«

»Warum sollte ich? Die werden keine Akten an die Polizei rausrücken«, gellte er. »Ich komm ins Büro. Du bist der einzige, der letzte Nacht eine Mütze Schlaf abbekommen hat. Jetzt kannst du dir was einfallen lassen.«

Alle waren sie um elf hier versammelt und völlig aus dem Häuschen. Andy verehrte die Ermittler und ganz besonders Walter, und als ich erzählte, daß er die Idee mit Quantico gehabt hatte, brachte ihr beifälliges Gemurmel und ein Zwinkern von Harry seine Augen zum Strahlen. Sollten sich die alten Haudegen darüber grämen, daß das Problem anscheinend von ihrem Team-Maskottchen gelöst worden war, dann merkte man es ihnen nicht an, so müde waren sie. Im Raum herrschte überwiegend Erleichterung und Vorfreude: Wir waren unserem Beweisstück dicht auf den Fersen, und sollten wir auf Kosten des FBI Erfolg haben, dann um so besser.

»Walter sagt, das Krankenhaus wird sich hüten, jemandem mit Polizeimarke seine Akten zu zeigen«, informierte ich sie. »Ist da irgend jemand anderer Meinung?« Niemand meldete sich. »Ich auch nicht. Wenn wir also an diese Akten rankommen wollen, dann müssen wir uns was Besseres einfallen lassen als das, was bei den städtischen Krankenhäusern funktioniert hat. Leute, was haltet ihr davon, wenn wir unter einem falschen Vorwand anrufen?«

»Und was soll das für ein falscher Vorwand sein?« fragte Dan.

»Nun, wer könnte Interesse an einer Krankenhausakte eines Agenten haben, der angeschossen wurde?«

»Vielleicht die FBI-Zentrale in Washington«, antwortete Dan. »Wir könnten behaupten, wir würden ein paar Unterlagen über diesen Kerl zusammenstellen.«

»Keine gute Idee«, wandte Walter ein. »Hinterher erwischt man ausgerechnet jemanden, der für das FBI arbeitet, vielleicht jemanden, der in ähnlichen Dingen ständig mit der Zentrale zu tun hat. Wenn du deren Sprache nicht sprichst und die Spielregeln nicht kennst, dann fliegst du sofort auf. Wir haben nur einen Versuch, an ihre Akten zu kommen, und der muß sitzen.«

»Wer könnte noch Interesse an den Akten haben?« fragte Harry. »Eine Versicherungsgesellschaft? Irgend so eine Krankenversicherungssache?«

»Vielleicht«, erwiderte ich. »Aber wir wissen nicht, wie deren Versicherung funktioniert, und auch dann könnten wir immer noch an jemanden geraten, der eine Sprache spricht, die wir nicht verstehen. Geben wir uns statt dessen als Organisation aus, mit der sie nicht tagtäglich zu tun haben, dann wird unser Gesprächspartner nicht wissen, wie wir arbeiten, genausowenig wie der Sachbearbeiter unserer Abteilung mit den Modalitäten des FBI vertraut sein kann.«

»Was für eine Abteilung?« fragte Andy.

»Wie wär's mit der Personalabteilung? Dort werden alle Stellen im öffentlichen Dienst betreut. Vielleicht arbeiten sie ja gerade an irgendeiner Statistik über…«

»Berufsunfälle!« rief Andy aus. »Sie erstellen gerade eine Statistik und brauchen deshalb die Aufnahmeakten des Krankenhauses.«

»Das könnte hinhauen«, sagte Walter. »Allerdings dürfen wir nicht vergessen, daß wir nicht einmal wissen, wie der Kerl heißt, also müssen wir so gezielt vorgehen wie möglich, damit sie diese eine Akte heraussuchen und uns nicht irgendeine bescheuerte Studie vorlegen oder so was. Und wann soll das stattfinden? Die Anhörung beim Richter ist am Dienstag.«

»Laßt uns die Sache folgendermaßen angehen«, verkündete ich. »Da ist eine Sachbearbeiterin aus der Personalabteilung, die am Sonntag arbeitet, um eine längst fällige Statistik zu erstellen. Sie braucht Ersatz für diese kaum zu entziffernde Aufstellung, bla, bla, bla. Weil wir an einem Sonntag anrufen, stehen die Chancen ziemlich gut, daß wir jemanden erwischen, der normalerweise nichts mit diesen Akten zu tun hat.«

»Das gefällt mir«, sagte Dan. Er schlug vor, Andy solle diesen Anruf machen, da er eher wie ein junger Büroangestellter klänge, als einer der Ermittler.

»Ich will euch mal was sagen, was Anrufe unter einem falschen Vorwand anbelangt«, sagte Harry. »Ich kannte da einen Typen, der war bei dieser Einheit, die sich um Versicherungs- und Scheckkartenbetrüger kümmert. Der hat mir erzählt, immer wenn sie einen hochgehen lassen wollten, hätten sie jemand ganz Bestimmten zum Telefondienst abkommandiert: Und jetzt ratet mal, wen: alte Omis. Wenn es gilt, dafür zu sorgen, daß Leute ihre Bedenken fallen lassen, sagt er, gibt es nichts Besseres als einen Anruf von einer alten Omi, die so klingt wie deine eigene Großmutter.«

»Klingt vernünftig«, sagte Dan. »Wen könnten wir nehmen?«

Martha war nervös. Wir hatten die Sache schon zigmal mit ihr geprobt, aber jedesmal war der Wurm drin. Daß alle um sie herumstanden und verzweifelt die Hände rangen, half ihr auch nicht weiter, und so schickten wir alle anderen in die Mittagspause. Ich wurde allmählich zappelig, doch Walter blieb ungerührt: er hatte in seinem Leben unzählige Stunden damit verbracht, hochnervöse Leute insoweit zu beruhigen, daß sie ihren Zweck erfüllten. Endlich hatte er sie soweit, als er ihren Part inklusive aller Fragen, die man ihr eventuell stellen würde, niedergeschrieben hatte. Diese Karteikarten lagen nun vor ihr auf dem Tisch ausgebreitet, als sie die Nummer des Krankenhauses von Quantico wählte. Walter und ich hörten an dem laut gestellten Telefon mit.

Nach dem ersten Klingeln wurde abgehoben. Eine superfreundliche Stimme meldete sich: »Militärkrankenhaus, Corporal Dearman.«

Ich nickte Martha ermutigend zu und zeigte auf eine der Karteikarten. »Guten Morgen«, sagte sie, »Hier spricht Mrs. Wilson von der Personalabteilung in Washington. Könnte ich mit der Aufnahmestation sprechen, bitte?«

»Einen Moment bitte.«

Es klickte ein paar Mal in der Leitung, bis das Telefon erneut klingelte. Es klingelte fast eine Minute lang. Ich war schon drauf und dran, ihr zu sagen, sie solle auflegen, um nochmals die Zentrale anzuwählen, als jemand den Hörer abnahm. Erst meldete sich niemand, doch im Hintergrund konnten wir eine Frauenstimme hören. Anscheinend hielt sie den Hörer zu und sprach noch mit irgend jemand anderem. Ihre Stimme wurde lauter, als sie die Sprechmuschel an den Mund hielt. »Aufnahme«, sagte sie.

Martha las von der Karte ab: »Guten Tag, hier spricht Mrs. Wilson von der Personalabteilung in Washington. Mit wem spreche ich, bitte?«

»Hier spricht Jane Needham.«

»Hallo. Tja, ich fürchte, wir beide müssen diesen Sonntag arbeiten. Normalerweise hab ich keinen Wochenenddienst.«

Die Frau taute nicht auf. »Was kann ich für Sie tun, Mrs. Wilson?«

»Für das FBI stelle ich eine Statistik über Produktivitätseinbußen aufgrund von Berufsunfällen zusammen. Das Kalenderjahr ist gerade vorbei, und da muß ich die Statistik dem Regierungskomitee bis morgen früh vorlegen. Das Problem ist nur, daß ich hier eine vollkommen unleserliche Akte eines FBI-Agenten vorliegen habe, der letzten November, am ersten oder zweiten des Monats, bei Ihnen aufgenommen wurde. Könnten Sie mir vielleicht eine leserliche Kopie zufaxen?«

»Die Zuständigen für die Krankenhausakten haben heute frei. Sie können sie morgen früh ab acht wieder erreichen, in Ordnung?« Die Frau wollte anscheinend auflegen. Walter zeigte auf eine weitere Karteikarte.

Martha sah auf die Karte und las ab: »Oh, Gott! Ich muß diese Statistik noch unbedingt heute fertig machen. Ich hätte sie schon Freitag nachmittag haben müssen, aber mein Enkel hatte am Mittwoch eine Knochenmarktransplantation, und ich kam gar nicht mehr aus der Kirche heraus, ich konnt's einfach nicht. Ich hab mich bei meinem Chef krank gemeldet und hatte ein furchtbar schlechtes Gewissen dabei.« Sie schniefte. »Ich hab ihm versprochen, ihm die Statistik gleich morgen früh vorzulegen.«

Ein Seufzer drang aus dem Lautsprecher. »Erster oder zweiter November? Wie war der Name?«

»Oh, Sie sind ein Engel!« sagte Martha. »Ich kann den Namen nicht lesen. Der Zeitpunkt der Aufnahme scheint elf Uhr zu sein, es könnte aber auch eine zwölf sein, und dann ist da ein Kästchen, in dem steht ›SW‹, was auch immer das bedeuten mag.«

»Schußwunde«, entgegnete Needham. »Das herauszufinden dürfte nicht so schwierig sein. Bleiben Sie dran, bis ich den Computer gestartet habe.«

»Danke, Miss Needham. Sie sind einfach zu liebenswürdig.«

»Kein Problem, bleiben Sie einfach dran.« Sie legte den Hörer neben sich auf den Tisch, und die Bürogeräusche vermischten sich mit denen aus nächster Nähe. Wir hörten den Gong und das Summen, mit dem der Computer gestartet wurde, dann das Klicken der Tastatur. Needham konnte schnell tippen; ich nahm es als ein gutes Zeichen, einen Hinweis darauf, daß sie sich mit den Akten auskannte. Ich hörte, wie das Gerät auf ihr Tippen reagierte und die Festplatte noch lauter summte. Einmal nahm ich einen lauten Piepton wahr, der normalerweise anzeigt, daß man etwas getan hat, das dem Programm nicht paßt, und ich konnte Needham knurren hören. Sie drückte mehrere Tasten, und es piepte erneut. Mit jedem Piepton sank mein Mut ein Stückchen mehr.

Drei Minuten vergingen, als seien es drei Jahre. Walter starrte auf den Lautsprecher. Nur die Geschwindigkeit, in der sein Zahnstocher vibrierte, zeigte, wie nervös er war. Martha hatte die Augen geschlossen, ihre Lippen bewegten sich bei einem stillen Gebet. Dieser endlose Augenblick paßte genau zu einem Fall, der von Anfang an von jeder Faser meines Körpers Besitz ergriffen hatte. Wäre alles nicht so makaber gewesen, hätte ich laut gelacht.

»Okay«, sagte Needham, »Ich hab's. Sergeant David Conroy wurde am ersten November um Viertel nach elf aufgenommen. Schußwunde am rechten Bein, ein Trainingsunfall.«

»Oh, großartig«, sagte Martha, »das muß sie sein, jetzt kann ich auch einen Teil des Namens ›Conroy‹ auf meiner Kopie entziffern.«

»Ich werd die Akte ausdrucken. Wie lautet Ihre Faxnummer?«

»Moment«, sagte Martha. »Da ist ein Gerät, gleich hier im Flur. Ich schalte kurz auf Wartestellung, und hole die Nummer.«

»In Ordnung, gehen Sie nur. Es dauert eine Minute, bis alles ausgedruckt ist.«

Martha drückte die Taste für die Wartestellung, und wir alle atmeten tief aus. »Okay«, sagte ich, »fast haben wir es geschafft, und Sie sind großartig. Wir warten zwei Minuten.«

Wir warteten, und ich behielt die Uhr im Auge. Walter notierte die Informationen, die Needham von der Akte abgelesen hatte, nur so zur Sicherheit.

»Sind Sie bereit?« fragte ich, während die letzten Sekunden verstrichen.

»Lassen Sie uns weitermachen«, sagte sie lächelnd. Walter schob die nächste Karteikarte vor sie hin. Sie drückte erneut eine Taste und gab sich verwirrt. »Miss Needham? Es tut mir leid, aber ich komme einfach nicht in das Büro rein. Ich habe meine Schwiegertochter angerufen. Sie lebt bei Cleveland Park, nur zehn Minuten weit weg, und sie hat ein Faxgerät. Sie sagte, mein Sohn würde mir das Fax vorbeibringen.«

Needham lachte. »Sie reißen sich hier ein Bein aus, und ich wette, die hohen Tiere da oben werden sich diese Statistik nicht mal durchlesen.«

»Wahrscheinlich haben Sie recht. Ich wette, Ihr Job ist wesentlich interessanter, so im Krankenhaus zu arbeiten ...«

»Es kann ganz schön sein. Wie lautet die Nummer?« Martha las ihr meine Faxnummer vor. »Ich schick's gerade durch«, sagte sie. »Wenn es nicht ankommt, dann rufen Sie mich einfach zurück. Ich werde noch etwa eine halbe Stunde da sein.«

»Vielen Dank noch mal, Mrs. Needham. Sie haben mir das Leben gerettet!«

»Ich hoffe, mit Ihrem Enkel geht alles gut. Die können da heutzutage ganz schön was machen. Auf Wiederhören!«

Ich ging zum Faxgerät hinüber und wartete. Walter und Martha folgten mir. Zwei Minuten später ratterte unser Beweisstück aus dem Faxgerät. Walter nahm es hoch, überflog es und händigte es mir aus. »Da hast du deine Chance, mein Junge«, sagte er grinsend. »Jetzt brauchst du sie nur noch beim Schopf zu packen.«

Ich ging zum Telefon und wählte die Nummer von Rogavins Büro. Ich nahm nicht an, daß er freimachen würde, bevor all dies vorüber wäre, und er enttäuschte mich nicht. »Kyle Rogavin.«

»Frank O'Connell am Apparat. Ich dachte mir schon, daß ich Sie im Büro antreffe.«

»Ich genieße meine Wochenenden«, sagte er. »Und da konnte ich mir einfach nichts Schöneres vorstellen, als an unserem Fall zu arbeiten. Haben Sie Bonner engagiert?«

»Er war schon im Labor, um sich den Regenmantel vorzuknöpfen.«

»Und?«

»Und kann kaum glauben, daß jemand so schlampig gearbeitet hat, daß er die Schmauchspuren nicht gleich das erste Mal entdeckt hat.«

»Mit anderen Worten, er zweifelt ihr Vorhandensein nicht an.«

»Sie sind *jetzt* vorhanden«, gab ich zu.

»Na, na, na! Da ist aber einer mißtrauisch, was? Im Interesse eines fairen Verfahrens kann ich Ihnen verraten, Mr. Einbinder wird zugeben, daß er das Innere des Ärmels nicht untersucht hat. Und dann hätten wir da noch Mr. Yee, der mit dem Rest aufräumt. Um ehrlich zu sein, bin ich gerade dabei, ein wenig an seiner Vernehmung herumzufeilen. Was, glauben Sie, klingt besser: ›ohne den leisesten Zweifel‹ oder ›unzweifelhaft‹?«

»Wir würden gern eine Besprechung anberaumen, um über die Verhandlung des Prozesses zu sprechen.«

»Was soll denn das jetzt? Sie wollen eine Absprache treffen?« gurrte er. »Ich fürchte, *der* Zug ist abgefahren.«

»Das würde ich gern vom Generalstaatsanwalt persönlich hören.«

Er lachte. »Ich glaube, Sie haben ein wenig überzogene Vorstellungen, was den Einflußbereich Ihrer Mandantin anbelangt. Sie hat ihre Chance bekommen – zwei, um genau zu sein –, aber ihr Anwalt hat sie mit Füßen getreten.«

»Bestellen Sie dem Generalstaatsanwalt, daß wir uns morgen früh um neun Uhr in seinem Büro treffen wollen, und ich möchte, daß auch ein Vertreter des FBI anwesend ist, jemand aus dem oberen Führungskreis.«

»Das FBI? Dieser Fall untersteht der Polizei.«

»Mathis sollte auch da sein. Setzen Sie das FBI einfach davon in Kenntnis, daß ich über interessante Informationen verfüge, und wir sind bereit, darüber zu verhandeln.«

»Wissen Sie«, sagte er kichernd, »ich glaube, Sie haben den Verstand verloren. Das muß der Streß sein, stimmt's? Die eigene Freundin verteidigen zu müssen und all das. Wirklich zu schade, denn ich bin der erste, der zugibt, daß Sie einen wirklich guten Kampf hingelegt haben.«

»Hören Sie jetzt genau auf das, was ich Ihnen sage. Wir beide sind uns nicht besonders sympathisch, aber wenn wir schon Eingeständnisse machen, dann kann ich sagen, auch Sie sind kein schlechter Staatsanwalt, und ich denke wir beide respektieren uns, wie das unter gleichrangigen Gegnern so üblich ist. Ich sage Ihnen jetzt mal was von Anwalt zu Anwalt. Sollte diese Unterhaltung je ans Licht kommen, und Sie haben meine Anfrage *nicht* weitergeleitet, werde selbst ich keine Schadenfreude mehr über das empfinden, was man Ihnen dann antun wird. Nun, ein wirklich guter Staatsanwalt weiß genau, wann man ihn verarscht, und deswegen frage ich Sie: Klingt das so, als würde ich Sie verarschen?«

Die Vorstellung, dieser Fall könnte Aspekte aufweisen, über die er nicht auf dem laufenden war, verärgerte ihn, genauso wie die Tatsache, daß ich ihm über den Kopf gewachsen war. An seiner Stelle würde es mir genauso gehen. »Worum zum Teufel geht es hier überhaupt?« fauchte er.

»Das werden Sie morgen schon herausfinden. Sollte ich mich nicht klar genug ausgedrückt haben: Sie sind auch zu dem Treffen eingeladen.« Er knallte den Hörer auf, ohne sich zu verabschieden, genau wie früher.

Ich rief Ashley an. »Wir haben ihn gefunden«, sagte ich. »Er wurde in ein Krankenhaus des FBI-Ausbildungszentrums nach Virginia gebracht, und wir haben den Beweis. Ich habe gleich für morgen früh ein Treffen mit Rogavins Bossen anberaumt.«

»Ich kann kaum noch atmen vor Aufregung«, sagte sie, »also halte ich einfach die Luft an, bis geschieht, was geschehen muß. Wann seh ich dich?«

»Heute nacht nicht. Ich muß vor morgen früh noch jede Menge nachdenken, und das kann ich beim Spazierengehen am besten.«

»Vielleicht wird das die letzte Nacht sein, die du da draußen deinen Rundgang machst.«

»Wir werden sehen.«

»Ich weiß. Du bist abergläubisch, aber ich bin eine überzeugte Anhängerin des positiven Denkens, also werde ich die Zeit damit verbringen, mir vorzustellen, wie wir uns in einem Fünf-Sterne-Hotel irgendwo auf der Welt das Frühstück ans Bett bringen lassen.«

»Wir werden sehen.«

»Okay, okay, ich möchte das Schicksal nicht herausfordern. Viel Glück. Ich liebe dich.«

Bevor ich das Büro verließ, rief ich Moira an und berichtete ihr, daß wir Conroy aufgetrieben hatten. Sie gab eine der besten Imitationen ihres Vaters von sich und sagte: »Na, mein Junge, du weißt, was du zu tun hast, wenn du das Ruder in die Hand bekommst, was?«

»Was denn?« fragte ich.

»Du ruderst.«

22

Ich hätte nicht weiter überrascht sein dürfen, als ich das Büro des Generalstaatsanwalts Gordon Sims betrat und sah, wer das FBI repräsentierte. Der stellvertretende Leiter der Behörde, James Lloyd, saß der Strafrechtsabteilung vor und war somit der drittwichtigste Mann beim FBI; allein seine Anwesenheit war schon Beweis genug. Sims und Rogavin mochten übertölpelt worden sein, aber Lloyd wußte bestimmt alles über Octagon und gehörte wahrscheinlich zu denjenigen, die ins Hauptquartier abkommandiert worden waren, um die Georgetown-Sache aus der Welt zu schaffen.

Es war Sims' Büro, und so saß er der Besprechung vor, auch wenn Lloyd der größere Akteur beim Gesetzesvollzug des Bundes war. Rogavin saß rechts von Sims, und neben ihm ein zerknirschter Mathis, dem offensichtlich gar nicht wohl dabei war, hier so eingeklemmt zwischen Verteidigung und Staatsanwaltschaft zu sitzen. Neben Mathis saß Lloyds Stellvertreter Oscar Wallace, der mit einem riesigen Montblanc-Füller auf einem Notizblock herumkritzelte und dabei mißtrauisch von Mathis beäugt wurde, der eher ein Kugelschreibertyp war. Lloyd, hochelegant, in einem anthrazitfarbenen Nadelstreifenanzug, dessen Streifen ein wenig breiter waren als die von Rogavin, war am anderen Tischende plaziert worden.

Walter und ich nahmen links von Sims Platz, gegenüber der Staatsanwaltschaft. »Danke, daß Sie uns hier empfangen«, sagte ich, nachdem wir alle vorgestellt worden waren.

Sims räusperte sich. »Kommen wir überein, daß es bei dieser Besprechung um eine mögliche Verhandlung des Prozesses geht und daß alles, was hier gesagt wird, von keiner Seite vor Gericht verwendet werden darf.

»Gut«, entgegnete ich.

»Des weiteren sollten wir uns angesichts des enormen öffentlichen Interesses an diesem Fall darauf einigen, daß alles, was wir hier bereden, höchst vertraulich zu behandeln ist und niemand dieses Treffen verlassen wird, um anschließend eine Pressekonferenz abzuhalten.«

»Einverstanden.«

Der Generalstaatsanwalt glaubte, ich stünde kurz vor der Kapitulation, und nachdem einige Kommentatoren die Stichhaltigkeit der Argumente der Staatsanwaltschaft öffentlich in Frage gestellt hatten, war er mehr als zugänglich. »Sie haben einen verdammt guten Kampf geboten, Mr. O'Connell«, sagte er leutselig. »Das hat unser As hier ganz schön ins Schwitzen gebracht.« Rogavin blinzelte, sagte aber nichts dazu.

»Danke. Der Kampf fand sowohl im Gerichtssaal als auch außerhalb statt.«

»Nun«, sagte er, »wie wir wissen, hat die Presse nur ein Ziel, nämlich Nachrichten zu verkaufen. Eins kann ich Ihnen in aller Aufrichtigkeit sagen: Wäre sie *meine* Mandantin, würde ich sofort eine Pressekonferenz einberufen und verkünden, der ganze Klatsch sei wahr. Und ich wäre der am meisten beneidete Mann in ganz Washington!« Da niemand lachte, wurde er ernst. »Jetzt sind Sie dran, aber bevor wir anfangen, sollten Sie noch etwas über unsere Gepflogenheiten in bezug auf Absprachen wissen. Nachdem der Prozeß nun einmal begonnen hat und wir alles aufgeboten haben, ist jedes Angebot vom Tisch. Etwas ähnlich Günstiges werden wir kein zweites Mal vorschlagen.«

»Ich bin nicht hier, um dieselbe Absprache zu treffen.«

»Um so besser. Vielleicht kommen wir ja zu einer Einigung. Was hatten Sie sich denn vorgestellt?«

»Daß Sie den Prozeß einstellen und sie laufenlassen.«

Sims suchte nach einem Anzeichen dafür, daß er sich verhört hatte. »Warum um alles in der Welt sollten wir das tun?« knurrte er.

»Weil es einigen Leuten in diesem Raum ermöglichen wird, ihr Gesicht zu wahren – wenn nicht gar, eine Strafverfolgung zu vermeiden.«

Der Generalstaatsanwalt wurde puterrot. Rogavin schüttelte

nur den Kopf, zweifellos restlos davon überzeugt, daß ich den Verstand verloren hätte. Mathis starrte auf irgend etwas hinter meiner Schulter; nur die Tatsache, daß er heftig auf seinem Kaugummi herumkaute, ließ darauf schließen, welche Dramen sich in seinem Inneren abspielten. Lloyd am anderen Ende des Tisches ließ sich überhaupt nichts anmerken und überflog eine Notiz, die ihm von seinem Stellvertreter zugeschoben wurde. »Die Besprechung ist vorüber«, schnaubte Sims. Er stand auf und zeigte auf Rogavin. »Gehen Sie da morgen rein und bringen Sie den verdammten Fall endlich zu Ende.«

»Strafverfolgung, weswegen denn?« fragte Lloyd ungerührt.

»Dafür, daß Sie Ashley Bronson einen Mord anhängen, den sie gar nicht begangen hat. Wir wissen, was in jener Nacht am ersten November passiert ist, Mr. Lloyd, und zwar alles, von A bis Z.« Er sah mich völlig ausdruckslos an und wartete auf mehr.

Sims lehnte sich langsam in seinem Stuhl zurück, seine Augen waren auf mich gerichtet. »Ich habe schon so einiges erlebt in meiner Laufbahn«, knurrte er. »Verzweifelte Anwälte, die zu allem bereit sind, um ihren Mandanten zu retten oder berühmt zu werden und das schnelle Geld zu machen, aber eine derartige Unverschämtheit ist mir noch nie begegnet. Sie sind am Ende ... beruflich in jeglicher Hinsicht am Ende. Wenn dieser Fall vorbei ist, dann werden Sie auch nicht mehr zu den Gefängniszellen zurückkönnen, denn kein Richter dieser Stadt wird je wieder etwas mit Ihnen zu tun haben wollen. Sie denken, Sie können hier einfach so hereinschneien –«

»Ist die Besprechung vorüber, Mr. Lloyd?« fragte ich.

Lloyd warf einen Blick auf Sims, bevor er antwortete. »Nun«, sagte er, »ich sitze auf Wunsch des Generalstaatsanwalts der Vereinigten Staaten hier, aber ich muß zugeben, Sie haben mich neugierig gemacht, vielleicht weil ich am wenigsten über diesen Fall informiert bin. Wenn man so will, weiß ich nicht einmal, warum ich überhaupt hier bin.«

Er sah Wallace an, der ihm bestätigend zunickte.

Walter wandte sich mir zu und sagte: »Er lügt.« Anstelle einer Antwort starrte ihn Lloyd einfach nur an.

Ich erklärte: »Mr. Feinberg war früher Polizist beim Morddezernat in New York. Seine Fähigkeit, die richtigen Schlüsse zu ziehen, sind geradezu legendär, aber wenn er etwas kann, dann erkennen, wenn jemand lügt. Er ist eine Art wandelnder Lügendetektor, allerdings arbeitet er viel genauer. Sie nahmen ihn zu Vernehmungen mit, bloß damit er sich anhörte, was die Leute zu erzählen hatten.«

»Sehr beeindruckend«, sagte Lloyd.

»Sie haben ja keine Ahnung«, entgegnete ich. »Zum Beispiel wußte er sofort, daß Miles Kellogg gelogen hat, ja daß der nicht einmal ansatzweise in der Nähe von Mr. Garveys Anwesen war, als dieser umgebracht wurde.« Ich sah Rogavin an und erklärte: »Mr. Kellogg war ein Strohmann, der echte Zeuge durfte sich nicht blicken lassen.«

»Der *echte* Zeuge?« schnaubte Rogavin. »Jetzt will ich Ihnen mal sagen, was ein echter Zeuge ist! Yee wird aussagen, daß Ihre Mandantin die Waffe abgefeuert hat.«

Ich zuckte die Achseln. »Nachdem wir uns hier den von Mr. Sims aufgestellten Regeln zu unterwerfen haben, können wir auch im Interesse unseres Treffens hier sagen, daß Ashley Bronson Raymond Garveys Haus in der Nacht des ersten November gegen Viertel nach zehn betreten, seine Waffe aus der Kommodenschublade genommen und sie abgefeuert hat.«

»Womit sie eine Mörderin wäre«, erklärte Mathis. »Wir haben die Kugel, und sie steckte in Garveys Kopf.«

»Sie haben die Kugel«, bestätigte ich, »aber sie steckte nicht in Garveys Kopf.«

»Aber natürlich!« sagte Sims, »Wenn nicht in Garveys Kopf, wo denn dann?«

»In ihm«, sagte ich und warf ein paar Kopien der Krankenhausakte auf den Tisch. Da saßen sie, Mathis gegenüber, der fest entschlossen schien, diese Kopien zu ignorieren, bis Rogavin sich bequemte, die Hand auszustrecken und sich eine zu nehmen. Noch während er sie durchlas, straffte sich seine schlaffe Haltung, seine Augen tanzten zwischen den verschiedenen Feldern der Akte hin und her. Daraufhin konnte sich auch Sims nicht mehr beherrschen. Er stand auf und nahm sich eine. Lloyd streckte die Hand aus, und Wallace reichte ihm ein Exemplar, bevor er sich selbst eins nahm. Mathis drehte sie so, daß er sie lesen konnte, ohne Fingerabdrücke zu hinterlassen.

Eine Sekretärin klopfte an die Tür und kam herein. Sie legte einen rosafarbenen Notizzettel verdeckt vor Sims hin, der ihn gar nicht beachtete, da er sich die Akte durchlas.

Ich beobachtete Lloyd, wie er das Formular überflog. Seine Halsschlagader begann zu pulsieren, und als er zu Ende gelesen hatte, starrte er einfach nur verbissen geradeaus.

»Was soll das hier?« fragte Sims. »Hat sie etwa einen FBI-Agenten angeschossen?«

»Ganz genau.«

Mathis hatte genug gehört. »*Verdammter Mist*!« brüllte er und hieb mit der Faust auf den Tisch. »Wir haben die Waffe und außerdem die Schachtel Munition, die er gleich mitgekauft hatte. Eine Kugel hat gefehlt, fünf steckten im Magazin und fünfundvierzig waren noch in der Munitionsschachtel. Macht zusammen fünfzig, eine ganze Schachtel voll! Die Kugel hat man Garvey entnommen und dann gleich zu den Ballistikexperten geschickt, die einwandfrei festgestellt haben, daß sie zu Garveys Waffe gehört!«

»Nein, so war es nicht«, sagte ich.

»*Wir haben eine lückenlose Gewahrsamskette!*« bellte Mathis.

»So weit, so gut«, entgegnete ich. »Am einen Ende haben wir den Leichenbeschauer, am anderen den Ballistikexperten. Aber wer war dazwischen?«

Mathis dachte einen Augenblick nach und sagte: »Der FBI-Typ.«

»Ganz genau. Und jetzt sagen Sie mir, Detective: In all den Jahren, in denen Sie Ihren Beruf ausüben, an wie viele lückenlose Gewahrsamsketten können Sie sich da erinnern, an denen ein FBI-Agent beteiligt war?«

Wallace ging dazwischen. »Agent Windemere ging rein routinemäßig ins Leichenschauhaus. Der Verstorbene war ein ehemaliger Bundesminister, und hätte man ihn wegen etwas ermordet, das in seine Amtszeit fiele, dann könnte es sich dabei um eine Straftat nach Bundesrecht handeln.«

»Aber natürlich«, sagte ich. »Raymond Garvey diente unter Carter. Wer sollte ihn da schon ermorden wollen? Der heilige Franziskus?«

Mathis war uns feindlich gesinnt, aber alles in allem war auch er Polizeibeamter und gehorchte somit denselben Gesetzen wie Walter: Er verließ sich auf logische Argumente und seine eigene Intuition. Er wandte den Kopf, widmete sich wieder der Krankenhausakte und sagte: »Sie wollen also damit sagen, daß Windemere die Kugeln vertauscht hat?«

»Ganz genau.«

»Und wer hat Garvey dann umgebracht, und was hatte dieser Conroy in dem Haus zu suchen?«

Ich sah kurz zu Lloyd hinüber. »Sie dürfen mich jederzeit ergänzen«, sagte ich.

Er runzelte die Stirn und sagte: »Nein danke, da mache ich nicht mit.« Dann sah er Sims an. »Will die Generalstaatsanwaltschaft einen hieb- und stichfesten Mordfall vermasseln, nur wegen eines Unfalls beim Schießtraining in Quantico?«

»Wir werden diesen Prozeß *keineswegs* einstellen«, verkündete Sims. »Nicht bei dem Mangel an Beweisen, das ist doch alles reiner Zufall.«

»Mangel an Beweisen, Quatsch!« sagte Walter. Er wandte sich direkt an Mathis und sprach jetzt von Polizist zu Polizist zu ihm. »Hör zu, sie ist da gegen Viertel nach zehn reingegangen, und dann taucht dieser Kerl gegen zehn vor zwölf im Krankenhaus auf. Wer zum Teufel macht um diese Zeit noch Schießübungen? Sie müssen ihr Chaos beseitigen, einen Hubschrauber anfordern, ihn zu einem Landeplatz karren und ihn dann nach Quantico fliegen. Das paßt zeitlich einfach alles viel zu gut zusammen. Da hast du deine Gewahrsamskette. Wenn der Kerl wirklich rausfinden will, wer Garvey ermordet hat, wohin geht er dann? In ein beschissenes Leichenschauhaus? Was können *die* dem da schon groß erzählen? Er ist wegen der Kugel hin, und er hat sie bekommen. Da, wo ich herkomme, nennt man so was nicht reinen Zufall, sondern dringenden Tatverdacht.«

»Dann beantworten Sie mir die restlichen Fragen«, sagte Mathis.

Rogavin hatte keinen Mucks mehr von sich gegeben, seit er die Akte gelesen hatte, aber er hörte aufmerksam zu und beobachtete Lloyd. Ich schob ihm unsere nächsten Dokumente zu und sagte: »Wir hatten vor, das als Beweismittel vorzulegen. Das sind Kopien von zwei Schecks über hunderttausend Dollar, die auf Garveys Konto eingezahlt wurden, ausgestellt von einer Firma, die sich Octagon und Partner nennt. Wollen Sie weitere Informationen einholen, dann werden Sie nicht mehr erfahren, als daß es sich um eine New Yorker Firma handelt, deren Firmensitz eine Kanzlei in Manhattan ist. Ansonsten weist nichts darauf hin, daß dort irgendwelche Geschäfte getätigt werden, und das bei einer Firma, die seit mehr als fünfzig Jahren existiert. Sie werden des weiteren erfahren, daß Octagon Sherman Burroughs unter die Arme gegriffen hat und bei seinen Gläubigern für ihn gebürgt hat. Sie haben ja bereits gehört, daß da irgendwas war zwischen Burroughs und Garvey, und das hat Burroughs ganz und gar nicht gefallen. Was Sie nicht wissen, ist, daß es da noch einen dritten im Bunde gab, und wir haben zwei Zeugen, die ihm begegnet sind: Burroughs' ehemalige Haushälterin und sein Chauffeur. Der Mann war Europäer und gab sich als Mr. Brown aus.«

»Das beantwortet unsere Fragen noch nicht«, sagte Sims.

»Ich komme gleich darauf«, entgegnete ich. »Octagon wollte etwas von Henry Bronson, und um da ranzukommen, setzten sie seinen Freund Raymond Garvey als Kontaktmann ein. So kam Raymond an das Geld. Aber Henry zeigte sich nicht kooperativ, so daß Sherry Druck auf Raymond ausübte, und dieser wiederum auf Henry.«

»Die Wards haben gehört, wie sie Garvey befohlen hat, Abstand zu halten«, sagte Mathis. »Sie meinen also, sie wollte ihren Vater schützen?«

»Genau das«, stimmte ich zu. »Und die ganze Zeit über wurden sie von Lloyds Leuten beschattet. Das FBI war auf Octagon angesetzt. Soweit wir wissen, geht die FBI-Akte zeitlich weit zurück, vielleicht sogar fünfzig Jahre.«

»Und, was wollten sie von Bronson?« fragte Mathis.

»Wir haben da so eine Idee«, entgegnete ich, »aber ich bin nicht befugt, Ihnen diese Frage zu beantworten.«

»›So eine Idee‹?« sagte Lloyd. »›Soweit wir wissen‹? ›Nicht befugt, Ihnen diese Frage zu beantworten‹? Das ist doch alles erstunken und erlogen! Sie haben keinerlei Beweise dafür, daß wir diese Firma Octagon im Visier hatten, und auch, daß es Octagon war, die Burroughs und Garvey zusammenbrachte, ist reine Spekulation.«

»Ja, das muß wieder einer dieser merkwürdigen Zufälle sein«, sagte Walter.

Als ich mit meiner Geschichte fortfuhr, wandte ich mich direkt an Rogavin. »An dem Tag, als Henry Bronsons Tod bekannt wurde, rief Brown bei Burroughs an. Er schien ziemlich außer sich zu sein. Damals nannte er sich Mr. Clay, höchstwahrscheinlich ein Deckname. Die Haushälterin nahm den Anruf entgegen. Sie hat seine Stimme wiedererkannt und ist bereit, auszusagen. Ein paar Tage später tauchten Garvey und Brown dann in Henry Bronsons Bibliothek auf, wo sie alles auf den Kopf stellten. Sie sagten meiner Mandantin, sie seien auf der Suche nach Dokumenten, die Garvey gehörten. Sie wußte nicht, wovon die beiden redeten, aber um sie loszuwerden, sagte sie, sie habe diese Dokumente auf Anweisung ihres Vaters verbrannt. Sie klang überzeugend. Brown glaubte ihr, und dadurch wurde Garvey zum Risiko.«

Mathis verzog das Gesicht. »Sie sagen also, *Brown* hat Garvey umgebracht?«

»Es sieht ganz danach aus. Des weiteren glauben wir, daß das FBI Garveys Haus verwanzt hatte. Kaum hatte man ihn umgebracht, eilten sie herbei, und sie waren im Haus, als meine Mandantin die Waffe abfeuerte.«

Lloyd klatschte ein paar Mal in die Hände, so als wolle er applaudieren. »Gratuliere! Genau der Stoff, aus dem Spielfilme gemacht sind«, sagte er grinsend. »Zu schade, daß ich die Sache mit ein paar Fakten vom Tisch wischen muß.« Er sah zu Sims am anderen Tischende hinüber. »Bis auf den Besuch im Leichenschauhaus haben wir mit dem Fall nichts zu tun – und damit basta. Garvey mag zwar schon seit Jahren kein Regierungsmitglied mehr gewesen sein, aber er gehörte irgendwann einmal zum Kabinett. Sie wissen ja, wie so etwas ist. Kommt die Sache erst einmal in die Zeitung, dann heißt es gleich ›Ehemaliger Minister ermordet‹, und alles schreit nach dem FBI und will einen Kommentar. Der jetzige Leiter der Behörde ist auch nicht anders als seine Vorgänger. Er will Antworten sehen, und dabei kümmert es ihn herzlich wenig, ob innerhalb oder außerhalb des Gesetzes operiert wird, weil die Öffentlichkeit gar nicht weiß, in welch eng gesteckten Grenzen wir arbeiten müssen. Darüber weiß sogar kaum der Kongreß Bescheid. Die stellen einfach nur ihre Fragen, die wir dann mit ›Das wissen wir nicht‹ beantworten müssen, was bei Leuten, die über unser Budget entscheiden, auch nicht gerade gut ankommt. Die Regeln da drüben im Hoover Building sind ganz einfach. Ist zu erwarten, daß man uns Fragen stellen wird, haben wir uns um die entsprechenden Fakten zu kümmern. Genau damit hatte man Windemere beauftragt. Er kam zu spät, um noch den Tatort besichtigen zu können, und so zog er los, um sich ein Bild von der Leiche zu machen und zu hören, was ihm der Leichenbeschauer alles zu erzählen hatte. Was das mit Quantico anbelangt, dafür gibt es mehrere Zeugen sowie einen unvorsichtigen Agenten namens Harvester, der gerade vom Dienst suspendiert wurde und ein Disziplinarverfahren zu erwarten hat. Das ist alles, was von Ihrer großen Verschwörungstheorie übrigbleibt.«

»Das klingt überzeugend«, sagte Sims. Er sah mich an und erklärte: »Ihre Geschichte dagegen ergibt überhaupt keinen Sinn. Wollte man Ihnen Glauben schenken, dann haben sich FBI-Verantwortliche verschworen, Ihrer Mandantin einen Mord anzuhängen, den sie gar nicht begangen hat. Das ist so grotesk, daß ich kaum zu fragen wage, warum um alles in der Welt sie so etwas tun sollten.«

»Das war ganz klar die beste Lösung«, entgegnete ich. »Zweifellos betrachteten sie die Verwundung des Agenten Conroy als ein Verbrechen, das nicht ungestraft bleiben durfte. Außerdem hatten sie den Eindruck, Ashley Bronson habe Garveys Haus betreten, um einen Mord zu begehen, und so würden sie ihr nur ein Verbrechen anhängen, das sie sowieso geplant hatte, und das ist vermutlich schon viel leichter zu schlucken.«

»Wollen Sie etwa behaupten, sie sei *nicht* dorthin gegangen, um Garvey umzubringen?« fragte Mathis.

»Ich glaube, Sie haben da etwas übersehen. Sie ging zu Garvey, um ihn zur Rede zu stellen, und nachdem sie sich mit einem Schlüssel, den er ihr selbst gegeben hatte, Zutritt verschafft hatte, platzte sie mitten in einen Einbruch hinein.«

»Das ist doch einfach lächerlich!« bellte Sims.

»Das finde ich ganz und gar nicht. Rein rechtlich gesehen ist Conroy ein Einbrecher. Ashley Bronson dagegen hat sich völlig legal Zutritt zu dem Anwesen verschafft. Auf ihn zu schießen stellt keinerlei Straftat dar.«

Lloyd kicherte und schüttelte den Kopf. »Eins muß ich Ihnen lassen. Sie werden ganz schön kreativ für Ihr Anwaltshonorar. Wir haben also fälschlicherweise angenommen, daß sich Ihre Mandantin eines Verbrechens schuldig gemacht hat, und statt sie laufenzulassen, haben wir ihr noch etwas viel Schlimmeres angehängt. Ziemlich finster, würde ich sagen.«

»Sie für schuldig zu befinden, war nicht Ihr Motiv, sondern nur die Begründung dafür, was Sie tun wollten – im Grunde genommen tun mußten.«

»Ach ja? Dann können Sie uns bestimmt auch sagen, was für ein Motiv wir *wirklich* hatten.«

»Ihrer aller Arsch zu retten. Denn hätten Sie der Polizei nicht den passenden Fall zu Ihrem Vorgehen geliefert, dann wäre es zu einer Untersuchung gekommen, und man hätte sämtliche Anstrengungen unternommen, um herauszufinden, wer Raymond Garvey ermordet hat. Es wäre nur eine Frage der Zeit gewesen, bis die Polizei auf die Garvey-Burroughs-Verbindung gestoßen wäre, dann auf Octagon und schließlich auf Mr. Brown. Und das hätte bedeutet, daß sich die Polizei nach Meinung des FBI in eine sehr heikle Angelegenheit eingemischt hätte, welche die nationale Sicherheit betrifft.«

»Sie meinen aus Selbstschutz?« fragte Mathis.

»Sozusagen, denn wäre es zu einer Untersuchung gekommen, dann hätten Sie sich das Beweismaterial, das Sie bei Garvey gefunden haben, etwas genauer angesehen.« Ich nahm die Polaroids aus dem Umschlag und schob sie zu Mathis hinüber.

»Erinnern Sie sich noch an die hier?« fragte ich. Er legte sie einzeln vor sich hin und sah sie sich eines nach dem anderen an. Als er damit fertig war, gab er sie an Rogavin weiter.

»Ja«, sagte Mathis. »Die wurden von der Spurensicherung im Wohnzimmer gefunden. Das hier sind die Originale. Wie sind denn *Sie* da drangekommen?«

Ich ignorierte die Frage. »Was für Schlüsse haben Sie daraus gezogen?« fragte ich.

»Gar keine. Wir glauben, da hat jemand mit einer Kamera rumexperimentiert.«

»Haben Sie eine Polaroidkamera im Haus gefunden?«

»Nein.«

»Wissen Sie, was man unter *black bag job* versteht?«

»Wie, *black bag job*?«

Ich überließ Walter das Wort, und der wiederholte seine kleine Rede über das FBI und deren *black bag job* betreffend, und wies dann darauf hin, daß die Polaroids bei dem ganzen Chaos, als man Conroy und die Wanzen aus dem Haus schaffen wollte, vergessen worden waren. Als er geendet hatte, sagte ich: »Einige von Ihnen, von den Herren Lloyd und Wallace einmal abgesehen, erinnern sich vielleicht noch an das, was das letzte Mal passiert ist, als das FBI wegen eines solchen Falls aufgeflogen ist. Mehrere Ausschüsse des Kongresses verurteilten das FBI zutiefst, zwei seiner Führungskräfte wurden sogar angeklagt und verurteilt. Also hat man schlichtweg befürchtet, das Ganze ginge noch mal von vorn los. Die Beweisaufnahme im Fall Garvey mußte so schnell wie möglich abgeschlossen werden.«

Rogavin hatte lange geschwiegen und demonstrativ mit seinem Phi-Beta-Kappa-Anhänger gespielt, der an der Kette auf seiner Weste baumelte, um zu zeigen, daß er der edlen Studentenverbindung angehörte. »Wenn es darum geht, ein Urteil zu fällen, dann ist es ein ganz schön großer Schritt von versuchtem Mord zu Mord«, sagte er ruhig.

»Nicht, wenn wir Ihr großzügiges Angebot angenommen hätten«, entgegnete ich.

»Kann ich diese Bilder auch mal sehen?« fragte Lloyd. Mathis schob sie zu ihm hinüber. Lloyd warf einen Blick darauf und schüttelte den Kopf. »Ich arbeite seit zweiundzwanzig Jahren beim FBI und habe all diese Verfahren und Untersuchungen mitgemacht, die Mr. O'Connell da eben erwähnt hat, aber von derartigen Polaroidaufnahmen habe ich noch nie etwas gehört. Du vielleicht, Oscar?«

»Nie«, antwortete Wallace.

Lloyd schob die Bilder zurück in die Tischmitte. »Gordon, die wollen, daß Sie den Schwanz einziehen und den meistdiskutierten Prozeß einstellen, den diese Behörde seit Jahren gesehen hat. Und der stand schon auf soliden Beinen, *bevor* ihr mit den Schmauchspuren angekommen seid, und deren Herkunft können selbst die nicht bestreiten. Wenn du den Prozeß einstellst, wirst du jede Menge Fragen beantworten müssen. Was willst du denen bloß sagen? Daß man dich mit Hokuspokus und faulem Zauber aus dem Konzept gebracht hat? Fast die Hälfte der auf Strafrecht spezialisierten Juraprofessoren dieses Landes schaut dir aus Fernsehstudios über die Schulter, und da kannst du deine Karriere drauf verwetten, daß die wissen wollen, welches *Beweisstück* dich dazu gebracht hat, einen hieb- und stichfesten Mordfall aufzugeben. Und jetzt denk einmal gut über all das nach, was du von seiten der Verteidigung zu hören bekommen hast, und unterscheide bloße Spekulation von echten Fakten. Was haben die denn in der Hand, das sie morgen vorbringen könnten?« Lloyd sah mich an und sagte: »Wenn ich mich nicht täusche, dann haben Sie Zeugen, die aussagen können, daß Garvey, Burroughs und dieser Kerl namens Brown in irgendwelche Geschäfte verwickelt waren. Sie können glaubhaft machen, daß Brown ein finsterer Kerl ist. Aber was dann? Wenn Ihre Mandantin nicht aussagt, dann können Sie auch nicht beweisen, daß man ihren Vater erpreßt hat, und auch nicht, daß sie etwas in ihrer Bibliothek gesucht haben.«

»Und, wie sieht's damit aus?« fragte Sims. »Wird Ihre Mandantin aussagen?«

»Wir haben nicht vor, sie in den Zeugenstand zu rufen«, gab ich zu.

»Und das ist erst der Anfang«, fuhr Lloyd fort. »Sie können nicht beweisen, daß es sich bei Octagon um eine illegale Organisation handelt. Sie können diese idiotische Geschichte mit dem Austausch der Kugel nicht beweisen, und auch nicht, daß da eine FBI-Untersuchung im Gange war – etwas, das wir übrigens vehement bestreiten. Was haben Sie also in der Hand? Eine Krankenhausakte, die Sie nicht ohne Spekulationen mit unserem Fall in Verbindung bringen können. Die Staatsanwaltschaft dagegen verfügt über mehrere Agenten, die bezeugen können, was mit Conroy passiert ist. Bei dieser Sachlage wird Warner die Akte gar nicht erst als Beweisstück zulassen. Und was die Fotos anbelangt, glaube ich nicht, daß die Geschworenen der Behauptung eines Ermittlers, der von der Verteidigung bezahlt wird, große Bedeutung beimessen werden. Mit anderen Worten, das einzige Beweismaterial, über das Sie verfügen, sind die Polaroids, und die wird man gar nicht erst zulassen.« Er sah Sims an. »Gordon, ich bin kein Jurist, wenn du also glaubst, daß ich mich irre, dann sag bitte Bescheid.«

»Du irrst dich ganz und gar nicht«, sagte Sims. »Und ich werde nicht zulassen, daß sich diese Behörde hier zum Narren macht. O'Connell, Sie glauben doch nicht im Ernst, daß wir den Prozeß einstellen, nur weil Sie sich da so allerhand zusammengereimt haben. Hier zählen einzig und allein die Beweisregeln.«

Ich zuckte die Achseln. »Die Beweisregeln haben auf dem Kapitol nicht viel zu sagen. Ich habe genügend Material, um einen Ausschuß des Kongresses auf die Beine zu stellen, der sich da dahinterklemmen wird, und wenn die erst mal loslegen, wird Mr. Lloyds Version nicht lange Bestand haben. Es gibt viel zu viele Mitwisser, die über die Beschattung Octagons Bescheid wissen – nicht nur Agenten, sondern auch Sachbearbeiter und Sekretärinnen. Diese Leute wissen auch, wo Conroy eingeteilt war und daß es in jener Nacht des ersten November keinen Schießunfall gegeben hat. Die Sache wird durchsickern, darauf können Sie Gift nehmen – und wenn das passiert, wird es hier und im Hauptquartier des FBI aussehen, als hätte eine Neutronenbombe eingeschlagen, denn das Gebäude und das Mobiliar werden bleiben, nur die Leute werden weg sein.« Ich lehnte mich zu Sims hinüber. »Glauben Sie denn wirklich, wir würden Ruhe geben, solange Ashley Bronson im Gefängnis sitzt, und das wegen eines Mordes, den sie nicht begangen hat? Die Familie Bronson hat großen Einfluß und wird alles daran setzen, damit jeder, der hier mit am Tisch sitzt, bekommt, was er verdient.«

Sims erhob sich zitternd vor Wut. »Sie Scheißkerl!« fauchte er. »Sie sind so was von eingebildet ... Sie haben ja keine Ahnung, mit wem Sie sich da anlegen – nicht im geringsten! Wissen Sie, wie man Sie auf dem Kapitol empfangen wird? Sie, einen verzweifelten Anwalt einer verurteilten Mörderin, einen Winkeladvokaten, der gerade noch einmal darum herumgekommen ist, abgestraft zu werden, weil er unverschämte Anschuldigungen gegenüber einem ehrenwerten Mann erhoben hat und mit seiner Mandantin zusammengezogen ist. Die werden sich über Ihre Märchen hier totlachen, über Ihre verstiegenen Verschwörungstheorien und Ihre Geschichten von einer zweiten Kugel, und Sie können Ihren Arsch darauf verwetten, daß es dort keine gottverdammten Vernehmungen geben wird, nur weil Sie das gern hätten! Und wenn Sie den Fall abgeschlossen haben, dann werden wir dafür sorgen, daß man Ihre Anwaltszulassung in Stücke reißt. So, und jetzt reicht's, denn unser Mr. Rogavin hier hat einen Prozeß vorzubereiten. Die Besprechung ist zu Ende, sehen Sie zu, daß Sie hier rauskommen!«

Walter und ich sahen einander an: Es gab nichts mehr zu sagen. Ich griff nach meinem Koffer, fest entschlossen, die Verzweiflung, die in mir aufwallte, zu verbergen. »Denken Sie noch einmal darüber nach«, sagte ich zu Sims, als ich meinen Aktenkoffer schloß. »Man benutzt Sie nur.«

»Auf Wiedersehen, Mr. O'Connell!« fauchte er. »Und vergessen Sie Ihre Unterlagen nicht!« Er schob mir seine Kopie der Krankenhausakte zu, und als er den rosa Notizzettel das erste Mal bemerkte, nahm er ihn auf und las die Nachricht. Seine Augen weiteten sich, dann griff er nach dem Telefon, das hinter ihm stand und drückte einen Knopf. Sein dringlicher Tonfall erregte jedermanns Aufmerksamkeit. »Steht er vor der Tür? Was hat er gesagt?« Bei der Antwort sackte er sichtlich in sich zuasammen. »Führen Sie ihn herein«, murmelte er, legte dann auf und sah mich an. »Ihr Co-Verteidiger ist hier«, sagte er.

Ich antwortete nicht darauf, denn ich war viel zu verwirrt darüber, was Andy getan haben könnte, um eine derartige Reaktion hervorzurufen. Die Tür hinter mir öffnete sich, und ich erkannte die Stimme, noch bevor ich mich umdrehte: »Tut mir leid, daß ich so spät dran bin, Freunde, aber ich habe da draußen eine gute halbe Stunde warten müssen. Ich dachte schon, Sie wollen mich nicht dabeihaben.«

»Tut mir leid, Mr. Brennan«, stammelte Sims sichtlich zerknirscht. »Meine Sekretärin hat mir die Nachricht hingelegt, ohne irgend etwas dazu zu sagen. Ich wußte nicht, daß Sie da draußen warten.«

»Nun, ist ja nichts passiert, Gordon.« Paps lächelte. »Ich habe nett mir ihr geplaudert da draußen.« Er sah sich im Raum um und nickte der Versammlung zu. »Ihnen allen guten Morgen, meine Herren.« Zu diesem Zeitpunkt hatte sich bereits jeder im Raum erhoben, und alle lächelten, wie man das eben so tut, wenn eine bedeutende Persönlichkeit anwesend ist. Paps ging um den Tisch, schüttelte jedem die Hand und wiederholte völlig überflüssigerweise ein- oder zweimal seinen Namen. Er verwandte noch etwas Zeit darauf, ein paar nette Worte mit Lloyd auszutauschen, den er bereits als unseren Hauptgegner identifiziert hatte. Walter rutschte eins weiter, um Paps den Platz in der Mitte auf unserer Seite des Tisches zu überlassen. Als der sich hinsetzte, klopfte er mir auf die Schulter und sagte: »Tut mir leid, daß ich so spät dran bin, mein Junge. Du hast die Herren sicherlich schon mit den Fakten vertraut gemacht, nehme ich an?«

»Ja«, antwortete ich.

»Nun, meine Herren«, sagte er, »wie Sie sehen, haben wir es hier mit einem sehr interessanten Fall zu tun.«

»Ich wußte gar nicht, daß Sie auch Strafrecht machen, Mr. Brennan«, sagte Lloyd.

»Nun, eigentlich nicht«, erwiderte Paps. »In puncto Strafrecht bin ich gerade soweit informiert, daß ich weiß, wann ich eine Besprechung verlassen muß.« Lloyd lachte, und Wallace und Sims stimmten sofort mit ein. Mathis und Rogavin hatten ihr Pokergesicht aufgesetzt. »Wie dem auch sei, man hat mich nicht als Strafverteidiger engagiert. Das überlasse ich alles Francis.« Er sah Rogavin an. »Ich habe gehört, Sie sind ein ziemlich fairer Strafrechtler«, sagte er. »Das müssen Sie wohl auch, wenn Sic ein derartiges Angebot unterbreiten.«

»Danke«, sagte Rogavin.

»Weswegen wurden Sie *dann* engagiert?« fragte Wallace und zog sich einen strafenden Blick von Lloyd zu.

Paps gab die Frage an die gesamte Runde weiter. »Nun, Mrs. Bronson glaubt, ich könnte ihr äh ... sozusagen *politisch* von Nutzen sein.«

»Politisch?« murmelte Sims.

»Ja, Gordon, politisch.« Er wandte sich Lloyd zu und sagte: »Wissen Sie, es ist schon komisch, wie sich die Geschichte ständig wiederholt. Das letzte Mal, als so etwas vorgefallen ist, bat mich der Leiter Ihrer Behörde um Hilfe wegen der beiden Herren, die verurteilt worden waren. Ihre Behörde hatte von seiten des Kongresses so einiges mitmachen müssen und befürchtete, auf Jahre hinaus lahmgelegt zu werden.« Paps blickte alle an, um zu sehen, ob ihm irgend jemand widersprach, bevor er fortfuhr. »Nun, wie es der Zufall wollte, war gerade ein neuer Präsident gewählt worden, und ich gehörte zu den Privilegierten, die während des Regierungswechsels um Hilfe gebeten wurden. Ich sagte dem Leiter der Behörde, ich täte, was ich könnte, und mit Hilfe der Überzeugungskraft wesentlich talentierterer und befähigterer Kräfte wurde der Präsident überredet, sie straffrei ausgehen zu lassen.«

»Das war damals eine völlig andere Situation«, insistierte Wallace. »Wir bestreiten, daß irgendein FBI-Agent gegen das Gesetz verstoßen hat, und verwahren uns gegen jede der hier vorgetragenen Behauptungen.«

Lloyd legte eine Hand auf Wallaces Arm, um deutlich zu machen, daß er das Reden übernehmen würde. »Wir haben Mr. Feinbergs und Mr. O'Connells Theorien gehört«, sagte Lloyd, »und auch von unserer Seite ein paar Fakten eingebracht, um zu zeigen, daß sie jeder Grundlage entbehren. Mit Ausnahme eines Agenten, der auf kurzfristige Erkundungsreise geschickt wurde, sind wir in keinster Weise in diesen Fall verwickelt.«

Paps starrte Wallace lange an. Langsam, ja beinahe unmerklich verpuffte sein freundliches Gebaren, und plötzlich wurde es kalt im Raum. »Wollen Sie mich für dumm verkaufen, Mr. Lloyd?« fragte er ruhig.

Zum ersten Mal wirkte Lloyd verunsichert. Wallace beobachtete seinen Chef dankbar, daß man ihm geboten hatte zu schweigen. »Natürlich nicht, Mr. Brennan«, entgegnete Lloyd und hob beschwichtigend beide Hände.

Paps wandte sich direkt an dessen Stellvertreter. »Sie haben recht, Mr. Wallace, das hier ist eine völlig andere Situation. Diesmal werden nicht nur die Liberalen wollen, daß Ihr Kopf rollt. Nach dem Mist in Waco und Ruby Ridge werdet ihr euch selbst vor eingeschworenen Konservativen verantworten müssen. Und ist die Wahrheit erst einmal ans Licht gekommen – und das wird sie –, dann wird man keine Gnade kennen, und mit Sicherheit kein Pardon.«

»Mr. Sims glaubt nicht, daß sich der Kongreß für die Sache interessieren könnte«, sagte ich.

Paps fegte die Bemerkung mit einer Handbewegung vom Tisch. »Zunächst wären da die *Post* und die *Times*«, sagte er. »Das große öffentliche Interesse an dem Fall rechtfertigt eine volle Titelseite, und zwar nicht nur für einen Tag oder eine Woche, darauf können Sie sich verlassen. Die Presse wird sich dahinterklemmen wie schon seit Watergate nicht mehr. Und an dem Tag, an dem alles herauskommt, werde ich mit den Vorsitzenden des Untersuchungsauschusses beim Frühstück sitzen.«

»Wir stehen auch nicht allein da«, konterte Lloyd. »Da gibt es viele Senatoren und Kongreßabgeordnete, die das FBI nicht grundlos in der Schußlinie sehen wollen.«

»Dann mal los!« sagte Paps. »Gehen Sie da rauf und trommeln Sie Ihre Verbündeten zusammen, damit wir abzählen können. Ich habe dieses Spielchen hier schon mit den Besten der Besten gespielt, darunter befanden sich auch einige Präsidenten, und ich mache keine leeren Drohungen.« Er sah zu Sims hinüber, dessen Hemdkragen mittlerweile naßgeschwitzt war. »Gordon, ich glaube nicht, daß Sie in diese Sache verwickelt sind, zumindest nicht bewußt. Als man Sie für diesen Job vorgeschlagen hat, habe ich Sie in den höchsten Tönen gelobt, um Ihnen den Weg zu ebnen. Damals glaubte ich, und das glaube ich auch heute noch, daß Sie einfach nur das Richtige tun wollen. Habe ich Sie denn jemals falsch eingeschätzt?«

Sims schüttelte entschieden den Kopf. »Nein, Mr. Brennan. Es ist nur so ... daß ich mir selbst ein Bild machen will, das ist alles.«

»Sie stehen mit dem Rücken zur Wand, mein Junge, und die spielen ein gefährliches Spiel. Aber wenn das hier erst einmal vorbei ist, dann helfen einem die besten Absichten nicht weiter, soviel steht fest.«

Es war wieder mucksmäuschenstill im Raum. Jeder der Männer, die uns gegenübersaßen, mußte Paps' Warnung erst einmal verdauen. Mathis saß stocksteif da, den Blick starr auf die Polaroids gerichtet. Endlich rührte sich Rogavin. »Gordon«, sagte er ruhig, »das Angebot, das wir gemacht haben, wessen Idee war das?«

Sims ignorierte ihn. »Hören Sie, Mr. Brennan, ich muß hierfür Rechenschaft ablegen, egal, was wir entscheiden. Wir werden etwas mehr Zeit in der Sache benötigen.«

»Ich fürchte nur, wir haben nicht mehr viel Zeit«, entgegnete Paps. »Lassen Sie mich Ihnen noch einen letzten Rat geben. Sollten Sie sich dazu entschließen, mit dieser Schmierenkomödie fortzufahren, dann muß ich sicherstellen, daß den Präsidenten die Konsequenzen nicht interessieren. Ich treffe ihn morgen zum Abendessen. Es wäre besser für Sie, Sie würden ihn als erstes unterrichten.«

»Ich wußte gar nicht, daß morgen eine Veranstaltung im Weißen Haus stattfindet«, sagte Lloyd. »Wir sind da normalerweise immer sehr gut informiert.«

»Es gibt auch keine«, sagte Paps. »Das Essen wird bei mir privat stattfinden.« Mit diesen Worten erhob er sich. Walter und ich taten es ihm nach. »Auf Wiedersehen, meine Herren«, sagte er. »Ich hoffe, daß wir die Sache für alle Betroffenen noch heute zu einem guten Ende bringen können.«

Wir verließen hinter ihm das Büro und folgten ihm in den Flur. Ich konnte kaum an mich halten, doch bevor es mir gelang, etwas zu sagen, stand Rogavin hinter uns. »O'Connell, können wir uns einen Moment unterhalten?« fragte er. Paps und Walter liefen weiter den Flur entlang, wir folgten ihnen in einer gewissen Entfernung. »Hören Sie«, sagte er, »ich bin mir nicht sicher, wer hier die Wahrheit sagt, aber ich hoffe inständigst, daß ich mir bis heute abend selbst ein Bild gemacht habe. Sollte sich herausstellen, daß Sie recht haben, dann möchte ich, daß Sie wissen, daß ich nichts damit zu tun habe.«

»Das habe ich auch nie von Ihnen gedacht. Darf ich Ihnen einen Vorschlag machen?«

»Reden Sie weiter.«

»Da drüben im Hoover Building sind sie zugeknöpft bis oben hin. Am besten, Sie halten sich an Kellogg. Ich würde mir Mathis schnappen und dann gemeinsam mit ihm reden, bevor es die anderen tun. Sagen Sie ihm, alles sei herausgekommen und das sei seine letzte Chance, seinen Arsch zu retten. Sie können ja hinzufügen, daß Sie bereits wissen, daß er sich den Film *Der Fremde im Zug* bei einer Videothek in Georgetown ausgeliehen hat, kaum daß er aus West Virginia zurück war.«

Rogavin blieb stehen und atmete hörbar aus. »Vielleicht tue ich das. Wie dem auch sei, Sie werden heute abend von mir hören.«

»Wenn ich nicht im Büro bin, dann werde ich bei meiner Mandantin auf Ihren Anruf warten.« Ich gab ihm die Nummer.

Als ich vor die Tür trat, schloß Joseph gerade das hintere Fenster der Limousine. Ich rannte zum Bordstein, und Paps ließ das Fenster herunter.

»Kann ich dich irgendwo absetzen, mein Junge?« fragte er.

»Walter ist mit dem Auto da«, sagte ich.

»Und, was hatte dir unser junger Staatsanwalt mitzuteilen?«

»Ich bin mir sicher, er glaubt uns, aber er muß Sims irgendwie vor sich in Sicherheit bringen. Er hat seine Arbeit völlig auf ihn abgestimmt.«

»Nun, hoffen wir, Gordon durchschaut die Sache.«

»Paps?«

»Ja, mein Junge?«

»Wie hat sie das bloß angestellt?«

Er lachte und schüttelte den Kopf. »Nun, sie hat nicht viele Worte gemacht. Sie hat mich gefragt, wann ich meinen Enkel wiedersehen wolle – entweder dieses Wochenende oder an seinem College-Abschluß.«

»Meine Güte! Das ist allerdings starker Tobak!«

»Meine eigene Tochter! Die ich gerade noch auf dem Schoß hatte!« Er grinste bewundernd. »Wo hat sie das bloß gelernt, die Leute so nach ihrer Pfeife tanzen zu lassen, frag ich dich? Ihre Mutter war eine hochanständige Frau.«

»Ich habe keine Ahnung. Hör zu, Paps, du hast für heute genug Wunder vollbracht und mehr für mich getan, als ich je wiedergutmachen kann, aber, meine Güte, wenn du damit aufs Kapitol gehst, dann werden sie dir alles aus der Nase ziehen, und dann wird der Präsident so bald nicht mehr zu dir zum Abendessen kommen.«

»Genau das habe ich ihr auch gesagt. ›Wirst du mich dann mit dem Jungen im Armenhaus besuchen?‹ habe ich gesagt. Keine Reaktion. Genau wie ihr Vater.«

»Paps, ich möchte nicht –«

»Keine Sorge.« Er lachte. »Hör zu, mein Junge, ich habe dieses Spiel oft genug gespielt, aber so abgebrüht bin ich nun auch wieder nicht, daß mich das Schicksal einer unschuldigen jungen Frau kaltließe, und wenn du dann der bedeutendste Anwalt dieser Stadt bist, kannst du mir ja den einen oder anderen Fall zukommen lassen, den ich brauche, um wieder auf die Beine zu kommen.«

»Wir müssen reden, Paps. Es gibt da ein paar Dinge –«

Er machte eine abwehrende Handbewegung. »Heb dir das für morgen auf. Mit etwas Glück haben wir etwas, worauf wir anstoßen können.«

»Ich muß los, sie treffen.«

»Warte ab, bis wir geredet haben. Versprichst du mir das?«

»Alles, alles, was du willst.« Die Worte hatten meinen Mund kaum verlassen, als ich mich an einen Samstag abend in seinem Arbeitszimmer erinnerte und daran, wie ich ihn enttäuscht hatte. Er konnte meine Gedanken lesen.

»Mach dir keine Sorgen, mein Junge«, sagte er sanft. »Es wird sich schon alles zum Guten wenden. Ruf mich an, sobald es Neuigkeiten gibt.«

Ich gab ihm die Hand, und er drückte sie. Als sie davonfuhren, steckte sich Walter einen Zahnstocher zwischen die Zähne und zwinkerte mir zu. »Weißte, er sollte uns 'ne silberne Kugel dalassen oder so was«, sagte er grinsend.

23

Der große Tag neigte sich seinem Ende zu. Ich saß in meinem Büro, hatte alle Lichter gelöscht und dachte nicht an die Verteidigung von Ashley Bronson. Ich dachte über mich nach und zog das erste Mal seit Jahren die Möglichkeiten in Betracht, die sich mir boten. Das reichte für ein paar interessante Stunden. Steht man an einem wichtigen Wendepunkt im Leben und muß eine Entscheidung treffen, geht es weniger darum zu überlegen, als etwas herauszufinden. Man findet heraus, was man herausfinden will, und dabei auch, wer man ist.

Das Telefon klingelte. Ich wünschte, es wäre Rogavin.

»O'Connell?«

»Ja.«

»Wir werden morgen früh einstellen.«

Ich begriff nicht sofort, was das bedeutete. Zu viele Neuigkeiten verbargen sich hinter so wenigen Worten.

»Sind Sie noch dran?«

»Ja. Ich bin noch dran.«

»Ich gratuliere.«

»Danke.« Als mein Gehirn wieder genug Sauerstoff bekam, wich der Schock erster Neugier. »Haben Sie Kellogg getroffen?«

»Nein. Statt dessen haben wir das Nächstliegende getan. Sims entschied sich, die Entscheidung dem Justizminister zu überlassen.«

»Wow! Vielleicht keine so gute Idee, karrieretechnisch gesehen.«

»Was Sie nicht sagen! ›Was, wenn die Geschichte stimmt?‹ habe ich ihn gefragt. In dieser Stadt ist Bestreitbarkeit alles, was zählt, und er sitzt da auf einem echten Pulverfaß.«

»Was ist passiert?«

Rogavin seufzte. »Das bleibt aber unter uns, einverstanden?«

»Mein Wort darauf.«

»Als der Justizminister hört, worum es geht, schickt er seine Mitarbeiter aus dem Zimmer, so daß nur noch wir drei um den großen Tisch sitzen. Gordon gibt die Besprechung bis ins letzte, gottverdammte Detail wieder. Er redet eine halbe Stunde lang, und der Justizminister sagt keinen Ton – keine Fragen, kein Kommentar. Er knurrt nicht mal.«

»Mein Gott, man sollte denken, ihn trifft der Schlag oder so.«

»Er zog die ganze Zeit über einfach nur an seiner Pfeife. Den Kerl würde ich ungern in einer Pokerrunde sehen.«

»Ziemlich merkwürdig.«

»Warten Sie, es kommt noch besser. Als Gordon fertig ist, bittet er uns zu warten und geht in sein Büro. Er bleibt über eine Stunde lang weg, während ich mich gedanklich schon aus dem Staatsdienst verabschiede.«

»Vielleicht hat er den Leiter der Behörde angerufen. Das FBI ist Teil des Justizministeriums, oder?«

»Ja – auf dem Papier vielleicht. Wie dem auch sei, endlich taucht er wieder auf, setzt sich und fragt, ob wir uns juristisch mit nicht genehmigten Durchsuchungen auskennen. Gordon sagt ihm, daß wir oft damit zu tun haben, wenn beantragt wird, bestimmtes Beweismaterial nicht zuzulassen, aber der Justizminister sagt, er rede hier von etwas ganz anderem: von der Befugnis der Exekutiven Gewalt, das zu tun, was nötig ist, um das Land vor äußeren Bedrohungen zu schützen.«

»Äußere Bedrohungen? Sie meinen durch ausländische Mächte?«

»Genau das. Dann zündet er sich eine Pfeife an, lehnt sich in seinem Sessel zurück und beginnt mit seinem Vortrag über Verfassungsrecht, ganz so, als lehrte er noch an der Fakultät in Harvard. Das Ganze läuft letztendlich darauf hinaus, daß es verschiedene Auffassungen gibt in der Frage, ob die Exekutive vor Gericht ziehen sollte, um Durchsuchungsbefehle zu erwirken, wenn sie es mit äußeren Bedrohungen zu tun hat, die die nationale Sicherheit betreffen.«

»So wie durch Octagon«, ergänzte ich.

»Nun, darüber wissen Sie mehr als ich. Übrigens, ich nehme nicht an, daß Sie mir erzählen wollen, hinter was die her waren.«

»Das darf ich nicht, aber wenn Sie im Rechtslexikon unter ›äußere Bedrohungen‹ nachschlagen, dann stoßen Sie da zwangsläufig auf die Fotos genau dieser Kerle.«

»Nun, dann paßt ja alles zusammen.«

»Keine Durchsuchungsbefehle, was? Aber das heißt doch noch lange nicht, daß das FBI tun und lassen kann, was es will, oder?«

»Zurück im Büro, habe ich ein wenig recherchiert. Angenommen – und ich spreche hier im Konjunktiv –, angenommen, die Exekutive hat diese spezielle Befugnis, dann dürfte sie wahrscheinlich nur durch den Präsidenten oder den Justizminister wahrgenommen werden, und auch das nur von Fall zu Fall.«

»Sie glauben, einer von denen hat die Jungs dorthin geschickt?«

»Nein, das Ganze ist einzig und allein auf dem Mist des FBI gewachsen. Ich glaube, der Justizminister wollte damit sagen, daß dies eine juristische Grauzone ist. Wenn sich schon Richter und Juraprofessoren darüber streiten, wie will man das der Boulevardpresse erst klarmachen? Das wäre ein zweites Watergate, nur viel langweiliger.«

»Jemandem einen Mord anzuhängen fällt allerdings nicht in die Kategorie juristische Grauzone. Wie kann er für so was eine vernünftige Erklärung finden?«

»Hat er nicht. Eigentlich ist er sehr geschickt vorgegangen. Wenn wir uns *absolut sicher* seien, daß man Ihrer Mandantin etwas angehängt hat, hat er gesagt, dann würde er die Sache genaustens überprüfen. Doch sollte auch nur der geringste Verdacht bestehen, daß sie schuldig ist – *auch nur der geringste* Verdacht, er wiederholte das dreimal –, dann halte er es für wichtiger, daß das FBI nach all den Skandalen in der letzten Zeit das öffentliche Vertrauen zurückgewinne.«

»Nicht gerade durch die Blume, was?«

»Da wir so blöd waren, zu ihm zu kommen, glaubte er wahrscheinlich, er müsse uns die Antwort auf die Stirn tätowieren. Er fragte uns, was die Militanten wohl unserer Meinung nach tun würden, wenn ihnen zu Ohren käme, daß das FBI in Privatwohnungen eindringt und unschuldigen Frauen etwas anhängt. Er sagte, daraufhin müsse man die Bewachung jedes öffentlichen Gebäudes verdreifachen.«

»Er hat nicht zufällig erwähnt, daß da auch ein paar Karrieren auf dem Spiel stehen?«

»Sie meinen, noch andere als unsere eigenen? Das mußte er gar nicht, dafür ist er ein viel zu ausgekochter Politiker. Die Kreise, in denen er verkehrt, sind wesentlich mehr an ihren eigenen Karrieren als an der Bewachung öffentlicher Gebäude interessiert. Meiner Meinung nach halten sie die Sache für ein gefährliches Pulverfaß, gewissermaßen für hochradioaktiv: Ist der Deckel erst einmal gelüftet, sind alle tot. Nur daß die, die weiter entfernt sind, noch etwas länger schreien und zappeln.«

»Und so blieb nur der goldene Mittelweg.«

»Als er mit seinem Vortrag zu Ende war, fragte er uns, ob wir einen Weg wüßten, wie wir Ashley Bronson ein mögliches Unrecht, dem FBI weiteren Schaden und dem Justizministerium einen Gesichtsverlust ersparen könnten. Er mußte nicht deutlicher werden.«

»Wie wollen Sie das erklären?«

»Das ist nicht weiter schwierig. Nach dem mörderischen Kreuzverhör unseres Augenzeugen durch den brillanten Verteidiger ist die Staatsanwaltschaft im Namen der Gerechtigkeit zu dem Schluß gelangt, daß in der Tat berechtigter Zweifel an der Schuld der Angeklagten besteht.«

»Sehr edel.«

»Danke.«

»Sie haben Yee vergessen. Die Sache wird durchsickern.«

»Yee gehört zum Team. Er hat gerade gewisse Verunreinigungen entdeckt, die seinen Fund in Frage stellen.«

»Davon soll es mehr als genug geben.«

»Ja, ist das hier erst mal vorbei, können wir wohl alle eine Dusche gebrauchen.«

»Hören Sie, ich würde sie morgen ungern in den Gerichtssaal bringen. Da wird die Hölle los sein.«

»Wir werden auf ihre Anwesenheit verzichten. Sagen Sie ihr, sie kann morgen ausschlafen, geschenkt.«

»Danke. Das wär's dann also?«

»Das wär's. Sie gewinnen, weil Sie so raffiniert sind. Aber ich hab so das dumpfe Gefühl, daß wir uns noch öfter begegnen werden.«

»Vielleicht. Ich sehe Sie vor Gericht, Herr Staatsanwalt.«

»Ja. Vor Gericht.«

Es heißt, schlechte Nachrichten verbreiten sich in Windeseile. In der Hauptstadt der Nation ist jede Nachricht eine schlechte und eine gute Nachricht zugleich. Ist sie schlecht für die Republikaner, ist sie gut für die Demokraten. Ist sie schlecht für die Karriere von Müller, ist sie gut für die von Meier. Mit anderen Worten, ein Nullsummenspiel, das nur unwesentlich dadurch kompliziert wird, daß eine Nachricht auch für den einzelnen zugleich gut und schlecht sein kann, je nachdem, was Priorität hat. Das abrupte Ende des Ashley-Bronson-Mordfalls war eine Nachricht, die für viele Priorität hatte, und zwar für so viele, daß die Benachrichtigung ihres Verteidigers hintanstehen mußte. Es ist schwer zu sagen, wie viele schon Bescheid wußten, bevor mich Rogavins Anruf erreichte, aber ich nehme mal an, daß ich unter den ersten Hundert war. Das störte mich nicht so wie die Tatsache, daß ich nicht derjenige war, der meiner Mandantin Bescheid gab. Diese angenehme Aufgabe durfte eine Freundin übernehmen, die Ashley bat, den Fernseher einzuschalten, egal, welches Programm.

Martha nahm mich in Beschlag, kaum daß sie die Tür geöffnet hatte. »Einfach großartig!« rief sie und wir umarmten uns, während sie dem Allmächtigen ihren Dank aussprach und seinen Segen für Walter und mich erbat. Als ich endlich wieder Luft bekam, erinnerte ich sie daran, daß sie es gewesen war, die uns das entscheidende Beweisstück in die Hand gegeben hatte, das uns alle gerettet hatte. Sie begann hemmungslos zu schluchzen und benutzte mein Hemd als Taschentuch. Schließlich faßte sie sich wieder und schob mich in Richtung Bibliothek.

Nur der Kamin und der Fernseher in der Ecke erhellten den Raum. Ein Reporter erklärte, einer Quelle aus dem Umfeld der Staatsanwaltschaft zufolge sei die Entscheidung, den Prozeß einzustellen, gefällt worden, nachdem der Generalstaatsanwalt Gordon Sims Zweifel an der Zeugenaussage Miles Kelloggs angemeldet und die Frage gestellt habe, ob es im Interesse der Gerechtigkeit liege, die Anklage aufrechtzuerhalten.

Ich stellte mich hinter sie. »Gratuliere!« sagte ich.

»Ist das wahr?« fragte sie, den Blick immer noch auf den Fernseher gerichtet.

»Es ist vorbei.«

Sie griff nach der Fernbedienung, und es wurde still im Raum. »Ich fühle rein gar nichts«, sagte sie hölzern. »Ich müßte in Hochstimmung sein, aber ich kann einfach nicht. Ich bin ... vollkommen leer.«

Ich führte sie zur Couch. »Das ist der Schock«, äußerte ich. »Warte bis morgen, und du wirst auf rosaroten Wolken schweben.«

»Ich hab sie gefunden«, sagte sie heiser.

»Gefunden?«

Sie blickte nach oben in eine Ecke des Raumes. Auf dem obersten Regalbrett, im Widerschein des Kaminfeuers kaum zu erkennen, stand eine weitere Reihe mit falschen Buchrücken, breiter als diejenigen, welche die Tagebücher enthalten hatten. Sie war nach vorn gekippt, die Schrift auf den »Buchrücken« verlief nach unten. »Es war nicht besonders schwer, wenn man weiß, wonach man suchen muß«, erklärte sie. Ich klopfte ein Buch nach dem anderen ab, bis ich auf Holz stieß. Sie sind dort drüben.«

Ein Bündel Dokumente, mit einem schwarzen Band zusammengebunden, lag auf dem vergoldeten Bronzetisch. Ich entrollte sie und beschwerte die Ecken behelfsmäßig mit Briefbeschwerern. Es gab neun Blätter mit technischen Plänen, die um sieben DIN-A-4-Blätter mit Henrys Handschrift gerollt waren. Gleich oben auf der ersten Seite stand in großen Druckbuchstaben ENTWURF EINER ZÜNDVORRICHTUNG FÜR EINE KERNSPALTUNG. Eine Beschreibung des Zünders und wie er funktionierte lag bei.

Ashley war hinter mich getreten. »Du hattest recht«, sagte sie betrübt. »Ein Teil von mir wollte es nie wahrhaben. Ich mußte es einfach wissen.«

»Herbert hat gesagt, daß dein Vater ihnen diese Pläne nie gegeben hat. Egal, was er getan hat, am Ende hat er die richtige Entscheidung getroffen, und das war mit Sicherheit nicht leicht. Er muß ganz hin und her gerissen gewesen sein zwischen seinem Patriotismus und seiner Sorge um das Wohl der Menschheit.«

Sie fuhr mit den Fingerspitzen über seine Handschrift, so als könne ihm das irgendwie weiterhelfen. »Und was machen wir jetzt?« fragte sie.

»Das, was schon längst hätte geschehen sollen.« Ich rollte die Pläne wieder auf. »Willst du, daß ich das mache?«

Sie starrte auf das Bündel und schüttelte dann den Kopf. Wir gingen wieder zum Kamin, und ich legte die Erfindung ihres Vaters in ihre Hände. Ihr Kiefer zitterte, und sie preßte die Papiere an sich, als sei das alles, was sie noch mit ihm verband.

»Daddy«, flüsterte sie und überantwortete sie dann den Flammen.

Wir sahen zu, wie sie langsam Feuer fingen. »Ich muß weg hier«, sagte sie leise. »So bald wie möglich.«

»Du kannst gleich deine Koffer packen. Du mußt morgen nicht einmal vor Gericht erscheinen. Sie verzichten auf deine Anwesenheit.«

»Ich muß da nicht mehr hin?«

»Nein, nur die Anwälte. Da wird die Hölle los sein. Vielleicht fällt dir ja was ein, was ich sagen soll. Ansonsten werde ich einfach verkünden, wie dankbar du bist und daß du das Vertrauen in den Staat nie verloren hast.«

Sie schlang ihre Arme um meinen Hals. »Ich habe das Vertrauen in dich nie verloren. Hast du sie überzeugen können, oder haben sie es einfach nur mit der Angst zu tun bekommen?«

»Man hat sie davon überzeugt, daß sie guten Grund hatten, es mit der Angst zu tun zu bekommen, aber das war nicht ich, sondern Edward Brennan.«

Sie runzelte die Stirn. »Dein Schwiegervater?«

»Höchstpersönlich.«

»Warum?«

»Wir brauchten jemanden, der einflußreich genug ist, die gesamte Regierung in Angst und Schrecken zu versetzen. Davon gibt es nicht besonders viele.«

»Aber sie werden sich rächen. Sie werden ihn ruinieren!«

»So wie es gelaufen ist, wird es keine Probleme geben. Die Leute, die wissen, was da wirklich vor sich ging, haben allen Grund, dafür zu sorgen, daß nichts herauskommt. Es mit Edward Brennan aufnehmen zu wollen wäre der reinste Selbstmord. Außerdem ist er Ire. Er weiß einen guten Kampf zu schätzen.«

»Er hat es dir zuliebe getan«, beharrte sie und lehnte ihren Kopf gegen meine Schulter. »Und du hast ihn *meinetwegen* gefragt. Liebst du mich denn so sehr?«

»Ich liebe dich.«

»Als du heute nachmittag angerufen hast und ich schon glaubte, dieser Alptraum sei vorüber, bekam ich plötzlich Angst.«

»Versteht sich.«

Sie drückte mich noch fester. »Nein, Angst, dich zu verlieren. Ich konnte deinen Gesichtsausdruck von gestern abend einfach nicht vergessen, als ich davon sprach, zusammen zu verreisen. Ich wußte nicht genau, was in dir vorging.«

Ich auch nicht. Das war mir erst vor wenigen Stunden in meinem Büro klargeworden.

Sie erwartete, daß ich sie beruhigte. Ich rang nach Worten. Dann sah sie mir in die Augen. Manchmal hilft es, sich nicht zu verstellen. »Du kommst nicht mit, stimmt's?« sagte sie.

»Ich kann nicht.«

Sie ließ mich los und sank auf die Couch zurück. »Ich wußte es die ganze Zeit über, aber ich wollte es einfach nicht wahrhaben.«

»Ashley, als ich Moira geheiratet habe, bekam ich alles, was sich ein Mann nur wünschen kann, und zwar auf dem Silbertablett. Doch letzten Endes machte mich das unglücklich, und bald darauf auch sie. Und das, obwohl ich die ganze Zeit über hart gearbeitet habe. Wie lange, glaubst du, würden wir es aushalten, mit deiner Kreditkarte auf Weltreise zu gehen? Einmal ganz davon abgesehen, daß ich nicht glaube, daß dir so ein Mann gefiele – zumindest nicht für lange.«

»Aber ich kann hier nicht bleiben!« rief sie. »So manch einer wird immer glauben, daß ich Raymond Garvey umgebracht habe, und der Rest wird nie aufhören, sich Fragen zu stellen. Überall, wo ich auftauche, werden sie tuscheln und mit den Fingern auf mich zeigen, und die Reporter, die da draußen ihre Zelte aufgeschlagen haben, werden mich noch lange nicht in Ruhe lassen!« Sie schüttelte energisch den Kopf. »Das halte ich einfach nicht aus, Frank! Vielleicht später einmal, aber nicht jetzt.«

»Ich weiß. Außerdem bist du immer noch an dieses Versprechen gebunden. Würdest du es nicht halten, du würdest es bereuen. Auch die Liebe kann das nicht ersetzen. Diese bittere Lektion habe ich lernen müssen.«

»Und du liebst sie *immer noch*.« Das war keine Frage, sondern eine Feststellung. Sie sah, wie bestürzt ich war, und erklärte: »Damals, als du die ganze Nacht getrunken hast.«

»Ashley, Moira ist im Begriff, ein zweites Mal zu heiraten, und sie wird unseren Sohn mit nach Kalifornien nehmen, um dort ein neues Leben zu beginnen. Wenn ich bleibe, dann habe ich zumindest die Chance, ihn nicht ganz zu verlieren, aber wenn ich mit dir in ein Flugzeug steige, dann wäre das das Ende. Das kann ich einfach nicht.«

»Dann ist es nicht nur wegen des Geldes«, sagte sie.

»Nein, mein Leben ist hier.«

Sie wischte sich die Augen. Wir sahen eine Weile in die Flammen, bevor sie kaum hörbar das Wort ergriff. »Seit ich dir das erste Mal begegnet bin, wußte ich, daß ich mich in dich verlieben würde. Und dann wußte ich, daß wir nie zusammenkommen würden.« Sie sah mich an und lächelte. »Weißt du, das Ganze war einfach zu romantisch. Eigentlich konnte ich mir das nie vorstellen, wir beide, ohne diese Unsicherheit, ohne …«

»Ohne das Risiko?«

»Wahrscheinlich. So hab ich es noch nie betrachtet, aber allein die Tatsache, daß wir umzingelt waren, daß unsere Liebesgeschichte – ja was eigentlich? – verboten war, ich glaube, das hat uns erst so richtig zusammengeschweißt.« Sie schüttelte den Kopf. »Im Kino wird immer abgeblendet, sobald die Heldin gerettet ist. Sie zeigen nie, was danach geschieht.« Sie nahm meine Hand. Wir starrten ins Feuer und sahen zu, wie sich Henrys letzte Pläne zusammenrollten und von den Flammen versengt wurden. »Nun«, sagte sie sanft, »die Heldin ist gerettet, und die Sache ist so gut wie ausgestanden. Woran wirst du dich erinnern, wenn du an mich zurückdenkst?«

»Daß wir uns gegenseitig gerettet haben. Ich war am Ertrinken, und du hast mir einen Rettungsring zugeworfen. Und als ich dann erneut unterzugehen drohte, hast du es nicht zugelassen. Du hattest alles zu verlieren und keinerlei Halt mehr, von deinem Herzen und deiner Intuition einmal abgesehen, aber du hast es trotzdem getan. Du warst es, die uns beide gerettet hat.«

»Wir haben uns gegenseitig gerettet«, stimmte sie zu. Die Tränen, die über ihre Wangen strömten, glitzerten im Widerschein des Kaminfeuers. »Weißt du noch, wie du mich gebeten hast, dich zu küssen, so wie ich noch keinen Mann geküßt habe?«

»Und das hast du getan.«

»Meinst du, du könntest für mich dasselbe tun?«

»Ja. Das könnte ich.« Ich nahm sie in die Arme.

»Mach es so wie im Film«, flüsterte sie. »Da, wo sie ausblenden.«

Sie hörten sich gerade noch einmal meine Pressekonferenz an, als mich Maggie Mac in Paps' Büro führte. Er saß in seinem Sessel, lächelte und nickte in Richtung Bildschirm. »Der verlorene Sohn kehrt nach Hause zurück«, verkündete sie. Paps sprang auf und breitete die Arme aus.

»Nun, Margaret«, verkündete er, als wir uns umarmten, »wir haben da gerade den Star der Stadt zu Gast, wie sie es nennen. Das ist der Kerl, um den sich jetzt alles reißt.«

»Nun, ich hoffe er erinnert sich noch an uns kleine Leute, wenn sie ihm die Orden umhängen«, sagte sie, als sie die Türe schloß.

Paps ging zur Bar hinüber und machte eine Flasche seines besten Malt Whiskey auf. »Ich wette, Miss Bronson feiert jetzt auch gerade!« sagte er grinsend.

»Ehrlich gesagt, packt sie gerade. Sie geht nach Übersee.«

»Nun, sie wird wohl einige Zeit brauchen, um über das Ganze hinwegzukommen.« Er reichte mir mein Glas. »Ein wenig Urlaub wird ihr guttun.«

»Das ist nicht nur ein Urlaub, Paps. Ich denke, sie wird sehr lange nicht zurückkehren.«

Er musterte mich nachdenklich. »Und du, du ...«

»Sie ist eine ganz besondere Frau, aber wir haben uns Lebewohl gesagt.«

»Ich verstehe.« Er hob das Glas und lächelte. »Nun, mein Junge, gratuliere! Du bist ausgezogen, deinen eigenen Weg zu gehen, und jetzt hast du es geschafft!«

»Mit jeder Menge Unterstützung.«

Er zuckte die Achseln. »So ist das doch immer, oder etwa nicht?«

»Jetzt weiß ich das auch. Tut mir leid, daß es so lang gedauert hat. Ich hätte uns jede Menge Kummer und Sorgen ersparen können.«

»All das ist längst vergessen und vorbei. Und jetzt? Ich nehme an, Birch & Hayes wären hoch erfreut, dich zu ihrem neuen Partner zu machen.«

»Vielleicht, aber ich dachte da eher an etwas Kleineres.«

»Zuviel Bürokratie für dich, was?« Er lachte. »Kann ich gut verstehen. Dem hab ich auch noch nie was abgewinnen können. Wie dem auch sei, hier gibt es jede Menge gute kleine Kanzleien, soviel steht fest.«

»Nun, ich hab da an was ganz Bestimmtes gedacht. Ich bin auf der Suche nach einer kleinen Kanzlei mit stabilen Beziehungen, die vor Gericht noch etwas Unterstützung gebrauchen könnte.«

Er ließ seinen Drink sinken und runzelte die Stirn. »Francis, mein Junge, du bist mir zu nichts verpflichtet. Was ich getan habe, habe ich aus Liebe getan. Du mußt tun, was du für richtig hältst.«

»Hier geht es nicht darum, daß ich mich verpflichtet fühle, Paps. Ich war nie so glücklich wie damals, mit dir in einem Büro.«

»Aber dann wurde alles anders.«

»Ja, das stimmt. Vielleicht weil mir alles zu sehr in den Schoß gefallen ist. Vielleicht weil ich geglaubt habe, ich müßte es aus eigener Kraft schaffen. Was auch immer der Grund gewesen sein mag, ich habe getan, was ich tun mußte, und so manches gelernt. Du hast recht, Paps. Allein kommt man in dieser Welt nicht weit. Wir stehen immer auf jemandes Schultern, stimmt's? Der Witz ist nur, man muß es verdient haben, und man muß die eigene Schulter selbst zur Verfügung stellen, wenn man die Möglichkeit bekommt. Ich würde gern zu dir zurück. Hier gehöre ich hin.«

In Kriegszeiten habe ich Männer innerhalb kürzester Zeit um zehn Jahre altern sehen, aber ich habe noch nie erlebt, wie ein Mann zehn Jahre einfach so abschüttelte. »Noch einen Whiskey?« fragte er, schon unterwegs zur Bar.

»Nein danke.«

»Bedien dich.« Er goß sich noch einen ein und ging zu seinem Sessel am Kamin hinüber; ich setzte mich in den, der einmal meiner war. Er nippte an seinem Glas und sah mich dabei aus den Augenwinkeln an. »Verträge haben immer zwei Seiten«, überlegte er laut.

»Das stimmt.«

»Ich würde im Gegenzug auch etwas verlangen.«

»Was immer du willst. Sprich es einfach aus.«

»Sag mir, was du für Moira empfindest – die Wahrheit.«

Ich hätte es kommen sehen müssen. »Paps, was soll das? Ich weiß, was du gern hättest, aber es ist Zeit, sich davon zu verabschieden.«

»Ich bestehe auf einer Antwort«, beharrte er. »Ich habe ein Recht darauf.«

Die Wahrheit? Leicht zu spüren, aber schwer zuzugeben und noch schwieriger in Worte zu fassen.

»Paps, letzte Nacht habe ich Ashley Bronson gesagt, daß ich sie liebe, und ich war ehrlich. Ich habe sie geliebt und tue es immer noch. Aber ich werde für eine Frau nie so empfinden wie für Moira. Sie wollte ich vom Fleck weg heiraten, und an dem Tag, als ich sah, wie du sie mir zum Altar führtest, glaubte ich zu träumen.«

Er seufzte. »Daran kann ich mich noch gut erinnern.«

»Dann kam Brendan auf die Welt. Manchmal, wenn ich die beiden so zusammen sehe, wenn ich dieses unglaubliche Geschenk betrachte, das sie mir gemacht hat, dann ...«

Mir fehlten die Worte.

Paps beugte sich vor und legte eine Hand auf mein Knie. »Wenn du so empfindest, dann gibt es doch noch etwas, um das ich dich bitte.«

»Was?«

»Sag's ihr.«

»Das kann ich nicht.«

»Und ob du das kannst! Wenn du es dir zuliebe nicht tun kannst, dann tu es wenigstens mir zuliebe!«

»Paps, jetzt überleg doch mal, was du da von mir verlangst! Es kann nicht ihre Lebensaufgabe sein, da zu sitzen und zu warten, bis ich endlich erwachsen werde. Sie steht kurz davor zu heiraten – einen Kerl, der, soweit ich das beurteilen kann, ziemlich in Ordnung ist. Ich kann sie nur nach besten Kräften darin unterstützen – ihr und Brendan zuliebe. Ich hab da einiges wiedergutzumachen.«

»Ich hab das Riesenarschloch Lloyd gefragt, und dasselbe frag ich dich jetzt auch, Francis: Willst du mich für dumm verkaufen?«

»Nein.«

»Glaubst du etwa, ich würde mein eigen Fleisch und Blut nicht kennen?«

»Das habe ich nicht gesagt –«

Er machte eine abwehrende Handbewegung. »Du hast Himmel und Hölle in Bewegung gesetzt, um Miss Bronson zu retten. Verdient deine Familie das etwa nicht?«

»Das ist nicht fair, Paps. Ich würde alles tun, wenn ich wüßte, ich könnte sie zurückbekommen.«

»Dann tu's. Vertrau mir. Habe ich dich je enttäuscht?«

»Nein, Paps, nie.«

»Na dann, abgemacht, versprochen?«

Ich fühlte mich leicht wie Schnee, als ich in die Straße einbog. Die Wolken hingen schwer in der Luft, schwebten knapp über den Eichen, die beiderseits die Straße säumten, und die Luft schien mild. Sobald das Haus in meinem Blickfeld auftauchte, sah ich Moira die Auffahrt hinunterkommen und schnellen Schritts in die Straße einbiegen. Sie trug einen Schal und einen dicken Wollpulli über ihrer Jeans, dazu Winterstiefel. Ich hielt neben ihr und kurbelte das Fenster hinunter.

»Hey!« rief sie und beugte sich hinein. »Ich dachte, du tourst gerade von Fernsehstudio zu Fernsehstudio.«

»Ich hab den Rummel satt. Ich zieh mich aufs Land zurück und genieße das einfache Leben. Die Natur ist Balsam für meine Seele. Wohin gehst du?«

»Ich verschaffe mir nur ein wenig Bewegung. Laß den Wagen stehen, und wir genießen die Natur gemeinsam.« Ich hielt in der Auffahrt, und kurz darauf strichen wir durch das Viertel. »Ich nehme alle Nachrichtensendungen auf, für Brendan«, sagte sie.

»Hast du endlich gelernt, den Videorecorder zu bedienen?«

»Einer mußte das ja tun.«

»Danke. Ich hab schon sehr an mir gezweifelt.«

»Ehrlich gesagt, hat mir Rob das beigebracht.«

»Vielleicht werfe ich mich einfach vor das nächstbeste Auto.«

»Du wirst deine Meinung ändern, wenn du die Videos erst mal siehst. Ich hab deine Pressekonferenz aufgenommen und ein Interview mit einem Strafverteidiger aus Los Angeles, der dich für genial hält.«

»Den Leuten hier bleibt aber auch gar nichts verborgen.«

»Das habe ich auch gehört.«

»Sie könnten denken, ich hätte einfach nur die richtigen Leute auf meiner Seite gehabt.«

Sie zuckte die Achseln. »Vielleicht trifft beides zu.«

»Würdest du mir verraten, warum du das getan hast?«

Sie vergrub beide Hände in den Hosentaschen. »Ich dachte ... ich dachte, wenn du den Fall gewinnen würdest, dann ...« Ihr versagte die Stimme, und sie wandte sich ab.

Ich hakte mich bei ihr unter und zog sie an mich. »Bitte, sprich weiter. Dann was?«

Sie holte tief Luft. »Dann würdest du herausfinden, wonach du gesucht hast, seit du von hier weg bist.«

»Verstehe. Du hattest recht.«

»Oh. Hat ja nicht gerade lang gedauert«, sagte sie leise.

»Dafür bin ich mir jetzt ganz sicher.«

Sie nickte vage. »Sie ist eine sehr erfahrene Frau, Frank. Freunde von mir, die sie kennen, reden nur gut über sie, und das tun Frauen nur sehr selten über andere Frauen, die reich *und* schön sind.«

»Dasselbe werden sie über dich auch sagen.«

Sie rang sich ein Lächeln ab. »Danke. Wie dem auch sei, du hast gefunden, was du gesucht hast. Das freut mich für dich.«

»Moira, Ashley Bronson ist eine ganz besondere Frau, aber wir gehören nicht zusammen. Sie wird noch heute abend das Land verlassen und lange nicht zurückkehren. Wir haben einander Lebewohl gesagt.«

Sie sprach kein Wort. Wir betraten das Gelände der Landon School, einer Privatschule für Jungen, und gingen über den großen Rasen, der als Sportplatz diente. Ich beobachtete sie genau und versuchte die Wirkung, die meine Worte auf sie gemacht hatten, von ihrem Gesicht abzulesen, aber sie schaffte es, jeglichen Augenkontakt zu vermeiden. »Ich habe Paps getroffen«, sagte ich. »Ich hab sein Büro gerade erst vor einer Stunde verlassen.«

»Der muß völlig aus dem Häuschen sein. Er ist so stolz auf dich.«

»Ich hab ihn gefragt, ob er mich wieder aufnehmen würde.«

Sie erstarrte. »Wieder aufnehmen? Als seinen Partner?«

Ich lachte. »Es sei denn, er möchte, daß ich noch mal als kleiner Anwalt bei ihm anfange.«

»Was soll das alles, Frank? Ich weiß, daß ich dich gebeten habe, dich um ihn zu kümmern, aber das heißt noch lange nicht –«

»Warte! Das ist genau, was *ich* möchte. Es gibt nichts in ganz Washington, das da heranreicht.« Sie schien nicht überzeugt. »Ich schwöre dir, Moira, es hat rein gar nichts damit zu tun, daß du nach Kalifornien ziehst.«

Sie seufzte und sagte: »Er ist ein dickköpfiger Alter.«

»Warum?«

»Weil ich nicht wegziehen werde.«

»*Du ziehst nicht weg?*« Meine unverhohlene Freude verwirrte sie, und ich versuchte, mich wieder in den Griff zu bekommen. »Ich meine ... was für eine Überraschung, mehr nicht. Ich dachte, du stündest kurz davor, und jetzt ... äh, bleibst du in der Nähe. Was ist passiert?«

»Deine Besorgnis ist überwältigend. Ich hatte den Termin vorgezogen, um *dich* zu ärgern, und jetzt bilde dir bloß nichts darauf ein, denn das war mehr als offensichtlich.« Sie warf mir einen bösen Blick zu, und ich hob ergeben beide Hände. »Wie dem auch sei, Rob verdient etwas Besseres, und so haben wir unsere Pläne geändert.«

»Wirst du dann im Juni wegziehen?«

»Paps hat dich geschickt, stimmt's?«

»Nicht direkt.«

»Nicht direkt«, wiederholte sie.

»Er hat eine Klausel aufgestellt, die man unter Juristen als ›Einstellungsvoraussetzung‹ bezeichnet. Ich mußte ihm eine Frage ehrlich beantworten.«

»Erzähl weiter.«

»Ich mußte ihm sagen, was ich wirklich für dich empfinde – was ich über uns denke.«

»Und was ist dann passiert?«

»Dann ist er mit einer zweiten Einstellungsvoraussetzung angekommen.«

»Versteht sich.«

»Er sagte, ich müsse rausfahren und es dir sagen. Und hier bin ich.«

Sie schüttelte den Kopf. »Er *ist* aber auch ein dickköpfiger Alter. Dasselbe hat er mit mir auch gemacht.«

»Tatsächlich?«

»Ich bin Samstag abend zu ihm, um ihm zu sagen, was du vorhattest. Ich dachte, das wäre alles, was ich tun müßte, aber er ist immer für eine Überraschung gut. Er sagte, eine Drohung mit einem Skandal in dieser Größenordnung wäre dasselbe, wie den Präsidenten höchstpersönlich zu erpressen, und anschließend würde er in dieser Stadt völlig allein dastehen.«

»Mir hat er gesagt, du hättest ihn mit Brendan erpreßt.«

»Ich hab die Beherrschung verloren. Dann fragte er mich, warum er alles, für das er je gearbeitet hätte, aufs Spiel setzen solle, nur um eine Frau zu retten, die er kaum kenne. Ich sagte, hier gehe es nicht um sie, sondern um dich. Er sagte, er sei nicht bereit, so weit zu gehen, aber für mich würde er es tun, vorausgesetzt, ich würde ihm eine Frage beantworten.«

An dieser Stelle hielt sie inne. Wir liefen an den Tennisplätzen vorbei und um das Verwaltungsgebäude herum, aber sie sagte keinen Ton mehr. Mein Mund war so trocken, daß ich kaum ein Wort herausbrachte. Schließlich fragte ich: »Was wollte er denn wissen?«

»Du bist doch der berühmte Anwalt. Kommst du da nicht selber drauf?«

Meine Knie wurden weich. »Können wir uns setzen?«

»In Ordnung«, sagte sie und ging zu einer Bank hinüber. Dort war auch noch Platz für mich, aber irgendwie kniete ich mich vor sie hin. Ich nahm ihre Hände in die meinen und wollte etwas Originelles sagen, etwas, das der Situation angemessen war und nicht nur »Ich liebe dich«. Mir fiel nichts ein, und dann wischte sie mir mit dem Taschentuch über das Gesicht.

»Eigentlich habe ich mich immer für ziemlich wortgewandt gehalten«, murmelte ich.

»Das meint jeder.«

»Ich hatte Angst, Moira. Ich hab nie besonders viel besessen, und dann besaß ich eines schönen Tages plötzlich alles: dich, Brendan, eine Partnerschaft mit Paps, ein großes Haus, voll mit teuren Dingen. Ich konnte einfach nicht akzeptieren, daß mir alles so zufiel. Ich meine, Paps hat bei null angefangen, hat ein Schiff bestiegen, den Ozean überquert und sich ein neues Leben aufgebaut. Es kam mir wie Betrug vor, alles einfach so zu übernehmen, *dich* inklusive, und ich hatte Angst, daß mir das eines schönen Tages alles wieder weggenommen würde, weil ich es mir nicht selbst *verdient* hatte. Was das Ganze noch schlimmer machte, war, daß ich es mir selbst verdienen konnte, genau wie Paps. Noah sagt, ich ergreife Chancen gern beim Schopf, wenn sie sich mir bieten, und vielleicht ging es letztendlich nur darum, ich weiß nicht. Was ich allerdings weiß, ist folgendes: Ich habe getan, was ich tun mußte. Ich weiß nicht, warum oder wie, und ich habe es weiß Gott nicht allein geschafft, aber ich bin bereit, alles, was passiert ist, wiedergutzumachen, wenn du mich nur läßt. Und in einem bin ich mir ganz sicher: Mehr könnte ich dich gar nicht lieben.«

»Das war gar nicht so schlecht für einen Anwalt, meine ich«, sagte sie sanft.

»Das war mein Schlußplädoyer. Ich beantrage eine Wiederaufnahme des Verfahrens, um dich glücklich zu machen.« Sie löste eine Hand aus meiner und wischte sich die Augen. Eine Weile verging. Meine Beine zitterten. »Ist das Gericht bereits zu einem Urteil gelangt?« stammelte ich.

Sie nickte. »Ja.« Sie nahm mein Gesicht in ihre Hände und beugte sich über mich.

»Halt still«, flüsterte sie. »Wir sind so gut wie verlobt.«

Henry Bronsons Tagebuch

31. August 1994. Als junger Wissenschaftler, ganz im Bann der großen Denker meiner Generation, wußte ich, welche Erfüllung das Erreichen beruflicher Ziele bedeutet, machte das zum Maßstab für den Wert jedes einzelnen. Die Konsequenzen waren: vergeudete Jahre, die ich damit verbrachte, das Schicksal zu verfluchen, das Politik und Wissenschaft auf so grausame Weise miteinander verknüpfte, als sich mir meine große Chance bot. Doch später hatte ich eine Frau, bald auch ein Kind und ein paar kostbare Jahre lang alle beide. Und so steht für mich heute fest, so unverrückbar wie ein Naturgesetz, daß sich der Sinn unseres Lebens nur im Herzen derer bemessen läßt, die wir lieben und die uns ihrerseits lieben.
Letzten Endes war die Familie mein größtes Glück.

Dank

Meine Frau Kerry hat die Arbeit an diesem Buch Schritt für Schritt begleitet. Sie stand mir mit Rat und Tat zur Seite, ermutigte mich, durchzuhalten, und kommentierte meine Bemühungen wohlwollend, wenn ich Fortschritte machte, und kritisch, wenn ich den Faden verlor. Ohne sie gäbe es dieses Buch genausowenig wie so viele kostbare Momente meines Lebens – angefangen bei Caitlin und Ben.

Pat Joinnides und Rubee Scrivani erklärten sich bereit, mein Erstlingswerk zu lesen. Wie immer nahmen sie kein Blatt vor den Mund. Bessere Freunde kann man nicht haben!

Doris Mortman war so freundlich, mich der Peter Lampack Agency zu empfehlen. Loren Soeiro las mein Manuskript und machte Verbesserungsvorschläge, gemeinsam mit Peter und Sandra Blanton brachte sie mein Buch auf den Markt. Für ihren Rat und ihre Bemühungen bin ich ihnen überaus dankbar.

Jetzt, wo ich weiß, was Lektoren alles leisten, schätze ich es um so mehr, bei HarperCollins in die bewährten Hände von Adrian Zackheim und Carolyn Marino gelangt zu sein. Mit großem Engagement haben sie das Beste aus meinem Manuskript herausgeholt und mich mit Marjorie Braman zu meinen ersten Presseauftritten ermutigt.

Henning Mankell im dtv

»Groß ist die Zahl der Leser, die ganze Nächte mit Mankell verloren – bzw. gewonnen – haben.«
Martin Ebel im ›Rheinischen Merkur‹

Mörder ohne Gesicht
Roman
Übers. v. Barbara Sirges und Paul Berf
ISBN 3-423-20232-7

Wallanders erster Fall

Auf einem abgelegenen Bauernhof ist ein altes Ehepaar ermordet worden. »Ausländer, Ausländer!« waren die letzten Worte der sterbenden Frau ...

Hunde von Riga
Roman
Übers. v. Barbara Sirges und Paul Berf
ISBN 3-423-20294-7

Wallanders zweiter Fall

In Osteuropa gerät Wallander in ein Komplott unsichtbarer Mächte, in dem er fast sein Leben läßt.

Die weiße Löwin
Roman
Übers. v. Erik Gloßmann
ISBN 3-423-20150-9

Wallanders dritter Fall

Was mit dem Verschwinden einer jungen Frau beginnt, führt Wallander rasch auf die Spur einer südafrikanischen Geheimorganisation.

Der Mann, der lächelte
Roman
Übers. v. Erik Gloßmann
ISBN 3-423-20590-3

Wallanders vierter Fall

»Ich fürchte mich vor dem Nebel, dachte er. Dabei sollte ich eher den Mann fürchten, den ich eben auf Schloß Farnholm besucht habe.« – »In diesem raffinierten Thriller stimmt einfach alles.« (Brigitte)

Die falsche Fährte
Roman
Übers. v. Wolfgang Butt
ISBN 3-423-20420-6

Wallanders fünfter Fall

Der Selbstmord eines jungen Mädchens ist der Auftakt zu einer dramatischen Jagd nach einem Serienkiller.

Die fünfte Frau
Roman
Übers. v. Wolfgang Butt
ISBN 3-423-20366-8

Wallanders sechster Fall

Die Opfer dieser grausamen Mordserie waren allesamt harmlose Bürger. »Faszinierend und unglaublich spannend.« (Brigitte)

Henning Mankell im dtv

»Das ist starke (Kriminal-)Literatur.«
Elmar Krekeler in der ›Welt‹

Mittsommermord
Roman
Übers. v. Wolfgang Butt
ISBN 3-423-20520-2

Wallanders siebter Fall

Drei junge Leute feiern zusammen Mittsommer. Danach sind sie spurlos verschwunden.

Die Brandmauer
Roman
Übers. v. Wolfgang Butt
ISBN 3-423-20661-6

Wallanders achter Fall

Hacker haben es auf die Datennetze der Weltbank abgesehen ... »Ein großartiger Mankell – einer der besten.« (Michael Kluger in der ›Frankfurter Neuen Presse‹)

Wallanders erster Fall
und andere Erzählungen
Übers. v. Wolfgang Butt
ISBN 3-423-20700-0

Vier Erzählungen und ein kurzer Roman aus den Anfängen eines Top-Kommissars. »Für alle Fans von spannender und unterhaltsamer Literatur ein absolutes Muss!« (Cosmopolitan)

Der Chronist der Winde
Roman
Übers. v. Verena Reichel
ISBN 3-423-12964-6

Die bezaubernd-traurige Geschichte von Nelio, dem Straßenkind – dem Kleinen Prinzen Afrikas.

Die rote Antilope
Roman
Übers. v. Verena Reichel
ISBN 3-423-13075-X

Die Geschichte eines schwarzen Kindes, das sich in Schweden nach seiner Heimat zu Tode sehnte.

Die Rückkehr des Tanzlehrers
Roman
Übers. v. Wolfgang Butt
ISBN 3-423-20750-7

(ab Oktober 2004)

Wer fordert einen toten Mann zum Tango auf? Stefan Lindmann, 37, steht vor einem Rätsel: Sein ehemaliger Kollege Herbert Molin ist ermordet worden. Am Tatort werden blutige Fußspuren gefunden, die wie Tangoschritte aussehen ... Der Welt-Bestseller jetzt im Taschenbuch.

Javier Marías im dtv

»... ich glaube, das ist einer der größten im Augenblick lebenden Schriftsteller der Welt.«
Marcel Reich-Ranicki

Mein Herz so weiß
Roman
Übers. v. Elke Wehr
ISBN 3-423-**12507**-1
»Ich liebe dich, ich würde alles für dich tun. Ich würde sogar für dich töten.« Die meisterhaft gewebte Auflösung eines unerklärlichen Selbstmords: ein raffiniert inszenierter Roman über Liebe, Ehe, Treue und Verrat.

Alle Seelen
Roman
Übers. v. Elke Wehr
ISBN 3-423-**12575**-6
Als Gastdozent in Oxford beginnt ein junger Spanier eine Affäre mit der verheirateten Clare. Erst in der letzten gemeinsamen Nacht enthüllt sie ihr Geheimnis ...

Morgen in der Schlacht denk an mich
Roman
Übers. v. Carina v. Enzenberg und Hartmut Zahn
ISBN 3-423-**12637**-X
»Niemand denkt je daran, daß er irgendwann eine Tote in den Armen halten könnte.« Doch Marta stirbt. In Victors Armen. Den Armen eines Fremden. Der Ehemann auf Reisen, der kleine Sohn schlafend nebenan. Victor ist überfordert und flüchtet.

Als ich sterblich war
Erzählungen
Übers. v. Elke Wehr
ISBN 3-423-**12779**-1
Subtil inszenierte Geschichten über die Untiefen und Abgründe menschlicher Existenz, ganz große Kunst eines an Hitchcock geschulten Erzählers.

Während die Frauen schlafen
Erzählungen
Übers. v. Renate Zuniga
ISBN 3-423-**12922**-0

Alle unsere frühen Schlachten
Fußball-Stücke
Übers. v. Alexander Dobler und Catalina Rojas Hauser
ISBN 3-423-**13010**-5

Schwarzer Rücken der Zeit
Übers. v. Elke Wehr
ISBN 3-423-**13018**-0

Das Leben der Gespenster
Übers. v. Renate Zuniga
ISBN 3-423-**13054**-7

Geschriebenes Leben
Ironische Halbporträts
Übers. v. Carina v. Enzenberg
ISBN 3-423-**13123**-3

Umberto Eco im dtv

Ein Phänomen ersten Ranges.«
Willi Winkler

Der Name der Rose
Roman

ISBN 3-423-10551-8

Anno Domini 1327: Ein Mord erschüttert die Gemäuer des Benediktinerklosters an den Hängen des Apennin …

Nachschrift zum ›Namen der Rose‹

ISBN 3-423-10552-6

Über Gott und die Welt
Essays und Glossen

ISBN 3-423-10825-8

Das Foucaultsche Pendel
Roman

ISBN 3-423-11581-5

Drei Verlagslektoren stoßen auf ein geheimnisvolles Tempelritter-Dokument …

Platon im Striptease-Lokal
Parodien und Travestien

ISBN 3-423-11759-1

Wie man mit einem Lachs verreist und andere nützliche Ratschläge

ISBN 3-423-12039-8

Im Wald der Fiktionen
Sechs Streifzüge durch die Literatur

ISBN 3-423-12287-0

Die Insel des vorigen Tages
Roman

ISBN 3-423-12335-4

Vier moralische Schriften

ISBN 3-423-12713-9

Über Spiegel und andere Phänomene

ISBN 3-423-12924-7

Gesammelte Streichholzbriefe

ISBN 3-423-12970-0

Derrick oder die Leidenschaft für das Mittelmaß
Neue Streichholzbriefe

ISBN 3-423-12988-3

Baudolino
Roman

ISBN 3-423-13138-1

Anno Domini 1204: Konstantinopel brennt. Inmitten des Untergangs erzählt uns ein mit allen Wassern der mittelalterlichen Fabulierkunst gewaschener Schelm seine Lebensgeschichte. Sein Name: Baudolino. »Kalte Machtpolitik, saftige Erotik, pralle Lebensfreude. Ein prächtiger Lesestoff!« (Focus)

Alle Titel übersetzt von Burkhart Kroeber

Amanda Cross im dtv

»Amanda Cross ist und bleibt die Königin des amerikanischen literarischen Krimis.«
Publishers Weekly

Verschwörung der Frauen
Roman
Übers. v. Helga Herborth
ISBN 3-423-08453-7

Süßer Tod
Roman
Übers. v. Helga Herborth
ISBN 3-423-11812-1

Der Sturz aus dem Fenster
Roman
Übers. v. Helga Herborth
ISBN 3-423-11913-6

In besten Kreisen
Roman
Übers. v. Monika Blaich und Klaus Kamberger
ISBN 3-423-20190-8

Spionin in eigener Sache
Roman
Übers. v. Helga Herborth
ISBN 3-423-20191-6

Gefährliche Praxis
Roman
Übers. v. Monika Blaich und Klaus Kamberger
ISBN 3-423-20233-5
dtv großdruck
ISBN 3-423-25175-1

Albertas Schatten
Roman
Übers. v. Monika Blaich und Klaus Kamberger
ISBN 3-423-20332-3

Tödliches Erbe
Roman
Übers. v. Monika Blaich und Klaus Kamberger
ISBN 3-423-20373-0

Das zitternde Herz
Roman
Übers. v. Patricia Reimann
ISBN 3-423-20507-5

»Für diejenigen, die noch nicht die Bekanntschaft von Kate Fansler, Englischprofessorin und Detektivin, die schon viele spannende akademische Kriminalfälle gelöst hat, gemacht haben: Es ist höchste Zeit, damit anzufangen!«
Cosmopolitan

Gert Hofmann im dtv

»Er ist ein Humorist des Schreckens und unermüdlicher Erfinder stets neuer, stets verblüffender und verblüffend einleuchtender Erzählperspektiven.«
Frankfurter Allgemeine Zeitung

Die kleine Stechardin
Roman
ISBN 3-423-08480-4
Georg Christoph Lichtenberg und seine Liebe zu einem Blumenmädchen.

Der Kinoerzähler
Roman
ISBN 3-423-11626-9
»Mein Großvater war der Kinoerzähler von Limbach.« Bis der Tonfilm Karl Hofmann arbeitslos macht.

Auf dem Turm
Roman
ISBN 3-423-11763-X
In einem kleinen sizilianischen Dorf wird die Ehe eines deutschen Urlauberpaares auf eine harte Probe gestellt.

Gespräch über Balzacs Pferd
Vier Novellen
ISBN 3-423-11925-X
Unerhörte Begebenheiten aus dem Leben von vier außergewöhnlichen Dichtern: Jakob Michael Reinhold Lenz, Giacomo Casanova, Honoré de Balzac und Robert Walser.

Der Blindensturz
Roman
ISBN 3-423-11992-6
Die Geschichte der Entstehung eines Bildes.

Das Glück
Roman
ISBN 3-423-12050-9
Wenn Eltern sich trennen ... »Ein schöner, durch seine Sprache einnehmender Roman.« (Frankfurter Allgemeine Zeitung)

Vor der Regenzeit
Roman
ISBN 3-423-12085-1
Ein Deutscher in Südamerika, das »bizarre Psychogramm eines ehemaligen Wehrmachtsobersten«. (Die Zeit)

Veilchenfeld
Roman
ISBN 3-423-12269-2
1938 in der Nähe von Chemnitz: Ein jüdischer Professor wird in den Tod getrieben. Und alle Wohlanständigen machen sich mitschuldig.

Historische Romane im dtv

Elizabeth Marshall Thomas
Die Frau des Jägers
Roman
Übers. v. Götz Pommer und Elfriede Peschel
ISBN 3-423-12004-5
»Ein Roman aus der Steinzeit von seltener Tiefe und Schönheit.« (New York Times Book Review)

Robert von Ranke Graves
Ich, Claudius, Kaiser und Gott
Roman
Übers. v. Hans Rothe
ISBN 3-423-01300-1
Augustus, Livia, Caligula, Nero: eine Chronique scandaleuse, in der die ganze dekadente Welt des römischen Imperiums lebendig wird. »Ein zu Recht berühmtes, meisterhaftes Werk.« (Bayernkurier)

Marguerite Yourcenar
Ich zähmte die Wölfin
Die Erinnerungen des Kaisers Hadrian
Übers. v. Fritz Jaffé
ISBN 3-423-12476-8
Ein Roman von außergewöhnlicher Feinheit. Yourcenar zeichnet mit Hadrian einen leidenschaftlichen und tatkräftigen Mann.

Frans G. Bengtsson
Die Abenteuer des Röde Orm
Roman
Übers. v. Elsa Carlberg
ISBN 3-423-20055-3
Orm, Mutters Jüngster, verzärtelt und hypochondrisch, wird von plündernden Nachbarwikingern verschleppt. Doch das Schiff, auf dem die Nordmänner zu ihrem alljährlichen Raubzug gen Spanien fahren, kapern die Mauren …

Claudia Groß
Die Runenmeisterin
Roman
ISBN 3-423-20588-1
Eine Kriminal- und Liebesgeschichte vor der rauhen Kulisse des Mittelalters.

Elizabeth Harris
Der heilige Stein
Roman
Übers. v. Elke von Scheidt
ISBN 3-423-20628-4
Bei Ausgrabungen in einem einsamen Kloster in Wales entdeckt man das Skelett eines Neugeborenen. Alles deutet darauf hin, daß sich zu Beginn des 13. Jahrhunderts hier eine Liebestragödie abgespielt hat …

Bitte besuchen Sie uns im Internet: www.dtv.de

Historische Romane im dtv

Rosemarie Marschner
Nacht der Engel
Roman

ISBN 3-423-20286-6

Italien zur Zeit der Renaissance. Die schöne Francesca hat alles, was das Herz begehrt. Und bei Lorenzo de' Medici ist sie ein mehr als nur gern gesehener Gast. Aber es ist auch gefährlich, der Fürstenfamilie so nahe zu stehen …

Asta Scheib
Kinder des Ungehorsams
Die Liebesgeschichte des Martin Luther und der Katharina von Bora

ISBN 3-423-12231-5

»Die vielleicht skandalöseste Liebesgeschichte Deutschlands.« (Klaus Modick)

Diana Norman
Die Piratenkönigin
Roman
Übers. v. Hanna Neves

ISBN 3-423-20683-7

Irland im 16. Jahrhundert. Im Dienst der Königin wird die junge Barbary auf die rebellische Insel geschickt. Inmitten von politischen Intrigen, Freiheitskampf und Krieg erlebt sie die Schönheit und Tragik Irlands – und ihre große Liebe.

Rose Tremain
Des Königs Narr
Roman
Übers. v. Elfie Deffner

ISBN 3-423-13052-0

England 1664. Der Arzt Robert Merivel erhält von Charles II. persönlich ein ungewöhnliches Angebot: Er soll die Mätresse des Königs heiraten …

Jochen Klepper
Der Vater
Roman eines Königs

ISBN 3-423-11478-9

Die »äußere und innere Geschichte« Friedrich Wilhelms I. von Preußen – viel mehr als nur ein historischer Roman: eine Dichtung von unvergleichbarer Prägnanz.

Eveline Hasler
Anna Göldin. Letzte Hexe
Roman

ISBN 3-423-10457-0

1780. Die schöne, eigenwillige Dienstmagd Anna Göldin wird des Kindsmords und der Zauberei angeklagt. Die Geschichte des letzten Hexenprozesses in Europa.